A
ESCOLHA

Universo dos Livros Editora Ltda.
Avenida Ordem e Progresso, 157 — 8º andar — Conj. 803
CEP 01141-030 — Barra Funda — São Paulo/SP
Telefone/Fax: (11) 3392-3336
www.universodoslivros.com.br
e-mail: editor@universodoslivros.com.br
Siga-nos no Twitter: @univdoslivros

A ESCOLHA

J.R. WARD

São Paulo
2022

The Chosen

Copyright © Love Conquers All, Inc., 2017
Todos os direitos reservados, incluindo os direitos de reprodução integral ou em qualquer forma.

© 2017 by Universo dos Livros
Todos os direitos reservados e protegidos pela Lei 9.610 de 19/02/1998.

Nenhuma parte deste livro, sem autorização prévia por escrito da editora, poderá ser reproduzida ou transmitida, sejam quais forem os meios empregados: eletrônicos, mecânicos, fotográficos, gravação ou quaisquer outros.

Diretor editorial
Luis Matos

Editora-chefe
Marcia Batista

Assistentes editoriais
Aline Graça
Letícia Nakamura

Tradução
Cristina Calderini Tognelli

Preparação
Francisco Sória

Revisão
Juliana Gregolin
Giacomo Leone Neto

Capa
Rebecca Barboza

Arte
Aline Maria e Valdinei Gomes

Diagramação
Renato Klisman

Dados Internacionais de Catalogação na Publicação (CIP)
Angélica Ilacqua CRB-8/7057

W259e

    Ward, J. R.
        A escolha / J. R. Ward ; [tradução de Cristina Tognelli].
    -- São Paulo : Universo dos Livros, 2017.
    528 p. (Irmandade da Adaga Negra, v. 15)

    ISBN: 978-85-503-0195-2
    Título original: *The Chosen*

    1. Vampiros 2. Ficção I. Título II. Tognelli, Cristina III. Série

17-1036   CDD 813.6

*Para você:
Depois de todo esse tempo,
você foi a escolha.
Receba as boas-vindas ao lar.*

AGRADECIMENTOS

Minha imensa gratidão aos leitores da Irmandade da Adaga Negra!

Muitíssimo obrigada por todo o apoio e orientações prestados por: Steven Axelrod, Kara Welsh e Leslie Gelbman. Muito obrigada também a todos da New American Library – estes livros são mesmo resultado de um trabalho em equipe.

Com amor ao *Team Waud* – vocês sabem quem são. Isto simplesmente não teria acontecido sem vocês.

Nada disto seria possível sem: meu querido marido, que é meu conselheiro e cuida de mim, além de ser um visionário; minha maravilhosa mãe, que me deu amor em quantidades que eu jamais conseguirei retribuir; minha família (tanto os de sangue quanto os adotivos) e meus queridos amigos.

Ah, e a minha assistente, Naamah. Parabéns por sua promoção!

GLOSSÁRIO DE TERMOS E NOMES PRÓPRIOS

Ahstrux nohtrum: Guarda particular com licença para matar, nomeado(a) pelo Rei.

Ahvenge: Cometer um ato de retribuição mortal, geralmente realizado por um macho amado.

As Escolhidas: Vampiras educadas para servirem à Virgem Escriba. São consideradas membros da aristocracia, embora fossem mais voltadas para os assuntos espirituais do que temporais. Libertadas do Santuário, estão se reconhecendo e se apartando das restrições impostas pelos papéis tradicionais previamente designados. No passado, eram utilizadas para satisfazer a necessidade de sangue de membros solteiros da Irmandade, e tal costume foi colocado novamente em prática pelos Irmãos.

Chrih: Símbolo de morte honrosa no Antigo Idioma.

Cio: Período fértil das vampiras. Em geral, dura dois dias e é acompanhado por intenso desejo sexual. Ocorre pela primeira vez aproximadamente cinco anos após a transição da fêmea e, a partir daí, uma vez a cada dez anos. Todos os machos respondem em certa medida se estiverem por perto de uma fêmea no cio. Pode ser uma época perigosa, com conflitos e lutas entre os machos, especialmente se a fêmea não tiver companheiro.

Conthendha: Conflito entre dois machos que competem pelo direito de ser o companheiro de uma fêmea.

Dhunhd: Inferno.

Doggen: Membro da classe servil no mundo dos vampiros. Os *doggens* seguem as antigas e conservadoras tradições de servir seus superiores, obedecendo a códigos formais no comportamento e no vestir. Podem sair durante o dia, mas envelhecem relativamente rápido. Sua expectativa de vida é de aproximadamente quinhentos anos.

Ehnclausuramento: *Status* conferido pelo Rei a uma fêmea da aristocracia em resposta a uma petição de seus familiares. Subjuga uma fêmea à autoridade de um responsável único, o *tuhtor*, geralmente o macho mais velho da casa. Seu *tuhtor*, então, tem o direito legal de determinar todos os aspectos de sua vida, restringindo, segundo sua vontade, toda e qualquer interação dela com o mundo.

Ehros: Uma Escolhida treinada em artes sexuais.

Escravo de sangue: Vampiro macho ou fêmea que foi subjugado para satisfazer a necessidade de sangue de outros vampiros. A prática de manter escravos de sangue recentemente foi proscrita.

Exhile dhoble: O gêmeo mau ou maldito, o segundo a nascer.

Fade: Reino atemporal onde os mortos reúnem-se com seus entes queridos e ali passam toda a eternidade.

Ghia: Equivalente a padrinho ou madrinha de um indivíduo.

Glymera: A nata da aristocracia, equivalente à corte no período de Regência na Inglaterra.

Hellren: Vampiro macho que tem uma companheira. Os machos podem ter mais de uma fêmea.

Hyslop: Termo que se refere a um lapso de julgamento, tipicamente resultando no comprometimento das operações mecânicas ou da posse legal de um veículo ou transporte motorizado de qualquer tipo. Por exemplo, deixar as chaves no contato de um carro estacionado do lado de fora da casa da família durante a noite – resultando no roubo do carro.

Inthocada: Uma virgem.

Irmandade da Adaga Negra: Guerreiros vampiros altamente treinados para proteger sua espécie contra a Sociedade Redutora. Resultado de cruzamentos seletivos dentro da raça, os membros da Irmandade possuem imensa força física e mental, assim como a capacidade de recupere rapidamente de ferimentos. Não é constituída majoritariamente por irmãos de sangue. São iniciados na Irmandade por indicação de seus membros. Agressivos, autossuficientes e reservados por natureza, vivem apartados dos vampiros civis e têm pouco contato com membros das outras classes, a não ser quando precisam se alimentar. Tema para lendas, são reverenciados no mundo dos vampiros. Só podem ser mortos por ferimentos muito graves, como tiros ou uma punhalada no coração.

Leelan: Termo carinhoso que pode ser traduzido aproximadamente como "muito amada".

Lhenihan: Fera mítica reconhecida por suas proezas sexuais. Atualmente, refere-se a um macho de tamanho sobrenatural e alto vigor sexual.

Lewlhen: Presente.

Lheage: Um termo respeitoso utilizado por uma submissa sexual para referir-se a seu dominante.

Libhertador: Salvador.

Lídher: Pessoa com poder e influência.

Lys: Instrumento de tortura usado para remover os olhos.

Mahmen: Mãe. Usado como um termo identificador e de afeto.

Mhis: O disfarce de um determinado ambiente físico; a criação de um campo de ilusão.

Nalla/nallum: Um termo carinhoso que significa "amada"/"amado".

Ômega: Figura mística e maligna que almeja a extinção dos vampiros devido a um ressentimento contra a Virgem Escriba. Existe em um reino atemporal e possui grandes poderes, entre os quais, no entanto, não se encontra a capacidade de criar.

Perdição: Refere-se a uma fraqueza crítica em um indivíduo. Pode ser interna, como um vício, ou externa, como uma paixão.

Primeira Família: O Rei e a Rainha dos vampiros e sua descendência.

Princeps: O nível mais elevado da aristocracia dos vampiros, só suplantado pelos membros da Primeira Família ou pelas Escolhidas da Virgem Escriba. O título é hereditário e não pode ser outorgado.

Redutor: Membro da Sociedade Redutora, é um humano sem alma empenhado na exterminação dos vampiros. Os *redutores* só morrem se forem apunhalados no peito; do contrário, vivem eternamente, sem envelhecer. Não comem nem bebem e são impotentes. Com o tempo, seus cabelos, pele e íris perdem toda a pigmentação. Cheiram a talco de bebê. Depois de iniciados na Sociedade por Ômega, conservam uma urna de cerâmica, na qual seu coração foi depositado após ter sido removido.

Ríhgido: Termo que se refere à potência do órgão sexual masculino. A tradução literal seria algo aproximado de "digno de penetrar uma fêmea".

Rytho: Forma ritual de lavar a honra, oferecida pelo ofensor ao ofendido. Se aceito, o ofendido escolhe uma arma e ataca o ofensor, que se apresenta desprotegido perante ele.

Shellan: Vampira que tem um companheiro. Em geral, as fêmeas não têm mais de um macho devido à natureza fortemente territorial deles.

Sociedade Redutora: Ordem de assassinos constituída por Ômega com o propósito de erradicar a espécie dos vampiros.

Symphato: Espécie dentro da raça vampírica, caracterizada por capacidade e desejo de manipular emoções nos outros (com o propósito de trocar energia), entre outras peculiaridades. Historicamente, foram discriminados e, em certas épocas, caçados pelos vampiros. Estão quase extintos.

Transição: Momento crítico na vida dos vampiros, quando ele ou ela transforma-se em adulto. A partir daí, precisam beber sangue do sexo oposto para sobreviver e não suportam a luz do dia. Geralmente, ocorre por volta dos 25 anos. Alguns vampiros não sobrevivem à transição, sobretudo os machos. Antes da mudança, os vampiros são fisicamente frágeis, inaptos ou indiferentes para o sexo, e incapazes de se desmaterializar.

Trahyner: Termo usado entre machos em sinal de respeito e afeição. Pode ser traduzido como "querido amigo".

Tuhtor: Guardião de um indivíduo. Há vários graus de *tuhtors*, sendo o mais poderoso aquele responsável por uma fêmea *ehnclausurada*.

Tumba: Cripta sagrada da Irmandade da Adaga Negra. Usada como local de cerimônias e como depósito das urnas dos *redutores*. Entre as cerimônias ali realizadas estão iniciações, funerais e ações disciplinadoras contra os Irmãos. O acesso a ela é vedado, exceto aos membros da Irmandade, à Virgem Escriba ou aos candidatos à iniciação.

Vampiro: Membro de uma espécie à parte do *Homo sapiens*. Os vampiros precisam beber sangue do sexo oposto para sobreviver. O sangue humano os mantém vivos, mas sua força não dura muito tempo. Após sua transição, que geralmente ocorre aos 25 anos, são incapazes de sair à luz do dia e devem alimentar-se na veia regularmente. Os vampiros não podem "converter" os humanos por meio de uma mordida ou transferência de sangue, embora, ainda que raramente, sejam capazes de procriar com a outra espécie. Podem se desmaterializar por meio da vontade, mas precisam estar calmos e concentrados para consegui-lo, e não podem levar nada pesado consigo. São capazes de apagar as lembranças das pessoas, desde que recentes. Alguns vampiros são capazes de ler a mente. Sua expectativa de vida ultrapassa os mil anos, sendo que, em certos casos, vai bem além disso.

Viajante: Um indivíduo que morreu e voltou vivo do Fade. Inspiram grande respeito e são reverenciados por suas façanhas.

Virgem Escriba: Força mística que foi conselheira do Rei. Também foi guardiã dos registros vampíricos e distribuía privilégios. Existia em um reino atemporal e possuía grandes poderes. Renunciou ao seu posto em favor de outro.

Prólogo

Antigo País, 1731

As chamas de uma fogueira no chão iluminavam as paredes úmidas da caverna; a superfície áspera, manchada por sombras. Do lado de fora do ventre da terra, os gemidos do vento ecoavam na abertura do abrigo, unindo-se aos gritos da fêmea sobre o catre em que dava à luz.

— Será um menino! — ela arfou em meio às contrações que a assolavam. — Um macho!

Acima daquele pedaço de carne deitado e agonizante, pairando como uma maldição sobre ela, o Irmão da Adaga Negra Hharm pouco se importava com a sua dor.

— Logo saberemos.

— Você me desposará. Foi uma promessa...

As palavras se interromperam e seu rosto se contraiu numa máscara feia enquanto suas partes internas se contorciam para expelir a cria e, ao fazer as vezes de testemunha, Hharm refletia o quanto a aristocrata ficava pouco atraente em trabalho de parto. Não fora assim quando se conheceram e ele a seduzira. Na época, estivera coberta de cetim, muito composta, o receptáculo adequado para o seu legado, com a pele perfumada e os cabelos macios e reluzentes. Agora? Não passava de um animal, suada, pegajosa — e por que a situação se prolongava tanto? Ele estava tão enfastiado com o processo, ofendido por estar cuidando dela. Tratava-se de uma tarefa para as fêmeas, não para um guerreiro de seu escalão.

Todavia, não a desposaria, a menos que precisasse fazê-lo.

Se o bebê fosse o filho pelo qual vinha esperando? Então, sim, ele legitimaria a criança por meio da cerimônia de união e daria à fêmea o status ao qual ela se julgava digna. Caso contrário, ele se afastaria e a fêmea não diria nada, porque estava maculada aos olhos de sua classe, sua pureza perdida como um terreno já arado.

De fato, Hharm já decidira que era hora de se assentar. Depois de séculos de perdições e depravações, a idade começava a pesar. Ele se punha a considerar, pela primeira vez, o legado que deixaria para a posteridade. No momento, não lhe faltavam bastardos, frutos de sua pelve, os quais não conhecia, com quem não se importava e jamais se associaria a eles — e por tanto tempo era de conhecimento geral que ele não devia nada a ninguém.

Agora, porém... Ele se encontrava desejando uma árvore genealógica adequada. E também havia a questão das suas dívidas crescentes, algo que o pai dessa fêmea facilmente resolveria para ele — embora, mais uma vez, caso não fosse um filho varão, ele não a desposaria. Não era louco, não se prostituiria por centavos. Além disso, havia incontáveis fêmeas da glymera *que cobiçavam o status inerente à vinculação com um membro da Irmandade da Adaga Negra.*

Hharm não se comprometeria até ter um filho homem, a quem criaria desde a primeira noite.

— Oras, recomponha-se! — ele repreendeu-a quando ela gritou uma vez mais, uma ofensa aos seus ouvidos. — Fique calada!

Como em todas as coisas, contudo, ela o desafiou:

— Está chegando...! O seu filho está chegando!

A veste que ela usava foi suspensa até a base dos seios volumosos por mãos retorcidas. A barriga estendida e arredondada era uma visão vergonhosa, as coxas pálidas e finas permaneciam afastadas. O que acontecia no centro era repugnante: o que deveria ser a entrada delicada e adorável a fim de aceitar a excitação masculina vazava todo tipo de fluido e as carnes estavam inchadas e distorcidas.

Não, ele jamais a penetraria novamente. Com ou sem um filho, vinculados ou não, a perversão diante dos seus olhos não era algo de que ele pudesse se esquecer.

Felizmente, casamentos por conveniência eram uma contingência comum na aristocracia — não que ele se importasse caso não o fossem. As necessidades dela eram inconsequentes.

— Ele está chegando! — ela berrou quando a cabeça pendeu para trás e as unhas arranharam a terra debaixo de seu corpo. — Seu filho... ele se aproxima!

Hharm franziu a testa, depois seus olhos se arregalaram e as pernas se firmaram, afastadas. Ela não se equivocava, pois, de fato, algo começava a surgir de dentro dela... Era...

Uma abominação. Algo disforme e terrível...

Um pé.

— Isso é um pé?

— Tire seu filho do meu corpo — ela ordenou entre arquejos. — Puxe-o de dentro de mim e segure-o contra seu coração, reconheça-o como sua carne e seu sangue!

Com todas as armas ainda presas ao corpo, Hharm ajoelhou-se quando o segundo pé apareceu.

— Puxe! Puxe! — O Sangue jorrou e a fêmea berrou de novo quando o bebê não se moveu. — Ajude-me! Ele está asfixiado!

Hharm manteve-se afastado de toda aquela nojeira e imaginou quantas fêmeas inseminadas por ele haviam passado pela mesma situação. Seria sempre desagradável assim ou era ela quem era fraca?

De fato, deveria deixá-la que fizesse o parto sozinha, mas não confiava nela. A única maneira de ter certeza de que seu filho era macho era estar presente durante o nascimento. De outro modo, ele não desconsiderava a possibilidade de ela trocar uma filha indesejada pelo macho tão cobiçado — fruto de outro macho.

Aquela era, afinal, uma transação negociada, e ele sabia muito bem como tais coisas podiam ser manipuladas.

Em seguida, o som que emergiu da garganta da fêmea foi tão volumoso e demorado que interrompeu seus pensamentos. Depois os gemidos e as mãos sujas de terra e sangue dela se postaram no interior das coxas, puxando-as para fora e para cima, ampliando a abertura. E bem quando o Irmão acreditou que ela estivesse morrendo, quando cogitou se acabaria enterrando a ambos — e de pronto decidiu-se contra a proposição, visto que as criaturas da floresta logo consumiriam os restos mortais —, o bebê apareceu um pouco mais, livrando-se de algum obstáculo interno.

E lá estava ele.

Hharm se adiantou.

— Meu filho!

Sem pensar, esticou os braços e apanhou com mãos firmes os tornozelos escorregadios. Estava vivo; a criança chutava com força, debatendo-se contra o confinamento do canal vaginal.

— Venha para mim, meu filho — Hharm ordenou ao puxá-lo.

A fêmea se contorcia em agonia, mas ele não lhe dispensou um pensamento sequer. Mãos — pequeninas e perfeitamente bem formadas — surgiram em seguida, junto à barriga arredondada e o peito, que, mesmo em seu momento recém-nascido, era amplo.

— Um guerreiro! Este é um guerreiro! — O coração de Hharm batia forte, seu triunfo latejava nos ouvidos. — Meu filho levará adiante o meu nome! Será conhecido como Hharm, assim como eu antes dele!

A fêmea ergueu a cabeça, as veias do pescoço saltavam como cordões tensos sob a pele pálida demais.

— Você me desposará — ela disse, rouca. — Jure... Jure pela sua honra, ou eu o segurarei dentro de mim até que fique azul e entre no Fade.

Hharm sorriu com frieza, revelando as presas. Em seguida, desembainhou uma das adagas do peito. Direcionando a ponta para baixo, mirou no baixo ventre dela.

— Eu a estriparei como a um cervo para libertá-lo, nalla.

— E quem alimentará seu precioso filho? Sua semente não sobreviverá sem mim para socorrê-la.

Hharm pensou na tormenta do lado de fora. Na distância que estavam do assentamento de vampiros mais próximo. E no pouco que sabia sobre as necessidades de um recém-nascido.

— Você me desposará, conforme prometido — ela gemeu. — Jure!

Os olhos dela estavam injetados e ensandecidos, os longos cabelos suados e emaranhados, o corpo era algo sobre o qual ele jamais desejaria se sobrepor. Mas a lógica dela o impedia. Perder o que desejava por conta exatamente do arranjo que estivera disposto a fazer, simplesmente porque ela o apresentava como se fosse uma condição sua, não era uma decisão sábia a se tomar.

— Juro — murmurou.

Com isso, ela voltou a se deitar e, sim, agora ele a ajudaria, puxando no ritmo dos empurrões dela.

— Ele está vindo... ele...

O bebê saiu de dentro dela num jorro, fluidos saindo com ele e, quando Hharm o segurou em suas palmas, sentiu uma alegria inesperada tão ressonante que...

Seus olhos se estreitaram ao pousar as vistas sobre o rosto dele. Acreditando que havia alguma membrana mascarando o bebê, passou uma das mãos pelas suas feições, que eram um misto das dele e da fêmea.

Lamentavelmente... nada mudou.

– Que maldição é esta? – questionou-se consigo mesmo. – Que maldição... é esta!

Capítulo 1

MONTANHAS DE CALDWELL, NOVA YORK, DIAS ATUAIS

A Irmandade da Adaga Negra o mantinha vivo só para poder matá-lo.

Dada a soma das atividades terrenas de Xcor, que foram das mais violentas, e certamente muito depravadas, aquele parecia um fim adequado para ele.

Nascera numa noite de inverno durante uma tempestade histórica. Nas entranhas de uma caverna suja e úmida, enquanto rajadas gélidas assolavam o Antigo País, a fêmea que o carregara gritara e sangrara para dar ao Irmão da Adaga Negra Hharm o filho tão exigido por ele.

Ele fora desesperadamente desejado.

Até chegar ao mundo.

E esse era o início da sua história, que acabara por levá-lo até ali.

Em outra caverna. Em outra noite do mês de dezembro. E assim como na noite do seu nascimento de fato, o vento gemia para recebê-lo, ainda que, dessa vez, fosse para o retorno da sua consciência em vez da expulsão para a vida independente que levou dali adiante.

E como um recém-nascido, tinha pouco controle sobre o corpo. Estava incapacitado, e isso seria verdadeiro mesmo sem as algemas de aço e as barras sobre o peito, o quadril, as coxas. Máquinas, contrastantes com o ambiente rústico que o rodeava, emitiam sinais atrás de sua cabeça, monitorando-lhe a respiração, os batimentos cardíacos, a pressão sanguínea.

Com a mesma fluidez de uma engrenagem sem lubrificação, seu cérebro começou a funcionar adequadamente sob o crânio; quando os pensamentos por fim se aglutinaram e formaram uma sequência lógica, lembrou-se da série de eventos que fizeram com que ele, o líder do Bando de Bastardos, acabasse sob a custódia daqueles que haviam sido seus inimigos: um ataque por trás, uma concussão, uma espécie de derrame ou algo do tipo que fez com que ele acabasse deitado, dependendo de máquinas para sobreviver.

E da inexistente misericórdia dos Irmãos.

Recobrara a consciência uma ou duas vezes durante o período em cativeiro, registrando seus captores e o ambiente daquele corredor cavernoso que inexplicavelmente abrigava jarros de todos os tipos. A retomada da consciência nunca durou muito; entretanto, a conexão com sua área mental era insustentável por um tempo mais demorado.

No entanto, dessa vez parecia diferente. Ele percebia a mudança em sua mente. O que quer que tivesse estado danificado por fim se curara e agora ele retornava do cenário enevoado do ponto de morto-vivo, permanecendo do lado vital.

– ... muito preocupado com Tohr.

O fim da frase enunciada por um macho entrou nos ouvidos de Xcor como uma série de vibrações, cuja tradução sofreu um atraso, e quando as palavras se formaram, ele virou o olhar naquela direção. Duas figuras de preto muito bem armadas estavam de costas para si, e ele voltou a abaixar as pálpebras, pois não desejava revelar a mudança do seu estado. Entretanto, suas identidades estavam devidamente anotadas.

– Não, ele está bem. – O som de algo raspando e o cheiro de tabaco permeando o ar. – E se não estiver, vou estar ao lado dele.

A voz grave que falou primeiro pareceu árida.

– Pra botar nosso irmão na linha à força... Ou ajudá-lo a acabar com este pedaço de carne?

O Irmão Vishous riu como se fosse um assassino em série.

– Que bela consideração você tem por mim.

Era estranho que não se entendessem melhor, Xcor pensou. Esses machos queriam tanto sangue quanto ele.

No entanto, essa aliança jamais existiria. A Irmandade e os Bastardos sempre estiveram em lados opostos durante o reinado de Wrath, esse limite tendo sido estabelecido pela bala que Xcor alojara na garganta do líder por direito da raça vampírica.

E o preço de sua traição seria cobrado ali, em pouco tempo.

Claro, a ironia era que uma força de compensação interceptara seu destino e fizera com que suas ambições e seu foco se afastassem, e muito, do trono. Não que os guerreiros da Irmandade tivessem ciência disso – e pouco se importariam se soubessem. Além de partilharem o apetite pela guerra, ele e os Irmãos tinham outras características em comum: piedade era para os fracos; o perdão, algo patético; pena, um sentimento das fêmeas, nunca de guerreiros.

Embora soubessem que ele já não sentia nenhuma agressividade em relação a Wrath, não o exonerariam daquilo que conquistara com méritos. Por conta de tudo o que acontecera, ele não sentia nem amargura nem raiva em relação ao que o esperava. Aquela era a natureza do conflito.

Contudo, sentia-se triste – um sentimento desconhecido para ele.

Das suas lembranças surgiu uma imagem que lhe roubou o fôlego. Era o de uma fêmea alta e magra nas vestes sagradas das Escolhidas da Virgem Escriba. Os cabelos loiros ondulavam sobre os ombros e desciam até o quadril em uma brisa suave, os olhos eram cor de jade, o sorriso, uma bênção que ele não fizera nada para receber.

A Escolhida Layla mudara tudo para ele, transformando a Irmandade de um alvo a algo tolerável, de inimigo a um habitante coexistente naquele mundo.

Em pouco mais de um ano e meio, período no qual Xcor a conhecia, ela tivera um efeito mais impactante sobre sua alma negra do que qualquer outra pessoa antes dela, fazendo com que evoluísse muito em tempo ínfimo – algo que ele jamais imaginara ser possível.

O *Dhestroyer*, camarada de Vishous, voltou a falar:

– Na verdade, concordo plenamente com Tohr sobre fazer picadinho do filho da puta. Ele conquistou esse direito.

O Irmão Vishous praguejou.

– Todos nós merecemos. Vai ser difícil deixar uma parte dele intacta quando isso acontecer.

E ali estava o enigma, Xcor ponderou por trás das pálpebras abaixadas. A única saída possível de tamanho cenário mortal seria revelar o amor que sentia por uma fêmea que não era sua, nunca fora e jamais poderia ser.

Mas não sacrificaria a Escolhida Layla por ninguém, por nada.
Nem mesmo para se salvar.

Enquanto Tohr caminhava na floresta de pinheiros da montanha da Irmandade, seus coturnos esmagavam o terreno congelado, e o vento glacial o golpeava no rosto. Em seu rastro, tão próximo de seus calcanhares quanto uma sombra, ele sentia suas perdas a acompanhá-lo, numa fila de lamentos tangíveis como uma corrente.

A sensação de estar sendo perseguido pelos seus mortos o fez refletir a respeito de programas de TV sobre eventos paranormais, do tipo que tentava provar a existência de fantasmas. Que monte de bobagens. A histeria humana acerca das supostas entidades obscuras flanando em escadas e provocando rangidos em casas antigas, com seus passos sem corpos, era algo muito característico dessa espécie desimportante absorta em si mesma e criadora de dramalhões. Mais uma coisa que Tohr odiava a respeito deles.

E, como de costume, eles não acertavam no alvo.

Os mortos absolutamente nos atormentam, percorrendo seus dedos gélidos em nossa nuca como uma forma de lembrete até não conseguirmos decidir se queremos gritar pelas saudades que sentimos deles... ou porque queremos ser deixados em paz.

Eles espreitam suas noites e rondam seus dias, deixando um campo minado de tristeza ao longo dos caminhos.

São seus primeiros e seus últimos pensamentos, o filtro que você tenta deixar de lado, a barreira invisível entre você e todo o resto.

Algumas vezes, são mais parte de você do que as pessoas que você consegue de fato segurar e tocar.

Portanto, sim, ninguém precisa de um programa de TV idiota para provar o que já é de conhecimento comum: mesmo que Tohr tenha encontrado o amor com outra fêmea, sua primeira *shellan*, Wellsie, e o filho não nascido que ela carregava no ventre quando foi assassinada pela Sociedade Redutora, nunca foram afastados dele além da própria pele.

E agora houvera mais uma morte na mansão da Irmandade.

A companheira de Trez, Selena, subira para o Fade havia poucos meses, tendo falecido em razão de uma doença para a qual não existia cura, nenhum alívio, nenhum conhecimento.

Tohr não dormia direito desde então.

Voltando a se concentrar nas árvores que o cercavam, Tohr se abaixou e afastou um galho do caminho, depois deu a volta num tronco caído. Poderia ter se materializado até o destino, mas seu cérebro latejava com tanta violência da prisão do crânio que ele duvidava que conseguiria se concentrar o bastante para se dissipar.

A morte de Selena fora um maldito gatilho para ele, um evento que afetava outra pessoa, mas que, não obstante, sacudira seu globo de neve, balançando-o com tanta força que seus flocos internos ainda rodopiavam e se recusavam a se assentar.

Estava no centro de treinamento quando ela fora chamada para o Fade, e o momento da morte não fora silencioso. Fora marcado pelo som da alma dilacerada de Trez, o equivalente auditivo de uma tumba – um som que Tohr conhecia bem demais. Fizera o mesmo quando recebera a notícia da morte de sua fêmea.

Portanto, sim, nas asas da agonia do seu amor, Selena fora alçada da terra para o Fade...

Arrancar-se desse espiral cognitivo era o mesmo que tentar tirar um carro de um atoleiro, o esforço necessário era tremendo, o progresso conquistado centímetro a centímetro.

No entanto, lá ia ele pela floresta, na noite invernal, esmagando o que aparecia sob suas solas, com seus fantasmas sussurrando-lhe por trás.

A Tumba era o *sanctum sanctorum* da Irmandade da Adaga Negra, aquele local secreto onde as induções aconteciam e convocavam-se as reuniões secretas, e onde eram mantidos os jarros dos *redutores* assassinados. Estava localizada abaixo do solo, num labirinto criado pela natureza, tradicionalmente fora dos limites para qualquer um que não tivesse passado pela cerimônia que o marcasse como membro da Irmandade.

Essa regra, no entanto, tivera que ser contornada, pelo menos em respeito ao longo corredor de entrada de quase meio quilômetro.

Ao se aproximar do insuspeito sistema da entrada, parou e sentiu a raiva surgir.

Pela primeira vez desde que se tornara um Irmão, não era bem recebido ali.

Tudo por causa de um traidor.

O corpo de Xcor estava do lado oposto dos portões, na metade do caminho repleto de prateleiras, deitado numa maca, a vida monitorada e mantida por equipamentos.

Até que o maldito despertasse e pudesse ser interrogado, Tohr não tinha permissão para entrar.

E seus irmãos tinham razão em não confiar nele.

Ao fechar os olhos, viu seu rei com um tiro na garganta. Reviveu o momento em que a vida de Wrath estivera escorrendo junto ao sangue rubro; rememorou a cena em que tivera que salvar o último vampiro de sangue puro no planeta ao cortar um buraco na frente da garganta dele e enfiar o tubo de sua Camelback naquele esôfago.

Xcor encomendara o assassinato. Xcor ordenara um dos seus guerreiros mandar uma bala para dentro das carnes de um macho de valor, conspirara com a *glymera* para derrubar o governante por direito, mas o filho da puta fracassara. Wrath sobrevivera, apesar das probabilidades contrárias e na primeira eleição democrática da história da raça, fora apontado como líder de todos os vampiros – uma posição que ele agora detinha por consenso em vez de pela sua linhagem.

Portanto, vá se foder, filho da puta.

Cerrando os punhos, Tohr ignorou o ranger das luvas de couro e a constrição no dorso dos nós dos dedos. Só o que reconhecia era o ódio, tão profundo como uma doença letal.

O destino decidira que era certo tirar-lhe três seus e dos seus; o destino tirara dele sua *shellan*, seu filho, e o amor da vida de Trez. Querem falar sobre equilíbrio no Universo? Tudo bem. Ele queria o seu equilíbrio, e isso só aconteceria quando quebrasse o pescoço de Xcor e arrancasse o coração ainda quente do peito do maldito.

Já era hora de uma fonte do mal ser tirada de circulação, e era ele quem empataria o placar.

E a espera finalmente terminava. Por mais que respeitasse seus irmãos, estava farto de aguardar. Essa noite era um aniversário triste para ele, e ele daria ao seu luto um presentinho especial.

Era hora de festejar.

Capítulo 2

O copo de cristal baixo estava tão limpo, tão isento de marcas de sabão, de poeira, de qualquer grânulo que o manchasse, que sua estrutura era como o ar; e a água dentro dele, totalmente invisível.

Meio cheio, a Escolhida Layla ponderou. *Ou meio vazio?*

Sentada no banquinho acolchoado, entre as duas pias com torneiras douradas e diante de um espelho com adornos de ouro que refletia a banheira funda atrás de si, ela observava a superfície do líquido.

O fundo era côncavo e a água lambia levemente o interior do copo, como se suas moléculas mais ambiciosas tentassem fugir do confinamento.

Respeitava o esforço, enquanto lamentava sua futilidade. Sabia muito bem o que era querer ser livre do local que a abrigava, apesar de não ser culpa sua.

Por séculos, ela fora a água daquele copo, despejada sem ter querido, em virtude apenas do seu nascimento, num papel de servidão junto à Virgem Escriba. Ao lado de suas irmãs, executara os deveres sagrados das Escolhidas no Santuário, adorando a mãe da raça, registrando os eventos da Terra para a posteridade dos vampiros, aguardando a escolha de um novo Primale para que ela pudesse engravidar e dar à luz mais Escolhidas e mais Irmãos.

Mas tudo isso já era passado.

Inclinando-se sobre o copo, observou mais atentamente a água. Fora treinada como *ehros*, não como escriba, mas sabia muito bem como enxergar além das águas que eram testemunhas da história. Dentro do Templo das Escribas, as Escolhidas designadas a registrar as histórias e as linhagens da raça permaneceram sentadas por horas e horas, observando nascimentos e mortes, suas mãos delicadas com penas sagradas colocando os detalhes nos pergaminhos, acompanhando tudo.

Não havia nada para ela ver. Não ali na Terra.

E também já não existiam testemunhas no alto.

Um novo Primale acabara surgindo. Mas em vez de se deitar com seu rebanho de fêmeas, dando continuidade ao programa de criação da Virgem Escriba, ele dera um passo sem precedentes, libertando todas elas. O Irmão da Adaga Negra Phury se desviara do modelo, quebrara a tradição, desfizera-se das amarras e, ao fazê-lo, as Escolhidas que estiveram isoladas desde sua gênese, visando aos nascimentos planejados, acolheram sua libertação. Já não eram representantes vivas de uma tradição rígida; tornaram-se indivíduos, com seus próprios descontentamentos e preferências, mergulhando os dedos nas águas terrenas da realidade, procurando e encontrando destinos a respeito de si próprias, e não mais de um serviço.

Ao fazer isso, ele desencadeara o fim dos imortais.

A Virgem Escriba já não existia mais.

Seu filho de nascimento, o Irmão da Adaga Negra Vishous, a procurara no Santuário acima e descobriu que ela se fora, deixando uma última carta escrita no vento apenas para os olhos dele.

Ela dissera que tinha um sucessor em mente.

Ninguém sabia sua identidade.

Recostando-se, Layla olhou para a veste que trajava. Não era do tipo sagrado que se vestira durante tantos anos. Não, essa peça vinha de um lugar chamado Pottery Barn, e Qhuinn a comprara para ela na semana passada. Com a aproximação do inverno, ele se preocupava que a mãe de seus filhos estivesse aquecida, sempre bem cuidada.

A mão de Layla subiu para o ventre, agora baixo. Depois de ter carregado a filha, Lyric, e o filho, Rhampage, dentro do corpo por tantos meses, era tão estranho quanto familiar não ter nada no útero...

Vozes murmuradas, baixas e graves, penetraram a porta que ela havia fechado.

Entrara no banheiro para usar o vaso.

Demorara-se depois de ter lavado as mãos.

Qhuinn e Blay, como de costume, estavam com os bebês. Segurando-os. Ninando-os.

Todas as noites, ela tinha que se esforçar para testemunhar o amor, não entre eles e os pequenos... mas aquele entre os dois machos. De fato, os pais exibiam um vínculo ressonante e, resplandecente um com o outro, e por mais que fosse algo belo, aquele fulgor fazia com que se sentisse ainda mais vazia em sua existência.

Enxugando uma lágrima, disse a si mesma para se controlar. Não poderia voltar ao quarto com olhos brilhantes demais, e o nariz e faces corados. Aquele deveria ser um momento de alegria para os cinco integrantes da família. Agora que os gêmeos haviam superado o estado de emergência sob o qual tinham nascido, e Layla também se recuperara, todos estavam aliviados por todos estarem sãos e salvos.

Agora era a vida feliz que ganharam para viver.

Em vez disso, ela ainda era a água triste dentro do copo, desejando sair.

Dessa vez, porém, a prisão foi feita por ela mesma, em vez de providenciada pela genética.

A definição de infidelidade, pelo menos de acordo com o dicionário, era: a ação de trair algo ou alguém...

A batida à porta fechada foi suave.

– Layla?

Ela fungou e abriu uma das torneiras.

– Oi!

A voz de Blay soou baixa, como era seu hábito.

– Você está bem aí?

– Ah, sim, estou. Resolvi tratar um pouco do rosto. Sairei daqui a pouco.

Ela se levantou, inclinou-se e molhou o rosto. Depois esfregou a testa e o queixo com a toalha de mão para que o rubor se espalhasse mais uniformemente sobre a pele. Apertando o cinto do roupão, aprumou os ombros e foi para a porta, em meio a preces para manter a compostura pelo tempo necessário até conseguir apressá-los para a Última Refeição.

Mas teve um momento de folga.

Ao abrir a porta, Blay e Qhuinn sequer olhavam na sua direção. Estavam inclinados sobre o berço de Lyric.

– ... os olhos de Layla – Blay disse ao abaixar a mão e deixar que a pequena agarrasse seu dedo. – Definitivamente.

— Ela também tem os cabelos da *mahmen*. Veja o tom loiro começando a aparecer.

O amor deles pela pequena era incandescente, reluzia em seus rostos, aquecia suas vozes e, aplacava seus movimentos, de modo que tudo o que faziam era com cuidado. No entanto, não era nisso que Layla se concentrava.

Seu olhar estava fixo na palma larga de Qhuinn, que afagava as costas de Blay. A carícia de conexão era inconsciente de ambos os lados; a oferta e a aceitação eram tanto nada e tudo o que importava, simultaneamente. E enquanto testemunhava o que se passava do outro lado do quarto, Layla teve que piscar rápido de novo.

Às vezes, a gentileza e o amor podiam ser tão difíceis de testemunhar quanto a violência. Às vezes, quando se está do lado de fora, ver duas pessoas tão em sintonia era uma cena saída de um filme de terror, o tipo de coisa da qual você quer se manter afastado, quer esquecer, banir da memória – ainda mais quando se está prestes a deitar e enfrentar sozinha um longo dia de horas no escuro.

Saber que ela jamais teria esse amor especial com alguém era...

Qhuinn relanceou na sua direção.

— Ah, oi.

Ele se endireitou e sorriu, mas ela não se deixou enganar. Os olhos dele a percorriam como se em uma avaliação – mas, talvez, esse não fosse o caso. Talvez fosse simplesmente a sua paranoia se manifestando.

Estava tão *farta* de se dividir em uma vida dupla. Contudo, no tipo de ironia cruel que parecia ser a fonte favorita de divertimento do destino, o preço para aliviar a consciência viria à custa de sua própria existência.

A como poderia deixar os filhos para trás?

— ... ok? Layla?

Enquanto Qhuinn franzia a testa ao observá-la, ela balançou a cabeça e forçou um sorriso.

— Ah, tudo bem, mesmo. – Ela deduzia que a pergunta se referisse ao seu bem-estar. – Muito bem mesmo.

Em busca de confirmar a mentira, aproximou-se dos berços. Rhampage, ou Rhamp, como era conhecido, lutava contra o sono, e quando a irmã arrulhou, sua cabeça se virou e ele esticou a mão.

Engraçado. Mesmo tão jovem, ele parecia reconhecer seu posto e desejava protegê-la.

Era genético. Qhuinn era um membro da aristocracia, resultado de gerações de emparelhamentos escolhidos a dedo, e por mais que seu "defeito" de ter um olho azul e outro verde o tivesse feito receber o desprezo tanto da *glymera* quanto da própria família, a venerável natureza de sua linhagem não podia ser negada. Tampouco o impacto de sua presença física. Com quase dois metros de altura e corpo talhado por músculos definidos, moldados tanto pelos exercícios quanto pela prática na guerra – uma arma tão letal quanto as pistolas e adagas que levava consigo para o campo de batalha. Era o primeiro membro da Irmandade da Adaga Negra a ser induzido com base na meritocracia em vez de na linhagem, e não desapontara a grande tradição. Ele nunca desapontava ninguém.

De fato, Qhuinn era, no conjunto, um belo macho, ainda que de forma um tanto rústica. O rosto era angular, pois tinha pouca gordura corporal, e aqueles olhos díspares fitavam por baixo de sobrancelhas negras. Os cabelos pretos foram cortados muito curtos recentemente, quase totalmente raspados na base. Deixavam um topete para trás e, como resultado, seu pescoço parecia extra-grosso. Com piercings metálicos nas orelhas e a lágrima de *ashtrux nohtrum* abaixo do olho – uma marca dos tempos em que servira como protetor de John Matthew –, ele chamava a atenção por onde quer que passasse.

Talvez porque as pessoas, tanto humanos como vampiros, preocupavam-se com o que ele seria capaz de fazer caso fosse contrariado.

Blay, por sua vez, era o oposto: tão acessível quanto Qhuinn seria evitado num beco escuro.

Blaylock, filho de Rocke, tinha cabelos ruivos e um tom de pele mais claro do que a maioria da espécie. Era tão grande quanto Qhuinn, mas quando se está ao seu lado, a primeira impressão que se tem dele faz referência à sua inteligência e ao seu bom coração, em vez de a força bruta. Ainda assim, ninguém discutia suas habilidades em campo. Layla ouvira histórias, ainda que nunca da parte dele, visto que não era de se vangloriar, criar dramas excessivos ou atrair atenções para si.

Ela amava os dois de todo o coração.

E o distanciamento que sentia em relação a eles partia somente do seu lado.

– Olha só – Qhuinn disse ao apontar para os bebês. – Temos dois apagando... Melhor, um e meio.

Quando ele sorriu, ela não se deixou enganar. Seus olhos continuavam a passear pelo seu rosto, à procura sobre sinais de exatamente aquilo que ela tentava esconder. Para dificultar o escrutínio dele, ela recuou.

— Eles dormem bem, graças à Virgem Escriba... Hum, graças ao Fade.

— Você vai descer para a Última Refeição hoje? — ele perguntou como quem não quer nada.

Blay se endireitou.

— Fritz disse que prepara o que você quiser.

— Ele é sempre tão gentil. — Ela foi até a cama e se deitou contra os travesseiros. — Na verdade, senti uma fominha lá pelas duas da manhã, por isso fui até a cozinha e comi torradas e aveia. Tomei café. Suco de laranja. Um café da manhã no lugar do almoço, por assim dizer. Sabem como é, às vezes sentimos vontade de voltar o relógio no meio da noite e recomeçar da metade.

Uma pena que isso não passasse de uma metáfora.

Ainda que... será que ela teria escolhido nunca conhecer Xcor?

Sim, pensou. Preferiria nunca ter sabido da sua existência.

O amor de sua vida, seu "Blay", o par do seu coração e da sua alma... era um traidor. E seus sentimentos pelo macho foram uma ferida aberta na qual a bactéria da traição entrara e se espalhara.

Portanto, ali estava ela, na prisão estabelecida por ela própria, torturada pelo fato de ter se aproximado do inimigo, primeiro por ter sido ludibriada... e mais tarde porque quis estar na presença de Xcor.

Separaram-se em maus termos, contudo, com ele colocando um fim nos encontros clandestinos após ela forçá-lo a admitir seus sentimentos. Em seguida, a situação se transformara de triste para trágica, quando ele foi capturado e levado sob a custódia da Irmandade.

A princípio não conseguira obter informações acerca de seu estado. Mas então, viajara ao modo de uma Escolhida até ele e, testemunhara seu estado moribundo num corredor de pedras, repleto de jarros de todas as cores e formas.

Não havia nada que pudesse ter feito por ele. Não sem se apresentar e se expor — e mesmo que ela o fizesse, não poderia salvá-lo.

Por isso estava presa ali: um fantasma atormentado num misto de emoções salpicadas pelo veneno da culpa e do arrependimento, sem nunca, jamais, poder se libertar.

— ... certo? Quero dizer... – Enquanto Blay continuava a falar com ela a respeito de uma e outra coisa, a Escolhida se forçou a não esfregar os olhos. – ... no fim da noite, enquanto você fica aqui com os bebês. Não que você não goste de ficar com eles.

Saiam, ela solicitou mentalmente para os dois machos. *Por favor, vão embora e me deixem em paz.*

Não era como se ela quisesse afastá-los das crianças, ou que sentisse alguma malquerença pelos pais de Lyric e Rhamp. Ela só precisava respirar. E toda vez que um dos guerreiros a fitava, como faziam agora, respirar se tornava praticamente impossível.

— Você concorda? – Qhuinn perguntou. – Layla?

— Ah, sim, claro. – Ela não fazia ideia do que acabara de concordar, mas certificou-se de sorrir. – Só vou descansar agora. Eles ficaram bastante tempo acordados durante o dia.

— Eu gostaria que nos deixasse ajudar mais. – Blay franziu a testa. – Estamos aqui do lado.

— Vocês dois lutam na maioria das noites. Precisam dormir.

— Mas você também é importante.

Layla direcionou o olhar rumo aos berços e, ao rememorar a cena de si mesma acalentando-os e amamentando-os, sentiu-se ainda pior. Mereciam uma *mahmen* melhor do que ela, descomplicada e sem o fardo de decisões que nunca deveriam ter sido tomadas, uma que não estivesse contaminada pela fraqueza em relação a um macho de quem jamais deveria ter se aproximado... muito menos amado.

— Não tenho a mínima importância em comparação a eles – sussurrou rigidamente. – Eles são tudo.

Blay se aproximou e a tomou pela mão, os olhos azuis calorosos.

— Não, você também é muito importante. E *mahmens* precisam de tempo para si.

Para fazer o quê? Ruminar meus remorsos? Não, muito obrigada, pensou.

— Vou para o túmulo sem eles e aí apreciarei minha própria companhia. – Ao perceber o quanto tinha soado mórbida, apressou-se: – Além disso, eles crescem rápido. Vai acontecer antes de nós três nos darmos conta.

Conversaram mais depois – não que ela tivesse prestado atenção, com todos os gritos em sua mente. Mas, por fim, foi deixada em paz quando o casal partiu.

O fato de ficar tão feliz ao vê-los sair foi mais uma tristeza que ela tinha a carregar.

Mudando de posição na cama, levantou-se e se aproximou dos berços com os olhos rasos de lágrimas. Enxugando o rosto, repetidas vezes, ela pegou um lenço de papel do bolso do roupão e assoou o nariz. Os bebês estavam profundamente adormecidos, com os olhos fechados, os rostos voltados um para o outro como se tivessem se interligado em uma comunicação telepática durante o sono. Mãozinhas perfeitas e pezinhos preciosos, barriguinhas redondas e saudáveis envolvidas em cobertorzinhos de flanela. Eram bebês tão bons; alegres quando acordados, pacíficos e angelicais adormecidos. Rhampage ganhava peso com mais velocidade do que Lyric, mas ela parecia mais saudável do que ele, reclamava menos ao ser lavada ou trocada, fitando tudo com mais atenção.

Quando as lágrimas caíram do rosto de Layla até o carpete, ela não sabia quanto tempo mais suportaria.

Antes de tomar ciência do movimento, foi até o telefone interno da casa e apertou uma sequência de quatro números.

A *doggen* que convocou chegou em questão de momentos, e Layla voltou a vestir sua máscara social, sorrindo para a criada com uma serenidade que não sentia.

– *Grata por cuidar dos meus preciosos* – disse no Antigo Idioma.

A babá respondeu com alegria e olhos cintilantes, e Layla só aguentou dois ou três segundos de comunicação. Em seguida, saiu do quarto e, com passos ligeiros protegidos por chinelos, desceu pelo corredor das estátuas. Quando chegou às portas da extremidade oposta, empurrou uma delas e entrou na ala dos empregados.

Como em todas as mansões daquele tamanho e distinção, o lar da Irmandade necessitava de um tremendo apoio de funcionários, e os aposentos dos *doggens* perfilavam o corredor; a segregação por idade, sexo e posição nos escalões formava comunidades dentro do grande conjunto. Em meio ao labirinto de corredores, Layla não escolheu uma direção específica além do objetivo de encontrar um quarto vazio – e encontrou-o umas três portas adiante, depois de uma virada. Ao entrar no espaço simples e desocupado, foi até a janela, abriu-a e fechou os olhos. Seu coração batia forte e uma ligeira tontura a dominava, mas ela inspirou fundo o ar fresco e limpo...

... e se desmaterializou através da abertura que criara, misturando-se à noite; as moléculas se espalhando e se afastando da mansão da Irmandade.

Como sempre, sua liberdade seria temporária.

Mas, desesperada como estava, foi tomada por um breve sufocamento, e ela partiu em busca de oxigênio.

Capítulo 3

Qhuinn era um macho muito macho. E não só porque era um guerreiro casado com outro cara.

Sim, claro que, antes de se assentar com Blay, até que gostara de transar com todo tipo de fêmea. Mas, pensando bem, seu padrão para parceiros sexuais fora tão baixo que até aspiradores de pós e canos de escapamento tinham sido candidatos ocasionais.

Mas nada de ovelhas. #critério

No entanto, não poderia dizer que as fêmeas o tivessem cativado ou interessado de fato. Não que houvesse algo de errado com elas, ou que não as respeitasse assim como todo o resto. Elas simplesmente não eram do seu gosto.

Numa noite como a de hoje, porém, ele lamentava sua inexperiência. Só porque ralara e rolara com o sexo oposto não significava que estivesse equipado de algum modo para lidar com o que o confrontava agora.

Quando ele e Blay chegaram ao pé da escadaria principal, ele parou e olhou para seu par. Ao fundo, vindo da sala de bilhar do lado oposto do átrio, o som das vozes graves dos machos, de música e de gelo batendo em copos de cristal anunciavam que o torneio de bilhar da Irmandade já estava em curso.

Qhuinn sorriu de uma maneira que esperava transmitir calma.

— Ei, eu já te encontro lá, ok? Tenho que descer pra falar com a doutora Jane sobre o meu ombro, acho que demoro uns dez minutos... Não mais do que isso.

— Claro. Quer que eu vá com você?

Por um segundo, Qhuinn se perdeu ao observar seu macho. Blaylock, filho de Rocke, era tudo o que ele não era: impecável como um corpo esculpido por Michelangelo, tinha um rosto de arrasar e uma cabeleira ruiva e lustrosa como a cauda de um pônei; era inteligente, mas também equilibrado, o que fazia toda a diferença; era firme e confiável como uma montanha de granito, o tipo de cara que nunca vacilava.

Em tudo o que importava, comparado a Blay, Qhuinn era uma banheira de plástico perto de uma de porcelana; um conjunto incompleto de pratos ao lado de uma dúzia perfeita de louças; uma coisa rachada no meio de algo inquebrável.

Por algum motivo, porém, Blay o escolhera. Contra todas as possibilidades, o filho imperfeito e desonrado de uma das Famílias Fundadoras, o viciado sexual de olhos díspares, o vagabundo hostil e arredio... De algum modo acabara com o Príncipe Encantado, e caralho, se isso não o convertia.

Blay era o motivo que o fazia respirar, o lar que nunca tivera, a luz do sol que empoderava sua terra.

— Qhuinn? — Os olhos azuis iridescentes se apertaram. — Você está bem?

— Desculpe. — Ele se inclinou e pressionou os lábios na jugular do macho. — Eu me distraí. Mas você sempre tem esse efeito em mim, não é?

Quando Qhuinn se afastou, Blay estava corado — e excitado. Aquela fragrância era uma digressão que não podia ser facilmente ignorada.

A não ser pelo fato de que tinha um problema real para resolver.

— Diga aos irmãos que não demoro. — Qhuinn apontou na direção da sala de bilhar. — E que vou dar uma surra neles.

— Você sempre faz isso. Mesmo com Butch.

As palavras foram suaves, mas respaldadas por uma adoração que fazia com que Qhuinn contasse cada uma das suas bênçãos.

Cedendo ao instinto, Qhuinn se aproximou e sussurrou ao ouvido do cara:

— Talvez queira se alimentar bem na Última Refeição. Vou te manter ocupado o dia inteiro.

Com uma lambida no pescoço em que pretendia trabalhar mais tarde, Qhuinn se afastou antes que não pudesse mais se distanciar de seu par.

Seguindo ao redor da base da escada, passou por uma porta escondida e desceu pelo sistema de túneis que conectava os componentes da propriedade. O centro de treinamento subterrâneo da Irmandade ficava cerca de meio quilômetro afastado da mansão, e aquela passagem subterrânea ligando as duas partes era um espaço amplo iluminado por painéis de luzes fluorescentes afixados ao teto.

Enquanto ele avançava, o som dos seus passos ecoava ao redor, como se os coturnos aplaudissem a iniciativa.

Contudo, Qhuinn não sabia se eles estavam certos. Não fazia a mínima ideia do que estava fazendo ali.

A porta atrás do armário de suprimentos se abriu sem emitir nenhum som, uma vez inserida a senha; em seguida, o guerreiro passava ao longo de prateleiras repletas de papéis para impressora, canetas, blocos de anotação e outras merdas vindas da loja de materiais para escritório. A sala, além do depósito, apresentava a típica disposição de mesa, cadeira, computador e arquivos metálicos, e nenhuma dessas coisas foi particularmente percebida quando ele passou pela porta de vidro adiante para chegar ao corredor da frente. Com passadas longas e impacientes, atravessou todos os tipos de instalações de nível profissional – desde uma academia completa e sala de pesos à altura de Dwayne Johnson, até os vestiários e as primeiras salas de aula.

A porção destinada à clínica do centro de treinamento tinha outra quantidade de cômodos voltados ao tratamento, uma sala de operações e diversos leitos hospitalares. A doutora Jane, companheira de V., e o doutor Manello, companheiro de Payne, cuidavam de todo tipo de ferimentos obtidos em combate, além de problemas domésticos e sem falar dos partos de L.W., Nalla e dos gêmeos Lyric e Rhampage.

Qhuinn bateu na primeira porta ao se aproximar e não teve que esperar nem uma batida do seu coração para ter uma resposta.

– Entre! – a doutora Jane disse do lado oposto da porta.

A boa médica vestia roupas cirúrgicas e um par de Crocs. Sentada diante do computador na outra extremidade da bem equipada clínica, seus dedos voavam sobre o teclado enquanto ela atualizava o prontuário de alguém cabisbaixa; seus cabelos loiros curtos espetados como se ela tivesse passado a mão por eles durante horas.

– Um segundinho... – Ela apertou a tecla de "enter" e girou. – Ah, olá, papai. Como está?

– Ah, você sabe, imerso no amor.

— Aqueles seus bebês são maravilhosos. E olha que eu nem gosto de crianças.

O sorriso dela era acolhedor como uma torta de maçãs. Os olhos verde-montanha, por outro lado, eram afiados como raios laser.

— Graças a você, eles estão se saindo muito bem.

Houve uma deixa para o silêncio. Quando a conversa não evoluiu, ele se pôs a caminhar pela clínica, pois não conseguia ficar parado. Deu uma espiada nos equipamentos estéreis e imaculados sobre os gabinetes de aço inoxidável, inspecionou a maca vazia sob as luzes usadas nas operações, ajeitando as calças.

A médica apenas ficou sentada no seu banquinho, calma e silenciosa, deixando que ele se debatesse com a sua mente. Quando o celular dela tocou, Jane deixou que caísse na caixa de mensagens sem nem ver quem poderia ser.

— Provavelmente estou errado — ele acabou concluindo. — Que porra sei eu, afinal?

A doutora Jane sorriu.

— Na verdade eu te acho um cara bem inteligente.

— Não sobre este tipo de coisa. — Com um pigarro, Qhuinn propôs a si mesmo que prosseguisse; ainda que a doutora Jane não parecesse estar com pressa, ele estava entediando a si mesmo. — Olha só... eu amo a Layla.

— Claro que sim.

— E quero o melhor pra ela. Ela é a mãe dos meus filhos. Quero dizer, além de Blay, ela é a minha companheira por causa das crianças.

— Com certeza.

Cruzando os braços diante do peito, ele parou de andar e empostou-se de frente à doutora Jane.

— Não estou dizendo que sei alguma coisa sobre fêmeas. Coisas como os seus humores e por aí vai. Só que... Layla tem chorado muito. Quero dizer, ela tenta esconder isso de mim e do Blay, mas... toda vez que vou vê-la, encontro bolas de lenços de papel no cesto de lixo, e seus olhos estão brilhantes demais, o rosto, corado. Ela sorri, mas o sorriso nunca passa da superfície. Os olhos dela... são uma tragédia de merda. E... e eu não sei o que fazer, só sei que isso não está certo.

A médica assentiu.

— Como ela se porta com as crianças?

– É fantástica, pelo que posso ver. É totalmente devotada a eles, e eles estão crescendo. Na verdade, o único momento em que a vejo meio que feliz é quando os têm nos braços. – Pigarreou novamente. – Então, o que estou imaginando... ou perguntando, sei lá, é se as fêmeas gestantes, depois que não estão mais grávidas, se elas não...

Jesus, ele merecia todo tipo de prêmio por saber se explicar tão bem. E os termos técnicos com os quais se debatia? Praticamente estava a um passo de receber o título de doutor em Medicina, assim como Jane.

Cacete.

Mas pelo menos a doutora Jane parecia reconhecer que aquele avião conversacional estava ficando sem pista para decolar.

– Acho que está querendo me perguntar a respeito de depressão pós-parto. – Após vê-lo assentir, ela prosseguiu: – Posso lhe afirmar que não é incomum entre os vampiros, e que pode ser incapacitante. Conversei com Havers a respeito disso antes, e estou muito feliz que tenha vindo me procurar para tratar do assunto. Às vezes, uma mãe recente sequer está ciente de que isso pode se tornar um problema.

– Não existe nenhum exame... ou um... sei lá.

– Existem algumas maneiras diferentes de avaliar a questão, e o comportamento é uma delas. Claro que posso ir conversar com ela, e também posso fazer alguns exames de sangue para avaliar os níveis hormonais. E, sim, existem muitas coisas que podemos fazer para tratar dela e dar-lhe o apoio necessário.

– Não quero que Layla pense que estou agindo pelas costas dela nem nada assim.

– O que é totalmente compreensível. Mas tudo bem, porque eu pretendia mesmo subir até lá para dar uma olhada nela e nos bebês. Posso abordar o tema como se fosse parte de uma rotina. Nem terei que citar seu nome.

– Você é a melhor.

Com o assunto resolvido, ele supôs que era hora de voltar para junto do seu companheiro e para o torneio de bilhar. Mas não saiu. Por algum motivo, não conseguia.

– Não é sua culpa – garantiu a doutora Jane.

– Eu a engravidei. E se o meu... – Ok, ela era médica, mas Qhuinn ainda não queria pronunciar a palavra *esperma* perto dela. O que era loucura. – E se a minha metade for a causa...

A porta se abriu, e Manny enfiou a cabeça pela abertura.

— Ei, está pronta...? Opa, desculpem.

— Estamos quase terminando aqui. — A doutora Jane sorriu. — E você não nos viu juntos.

— Pode deixar. — Manny bateu na soleira. — Se eu puder ajudar de alguma maneira, é só avisar.

E lá se foi o cara, como se nunca tivesse aparecido ali.

A doutora Jane se levantou e se aproximou dele. Era mais baixa do que Qhuinn, e sua estrutura nem se comparava aos quase 140 quilos de músculos masculinos. Mas ela parecia pairar acima dele; a autoridade na voz e nos olhos dela era exatamente o que ele precisava para acalmar seu lado irracional.

Quando encostou a mão no braço dele, sua expressão estava firme.

— Não é sua culpa. Esse, às vezes, é o curso da natureza em algumas gestações.

— Fui eu quem colocou aqueles bebês dentro dela.

— Sim, mas imaginando que este seja um caso de os hormônios se autorregularem após o parto, não há ninguém para culpar. Além disso, você agiu bem ao vir até aqui, e também pode ajudá-la simplesmente conversando com ela e lhe dando o tempo e o espaço necessários para que ela também converse com você. Para ser sincera, eu já havia notado que ela não tem descido para as refeições. Acho que precisamos encorajá-la a se juntar ao resto de nós, para que ela sinta o quanto estamos disponíveis para ampará-la.

— OK. Certo, então.

A doutora Jane franziu a testa.

— Posso lhe dar um conselho?

— Por favor.

Ela o apertou no braço.

— Não se sinta responsável por algo sobre o qual não tem controle algum. Isso é um convite ao estresse que acabará deixando-o loucamente infeliz. Sei que é mais fácil falar do que fazer, mas tente se lembrar disso, está bem? Eu o vi acompanhá-la a cada estágio da gestação. Não houve nada que você não tenha feito por ela ou que não faria por ela, e você é um pai fantástico. Somente coisas boas o esperam, eu prometo.

Qhuinn inspirou fundo.

– Certo.

Mesmo quando sua preocupação persistiu, ele se lembrou de que, durante a gestação de Layla, descobrira que podia confiar na doutora Jane. A médica o ajudara a trilhar a estrada da vida e da morte, e nunca o decepcionara, nunca deixara que se desgarrasse. Tampouco mentira para ele e lhe dera maus conselhos.

– Vai ficar tudo bem – ela prometeu.

Infelizmente, como pôde-se perceber mais tarde, a boa médica estava errada.

Mas ela não tinha controle algum sobre o destino.

Nem ele.

Capítulo 4

O bebê estava arruinado. Tudo o que detinha não passava de uma versão modificada e horrenda das feições de Hharm; o lábio superior era todo errado, como o de uma lebre.

Hharm largou o bebê no piso sujo da caverna, e a coisa não emitiu som algum ao aterrissar, os braços e as pernas mal se moviam, as carnes azuladas e acinzentadas, o cordão ainda o unia à fêmea. Iria morrer, assim como deveriam todos os resultados contra as regras da natureza e do parto – e essa consequência não era causa de indignação.

O fato de Hharm ter sido ludibriado, porém, o era. Desperdiçara dezoito meses, uma quantidade enorme de horas, aquele momento de esperança e de felicidade numa monstruosidade insuportável. E o que ele sabia com certeza? Que não era culpa sua.

– O que você fez? – exigiu saber da fêmea.

– Um filho! – Ela arqueou as costas em agonia renovada. – Eu lhe dei...

– Uma maldição. – Hharm se levantou em toda a sua altura. – O seu ventre é impuro. Ele corrompeu o presente do meu sêmen e produziu isso...

– O seu filho...

– Olhe para ele! Veja com seus olhos! Isso é uma abominação!

A mulher se esforçou e suspendeu a cabeça.

– Ele é perfeito, ele é...

Hharm empurrou o bebê com a bota, fazendo com que ele movesse os pequenos membros e emitisse um gritinho fraco.

– Nem mesmo você pode negar o que está diante de nós!

Os olhos injetados dela se afixaram no bebê, e depois se arregalaram...

— *Isso é...*

— *Você fez isso* — ele anunciou.

A ausência de argumentos por parte dela foi uma rendição inevitável, visto que o defeito não podia ser negado. Então ela gemeu como se ainda estivesse em trabalho de parto, os dedos ensanguentados arranharam a terra fria, as pernas tremeram quando se afastaram mais. Depois de mais esforços, algo saiu da mulher, e ele pensou que talvez fosse mais um. De fato, seu coração se viu cheio de otimismo enquanto ele rezava para que o primeiro fosse exhile dhoble, o amaldiçoado de um par de gêmeos.

Infelizmente, não. Era apenas algo do interior da fêmea, talvez o estômago ou o intestino dela.

E o bebê prosseguiu chorando, o peito se estufando e murchando com pouco efeito.

— *Você deve morrer aqui, assim como ele* — Hharm disse sem cuidado algum.

— *Eu não...*

— *Suas entranhas estão saindo.*

— *O bebê é...* — ela hesitou. — *Ele...*

— *É uma abominação da natureza contra o desejo da Virgem Escriba.*

A fêmea se calou e relaxou como se o processo da expulsão tivesse chegado ao fim, e Hharm aguardou pelo ataque em que a alma dela se desprenderia do corpo. Só que ela continuou a respirar e olhar para ele... e a existir. Que espécie de truque era aquele? A ideia de que ela não iria ao Dhunhd por conta disso era um insulto.

— *Isso é obra sua* — ralhou com a fêmea.

— *Como sabe que não foi a sua semente que...*

Hharm apoiou a bota na garganta dela e a pressionou, interrompendo-lhe as palavras. Quando uma onda de ódio induziu o corpo do guerreiro rumo a uma ação mortal, somente a possibilidade de que esse evento fosse um castigo por suas ações prévias o impediu de esmagar-lhe o pescoço.

Ela tem que pagar, foi seu pensamento abrupto. Sim, a culpa era dela, e o desapontamento causado necessitava de uma reparação.

Sibilando, ele revelou as presas.

— *Deixarei que viva para que possa criar esta monstruosidade e que seja vista com ele. Esta é sua maldição por me amaldiçoar: ele ficará sempre em* seu cangote, como um amuleto ou uma danação, e se eu descobrir que essa coisa morreu, eu a perseguirei e a esquartejarei centímetro a centímetro. Depois matarei a sua irmã, toda a prole dela e os seus parentes.

— O que está dizendo?!

Hharm se inclinou para baixo, o latejar no rosto e na cabeça parecia muito familiar.

— Ouviu minhas palavras. Conhece meu desejo. Desafie-o por sua conta e risco.

Quando ela se acovardou, o Irmão se afastou e fitou a sujeira proveniente do parto, a fêmea patética, aquele resultado horrendo — e cortou o ar com a mão, como se os apagasse da linha do tempo. Em meio aos bramidos da tempestade e à extinção da fogueira, ele foi até o casaco de peles.

— Você arruinou o meu filho — reclamou ao passar o peso das peles sobre os ombros. — O seu castigo é criar esse horror como declaração do seu fracasso.

— Você não é Rei — ela rebateu, fraca. — Não pode ordenar nada.

— Este é um serviço comunitário que faço aos machos, meus camaradas. — Apontou o dedo na direção do recém-nascido choroso. — Com isso grudado ao seu quadril, ninguém mais se deitará com você para sofrer de maneira similar.

— Não pode me forçar a isso!

— Ah, posso, sim, e o farei.

Ela era uma fêmea mimada e desafiadora por natureza, e fora isso o que o atraíra nela a princípio — tivera que lhe ensinar o que fazer e as orientações foram bem interessantes por um tempo. De fato, houvera apenas uma instância em que ela tentara exercer domínio sobre ele. Uma vez e nunca mais.

— Não me teste, fêmea. Já fez isso antes e deve se lembrar do resultado.

Quando ela empalideceu, ele assentiu na sua direção.

— Sim. Isso mesmo.

Ele quase a matara na noite em que lhe mostrara que, enquanto ele ficaria com que desejasse, quando e onde o quisesse, ela jamais teria permissão para se deitar com outro macho enquanto estivesse tangivelmente associada a ele. Foi logo depois disso que ela decidiu que a única possibilidade de prendê-lo seria dando-lhe o filho que ele almejava e, ao mesmo tempo, ele começara a pensar em seu legado.

Por azar, ela fracassara em seus objetivos.

— Eu odeio você — ela gemeu.

Hharm sorriu.

— *O sentimento é mútuo. E mais uma vez lhe digo que é melhor garantir a sobrevivência dessa coisa. Se eu descobrir que o matou, revidarei a morte dele nas suas carnes e em toda a sua linhagem.*

Dito isso, ele cuspiu duas vezes junto aos pés dela: uma por causa da fêmea e outra pelo bebê. Depois se afastou enquanto ela o chamava, e o bebê desertado berrava contra o frio.

Do lado de fora, a tempestade prosseguia, intensa, a neve rodopiante o cegava e depois diminuiu para uma revoada de pássaros que revelava todo o cenário. No vale logo abaixo, montanhas se elevavam às margens de um lago, a neve acumulada sobre a água congelada que formava ondas nos meses mais quentes. Estava tudo escuro, gélido e inerte, mas ele se recusava a encontrar um mau presságio na imagem à sua frente.

Com a mão usada para a adaga comichando, e a hostilidade dentro dele acelerando como um corcel disparado, sugeriu a si mesmo que não atentasse para esse resultado.

Encontraria outro ventre.

Em algum lugar, havia uma fêmea que lhe daria o legado merecido e necessário. Ele a encontraria e a faria crescer com a sua semente.

Existiria um filho apropriado para ele. Hharm jamais aceitaria qualquer outro resultado.

Capítulo 5

Quando se aproximou da entrada da caverna sagrada da Irmandade, Tohr se esgueirou pelo interior úmido, e uma vez ali dentro, o cheiro de terra e de uma fonte de chamas distante irritou suas narinas. Os olhos se ajustaram de imediato, e quando ele seguiu em frente, aquietou o movimento de seus coturnos. Não queria ser ouvido, mesmo que sua presença fosse notada logo em seguida.

Os portões não estavam muito longe e eram constituídos por grossas barras de ferro, cuja espessura era semelhante a de um antebraço de guerreiro; as barras de ferro eram altas como árvores e possuíam uma cobertura em malha de aço, a fim de impedir a desmaterialização. Tochas sibilavam e tremeluziam em cada lado e, além, ele via o começo do grande corredor que conduzia mais para dentro da terra.

Parando diante da enorme barreira, pegou a chave de cobre e não sentiu remorso algum por ter roubado o objeto da gaveta da escrivaninha ornamental de Wrath. Pediria desculpas pela infração mais tarde.

E também pelo que faria na sequência.

Tohr destrancou o mecanismo, empurrou o peso colossal, entrou e voltou a trancar o portão atrás de si. Caminhando à frente, seguiu o caminho natural, expandido por talhadeiras e músculos fortes, e depois adornado por prateleiras. Sobre as diversas tábuas, centenas e centenas de jarros alimentavam um jogo de luz e sombras.

Os receptáculos eram de todos os formatos e tamanhos, e vinham de diferentes eras, desde a antiga até a moderna, mas o que havia dentro de cada um deles era o mesmo: o coração de um *redutor*. Desde o princípio da guerra contra a Sociedade Redutora, ainda no Antigo País, a Irmandade vinha marcando as mortes dos inimigos ao tomar posse dos jarros das vítimas e trazendo-os até ali para aumentar a coleção.

Em parte como troféu, em parte como um "foda-se, Ômega", aquilo era um legado. Era um orgulho. Uma expectativa.

E talvez deixasse de sê-lo. Havia poucos e esparsos *redutores* nas ruas de Caldwell e em outras paragens no momento, portanto deveriam estar próximos.

Tohr não sentiu nenhuma alegria ante tal conquista. Mas talvez fosse em virtude do terrível aniversário dessa noite.

Era difícil sentir qualquer outra coisa que não a perda de Wellsie no dia que já fora seu aniversário.

Após uma curva sutil, ele parou. Mais adiante, a cena mais parecia saída de um filme que não se decidia se era *Indiana Jones*, *Grey's Anatomy* ou *Matrix*. No centro das antigas paredes de pedra, tochas acesas e jarros díspares e empoeirados, um amontoado de equipamentos médicos piscando e emitindo sinais interferia com um corpo sobre uma maca. E ao lado do prisioneiro? Dois imensos vampiros cobertos da cabeça aos pés com couro preto e armas negras.

Butch e V. eram o Frick e Frack da Irmandade – o ex-policial da divisão de homicídios dos humanos e o filho da Criadora da raça, o bom garoto católico e o depravado sexual, o viciado em roupas e o czar da tecnologia –, unidos pela devoção partilhada pelo Red Sox de Boston e respeito mútuo e afeto que não conheciam limites.[1]

V. percebeu a presença de Tohr primeiro, virando com tanta rapidez que seu cigarro aceso espalhou cinzas pelo ar.

– Ah, inferno. Não. De jeito nenhum, porra! Você vai dar o fora daqui!

Essa opinião, a despeito do volume pronunciado, foi fácil de ignorar, pois Tohr se concentrava no pedaço de carne sobre a maca. Xcor estava deitado ali, com tubos entrando e saindo de si como se ele fosse a bateria de um carro prestes a receber uma recarga, com a respiração regular... Não, espere, a respiração não estava regular.

---

[1] Dois patinadores suíços, Werner Groebli e Hans Mauch, cujos nomes artísticos eram Frick e Frack, nutriram uma parceria duradoura. Posteriormente, seus nomes se tornaram gíria para designar duas pessoas que trabalham juntas e se dão bem. (N.T.)

V. deteve Tohr, aproximando-se dele e ainda um pouco mais. E o que mais? O Irmão sacara seu atirador poodle – e o cano da 40 mm apontava diretamente para o rosto de Tohr.

– Tô falando sério, meu irmão.

Tohr olhou para o prisioneiro por cima do ombro largo. E se viu sorrindo.

– Ele está acordado.

– Não, ele não est...

– A respiração dele mudou. – Tohr apontou para o peito nu. – Veja.

Butch franziu o cenho e se aproximou do prisioneiro.

– Ora, ora, ora... Hora de acordar, filho da mãe.

V. virou-se para trás.

– Filho da puta.

Mas a arma não se moveu, tampouco Tohr. Por mais que quisesse Xcor, ele acabaria recebendo uma bala na garganta se desse mais um passo: V. era o menos sentimental dos irmãos e tinha a paciência de uma cascavel.

Naquele momento, os olhos de Xcor piscaram. Na luz tremeluzente das tochas, eles pareciam negros, mas Tohr se lembrava de que eles eram azuis. Não que isso importasse.

V. colocou a cara no seu caminho, os olhos de diamante eram como adagas.

– Este não vai ser o presente de aniversário que vai dar para a sua *shellan* morta.

Tohr arrastou os lábios para trás das presas.

– Vai se foder.

– Isso não vai acontecer. Pode me xingar o quanto quiser, mas não. Você sabe como as coisas vão acontecer e ainda não está na sua hora.

Butch sorriu para o prisioneiro.

– Estávamos esperando que se juntasse à festa. Aceita uma bebida? Talvez um misto de nozes antes de ter que ajeitar a poltrona para a decolagem? Não há por que te mostrar as saídas de emergência. Você não tem que se preocupar com isso.

– Vamos, Tohr – V. disse. – Agora.

Tohrment expôs as presas, mas não para o irmão.

– Seu bastardo, vou te matar...

— Não, nada disso. — V. passou o braço ao redor do bíceps de Tohr, e faltou pouco para começarem a dançar uma quadrilha. — Lá fora...

— Você não é Deus...

— Nem você, motivo pelo qual está de saída.

Nos recessos da mente, Tohr sabia que o filho da mãe tinha razão. Ele não estava nem meio racional no momento — e P.S., que V. se fodesse por se lembrar que noite era aquela.

Sua amada *shellan*, seu primeiro amor, completaria duzentos e vinte e seis anos. E teria um filho dos dois nos braços.

Mas o destino se opusera.

— Não me obrigue a atirar em você — V. alertou com aspereza. — Venha, meu irmão. *Por favor.*

O fato de as duas últimas palavras terem saído da boca de V. foi o que surtiu efeito. A cena era tão chocante que desarmou Tohr de sua loucura e raiva.

— Venha, Tohr.

Dessa vez, Tohr se permitiu ser conduzido, à medida que seu grande esquema desinflava; o silêncio absoluto depois de sua loucura o fazia tremer dentro da própria pele. Que porra estivera fazendo? Mas que *cacete*?

Sim, recebera o privilégio de matar Xcor com um decreto da realeza, mas só quando recebesse autorização expressa de Wrath. E isso ainda não acontecera explicitamente.

Tinham evitado um desastre de proporções traidoras.

Seria como trocar de lugar. Um traidor morto por outro bem vivo.

Quando chegaram aos portões que Tohr havia destrancado para conseguir acesso ao prisioneiro, V. estendeu a mão enluvada.

— Chave.

Tohr não olhou para o irmão ao tirar o objeto da jaqueta de couro e entregá-la. Depois de uns cliques e rangidos, o caminho estava livre, e Tohr saiu sem estar convencido, com as mãos no quadril, os coturnos chutando a terra, a cabeça baixa.

Quando ouviu uma nova sequência de rangidos e cliques, deduziu que estava sendo trancado do lado de fora, sozinho. Mas V. estava bem ao seu lado.

— Eu prometo — o irmão disse — que você, e apenas você, vai matá-lo.

Tohr se perguntou se isso bastaria. Ponderou se seria o bastante. Será que algum dia encontraria satisfação?

Antes de chegarem à boca da caverna, Tohr parou.

– Às vezes... a vida não é nada justa.

– Não. Não é.

– Odeio isso. Odeio pra caralho. Passo por... períodos, não apenas noites, mas semanas, às vezes até um ou dois meses... em que me esqueço de tudo. Mas a merda sempre volta e, depois de um tempo, não dá mais pra segurar. Não dá. – Bateu na lateral da cabeça com o punho. – Tem esse verme aqui dentro, e sei que matar Xcor não vai me distrair por mais do que dez minutos. Mas numa noite como esta, eu aceitaria até isso.

Sucedeu-se o som de um fósforo sendo riscado quando V. acendeu um cigarro.

– Não sei o que dizer, meu irmão. Eu diria pra você rezar, mas não tem mais ninguém lá em cima te ouvindo.

– Não tenho certeza se a sua mãe nos ouviu algum dia. Sem ofensas.

– Não ofendeu. – V. exalou. – Confie em mim.

Tohr se concentrou na saída da caverna, e quando tentou respirar, sentiu uma estranha exaustão.

– Estou cansado de lutar sempre a mesma briga. Desde que Wellsie foi... assassinada... sinto como se um pedaço meu nunca tivesse cicatrizado, e não aguento essa dor nem mais um segundo. Nem mais um maldito segundo. Mesmo que ela migrasse para algum outro lugar, já seria melhor.

Estabeleceu-se um longo silêncio entre eles, abafado apenas pelo urro dos ventos invernais que entravam na caverna silenciosa.

No fim, V. praguejou.

– Bem que eu gostaria de poder te ajudar, meu irmão. Quero dizer, se você precisar de um abraço confortador... eu devo conseguir alguém pra te dar uns tapinhas nas costas.

Tohr sacudiu a cabeça quando o lábio superior se retorceu num sorriso.

– Isso foi quase engraçado.

– Pois é, tentei pegar leve. – V. exalou de novo. – Era isso ou eu atirava em você, e odeio preencher a papelada burocrática do Saxton, sabe?

– Sei o que quer dizer. – Tohr esfregou o rosto. – Verdade...

Os olhos diamantinos de V. mudaram de foco.

– Apenas esteja ciente que lamento. Você não merece nada disso. – Certa mão pesada pousou no ombro de Tohr e apertou-o. – Se eu pudesse tirar a sua dor, é o que faria.

Quando Tohr piscou rápido, pensou que era uma coisa boa que V. não fosse de abraçar, ou então teriam um maldito colapso emocional acontecendo ali.

Do tipo de colapso que um macho não retornaria intacto.

Mas, pensando bem, ele estava mesmo intacto agora?

BOATE SHADOWS, CENTRO DE CALDWELL

Trez Latimer sentia-se como uma espécie de divindade ao olhar através da parede de vidro do escritório no segundo andar da sua boate. Abaixo, no espaço aberto do armazém convertido, uma multidão de humanos excitados estabelecia um padrão de atração e desdém num mar tumultuado de lasers púrpura e batidas pesadas de baixo.

Em grande escala, sua clientela era composta de *millenials*, os nascidos entre 1980 e 2000. Definidos pela internet, pelo iPhone, pela ausência de oportunidades econômicas – ao menos segundo a mídia humana –, era um grupo demográfico de moralistas perdidos, comprometidos em salvar uns aos outros, com a preservação dos direitos de todos, e a promoção de uma falsa utopia de pensamento liberal que fazia o macarthismo parecer atenuado.

Mas também eram, da maneira dos jovens, esperançosos sem fundamento.

E como ele os invejava.

Enquanto se esbarravam e colidiam uns nos outros, ele testemunhava o êxtase em seus rostos, o otimismo exuberante de que encontrariam o verdadeiro amor e a felicidade naquela noite mesmo – a despeito de todas as outras noites nas quais vieram até a sua boate e a aurora chegara, expulsando-o com nada além de exaustão, uma nova DST, e mais um fardo de vergonha e dúvida enquanto se perguntavam o que tinham feito, e com quem.

Ele suspeitava, contudo, que, para a maioria, a cura de tamanha angústia era apenas cerca de duas horas de sono, um *venti latte* da Starbucks e uma injeção de penicilina.

Quando se é jovem assim, quando ainda é preciso enfrentar os desafios que não se consegue sequer começar a compreender, a sua resistência não tem limites.

E era por isso que o vampiro desejaria poder trocar de lugar com eles.

Era estranho colocar os humanos em qualquer tipo de pedestal. Sendo um Sombra de mais de duzentos anos de vida, Trez há tempos considerava aqueles ratos sem cauda algo inferior, um tumulto inconveniente no planeta, bem como formigas na cozinha ou camundongos no porão. Só que não se podia exterminar os humanos. Sujeira demais. Melhor tolerá-los do que arriscar a exposição da espécie ao assassiná-los só para liberar vagas de estacionamento, diminuir as filas nos supermercados e as notificações do Facebook.

No entanto, ali estava ele, ansioso por trocar de lugar com qualquer um deles, mesmo que fosse por uma ou duas horas.

Improcedente.

Mas, pensando bem, eles não mudaram. Quem mudou foi ele.

Minha rainha, está na hora de partir? Conte-me se for.

Enquanto as lembranças o intimidavam dentro do cérebro, ele cobriu os olhos e pensou: *Não, Deus. De novo, não.* Não queria voltar para a clínica da Irmandade... para o lado do leito da sua amada Selena, morrendo por dentro enquanto ela expirava de verdade.

A verdade, contudo, era que ele jamais abandonara esses eventos, mesmo que o calendário sugerisse o contrário. Depois da passagem de mais de um mês, ele ainda se lembrava de cada mínimo detalhe da cena, desde a respiração torturada dela até o pânico no olhar enquanto lágrimas rolavam por ambos os rostos.

Sua Selena fora acometida por uma doença que raramente afetava membros da classe sagrada. Em todas as gerações de Escolhidas, algumas tiveram a Prisão, que era um jeito horrível de morrer: a mente era deixada viva na casca congelada do corpo, sem nenhuma escapatória, nenhum tratamento para ajudar, ninguém para salvar.

Nem mesmo o macho que a amava mais do que a própria vida.

Quando o coração de Trez tropeçou no âmago do peito, ele abaixou as mãos, meneou a cabeça e tentou se reconectar com a realidade. Estivera se debatendo contra esses episódios invasivos, e eles vinham se tornando mais frequentes em vez de menos – o faziam se preocupar com sua sanidade. Chegou a ouvir o ditado de que "o tempo cura as feridas" desimpedido, um período de tranquilidade mental, uma hora de sono sem perturbações.

Ao estender a mão, tocou o painel de vidro inclinado que era a sua janela para o que ele considerava ser o outro mundo, o exterior do seu inferno isolado. Engraçado que ele agora considerava "outro" o que um dia fora o mundo "real"... E mesmo sem a separação das espécies, da idade, do seu poleiro acima da confusão da boate, ele se sentia tão à parte de todos eles.

Tinha a sensação de que sempre permaneceria afastado de todos.

E, francamente, ele simplesmente não poderia continuar assim.

A dor o destroçara e, se não fosse pelo fato de que os suicidas tinham a entrada negada no Fade, ele teria metido uma bala do seu 48 mm na cabeça horas após a morte dela.

Pensou que não suportaria outra noite assim.

— Por favor... me ajude.

Trez não fazia a mínima ideia de quem falava com ele. Do lado dos vampiros, a Virgem Escriba já não existia mais — e no seu atual estado mental ele compreendia por completo o motivo de ela ter largado o microfone e saído do palco de sua criação. E, como um Sombra, ele fora criado para adorar sua Rainha — o único problema era que ela estava vinculada ao seu irmão, e rezar para a cunhada parecia muito estranho.

Uma declaração autêntica de que toda aquela coisa espiritual não passava de um monte de asneira.

E, mesmo assim, seu sofrimento era tão grande que ele tinha que tentar buscar ajuda.

Inclinando a cabeça para trás, olhou para o teto baixo preto e despejou seu coração partido para o mundo:

— Eu só a quero de volta. Eu só... quero Selena de volta. Por favor... se existir alguém aí em cima, me ajude. Devolva-a para mim. Não me importo em que forma ela estiver... Eu só não consigo mais fazer isto. Não consigo mais viver assim nem pela porra de uma única noite.

Claro que não houve resposta. E ele se sentiu um completo idiota.

Pois é, como se a vastidão do universo lhe iria despejar outra coisa que não apenas um meteoro?

Além disso, será mesmo que existia um Fade? E se ele estivesse apenas alucinando durante a purificação e somente imaginara ter visto a sua Selena? E se ela só tivesse simplesmente morrido? Como se... tivesse apenas deixado de existir? E se todas as bobagens a respeito de um lugar celestial aonde nossos amados iam e esperavam pacientemente por nós não passasse de um mecanismo de defesa criado por aqueles deixados para trás mergulhados no tipo de agonia em que ele se encontrava?

Uma falácia mental para cuidar de um ferimento emocional.

Reajustando a cabeça, voltou a fitar a multidão abaixo...

Pelo vidro, o reflexo de uma imensa figura masculina parada logo atrás fez com que ele se girasse e levasse a mão para a arma que mantinha enfiada na lombar. Mas então reconheceu o indivíduo.

– O que você está fazendo aqui? – exigiu saber.

Capítulo 6

A campina de 20 mil metros quadrados se elevava de uma estradinha deserta como oriunda do olhar crítico de um artista; todos os aspectos da colina e do vale pareciam sujeitos às regras dos padrões estéticos agradáveis. No alto do suave aclive coberto de neve, como uma coroa no topo da cabeça de um governante benevolente, um imenso bordo estendia seus galhos em uma áurea tão perfeita que mesmo a esterilidade do inverno não conseguia diminuir sua beleza.

Layla se desmaterializou até a base da colina, partindo da mansão, e subiu a pé até a árvore. Os chinelos usados no quarto não eram páreo para o chão congelado, o vento frio atravessava o roupão, e os cabelos se soltavam da trança, flanando ao seu redor.

Quando chegou ao cume, olhou para baixo, para as raízes do tronco glorioso dentro da terra.

Fora ali, pensou ela.

Ali, na base daquele bordo, ela vira Xcor pela primeira vez, convocada por alguém que ela acreditara ser um soldado de valor na guerra, alguém que ela alimentara na clínica da Irmandade... Alguém que a Irmandade deixara de lhe informar que, na verdade, era um inimigo e não amigo.

Quando o macho a chamara para que ela lhe provesse a veia, Layla não pensou em nada além do seu dever sagrado.

Por isso, transportara-se até ali... e perdera um pedaço de si no processo.

Xcor estivera à beira da morte, ferido e enfraquecido, e mesmo assim ela reconhecera sua força, ainda que em estado debilitado. Como poderia não tê-la notado? Era um macho tremendo, grosso no pescoço e no peito, forte nos braços, poderoso no corpo. Ele tentara recusar sua veia porque – ela gosta de acreditar – enxergara-a como uma inocente no conflito entre o Bando de Bastardos e a Irmandade da Adaga Negra, e quisera mantê-la afastada da situação. No fim, contudo, ele cedera, garantindo que ambos seriam a presa de uma ordem biológica que desconhecia a razão.

Ela inspirou fundo, observou a árvore e viu, através dos galhos desnudos, o céu noturno.

Depois que a verdadeira identidade de Xcor veio à tona, ela confessou a Wrath e à Irmandade suas ações, lacrimosamente clamando por perdão. E era um testemunho do rei e dos machos que o serviam o fato de a terem perdoado, e sem castigos, por ter prontamente ajudado o inimigo.

Em troca, era um parco testemunho da sua parte que ela tivesse voltado para junto de Xcor depois disso. Associou-se a ele. Tornou-se emocionalmente envolvida com ele.

Sim, existiu uma coerção inicial da parte dele na época, mas a verdade era que, mesmo que ele não a tivesse forçado? Sua vontade teria sido estar com ele. E o pior? Quando o relacionamento chegou ao fim, fora ele quem interrompera os encontros. Não ela.

Na verdade, ela o estaria vendo agora – e a dor da perda que sentia pela ausência dele era tão incapacitante quanto a culpa.

E isso foi antes ainda de ele ter sido capturado pela Irmandade.

Ela sabia exatamente onde ele havia sido aprisionado porque testemunhara suas condições naquela caverna... Sabia o que os Irmãos planejavam fazer com Xcor assim que ele despertasse.

Se ao menos houvesse um modo de salvá-lo... Ele nunca tinha sido cruel com ela, nunca a tinha ferido... jamais a havia abordado sexualmente, apesar do desejo que o habitava. Ele se manteve paciente e gentil... pelo menos até se afastarem.

Ele, entretanto, havia tentado matar Wrath. E essa traição era passível de punição com a morte...

– Layla?

Girando, ela tropeçou e caiu de lado, quase incapaz de se agarrar ao tronco áspero do bordo. Quando sentiu uma dor na palma, sacudiu-a na tentativa de apaziguá-la.

– Qhuinn! – exclamou.

O pai de seus filhos deu um passo à frente.

– Você se machucou?

Com um xingamento, ela limpou os arranhões, tirando a sujeira. Santa Virgem Escriba, como doía.

– Não, não. Estou bem.

– Pegue. – Ele apanhou algo de dentro do bolso da jaqueta de couro. – Deixe-me ver.

Ela tremia quando Qhuinn avaliou-lhe a mão e depois a envolveu na bandana preta.

– Acho que você vai viver.

Será?, ela pensou. *Não tenho tanta certeza.*

– Você está congelando.

– Sério?

Qhuinn tirou a jaqueta e a posicionou sobre os ombros dela, e Layla se viu engolfada pelo tamanho e pelo calor.

– Venha, vamos voltar para a mansão. Você está tremendo...

– Não posso mais fazer isso – ela desabafou num rompante. – Não consigo mais.

– Eu sei. – Quando ela se retraiu de surpresa, ele sacudiu a cabeça. – Sei o que há de errado. Vamos pra casa pra conversar. Vai ficar tudo bem, prometo.

Por um momento, ela não conseguiu respirar. Como ele podia ter descoberto? Como podia não estar bravo com ela?

– Como você... – As lágrimas surgiram com rapidez, a emoção se sobrepôs a tudo. – Sinto muito. Eu sinto muito... Não era para ser assim.

Ela não soube se foi ele quem abriu os braços ou se foi ela quem se lhe agarrou ao peito, mas Qhuinn a abraçou com força, protegendo-a do vento.

– Tá tudo bem. – Ele massageava grandes círculos nas costas dela com a palma, acalentando-a. – Só precisamos conversar a respeito. Podemos fazer algumas coisas, tomar algumas providências.

Ela virou o rosto para o lado e fitou a campina.

– Eu me sinto tão mal.

– Por quê? Isso está fora do seu controle. Não pediu por isso.

Ela se afastou.

– Eu juro, não pedi. E não quero que você pense nem por um segundo que eu poria Lyric e Rhampage em perigo...

— Tá de brincadeira? Sério, Layla, você ama aqueles dois com tudo o que tem dentro de si.

— Amo mesmo. Eu te garanto isso. E amo você e Blay, o Rei e a Irmandade. Vocês são a minha família, vocês são tudo o que tenho.

— Layla, preste atenção. Você não está sozinha, entendeu? E como eu já disse, existem coisas que podemos fazer...

— Mesmo? De verdade?

— Sim. Na verdade eu estava falando sobre isso antes de vir para cá. Eu não queria que pensasse que eu a estava traindo...

— Ah! Qhuinn! Eu sou a traidora! Sou eu quem está errada...

— Pare. Você não é. Vamos cuidar disso juntos. Todos nós.

Layla levou as mãos ao rosto, tanto a que estava com o curativo como a que estava descoberta. Então, pela primeira vez desde o que parecia ser uma eternidade, ela exalou o ar, um bálsamo de calma substituindo o terrível fardo que dispunha sobre si.

— Tenho que contar uma coisa. — Levantou o olhar para ele. — Por favor, saiba que tenho me remoído de arrependimento e de tristeza. Juro que nunca tive a intenção de que isso acontecesse. Tenho me sentido tão só, me debatendo com a culpa...

— Culpa é algo desnecessário. — Esfregou os polegares sob os olhos dela. — Você tem que se livrar disso, porque não consegue evitar o modo como se sente.

— Não consigo, de verdade, não consigo mesmo... E Xcor não é mau, não é tão ruim quanto você acha que ele é. Juro. Ele sempre me tratou com cuidado e gentileza, e sei que ele não voltaria a ferir Wrath. Eu *sei* disso...

— O quê? — Qhuinn franziu o cenho e sacudiu a cabeça. — Do que você está falando?

— Por favor, não o mate. É como você disse, existe um modo de fazer isso dar certo. Talvez vocês possam libertá-lo e...

Qhuinn não recuou; na verdade, ele a empurrou para longe de si. E depois pareceu se debater para encontrar as palavras.

— Layla — ele pronunciou devagar. — Sei que não estou ouvindo direito e estou tentando... Você pode...

Aproveitando-se do momento para expor sua posição, Layla se apressou em falar:

– Ele nunca me machucou. Todas as noites em que o procurei, ele nunca me feriu. Ele providenciou um chalé para que eu ficasse em segurança, e sempre estávamos apenas nós dois. Nunca vi nenhum dos Bastardos...

Ela prosseguiu enquanto a expressão do guerreiro se transformava de confusão para... algo gélido que lhe suscitou as feições de um completo desconhecido.

Quando Qhuinn voltou a falar, a voz saiu inexpressiva.

– Você esteve se encontrando com Xcor?

– Eu me senti muito mal...

– Por quanto tempo? – ele estrepitou. Mas não a deixou responder. – Você foi ao encontro dele enquanto estava grávida dos meus filhos? Você se associou por vontade própria com um inimigo conhecido enquanto os meus benditos filhos estavam no seu ventre? – Antes que ela conseguisse lhe responder, ele levantou o indicador. – E você precisa pensar muito bem na resposta. Não há volta para isto, e é melhor dizer a verdade. Se eu descobrir que mentiu pra mim, vou te matar.

Quando o coração de Layla começou a bater forte no peito, deixando-a tonta, seu único pensamento foi...

Você vai me matar de qualquer maneira.

De volta à shAdoWs, Trez guardou a arma e tentou retornar à realidade.

– E então? – ele inquiriu. – O que está fazendo aqui, ainda mais sem o seu poliéster especial do Tony Manero?

Lassiter, o Anjo Caído, sorriu de um modo que não contemplou seus estranhos olhos coloridos sem pupila; a expressão afetou apenas a parte inferior do rosto.

– Ah, você sabe, ternos de passeio estão ultrapassados para mim.

– Partindo para os anos 1980? Não tenho nada neon pra emprestar pra você.

– Não precisa, tenho outra fantasia para usar.

– Que bom pra você. Assustador pro resto de nós. Só me diz que não vai usar o maiô do Borat.

Quando o anjo não respondeu de pronto, Trez sentiu como se as garras de Fred Krueger estivessem passando pela sua nuca. Normalmente, Lassiter era o tipo de cara tão alegre que a maioria das pessoas não sabia se decidir entre meter uma bala nele para tirar todo mundo de um estado miserável... ou simplesmente apanhar uma lata de Coca-Cola e um saco de pipoca para assistir ao show.

Porque, mesmo quando ele irrita, a situação é sempre muito divertida.

Mas não essa noite. O olhar bizarro estava tão leve e espumoso quanto um bloco de granito, e o imenso corpo dele estava absolutamente imóvel, nenhum item de ouro nos pulsos ou pescoço, nos dedos ou orelhas, reluzia sob a luz baixa.

— Por que está brincando de estátua? — Trez murmurou. — Alguém trocou o lugar da sua coleção do My Little Pony de novo?

Incapaz de suportar o silêncio, Trez foi se sentar atrás da escrivaninha e começou a mexer em uma pilha de papéis.

— Está tentando ler minha aura ou alguma merda do tipo?

Não que para isso fosse necessário algum poder especial. Todos na mansão sabiam em que estado ele estava.

— Quero que vá jantar comigo amanhã à noite.

Trez levantou o olhar.

— Pra quê?

O anjo levou o tempo que quis para responder, seguindo devagar até o painel de vidro para encarar a multidão logo abaixo, no exato lugar em que Trez estava antes. Iluminado pela luz fraca, o perfil do anjo era o tipo de imagem que as fêmeas adorariam, com todas as proporções e os ângulos certos. Mas a cara de preocupação...

— Manda ver — Trez exigiu. — Já recebi uma vida inteira de más notícias. O que quer que seja, nada se compara ao que tenho passado.

Lassiter relanceou e deu de ombros.

— É só um jantar. Amanhã à noite. Sete horas.

— Eu não como.

— Sei disso.

Trez largou a pilha de faturas, de escala dos funcionários ou qualquer outra porra que o vinha mantendo ocupado, ainda que não as estivesse olhando de fato, junto ao amontoado de porcarias sobre a escrivaninha.

— Acho muito difícil acreditar em seu interesse a respeito de nutrição.

— Verdade. Essa coisa de "glúten é o seu inimigo" é uma bobagem sem fim. Nem me fale de Kombuchá, couve, ou qualquer coisa com propriedades antioxidantes, e na mentira de que o xarope de milho com alto teor de frutose é a fonte de todo o mal.

– Ouviu falar que a Kraft Macaroni & Cheese tirou todos os conservantes há meses?

– Pois é, e os filhos da mãe nem avisaram antes...

– Por que quer jantar comigo?

– Só estou sendo amigável.

– Não faz parte do seu estilo.

– Como disse antes, estou mudando algumas coisas. – Eeeee lá veio aquele sorriso de novo. – Pensei em começar com tudo. Quero dizer, se é pra virar a página, melhor começar do jeito que se deseja continuar.

– Sem ofensas, mas não estou a fim de passar tempo com pessoas de quem gosto de verdade. – Tudo bem, aquilo não soou muito bem. – O que quero dizer é que o meu irmão é o único que consigo tolerar agora, e nem ele eu quero ver.

Aquele sorriso de Lassiter era uma visão que Trez estava mais do que disposto a jamais rever – e observe como orações podem ser atendidas: o anjo estava seguindo para a porta.

– Te vejo amanhã.

– Não, obrigado.

– No restaurante do seu irmão.

– Ah, mas que porra, por quê?

– Porque ele serve o melhor macarrão à bolonhesa em Caldie.

– Você sabe o que eu quis dizer.

O anjo se limitou a dar de ombros.

– Vá lá e descubra.

– O inferno que vou! – Trez meneou a cabeça. – Olha só, sei que as pessoas andam preocupadas comigo e agradeço a preocupação. – Na verdade, não agradecia não. Nem um pouco. – Sim, perdi peso, e eu deveria comer mais. Mas é engraçado como, quando se tem o peito escancarado e o coração arrancado pelo destino, se perde o apetite. Por isso, se está querendo companhia só para não parecer que está jogando sozinho, por que não procura alguém que coma de verdade e troque mais de duas palavras com ela? Posso garantir que tanto eu quanto você teremos uma noite mais agradável assim.

– Até amanhã.

Quando o anjo saiu, Trez gritou para a ponta oposta do escritório:

– Vai se foder!

Quando a porta se fechou em silêncio, ele concluiu que, pelo menos, a discussão não continuaria. E quando estivesse comendo a bolonhesa sozinho, Lassiter entenderia que o Sombra não apareceria.

Problema resolvido.

Capítulo 7

Há momentos na vida em que a amplitude da sua atenção se afunila em um foco tão exíguo que toda a sua consciência se concentra nessa única pessoa. Qhuinn não era alheio a esse fenômeno. Ele acontecia toda vez que estava sozinho com Blay. Quando segurava os filhos. Quando lutava contra o inimigo, em busca de garantir que voltaria para casa inteiro, sem ferimentos e concussões.

E estava acontecendo de novo agora.

Parados diante da base da árvore de Harry Potter, no topo de uma colina, com o vento invernal ao redor, Qhuinn estava ciente apenas do olho direito de Layla. Conseguia contar cada nuance verde-clara que irradiava do núcleo preto da íris. Poderia haver uma nuvem de cogumelos resultante de uma explosão nuclear ao longe, uma nave espacial acima da sua cabeça, uma fila de palhaços dançando ao seu lado... e ainda assim ele não teria visto, ouvido, percebido nada além daquilo.

Bem, isso não era inteiramente verdade.

Percebia de leve o rugido em seus ouvidos, um tipo de cruzamento do motor de um jato e dos fogos de artifícios que sibilam como uma *banshee*, girando em círculos até se exaurir.

— Responda — ele ordenou numa voz que não parecia a sua.

Ele a havia seguido até aquele local isolado quando sentiu sua ausência na mansão — e se deslocou até ali para falar com ela sobre depressão pós-parto. O plano era levá-la de volta para casa, confortá-la diante da lareira, colocá-la num caminho em que ela pudesse apreciar os seres pelos quais tanto se empenhou em trazer ao mundo.

Como diabos acabaram falando de Xcor e de ela ter se encontrado com ele?

Não fazia a mínima ideia.

Mas não havia mais nenhum mal-entendido. E nenhuma retratação a caminho. Ele via no olhar arregalado e no pânico silencioso que, apesar de seu desejo de que aquela fosse uma colossal falha de comunicação de proporções risíveis, não era o caso.

— Eu estava segura — ela sussurrou. — Ele nunca me feriu.

— Mas que porra q...

Ele se deteve nesse aspecto. Iria direto ao ponto, como se faz com o detonador de uma bomba.

Antes que ele fizesse ou dissesse algo de que se arrependeria, afastou-se e flexionou os dedos para que não se cerrassem em punhos.

— Qhuinn, juro que nunca estive em perigo...

— Você ficou sozinha com ele. — Quando Layla não respondeu, ele cerrou os molares. — Não ficou?

— Ele nunca me machucou.

— Ok, isso é o mesmo que dizer que nunca foi picada enquanto usava uma cobra como cachecol. Uma vez depois da outra. Porque essa porra aconteceu com frequência, não foi? Responda!

— Sinto muito, Qhuinn... — Ela parecia querer se recompor, fungando as lágrimas e aprumando os ombros. O modo como os olhos dela suplicavam perdão o levou à beira da violência. — Oh, Santa Virgem Esc...

— Pare com as súplicas! Não há mais ninguém lá em cima! — Ele estava perdendo o controle. Por completo. — E que diabos está fazendo com esse pedido de perdão? Você colocou meus filhos em risco por livre e espontânea vontade só porque queria... — Ele se retraiu. — Jesus Cristo. Você fez sexo com ele? Você trepou com ele com os meus filhos dentro de você?

— Não! Nunca estive com ele dessa forma!

— Mentirosa — ele urrou. — Você é uma vadia mentirosa...

— Sou praticamente virgem! E você sabe disso! Além do mais, você não me quer. Por que se importa?

— Está querendo sugerir que sequer o beijou? — Quando ela não respondeu, ele riu com aspereza. — Nem tente negar. Está escrito na sua cara.

E você tem razão, eu não te quis, nunca te quis... E não tente distorcer as coisas. Não estou com ciúmes; estou enojado. Amo um homem de valor e tive que ir para a cama com você porque precisava de uma incubadora pro meu filho e pra minha filha. Por isso e pelo fato de você ter se jogado em cima de mim quando esteve no cio, esses foram os *únicos* motivos pelos quais estive com você.

O rosto de Layla empalideceu, e por mais que isso o tornasse um cretino, ele gostou. Queria feri-la por dentro, que era onde contava, porque, por mais furioso que estivesse, jamais bateria numa fêmea.

E essa era a razão por ela ainda estar de pé.

Aqueles bebês, aqueles preciosos e inocentes bebês, foram levados até a boca de um monstro, na presença do inimigo, expostos ao perigo que o teria feito se cagar nas calças caso tivesse sabido à época do acontecimento.

— Você faz *alguma* ideia do que ele é capaz de fazer? — Qhuinn perguntou com seriedade. — As atrocidades que cometeu? Ele esfaqueou o próprio tenente nas entranhas só para mandá-lo para as nossas mãos. E no passado, no Antigo País? Ele assassinou vampiros, humanos, *redutores*, qualquer um que lhe atravessasse o caminho, às vezes movido pela guerra, outras só por diversão. Ele era a mão direita de Bloodletter. Você consegue imaginar o que ele já fez nesta terra? Quero dizer, você evidentemente não dá a mínima para o fato de ele ter metido uma bala no pescoço de Wrath — está claro que isso não significa nada para você. Aquele bastardo poderia tê-la violentado mil vezes, estripado você e deixado que ardesse sob o sol — com os meus filhos dentro de você! Que tipo de porra de brincadeira você está armando pra cima de mim?!

Quanto mais Qhuinn pensava a respeito dos riscos a que ela se expôs, mais sua cabeça latejava. Seus amados filhos poderiam muito bem não existir por conta das más escolhas da fêmea, que apenas por preceito biológico, fora o abrigo deles até que pudessem respirar sozinhos.

Tinha colocado-os em perigo ao se arriscar — sem nenhum pensamento aparente quanto às consequências ou como ele, o pai biológico, poderia encarar tamanho fiasco.

Sua fúria, nascida do amor que nutria pelos bebês, era indefinível. Inegável. Inesgotável.

— Nós dois os desejamos — ela disse, rouca. — Quando nos deitamos, nós dois os quisemos...

Numa voz impassível, ele a interrompeu:
— Pois é, isso eu lamento. Melhor que eles não tivessem nascido do que ter metade de você neles.

Layla estendeu a mão para mais uma vez se apoiar na árvore – e, como foi a mão que estava envolvida por sua bandana, ele se percebeu sufocado pela necessidade de arrancar o pedaço de pano da mão dela. Para depois queimá-lo.

— Fiz o melhor que pude – ela afirmou.

Ele gargalhou, então, até que a garganta queimasse.

— Está se referindo ao tempo em que dormiu com Xcor? Ou quando pôs em risco a vida dos meus filhos?

De uma vez só, ela retribuiu a raiva dele com um jorro da sua:

— Você tem aquele a quem ama! Deita-se ao lado dele todos os dias! A sua vida tem objetivo e significado, além de servir a outrem – enquanto eu não tenho nada! Passei todas as minhas noites e dias servindo a uma divindade que já não se importa mais com a raça que gerou e agora sou a *mahmen* de dois bebês a quem amo com todo o meu coração, mas que não são eu. O que tenho para mostrar da minha vida? Nada!

— Nisso você acertou – ele concordou, sério. – Porque não será mais a mãe dos meus filhos. Você perdeu o seu emprego.

Ela se retraiu com indignação.

— O que está dizendo? Sou a *mahmen* deles. Eu...

— Não é mais.

Houve um instante de silêncio, e depois a voz explodiu para fora dela:

— Você não pode... Não pode tirar Lyric e Rhamp... Não pode afastá-los de mim! Sou a *mahmen* deles! Tenho meus direitos...

— Não, não tem. Você se associou ao inimigo. Cometeu um ato de traição. E vai ter sorte se sair desta com vida... Não que eu me lixe se você viver ou morrer. A única coisa que me importa é que nunca mais veja os bebês...

A mudança no interior dela foi instantânea e arrebatadora.

De uma vez só, Layla passou de irada a absolutamente calada. E a mudança foi tão abrupta que ele teve de ponderar se ela não sofrera uma síncope.

Mas, em seguida, os lábios de Layla se retraíram das presas que desciam. E o som que saiu de dentro dela eriçou os pelos de sua nuca num alerta.

Quando abriu a boca, a voz dela foi letal como as lâminas de uma adaga.

— Não recomendo que tente me impedir de ver meu filho e minha filha. Qhuinn expôs as próprias presas.

— Espere e verá.

O corpo da Escolhida se curvou e ela se agachou, o sibilo que ela emitiu era de uma víbora. Só que ela não saltou sobre ele para despedaçar seu rosto com as garras.

Layla simplesmente se desmaterializou.

— Ah, inferno! Não! — ele gritou para o cenário invernal frio e alheio a tudo. — Você quer guerra, é o que vai ter, cacete!

— ... vezes em que ainda sinto vontade — Blay dizia ao sorver um gole do seu copo com gelo. — Para os humanos, é um vício letal. Mas vampiros não têm que se preocupar em adquirir câncer por fumar.

A sala de bilhar da Irmandade estava quase deserta, visto que o torneio foi encerrado quando Butch teve de assumir o posto ao lado de Xcor, Tohrment pediu para se retirar, Rhage chegou machucado do campo, e Rehv decidira ficar nos Grandes Campos com Ehlena. Mas tudo bem. Blay ainda conseguira jogar com Vishous, e os dois circundavam a mesa central dentre as cinco, alternando-se nas jogadas. A boa notícia? Lassiter estava em algum outro lugar, o que significava que a TV acima da imensa lareira estava na ESPN, no mudo.

Nada de filmes da Disney com aquelas canções ridículas esta noite.

Se Blay tivesse que ouvir as merdas do *Frozen* uma vez mais, ele iria "let it goooooo" pra valer.

No sentido de esvaziar uma *magazine* bem diante do seu próprio lobo frontal.

Do outro lado da mesa, Vishous acendeu outro dos seus cigarros enrolados por ele mesmo.

— Então por que parou de fumar?

Blay deu de ombros.

— Qhuinn odeia cigarros. O pai dele fumava cigarros e cachimbo, então acho que isso o faz se lembrar de coisas das quais prefere esquecer.

— Você não deveria ter que mudar por ninguém.

— Fui eu quem escolheu parar. Ele nunca me pediu.

Enquanto o Irmão se inclinava sobre a mesa para alinhar o taco, Blay relembrou o início de sua história com Qhuinn. Esse papo de fumar começou quando teve de ficar assistindo ao macho que amava foder qualquer coisa que se movesse. Um período horrível. Não, não tinham um relacionamento – e toda vez que Qhuinn saía com alguém, isso servia de lembrete de que jamais estariam em um.

Caramba. Na época, ele sequer havia saído do armário.

O estresse e a tristeza foram difíceis de controlar, mas também houve um ressentimento borbulhante e irracional de sua parte. Por isso abraçara um mecanismo de compensação que Qhuinn não teria aprovado nem gostado. Fora uma desforra subversiva e mesquinha pelos pecados que o macho na verdade não cometera.

Mas, pelo menos, deixar de fumar tinha sido simples. Assim que os dois se entenderam? Ele deixou os maços de Dunhill de lado e nunca mais olhou para trás.

Bem... Talvez seja mais preciso afirmar que nunca escorregou no vício. Às vezes, quando via Vishous acendendo um, e o cheiro do tabaco permeava o ar, ele ansiava fumar um cigarro...

Bem quando V. lançou a bola da vez no meio do arranjo central, um som horrível de batidas resoou no vestíbulo. Alto, repetitivo, forte o bastante para sacudir e fazer tremer a maciça e grossa porta de carvalho da entrada da mansão, de modo que mais parecia que uma horda de *redutores* estava tentando invadi-la.

Blay sacou a arma que portava na casa enquanto ele e V. largavam os tacos e corriam para fora da sala de bilhar até a entrada principal.

Bam-bam-bam-bam!

– Mas que porra é essa? – V. murmurou ao olhar para o monitor de segurança. – Que diabos há de errado com o seu garoto?

– O quê?

A pergunta foi respondida quando V. soltou a trava e Qhuinn entrou explodindo no vestíbulo. O macho estava furioso a ponto de parecer possuído, o rosto contraído de raiva, o corpo disparado numa corrida, seu estado tal que ele parecia alheio à presença de qualquer um.

– Qhuinn? – Blay tentou segurá-lo pelo ombro ou pelo braço.

Não teve jeito. Qhuinn chegou à escadaria e deu uma de Usain Bolt, os degraus cobertos pelo tapete vermelho foram consumidos por saltos ligeiros.

— Qhuinn! — Blay disparou atrás do que quer que estivesse acontecendo, tentando alcançá-lo. — O que foi?

No alto da escadaria, os coturnos de Qhuinn se enterraram no carpete e por pouco não derraparam ao virar à esquerda no corredor das estátuas. Logo atrás dele, Blay se apressou, e quando a direção que ele tomava ficou clara, um súbito terror se apossou dele.

Layla e as crianças deviam estar em algum perigo...

Na porta do quarto de Layla, Qhuinn agarrou a maçaneta e girou – só para bater de cara na madeira.

Cerrando um punho, ele começou a bater na porta com tanta força que lascas de pintura começaram a cair.

— Abra a porra desta porta! — Qhuinn berrou. — Layla, abra esta maldita porta agora mesmo!

— Mas que diabos você está fazendo?! — Blay tentou impedi-lo. — Ficou louco...

A arma de Qhuinn saiu sabe-se lá de onde, e quando o Irmão a virou e direcionou o cano para o rosto de Blay, ficou claro que se tratava de algum tipo de pesadelo, o resultado inevitável de uma segunda dose de vinho do Porto depois do jantar de carneiro de Fritz.

Só que não.

— Fique fora disso – Qhuinn estrepitou. – *Fique fora disso.*

Enquanto Blay erguia ambas as mãos e recuava, Qhuinn virou o ombro para a porta e a empurrou com tanta força que a madeira rachou, os painéis se partindo sob a força do golpe.

O que se revelou dentro do quarto cor de lavanda foi igualmente aterrador.

Enquanto Vishous parava de pronto ao lado de Blay e Z. saía da sua suíte ao fim do corredor, o cérebro de Blay para sempre ficaria maculado pela visão incompreensível e inescapável de Layla com cada filho debaixo dos braços, as presas expostas em pose de ataque, o rosto como o de um demônio, o corpo todo trêmulo – mas não de medo.

Ela estava preparada para matar qualquer um que se aproximasse dela.

Qhuinn apontou a arma na direção dela através do buraco criado na porta.

— Solte-os. Ou acabo com você.

— Mas que *porra* está acontecendo aqui? — A voz de Vishous saiu tão alta quanto se ele tivesse um alto-falante. — Vocês perderam a cabeça, caralho?

Qhuinn enfiou a mão por dentro e soltou a tranca, escancarando o que restava da porta. Quando ele entrou, Blay deteve os demais.

— Não, deixem que eu cuido disso.

Se mais alguém além dele entrasse, balas começariam a pipocar, e Layla iria atacar, e pessoas se feririam — ou pior.

E que *porra* estava acontecendo ali?

— Solte-os! — Qhuinn ladrou.

— Mate-me, então! — Layla revidou. — Vá em frente!

Blay colocou o corpo entre os dois, o tronco enquanto bloqueio no caminho de qualquer bala. Nesse meio-tempo, Layla respirava ofegante, e Lyric e Rhamp choravam — merda, ele jamais se esqueceria do som daquele choro.

De frente para Qhuinn, ele mostrou as palmas e falou com lentidão:

— Vai ter que atirar em mim primeiro.

Ele não se concentrou em nada além dos olhos azul e verde de Qhuinn... Como se pudesse, de alguma forma, comunicar-se telepaticamente com seu oponente para acalmá-lo.

— Saia da frente — Qhuinn ordenou. — Isto não é da sua conta.

Blay piscou ante tais palavras. Mas, considerando-se que enfrentava o cano de uma 40 mm, deduziu que deixaria o insulto passar por ora.

— Qhuinn, qualquer que seja o problema, conseguiremos lidar com...

Aquele olhar despareado se voltou para ele por apenas uma fração de segundo.

— Acha mesmo? Quer dizer que o fato de ela ter se associado com o inimigo pode ser lavado com detergente ou alguma merda do tipo? Maravilha, vamos chamar Fritz pra cuidar disto. Ideia boa do cacete.

Enquanto os bebês continuavam a chorar, e mais pessoas se aproximavam da cena no corredor, Blay balançou a cabeça.

— Do que está falando?

— Ela levou os meus filhos com ela quando foi trepar com ele...

— Não entendi, o quê?

— Ela esteve com Xcor durante todo esse tempo. Ela não parou de se encontrar com ele. Associou-se a um inimigo conhecido do nosso rei enquanto estava grávida dos meus filhos. Por isso, sim, estou no meu direito de pai de puxar o gatilho contra ela.

De repente, Blay tomou ciência de um grunhido crescente atrás dele, e o som terrível o lembrou do que ouvira a respeito de as fêmeas da espécie serem mais letais do que os machos. Relanceando por sobre o ombro, ele pensou que sim, Layla estava evidentemente preparada para proteger os filhos até a morte naquela porra de universo paralelo para o qual foram sugados.

Xcor? Ela andou se encontrando com Xcor?

Só que ele não podia se desviar do perigo imediato.

— Só quero que você abaixe essa arma — Blay disse com calma. — Abaixe a arma e me conte o que está acontecendo. Senão, se quiser atirar nela, a bala vai ter que passar por mim primeiro.

Qhuinn inspirou fundo, como se estivesse se esforçando para não gritar.

— Eu te amo, mas isto não é da sua conta, Blay. Saia do caminho e deixe que eu cuido disto.

— Espere um minuto. Você sempre disse que também sou pai dessas crianças...

— Não quando o assunto é este. Agora saia da minha frente, caralho.

Blay piscou uma vez. Duas. Uma terceira vez. Engraçado, a dor em seu peito o fez refletir se Qhuinn não havia apertado o gatilho, e ele apenas deixou de ouvir o disparo.

Concentre-se, ordenou a si mesmo.

— Não, não vou me mexer.

— Saia da frente! — O corpo de Qhuinn começou a tremer. — Mas que diabos, saia da porra da minha frente!

Agora ou nunca, Blay pensou ao avançar e atacar o pulso que controlava a pistola. Ao golpear o antebraço com toda a força, a arma disparou repetidamente, e os cartuchos das balas saíram voando — mas, com uma rápida mudança de direção, ele conseguiu empurrar Qhuinn para o lado. O casal se estatelou no chão, e Blay se esforçou para dominar seu par, o impulso do movimento afastando-os de Layla e dos pequenos enquanto mantinha a arma apontada para o sentido oposto do quarto.

Blay acabou por cima, mas sabia que Qhuinn lhe tomaria a posição bem rápido. A arma, ele tinha que manter controle da...

De repente, o ar se tornou ártico.

A temperatura do quarto caiu para baixo de zero tão rápido que as paredes, o piso e o teto rangeram em protesto, a respiração dos presentes foi expelida em lufadas, a condensação gelou os vidros das janelas e os espelhos, com arrepios de qualquer pele exposta.

Em seguida, ouviu-se um rugido vigoroso.

O som foi tão intenso que foi quase inaudível – nada além de dor atravessou-lhes o canal auditivo, transformando suas cabeças em sinos de igreja – e isso, ainda mais do que a mudança no clima, deteve todos dentro da suíte, no corredor, na mansão... Talvez em todo o mundo.

O imenso corpo de Wrath apequenou a soleira da porta quando ele entrou no quarto, marcado pelos cabelos até a cintura, óculos escuros, coxas cobertas por couro e tronco avantajado, que teria detido qualquer trem em movimento.

Suas presas estavam totalmente expostas, como os dentes de um tigre--dentes-de-sabre. Mas ele não teve dificuldade alguma de se expressar, mesmo com elas.

– Não na porra da minha casa! – Ele soou tão alto que o quadro ao seu lado vibrou contra a parede de gesso. – Isso *não* vai acontecer na porra da minha casa! Minha *shellan* e meu filho estão aqui – existem outras crianças debaixo deste teto. Existem crianças na droga deste quarto!

Do lado oposto, Layla caiu no chão, os ossos absorvendo a queda com um barulho. Apesar do impacto, manteve Lyric e Rhamp em segurança, aninhados no colo, enquanto pendia a cabeça e começava a chorar.

Debaixo de Blay, Qhuinn tentava se soltar.

– Não até você soltar a arma – Blay disse entredentes.

Houve o som de metal se chocando contra a madeira quando a 40 mm foi solta e Blay a empurrou para longe. Em seguida, Qhuinn se desvencilhou e pôs-se de pé sobre os coturnos. Parecia que ele tinha estado num túnel de vento, seus cabelos negros dispostos em uma bagunça completa, os olhos arregalados, a pele corada em determinados pontos, mas pálida em outros.

– Todos para fora – Wrath ordenou. – Exceto pelos três pais.

Bem, pelo menos alguém reconhecia seu papel, Blay ponderou, com amargura.

Direcionando seu olhar para Qhuinn, viu-se encarando, através do caos, o macho que conhecia quase tão bem quanto a si mesmo.

Naquele instante, porém? Blay fitava para um estranho. A droga de um total desconhecido. Os olhos que Blay já havia passado horas perscrutando, os lábios por ele beijados, um corpo que tocou, acariciou, penetrou e pelo qual também foi penetrado... Era como se algum tipo de amnésia tivesse apagado toda a intimidade, metamorfoseando o que um dia fora uma realidade conhecida em uma hipótese tão fraca que parecia inexistente.

Vishous entrou no quarto.

– Primeiro, vistoria de armas.

Quando o lábio superior de Wrath se retorceu, ficou claro que o rei não apreciou a interrupção. Mas não havia como argumentar contra a razão.

V. foi eficiente na revista: primeiro retirou um par de adagas de Qhuinn, depois outra pistola – e, quando Blay se levantou, ergueu-lhe os braços e afastou-lhe as pernas, mesmo ciente de que ninguém estava preocupado que ele puxasse o gatilho.

– Pronto – V. anunciou ao se espremer para passar pelo Rei e voltar para o corredor.

– Diga aos outros que saiam – Wrath estrepitou.

– Certo.

Ante o comando real, a multidão se dispersou da soleira, mas não foi muito longe. Suas presenças pairaram enquanto, evidentemente, aguardavam os acontecimentos seguintes. De um jeito ou de outro, não havia como fechar a porta. Estava totalmente arruinada.

Virando-se na direção de Qhuinn, Wrath maldisse a situação e exigiu:

– Vai me explicar por que diabos disparou uma arma dentro da minha casa?

Capítulo 8

Enquanto Layla fitava os três machos, tremia tanto que era difícil manter o tronco ereto, longe do chão. O que lhe outorgava as poucas forças de que dispunha? Lyric e Rhamp estavam em seu colo, as dobras do roupão os envolvia como proteção contra o frio do quarto, o choro deles tinha sido silenciado... por enquanto.

Concentrando-se no Rei, quis enxugar os olhos, mas não soltaria os filhos nem por um segundo.

— Ela andou se encontrando com Xcor — Qhuinn desabafou, sua respiração saindo em nuvens brancas. — Pelas nossas costas. Esse tempo todo, enquanto estava grávida. Quero privá-la do direito de ver meus filhos, e também que ela saia desta casa. Tanto faz que ela seja sentenciada à morte ou banida... Isso é você quem decide.

O rosto cruel e aristocrático de Wrath se virou na direção do Irmão.

— Obrigado por me dizer qual o meu papel, babaca. E se está se referindo a banimento, neste instante, é *você* que me vem à mente, não ela.

— Imagine descobrir que Beth está dormindo com o líder do Bando de Bastardos enquanto ela...

— Cuidado com suas palavras — Wrath rosnou. — Está andando numa corda muito fina, da qual está prestes a cair. Na verdade, saia daqui. Quero conversar com Layla a sós.

— Não vou deixar os meus filhos.

O Rei relanceou para Blay.

— Tire-o daqui. Esganado, se for preciso...

— Tenho meus direitos! — Qhuinn exclamou. — Eu tenho...

Wrath movimentou o quadril para a frente.

— Você só tem a porra do que eu te conceder! Sou seu dono, fodidão, então feche a matraca e saia da porra deste quarto. Cuido de você quando eu achar que é a sua vez. Entendo que está com a cabeça quente, e até tentaria respeitar isso se você não agisse como dono do mundo. Mas, neste instante, minha única preocupação são os seus filhos, porque, evidentemente, eles não estão no seu radar...

— Como diabos você pode dizer isso...

— *Porque você acabou de apontar uma arma para a* mahmen *deles!*

Ao lado de Qhuinn, Blay parecia ter estado em contato próximo com a morte. Sua expressão era um misto de horror e tristeza, suas mãos tremiam ao passá-las repetidas vezes pelos cabelos ruivos.

— Sou o Rei, esta é a minha casa. Tire-o daqui, Blay. E isso é uma ordem.

Blay cochichou algo inaudível para Qhuinn. Em seguida, Qhuinn marchou para fora do quarto, os coturnos esmagando o carpete coberto de gelo. Enquanto ele prosseguia, Blay o acompanhou, como um guarda-costas faria.

Só que Blay, na verdade, estava protegendo os demais presentes.

Quando restaram apenas Wrath e a Escolhida, Layla inspirou tão fundo que doeu.

— Permite-me colocar os bebês no berço, meu senhor?

— Tá, tá. Faça o que precisa fazer.

Parecia que suas pernas estavam desprovidas de ossos, e com a fúria dissipada, ela temia não ter forças para ficar de pé e carregar os dois em segurança ao mesmo tempo. Foi difícil decidir quem deixar de lado por enquanto, mas, no fim, colocou Rhamp com cuidado sobre o tapete oriental. Segurando Lyric com os dois braços, esforçou-se para ficar de pé e caminhar aos tropeços até o berço. Depois de depositar Lyric no ninho macio, voltou para apanhar Rhamp, que havia começado a se agitar com a ausência da irmã. Ajeitando as cobertas ao redor deles para mantê-los aquecidos, preparou-se para enfrentar o Rei.

— Posso me sentar? — sussurrou.

— Sim, é melhor mesmo.

— Não há nada diante dos seus pés, meu senhor. Se desejar avançar pelo quarto.

Ele ignorou a tentativa dela quanto a ajudá-lo a navegar em sua cegueira, em território desconhecido.

– Quer me explicar o que diabos está acontecendo aqui?

Qhuinn não conseguia se lembrar de absolutamente nada.

Ao se dirigir até a sala de estar do segundo andar, no lado oposto da mansão, ele tentava juntar a série de eventos, porque isso lhe dava outra coisa para fazer além de gritar. Seu último instante de clareza foi aquele em que quase derrubou a porta de entrada para entrar na casa. Tudo a partir daquela fração de segundo, até o momento, enquanto ele andava ao redor dos sofás de seda e das mesinhas auxiliares – era uma tábula rasa.

E quanto mais se esforçava para se lembrar, mais indefinível tal hiato na realidade se tornava, como se a perseguição tornasse a vítima mais ligeira.

Mas que diabos, não estava conseguindo pensar. Não conseguia...

Indistintamente, percebia que Blay o observava. E então o macho começou a falar. Mas só o que Qhuinn conseguia fazer era circular, dando voltas na mobília, com a necessidade premente de proteger os filhos mantida como o principal objetivo que exigia toda a sua concentração.

O que diabos Wrath faria? Por certo, o Rei não permitiria que Layla...

Saído sabe-se lá de onde, Blay se empostou diante dele, com o rosto impassível e as costas aprumadas.

– Não consigo fazer isto.

– Fazer o quê?

– Ficar no mesmo cômodo que você nem por mais um minuto.

Qhuinn piscou.

– Então saia. Estou desarmado, lembra? E tem uns mil quilos de Irmandade pairando ao redor daquele maldito quarto.

De outro modo, sim, ele ainda estaria ali. Com seus filhos.

– Pode deixar – Blay murmurou. – Vou para casa ver como a minha *mahmen* está.

Quando as sílabas atingiram o ar entre eles, Qhuinn precisou de um minuto em meio à salada do seu cérebro para decifrá-las. Casa...? *Mahmen*...? Ah, verdade. O tornozelo dela.

– Ok. Tá bem.

Blay continuou onde estava. E depois, num tom baixo, disse:

– Você vai sequer se importar se eu voltar, ou não, antes do amanhecer?

Quando houve uma batida de coração de pausa, o macho retrocedeu, meneando a cabeça ao seguir para a saída. Qhuinn notou a partida dele – e uma parte sua sabia que deveria chamá-lo, para se reconectarem... impedi-lo de sair. Mas outra porção muito maior sua estava de volta àquele quarto, à procura de agarrar os fios de lembranças do espaço em branco que havia tomado conta dele.

Jesus... Havia mesmo disparado uma arma na mansão? Com seus filhos no quarto...

– Qhuinn?

Ele voltou a se concentrar na sala. Blay estava na soleira, com os olhos estreitados e o maxilar travado.

O macho pigarreou.

– Só para que você e eu estejamos de acordo em relação a um ponto, eu nunca serei capaz de tirar o que você disse da minha cabeça. E o mesmo vale para a cena de você com aquela arma na mão.

– Pelo menos um de nós vai se lembrar – Qhuinn murmurou.

– Como que é?

– Não consigo me lembrar de nada.

– Ah, pare com isso. – Blay apontou um dedo na direção dele. – Você não pode apagar aquela cena alegando amnésia momentânea.

– Não vou discutir com você sobre isso.

– Então não temos muito para dizer um ao outro, né?

Quando Blay apenas o encarou, Qhuinn sacudiu a cabeça.

– Olha só, sem querer te desrespeitar, a vida dos meus filhos é só no que eu consigo pensar agora. Layla não é quem eu pensei que fosse, e ela...

– Para a sua informação, você acabou de me dizer que eu não sou pai. – A voz de Blay saiu dura, como se estivesse tentando esconder a dor. – Você me olhou nos olhos e me disse que as crianças e a mãe delas não eram da minha conta.

Num eco distante, nas profundezas da consciência de Qhuinn, surgiu um ódio ainda ardente. Mas foi um fio ao qual ele não conseguiu se apegar. Só o que queria fazer era voltar para o quarto e apanhar o filho e a filha, e sair dali. Não se importava para onde iria...

Blay praguejou.

– Não espere por mim. Não vou voltar.

E dessa maneira, Qhuinn ficou sozinho.

Fantástico. Agora o seu relacionamento também estava na merda.

Inclinando-se para o lado, Qhuinn espiou através da soleira da porta, mas mais para tentar avaliar se ainda havia Irmãos no corredor das estátuas. Sim, os guerreiros pairavam por ali – até parece que alguém iria sair? Mesmo com a ordem de Wrath para manterem distância?

Eles muito provavelmente dormiriam do lado de fora da droga daquele quarto, protegendo uma fêmea que não merecia isso...

Em seguida, Qhuinn se deu conta de que tinha um abajur nas mãos, e segurava o vaso oriental modificado como se fosse um bastão de beisebol. E, vejam só, pelo visto, ele tinha decidido lançá-lo em si mesmo, pois estava diante de um dos espelhos de antiguidade, seu reflexo distorcido no velho vidro espelhado.

Parecia um monstro, uma versão de si mesmo que fora processada nas engrenagens de um pesadelo, o rosto cerrado como um punho, as feições contraídas de um modo que mal as reconhecia. Observando, soube sem sombra de dúvida que, caso atirasse o abajur, acabaria destruindo a sala inteira, arrancando quadros da parede, quebrando janelas, tirando brasas acesas da lareira e jogando-as sobre os sofás, para formar uma fogueira de verdade.

E não pararia por ali.

Não pararia até que alguém o obrigasse, quer mediante correntes ou por meio de uma ou duas balas.

Estranhamente, seus olhos pararam no fio que pendia da base do abajur, a cauda marrom como a de um cachorro nervoso implorando por perdão e clemência por algo que não fazia a mínima ideia de ter feito.

O corpo inteiro de Qhuinn tremia ao depositar o abajur de cristal no chão.

Bem quando se endireitava, deu de cara com a janela e antes que conseguisse pensar duas vezes, foi até ela, entreabriu-a e fechou os olhos.

Mas não conseguia se desmaterializar. Não tinha nenhum lugar em mente, ele...

Não, espere. Tinha, sim, um destino. Claro que tinha a droga de um destino.

De repente, tranquilizou-se e se concentrou, desmaterializando-se para o lado externo da mansão, desejando ter agido de maneira mais fria. Se tivesse, talvez sua desforra tivesse sido evidente mais cedo.

Ao reassumir sua forma, o perfume dos pinheiros era pungente no ar invernal, e o vento passava por entre as árvores, suscitando o gemido dos pinheiros. A caverna para a qual se dirigira apresentava uma abertura escondida por rochas, mas se você soubesse o que estava procurando, não teria problemas em encontrá-la. Do lado de dentro, avançou rapidamente até os portões da Tumba, e quando acionou o mecanismo para deslizar as paredes de granito, encontrava-se perfeitamente composto diante dos portões de ferro, com um sorriso tranquilo no rosto, como cal sobre uma cerca apodrecida.

– Estou aqui para a troca de turno – exclamou ao sacudir o metal antigo.

Torcia silenciosamente para que, só para variar, as novidades não tivessem se espalhado com tanta velocidade entre os membros da Irmandade. Que o Irmão do turno não tivesse consultado o celular, ou que todos na casa ainda estivessem tão envolvidos na situação que não tivessem pensado em mandar uma mensagem de texto para o encarregado do momento.

Phury apareceu no corredor iluminado por tochas; o som dos seus coturnos ecoava no piso de pedras, em meio aos jarros dos *redutores*.

– Ah, oi – cumprimentou o Irmão. – Tudo bem?

Sob a vacilante luz alaranjada, não havia nenhum sinal de suspeita, nenhum alarme no seu rosto, nada de olhos estreitados. Nenhuma mão à procura do telefone para chamar por reforços. Zero tensão, como se o guerreiro estivesse preparado para defender sua posição mesmo com os portões fechados.

– Tudo ótimo – Qhuinn respondeu como se tentasse não prestar atenção a quanto tempo o cara demoraria para se deslocar até ele. – A não ser pelo fato de eu estar cobrindo o turno de Lassiter hoje.

Phury parou junto ao portão e apoiou as mãos no quadril, o que causou em Qhuinn um ímpeto de gritar.

– Deixe-me adivinhar – disse o outro Irmão. – Maratona de *Supergatas*.

– Pior. Uma retrospectiva de *Maude*. Bea Arthur é sexy, pelo visto. Vai me deixar entrar?

O Primale pegou a chave de cobre.

– A propósito, ele está acordado.

O coração de Qhuinn começou a bater forte.

– Xcor?

Como se pudessem estar se referindo a outra pessoa...

– Embora não muito comunicativo, está consciente. Mas nada de interrogatórios, ainda. V. teve que arrancar Tohr daqui e depois Butch saiu quando eu cheguei. – Phury abriu o portão e foi para o lado. – E você conhece o esquema. Dois de nós temos que estar presentes para arrancar alguma coisa dele, e eu não posso ficar. Fiquei de encontrar Cormia nos Grandes Campos. Você tem um reserva ou vamos esperar cair a noite para começar a diversão?

Uma ironia, na verdade. Todos se preocuparam que Tohr poderia enlouquecer e acabar com aquele pedaço de carne antes da hora.

Mas isso não seria mais um problema, não é?

Qhuinn soltou o ar que esteve prendendo e tomou o cuidado de não entrar com afobação.

– Blay viria comigo, mas teve de ir ver a *mahmen* dele.

Quando trocaram de lugar, Phury lhe entregou a chave, que ele quase guardou no bolso.

– Opa, desculpe. Você vai precisar disto. Verdade, ouvi que ela caiu. Como está o tornozelo?

Qhuinn estava tão distraído pelo objeto que lhe foi colocado na mão que perdeu o fio da conversa. Que diabos eles...

– Melhor – Qhuinn se ouviu dizer ao fechar o portão e trancá-lo. – Mas ele ia providenciar alguém para cobrir o turno dele.

– Eu ficaria se pudesse.

Qhuinn observou de longe enquanto girava a maçaneta ornamentada para a esquerda, de modo que a tranca se ajustasse no lugar...

– Qhuinn?

Ele se sacudiu mentalmente e certificou de demonstrar uma expressão agradável – algo com o qual suas feições normalmente já não estavam acostumadas, mesmo sem a crise atual.

– Oi?

– Você está bem? Não parece.

Num gesto exagerado ao afastar os cabelos para trás e ao ajeitar a jaqueta, revirou o ombro – e quis saudar essa parte de sua anatomia por ter emitido um *crec!* bem sonoro.

– Pra falar a verdade, este ombro está me matando. – Pôs a mão nele para massageá-lo. – A doutora Jane acha que vai ter de operá-lo, para limpar o osso. Mas não é nada grave, é um crônico gradual, não agudo. Se alguma coisa acontecer com esse pedaço de carne daqui – apontou para trás, eu aguento.

Phury xingou.

– Já passei por isso. Não estou preocupado com você. Sei que dá conta do recado. Quer que eu passe na mansão para ver se Z. pode vir pra cá?

– Não, Blay vai encontrar alguém. Mas obrigado.

Pelo amor de tudo o que havia de mais sagrado, será que ele poderia parar de jogar conversa fora? A qualquer segundo, o telefone do Irmão poderia tocar com uma chamada ou mensagem para informá-lo que Qhuinn não deveria em hipótese alguma ficar a cerca de trezentos metros do prisioneiro...

– Tchau. – Phury se virou e levantou a mão. – Boa sorte com ele.

– Ele bem que vai precisar – Qhuinn sussurrou para as costas do Irmão, que se distanciavam.

Capítulo 9

Em sua cegueira, Wrath estava tanto mais isolado como também mais conectado com o mundo do que os indivíduos que enxergavam: isolado, porque a ausência de pistas visuais do seu ambiente significava a permanência na flutuação numa galáxia de escuridão, e mais conectado porque seus outros sentidos estavam amplificados no seu eterno céu noturno, dentro de si, estrelas de informações pelas quais ele se guiava.

Portanto, ao ficar de frente para Layla, enquanto essa lhe contava toda a história, percebeu e acompanhou todas as nuances, as variações no cheiro e no tom de voz, em cada movimento desenhado por ela, até mesmo na pressão do ar entre eles quando o humor da Escolhida passou da raiva para a tristeza, do arrependimento para a culpa.

— Então Xcor localizou o complexo — Wrath concluiu — ao rastrear seu sangue. Foi assim que ele fez?

Houve um leve rangido na cama quando ela ajustou a divisão de seu peso sobre o móvel.

— Sim — respondeu com suavidade. — Eu o havia alimentado.

— Certo, na primeira noite. Quando Throe a enganou, levando-a até aquela campina. Ou aconteceu de novo depois disso?

— Voltou a acontecer.

— O seu sangue estava nele — Wrath repetiu. — E ele seguiu o sinal até aqui.

— Xcor prometeu que, se eu continuasse a vê-lo, ele não atacaria o complexo. Argumentei comigo mesma que estava protegendo a todos nós, mas a verdade é que... eu precisava vê-lo. Eu queria vê-lo. Foi horrível, ficar presa entre meu coração e minha família. Foi... terrível.

Maldição, Wrath pensou. Não haveria uma saída fácil da situação.

– Você cometeu um ato de traição.

– Cometi.

Wrath se esforçara muito para reverter muitas das Antigas Leis restritivas e impiedosas, abolindo sanções como a escravidão de sangue e a servidão contratual, e também estabelecendo processos básicos adequados para as ofensas entre os civis. Mas a única coisa à qual ele ainda aderia era a traição à Coroa, que era punida com a morte.

– Por favor – ela sussurrou –, não me afaste dos meus filhos. Não me mande para o Fade.

Ela dificilmente podia ser considerada uma inimiga do Estado. Mas cometera um crime muito sério – e sua cabeça estava latejando.

– Por que precisava ver Xcor?

– Eu me apaixonei por ele. – A voz da Escolhida saiu impassível, sem vida. – Não tive nenhum controle sobre isso. Ele sempre foi bem gentil comigo. Muito educado. Nunca fez um avanço em minha direção – e quando eu o fiz, ele me rejeitou, mesmo diante da clara evidência de que... que não era indiferente a mim. Ele só parecia querer estar comigo.

– Tem certeza de que ele não estava mentindo?

– Sobre o quê?

– Sobre saber a nossa localização.

– Não, não estava. Eu o vi na propriedade. Eu o encontrei... dentro da propriedade. – E falou mais rápido, com uma súplica fervorosa invadindo-lhe a voz. – Então, ele tem honra, pois poderia ter atacado, mas escolheu não fazê-lo. Manteve sua palavra, mesmo depois que me mandou ir embora e nunca mais procurá-lo.

Wrath franziu o cenho.

– Está me dizendo que foi ele quem terminou?

– Sim. Ele me expulsou e abandonou o chalé no qual efetuávamos nossos encontros.

– E por qual motivo ele teria agido assim?

Estabeleceu-se uma longa pausa.

– Eu o confrontei em relação aos seus sentimentos por mim. Eu sabia que ele sentia algo, e... Mas, sim, foi depois disso que ele me mandou embora.

– Há quanto tempo foi isso?

— Pouco antes de ele ser capturado. E sei por que ele pôs um fim a tudo. Ele não queria se sentir vulnerável ao meu lado.

Wrath franziu a testa e cruzou os braços diante do peito.

— Convenhamos, Layla, não seja ingênua. Não pensou nenhuma vez que talvez o motivo tenha sido ele enfim ter mobilizado tropas e informações o suficiente para promover um ataque aqui?

— Como? Não estou entendendo.

— Xcor trabalhou sem cessar junto à *glymera* para formar alianças contra mim. Antes e depois de botar uma bala na minha garganta. — Quando ela arfou, ele normalmente teria parado por ali. Mas a realidade não podia ser ignorada. — Se pretendia atacar uma fortaleza como esta, ele precisaria de meses e meses de vigilância e planejamento. E precisaria de um exército bem armado. Teria de juntar insumos e equipamentos. E está me dizendo que você não cogitou, nem por um momento, que ele continuava a usá-la só para ganhar tempo? E que talvez a tenha dispensado porque estava finalmente pronto?

A voz dela ficou estridente.

— Depois que ele me mandou embora, fiquei confusa e triste, mas refleti muito. Sei que o que ele sente por mim é real. Analisei seus olhos. Enxerguei esse sentimento.

— Não seja romântica, ok? Não no que se refere à guerra. Aquele maldito é um assassino frio e implacável, e usou você. Você é como todo o resto para ele. Um instrumento para ele chegar onde quer. Tire essa venda, fêmea, e caia na real.

Houve um longo silêncio, e ele praticamente conseguia escutar o funcionamento de suas reflexões.

E, em seguida, ela disse num fio de voz:

— À parte de tudo isso... O que vai fazer comigo?

Enquanto Xcor ouvia as vozes ao longe no corredor, testou as amarras, apesar de saber que nada havia mudado e ele continuava preso ali, junto à maca. E então captou o cheiro de outro macho, ouviu passadas pesadas se aproximando, sentiu a agressividade que beirava a ira.

Era chegada a sua hora. O acerto de contas; e ele não sobreviveria.

Ao mexer braços e pernas uma vez mais, descobriu que suas forças eram mínimas. Mas era assim que a situação se apresentava. Talvez significasse uma morte mais rápida, e isso não deixava de ser certa bênção.

O rosto que entrou em seu campo de visão lhe era bem conhecido: os olhos que não combinavam — um azul, outro verde —, feições endurecidas, e cabelos negros que fizeram Xcor sorrir um pouco.

— Me acha engraçado? — Qhuinn exigiu a resposta num tom afiado como a sua adaga. — Imaginei que fosse receber seu assassino com outra expressão que não um sorriso.

— Ironia — Xcor comentou, rouco.

— Destino, filho da puta.

Qhuinn dirigiu-se ao aço que prendia o tornozelo esquerdo de Xcor, os puxões fizeram-no franzir a testa em confusão — e, quando a pressão se esvaiu, ele se esforçou para levantar a cabeça. O Irmão seguiu para o tornozelo direito para libertá-lo... depois subiu para os pulsos.

— O que... faz... — Não conseguia entender os motivos para ser libertado. — Por que...

Qhuinn deu a volta pela cabeça e soltou a última das amarras.

— Porque quero que seja uma luta justa. Sente-se, caralho.

Xcor começou a se mover com lentidão, dobrando os braços e depois levantando os joelhos. Depois de ter permanecido de costas por sabe-se lá quanto tempo, todos os seus músculos se atrofiaram e havia uma rigidez inerente às juntas que o fez pensar em galhos de árvore sendo partidos. Mas era incrível como estar na iminência de um ataque fazia com que você superasse as barreiras da dor.

— Você não... — Gemeu ao se apoiar nos cotovelos, as vértebras estalaram ao longo da coluna — ... nem vai me perguntar...

Qhuinn ajustou sua posição de combate a um metro e meio de distância — os punhos erguidos, o peso apoiado nas coxas.

— Perguntar o quê?

— Onde estão meus soldados?

Desde que sua consciência tinha sido notada pelos seus captores, todos os tubos e fios haviam sido desconectados do seu corpo, e as máquinas que o mantiveram vivo foram retiradas, a não ser pelo acesso intravenoso no braço. Por instinto, ele o arrancou e deixou um buraco sangrando.

— Isto não se trata do Bando de Bastardos.

Com isso, o macho o atacou, desferindo um soco de direita tão certeiro e violento que se assemelhou a ser atropelado por um carro bem no rosto. Sem energia, sem coordenação e com um corpo nu que não respondia a comandos mais complexos do que apenas respirar e piscar, Xcor virou a maca. Em pleno ar, tentou agarrar o que podia para aplacar sua queda – e apanhou a beirada da maca, derrubando-a por cima do seu corpo.

Qhuinn atacou o escudo, apanhou-o e jogou-o por cima do ombro como se não pesasse mais do que um travesseiro. O baque, quando a maca atingiu prateleiras e jarros, foi tão alto como se uma bomba tivesse sido detonada no corredor iluminado pelas tochas.

– Seu filho da puta! – Qhuinn berrou. – Cuzão maldito!

Xcor se sentiu suspenso pelos cabelos, e as pernas não tiveram nem a chance de falhar sob o peso corpóreo, visto que seguiu o mesmo curso do leito hospitalar – voou em pleno ar, chocou-se contra uma seção de prateleiras, e os jarros amorteceram-lhe a queda como o cascalho o faria.

Quando ele aterrissou num fardo, o chão de pedras rachou sua pelve como se fosse vidro, ou pelo menos assim pareceu. Então, Xcor rolou de costas, na esperança de conseguir uma postura defensiva com as mãos.

Qhuinn saltou sobre o adversário, com uma bota em cada lado do tronco dele. Agachando-se, o Irmão exclamou:

– Ela estava grávida dos meus filhos! Jesus Cristo, você poderia ter matado eles!

Xcor fechou os olhos ante a imagem nítida de Layla, e seu corpo em progressiva transformação, como resultado do filho de outro macho – o filho *desse* macho – crescendo dentro dela. E outras imagens piores surgiram em sua mente... o da pele nua dela revelada para o toque de outro macho, seu cerne precioso penetrado por alguém que não ele, uma cópula acontecida entre ela e outro.

Do nada, uma fonte de energia ressurgiu em seu corpo, como gasolina a invadir o que antes era um motor seco.

Desprovido de um pensamento consciente, ele escancarou as presas, os caninos se projetaram por conta própria, o cheiro da sua vinculação em constante expansão rumo ao alvo que mataria apenas com as mãos.

As narinas de Qhuinn se inflaram e ele ficou imóvel, tamanha a sua supresa.

– Só pode ser a porra de uma brincadeira... Você se vinculou a ela, maldito? – O Irmão começou a gargalhar, lançando a cabeça para trás; na sequência, porém, deixou de lado a descontração do momento e escarneceu: – Bem, eu a atendi no cio. Pense nisso, filho da puta. Fui eu quem a possuiu e quem aliviou seu sofrimento de um jeito que só os machos...

A parte mais selvagem de qualquer vampiro tomou conta de Xcor, um ato dilacerador sobre o manto claustrofóbico da fraqueza, expondo o guerreiro em seu sangue, o assassino em sua medula.

Xcor saltou e atacou o Irmão com tudo o que tinha dentro de si, acertou Qhuinn e lançou ambos em uma confusão até a parede oposta e suas prateleiras. As posições mudaram quando Qhuinn o empurrou e socos foram desferidos. Era evidente que Xcor estava atrapalhado e poderia ser facilmente dominado, mas tinha a vinculação ao seu lado, a necessidade masculina de proteger e defender, o ciúme inato, o sentimento de posse sobrepujante produzindo-lhe uma força vital para atacar até subjugar o competidor.

Enquanto brigavam, seus pés esmagavam os jarros quebrados, Xcor sangrava no nariz e arrastava uma das pernas como peso morto, mas atingiu Qhuinn com a cabeça e usou todas as forças para empurrar o oponente. Enquanto Qhuinn se precipitava em direção aos equipamentos médicos, Xcor mantinha os braços em busca do equilíbrio que não conseguia encontrar, e saltou para a frente. Seu objetivo era aterrissar sobre o Irmão e bater nele até que perdesse os sentidos.

Mas, como um guerreiro treinado que era, Qhuinn conseguiu girar no meio da queda livre e, de alguma forma, endireitou-se a tempo de plantar as botas no chão e agarrar um dos monitores. Girando o equipamento pesado num círculo, lançou-o contra Xcor, como se fosse uma rocha.

Sem tempo para se abaixar – não com a parca coordenação que detinha no momento –, o impacto fez com que Xcor perdesse o ar e o equilíbrio: o ar foi forçado para fora dos pulmões e o equipamento médico o atingiu na lateral. No entanto, após um ínfimo segundo de recuperação, lançou-se a um rolamento defensivo, pois Qhuinn havia apanhado outro equipamento, que dessa vez era mais largo.

Qhuinn suspendeu o exaustor no alto, e Xcor sabia que configurava um alvo grande e lento demais, de modo que o Irmão não erraria a mira.

Por isso, atacou o macho ao invés de escapar dele. No último instante, Xcor se deitou, empurrou o chão com a palma e mobilizou cada músculo que tinha para lançar a parte inferior do corpo num movimento em arco, as pernas formaram um círculo...

... que tirou os pés de Qhuinn debaixo de si.

Enquanto o Irmão caía, o exaustor escorregou-lhe das mãos e caiu sobre ele. Ao se deparar com o xingamento e o grunhido, era possível inferir que o contato tinha ocorrido em um ponto vulnerável.

De fato, ele se enrolou sobre si mesmo como se as entranhas tivessem sido comprometidas.

Uma fração de segundo. Xcor tinha uma fração de segundo para pensar além da sua reação de macho vinculado e analisar a luta a partir da lógica. Por sorte, não havia muito em que pensar. Mesmo com a vinculação correndo nas veias, a derrota era iminente.

E quando se enfrenta um oponente que se sobrepõe a você, o que se deseja é sobreviver, então o passo é recuar e mandar o ego para o inferno.

Bloodletter lhe ensinara isso. À força.

Com Qhuinn se reerguendo de quatro e amparando a lateral do corpo, Xcor disparou, com seus pés ensanguentados, para então tropeçar e cair por cima do leito derrubado, passando por cima dos escombros dos jarros dos *redutores* e dos corações pútridos e rançosos que estiveram dentro deles. Não podia correr; seus passos mais se assemelhavam aos de um bêbado, fazendo-o andar torto; a cabeça girava mesmo apesar da certeza de que as tochas e as paredes estavam imóveis.

O mais rápido que conseguia. E depois ainda mais.

Ele seguiu o mais rápido que um macho imobilizado pelos inimigos durante semanas a fio conseguiria.

Era o equivalente a afirmar que ele parecia estar passeando. Qhuinn, no entanto, tinha sido gravemente ferido. Um olhar de relance por cima do ombro mostrou que o Irmão vomitava sangue.

Xcor seguiu em frente, com um breve otimismo incitando-o avante. Só que acabou confrontando um problema de tamanha magnitude que sua ineficiência em se deslocar com agilidade se tornou um problema pequeno.

Sob a iluminação das tochas, ele avistou os portões pesados logo adiante, constituídos de barras grossas de ferro incrustadas nas rochas da caverna – e eles tinham uma malha de aço sobre elas, tão fina que se desmaterializar através dela seria impossível.

Xcor arfava, sangrava, suava e tremia ao se aproximar e testar a resistência da barreira com seus braços patéticos. A barreira era sólida como as paredes da caverna. Nenhuma surpresa.

Olhando para trás, viu Qhuinn se levantar, sacudir a cabeça como que para clareá-la e encontrar um foco absoluto.

Como um predador faz com sua presa.

O fato de o queixo do macho escorrer sangue, que lhe cobria o peito, parecia um presságio do futuro.

Infelizmente, ele não sobreviveria a isso.

Capítulo 10

Enquanto Layla aguardava o pronunciamento de Wrath sobre a sua punição, ela sequer conseguia engolir devido ao medo, à vergonha e ao arrependimento.

Incapaz de ficar parada, porém sem conseguir se levantar da cama, ela desviou o olhar da figura implacável do Rei – só para se deparar com os buracos das balas no gesso, no alto do canto mais distante. A náusea lhe subiu pela garganta, uma onda de queimação vil. Com a raiva dispersa, ela não conseguia mais imaginar o ódio que sentira, mas não tinha dúvidas do quanto tinha agido movida pela emoção. Assim como Qhuinn.

Santa Virgem Escriba, iria vomitar.

– Não ordenarei a sua morte – Wrath anunciou.

Layla exalou ao relaxar.

– Ah, muito, muito obrigada, meu senhor...

– Mas você não pode ficar aqui.

Ela se endireitou quando o coração passou a bater forte.

– E os bebês?

– Criaremos algum esquema de visitação ou...

Com um salto da cama, ela levou as mãos à garganta como se estivesse sendo estrangulada.

– Não pode me separar deles!

O semblante do Rei, tão aristocrático e poderoso, não lhe ofereceu uma centelha de piedade ou misericórdia.

– Não pode mais ficar aqui. Xcor não sobreviverá ao que faremos com ele, mas Throe se alimentou de você, e mesmo que isso tenha acontecido há algum tempo, simplesmente não é seguro. Presumimos que o *mhis* seria forte o bastante para nos proteger, mas evidentemente não é verdade, e é um risco de segurança em escala catastrófica.

Layla tropeçou à frente e caiu de joelhos aos pés de Wrath, juntando as mãos numa súplica.

– Eu juro, nunca quis que nada disso acontecesse. Por favor, imploro seu perdão, não tire meus filhos de mim! Obedecerei a qualquer outra ordem, eu juro!

Ela sabia que os Irmãos, que estavam no corredor, haviam se aproximado uma vez mais e ouviam a uma distância discreta, mas não lhe importava que a vissem se descontrolar. Wrath, contudo, sim. Relanceou por cima do ombro.

– Para trás. Estamos nos entendendo aqui – o Rei ladrou.

Não, não estamos, ela pensou. *Não estamos nada bem aqui.*

Houve uma breve agitação; em seguida, ela não via mais ninguém no corredor – e Wrath voltou a se concentrar nela, a inspiração profunda movendo as narinas.

– Sinto o cheiro das suas emoções. Sei que não está mentindo em seu relato e no que acredita. Mas há vezes em que as intenções são irrelevantes e esta é uma delas. Você tem que ir agora...

– Meus filhos!

– ... ou providenciarei que a levem.

Enquanto suas lágrimas caíam, ela quis gritar, mas não havia o que discutir. Ele tinha razão. Xcor a encontrara e seguira até em casa, e quem haveria de garantir que Throe não poderia imitá-lo? O sangue de Layla era tão puro que os efeitos de rastreamento poderiam durar anos, décadas, talvez até mais – apesar de ter alimentado o macho apenas uma vez. Por que ela não pensara nisso? Por que eles não pensaram?

– Está extinguindo meus direitos parentais? – perguntou, rouca.

O horror de perder os filhos era tão grande que ela mal conseguia traduzir seu medo em palavras. Em todos os seus piores pesadelos, jamais tinha cogitado que chegariam a esse ponto. Jamais havia considerado que as consequências poderiam ser tão devastadoras.

Mas, em retrospecto, quando se está em rota de colisão direta, não é possível catalogar exatamente a extensão dos ferimentos vindouros – ainda mais quando se está no meio de manobras evasivas para tentar impedir o acidente.

O destino a colocara ali.

Suas escolhas, também.

Não havia como negociar com nenhum dos dois.

– Não – Wrath disse abruptamente. – Não a excluirei. Qhuinn odiará a decisão, mas não é problema meu.

Layla fechou os olhos, as lágrimas saindo por eles, emaranhando-se com os cílios.

– A sua piedade desconhece limites.

– Bobagem. E agora você tem que partir. Tenho propriedades seguras e providenciarei o transporte. Comece a aprontar as malas.

– Mas quem ficará com eles? – Virou-se na direção dos berços. – Meus filhos... Ah, Santa Virgem Escriba...

– Qhuinn ficará com eles. E depois tomaremos providências para que você os visite. – O Rei pigarreou. – É assim... que tem que ser. Tenho que pensar nas outras crianças da casa... Diabos, agora mesmo estou pensando se não devo ordenar uma evacuação completa da mansão. Jesus, não faço a mínima ideia do motivo de ainda não nos terem atacado.

Ao se imaginar dormindo longe de Lyric e Rhamp, não alimentá-los durante o dia, não ser a responsável por trocá-los, acalentá-los e banhá-los, ela mal conseguiu respirar.

– Mas somente eu sei do que eles precisam, e eu...

– Diga seu adeus, e depois Fritz...

– Mas que *diabos* aconteceu aqui?

Quando Wrath se virou para trás, Layla fungou e levantou o olhar. O Primale estava parado junto à porta quebrada, as sobrancelhas de Phury abaixadas sobre os olhos amarelos, o corpo envolto em armas e cheirando a pinheiros e ar fresco.

– Você está bem, Layla? – ele perguntou, preocupado ao entrar e contornar Wrath. – Santa Virgem Escriba, mas... Isso são buracos de bala? Quem diabos descarregou uma arma aqui? As crianças estão bem?

– Foi Qhuinn quem deu uma de dedo rápido no gatilho. – Wrath cruzou os braços diante do peito e balançou a cabeça. – Os bebês estão bem, mas ela tem que ir embora. Talvez você possa ajudar a tirá-la daqui?

Phury virou a cabeça na direção do líder, os cabelos multicoloridos balançando na altura dos ombros.

– Do que está falando?

O Rei foi eficiente ao resumir a história entre ela e Xcor – e não usou as palavras *traição*, *deslealdade* nem *punição com a morte*, e também não foi preciso. Tudo isso e muito mais estava implícito, embora Wrath não tivesse repassado toda a história.

Phury o interrompeu antes do fim.

– Então é por isso que ele apareceu!

– Xcor a estava usando, sim...

– Não! Qhuinn! Caralho! – Phury levou os dedos à boca e assobiou tão alto que Layla teve de cobrir as orelhas. E depois ele começou a falar rápido. – Qhuinn acabou de aparecer no *sanctum sanctorum*! Ele me disse que cobriria o turno diurno de Lassiter e... merda, ele disse que estava esperando um reforço. Ele não me pareceu bem, por isso pensei em parar aqui a caminho dos Grandes Campos, para me certificar de que o substituto providenciado por Blay fosse para lá de imediato...

– Não! – Layla gritou. – Ele não pode ficar sozinho com...

– Ele vai matar Xcor – Wrath estrepitou. – Maldição...

Zsadist, o gêmeo idêntico de Phury, passou pela soleira, já prendendo o cinto das armas.

– Chamou?

Wrath praguejou.

– Puta merda, ele vai matá-lo. Vocês dois, vão agora! Eu chamo Vishous.

Enquanto os Irmãos e o Rei saíam, Layla foi para o corredor, atrás deles. Mesmo que não houvesse nada ao seu alcance – ou obrigações – para fazer, estava envolvida em pesadelos.

Assim como todos eles.

Junto ao portão da caverna, Xcor deu as costas a Qhuinn, que mancava e sangrava, e puxou as grades, colocando em prática seu instinto de sobrevivência. Não que fosse o suficiente.

– Vou te matar, maldito – Qhuinn praguejou, rouco. – Com as minhas mãos. E depois vou comer o seu coração enquanto ele ainda estiver quente...

Xcor ia se virar para articular sua defesa do ataque quando algo reluziu na chama da tocha e o motivou a ficar bem parado onde estava. A princípio, não conseguia acreditar no que lhe havia chamado a atenção. Foi tão inesperado que mesmo a perspectiva de morte certa não bastou para distraí-lo.

Ele fechou os olhos, sacudiu a cabeça e depois ergueu as pálpebras, arregalando os olhos como se, assim, conseguisse enxergar melhor.

Do lado oposto de onde estavam as dobradiças do portão... havia uma tranca. E tão certo quanto o sol se põe no Oeste, parecia haver a projeção de uma chave para fora do mecanismo.

Ante o som de arrasto do avanço desigual de Qhuinn, que se aproximava, Xcor esticou a mão trêmula e girou a peça de metal pesada para um lado... depois para o outro...

A fechadura emitiu um som e, de repente, o que estava firme como rocha acabou por ceder. E Xcor abriu o portão, cambaleando para fora.

Qhuinn percebeu de imediato a brecha de segurança colossal e começou a se locomover mais rápido, praguejando e segurando a lateral do corpo. Mas Xcor arrancou a chave, bateu o portão e descobriu... Isso... O mecanismo funcionava dos dois lados.

Quando o Irmão avançou, enfurecido, jogando o corpanzil contra as barras de ferro, Xcor enfiou a chave na fechadura e virou-a na direção correta e...

Trancou Qhuinn dentro da caverna.

Xcor se empurrou para trás quando o Irmão sacudiu as grades de ferro e as telas de aço, com grunhidos e xingamentos, que a Morte lhe negara algo com amargura e muito mais.

Aterrissando no chão com a bunda nua, Xcor tremia tanto que seus dentes tiritavam.

– ... vou te matar! – Qhuinn berrava com as mãos agarradas à tela até elas sangrarem. – Vou te matar, seu filho da puta!

Xcor olhou por cima do ombro. O ar fresco vinha daquela direção, e ele sabia que estava sem tempo. Era quase certo que Qhuinn chamaria por reforços assim que parasse de brigar com o oponente de ferro.

Levantando-se com dificuldade, ele manquejava tanto que teve que se apoiar na parede da caverna.

– Deixarei a chave aqui.

A voz fraca e trêmula interrompeu as imprecações, silenciando seu oponente por instantes.

– Não quero nada com você nem com a Irmandade. – Inclinou-se para baixo e colocou a chave no chão. – Não lhes quero mal, nem um fim. Já não cobiço mais o trono, tampouco desejo a guerra. Deixo esta chave como um testemunho das minhas intenções. E juro pela fêmea que amo com toda a minha alma que nunca entrarei nas suas propriedades aqui nem em qualquer outro lugar novamente.

Começou a se afastar, arrastando um pé atrás de si. Mas, então, parou e olhou para trás.

Deparando-se com o olhar díspar e selvagem de Qhuinn, Xcor disse com claridade:

– Eu amo Layla. E nunca tomei o corpo dela, tampouco o farei. Nunca mais a procurarei, tampouco pousarei os olhos sobre ela. Quer que eu morra? Pois bem, já morri, pois cada noite que ela vive com você e seus filhos, sou assassinado por não estar na presença dela. Portanto, seu objetivo foi conquistado.

Dito isso, ele voltou a partir, rezando para poder, de alguma maneira, se desmaterializar. Quando sua vista começou a falhar, porém, teve pouca fé que o conseguiria.

Suas forças o abandonavam agora que o macho vinculado dentro dele já não estava mais sendo provocado por um rival. De fato, não havia muitos motivos para correr, já que acabaria por cair nas mesmas mãos que o tinham prendido antes, mas não havia nada que pudesse fazer a respeito. Se tivesse sorte, eles o alcançariam na floresta e atirariam nele como em um javali.

Mas a sorte raramente estivera ao seu lado.

Capítulo 11

De volta à mansão da Irmandade, umas quatro portas distante de onde todo o drama com a arma se desenrolara, Tohr estava deitado sobre a cama, totalmente vestido. Ao fitar o dossel acima, tentou se convencer de que estava relaxando – e essa foi uma discussão que acabou por perder. Das pernas firmes como rocha, dos dedos que se flexionavam até os globos oculares que iam de um lado a outro, ele estava tão relaxado quanto uma corrente elétrica.

Fechando os olhos, só conseguiu enxergar aquela 40 mm mudando de direção e disparando balas dentro da mansão.

O mundo inteiro parecia descontrolado...

– Trouxe chá.

Antes que conseguisse se impedir, Tohr sacou a arma amarrada sob o braço. Mas, no mesmo instante, ao sentir a fragrância da sua fêmea e reconhecer-lhe a voz, abaixou a mão e se concentrou em Autumn. Sua amada *shellan* estava parada diante dele, com sua caneca YETI na mão e os olhos tristes e sérios.

– Venha cá – ele disse, estendendo a mão para pegar a dela. – Só preciso de você.

Puxou-a para o seu lado, agradeceu-lhe ter lhe trazido o chá e deixou o Earl Grey de lado. Então, com um tremor de alívio, aninhou-a junto ao peito, passou os braços ao redor dela e a manteve junto ao coração.

– Noite ruim – ele confessou, perto dos cabelos perfumados. – Noite muito ruim.

— Verdade. Estou aliviada por ninguém ter se ferido. E também, é o aniversário de Wellsie. Sim, é uma noite muito, muito ruim.

Tohr afastou Autumn um pouco para poder fitá-la no rosto. Após o assassinato de sua companheira grávida executado por um inimigo, convencera-se de que jamais voltaria a amar. Como poderia, depois de tamanha tragédia? Mas essa gentil, paciente e determinada fêmea diante dele abrira seu coração e sua alma, dando-lhe vida onde ele estava morto, luz em sua escuridão perpétua, sustento para a sua fome.

— Como consegue ser assim? — perguntou-se, tracejando-lhe o rosto com a ponta dos dedos.

— Assim como? — Ela levantou a mão e afagou a mecha grisalha que se formara na parte da frente dos cabelos, logo após a morte de Wellsie.

— Você nunca se ressentiu dela ou... — Era difícil para ele reconhecer à sua fêmea, em voz alta, que continuava apegado aos seus mortos. Ele jamais quis que ela se sentisse menor. — Ou dos meus sentimentos por ela?

— Por que eu me ressentiria? Cormia nunca se frustrou pela ausência da perna do companheiro dela. Nem Beth pela cegueira de Wrath. Eu o amo como você é, e não seria você caso nunca tivesse amado outra, se nunca tivesse perdido outra, se nunca tivesse perdido a chance de ser pai.

— Só podia ser você — ele sussurrou, inclinando-se para pressionar os lábios nos dela. — Você é a única com quem eu poderia estar.

O sorriso dela era como o coração: acessível, franco, acolhedor.

— Que conveniente, já que sinto o mesmo por você.

Tohr aprofundou o beijo, mas logo interrompeu o contato — e ela entendeu por que ele parou, assim como sempre o compreendia: ele não poderia se deitar com ela essa noite e esse dia. Não até a meia-noite. Não até o aniversário de Wellsie ter passado.

— Não sei onde eu estaria sem você. — Tohr meneou a cabeça, pensando na situação em que havia estado quando da ida até a caverna, em busca de Xcor. — Quero dizer...

Enquanto Autumn alisava o vinco formado em sua testa, ele retrocedeu ainda mais no tempo, para o instante em que Lassiter aparecera no meio da floresta com um saco cheio do McDonald's e a insistência para que ele retornasse junto a seus irmãos. O anjo caído não dera ouvidos à razão — o início de uma tradição, naturalmente —, e os dois se arrastaram e pararam de volta à mansão.

Tohr estivera à beira da morte, tendo subsistido à base da ingestão de não muito mais do que sangue de cervos durante o tempo em que ficou na floresta sozinho. Tivera um plano na época: durante todos aqueles meses procurara se matar por exaustão porque não estivera disposto a testar a lenda urbana de que as pessoas que cometiam suicídio não iriam para o Fade.

Morrer de fome, para sua mente perturbada, era uma morte diferente do que se ele metesse uma bala na cabeça.

Mas não fora seu destino. Assim como regressar para a casa com aquele anjo caído não fora sua salvação.

Não, ele devia isso à fêmea ao seu lado. Ela, e somente ela, o fizera dar a volta por cima, o amor entre eles o tirara do inferno. Com Autumn, a perspectiva de permanecer no planeta dera uma guinada de cento e oitenta graus, e embora ainda tivesse noites ruins, como essa... também tivera noites boas.

Voltou a se concentrar na sua fêmea.

– O seu amor me transformou.

Deus, era como se Lassiter tivesse sabido o tempo inteiro o que acabaria acontecendo, com a certeza de que aquele era o momento para o seu retorno e ressurreição...

Tohr franziu o cenho ao sentir uma mudança em Autumn.

– Autumn? O que foi?

– Desculpe. Eu só estava imaginando... O que vai acontecer com Layla?

Antes que pudesse responder, alguém começou a bater na porta deles – e aquele tipo de urgência significava apenas uma coisa: mobilização de armas. Seria possível que o Bando de Bastardos tivesse decidido atacar?

Tohr acomodou Autumn com gentileza para o lado, depois saltou da cama para pegar o coldre das adagas.

– O que aconteceu? – ladrou. – Para onde vamos?

A porta se abriu e Phury exibia uma aparência horrível.

– Qhuinn está sozinho na Tumba com Xcor.

O coração de Tohr perdeu o compasso, e ele fez os cálculos, chegando à conclusão de que estava sendo passado para trás em matar o filho da puta.

– Maldição, ele é meu, não do Qhuinn...

– Você vai ficar aqui. Precisamos de alguém com Wrath. Todos os outros vão para lá.

Tohr cerrou os molares por ter sido colocado no banco dos reservas, mas não estava surpreso. E proteger o Rei dificilmente seria considerado uma demoção.

– Me mantenha informado, tá?

– Sempre.

Com um xingamento, o irmão girou e foi embora junto aos demais, integrando o que parecia um estouro de coturnos no corredor das estátuas.

– Vá – Autumn lhe disse. – Procure Wrath. Fará com que se sinta útil.

Ele olhou por sobre o ombro.

– Você sabe sempre, não?

Sua linda companheira meneou a cabeleira loira.

– Você tem mistérios que ainda me fascinam.

Quando um desejo súbito engrossou seu sangue, Tohr emitiu um ronronado.

– Meia-noite. Você será minha, fêmea.

O sorriso dela foi tão antigo quanto a raça, e tão duradouro quanto.

– Mal posso esperar.

No instante seguinte, Tohr estava no corredor, sentindo-se completamente confinado – apesar de a mansão ter quantos quartos mesmo? Mas então, ao chegar às portas abertas do escritório de Wrath, o Rei quase o atropelou.

– ... o caralho, estou saindo daqui. – Wrath fechou as portas atrás de si e seguiu para a escadaria. – Maldição, sou um Irmão, tenho permissão para ir lá...

– Meu senhor, não pode ir à Tumba.

Enquanto George, o cão-guia do Rei, gania no interior do escritório, o último vampiro puro da raça chegou à escadaria para iniciar a descida.

– Wrath. – Tohr apressou-se atrás dos calcanhares do macho, mas não se deu ao trabalho de aumentar o tom da voz. – Pare. Mesmo. Pare agora.

Pois é, estava sendo tão persuasivo quanto um idiota com bandeirolas como farol, e os dois braços quebrados: não estava se colocando no caminho do governante. Não o segurava pelo braço, nem forçava o Rei a ficar dentro de casa. E não iria, no fim das contas, impedir que seu monarca fosse até a Tumba, onde Qhuinn estava.

Onde Xcor estava.

Porque, oras, se estava protegendo o Rei, tinha que ir aonde o cara ia, certo? E, se por acaso isso acabasse por levá-lo até onde o Bastardo estava? Beeeem, isso não seria sua culpa, né? Além disso, considerando-se o estado de humor de Wrath? Qualquer tentativa de convencê-lo a ficar e esperar seria fôlego desperdiçado. O Rei era bem racional – só quando não o era. E quando aquele FDP de cabelos negros e óculos escuros decidia que faria, ou não faria, algo? Ninguém, mas ninguém mesmo, seria capaz de mudar sua opinião.

Com a exceção de, talvez, Beth – e mesmo isso não era garantido.

E quando ele e Wrath chegaram ao átrio e começaram a cruzar o mosaico da macieira em flor, Tohr disse num tom enfastiado:

– Sério. Deixe que os outros cuidem do assunto. Pare.

Wrath não hesitou nem falseou. Mesmo sem enxergar, ele conhecia bem a mansão, e sabia antecipar o número de degraus, a direção e até mesmo a altura da enorme maçaneta à qual estava prestes a alcançar. Se as coisas seguissem assim, chegariam à caverna ao norte da montanha num nanossegundo.

Só que... quando a porta do vestíbulo se abriu e uma lufada de ar fresco entrou, Tohr inspirou fundo.

E, no mesmo instante, sua sanidade retornou.

Espere um instante, ele pensou. Que diabos estava fazendo?

Uma coisa era abrir a porta ele mesmo, e outra era fracassar em sua missão de guarda-costas, permitindo que o Rei entrasse numa situação que poderia colocar sua vida em perigo. E também, P.S., era uma bobagem absoluta querer matar Xcor por ter metido uma bala em Wrath ao mesmo tempo em que estava disposto a permitir que o Rei entrasse no que poderia ser uma emboscada. O Bando de Bastardos era uma surpresa, mais do que nunca. E se alguma coisa desse errado com a insubordinação de Qhuinn e Xcor acabasse, de algum modo, livre? E se encontrasse os seus garotos? E se atacasse a Irmandade?

Enquanto Wrath atravessava a porta e seguia para a noite, Tohr voltou ao trabalho.

Dessa vez se colocou no caminho dele, esticou as mãos e socou o peitoral do governante.

Encarando os óculos pretos, disse:

— Espere aí, não posso permitir que vá até a Tumba. Por mais que eu queira a porra dessa desculpa pra ir pra lá também e lidar com o puto do Xcor nos meus próprios termos, não saberei viver comigo mesmo se...

Tchauzinho.

Sem nem uma palavra ou hesitação, Wrath desapareceu. O que provava a Tohr que estivera certo quanto ao Rei fazer o que bem entendia – e um maldito idiota por não ter impedido o macho ainda na escadaria.

— Maldição! – Tohr murmurou ao sacar as duas pistolas.

Sua própria desmaterialização interrompeu o restante dos impropérios que se debatiam no seu cérebro desfuncional. Em seguida, reassumia a forma na floresta densa, no lugar do qual fora retirado à força não mais do que uma hora antes.

Ah... Deus.

Sangue. No meio do vento gélido e forte... ele sentia o cheiro do sangue de Xcor.

O filho da puta estava lá fora? Mas que diabos? Porque aquela merda não vinha de longe, como se fosse de um ferimento impingido no interior da caverna.

Não, estava bem aos seus pés, nas agulhas caídas dos pinheiros e na terra. Um rastro.

Uma fuga.

Mesmo que os instintos de rastrear o macho fossem quase irresistíveis, Wrath era mais importante. Girando sobre os coturnos, correu para junto do seu monarca.

— Meu senhor! – Tohr perscrutou o ambiente, à procura de movimentos. – Mas que porra há de errado com você?! Precisamos tirá-lo daqui!

Wrath o ignorou e seguiu para a caverna, onde as vozes dos outros irmãos ecoavam e, evidentemente, davam-lhe uma direção. Tohr pensou em deter o macho, mas era melhor que ele estivesse ali, com a Irmandade, do que no meio da floresta, como um alvo imóvel.

Cara, mas depois teriam uma conversinha.

Noite incrível para os moradores da casa. Puta que o pariu.

O cheiro do sangue estava mais intenso ali, e sim, sentiu uma ponta de inveja no meio do peito. Qhuinn, ao que tudo levava a crer, tivera sua vez com o bastardo. Mas algo de muito, muito errado acontecera. Havia um rastro de pés descalços e sanguinolentos saindo da caverna, e Qhuinn também sangrava. Aquele outro cheiro também estava bem distinto.

O Irmão ainda estaria vivo? Xcor o teria, de alguma forma, sobrepujado e se apoderado da chave dos portões? Mas isso seria possível? Xcor estivera meio morto naquela maca.

Enquanto Tohr e o Rei avançavam pelo interior da caverna, a luz das tochas nos portões oferecia um brilho a ser seguido e quando ele e Wrath se juntaram a todos os outros – ... Tohr confrontou uma situação que era tão inesperada quanto inexplicável.

Qhuinn estava depois dos grandes portões do *sanctum sanctorum*, sentado de bunda no chão, com os cotovelos posicionados sobre os joelhos. Ele sangrava em alguns pontos e a respiração superficial sugeria que devia ter costelas quebradas. Suas roupas estavam desarrumadas e manchadas de sangue – tanto dele quanto de Xcor –, e as juntas dos dedos estavam esfoladas.

Mas isso não era o mais estranho.

A chave do portão estava do lado de fora. Deitada no chão de terra como se tivesse sido propositalmente colocada ali.

Três dos seus irmãos estavam ao redor do objeto, como se ele fosse explodir na cara deles, e, nas imediações, pessoas dialogavam. Toda a conversa cessou, contudo, quando a presença de Wrath foi registrada pelo grupo.

– Mas que porra! – alguém exclamou.

– Jesus, Maria e José! – Ok, esse era Butch. – Mas que diabos?

Mais irmãos se juntaram a eles nesse tipo de exclamação, mas Wrath não estava para brincadeira.

– Para o que estou olhando? Algum puto pode me descrever o que tenho diante de mim?

No silêncio que se seguiu, Tohr esperou que um dos outros transmitisse o relato.

Só que nenhum deles pareceu ter coragem.

Tudo bem, mas que diabos, Tohr pensou.

– Qhuinn está consciente, sangrando, trancado na Tumba. A chave... – Tohr meneou a cabeça na direção dos portões – ... está do lado de fora. Qhuinn, Xcor está aí dentro com você ou não?

Mesmo que o rastro de sangue para fora da caverna já fosse resposta suficiente.

Qhuinn abaixou a cabeça e esfregou os cabelos negros, a palma desenhando círculos lentos no que já estava emaranhado.

— Ele fugiu.

Ceeeeerto, quer falar de bombas "f"? Foi como se cada um dos Irmãos tivesse um piano despejado sobre seus malditos pés e usado a palavra "foda" como analgésico.

Um ímpeto de urgência fez com que Tohr se desconectasse de tudo aquilo. Virou-se, pegou o celular e ligou a lanterna, lançando o facho de luz ao redor no chão. Rastrear as pegadas na areia e na terra solta foi bastante fácil, e ele as seguiu até a boca da caverna. Xcor estivera arrastando os pés, em vez de caminhar de verdade, sua locomoção estava evidentemente prejudicada por ter passado o mês anterior deitado, e também pelo que acontecera entre ele e Qhuinn.

Quando Tohr voltou para a floresta, agachou-se e formou um arco com a luz. Atrás dele, uma bela discussão se desenrolava entre Wrath e a Irmandade, com vozes graves ecoando ao redor graças às paredes de pedra, mas ele deixou que continuassem. Andando à frente, desligou a lanterna e guardou o celular no bolso de trás da calça. Não levara um casaco consigo ao sair da mansão, mas a noite de -4°C não o incomodava.

Estava ocupado demais dando uma de cão farejador, fungando o ar.

Xcor fora para o Oeste.

Tohr acelerou, mas não podia ir rápido demais. Com o vento soprando em diferentes direções, era difícil acompanhar o rastro.

E, então, ele simplesmente chegou ao fim.

Fazendo círculos, Tohr retrocedeu a fim de localizar o rastro de sangue novamente... e depois, sim, voltou a perdê-lo.

— Ah, maldito bastardo — ele sibilou na noite.

Como aquele merdinha enfraquecido tinha conseguido se desmaterializar era uma questão que Tohr jamais compreenderia. Contudo, não havia como discordar dos fatos: a única explicação possível para o rastro ter sido interrompido tão subitamente era que o bastardo, de alguma forma, havia reunido forças para virar fantasma.

Se Tohr não odiasse o filho da puta com demasiada intensidade... quase seria capaz de respeitá-lo.

Quando Xcor reassumiu a forma corpórea, encontrou-se nu sobre uma espécie de moita coberta de neve, no interior da floresta que já não era mais de pinheiros, mas de bordos e carvalhos. Arquejado, ele forçou os olhos a trabalhar, e quando o cenário apareceu límpido e focado, ele soube que havia conseguido sair da propriedade da Irmandade. O *mhis*, névoa de proteção do cenário que marcava o território deles, havia sumido, e seu senso de direção havia retornado.

Não que ele tivesse a mínima ideia da sua localização.

No trajeto de fuga, tinha conseguido se desmaterializar três vezes. Uma para uns cinquenta metros de distância da caverna; na segunda, um pouco além da última, talvez meio quilômetro descendo a montanha; e depois até ali, para uma porção gramada, que sugeria um afastamento considerável da montanha onde fora mantido prisioneiro.

Rolando de costas, inflou os pulmões e rezou em busca de forças.

Uma vez passada a ameaça imediata à própria vida, uma fraqueza imensurável se abateu sobre Xcor, tão letal quanto qualquer outro inimigo. E também havia o frio, que subtraía ainda mais suas reservas de força, diminuindo-lhe ainda mais os reflexos e os batimentos cardíacos. Mas nada disso era sua maior preocupação.

Virando a cabeça, olhou para o Leste.

O horizonte começava a se aquecer com a chegada iminente da aurora em uma hora. Mesmo em seu estado, ele sentia os vislumbres de alerta em sua pele nua.

Empenhado em forçar a cabeça para longe do chão, procurou abrigo, uma caverna talvez, um agrupamento de rochas... um tronco caído com espaço vazio no qual poderia se esconder. Só o que identificou foram árvores, lado a lado, com os galhos despidos formando um dossel, que não significaria proteção suficiente contra o amanhecer.

Acabaria em chamas assim que o sol estivesse a pino.

Pelo menos estaria aquecido... Pelo menos, assim, tudo chegaria a um fim.

Por certo, e por pior que fossem os horrores da imolação, nada se compararia à tortura que a Irmandade sem dúvida o teria feito passar – torturas que não serviriam a nenhum propósito, mediante a suposição de que o Bando de Bastardos seria o seu objetivo.

Primeiro porque seus soldados teriam seguido o protocolo e abandonado o acampamento, estabelecendo-se em outro local após o seu desaparecimento. Afinal, morte ou captura eram as únicas explicações para a sua ausência, e não havia sentido apostar em qual delas.

Segundo, ele não teria entregue seus guerreiros mesmo que prestes a ser estripado.

Bloodletter não fora capaz de quebrá-lo. Ninguém mais o conseguiria.

Mas, pensando bem, tudo isso não tinha mais importância.

Xcor enrolou-se de lado, aproximou as pernas do peito e passou os braços ao redor de si mesmo, tremendo. As folhas debaixo do corpo não eram nenhum leito suave; as pontas curvas e geladas cortavam sua pele. E enquanto o vento trespassava o cenário, um atormentador em busca de vítimas, parecia não lhe prestar uma atenção especial, empurrando detritos da floresta para cantos escondidos, roubando ainda mais o seu decrescente calor corporal.

Fechando os olhos, encontrou uma parte do passado voltando para si...

Era dezembro do seu nono ano de vida, e ele estava diante do chalé decaído de telhado de sapê no qual ele e sua ama-seca ficavam. De fato, assim que a noite caía todos os dias, ele era jogado para fora, acorrentado pelo pescoço, e tolerado de volta ao interior apenas quando o sol ameaçava surgir a Leste e os humanos estariam fora de suas casas. Por grande parte das longas horas solitárias, ainda mais naquele inverno, ele se acomodava contra a parede externa da casa, movendo-se em sua corrente apenas para se colocar contra o vento.

O estômago estava vazio e assim permaneceria. Ninguém da sua raça no pequeno vilarejo o abordaria para lhe oferecer comida, e a ama-seca certamente não o alimentaria até assim o desejar – e só seriam restos das refeições consumidas por ela.

Levando os dedos sujos de terra à boca, sentiu a distorção que partia do lábio superior até a base do nariz. O defeito sempre fora assim, e por causa dele, sua mahmen *o tirara do quarto em que nascera, deixando-o nas mãos da ama-seca. Sem ninguém mais para cuidar do jovem ele tentou agir bem para com a fêmea, tentara fazê-la feliz; mas qualquer que fosse a ação sua nunca a deixava satisfeita – e ela parecia se deliciar ao lhe dizer, repetidamente, como sua* mahmen *o banira de suas vistas, como ele fora uma maldição no que, senão por isso, teria sido uma fêmea de valor, bem-nascida.*

A melhor opção era ficar fora do caminho da ama-seca, fora de seu campo de visão, fora de sua casa. E mesmo assim ela não lhe permitia a fuga.

Ele tentara isso algum tempo atrás e chegara aos limites dos campos que cercavam a aldeia. No entanto, uma vez que a ausência fora registrada, ela foi atrás dele e o surrou com tamanha violência que ele se retraiu e chorou em meio aos golpes, implorando por perdão; pelo quê, ele não sabia exatamente.

E assim, ele acabou acorrentado.

Os aros de metal partiam da coleira ao redor do seu pescoço até o poste de ferro em que os cavalos eram amarrados, na quina do chalé. Nada mais de vaguear para ele, nada mais de mudar de posição, a menos que para se aliviar ou se manter abrigado. O couro áspero ao redor do pescoço provocava machucados na pele, e como nunca era removido, não havia como as feridas cicatrizarem. Mas há tempos ele aprendera a suportar.

Sua vida, tal qual a percebia, tratava-se de saber suportar.

Dobrando os joelhos junto ao peito diminuto, passou os braços ao redor dos ossos das pernas e estremeceu. Suas vestes eram limitadas a uma das capas de lã gastas da ama-seca e um par de calças masculinas que eram tão grandes que ele poderia prendê-las debaixo das axilas com uma corda. Os pés estavam descalços, mas ele os mantinha debaixo da capa para que não congelassem.

Quando o vento soprou em meio aos galhos despidos das árvores, o som o impeliu a pensar num lobo, e seus olhos se arregalaram enquanto ele perscrutava a escuridão, para o caso de ter ouvido de fato um lupino. Morria de medo de lobos. Se um, ou uma alcateia, fosse atrás dele, seria devorado vivo, disso tinha certeza, visto que a corrente significava que não poderia fugir nem subir em árvores, tampouco alcançar a porta do chalé.

E ele não acreditava que a ama-seca o salvaria. Às vezes chegava a crer que ela o amarrava na esperança de que fosse consumido, dado que a morte dele, quer pelos elementos climáticos, quer pela natureza selvagem, a libertaria, pois, se assim acontecesse, não seria exatamente culpa dela.

A quem ela prestava contas, contudo, ele não sabia. Se sua mahmen *o rejeitara, quem pagava por sua subsistência? Seu pai? O macho cuja identidade nunca lhe fora revelada e que, por certo, jamais aparecera...*

Quando um som sinistro atravessou a noite, ele se retraiu.

Era o vento. Tinha que ser... somente o vento.

Procurando algo para acalmar a mente, fitou a poça amarelada de luz que emanava da única janela do chalé. A iluminação tremeluzente brincava com os tentáculos de uma moita de framboesas morta que circundava o chalé, movimentando o arbusto cheio de espinhos como se esse tivesse vida – e ele tentou não achar nada de sinistro nas constantes mudanças. Não, em vez disso, ele se concentrou no brilho e tentou se visualizar diante da lareira, aquecendo as mãos e os pés, os músculos frágeis se desenrolando do rigor provocado pela postura de proteção contra o frio.

Ao longo de seu devaneio, imaginou o sorriso e os braços abertos da ama-seca para ele, encorajando-o a se aninhar em segurança nela. Fantasiou-a com um afago em seus cabelos, sem se importar acerca da imundície, oferecendo-lhe comida que não estava estragada e não era apenas restos. Em seguida, ele se banharia, limparia a pele e retiraria a coleira do pescoço. O unguento apaziguaria suas aflições, e então ela lhe diria que não se importava por ele ser imperfeito.

Ela o perdoaria pela sua existência, e sussurraria que sua mahmen de fato o amava e que logo viria buscá-lo.

E, finalmente, ele adormeceria, com seu sofrimento terminado...

Outro urro interrompeu-lhe os pensamentos, e ele retornou rapidamente à consciência, vasculhando uma vez mais os arbustos e os esqueletos das árvores.

Era sempre assim, as idas e vindas de sua necessidade de estar ciente das cercanias para o caso de um ataque... e sua busca de um abrigo mental que o impedisse de concluir que não poderia fazer nada para se salvar.

Enfiando a cabeça entre os ombros, apertou os olhos uma vez mais.

Havia outra fantasia que ele acalentava, ainda que não com muita frequência. Ele fingia que seu pai, sobre quem a ama-seca jamais falara, mas quem Xcor imaginava ser um grande guerreiro da raça, chegaria num enorme garanhão de guerra para salvá-lo e levá-lo dali. Imaginara o grande guerreiro chamando por ele, colocando-o no alto da sua sela, chamando-o de "filho" com orgulho. Aos galopes, afastar-se-iam, a crina do cavalo açoitando o rosto de Xcor conforme avançassem atrás de aventuras e glórias.

Na verdade, essa situação era tão pouco provável quanto ele ser acolhido no interior do chalé...

Ao longe, o tropel dos cascos de um cavalo sinalizava uma aproximação e, por um momento, seu coração acelerou. Teria chamado sua mahmen? Seu pai? Teria o impossível por fim acontecido...?

Não, não era um cavalo. Era uma incrível carruagem, da realeza, sem dúvida, com o exterior dourado e um par de cavalos brancos combinando. Havia até lacaios de libré preto e um cocheiro de uniforme.

Era um membro da glymera, um aristocrata.

E, sim, quando um criado desceu e auxiliou a saída de uma fêmea com um lindo vestido e peles, Xcor jamais vira algo mais belo e perfumado.

Mudando de posição de modo a enxergar ao redor do chalé, retraiu-se quando o couro fez um novo corte na clavícula.

A bela fêmea não se deu ao trabalho de bater, mas o lacaio abriu a porta que rangeu.

— Hharm se casou após o nascimento de um filho. Está feito. Está livre... Ele não vai mais prender você à sua ira.

A ama-seca franziu o cenho.

— Como?

— É verdade. Papai o ajudou com o dote considerável exigido por ele. Nossa prima é agora a shellan dele e você está livre.

— Não. Não pode ser...

Enquanto as duas fêmeas recuavam para dentro do chalé e deixavam o lacaio para fora, Xcor se esforçou para ficar de pé e espiar através da janela. Do outro lado do vidro grosso e cheio de bolhas, ele viu quando a ama-seca continuou agindo como se estivesse em estado de choque e descrença. A outra fêmea, no entanto, deve ter aplacado sua contradição, pois houve um momento de pausa... e, então, uma grande transformação se apresentou.

De fato, uma alegria tão contagiante tomou conta da ama-seca, em seu âmago, que ela pareceu uma lareira recobrando as chamas quase extintas, não mais o espectro cansado da feiura a que ele se habituara, mas algo completamente diverso.

Tornou-se resplandecente, mesmo nos trapos que vestia.

A boca se moveu, e ainda que ele não conseguisse ouvir sua voz, ele entendeu exatamente o que ela dizia: Estou livre... estou livre!

Além do vidro ondulado, ele a viu olhar ao redor como se procurasse um objeto de significância.

Ela o estava abandonando, ele pensou, em pânico.

E como se ela tivesse lhe lido os pensamentos, a ama-seca parou e olhou na direção do vidro, a luz da lareira brincava ao longo do rosto corado e alegre dela. Com os olhos fixos um no outro, ele levou a mão à janela numa súplica.

— Me leve com você — sussurrou. — Não me deixe assim...

A outra fêmea relanceou na sua direção e seu retraimento sugeria que apenas a imagem de Xcor lhe revirava o estômago. Disse algo à ama-seca, e aquela que cuidara dele até então não respondeu de pronto. Mas, então, seu rosto endureceu, e ela se aprumou como se em preparo para uma tempestade inclemente.

Ele começou a bater na janela.

— Não me deixe, por favor!

As duas fêmeas lhe deram as costas e saíram apressadas, e ele correu para a frente para vê-las subindo na carruagem.

— Me leve com você!

Quando ele se precipitou, atingiu o limite da corrente e foi puxado para trás pelo pescoço, aterrissando com força e tendo o ar expelido dos pulmões.

A fêmea bem vestida não prestou atenção ao levantar as saias e abaixar a cabeça para entrar no interior da carruagem. A ama-seca, por sua vez, apressou-se logo atrás, levantando a mão à têmpora para proteger os olhos de vê-lo.

— Me ajude! — Ele se agarrou à corrente, que lhe raspou a pele. — O que será de mim?!

Um dos lacaios fechou a porta dourada da carruagem. E o doggen *hesitou antes de voltar para seu posto, na parte posterior.*

— Existe um orfanato não muito longe daqui — ele informou com secura. — Liberte-se e prossiga por cinquenta léguas ao Norte. Lá, encontrará outros.

— Me ajude! — Xcor gritou quando o cocheiro estalou as rédeas e os cavalos saltaram adiante, conduzindo a carruagem pela estrada de terra.

Ele continuou a gritar enquanto era deixado para trás, os barulhos da partida cada vez mais distantes... até sumirem.

À medida que o vento soprava sobre ele, os vestígios das lágrimas no seu rosto se tornaram gelo e seu coração batia nos ouvidos, impossibilitando-o de ouvir qualquer outra coisa. Por conta do jorro da ansiedade, ele ficou tão quente com a agitação que deixou a capa de lado, e o sangue se juntou ao redor do pescoço, cobrindo-lhe o peito desnudo e aquelas calças enormes.

Cinquenta léguas? Orfanato?

Ficar livre?

Palavras tão simples, surgidas de uma consciência pesada. Mas que não o ajudavam em nada.

Não, ele pensou. Só tinha a si mesmo em quem confiar agora.

Mesmo quando desejou se curvar numa bola e chorar de medo e de tristeza, soube que tinha que se fortalecer, pois um abrigo era extremamente necessário. E com isso em mente, controlou as emoções e agarrou a corrente com ambas as mãos. Inclinou-se para trás e puxou-a com todas as forças, numa tentativa de soltá-la do poste. Os elos rangeram com o movimento.

Enquanto ele se empenhava, teve a vaga noção de que a carruagem não podia estar muito longe. Poderia ainda alcançá-la se apenas conseguisse se soltar e correr...

Também disse a si mesmo que aquela não era sua mahmen *que acabara de partir, tendo-lhe mentido o tempo todo. Não, era apenas uma ama-seca de alguma posição social pouco comum.*

Seria insuportável pensar nela de outro modo.

Capítulo 12

Parecia apropriado que Qhuinn tivesse que olhar através das grades para ver seus irmãos – não que desejasse fitá-los. Mas, sim, a separação entre ele e aqueles outros seres vivos, marcada pelos portões antigos e impenetráveis, parecia o melhor curso de inação.

Não estava apto a qualquer tipo de companhia.

E, evidentemente, os outros tampouco estavam felizes com ele.

Enquanto permanecia de bunda no chão de pedra bruta da caverna com as costas apoiadas numa seção de prateleiras de jarros que ainda permaneciam intactos, ele observava a Irmandade circular e rosnar do lado oposto das barras de metal, indo de um lado a outro e esbarrando uns nos outros ao ladrarem para ele. A boa notícia – e ele imaginava que fosse apenas marginalmente "boa" – foi que o som de tamanho drama se assentou, por algum truque do Universo, ou talvez porque a pressão sanguínea estivesse diminuindo, enevoando tudo no mundo a sua volta.

Melhor assim. Já era perito em foder com as coisas. Não havia nada que mesmo o uso mais criativo da palavra que começava com "f" lhe ensinasse no tocante a imprecar contra alguém.

Além disso, considerando-se que ele era o substantivo em todas aquelas frases? Quem precisava disso agora? Ele já vinha se autoflagelando mentalmente, muito obrigado.

Abaixando a cabeça, fechou os olhos. Não foi uma boa ideia. A lateral do corpo estava acabando com ele, e sem nenhuma distração, a dor assumiu proporções gigantescas. Devia ter fraturado alguma coisa ali. Talvez rompido um rim ou um...

Quando uma onda de náusea inflou seu estômago, ele abriu os olhos e mirou a direção oposta do zoológico de acusações. Pense num lugar destruído. A maca destroçada, os equipamentos médicos arregaçados, todos aqueles jarros quebrados com seus corações negros oleosos no piso de pedras... Era como se um furacão tivesse passado pela caverna.

O segundo lugar que ele destruíra — se tomados em consideração os tiros no quarto de Layla.

Ainda que essa bagunça ele lamentasse.

A outra? Sim, arrependia-se dela também — mas não recuaria quanto à proibição de ela ver seus filhos.

Com um gemido, esticou uma perna e depois a outra. Havia sangue em suas calças. Nos coturnos. Nas juntas de ambas as mãos. Provavelmente necessitaria de atenção médica, mas não a queria...

Um silêncio abrupto chamou-lhe a atenção e ele recobrou o enfoque nos portões. Ah, maravilha. Que porra do cacete.

O Rei estava bem diante das barras de ferro, parecendo a fúria dos infernos de pé sobre seus coturnos. E, aparentemente, ele queria um mano a mano: Vishous havia se adiantado e estava colocando a chave na fechadura, na outra ponta; então, seguiu-se um estalo que permitiu a abertura dos portões.

Wrath foi o único a entrar, e logo ambos foram trancados ali. Seria para impedir que os demais atacassem Qhuinn? Ou para impedi-lo de fugir dos planos do Rei, sejam quais fossem?

Escolhas, escolhas...

Quando Wrath se aproximou e depois parou, Qhuinn abaixou o olhar, apesar de o macho ser cego.

— É aqui que você vai me demitir da Irmandade?

Malditos coturnos enormes, ele pensou de súbito. De sua perspectiva, eles pareciam ter o tamanho de um par de Subarus.

— Estou ficando cansado pra cacete de te encontrar assim — Wrath estrepitou.

— Então somos dois.

— Quer me contar o que aconteceu?

— Na verdade, não.

— Deixe-me formular de outra forma, filho da puta. Você vai me contar o que aconteceu ou vou te manter trancado aqui até a fome consumir seus ossos?

— Sabe, dietas da moda nunca funcionam a longo prazo.

— Funcionam se você tomar um suplemento de ferro junto a elas.

Qhuinn fitou o coldre debaixo do imenso braço esquerdo de Wrath. Por mais que o Rei não tivesse olhos saudáveis, seria uma boa aposta imaginar que ele conseguiria botar uma bala no lugar de sua vontade, baseando-se apenas na audição.

— Que tal assim... — Wrath propôs. — Vou te ajudar. Você pode pular a parte em que julgou ser uma boa ideia vir até aqui atacar um pprisioneiro meu, sem a minha permissão. Sei chegar a essa conclusão sozinho, obrigado. Por que não me conta como ele conseguiu te trancar aí dentro?

#tomaládácá

Ele pigarreou.

— Quando Phury saiu, ele me deu a chave pra eu me trancar aqui com Xcor. E foi o que fiz.

Que era o novo protocolo. Assim que Xcor ficou sob a custódia deles, o responsável pela guarda tinha que ficar trancado pelo lado de fora. Com o passar do tempo, porém, o procedimento foi alterado por motivos práticos, em virtude de todas as mudanças de escala, check-ups médicos e administração de remédios. E, sim, talvez porque acabaram relaxando depois de um mês em que o bastardo apenas ficou ali deitado, na maca como uma obra de arte moderna.

— E? — Wrath grunhiu.

— Eu estava distraído. Então esqueci a maldita chave na fechadura.

— Você estava... distraído. Com o quê? Planos para destruir este lugar? — Quando o Rei gesticulou ao redor dos jarros arruinados como se pudesse vê-los, ficou claro que o fedor dos *redutores* tinha se instaurado sob o nariz dele. Além disso, convenhamos, a plateia vinha reclamando da bagunça. — Mas que *caralho*, Qhuinn. Fala sério, perdeu a porra da sua cabeça?

— Sim, acho que perdi. — Que sem graça. — Ou isso foi uma pergunta retórica que não requer resposta? Ei, por que não paramos de falar sobre Xcor pra você me contar o que vai fazer com aquela fêmea dele, Layla?

Falando em vontade de vomitar...

No silêncio subsequente, Wrath cruzou os braços diante do peito, os bíceps se avolumaram tanto que ele fez com que o *The Rock* parecesse um "Pescoço Fino".

— Neste instante, são os *seus* direitos parentais que estou pensando em anular.

Qhuinn levantou o olhar de supetão e depois teve que engolir o vômito enquanto a cabeça latejava.

— Espere aí, *o quê?* Ela comete um ato de traição ao ajudar e se encontrar com um inimigo seu...

— E você acabou de deixar uma fonte de informação para a Irmandade fugir porque perdeu a porra da cabeça. Portanto, vamos deixar de lado essa asneira de traição, que tal? Só vai fazer com que suas bolas fiquem mais apertadas, confie em mim.

Era meio difícil argumentar contra fatos, Qhuinn pensou. Que bom que suas emoções estavam pouco se fodendo para a lógica.

— Só me diga que vai tirá-la da casa — exigiu. — E que meus filhos vão ficar comigo. É só o que me importa.

Por uma fração de segundo, Qhuinn lembrou de Xcor falando bobagens pouco antes de o bastardo sair se arrastando. Dizendo coisas sobre Layla. Sobre amor. Sobre não querer mais ir atrás de Wrath.

Ah, tá. Como se ele fosse acreditar em qualquer uma dessas coisas.

O Rei o encarou por trás dos óculos escuros.

— O que faço ou deixo de fazer não é da porra da sua conta.

— Tá falando sério? — Qhuinn fez menção de se levantar, mas isso não aconteceria. Mesmo grunhindo e vomitando para o lado, ele continuou falando em meio à náusea. — Ela abriu mão dos direitos dela! Ela alimentou o inimigo!

— Se é mesmo um inimigo, por que Xcor deixou a chave para trás?

— O quê?

Wrath apontou um dedo na direção dos portões.

— Xcor te trancou aqui dentro, mas deixou a chave no chão. Por que ele fez isso?

— Como é que eu vou saber?

— Pois é, e agora não podemos mais perguntar para ele, podemos? — Wrath rebateu.

Qhuinn meneou a cabeça.

— Ele ainda é seu inimigo. Ele sempre vai ser o seu maldito inimigo. Estou pouco me fodendo pro que ele diz.

As sobrancelhas negras de Wrath se abaixaram por trás dos óculos.

— Então o que ele te disse?

— Nada. Não disse merda nenhuma. — Qhuinn expôs as presas. — E não se preocupe, vou pegá-lo de novo. Vou caçar o puto e...

— Até parece. Estou te suspendendo do trabalho em campo a partir deste instante.

— O quê?! — Dessa vez, Qhuinn conseguiu se erguer, mesmo achando que acabaria por vomitar ao estilo *Exorcista* em cima do Rei. — Isso é papo-furado!

— Você está passando dos limites e isso eu não engulo. Agora, seja um bom sociopata e cale a boca enquanto recebe cuidados médicos.

Numa descarga de ira nuclear, a fúria ardente ressurgindo e provocando um curto circuito na mente de Qhuinn de novo — como se sua consciência fosse para o banco de trás daquele fogo infernal, ele vagamente tinha ciência dos movimentos de sua boca ao gritar para o Rei. Mas ele não fazia a mínima ideia do que estava dizendo.

— Sabe de uma coisa? — Wrath o interrompeu com um tom enfastiado. — Encerramos por aqui, você e eu.

Foi a última coisa que Qhuinn ouviu.

A última coisa que viu. O imenso punho do Rei voando na direção do seu queixo.

Pense em fogos de artifício, e depois, quando as luzes se apagam, nada aceso dentro dele, as pernas em vias de ceder debaixo do corpo, o peso em um *strike* no chão da caverna.

Seu pensamento final antes de desmaiar na metade da queda?

Duas concussões consecutivas fariam maravilhas para a sua saúde mental. Pois é, bem o tipo de merda que ele precisava a essa altura.

Em seu quarto na mansão da Irmandade, Layla estava de pé diante dos berços, os olhos passando de um a outro dos seus bebês adormecidos. Os rostos de Lyric e de Rhamp eram angelicais, com bochechinhas cheias e rosadas, pele macia, cílios escuros e abaixados, as sobrancelhas arqueadas como asas. Ambos respiravam pesado como se em esforço repousante para crescer, ficar mais fortes e mais espertos.

Era a procriação em curso, a raça da Virgem Escriba seguindo em frente. Um milagre. Imortalidade para os mortais.

Ao sentir uma presença às suas costas, disse num tom baixo e rouco:

– Melhor sacar a arma.

– Por quê?

Olhou para Vishous por sobre o ombro. O Irmão estava parado perto da entrada do quarto, parecia um arauto da destruição. O que, na verdade, ele era.

– Se quer que eu os deixe, terá que me mandar para o Fade.

Não era surpresa nenhuma que Wrath tivesse enviado Vishous para levá-la embora. O guerreiro era frio, intocável, insensível diante de qualquer objetivo a que estava determinado; era como lidar com um iceberg. Os outros machos da casa? Especialmente os que tinham filhos, ou Phury, o Primale, ou até Tohr, que perdera a companheira e um filho antes de nascer? Qualquer um desses Irmãos poderia ser persuadido a mudar o curso das coisas, de forma a permitir que ela ficasse ou levasse os filhos consigo.

Mas não Vishous.

E, no caso dela, talvez nem Tohr. Ele queria matar o macho com quem ela traíra a Irmandade.

Olhou para a arma no coldre debaixo do braço de V.

– Então?

Vishous meneou a cabeça.

– Não será necessário. Venha, vamos embora.

Ela se virou para os filhos.

– Qhuinn o matou? Xcor? Ele está morto?

– Fritz está na frente da casa. Temos um meio de locomoção. Partiremos agora.

– Como se eu fosse uma bagagem a ser transportada. – Não havia mais lágrimas para ela; o horror dos acontecimentos era tão grande que a entorpecia por dentro.

– Xcor está morto?

Quando Vishous falou, em seguida, ele estava logo atrás dela, a voz na parte de trás do seu pescoço, fazendo com que os pelos da nuca se eriçassem em alerta.

– Use a razão...

Ela se virou e estreitou os olhos.

— Não ouse distorcer as coisas fazendo com que eu pareça irracional por não querer deixá-los.

— Então não se esqueça da posição em que se encontra. — Ele esfregou o cavanhaque com a mão enluvada. — Você pode acabar sem nenhum direito parental sobre eles, a despeito de ser a mãe biológica. Mas se vier comigo agora, eu garanto, eu *garanto*, que eles logo estarão com você de novo, quem sabe ao cair da noite de amanhã.

Layla se envolveu com os braços.

— Você não tem esse tipo de poder.

A sobrancelha dele, a que tinha uma tatuagem na lateral, arqueou-se.

— Talvez não, mas elas têm.

Ao dar um passo para o lado, ele apontou para a porta, e Layla cobriu a boca com a mão. Uma a uma, as fêmeas da casa entraram no quarto, e mesmo com Vishous como comparação, elas formavam um grupo poderoso ao criar um semicírculo ao redor dela. Até mesmo Autumn estava presente.

Beth, a Rainha, falou num tom baixo a fim de não perturbar os bebês.

— Falarei com Wrath. Assim que ele voltar do centro de treinamento. Daremos um jeito nisso. Não dou a mínima para o que aconteceu entre você e Xcor. De mãe para mãe, só me importo com você e com os bebês. E meu marido entenderá meu ponto de vista. Confie em mim.

Layla quase se jogou nos braços da Rainha e, quando Beth a segurou com força, Bella se adiantou e acariciou os cabelos de Layla.

— Vamos cuidar deles enquanto você estiver ausente — disse a fêmea de Z. — Todas nós. Não ficarão sozinhos nem por um segundo; por isso, tente não se preocupar.

Cormia também se adiantou, os olhos verde-claros de sua companheira Escolhida estavam rasos de lágrimas.

— Ficarei com eles o dia inteiro. — Ela apontou para a cama. — Não sairei do lado deles.

Ehlena, a *shellan* de Rehv, assentiu.

— Durante o tempo em que fui enfermeira, cuidei de centenas de bebês. Conheço bebês de trás para a frente. Nada acontecerá com eles, prometo.

As outras murmuraram em concordância, e uma delas entregou um lenço a Layla. E foi assim que ela percebeu que estava chorando.

Layla afastou-se de Beth e tentou manter o choro baixo. Queria dizer alguma coisa, queria expressar seu medo e sua gratidão...

A Rainha apoiou as mãos nos ombros de Layla.

– Os seus direitos parentais não serão anulados. Isso não irá acontecer. E sei exatamente aonde você vai agora. É uma casa segura, totalmente protegida. V. projetou e instalou a segurança dela, e eu mesma a decorei depois que a Irmandade a comprou, há um ano.

– É seguro lá – Vishous declarou. – Como o cofre de um banco. E vou passar o dia com você como seu maldito colega de quarto.

– Quer dizer que estarei sob vigilância? – Layla franziu o cenho. – Sou uma prisioneira?

O Irmão apenas deu de ombros.

– Estará protegida. É só isso.

Ao inferno com tudo isso, ela pensou. Mas não havia nada que pudesse fazer. Aquilo era maior do que ela, e ela sabia muito bem quais eram os motivos disso.

Voltando para Lyric e Rhamp, descobriu que as lágrimas jorravam dos seus olhos com mais rapidez do que era capaz de enxugá-las com o bolo molhado no qual o lenço tinha se transformado. De fato, o surgimento das fêmeas da casa para oferecer-lhe apoio havia descongelado a névoa no meio do seu peito, e agora as emoções estavam em chagas novamente.

A mão tremia ao puxar as mantas até a altura dos queixos dos bebês.

– Meus pequenos – sussurrou. – *Mahmen* logo voltará. Eu não... estou abandonando vocês...

Não havia como alongar o adeus. Ela soluçou tanto que falar era impossível.

Sua jornada para dar à luz aquelas duas preciosidades começara ao que parecia uma eternidade atrás, na época em que vivenciou o cio e implorara para que Qhuinn a servisse. Em seguida, houve meses intermináveis de gestação, e os partos de emergência.

Existiram tantas impossibilidades pelo caminho, tantos desafios que não teria como prever. Mas isso era algo que ela não poderia jamais ter imaginado: deixar os filhos sob os cuidados de outros – por mais competentes e amorosas que essas "outras" pudessem ser, não era algo passível de previsões.

Era simplesmente horrível.

– Vamos – Vishous chamou com finalidade. – Antes que a aurora chegue e as coisas acabem se complicando ainda mais.

Com uma última espiada sobre os filhos, Layla juntou as dobras do seu roupão e saiu do quarto. Sob seu rastro, ela sentiu como se tivesse deixado seu coração e sua alma para trás.

Capítulo 13

Conforme a noite caía na tarde seguinte, Qhuinn não estava ciente de que o sol descia e se punha no horizonte ocidental. Primeiro porque estava nas profundezas da clínica do centro de treinamento – portanto, o gigantesco e flamejante orbe passando a vez para a lua não era algo que ele podia olhar para fora da janela e ver. E, segundo, porque estava sob o efeito de drogas que faziam-no esquecer do próprio nome, e mais ainda determinar que horas seriam. Mas o principal motivo de ele não ter se dado conta da passagem do dia?

Mesmo com todas as coisas ruins que estavam acontecendo, ele estava curtindo a melhor alucinação de toda a sua vida. De verdade.

A parte consciente do cérebro – que fora para o banco de trás do carro, tão distante do volante que poderia muito bem estar amarrada no porta-malas – estava muito ciente de que o que pensava ver do outro lado do quarto hospitalar não estava realmente ali, de jeito nenhum. Mas aí é que está a coisa. Ele estava tão chapado que, assim como a dor da cirurgia à qual fora submetido havia seis horas, os eventos da noite anterior estavam um tanto temporariamente adormecidos – e isso significava que ele estava particularmente excitado.

O que não era surpresa alguma. O fato de ele ser um porco com um tremendo apetite sexual fora provado inúmeras vezes.

E, ei, considerando o seu comportamento na noite anterior, ele tinha muitas pendências para se desapontar a respeito de si mesmo.

Portanto, sim, lá estava ele deitado num leito hospitalar, com tubos e fios entrando e saindo dele como se ele fosse um maldito dublê de Xcor, vendo Blay sentado na poltrona do canto – uma com cores neutras, num misto de creme com aveia, braços curvos e costas baixas.

A braguilha do macho estava aberta, e seu pau estava exposto... e o punho de Blay envolvia o pau espesso, as veias dos braços musculosos engrossando enquanto ele se masturbava.

– Quer isto? – o Blay hipotético perguntou com voz grave.

Qhuinn sibilou e mordeu o lábio inferior – e vejam só, rolou o quadril quase sem sentir a incisão na lateral do corpo.

– Porra, se quero esse pau.

O Blay que não era de verdade deslizou pela poltrona, de modo a poder afastar ainda mais os joelhos. E quando ele o fez, seus jeans pretos se esticaram por cima das coxas musculosas, e o zíper se abriu até o limite. E... ah! Enquanto o guerreiro cuidava de si, os peitorais daquele lado flexionavam e relaxavam junto ao ombro enquanto ele bombeava devagar e bem gostoso.

Engolindo em seco, a língua de Qhuinn perfurada pelo *piercing* formigou de vontade de encostar na cabeça daquele pau. Queria compensá-lo pelas palavras saídas de sua boca tola enquanto estava enfurecido, e sexo não era um Band-Aid tão ruim assim.

E o Blay que não estava nada ali o deixaria fazer isso.

Flanando em seu mar de ilusão, Qhuinn sentiu uma sensação falsa de alívio que acompanhou o perdão inexistente na vida real. Só que, maldição, considerando-se os outros aspectos da sua vida, ele iria em frente. Em seu pedacinho de fantasia, ele subiria a bordo do trem Blay e rezaria para que, de algum modo, pudesse traduzir aquela conexão com o macho de verdade assim que o efeito das drogas passasse.

– O que quer fazer comigo? – Quase Blay sussurrou. – O que vai fazer com essa sua língua?

Ah, chega de conversa.

Com um movimento repentino, Qhuinn se sentou na cama – porque é isso o que se faz quando se tem grandes planos: tinha toda a intenção de atravessar o quarto de hospital, cair de joelhos, escancarar a boca até secar Blay de uma vez. E isso seria apenas um prelúdio para o sexo de reconciliação que apreciariam pelas próximas doze ou quinze horas.

Portanto, sim, infernos, ele se pôs na vertical – mas só foi até aí. Seu estômago puxou o pino da granada que nem sabia estar sob sua posse, e depois as entranhas largaram a maldita bomba direto nos pulmões, a dor lançando-o num parafuso descendente que o deixou nauseado.

E, maldição, a dor lancinante foi um terrível clareador de ideias, apagando o Blay Hipotético com seu magnífico pau ereto daquele quarto...

Ao perceber o som de gritos, ele levou a mão à boca para verificar se tinha sido ele, ou não. Não. Seus lábios estavam fechados.

Qhuinn franziu o cenho e mirou a porta.

O que estava... Quem estava gritando assim? Não podia ser Xcor. Se a Irmandade tivesse, de algum modo, conseguido recapturá-lo, eles jamais trariam o bastardo para cá.

Tanto faz. Não era problema seu.

Relanceando para a esquerda, Qhuinn mediu a distância entre ele e o telefone fixo da casa, na mesinha de cabeceira. Uns duzentos metros. É, talvez duzentos e cinquenta.

Então, se ele fosse um praticante de golfe, estaria sem tacadas numa jogada de longa distância.

Com um gemido, iniciou o processo de se erguer e esticar o braço o mais que podia. Bem perto do alvo. E... quase lá.

Depois de algumas passadas fúteis e remexidas das pontas dos dedos, finalmente conseguiu tirar o fone antigo do gancho. Até conseguiu acomodá-lo sobre o peito sem derrubar a maldita coisa.

Levar a coisa até a orelha também – fácil como tirar doce de criança.

Mas, cacete, a coisa do discar...

Teve que retirar o acesso extra... quer dizer, intravenoso. Uma sujeira, o portal aberto da máquina vazava um líquido claro no chão enquanto o sangue escorria de onde o tubo estava conectado, na curva do seu braço. Quem se importava? Ele mesmo limparia... quando conseguisse ficar de pé sem vomitar.

Por um instante, encarou os doze botões em seus quadradinhos bem arrumados, mas não conseguia se lembrar da sequência. Mas o desespero tornou sua memória muito mais afiada do que ela tinha qualquer direito de ser, e ele se lembrou do padrão mais do que da ordem dos números.

Um toque. Dois toques. Três...

– Alô? – respondeu uma voz feminina.

A luz do sol estava praticamente 97% sumida do céu quando Blay abriu a porta e saiu para a varanda dos fundos da nova casa dos pais. Frio, muito frio, e o ar estava tão seco que parecia um jato de areia em seu nariz.

Cara, como ele odiava dezembro. Não só pelo frio, mas porque significava que ainda havia uns... quatro meses antes de o tempo melhorar e as pessoas não sentirem necessidade de se cobrir toda vez que saíam de casa.

Levando o cigarro aos lábios, acendeu-o com seu isqueiro de ouro da Van Cleef & Arpels – aquele dos anos 1940 que Saxton lhe dera na época em que namoraram – e amparou a chama alaranjada com a mão. A primeira tragada foi...

Horrível pra cacete.

Um acesso de tosse atacou o que deveria ter sido um alegre reencontro entre dois velhos amigos: seus pulmões e a nicotina. Mas ele se recuperou com rapidez, e em três baforadas, estava de volta à ativa. E o formigar já conhecido na cabeça fazia com que se sentisse mais leve do que na verdade estava, a fumaça descendo pelo fundo da garganta como o afago de uma massagista em seu esôfago, cada exalada bem perto de uma sessão de quiropraxia ao longo da coluna.

Ouvira dizer que fumar era estimulante? O leve zunido no seu lobo frontal não confirmava a ideia. Mas era estranho como tudo a respeito daquele vício o acalmava: a potencialidade para relaxamento começara a se amalgamar no instante em que encontrara um velho maço, ainda fechado, de Dunhill Reds na gaveta do criado-mudo do seu quarto no andar de cima, e culminara ali, no primeiro momento de semipaz desde que aparecera na casa havia doze horas, com a desculpa de ir ver como estava o tornozelo da mãe.

Bateu o cigarro no cinzeiro de cristal que mantinha equilibrado sobre a grade da varanda, e depois o levou de volta aos lábios; inalou, exalou.

Concentrando-se no prado coberto de neve atrás da casa, sentiu pena da mãe. Tivera que deixar a verdadeira casa da família quando *redutores* atacaram o lugar – um episódio que, embora não lhe fizesse falta, mostrara que contadores, como seu pai, e fêmeas civis, como sua mãe, sabiam ser duros na queda quando necessário. Mas, sim, não havia como permanecer lá depois de contingência semelhante – e depois de passar um tempo como nômades, hospedando-se com parentes por um tempo, os pais enfim compraram essa nova casa em estilo colonial, onde havia fazendas e lotes vazios de terra.

Sua mãe odiava a casa, mesmo com todos os novos utensílios, as janelas se abriam e se fechavam com facilidade, e nenhuma das tábuas rangia. Pensando bem, talvez fosse por tudo isso que ela desgostava da casa, mas o que se podia fazer? E aquele não era um lugar ruim. Quarenta mil metros quadrados com boas árvores, uma linda varanda circundando-a por completo e, pela primeira vez, sistema de ar-condicionado central.

Que não era necessário ao norte do Estado de Nova York, a não ser por talvez a última semana de julho e a primeira de agosto.

E durante essa quinzena de noites, você se sente de fato grato por possuí-lo.

Enquanto fitava o laguinho congelado com as hastes altas de amentilhos e montes de neve que formavam a letra "S" no chão, deixou que a mente vagasse por todo tipo de pensamento não controverso sobre propriedades e sistemas de ar-condicionado central, e vícios que não eram tão graves assim.

Deus bem sabia que isso era bem mais fácil do que o tinha mantido acordado o dia inteiro.

Quando ali chegara, na noite anterior, perto do amanhecer, não tivera coragem de contar aos pais o que acontecera. A questão era que, quando Qhuinn afirmou que ele, Blay, não era pai das crianças, o cara também apagara qualquer direito de avós que a sua mãe e o seu pai acreditavam ter. Portanto, não iria explicar por que ele...

O rangido da porta logo atrás de si o fez se virar. – Oi, *mahmen* – ele saudou, escondendo o cigarro atrás das costas. Como se fosse um maldito pré-trans fazendo algo errado.

Ainda assim, bons garotos gostam de deixar suas mães felizes, e Blay sempre fora um bom garoto.

Sua *mahmen* sorriu, mas os olhos dispararam para o cinzeiro e, convenhamos, até parece que ela não sentiria o cheiro? E ela também nunca lhe pedira que parasse, só que era como Qhuinn. Não era fã, mesmo não existindo nenhum risco de câncer com que se preocupar.

– Telefone para você. – Ela indicou com a cabeça para trás. – Tem uma extensão no escritório do seu pai, caso queira um pouco de privacidade.

– Quem é?

Ele perguntou para ganhar tempo, apesar de o autor da ligação estar bem evidente – mas ela não pareceu se importar.

– Qhuinn. Ele parece um pouco... estranho.

– Aposto que sim.

Blay voltou a mirar o laguinho. Também retomou as tragadas, porque se sentiu subitamente agitado.

– Não quis me meter, Blay. Mas sei que há algo de errado entre vocês; de outro modo, ele também estaria aqui. Quero dizer, seu Qhuinn nunca deixa passar uma chance de vir comer a minha comida.

– Pode dizer a ele que não estou aqui? – Bateu as cinzas no cinzeiro apesar de não haver muito para bater. – Diga que saí. Ou algo assim.

– Tarde demais. Eu já contei que você estava na varanda. Desculpe.

– Tudo bem. – Equilibrando o cinzeiro, apagou o Dunhill. – Importa-se se eu deixar isto aqui agora? Eu limpo antes de ir embora.

– Claro. – Sua *mahmen* deu um passo para o lado e esperou com a porta aberta. Quando ele não foi de imediato, ela pareceu triste. – Seja o que for, vocês saberão resolver. Tornar-se pai pode mudar muitas coisas, mas nada a que não possam se ajustar.

Bem, aparentemente, só um de nós se tornou pai, então...

Blay atravessou a varanda e lhe deu um beijo.

– No escritório? Tem certeza de que o pai não vai precisar dele?

– Ele está no sótão. Acho que está alfabetizando as nossas malas, por mais estranho que possa parecer.

– Nada é estranho quando o assunto é o pai e a organização. É por cor ou marca?

– Marca primeiro, depois cor. Quem haveria de saber que as Samsonites dos anos 1970 durariam tanto?

– Baratas, Twinkies e Samsonites. Isso é o que vai sobrar depois de uma guerra nuclear.

Estava bem mais quente no interior, e enquanto se dirigia para o escritório do pai, seus Nikes guincharam no assoalho recém-envernizado de pinho. Blay acendeu a luz e foi confrontado por um conjunto de escritório completo. A escrivaninha, na ponta oposta, não era nada especial, apenas uma peça legal da loja Office Depot com pernas pretas e tampo marrom claro; sobre ela, havia um telefone e uma calculadora antiga com um rolo de papel. A cadeira era preta e acolchoada, e o computador era um Mac, não um PC.

Melhor não contar isso ao V., pensou ao fechar a porta.

Havia uma série de janelas, todas elas com cortinas pesadas ainda fechadas, evidência de que seu pai ainda não tinha batido o ponto na empresa de consultoria que abrira. Trabalhar de casa era uma bênção para os vampiros que queriam ganhar dinheiro no setor humano, é ainda mais apropriado se você é um contador que vive dos números.

Sentando-se atrás da central de comando do pai, Blay apanhou o fone e pigarreou.

– Alô?

Houve um clique quando sua mãe desligou a extensão da cozinha, ou da sala de estar, ou de onde quer que tenha atendido a ligação. Em seguida, nada além de estática do outro lado da linha.

– Alô...? – repetiu.

A voz de Qhuinn estava tão rouca que mal dava para escutar.

– Oi.

Longo silêncio. Não era uma surpresa. Era Blay quem normalmente pressionava rumo à comunicação quando divergiam em algo, em grande parte porque não lidava bem com distanciamento entre eles, e Qhuinn sempre teve dificuldades para falar sobre "sentimentos". Inevitavelmente, porém, o macho cedia, e falavam sobre as pendências como adultos – e depois Qhuinn o serviria sexualmente por horas, como se o cara quisesse compensar pela fraqueza interpessoal.

Era um bom *modus operandi*. Normalmente funcionava.

Mas não essa noite. Blay não entraria nesse jogo.

– Então... me desculpe – Qhuinn começou.

– Pelo quê? – A pausa que se seguiu sugeria que Qhuinn estava pensando "você sabe pelo quê". – Sim, vou fazer você dizer.

– Me desculpe pelo que saiu da minha boca quando eu estava alterado. Sobre Lyric, Rhamp e você. Sinto muito mesmo... Estou me sentindo péssimo. Eu estava tão furioso que não estava pensando direito.

– Acredito nisso. – Blay passou os dedos pelas teclas da calculadora do pai, com seus números no centro e os símbolos nas beiradas. – Você estava muito alterado.

— Não conseguia acreditar que Layla os colocara em risco daquele jeito. Isso me deixou louco pra cacete.

Era a hora de Blay concordar, de afirmar que, sim, qualquer um ficaria furioso. E que seria difícil não ficar.

— Ela arriscou mesmo as vidas deles. Isso é verdade.

— Quero dizer, consegue imaginar uma vida sem aqueles dois?

Oras, sim. Passei boa parte do dia fazendo exatamente isso.

Um nó se formou em sua garganta, e Blay tossiu para desalojá-lo.

— Não, não consigo.

— Eles são o que há de mais importante na minha vida. Os dois e você.

— Sei disso.

Qhuinn exalou como se estivesse aliviado.

— Fico feliz que entenda.

— Eu entendo.

— Você sempre me entendeu. Sempre.

— É verdade.

Houve mais um silêncio. E depois Qhuinn continuou:

— Quando você vai voltar? Preciso te ver.

Blay fechou os olhos contra o tom sedutor da voz dele. Ele sabia exatamente o que estava se passando pela cabeça de Qhuinn. Crise superada, hora do sexo – e isso não era uma hipótese desagradável, não mesmo. Mas, convenhamos, Qhuinn era um orgasmo de pé em coturnos, uma força da natureza dominante na horizontal, capaz de fazer um macho se sentir a coisa mais desejável na face da Terra.

— Blay? Espere, a sua *mahmen* está bem? Como está o tornozelo dela?

— Melhor. Já está conseguindo se movimentar. A doutora Jane disse que, em mais uma ou duas noites, ela poderá tirar a bota. Está se curando bem depois da queda.

— Que ótimo. Diga a ela que estou feliz pela recuperação.

— Eu direi.

— Então... quando vai voltar para casa?

— Não vou.

Longo silêncio.

— Por quê?

Blay passou as pontas dos dedos sobre os números do teclado, na ordem certa – primeiro crescente, do zero ao nove, depois decrescente.

Não pressionou com força, de modo que nada apareceu na parte acesa nem no rolo de papel para que começasse a imprimir algo.

— Blay, de verdade, sinto muito. Estou me sentindo uma merda. Nunca quis te magoar, nunca.

— Eu acredito.

— Eu não estava bem da cabeça.

— E esse é o meu problema.

— Olha só, eu não consigo acreditar que saquei uma arma e puxei o gatilho. Quero vomitar toda vez que penso a respeito. Mas já me acalmei agora e Layla saiu de casa. Foi a primeira coisa que perguntei quando me recuperei. Ela está fora e as crianças estão seguras, então estou bem.

— Espera. Recuperar do quê? Você se machucou depois que fui embora?

— Eu, ah... É uma longa história. Volta pra casa e eu te conto pessoalmente.

— Eles tiraram os direitos de Layla?

— Ainda não. Mas vão tirar. Wrath vai entender o meu lado. Afinal, ele é pai.

O nó na garganta de Blay voltou, mas não tão espesso dessa vez. Não precisou tossir.

— Layla ainda deveria ser capaz de ver as crianças regularmente. Eles precisam da *mahmen* deles, e quer você goste disso ou não, ela deveria estar nas vidas deles.

— O que está dizendo, que ela e Xcor deveriam levá-los para o McDonald's pra comer a porra de uma porção de batatas fritas e tomar uma Coca?

— Não vou discutir isso com você. Não é da minha conta, lembra?

— Blay. — Agora vinha a impaciência. — O que mais quer que eu diga?

— Nada. Não há nada a...

— Já estou com a cabeça no lugar. Sei que errei ao gritar com você daquele jeito e...

— Pare. — Blay pegou o maço de Dunhill, mas depois voltou a guardá-lo no bolso da camisa. Não fumaria dentro da casa. — Sobre o fato de você ter se acalmado? Que bom, talvez isso o ajude a ser mais racional no que se refere a Layla. Mas tem uma coisa... Quando as pessoas estão bravas, elas dizem a verdade. Você pode se desculpar o quanto quiser por ter ficado bravo e ter gritado comigo e toda essa merda. O que você nunca vai conseguir retirar, contudo, é o fato de que, naquele momento, numa fração de segundo, quando não tinha a capacidade de medir as palavras, pensar no significado ou ser gentil... você deixou claro, para que todos ouvissem, no que acredita de fato. Que eu não sou pai daquelas crianças.

– Você está muito errado. Eu só estava irritado com a Layla. Não tinha nada a ver com você.

– As suas palavras têm tudo a ver comigo. E, olha só, não é que eu não entenda. Você é o pai biológico delas. Isso é algo que ninguém pode tirar de você nem mudar; é sagrado, uma realidade determinada no segundo em que Layla engravidou graças a você. E é por isso que a ideia de você esperar que Wrath finja que da noite passada pra frente Layla não deve estar nas vidas deles é a maior cretinice. Ela está no sangue deles, assim como você. É verdade, ela tomou uma decisão muito imprudente enquanto estava grávida, mas os bebês nasceram, e ela não os deixou nem por um segundo desde que deu à luz. Você sabe muito bem que ela só pensa neles, não em outra coisa nem ninguém mais, e isso inclui Xcor. Se você tirar os direitos dela? Só estará fazendo isso para ser cruel porque quer que ela tenha medo de você, quer lhe ensinar uma lição e fazê-la sofrer. E não é um motivo bom o bastante para afastá-la de Lyric e Rhamp.

– Ela se associou ao inimigo, Blay.

– E ele não a machucou, não é mesmo? Nem aos seus filhos. – Blay imprecou. – Mas isso não é da minha conta...

– Dá pra parar de ficar jogando isso na minha cara?!

– Não estou dizendo isso pra te irritar. – De repente, seus olhos se encheram de lágrimas. – Estou dizendo isso porque essa é a minha nova realidade, e estou tentando me ajustar a ela.

Ele odiou a aspereza em sua voz – ainda mais porque Qhuinn o conhecia bem demais para não notá-la. Com isso em mente...

– Olha só, eu tenho que ir...

– Blay, para com isso. Me deixa ir até aí pra te ver...

– Por favor, não faz isso.

– O que tá acontecendo aqui? – A voz de Qhuinn ficou contraída. – Blay. O que você tá fazendo?

Enquanto Blay se recostava na poltrona de encosto alto do pai, fechou os olhos... e a imagem de Lyric contra seu peito foi como uma espada atravessando seu coração. Deus, conseguia se lembrar de cada detalhe dela: os lindos e grandes olhos míopes que ainda tinham cor indefinida, as bochechas rosadas, a penugem loira na cabeça.

Lembrava-se de sorrir para ela, com o coração tão cheio de amor que o corpo parecia um balão glorioso, superinflado, mas sem o perigo de explodir.

Tudo parecera mais permanente com a chegada dos bebês, como se Qhuinn e ele, já comprometidos, tivessem acrescentado cordas de aço ao redor de si, puxando a ponta bem forte.

Ele não sabia o que era pior: perder seu lugar na vida dos bebês, ou não sentir mais tamanha segurança.

– Tenho que ir – concluiu de repente.

– Blay, pera aí...

Ao abaixar o fone no gancho, não o fez com força. Não pegou a peça para jogá-la sobre as prateleiras muito bem ordenadas de livros sobre economia e regras de contabilidade.

Não estava bravo.

Ficar irritado com a verdade era estupidez.

Seria melhor passar o tempo ajustando-se a ela.

Muito mais lógico, mesmo que com isso surgissem lágrimas em seus olhos.

CAPÍTULO 14

— Sério. Só vou tomar um banho e depois ficar olhando para fora da janela por mais um tempo. Só isso.

Quando Vishous não respondeu, Layla se virou na cadeira na qual tinha estado sentada na última hora. Ele também permanecia em seu lugar, naquela cozinha limpa junto a ela, apoiado contra a bancada de granito ao lado do fogão, fumando em silêncio. A casa segura na qual ficaram durante o dia era uma bela casa térrea, pequena o bastante para parecer acolhedora, mas grande o suficiente para uma pequena família. Tudo ali era decorado em tons de cinza, com toques cuidadosamente escolhidos de amarelo e um azul alegre; por isso, em vez de parecer melancólica, parecia arejada, leve e moderna.

Em outras circunstâncias, ela teria amado tudo sobre aquela casa. Como a situação se apresentava, parecia uma prisão.

— Convenhamos, Vishous. Acha mesmo que vou aparecer na soleira da mansão e exigir uma recepção? E eu nem tenho a chave. — Quando ele não respondeu, ela revirou os olhos. — Ah, não, você está pensando que eu quero outra oportunidade de irritar nosso Rei. Porque você consegue ver o quanto isso está dando certo para mim agora.

Vishous passou o peso do corpo de um coturno para o outro. Vestindo couro preto e uma camiseta justa, e com uns vinte quilos de pistolas e adagas no corpo, ele era como um espectro no lugar errado em um retrato de casa perfeita. Ou talvez fosse mesmo o lugar certo. Tinha sido o arauto da destruição desde a noite anterior — e no que se referia ao quesito "colegas de quarto", ele era tão divertido quanto estava o seu humor.

Layla assentiu para o celular na mão enluvada dele.

— Vá para a sua reunião. A mensagem era sobre isso, não?

— É grosseria ler a mente das pessoas — ele murmurou.

— Não estou dentro da sua cabeça. A sua expressão simplesmente evidencia que gostaria de sair e se sente aprisionado aqui comigo. Não preciso de uma babá. Não vou a parte alguma. O Rei tem meus filhos debaixo do teto dele, e a menos que eu jogue segundo suas regras, jamais voltarei a vê-los. Se acha que estou tentando enganá-lo de alguma maneira, então você perdeu completamente a sua maldita cabeça.

Quando ela se virou para a janela, estava ciente de ter praguejado, e não deu a mínima. Estava preocupada com Lyric e Rhamp, sem ter dormido nem se alimentado.

— Vou convocar outra pessoa para ficar no meu lugar. — Som de teclas, como se Vishous estivesse mandando uma mensagem. — Talvez Lassiter.

— Prefiro ficar sozinha. — Ela se virou de frente. — Estou ficando cansada de chorar diante de uma plateia.

Vishous abaixou o braço. Se por ter enviado aquilo que estivera escrevendo ou por concordar com Layla, ela não sabia – tampouco se importava.

Impotência aprendida, ela pensou. Não era assim que era chamado? Ouvira Marissa e Mary usando o termo quando se referiam ao estado inerte em que as vítimas de abuso doméstico às vezes se encontravam.

Embora em seu caso ela não estivesse sendo abusada. Merecera isso por conta dos seus próprios atos.

Voltou a encarar a noite, mudando de posição para poder olhar as portas de correr atrás da mesa. Havia uma varanda do lado de fora das largas vidraças, e sob o brilho das luzes de segurança, ela mediu a pequena elevação de gelo e neve e tracejou a trilha de folhas marrons dançando sobre o palco enregelado. Durante o dia, ela tinha ligado a televisão no noticiário local do meio-dia. Aparentemente, havia uma frente fria estranha vindo na direção de Caldwell, e ela já ouvia os barulhos dos caminhões de sal roncando ao longe, jogando salmoura nas estradas.

Talvez as crianças humanas tirassem o dia de folga da escola quando a tempestade chegasse, e isso a impeliu a verificar as casas ao longo da cerca do quintal de trás. Não conseguia ver muito das casas, apenas o brilho nas janelas do segundo ándar, e ela imaginou todo tipo de seres humanos jovens aninhados em suas camas enquanto os pais assistiam a um pouco de TV antes de dormir.

Como os invejava.

Com isso em mente, Deus, como desejou que V. fosse embora. Estava enlouquecendo presa ali na presença furiosa dele – ainda que a ideia de ter Lassiter como substituto fosse o bastante para pensar em suicídio.

– Muito bem – Vishous murmurou. – Volto quando souber de algo.

– Por favor, não mande aquele anjo.

– Pode deixar. Isso tornaria a sua punição cruel e extraordinária.

Ela soltou o ar que nem sabia que estava segurando.

– Obrigada.

O Irmão hesitou.

– Layla, escute...

– Correndo o risco de também te irritar, não há nada que possa me dizer que fará com que isto melhore ou piore. É assim que se sabe que estamos no Inferno, a propósito. Nenhuma esperança, e se vê dor por todos os lados.

O som das botas pesadas de Vishous nos ladrilhos soou alto na quietude da pequena cozinha e, por algum motivo, ela pensou no amor do Irmão Tohrment pelos filmes do Godzilla. Na outra noite mesmo, ela descera para esticar um pouco as pernas e encontrara Tohr relaxado no sofá da sala de bilhar, com Autumn adormecida em cima dele, *Godzilla versus Mothra* passando na tela grande acima da lareira.

Ela acreditara que as coisas eram complicadas na época. Agora? Desejava poder voltar no tempo, para aquelas noites agradáveis em que só o que ela tinha em mente eram arrependimento e culpa.

Quando V. parou diante da Escolhida, seus ombros se endureceram até ela sentir uma dor na base do crânio.

– Sim – ela disse com irritação –, eu vou acionar o alarme depois que você sair. E também sei como funcionam os controles remotos. Você me mostrou isso antes, embora eu possa lhe garantir que não estou interessada nem em *Game of Thrones* a esta altura.

A crueldade não era comum da sua parte, mas estava proverbialmente dentro da toca do coelho, perdida de quem e do que normalmente costumava ser.

– Xcor fugiu. Ontem à noite.

Layla se retraiu tão de repente que quase caiu da cadeira. E antes que pudesse perguntar, o Irmão continuou:

– Ninguém foi ferido no processo. Mas ele acabou trancando Qhuinn na Tumba... que é onde o estávamos mantendo. E ele deixou a chave para trás.

O coração de Layla deu um salto e começou a bater rápido: antes que ela conseguisse pronunciar alguma coisa ou ordenar seus pensamentos, Vishous arqueou uma sobrancelha.

– Ainda se sente segura em ficar sozinha?

Ela o fitou com franqueza.

– Está mesmo preocupado com isso?

– Você ainda é um membro da família.

– Aham. Certo. – Cruzou os braços diante do peito. – Bem, ele não virá atrás de mim, se é com isso que está preocupado. Ele terminou comigo. Não existe, literalmente, nada que possa levar esse macho a se aproximar de mim, o que faz com que ele tenha algo em comum com Qhuinn, ironicamente.

Vishous não respondeu. Apenas pairou acima da fêmea, com os olhos gélidos de avaliação sobre cada nuance do seu corpo, da sua postura, cada respiração sua.

Era como se estivesse num palco diante de cem milhões de pessoas. Com os holofotes do teatro queimando-lhe as retinas.

Exatamente do que ela estava precisando.

– Não acha que Xcor gostaria de saber onde você está? – A pergunta foi feita num tom tão neutro que era impossível adivinhar se era uma pergunta de verdade ou apenas retórica.

De todo modo, ela sabia a resposta.

– Não. Não existe a mínima chance.

Ela se virou e voltou a mirar os escorregadores na escuridão. O coração batia rápido no peito, mas ela estava se esforçando para não aparentá-lo.

– Você ainda o ama – V. comentou, distraído. – Não?

– Isso importa?

Quando V. acendeu outro cigarro enrolado à mão, começou a andar, voltando para perto do fogão onde estivera parado antes. Em seguida, foi até a porta que dava para o porão. E finalmente voltou para a mesa à qual ela estava sentada.

Numa voz baixa, ele disse:

– Não sei bem o quanto você sabe sobre mim e Jane, mas tive que apagar a memória dela uma vez. As circunstâncias não importam, e o destino tinha outras ideias, ainda bem... Mas eu sei o que é não estar com quem amamos. Também sei como é quando nada no relacionamento parece fazer sentido para ninguém além de vocês dois. Quero dizer, eu me apaixonei pela porra de uma humana, e depois ela morreu. Então agora amo um fantasma, e não no sentido metafórico. Essa coisa com Xcor? Sei que você teria escolhido um caminho diferente se pudesse.

Quando Layla olhou para o Irmão, ela sentiu os olhos se arregalando. De todas as coisas que Vishous poderia ter dito? Ela ficaria menos surpresa caso ele dissesse que estava comprando ações da Apple.

– Espere... O quê? – disse, surpresa.

– Às vezes as merdas do coração não fazem sentido. E você sabe, no fim das contas, Xcor não a machucou. Por quanto tempo se encontrou com ele? Ele nunca a aterrorizou, nem aos seus filhos. Odeio o filho da puta, não se engane, e você se associou ao inimigo. E que ele vá para os infernos, mas ele não estava agindo como um, pelo menos não no que se referia a você, e ele também nunca nos atacou, não é? Durante todo esse tempo, ele sabia onde estávamos, mas o Bando de Bastardos nunca entrou na propriedade. Não estou afirmando que quero me sentar e tomar um drinque com o filho da puta, e que você não estava errada. Mas a coisa boa em ser lógico é que você pode julgar tanto a história quanto o presente com clareza, e eu sou um macho muito lógico.

Os olhos de Layla começaram a se encher de lágrimas de novo. E, com uma voz partida, sussurrou:

– Eu me odiei durante todo aquele tempo. Mas... eu o amei. E temo que sempre amarei.

Os olhos diamantinos de Vishous se abaixaram de modo que foram parar nos coturnos. Depois esticou o braço e pegou a caneca que vinha usando como cinzeiro. Bateu as cinzas dentro dela e deu de ombros.

– Não escolhemos por quem nos apaixonamos, e tentar se convencer a não sentir essas emoções é a receita para o fracasso. Não errou ao amá-lo, certo? Por essa parte, ninguém pode condená-la, porque as coisas são como elas são, e você já sofreu o bastante. Além disso, é como eu disse... ele nunca a machucou, não é? Portanto deve haver algo dentro dele que não é vil.

– Olhei nos olhos dele. – Ela fungou e enxugou o rosto com o dorso das mãos. – Enxerguei a verdade neles e ela revelava que ele jamais feriria a mim ou a qualquer um que eu amasse. E quanto ao motivo de nossa relação ter terminado? Ele não queria me amar, assim como eu não queria amá-lo.

Ela estava pronta para continuar falando, desesperada pelo alívio inesperado que aflorava quando alguém compreendia em que ponto se encontrava. Mas, de repente, a compaixão de V. desapareceu, e a máscara impenetrável que ele costumava usar voltou ao seu lugar, e a porta de comunicação foi fechada como se nunca tivesse sido aberta.

– Fique com isto. – O Irmão colocou seu celular sobre a mesa. – A senha é dez, dez. Não sei quanto tempo Wrath vai levar para decidir que tipo de programa de visitação haverá, mas você pode se conformar em ficar nesta casa por enquanto. Ligue se precisar de nós. Meu segundo telefone está listado como "V. 2" na lista de contatos.

Layla esticou a mão e pegou o celular. Ainda estava quente pelo contato com a mão dele.

– Obrigada – replicou com suavidade ao segurar o objeto. – E não só pelo telefone.

– Não importa – ele murmurou. – Engraçado como maldições vêm em todos os tipos de sabores, né? Minha mãe era criativa assim.

No túnel, Qhuinn abriu caminho na clínica médica, no centro de treinamento, até a mansão, como se estivesse embriagado, as passadas tão descoordenadas quanto dados ao ser lançados, a cabeça girava, os pontos na lateral do corpo doíam tanto que ele parava de tempos em tempos na sua camisola hospitalar para ver se não dera uma de *Alien*, com algo saindo das entranhas.

Só queria ir direto até os gêmeos, numa rota desimpedida pela porta camuflada atrás da grande escadaria da mansão até o quarto no segundo andar: sem nenhum olhar preocupado de um *doggen*, nenhuma intromissão por parte dos seus irmãos nem ninguém tentando alimentá-lo. E, por favor, Deus, nada que se relacionasse a Lassiter.

Ao sair de baixo das escadas, fez uma pausa antes de avançar no vestíbulo e apurou os ouvidos. A Primeira Refeição já tinha terminado e estava no processo de limpeza, pois os criados estavam arrumando a sala de jantar, conversando baixinho, e os sons dos talheres de aço inoxidável sendo retirados dos pratos de porcelana eram sussurrados para fora da soleira aberta em forma de arco.

Nada vindo da sala de bilhar.

Ninguém no tapete vermelho...

Bem na hora – *sqn* – uma estranha fonte de luz apareceu bem no meio do espaço imenso e resplandecente, como se alguém tivesse cavado um buraco no teto e um sol improvável do meio-dia estivesse brilhando através do telhado.

Por um segundo, só o que Qhuinn conseguia pensar era *graças a Deus*. O segundo advento humano chegara a tempo de acabar com todo o sofrimento de uma vez – e, na verdade, uma figura de fato apareceu no meio do facho de luz. Mas não era o Cristo para o qual Butch rezava o tempo todo.

Também não era Papai Noel, com sua pança e seus pôneis de chifres, ou sabe-se lá que porra eles eram – o que era bem possível, dado que era época das festas natalinas.

Nada disso; era o Grande Agitador Imortal: Lassiter, o anjo caído, materializado no meio da indefinível e imensa fonte de luz, e o brilho abundante diminuiu quando ele assumiu a forma como se um sistema de entrega em domicílio o tivesse levado até ali.

Ok, as roupas eram estranhas, Qhuinn pensou.

E não por ser do tipo louco de listras de zebra com boá de penas. O anjo usava uma camisa de flanela amarrada na cintura, jeans azuis que com mais uma lavagem perderiam toda a sua integridade física, e uma camiseta do Nirvana, do show no Saint Andrew's Hall, em 11 de outubro de 1991.

E também esse não era o estilo musical dele. Lassiter era fã de Fetty Wap quando não estava em êxtase com Midler.

A boa notícia? O anjo foi direto para a sala de bilhar, sem notar que Qhuinn estava seminu e nauseado na base das escadas.

Portanto, ao que tudo levava a crer, existia um pouco de graça e misericórdia restante no mundo.

Sim, só que em seguida veio o trajeto de Qhuinn para o segundo andar. A subida exigiu o uso dos balaústres e de muitos molares cerrados, mas, depois de diversos meses – senão anos – de subida, Qhuinn conseguiu chegar. No alto, ficou aliviado ao notar que as portas do escritório de Wrath estavam fechadas. O que não era tão bom assim? O fato de haver muitas vozes indo e vindo por trás daqueles painéis.

Ele podia imaginar qual seria o assunto.

Prosseguindo pelo corredor das estátuas, foi até o quarto em que Layla se hospedara e se viu querendo bater, mesmo ciente de que seus filhos estavam ali. Após criar coragem, agarrou a maçaneta da porta nova e a virou com tanta força que seu pulso parecia prestes a saltar do fim do braço.

Quando abriu a porta, parou de pronto.

Beth estava de costas para ele, inclinada sobre o berço de Lyric. A Rainha murmurava todo tipo de coisa adorável enquanto acomodava o bebê no casulo macio.

Quando sua presença foi percebida, não foi uma surpresa quando Beth cruzou os braços diante do peito e aprumou os ombros, como se ele fosse o inimigo.

– Obrigado por cuidar deles – disse ao claudicar para dentro.

– Sua aparência está horrível.

– Eu me sinto pior.

– Que bom. – Quando ele levantou uma sobrancelha na direção dela, a Rainha deu de ombros. – O que quer que eu diga? Que tudo bem você expulsar Layla desta casa?

– Ela fez isso consigo mesma, não eu.

Deus, sua cabeça latejava, a conversa com Blay virava e girava em sua mente como se fosse um carro numa pista de corrida. Pois é, por isso falar sobre a Escolhida seria bom pra cacete agora.

– Só pra você saber – a Rainha levou as mãos ao quadril –, acho que os direitos de Layla devem ser mantidos, e acho que você e ela precisam encontrar um esquema de visitação justo no qual estes bebês possam ir ficar com a *mahmen* deles às noites.

– Eles não vão sair desta casa. E Layla não pode ficar aqui. A situação é esta.

– A decisão não é sua.

– Não. Nem sua – ele disse, exausto. – Portanto, por que não paramos por aqui?

Beth deu uma olhada em Rhamp, depois foi para a frente. Enfrentando-o, disse:

– Isto aqui não se trata do seu ego ferido, Qhuinn. Estes dois precisam de ambos os pais, e isso significa que você precisa agir como adulto mesmo quando não tem vontade. Você não tem que ver Layla, mas eles, sim.

Qhuinn foi até a cama e se sentou, porque ou era isso ou acabaria dando uma de tapete aos pés dela.

— Traição, Beth. Contra o seu companheiro. Isto aqui não é um caso de um pai ter se esquecido de alimentá-los um dia, ou de colocá-los para dormir na hora certa.

— Você não tem que me lembrar quem atirou no meu marido — Beth estrepitou. — Assim como eu não tenho que te informar que depende de Wrath, e de ninguém mais, perdoar ou não, punir ou não. Essa merda não te diz respeito, Qhuinn. Tire a cabeça de dentro do seu traseiro, faça o que é certo para com os seus filhos e veja se dá um jeito nesse seu temperamento.

Quando ela marchou para fora do quarto, ele teve absoluta certeza que, se não fosse por Rhamp e Lyric, ela teria batido a porta com força o suficiente para ecoar até o Fade.

Levando a cabeça às mãos, ele quase vomitou sobre os pés descalços.

Jesus, ainda estava só de camisola hospitalar.

Pois é, porque com todas aquelas merdas acontecendo, o que ele vestia era de grande importância. Pensando bem, quando se está cercado por coisas que não se pode controlar, não se consegue endireitar, e com as quais não se quer lidar, o que cobre o seu traseiro é um tipo de férias para o cérebro do tamanho de uma ervilha.

Abaixando os braços, levantou-se e foi para perto dos berços. Pegou Rhamp primeiro, segurou o filho nas palmas e levou-o até a imensa cama. Colocando o bebê entre os travesseiros, rapidamente trouxe Lyric e se deitou com os dois.

Rhamp se remexeu um pouco. Lyric estava tranquila.

Em pouco tempo, ambos estavam adormecidos nas curvas dos braços de Qhuinn. Mas ele não conseguiu descansar, e não só porque o corpo doía em toda parte.

Todavia, sua insônia não fazia sentido algum. Conseguira que queria: Layla estava fora da mansão, e não importava o que Beth dissesse, Wrath faria a coisa certa e expulsaria a Escolhida da vida dos seus filhos. E Blay também acabaria cedendo. Passaram por coisas piores do que aquilo e sempre chegaram juntos, melhores e mais fortes ao outro lado do conflito.

Além disso, tinha os filhos a salvo consigo.

Apesar de tudo, porém, Qhuinn sentia como se alguém o tivesse esvaziado por dentro, não deixando nada entre as costelas, a pelve estava sem conteúdo, a pele, um saco inútil sem nada de fato a fazer.

Fechou os olhos. Obrigou-se a descansar. A relaxar.

Dentro de segundos, seus olhos estavam abertos. Enquanto fitava o teto, para os buracos de bala que formara num canto, ele sentiu uma dor no lugar em que seu coração deveria estar.

Fazia sentido. Aquele órgão vital seu estava do lado oposto de não hifenizar, na casa nova dos pais de Blay, a residência que a *mahmen* do macho não gostava porque tudo nela funcionava bem e as tábuas do assoalho não rangiam quando se caminhava sobre elas.

Sem o coração, Qhuinn era um receptáculo vazio. Mesmo com os filhos junto dele.

Pois é, isso doía. Ele só estava surpreso com o quanto.

CAPÍTULO 15

O prédio da Companhia de Seguros de Caldwell tinha uns setenta andares e estava localizado no bairro financeiro, servindo de marco em meio a outras construções elegantes, porém mais baixas. De acordo com uma placa informativa, havia sido construído em 1927 e, de fato, comparado com seus vizinhos mais modernos, era uma gloriosa grande dama na companhia de meretrizes. Com conjuntos de gárgulas marcando três estágios diferentes da elevação, e uma coroa ornamental com entalhes e frases em latim no alto, o CSC era um monumento à grandeza e à longevidade da cidade.

Quando Zypher tomou forma no telhado, o vento açoitou os cabelos lisos para trás do rosto, e os olhos se encheram de lágrimas com o jorro frio. Bem abaixo, as luzes da cidade se estendiam numa áurea terrena cortada em dois pelo rio Hudson.

Um a um, os demais membros do Bando de Bastardos se juntaram a ele: Balthazar, o selvagem; Syphon, o espião; e Syn, que pairava nas imediações como a fonte do mal à espreita para atrapalhar o destino feliz de alguém.

Eram-lhe todos conhecidos, machos com quem lutara lado a lado por mais de duzentos anos. Não havia nada que não tivessem partilhado: derramamento de sangue, deles e dos inimigos; fêmeas, tanto vampiras quanto da variedade humana; abrigos, tanto aqui quanto no Antigo País.

— Amanhã, então — Balthazar comentou contra o vento.

— Isso. — Zypher acompanhou o desenho da rodovia abaixo com os olhos, notando os faróis brancos do trânsito nessa direção, e os vermelhos, dos que partiam para a outra. — Amanhã à noite, nós partiremos.

O grupo estivera no Novo Mundo por pouco tempo, e não conquistaram nada do que procuraram quando viajaram através do oceano. Originalmente, vieram à procura de assassinos, visto que o número de inimigos no lar deles no Antigo País diminuíra até quase desaparecer por completo, e aterrorizar humanos só era divertido até certo ponto. Mas após chegarem ali, descobriram uma população semelhante, quase dizimada. A ambição, no entanto, logo se alargou. Xcor quisera ser Rei, e as alianças necessárias foram forjadas com aristocratas na *glymera*, que queriam que o Conselho tivesse mais poder.

O golpe fracassara.

Apesar do sucesso em colocar uma bala na garganta de Wrath, o Rei não só sobrevivera à tentativa de homicídio como também se elevara a uma posição de poder ainda maior – e isso colocara o Bando de Bastardos em desvantagem crítica.

Em seguida, os fundamentos mudaram, pelo menos para Xcor.

Depois que a Escolhida Layla entrou na vida do líder deles, nada mais pareceu importar para o macho – e isso de fato foi encarado como um benefício para a maioria do grupo. A natureza de Xcor há tempos se alinhara com uma crueldade que inspirara medo e, portanto, respeito. Depois daquela fêmea, entretanto? Os limites críticos do guerreiro ficaram mais fáceis de se lidar – e, em troca, os Bastardos se mostraram mais produtivos, visto que já não monitoravam com frequência o humor de Xcor.

Só que, então, o líder fora capturado, ou assassinado.

Até essa noite, eles não sabiam qual dos dois e, evidentemente, nunca mais veriam Xcor. O destino bem sabia que haviam tentado encontrá-lo, quer seus restos, quer o próprio macho, e encerrar as buscas era difícil. Mas, sem nenhum apoio remanescente, e com a Irmandade sempre em seu encalço, a melhor escolha era retornar para sua origem.

De repente, a imagem de Throe veio à mente de Zypher e ele franziu o cenho.

Infelizmente, mais outro acabara por se perder. Throe, o segundo no comando para todos os efeitos, fora expulso do grupo quando suas ambições ao trono se mostraram mais permanentes do que as de Xcor. A incompatibilidade de objetivos separara ambos – e, portanto, o macho que não devia ter estado com eles de um jeito ou de outro partira, transformando-se em apenas uma nota de rodapé na história deles. De fato, Throe, um antigo aristocrata que fora humilhado e recrutado a servir como forma de pagamento de um débito, mas que acabara provando seu valor ao longo do tempo, não fazia mais parte do grupo, tendo sido talvez assassinado por *redutores* ou por outros membros de sua posição, com os quais conspirara. Ou talvez ainda estivesse vivendo em meio aos de sangue azul, aceito uma vez mais em seu seio, com novos esquemas em mente.

No entanto, nenhum deles se importava com o desaparecimento desse como se importavam com o de Xcor.

Na verdade, enquanto Zypher observava a cidade, teria parecido inconcebível, ao chegarem a essas paragens, que um dia partiriam sem os dois que tinham sido parceiros de todas as maneiras que importavam. Mas havia uma máxima que regia tudo: o destino seguia seu próprio curso, sem escolhas individuais nem favoritismos – e, quanto a previsões, nove entre dez eram inconsequentes.

– Nosso objetivo agora é... – Ele deixou o pensamento incompleto.

Balthazar imprecou.

– Encontraremos outro, companheiro. E o faremos no lugar a que pertencemos.

Sim, Zypher pensou. Era o que fariam. No Antigo País, tinham um castelo livre de dívidas e uma equipe de *doggens* que trabalhavam na terra, provendo sustento e produtos para a venda nas vilas circunvizinhas. Os humanos supersticiosos da região se afastavam deles. Havia mulheres e algumas fêmeas para a cama. Talvez conseguissem localizar alguns assassinos por ali, depois de tanto tempo...

Céus, tudo parecia tão horrível. Um passo para trás em vez de para a frente.

Todavia, não poderiam permanecer ali. A primeira regra de um conflito era que, se você deseja viver, não se deve confrontar um inimigo mais poderoso – e a Irmandade, protegida pelo Rei, como era, tinha tremendos recursos financeiros, instalações e armamentos. Enquanto existia uma possibilidade de destituírem Wrath, o cenário fora diferente. Mas com os Bastardos possuindo apenas quatro guerreiros, sem nenhum líder e nenhum objetivo definido?

Não. Aquilo não era nada bom.

– Amanhã, então – Balthazar disse. – Partiremos.

– Certo.

Entretanto, Zypher quis mesmo que estivessem com o corpo de Xcor para levá-lo de volta.

— Procuraremos ele uma última vez — anunciou para o vento. — Porque essa noite, que será a final, encontraremos nosso líder.

Fariam mais uma tentativa — e mesmo que o resultado provavelmente seria semelhante às outras vezes, o esforço os ajudaria a encontrar a paz com a sensação coletiva de estarem abandonando seus mortos.

— Vamos sair para caçar, então — Balthazar sugeriu.

Um a um, desmaterializaram-se na escuridão fria.

Assim que Vishous saiu da casa segura, Layla inspirou fundo — mas a expiração não lhe adiantou de nada.

Permanecendo onde estava, à mesa da cozinha, ela ouviu o mais absoluto silêncio por um tempo, e depois se levantou e caminhou pelo primeiro andar, entrando nos ambientes acolhedores. No fundo da mente, surgiu-lhe o pensamento de que a casa era um ninho perfeito, o tipo de lugar que suscitaria segurança a uma fêmea sozinha.

Será que teria a oportunidade de trazer os gêmeos para ali um dia?

A ansiedade lhe dificultou a respiração, e ela foi até a porta corrediça que V. usara para ir embora. Abrindo-a, ela saiu, e quando os chinelos esmagaram a camada superficial de neve sobre a varanda, ela testou a técnica de inspirar fundo de novo.

Dessa vez, ao soltar o ar, a respiração formou uma nuvem que soprou para cima da cabeça.

A face, sensível em razão de tanto choro, ardeu em contato com o ar frio e limpo, e ela ergueu o olhar para o céu. Havia uma nuvem espessa cobrindo as estrelas cintilantes, e mais neve fresca sobre o gramado, em sugestão de que o tempo estivera agitado e marcado por pancadas de neve durante todo o dia.

Abraçando-se, Layla...

Tudo parou para ela. Desde as batidas do coração até a respiração e os pensamentos em sua mente confusa; foi como se seu circuito interno tivesse queimado um fusível, e ela tivesse se tornado como a casa atrás de si: completamente imóvel e vazia.

Virando-se para o Leste, inspirou fundo até que as costelas doessem com o esforço, mas ela não tentava farejar nada. Estava tentando fazer com que os pulmões ficassem imóveis dentro do peito – e se pudesse ter detido o coração e as funções dos órgãos, era o que teria feito.

O eco do seu sangue estava muito fraco, e era difícil de determinar se era ou não um equívoco da sua parte, um mal-entendido do que estava de fato acontecendo. Mas não... ela estava mesmo captando o sussurro da sua fonte vital na direção do Norte... Na verdade, Noroeste.

Agora seu coração disparava.

– Xcor...? – sussurrou.

O sinal, tal qual se apresentava, não vinha da localização da Irmandade. Vinha de um ponto demasiado a oeste. Vinha...

Olhou para trás, para as portas de correr. Hesitou. Só que, então, pensou em Vishous e em suas palavras.

Incerta quanto aonde iria exatamente, fechou os olhos e se desmaterializou até uma curta distância, reassumindo sua forma no parquinho de crianças que avistara quando a levaram até ali, na noite anterior.

Ao ficar parada junto aos balanços e trepa-trepas, voltou a ficar inerte.

Sim... Por ali...

Atrás dela, um som metálico atraiu sua atenção. Mas era apenas o vento empurrando um dos balanços, as correntes em protesto contra a perturbação.

Layla abaixou as pálpebras uma vez mais, concentrou-se no seu destino, e tentou não se precipitar.

Ao voar adiante com suas moléculas dispersas, ela ouviu a voz de Vishous em sua cabeça:

Não escolhemos por quem nos apaixonamos... Não errou ao amá-lo, certo? Por essa parte, ninguém pode condená-la... e você já sofreu o bastante.

Ele nunca a machucou, não é? Portanto deve haver algo dentro dele que não é vil.

Desta vez, quando ela retomou a forma corpórea, o farol que a guiava estava ainda mais forte, e sua trajetória era precisa. Portanto, prosseguiu mais um quilômetro. E depois, uma distância ainda maior, até o último aglomerado de bairros suburbanos antes que as terras da floresta começassem. Depois disso? Ela foi mais além, penetrando na floresta onde começava o Parque Adirondack.

Seu último trajeto compreendeu cerca de trezentos metros, e quando ela voltou ao corpo, foi bem diante de um galho de árvore.

Ela afastou o galho nu do caminho e espiou ao redor. A neve estava mais espessa ali; o vento, mais brando; o terreno, mais rochoso. Havia sombras em todas as partes – ou talvez fosse seu nervosismo que fazia parecer assim.

Perto... muito perto. Mas onde, precisamente?

Layla se virou num círculo lento. Não havia nada ali, e tampouco havia animais em movimento.

Parecia improvável que Xcor tivesse passado o dia inteiro vulnerável e ainda sobrevivido – ainda que... Houve uma nevasca e uma grande tempestade se aproximava. Talvez houvesse nuvens suficientes para cobrir a luminosidade do dia? Essa não era uma aposta que alguém faria, a menos que não tivesse outras possibilidades mais seguras, mas e se ele estivesse incapacitado de algum modo?

Afinal, se estivesse morto, ela não teria captado nada.

Girando a cabeça, franziu o cenho ao perceber algo atípico no cenário, algo que lhe chamou a atenção.

Havia algo... adiante... à esquerda de um carvalho tão grosso que deveria ter pelo menos cem anos de vida.

Juntando as vestes, deu um passo... e depois mais um...

... na direção do que quer que aquilo fosse.

CAPÍTULO 16

O Restaurante Salvatore's era um marco não apenas em Caldwell, mas em todo o cenário gastronômico da Costa Leste, uma retomada dos dias duradouros do Rat Pack, quando almoços com três martínis, amantes e Don Drapers que sabiam como se vestir eram a norma. Na era moderna, muita coisa mudara no mundo exterior... Mas nem tanto mudara debaixo daquele teto. O papel de parede vermelho da entrada ainda estava no mesmo lugar, bem como o restante da decoração ao estilo *O Poderoso Chefão,* bem como toda a madeira entalhada e toalhas de linho. Em todas as múltiplas salas de refeição e no bar dos fundos, o layout das mesas permanecia exatamente como estabelecido na noite de inauguração, na época em que garçons e garçonetes ainda vestiam smoking. No cardápio? Apenas o melhor da culinária do Oeste da Sicília, com o preparo das receitas exatamente como deveriam e sempre foram.

Houve modernizações, mas todas na imensa cozinha. E duas entradas foram acrescentadas ao cardápio, o que causara um furor – pelo menos até a terceira geração da sua clientela ter experimentado os pratos e decidido que, de fato, eram bons.

Bem, e havia outra coisa diferente.

Sentado atrás da mesa no escritório, iAm atendeu o telefone e apanhou o mais recente pedido de entrega de carnes ao mesmo tempo.

— Vinnie, e aí? – disse ao inclinar a cabeça para o lado para segurar o telefone junto à orelha. – Aqui também... Tudo bem. Não, não, vou precisar de mais vitela. É. E quero do outro fornecedor. A qualidade é...

O gerente de atendimento colocou a cabeça pela porta.
– Ela está aqui. Com experiência e boas maneiras. Ela serve.
iAm cobriu a parte de baixo do telefone.
– Mande-a entrar.

Enquanto o açougueiro revendedor e ele continuavam a dialogar sobre o pedido, iAm relembrou os dias logo após a aquisição do estabelecimento. Os humanos com quem lidava presumiam que ele fosse afrodescendente, o que ele não era, mas, como Sombra, estava acostumado a se fingir membro da etnia em questão. E para um homem negro assumir um marco histórico e extremamente orgulhoso da Itália, fora uma surpresa para todos, desde a cozinha até a frente da casa, além de clientes e fornecedores.

Mas o terceiro Salvatore lhe dera sua bênção depois que iAm cozinhara excelentes *gattò di patate*, *pasta alla Norma* e *caponata* – e depois apresentara ao velhote os melhores *cannoli* que o cara já comera na vida. Dívidas de jogo junto a Rehv significaram que ele teria de desistir do que amava, e Rehv, em troca, passara o empreendimento para iAm como recompensa pelo seu bom trabalho.

Ainda assim, como novo proprietário, iAm quis manter uma continuidade – e também a vinda dos clientes italianos, e o apoio de Sal III garantira ambas as coisas. Ainda mais quando iAm deixou que os fomentadores do ódio odiassem, e reconquistou cada um dos antigos frequentadores, seduzindo-os com manjericão e *fusilli*.

O lugar prosperava e o respeito fluía, e tudo isso era muito bom. Ele também encontrara seu par... que, por acaso, era a rainha do s'Hisbe. Portanto, sua vida deveria ser perfeita.

Sqn.

A situação com seu irmão, Trez, estava acabando com ele. Era tão difícil ver um macho de tamanho valor ser derrubado pelo destino, e a alma do cara se curvara por causa de uma perda que iAm sequer conseguia imaginar sem sentir vontade de vomitar...

– Desculpe, o que foi? – iAm voltou a se concentrar. – Sim, sim, está bem assim. Obrigado, cara... Espere, o que disse? Sim, posso fazer, sim. De quanto você precisa? Não, não precisa me pagar. Se você pagasse, eu ficaria ofendido. Levarei os *manicotti* como um presente para você e para a sua mãe. Experimente, você vai gostar.

iAm sorriu ao desligar o telefone. Os italianos da velha guarda, no fim, pareciam-se muito com os Sombra: fechados para o mundo exterior, orgulhosos das suas tradições, desconfiados de desconhecidos. Mas, uma vez que você estava no grupo deles? Depois de ter conquistado o respeito deles e ser aceito em seu meio? Eram tão leais e generosos que nem pareciam humanos.

Na verdade, para ele, os italianos de verdade eram uma subespécie à parte dos outros ratos sem cauda que habitavam o planeta.

Aquele *manicotti*? Fizera para a mãe de Vinnie, a senhora Giufridda, e o levaria pessoalmente. E quando seu pedido chegasse, haveria costeletas a mais, linguiças ou algum corte de carne de graça. Mas a questão é que teria feito o *manicotti* de qualquer forma, mesmo se não recebesse nada em troca – porque a senhora Giufridda era um amor e sempre a primeira cliente da primeira sexta-feira, todo mês. Pedia *pasta con sarde*. Se você fosse gentil com a mãe de Vinnie, o homem morreria por você até o fim dos dias.

Isso era um acordo e tanto e...

De repente, iAm ficou imóvel como uma estátua, tudo nele ficou completamente paralisado. Engraçado até, considerando-se o que estava parado na soleira da porta do seu escritório, parecia apropriado que ele tentasse uma versão da Prisão adequada ao seu tamanho.

A vampira entre os batentes era longilínea e esbanjava curvas, o corpo estava coberto por calças pretas folgadas e uma blusa com gola rolê. Os cabelos negros ondulados estavam presos com uma presilha, e o rosto não estava maquilado – não que ela precisasse de alguma ajuda da Maybelline. Ela era estonteantemente bela, com lábios perfeitos e olhos que eram quase de anime, a face corada pelo contato com o frio do lado de fora – ou talvez por estar nervosa com a entrevista para o posto de garçonete.

Os componentes individuais dela e do guarda-roupa não eram o surpreendente, porém. Era o conjunto da maldita obra que roubara seu fôlego.

iAm se ergueu com lentidão, porque, caso se movesse rápido demais, a cabeça poderia explodir.

– Selena? – sussurrou. Só que aquilo não podia ser real... Podia?

As belas sobrancelhas negras da fêmea se ergueram.

– Hum... não... Meu nome é Therese. Meus amigos me chamam de Tres...

De repente, o mundo começou a girar e iAm caiu na cadeira.

A fêmea deu um passo à frente como se estivesse preocupada com a possibilidade de ele precisar de massagem cardíaca, mas logo parou, como se não soubesse o que fazer.

– Você está bem? – ela perguntou.

Numa voz que soava absoluta, positiva e exatamente como da *shellan* morta do seu irmão.

Em vez de voltar para a mansão da Irmandade para descansar durante o dia, Trez ficara na boate. Primeiro porque, como Sombra, ele não só suportava a luz do dia como na verdade gostava da coisa – apesar de ela não ter se estabelecido, devido à neve que caíra durante toda a manhã e à tarde. Mais especificamente, porém, ele ficou por ali porque, às vezes, a multidão de pessoas no estabelecimento era demais para a sua cabeça já cheia, e ele precisava de um respiro e se esconder – mas sem se esconder – ali.

Uma vantagem? Sua cadeira era tão confortável que era basicamente um leito hospitalar ajustável, só que sem as grades e o saco de soro.

Virando-se para ficar de frente para a parede de vidro, olhou para a pista de dança. As luzes da casa estavam acesas, e todos os riscos nas tábuas de pinho pintadas de preto o irritavam até não poder mais. O pessoal da limpeza fizera um bom trabalho, mas não havia nada capaz de consertar o estrago feito por centenas de pés embriagados. Devia estar na hora de lixar e repintar. De novo.

Claro, pintar o assoalho de novo era desperdício de tempo e de dinheiro porque o piso voltaria a estragar e, além disso, ninguém via os pontos claros quando os lasers estavam ligados e o lugar escuro como o interior de um chapéu. Mas ele não suportava aquilo. Sabia que as imperfeições estavam ali e as desprezava.

Deduziu que a manutenção do piso da boate equivalia ao corte de um gramado: você sabe que está perseguindo um alvo móvel, mas, por pelo menos dez minutos, a grama fica com a aparência de um carpete de ampla cobertura..

Consultou o relógio. Sete da noite.

Cerca de duas horas antes, lá pelas cinco, ele tomara uma ducha em seu banheiro particular, barbeara-se e vestira uma versão limpa do seu uniforme de trabalho, ou seja, calças e camisa social. Nessa noite, a parte de cima era cinza, e a de baixo, branca. E o meio estava livre como um passarinho.

Deu mais uma olhada no relógio de pulso. E contou as horas desde a última vez em que colocara comida na boca.

Como se seu estômago reconhecesse uma chance única de ser ouvido, rugiu.

Maldito Lassiter. Convite para jantar. No Sal's.

Mas que porra.

A última coisa que queria fazer era ficar sentado diante daquele anjo e ouvir algum *spoiler* ao estilo de *Cães de Aluguel* sobre simbolismos em *Deadpool*. O problema? Seu irmão, iAm, fazia mesmo a melhor bolonhesa que se poderia encontrar, e, além disso, e se não aparecesse? Lassiter era bem capaz de voltar ali fantasiado de palhaço para ficar apertando seu nariz falso até ele perder a cabeça.

O que não era muito difícil ultimamente, claro. Mas mesmo assim...

Olhou para o relógio mais uma vez. Praguejou. Tomou uma decisão.

Levantou-se, verificou se a pistola estava bem ajeitada na lombar, apanhou a carteira e o celular, e vestiu a jaqueta.

Lá embaixo, Xhex executava o inventário das bebidas do bar.

— Já volto — ele avisou a chefe de segurança. — Quer que eu traga algo do restaurante do meu irmão para você jantar?

Ela balançou a cabeça ao suspender uma caixa de Absolut para o balcão como se ela não pesasse nada. Xhex tinha ombros quase tão largos quanto os de um macho humano, e o restante dela estava em igual boa forma. Com os cabelos curtos e olhos cinza-chumbo, ela era do tipo que os bêbados reconheciam como um "comigo não", o que a tornava perfeita para o trabalho.

— Não precisa. Comi em casa. — Ela inclinou uma sobrancelha. — Não te vi lá na Primeira Refeição.

Ela não ultrapassaria esse ponto em vez de perguntar por que ele não voltara para casa, e ele agradecia. Xhex se assemelhava a um cara em muitos aspectos: breve, direta ao ponto e não era sentimental.

Para ser sincero, ela era uma das poucas pessoas com quem ele conseguia se relacionar no momento. Nos últimos tempos, ele passou a detestar olhares piedosos, suspiros cheios de significado e abraços demorados demais. Não que ele não apreciasse todo aquele apoio, mas a questão é que... Quando se está em luto profundo, é difícil ficar perto de pessoas que ficam mal por você estar se sentindo mal. Ver a Irmandade com suas companheiras o fazia se sentir ainda pior e ainda mais exausto. Uma vez depois da outra, repetidamente.

– Volto às oito. – Trez bateu as articulações dos dedos duas vezes na bancada de granito. – Estou com o celular ligado.

– Ok.

Rumo à porta principal, acenou para as meninas que estavam de chegada e ainda tinham de trocar de roupa para o trabalho. Quando passou por elas, sentiu as humanas fitando-o, desejando-o, ponderando a respeito dele. Na verdade, elas sempre se ligavam nele, e houve uma época em que ele as teria levado até o escritório. Mas não mais, e sua abstinência, pelo visto, apenas aumentava o apelo.

Nunca contara a ninguém no trabalho os detalhes a respeito de Selena. Somente Xhex sabia, e ela jamais diria nada a ninguém.

A boa notícia? Depois de ele ter rejeitado algumas prostitutas por volta de duas vezes, a notícia se espalhara e todas elas pararam de ir atrás dele. Graças a Deus; fêmeas e mulheres literalmente o deixavam enjoado. Pensar no toque de qualquer uma delas, ou mesmo só pensando nele de modo sexual?

Seu estômago se revirava ante a mera hipótese.

Do lado de fora, o ar estava espesso e frio – sinal de que uma tempestade se aproximava – e ele precisou respirar fundo repetidas vezes para encaminhar a bile de volta garganta abaixo.

Deixando a náusea de lado, ele estava mais do que contente em viver sozinho o resto das suas noites. Não imaginava, nem por um segundo, uma realidade em que alguma outra pessoa entraria na sua vida e lhe causaria certa impressão...

De lugar nenhum, sua Selena voltou para ele, a voz dela enchendo sua cabeça:

Pode me prometer que vai permitir que coisas boas aconteçam depois que eu partir...? Mesmo que essas coisas aconteçam porque outra fêmea está ao seu lado?

Trez esfregou o rosto.

– Meu amor. Meu amor... esse é um destino com o qual nem você nem eu teremos que nos preocupar, jamais.

Recobrando a compostura, relanceou na direção da sua BMW. Pensou que talvez devesse dirigir. Isso reduziria o tempo da refeição uns vinte minutos, considerando-se que ele "tinha" que estar de volta para a abertura da boate.

No fim, porém, simplesmente se desmaterializou pela cidade até o canto mais distante do estacionamento do Sal's. Haviam limpado da faixa asfaltada a pouca neve até então, e as beiradas brancas pareciam peças decorativas de um bolo de glacê. Havia carros estacionados, mais próximos à entrada do restaurante, e luzes acesas tanto nos postes da rua quanto nas laterais do estabelecimento.

Com passos até o toldo da entrada, bateu os sapatos no capacho e avançou pelo tapete vermelho, dos três degraus até a porta.

Ao entrar, refletiu que era uma pena que tivesse que lidar com Lassiter. De outro modo, talvez tivesse meia chance de apreciar a refeição, independentemente do cardápio.

– Olá, senhor Latimer.

– Boa noite.

Trez levantou a mão para a humana que estava no posto de recepcionista. Quando os olhos dela fizeram uma varredura rápida dele, o sorriso foi uma sugestão de que adoraria terminar a noite com ele. Mas ela se manteve distante.

Sua reputação de não estar ficando com as damas o precedia. Obrigado, iAm.

O Sombra Trez passou pela seção de suvenires, com seus freezers cheios de entradas, copinhos de *shot* e colheres decorativas – sim, porque as pessoas viajavam só para virem ao Sal's – e seguiu até a área do bar.

– Senhor Latimer, e aí?

O barman era um cara boa pinta de vinte e poucos anos, sensual o bastante para ser modelo de perfumes da Gucci ou da Armani: cabelos escuros, queixo forte, olhos azul-claros, ombros largos, blá-blá-blá. Ele trabalhava na shAdoWs nas suas noites de folga e conduzia muitos negócios com as fêmeas de sua espécie – e dava pra ver que ele desfrutava do seu posto como "Cara Gostoso das Boates de Caldie".

Ele devia aproveitar enquanto durasse.

– Olá, Geo.

Pois é. Afinal, um cara com aquela fachada não poderia jamais ser chamado pelo seu nome de batismo – que era George.

– O de sempre? – Geo perguntou. – Vai ficar para jantar?

– Sim para o jantar, não para a bebida. Mas obrigado.
– O chefe está no escritório.
– Valeu.

Trez empurrou as portas vai e vem acolchoadas ao lado das prateleiras espelhadas de bebida, e entrou na cozinha bem iluminada, onde todas as bancadas de aço inoxidável e equipamentos industriais reluziam, em virtude da limpeza regular. Os ladrilhos do piso expunham um tom de terracota dos telhados de Siena, e chefs com seus dólmãs tradicionais se inclinavam por cima de panelas, tábuas de corte e tigelas. Todos os cozinheiros eram homens, e todos eram de origem italiana, mas, com o passar do tempo, iAm pensava em alterar o primeiro critério, mas, não o segundo.

Bom Deus, que aroma delicioso... Cebolas, manjericão, orégano, tomates e linguiças salteando ao fogo.

Maldição, detestava pensar que Lassiter pudesse ter razão em alguma coisa. Só que, merda, estava faminto.

O escritório de iAm ficava nos fundos, e quando Trez fez a curva, o fato de haver uma vampira na soleira da porta, com as costas viradas para ele, não lhe pareceu nada significante. iAm contratava com frequência membros da espécie, ainda mais nos meses de inverno, quando escurecia lá pelas quatro e meia da tarde no Norte do Estado de Nova York. Sim, Trez notou vagamente que o cheiro dela era diferente e agradável, mas nada diferente do que se tivesse passado por um buquê de flores.

Tudo começou a mudar quando apareceu atrás dela e olhou para o irmão por cima da cabeça dela.

iAm estava sentado à mesa, o corpo um tanto pálido, os olhos arregalados, a boca aberta.

– Tudo bem aí? – Trez perguntou. – O que...

iAm começou a sacudir a cabeça, as palmas se erguendo enquanto se colocava de pé. Mas logo tudo foi esquecido – assim como cada momento do passado, do presente e do futuro –, quando a fêmea se virou para trás.

Trez tropeçou para trás até quase se chocar contra a parede – e logo se viu levantando os braços, como à procura de proteção contra um golpe. Através do X que seus pulsos formaram, ele notou os olhos dela, os lábios, o nariz... os cabelos... a garganta e os ombros... o corpo...

Selena...

Essa foi a última coisa da qual se lembrou.

CAPÍTULO 17

Algum tempo depois, após a exaustão da partida da ama-seca, Xcor caiu no chão frio e duro do lado externo do chalé. Não havia mais ar em seus pulmões para gritar, nenhuma força para lutar contra a corrente que o mantinha prisioneiro, nenhuma vontade de reclamar por ter sido deixado para trás.

Enquanto a resignação entorpecente se acomodava em seu peito, o corpo começou a esfriar. Não... Era por causa do vento. Com a ausência do esforço, sua temperatura diminuía em razão das rajadas frígidas do mês de dezembro, e ele sabia que teria que buscar abrigo ou acabaria perecendo.

Pegou o manto do chão, passou o peso imundo ao redor dos ombros e deixou o corpo tremer por um instante. Em seguida, pôs-se de pé e, esticando-se o máximo que a extensão da corrente permitia, investigou ao redor do chalé. A porta ainda estava aberta e ele imaginou poder sentir o calor que emanava dela – mas era mentira, uma maquinação da memória em sobreposição à realidade, pois o fogo havia tempos se apagara.

Seus olhos miraram o horizonte. Por entre o tronco fino e a copa verdejante do pinheiro, ele viu que a aurora logo chegaria, pois o brilho se agrupava a leste, afastando a escuridão. Haveria um pouco de calor com a ascensão do sol, mas nenhuma preocupação, pois, como pré-trans, ele não tinha que se preocupar em ser consumido pela luz do dia. Fome e sede, contudo, eram preocupações que deveriam ser consideradas, caso desejasse viver. Sem nenhuma reserva de gordura e uma garganta seca, ele não duraria muito, ainda mais no clima invernal.

Xcor tentou uma última vez remover a coleira de couro do pescoço, mas teve de cessar seus esforços em seguida. Tentara tantas vezes se livrar que o sangue escorria pelos ferimentos provocados por suas unhas, e continuar puxando seria penoso demais.

Ninguém do vilarejo o ajudaria. Ninguém o fizera antes...

A mudança de uma sombra fez com que seus olhos se voltassem para a luz crescente a leste, através da moita de framboesas que lhe pairavam à frente.

O que quer que tivesse se movido parou assim que ele se virou. No entanto, em seguida, uma segunda sombra se aproximou, de outra direção.

Lobos.

Santa Virgem Escriba... os lobos o tinham encontrado. Com o coração acelerado, Xcor perscrutou à sua volta, em pânico. Esperara que o encontrassem, e talvez agora que se calara estivessem próximo.

Em vão, procurou uma arma, um objeto com o qual pudesse se proteger...

A pedra que chamou sua atenção estava ao alcance, caso se inclinasse sobre a corrente, mas ela pesava mais do que ele conseguiria lidar sem grandes esforços. Grunhindo, esforçando-se, usando as últimas reservas de força, suspendeu-a...

Um rosnado surgiu baixo, vindo da moita, e ele teve a sensação de que os lobos estavam brincando com ele, alertando-o de modo a talvez querer fugir. Assim poderia dar-lhes um pouco de diversão antes de se transformar no desjejum deles.

Imerso em um frenesi de pavor, ele recuou...

Um galho se partiu debaixo do peso de um dos animais. E depois outro.

Não havia a menor possibilidade de ele alcançar a porta e se fechar ali dentro, nenhuma maneira de subir no telhado ou...

Virando-se, ele encontrou uma janela suja. À medida que os lobos se aproximavam, com a agressividade se avolumando, Xcor cerrou os dentes e suspendeu a pedra acima da cabeça. Com uma descarga de energia que nem sabia possuir, lançou a pedra com toda a força de que dispunha na direção da janela.

O vidro se quebrou, e então ele recuou, levantando o braço para se proteger dos cacos. Não havia mais tempo para pensar. Incentivados pelo impacto, os predadores o caçaram e se projetaram para atacá-lo, com os olhos amarelos, dentes pontiagudos e corpos poderosos.

Xcor saltou o mais alto que conseguiu, agarrou-se na parte inferior do caixilho e se lançou para dentro do chalé – e bem quando ele aterrissava numa *pilha de ossos a um palmo de distância de seu catre, os lobos se chocaram contra a parede externa, arranhando com ferocidade e ladrando, furiosos, para a escotilha pela qual ele escapara; os rosnados agora eram de frustração.*

A porta ainda estava escancarada.

Colocando-se de joelhos, ele se arrastou pelo piso nu, espalhando tigelas vazias e utensílios.

A corrente terminou antes que ele chegasse ao seu alvo, e ele foi puxado para trás, os pés se projetando para a frente mesmo quando a parte superior do corpo parou de pronto. E foi nesse instante que o líder da alcateia apareceu entre os batentes da porta. O caçador lupino era do tamanho de um cavalo pequeno, e seus dentes eram como adagas entrelaçadas. Com os lábios recuados e a baba se avolumando sobre as patas dianteiras, ele fazia com que os demais parecessem filhotinhos.

Sorrindo. Ele estava lhe sorrindo.

Xcor relanceou para a porta, que estava projetada num ângulo para dentro do chalé.

Em seguida, moveu-se com tanta agilidade que nem havia tomado ciência da decisão de agir. Caiu de frente, as mãos ensanguentadas enquanto se apoiava no chão, girou as pernas num círculo... e apanhou a porta sem nem um centímetro de folga.

A porta se fechou num baque e o mecanismo de tranca se ajustou ao seu lugar no mesmo segundo em que o imenso lobo saltava adiante no ar.

O animal se chocou contra a madeira com tamanha força que a porta sacudiu nas dobradiças de metal que a sustentavam no lugar. Mas se mantiveram firmes. Elas seguraram a porta.

Trêmulo de terror, Xcor se enrolou em si mesmo, levando os joelhos para junto do peito. Levou as mãos ensanguentadas para a cabeça, cobriu os ouvidos e começou a chorar, com o som dos lobos ecoando dentro do seu crânio...

E foi nessa hora que o fantasma apareceu.

Ela se aproximou dele através das paredes do chalé, passando pelo que era sólido como a presteza do ar parado.

Xcor piscou em meio às lágrimas, observando as vestes brancas e os longos cabelos loiros... e o rosto, que era tão belo quanto um sonho.

No silêncio, o espectro flanou até ele, mas ele não sentia medo. Como algo tão adorável poderia feri-lo?

E, então, ele percebeu que os lobos já não estavam mais ali. Era como se ela os tivesse mandado embora.

Estou seguro, *ele pensou consigo.* Com ela, apenas com ela, eu estou seguro...

E o maldito Oscar vai para...?
Quando Vishous retomou a forma na floresta, a certa distância de Layla, quase acendeu um cigarro. Ficara contra o vento em relação a ela em cada uma das paradas feitas pela Escolhida, e ela estava tão distraída que V. duvidava que fosse notar qualquer tipo de chama ou a ponta de seu cigarro acesa... Mas não, melhor não.
Chegaram até ali, e estavam tão perto de terminar, não estavam?
A Escolhida estava a uns bons trinta metros adiante, a veste branca em destaque na floresta como uma espécie de farol. E sabe o que mais? Algo chamou a atenção dela, que prosseguia lentamente na direção do que quer que fosse, a cabeça inclinada para baixo, como se estivesse concentrada no chão da floresta.
Sorriu para si mesmo. O truque mais velho que existia. Pegue uma pessoa da qual você quer algo, acesse as emoções dessa pessoa, usando a cabeça, mexa em uma série de manoplas – e encontre o maldito bastardo que está procurando porque a dita fêmea o levará direto até ele. Xcor foge e desaparece. Layla tem o seu sangue nas veias dele. Ela está se sentindo culpada, sozinha, e está com medo, uma vítima alienada das circunstâncias. O trabalho de V.? Emprestar um suposto ouvido amigo, oferecer um pouco de compreensão de modo aparentemente sincero, e dar-lhe um projeto, de modo que, quando ela pisasse na varanda e sentisse o próprio eco em algum lugar do mundo, acabaria seguindo seu impulso de ir ajudar o macho a quem amava.
V. tinha certeza de que ela sairia, se exporia à neve e cheiraria o ar? Não, mas era um palpite bom o bastante, considerando-se o quanto ela se sentira sufocada naquela cozinha. Dera-lhe seu celular com a esperança de que ela o colocasse no bolso e o levasse consigo para onde quer que fosse, a fim de localizá-la mediante o sinal de GPS do aparelho? Claro. Desapontara-se quando ela o deixara para trás? Com certeza. Compensara isso porque, sendo um Irmão cuja companheira não podia alimentá-lo, ele tomara a veia de Layla antes da gravidez para sobreviver e se concentrara para rastreá-la? Certamente. Seguira-a até ali?
#feito

Não, não era certeza que Xcor ainda estava vivo. Assim como não estivera cem por cento seguro de que a Escolhida de fato iria atrás do cara depois de tê-lo sentido. Mas, às vezes, valia a pena apostar nos dados.

E, ao que tudo levava a crer, os seus dados resultaram em dois seis.

Mais à frente, Layla parou. E lentamente se ajoelhou.

Bingo.

Vishous se desmaterializou até mais perto, escondendo-se atrás do tronco de um velho carvalho. E, ao se concentrar na fêmea, levou a mão para dentro da jaqueta de couro e empurrou o cabo da sua 40 mm.

Ela se inclinava sobre o que parecia ser apenas um monte de neve – e V. fez o mesmo contra a árvore, que, na verdade não o ajudou em nada para enxergar melhor.

Não se tratava de um monte de neve. Nada disso. Ele estava se movendo, cacete.

Ora, ora, o que temos aqui? Debaixo da cobertura gélida da neve, havia um macho nu quase morto, os flocos de neve haviam sido lançados contra as costas do corpo encurvado dele.

Franzindo o cenho, V. olhou para cima e mediu o céu. Como diabos Xcor conseguiu sobreviver ao dia? Em retrospecto, as nuvens pesadas eram muito diferentes de uma cortina de veludo diante de uma janela? Qualquer vampiro que estivesse de posse das suas faculdades mentais procuraria um teto e quatro paredes para se proteger do meio-dia, mas se você já está à beira da morte, sem dúvida você só deita onde está mesmo e reza para alguém, para qualquer pessoa, a fim de ter sorte.

E, evidentemente, Xcor tivera.

Mas agora a sorte de vencedor chegava ao fim, Vishous pensou ao se desmaterializar até mais perto, pronto para assumir o controle da situação.

E foi então que conseguiu visualizar o rosto de Xcor.

Cinzento. Bem cinzento. Mas os olhos do guerreiro estavam abertos e ele fitava Layla como se ela fosse uma aparição... Um milagre vindo até ele do Outro Lado.

Ele estava chorando. Lágrimas rolavam pelo rosto débil dele, e quando Xcor estendeu a mão para tocar nela, neve caiu-lhe dos braços.

Layla capturou a mão dele e a levou até o coração. Numa voz estrangulada, sussurrou:

– Você está vivo...

Xcor tentou falar, mas só um grasnido soou.

E isso pareceu energizá-la.

– Tenho que salvá-lo...

– Não. – Isso foi dito com clareza. – Deixe-me estar. Vá...

– Você não vai morrer aqui.

– Deixe-me. – Layla tentou falar, mas Xcor não permitiu, falando numa voz fraca e aguda. – Estou feliz agora... Levarei sua memória comigo... para o *Dhunhd*...

Layla começou a chorar sobre o macho, envolvendo o corpo coberto pela neve com o seu.

– Não, nós podemos salvá-lo. Tenho que salvá-lo...

Já chega, V. pensou. *Hora de fazer o seu trabalho.*

A ação que testemunhava agora era apenas um monte de asneira sentimental, irrelevante para o problema que tinha em mãos – e que não mudara em nada, apesar de o casalzinho ali estar atuando como Kate e Leo depois de aquele maldito navio ter afundado.

Cara, ainda bem que era ele quem estava ali para dar um jeito na situação, porque qualquer um dos seus irmãos poderia ter hesitado diante da cena. Todavia, seu estofo era mais firme do que isso, e não, não que ele estivesse bravo com Layla, quisesse vingança ou alimentasse alguma hostilidade em especial contra Xcor.

Inferno, no estado em que o bastardo se encontrava, seria o mesmo que perder tempo odiando um bloco de gelo seco.

Não, ele estava ali apenas para dar um jeito na merda que Qhuinn fizera na Tumba, quando Xcor, de algum modo, levara a melhor e trancara o tolo ali dentro. V. mandaria Layla de volta para casa e depois sacrificaria Xcor como se fosse um cachorro, ali mesmo, naquela hora.

Porque, fala sério, chega de bobagem. Uma bala na cabeça, e aquele desperdício de energia e foco acabaria para a Irmandade. Sim, claro, até poderiam torturar o maldito se conseguissem torná-lo viável de novo com outro milagre médico. Mas o Bando de Bastardos não era um bando de idiotas. Tiveram trinta dias para se reagrupar, realocar, e se distanciar do líder desaparecido. Xcor não teria nenhuma informação útil para dar, e no que se referia a Tohr e ao direito dele de matá-lo? O irmão já estava no limiar da loucura. Matar Xcor só o faria se afundar ainda mais, e não o tiraria de onde se encontrava no momento. Além disso, a guerra atingia um ponto crítico. A Sociedade Redutora estava em colapso, mas Ômega não iria a parte alguma, não a menos que alguém o deslocasse à força – e isso era o trabalho de Butch, pelo menos de acordo com a Profecia do *Dhestroyer*: depois de todos esses anos de combate, o fim estava próximo – e a Irmandade precisava regressar à sua função principal de eliminar o verdadeiro inimigo da raça.

Em vez de se desviar por esse grupo derrotado de vigilantes que, de qualquer maneira, já fora castrado.

V. estava tomando uma decisão executiva a respeito. Hora de acabar logo com tudo isso, mesmo.

Levantando o cano da pistola, saiu de trás da árvore.

Capítulo 18

Deitada sobre o corpo nu e frio de Xcor, Layla estava desesperada para aquecê-lo, tirá-lo da floresta, dar-lhe alimento e água. Como é que ele ainda estava vivo? Como sobrevivera à passassem de sequer uma hora em tais condições, quanto mais um dia inteiro? Santa Virgem Escriba, ele estava tão frio que tremia, o tronco, os braços, as pernas congeladas com a obstinação de uma estátua, o rosto barbado retorcido de sofrimento.

— Temos que tirar você daqui — ela disse com urgência. — Você pode tomar a minha veia, e depois que estivermos a salvo, nós... não sei, nós teremos que convencê-los a...

De súbito, ela se lembrou de Vishous lhe dizendo que Xcor deixara a chave dos portões para trás quando escapara da Tumba. Por certo isso devia significar alguma coisa, não? Se ele quisesse praticar o mal, ou retaliar, ele a teria levado consigo, certo? E a Irmandade devia saber disso, tinha que interpretar o gesto como um sinal de paz... correto?

— Precisamos...

— Layla. — A voz frágil de Xcor denunciava urgência. — Layla, olhe para mim...

Ela sacudiu a cabeça ao se sentar, afastando-se dele.

— Não há mais tempo! Você está morrendo congelado...

— Shhh... — Os olhos azul-marinho se suavizaram. — Estou aquecido na alma com você diante de mim. É só o que preciso.

— Por favor, tome a minha veia. Por favor...

— Este é um bom modo de morrer, nos seus braços. Uma morte melhor do que eu mereço, sem dúvida. — À revelia de tudo o que era sensato, os lábios dele se curvaram num sorriso. — E tenho algo que preciso lhe dizer...

— Você não vai morrer, não vou permitir...

— Eu te amo.

A respiração de Layla ficou suspensa.

— O que...?

O sorriso moribundo se tornou desejoso. Ou talvez venerador fosse uma palavra mais adequada.

— *Com todo o meu coração negro e deformado, eu te amo, minha fêmea. Não mereço a terra sob seus pés nem o seu perfume em minhas narinas, e jamais a dádiva do seu sangue, mas eu... eu serei eternamente grato pela mudança que provocou em mim. Você me salvou, e a única coisa maior que o meu amor por você é a minha gratidão.*

Ele falou rapidamente no Antigo Idioma, como se soubesse que estava ficando sem tempo.

— Estou em paz e eu te amo, Layla. — Xcor levantou o braço, suspendendo a mão enrijecida até o rosto dela. Quando resvalou sua face, ela arquejou com a baixa temperatura da pele dele. — E agora eu posso ir...

— Não, por favor, não...

— Eu posso ir.

Aquele sorriso dele a atormentaria pelo resto da vida: ele devia estar sentindo dores lancinantes; todavia, a paz o cercava, emanando dele. De sua parte? Era o total oposto. Não havia paz para ela; caso ele sobrevivesse, teriam uma briga imensa pela frente. E se morresse? Ele levaria uma parte sua para o Outro Lado também.

— Xcor, *por favor*...

— É melhor assim.

— Não, não, não é. Não me deixe.

— Você me deixará partir. — O tom dele se tornou sério. — Sairá daqui com a cabeça erguida, ciente de que foi honrada e adorada, mesmo que apenas por alguém como eu. Deixará que eu me vá e viverá a sua vida com seus filhos e encontrará alguém de valor para você.

— Não diga isso! — Layla enxugou as lágrimas com impaciência. — Podemos consertar isto.

— Não, não podemos. Você tem que me deixar partir, e depois sairá desta floresta, livre do pecado que levei à sua vida. A culpa foi, e é, toda minha, Layla. Você nunca fez nada de errado, e tem que saber que está melhor e mais segura sem mim.

Ela se inclinou para a frente uma vez mais e afastou-lhe os cabelos emaranhados da testa. Relembrando a raiva de Qhuinn e a questão acerca dos gêmeos, era difícil argumentar contra essas palavras. Por mais que morresse por perdê-lo, era impossível contradizer o caos que Xcor trouxera à sua vida.

— Prometa-me que seguirá com a sua vida — ele exigiu. — Não posso ficar em paz a menos que jure.

Ela levou as mãos ao rosto.

— Sinto como se eu estivesse me quebrando ao meio.

— Não, não... Esta é uma noite de alegria. Eu quis lhe dizer a verdade por tanto tempo, mas nunca era a hora certa. Primeiro porque neguei-o a mim mesmo, depois porque lutei contra isso e a mandei embora. Agora que estou partindo da minha existência mortal, porém, estou livre. Mas, mais importante, você também está. Não haveria um bom final para nós, Layla, meu amor. Contudo, haverá um bom final para você. E você será perdoada pela Irmandade, pois eles são corretos e justos, e sabem que eu sou o mau, e você não o é. Você partirá e será a *mahmen* que sempre devia ter sido, e encontrará um macho à sua altura, eu prometo. Sou apenas um obstáculo no seu destino, algo a ser superado e esquecido. Você irá em frente, meu amor, e eu cuidarei de você.

Layla abriu a boca para falar, mas então ele tossiu um pouco, gemeu e estremeceu.

— Xcor?

Ele inspirou fundo e abaixou as pálpebras.

— Eu te amo...

Quando a voz se perdeu foi como se a força vital dele o tivesse abandonado de uma vez, a forma corpórea foi desinflando, a energia se consumindo.

Ela nem sequer percebera que ele havia levantado a cabeça que agora voltava a repousar na neve. Em seguida, mais uma respiração estremecida e a luz nos olhos dele se embaçou ainda mais.

Mas ele permaneceu em paz. Ele parecia...

O estalo de um galho bem diante dela impeliu-a a erguer a cabeça e arquejar.

Bem diante deles, com as botas afastadas e plantadas na neve, com uma arma em punho... estava o Irmão Vishous.

E o rosto dele estava tão impassível e controlado como se ele fosse um carrasco de máscara.

Xcor sentiu como se estivesse debaixo d'água. Suas condições físicas, já tão debilitadas pela exposição ao frio e aos elementos climáticos, criavam a ilusão de que estava nadando sob uma superfície incerta, contra uma corrente poderosa, só para se agarrar à consciência – e não duraria muito mais. Sua mensagem para Layla fora de importância suficiente para lhe dar forças extras, mas assim que as palavras foram ditas, ele começou a declinar rapidamente.

Porém, o lindo rosto dela... Ah, mas que rosto maravilhoso.

Ele estava satisfeito por nunca terem feito amor. Teria sido egoísmo da sua parte, uma sessão de paixão que certamente a macularia pelo resto da existência. Melhor permanecer imaculada para o macho que verdadeiramente a clamaria para si.

Ainda que, Santa Virgem Escriba, ele morria só de pensar a respeito.

Mas, céus, amava-a tanto a ponto de deixá-la e desejar-lhe o melhor que a vida tinha a lhe oferecer – e sua sensatez quanto a esse assunto, imaginou ele, era a coisa mais generosa que já havia feito.

Talvez o único gesto generoso.

– Eu te amo – sussurrou.

Ele desejou ter pronunciado mais alto, mas estava perdendo a batalha contra o oxigênio em seus pulmões – portanto, para conservar as forças e lhe dar um pouco mais de tempo, ele parou de tentar falar e se contentou em apenas fitá-la. Engraçado como ele misturara a chegada dela ali, na floresta, com aquela lembrança do passado, seu cérebro colocando-a como uma salvadora em meio à lembrança terrível.

Em retrospecto, quer na vida real ou numa ficção relativa da sua memória, ela era sua deusa e seu milagre – na verdade, até sua salvadora, apesar do fato de ele não sobreviver a isso. E tinha tanta sorte por ter...

No instante em que os olhos dela se moveram para algo que a alertou e a assustou, ele se sentiu energizado com um propósito, o corpo em reação como o de qualquer macho vinculado, os músculos preparados para defender e proteger, mesmo se a aparição fosse simplesmente um cervo desgarrado.

No entanto, essa foi a extensão da sua reação, seus instintos tentando mobilizar o que já não podia se mexer. Entretanto, ele conseguiu virar a cabeça bem de leve e desviar o olhar.

De tal modo a poder enxergar seu assassino – desde que a natureza não fosse mais rápida que o Irmão Vishous. E, considerando-se a arma, qual seria a probabilidade?

A partir da visão periférica, Xcor percebeu Layla levantando as mãos e se erguendo.

– Vishous, por favor, não...

Xcor encontrou sua voz uma vez mais.

– Não na frente dela. Não faça isso na frente dela, se você tiver alguma decência. Mande-a embora e depois me mate.

Layla voltou a se agachar diante dele, estendendo os braços para proteger seu corpo.

– Ele é um bom macho. Por favor, eu lhe imploro.

Com um esforço supremo que quase o fez desmaiar, Xcor se virou para fitar os olhos diamantinos do Irmão, e enquanto os dois se encaravam, Layla continuou a suplicar por uma vida que não merecia ser salva.

– Pare, meu amor – Xcor lhe disse. – E agora nos deixe. Estou em paz, e a atitude dele trará paz para a Irmandade. Sou culpado de traição e isso apagará a mancha que causei em sua vida e na deles. Minha morte a liberta, meu amor. Aceite este presente que o destino nos deu.

Layla enxugou novamente o rosto.

– Por favor, Vishous. Você disse que me entendia. Disse que...

– Só não na frente dela – Xcor exigiu. – O último pedido de um criminoso. Uma oportunidade para você provar que é um macho melhor do que eu.

A voz de Vishous foi forte como um trovão comparada à fragilidade de Xcor.

– Já sei que sou melhor do que você, babaca. – O Irmão olhou para Layla. – Saia daqui. Agora.

– Vishous, eu lhe imploro...

— Layla. Não vou pedir de novo. Você sabe muito bem o que tem a perder, e sugiro que pense em seus dois filhos. Você já tem problemas pra cacete por enquanto.

Xcor fechou os olhos com tristeza.

— Sinto muito, meu amor, por eu tê-la arrastado para isto.

Existiram apenas duas fêmeas importantes em sua vida: sua *mahmen*, que o desertara em todas as instâncias... e sua Escolhida, a quem ele magoara de tantas maneiras.

Ele fora uma maldição para ambas, no fim das contas.

— Vishous, por favor — Layla implorou. — Você me disse que ele não era mau. Você...

— Eu menti — o Irmão murmurou. — Menti pra cacete. Portanto, saia. *Agora*.

Capítulo 19

Trez recobrou a consciência e se viu fitando o teto liso pintado de branco. Espere... Todos os tetos não eram, por definição, lisos? Não, na verdade, não. Havia aqueles com texturas de que o pessoal dos anos 1970 tanto gostava, os que pareciam decoração de bolo ao estilo antigo. E também existiam os tetos das cavernas, imaginou ele... bem cheios de calombos. Os teatros às vezes tinham uns degraus elevados que ajudavam na acústica...

Espere um instante, qual tinha sido mesmo a pergunta?

Piscando, ele tomou ciência de uma dor na parte posterior do crânio...

O rosto do irmão, tão familiar quanto o seu, apareceu no seu campo de visão, pondo um fim ao debate sobre tetos.

— E aí, tudo em cima? — iAm perguntou.

— O que aconteceu? Por que eu... — Trez foi se sentar, mas desistiu quando a cabeça começou a latejar atrás. — Porra, como isso dói.

Pois é, e também havia o lugar em que a arma se chocara com a lombar. Deveria mesmo começar a pensar em mantê-la num coldre sob o braço. Mas, pensando bem, quando foi a última vez que desmaiou como uma dama da época vitoriana?

— Você está bem? — iAm perguntou.

— Não, estou ótimo pra cacete. — Beleza, pelo menos sabia que parte do córtex cerebral responsável pelos xingamentos estava funcionando satisfatoriamente. — Não sei o que me atingiu. Fiz a curva e...

Bem quando se lembrou da fêmea na soleira da porta do escritório de iAm, ele se sentou e virou a cabeça... e lá estava ela, contra a parede do corredor estreito, os braços em volta da cintura, o rosto todo tenso.

O rosto de *Selena* todo tenso.

— Deixe-nos — Trez ordenou, rouco.

Ela se curvou um pouco.

— Sim, claro, eu...

— Não você. Ele.

iAm colocou o seu rosto na frente de Trez para que ele não a enxergasse.

— Escuta aqui, nós precisamos...

— Dá o fora! — Quando Trez estrepitou, a fêmea se retraiu, e isso provavelmente era a única coisa que o faria diminuir um pouco o tom. — Só... me deixe falar com ela.

A fêmea... sua Selena... mostrou as palmas.

— É melhor eu ir mesmo, já estou me sentindo muito mal com isso.

Trez fechou os olhos e oscilou. A voz dela. Aquela *voz*. Era aquela que vinha atormentando-o, noite e dia, no mesmo volume, na mesma entonação, com uma leve rouquidão, a...

— Ele vai desmaiar de novo? — ela perguntou.

— Não — iAm murmurou. — A menos, é claro, que eu o acerte com uma frigideira. O que me parece uma boa ideia no momento.

Trez abriu os olhos de novo, porque subitamente se sentia paranoico.

— Isto é um sonho? Estou sonhando?

A fêmea olhou de um a outro como se esperasse a tomada de coragem de iAm para responder ao questionamento.

— Eu só quero conversar com você — Trez lhe disse.

— Espere por mim na cozinha por um segundo, sim? — iAm pediu à fêmea. E antes que Trez conseguisse montar no cavalo de novo, o cara o interrompeu. — Ela vai conversar com você, mas só se ela quiser. Não vou obrigá-la, e qualquer que seja o resultado disto, você vai me ouvir primeiro.

A fêmea deu uma última olhada em Trez e assentiu antes de se afastar.

— Quem é ela? — Trez indagou, emocionado. — De onde ela veio?

— Não é Selena. — iAm se levantou e ficou andando de um lado a outro, o que resultava em três passos numa direção, uma virada e dois de volta até Trez. — Ela *não* é a sua fêmea.

— Ela é Selena...

— Não de acordo com o currículo dela... — iAm entrou no escritório, inclinou-se sobre a escrivaninha e pegou uma única folha. — O nome dela é Therese, e acabou de se mudar para Caldwell. Está procurando um emprego como garçonete e quer se fixar aqui.

Quando o irmão estendeu a folha para ele, Trez encarou a A4 e ficou imaginando se conseguiria recordar como ler.

— Não entendo — murmurou. — Ela se parece exatamente com a Selena. E a voz dela...

Pegou o currículo e os olhos ficaram brincando de *paintball* com as palavras, acertando somente algumas delas. Detroit, Michigan. Trinta e quatro anos. Alguns empregos ao longo das últimas décadas — alguns em TI, outros no serviço de alimentos. Nenhuma menção à linhagem dela, mas ela não abordaria esse aspecto se estivesse tentando empregos com humanos também. Era óbvio, porém, que ela tinha que ser uma civil, e não integrante da *glymera*, porque os aristocratas não permitiam que suas filhas solteiras procurassem emprego de garçonete.

Ah, Deus... e se ela fosse comprometida?

— Ela *não* é Selena. — O rosto de iAm estava sério. — Não me importo com quem ela se pareça; esta não é a sua companheira morta de volta para você.

Therese estava na entrada da cozinha fervilhante e ficou ponderando se simplesmente não devia ir embora.

Encontrara a vaga de emprego num grupo fechado para vampiros no Facebook e enviara o resumo por e-mail. Também estava tentando outras duas vagas, uma num *call center* de humanos para o horário noturno, e outra em uma empresa de processamento de dados, na qual poderia trabalhar de casa. Dos três, a vaga como garçonete era a sua primeira escolha, porque o *call center* não garantia salário fixo, e o de processamento de dados seria complicado porque a casa em que estava, a única que podia bancar, não tinha conexão Wi-Fi.

Mal tinha água encanada, pelo amor de Deus.

Encarando o chão, pensou no gigantesco macho desmaiado bem diante dela, a aterrissagem bem onde ela estivera. Inacreditável. E por mais que o dramalhão garantisse que o proprietário do restaurante se lembraria de quem ela era, não seria um motivo para ajudá-la a conseguir o emprego.

Não a menos que sua busca estivesse voltada a pessoas que inspiram outras a desmaiar.

Crispando as feições, visualizou o macho que batera no chão, o rosto dele, os olhos... o corpo. Ele era, de fato, extraordinário. Mas uma louca atração por um cara que não conseguia ficar de pé não era o motivo da ida até ali. Um emprego. Precisava de um emprego para que suas economias, ainda que mínimas, não acabassem antes do fim do mês.

Não havia como voltar de onde viera. Não retornaria ao Michigan...

O proprietário apareceu na virada do corredor e inspirou fundo.

– Então, é o seguinte...

– Não quero causar nenhum problema nem nada assim. – Mesmo sem saber exatamente o que havia feito. – Eu posso simplesmente... ir embora, sabe...

O proprietário desviou o olhar, parecendo se concentrar na fila de chefs preparando ambrosias junto aos fogões.

– Não é culpa sua. Meu irmão... ele passou por muita coisa.

– Sinto muito.

O proprietário esfregou o alto da cabeça, os cabelos quase raspados não se realinhando nem um pouco. Ele era um Sombra, assim como o irmão – claro, oras –, com lindas feições dos Sombra e a pele escura. Mas era ao outro que ela desejava.

Espere. Não, ela não o desejava.

– Ele vai ficar bem? – perguntou num rompante. – Parece que ele está precisando de um médico.

– Temos um médico particular que podemos consultar.

Therese ergueu as sobrancelhas.

– Ah.

– É só que... você se parece...

O macho em questão entrou na cozinha. Deus, ele era tão grande, com os ombros pesados de tantos músculos, o peito era acolchoado com força, as pernas eram longas e poderosas. Bonito? Pois é, mas na verdade, lindo demais, com aqueles lábios, especialmente o inferior, e um rosto com tez escura. Ele usava calças brancas, uma camisa de seda cinza e um casaco preto, e parecia... sofisticado e sexy... Caramba, aqueles sapatos deviam custar mais do que o quartinho alugado por ela.

Por, sei lá, uns seis meses.

Os olhos, porém, eram o que verdadeiramente lhe chamavam a atenção. Eram escuros como a noite, mas ardorosos como o fogo – e ele a encarava como se ela fosse a única coisa existente no mundo... O que não fazia muito sentido. Ela não era feia, mas não era nenhuma rainha da beleza nem estava muito bem-arrumada.

– Posso só... falar com você por um segundo? – ele perguntou.

Não era uma exigência. Nada disso. Na verdade, havia um sofrimento na voz, que sugeria sua sujeição a ela, de alguma maneira.

– Ah... as suas pupilas estão com tamanhos diferentes. – Therese apontou para a esquerda. – Acho que você precisa de um médico, em vez de conversar com alguém que não esteja de jaleco.

– Tudo bem. Pode me levar até o Havers?

– Quem é ele?

– O nosso médico aqui em Caldwell.

Therese piscou.

– Não tenho um carro.

– Podemos levar o dele. – O macho apontou para o irmão e estendeu a mão para o cara. – Me dá a chave.

O dono do restaurante revirou os olhos.

– Não, eu te levo...

– Está tudo bem – Therese se ouviu responder. – Não tenho outros planos para esta noite, e, de um jeito estranho, me sinto meio que responsável.

Mais tarde, ela teria que se perguntar exatamente por que se prontificara. Afinal, o cara poderia ser um perseguidor em busca da sua próxima vítima, algum tipo de desajustado mental numa cidade em que ela não conhecia ninguém e não tinha a quem procurar, caso desse o passo maior que a perna.

Mas seus instintos lhe diziam que ela não estava correndo perigo.

Claro, no fim averiguaria que a pressuposição estava errada – não porque ele representava uma ameaça para ela. Não, foi um perigo de outra natureza que ele, no fim, lhe trouxe.

Há casos, porém, em que, para o destino trabalhar, ele garantia a sua entrada às cegas em determinadas contingências. De outro modo, você viraria o volante e pisaria no pedal do freio... evitando seu destino como a uma peste.

– Perfeito – o macho disse num tom baixo. – Simplesmente perfeito.

Capítulo 20

Parado pouco mais distante de Layla e Xcor, Vishous estava prestes a perder sua maldita paciência, o que equivalia a um ladrão abdicando de seus escrúpulos: não havia muito do que se livrar. Mas, tanto faz.

— Layla — ele ordenou —, dá o fora daqui, porra. Agora.

Deitado no chão da floresta, disse o guerreiro inimigo:

— Vá embora, meu amor.

— E veja se faz isso direito — V. não conseguia acreditar em sua concordância com o puto ali no chão. — Volte para a casa segura. Ele saberá se você se distanciou o bastante, e vou perguntar pra ele.

— Por favor, poupe-o — Layla pediu ao se pôr de pé. — Por favor...

V. cortou o ar com a pistola, impaciente.

— Preocupe-se com seus filhos, fêmea. Não com um tipo como esse aí.

No fim, Layla optou pelo certo — porque, em seu cerne, era uma fêmea de valor. Depois de um último olhar demorado para o bastardo objeto de seu amor, ela assentiu uma vez e fechou os olhos. Demorou um pouco para se desmaterializar, mas já era esperado. Emoções corriam à solta. Pelo menos para dois deles.

E V.? Estava firme como uma rocha, muito obrigado.

Quando a Escolhida saiu, V. se concentrou no merdinha aos seus pés.

— Ela se foi?

Xcor fechou os olhos.

— Sim, já percorreu uma boa distância. Honrou o seu pedido.

– Se estiver mentindo para mim, você só estará fodendo com ela.

– A verdade é a única moeda de que disponho agora.

– Ora se você não é um filho da puta milionário.

Quando Vishous se ajoelhou, as botas e a jaqueta rangeram sob o frio.

– Estou pronto – Xcor murmurou.

V. revelou as presas.

– Estou pouco me fodendo se você está ou não, babaca. Não preciso de permissão pra botar uma bala na sua cabeça.

– Sim, é verdade. – O macho encarou V. com firmeza. – Você está no comando.

Com a mão livre, V. pegou um cigarro e o colocou entre os lábios. E teve a intenção de acendê-lo. Mesmo. Isso mesmo, rapaz... acenderia o cigarro e depois meteria chumbo no lobo frontal de Xcor quando exalasse a fumaça.

Isso mesmo. Aham...

Pois é.

Alguns instantes mais tarde – inferno, talvez aquilo seria melhor medido em anos – guardou a arma e removeu a luva com forro de chumbo, libertando a coisa dedo a dedo. O brilho da sua maldição era tão claro que deixou Xcor pronto para um close ao estilo de *Crepúsculo dos deuses*, e o primeiro pensamento de V. foi: *Meeeerda, era melhor se apressar se queria mesmo matar o filho da puta*. O bastardo fazia Vincent Price parecer um pôster de propaganda de franquia de bronzeamento.

Ao erguer seu amiguinho letal, V. acendeu, com o dedo médio, a ponta do cigarro enrolado à mão e inalou.

Que diabos faria agora?

Ou não faria, como parecia o caso.

Alô?, ele quis dizer para seu saco. Tudo bem, só havia uma bola ali dentro, mas, normalmente, agressão não era um problema para ele.

No entanto, ali estava V., que tinha cercado completamente o inimigo, e ainda assim não metera uma bala no crânio de Xcor.

Ruim, ruim... Isso era muito ruim.

E então as coisas ficaram piores.

Sem se permitir pensar duas vezes a respeito de suas ações, estendeu a mão amaldiçoada sobre o macho nu e moribundo e comandou que a energia fluísse dele para Xcor. Em reação, ondas de calor pulsaram sobre o semicadáver, a neve nem tanto derretendo, mas secando como papel, que se curva sobre si mediante o contato com a chama.

Xcor gemeu quando o corpo contorcido começou a afundar na lama criada pelo calor; o gelo no chão da floresta se transformou como se fosse primavera.

E então o bastardo começou a tremer. Conforme o sangue se pôs a circular com mais facilidade, as extremidades começaram a inchar e tremer, o rigor substituído por uma vitalidade que devia ser tão dolorosa quanto ter a pele dilacerada por uma lâmina enferrujada. Ouvindo os gemidos e fitando os movimentos lentos e retorcidos ali debaixo, V. se lembrou de moscas em colisão contra janelas. Não era uma analogia muito original, só que, cacete, era bem precisa. – V-v-vishous...

– O que foi?

Os olhos de Xcor estavam injetados e lacrimejantes como o diabo quando ele ergueu o olhar.

– Preciso que você... saiba...

– O quê?

Houve uma demora até o maldito conseguir responder.

– A culpa nunca foi dela. Eu aceito toda a responsabilidade. Nunca foi ela quem instigou os encontros; ela foi uma vítima.

– Que cavalheiro do caralho que você é.

– De que outro modo uma fêmea como ela se aproximaria de um macho como eu?

– Bem pensado.

– E, no fim, eu a libertei. Mandei-a embora para longe de mim.

V. bateu o cigarro na neve.

– Então vou nominá-lo para o Prêmio Nobel da Paz. Fica feliz assim?

– Eu tive que libertá-la – o macho murmurou. – Era a única saída... eu tive que libertá-la.

Vishous franziu o cenho. Depois sacudiu a cabeça. Mas não em discordância daquele merdinha miserável.

Era uma tentativa de dissipar uma lembrança da cabeça. Tentando... e no fim fracassando.

Era uma lembrança que parecia pertencer a outra vida. Ele e Jane parados na cozinha do apartamento dela – ele diante do fogão, ela apoiada na bancada. A lembrança era tão nítida que V. conseguia ouvir o barulho da colher metálica batendo na panela de aço inoxidável, o cheiro do chocolate quente emanando cada vez mais conforme o calor era transferido da boca do fogão. Quando a temperatura chegara ao ponto certo, ele enchera uma caneca e dera-a a Jane, e depois a encarou nos olhos enquanto ela segurava o preparo. Em seguida, ele limpara a memória de curto prazo dela, excluindo da companheira todo o conhecimento que tinha deles juntos.

Tudo sumiu. O sexo partilhado. A ligação entre eles. O relacionamento que cultivaram.

Apagado como se nunca tivesse existido.

Pelo menos da parte dela.

Quanto a ele? Tudo ficou-lhe grudado na memória, e Vishous não queria que tivesse sido de outro modo. Estivera preparado para suportar a saudade, os anos separados, a distância da sua outra metade que o teria diminuído para todo o sempre. Não houvera alternativa para o casal àquela altura. Ela era humana e tinha uma vida. Ele provinha de uma espécie cuja existência sequer era conhecida pelos humanos, e a raça vampírica estava envolvida numa guerra na qual ele só poderia acabar morto.

Claro que, então, porque a mãe dele era osso duro de roer e o destino tinha um perverso senso de humor, tiveram que enfrentar provas piores...

Mesmo ele tendo lutado contra a maré, sua mente se recusou ao bloqueio: de repente, a cena da cozinha foi substituída por um evento ainda pior. Jane atingida por um tiro, sangrando, morrendo nos seus braços. E depois ele se viu deitado, enroscado sobre si mesmo, na cama, bem parecido à posição atual de Xcor, querendo morrer.

Abruptamente, Vishous teve que desviar o olhar do filho da puta. E teria saído dali, se pudesse.

Em vez disso, cerrou os molares e levou a mão incapacitada de incendiar carros, transformando-os em esculturas modernas, até o bolso da jaqueta. Com um esforço hercúleo, dispensou as lembranças e as emoções, expulsando os visitantes indesejáveis com a afabilidade de um leão de chácara limpando a casa antes do fechamento.

Tchauzinho.

Emoções não tinham lugar no grande esquema dos acontecimentos. Não mesmo.

Tampouco as lembranças do passado.

Parada na sala de estar da confortável casa segura, Layla estava de fronte a um relógio de parede que havia sido empostado ali com intenções decorativas. Com ponteiras em arabescos tão compridos quanto seus braços e números cursivos saídos de um romance de Dickens, a peça era tanto extravagante quanto elegante – e também funcional.

Não estava mais chorando. O rosto ardia e queimava, porém – um resultado das inúmeras lágrimas enxugadas e do frio que lhe havia esfoliado a camada mais superficial da pele. A garganta estava dolorida. E as pontas dos dedos, todas elas, latejavam em virtude da amostra de queimação causada pelo frio.

Vishous fizera uso da carta trunfo, e com razão, como sempre. Se desejava ter acesso a Lyric e Rhamp, a última medida que agiria em seu favor era impedir a execução de Xcor.

Ainda mais se fosse uma atitude desvairada... como se lançar na trajetória da bala direcionada ao seu amado.

No final, contudo, sempre escolheria a prole em detrimento de qualquer um, até de si mesma... e mesmo de Xcor. Mas, ah... a dor de perder aquele macho. Era transformadora, de verdade, uma agonia no peito, o tipo de fardo emocional que lhe dava a impressão de que pesava mais e atrapalhava seus movimentos.

A princípio, o som do telefone tocando mal foi percebido. Só quando o objeto se silenciou na cozinha, e de imediato voltou a tocar, ela franziu o cenho e observou à volta da porta em arco.

O celular que Vishous lhe entregara ficou silencioso. E de pronto voltou a tocar de novo.

Talvez fosse alguém tentando contatá-lo, para que ele a levasse de volta para ver os filhos?

Apressando-se para a mesa, verificou a tela. Ela estava acesa... com o nome do próprio Vishous.

Ele estava ligando para si mesmo? Não era possível. Nesse instante, ele devia estar puxando o gatilho...

Quando os olhos começaram a arder e se encher de lágrimas, ela conduziu as mãos ao rosto. Será que o Irmão trataria os restos mortais de Xcor com respeito? Ela não suportaria se fosse de outro modo...

Os toques cessaram. E quando não retornaram de súbito, ela se virou. Devia ser um engano, um botão apertado sozinho por causa da mudança de posição, ou algo assim.

A campainha voltou a soar pela terceira vez. Ou seria a quarta?

Girando novamente, Layla franziu o cenho e pegou o celular. Aceitando a chamada, ela disse:

— Jesus Cristo — Vishous ralhou antes de ela elaborar um comentário. — Que demora pra atender.

Layla se retraiu.

— Eu... eu sinto muito.

— Venha para cá.

— O quê?

— Você ouviu. Volte para a floresta.

Layla começou a arquejar, uma combinação de terror e de tristeza a sufocando.

— Como pode ser tão cruel? Não posso vê-lo morto...

— Então é melhor vir logo pra cá pra alimentá-lo, porra. Precisamos tirá-lo desta floresta.

— O quê?!

— Você me ouviu bem, caralho. Agora se desmaterialize até aqui antes que eu mude de ideia.

A conexão foi interrompida tão abruptamente que ela teve que ponderar se ele tinha arremessado o telefone no chão. Ou talvez atirado nele.

Com o coração aos pulos e a cabeça rodopiante, ela afastou o celular da orelha e só o encarou. Mas, logo, foi ela quem o jogou sobre a mesa.

Estava para fora das portas de correr assim que o telefone bateu no tampo de madeira.

Desmaterializou-se e recobrou a forma bem onde estivera, perto de Xcor, e encontrou Vishous a um metro e meio, do lado oposto do macho, fumando com tanto fervor que era como se o cigarro entre os dentes fosse sua única fonte de oxigênio. Nesse meio-tempo, Xcor tinha sido transformado por alguma fonte de calor, a neve desaparecera de cima e ao redor dele, o chão embaixo era uma poça de lama, a pele já não estava amarelada, mas tinha um tom de vermelho vivo.

Ele estava vivo. E no instante em que sua presença foi registrada por ele, ele moveu um pouco a cabeça e entreabriu os olhos.

— Layla...?

— O que... por quê? — ela murmurou.

Vishous cortou o ar com a mão, mas, quando falou, parecia exausto.

– Sem ofensas, mas calem a boca, vocês dois, sim? Sem perguntas. Você... alimente-o. E você... sorva da porra da veia dela e seja rápido. Voltarei em vinte minutos, e é melhor ambos estarem prontos para a viagem.

Em meio à súbita explosão de otimismo, o Irmão desapareceu em pleno ar, como um fantasma.

Layla piscou e refletiu se a situação seria um sonho. No entanto, não hesitou para se pôr em ação.

Não se deu ao trabalho de falar com Xcor. Puxou a manga do roupão e expôs o pulso, rasgou a pele com as próprias presas, depois aproximou a fonte de energia e nutrição da boca de Xcor.

Mas ele se recusou a abrir os lábios. Mesmo enquanto a força vital de que precisava tão desesperadamente molhou sua boca, o vampiro enfraquecido lhe negou. Sem palavras, encarou-a e virou a cabeça de um lado a outro.

O gesto a fez se lembrar da primeira vez que o vira debaixo do bordo, sob a colina. Naquele dia, ele também tentara rejeitá-la.

– Sem querer ofender – ela murmurou –, mas beba de uma vez, caramba.

Ela não fazia a mínima ideia do motivo pelo qual Vishous resolvera poupar a vida do inimigo. Mas não discutiria com o aparente acontecimento – nem tomaria o perdão como garantido. Inferno, o Irmão talvez acabaria mudando de ideia de novo, e voltaria ali com a arma empunhada. Ou a adaga. Ou com reforços.

Quando Xcor ainda assim a rejeitou, ela aproximou a mão livre do rosto dele e apertou-lhe as narinas.

– Se você me ama, vai se salvar agora. Não ponha a sua morte na minha consciência.

Enquanto ele permanecia ali, deitado, aparentemente satisfeito em morrer sufocado, ela se pôs a cogitar outras maneiras de forçá-lo a abrir a boca. Mas, então, ele arquejou um pouco... e isso bastou.

Uma gota ou duas devem ter lhe entrado na boca, porque ele gemeu de uma maneira diferente, o tronco se arqueou, as pernas se remexeram como se um ímpeto avassalador o tivesse acometido.

E, então, ele emitiu um sibilo predatório...

... e a mordeu com tanta força que ela teve que refrear uma imprecação.

Em seguida, ele sorveu grandes goladas, e Layla tomou ciência de que deveria ter cuidado. Eram enormes as chances de ele acabar matando-a sem querer, sua voracidade apta a se sobrepor a todos os outros instintos, inclusive ao desejo de protegê-la.

Santa Virgem Escriba, ela desejou saber o que Vishous tinha planejado para eles, mas, às vezes, na vida, era melhor não enxergar muito adiante. Sua única tarefa agora era alimentar Xcor e mantê-lo aquecido até Vishous regressar com algum tipo de veículo.

Depois disso? Ela não sabia.

A Escolhida afastou os cabelos de Xcor da testa, ela se deparou com os olhos ensandecidos dele e foi assolada por uma necessidade premente de rezar. Cedendo ao reflexo, começou a recitar os quartetos que aprendera desde o nascimento, lá no Santuário, as palavras antigas e sagradas marcharam pela mente, o ritmo do Antigo Idioma compôs uma batida que reverberou até o meio do seu peito.

Era pena não haver mais ninguém lá para ouvir. Mas que importância tinha isso? Vishous era o único salvador que ela e Xcor tinham – e Deus bem sabia, ela agarraria qualquer oportunidade.

Capítulo 21

— Ah, eu esqueci — Trez murmurou. — O carro de iAm é manual.

Parado diante da porta de saída dos funcionários do Sal's, ele encarou a BMW M6 e tentou pensar em como manteria o trato sobre a ida até Havers...

A fêmea que havia causado seu desmaio arrancou a chave das suas mãos.

— Não é um problema. Sou boa de câmbio.

Therese desligou o alarme e abriu a porta do motorista, depois passou para o banco de couro como se fosse a dona do carro esportivo.

— Bem, entre. Não consigo colocá-lo no banco de passageiro. Vai ter que fazer isso sozinho.

O sorriso dela era tão fácil, mas complexo. Na verdade, nada a respeito dela era descomplicado para ele: o modo como desempenhava seus movimentos, o som da sua voz, ou o fato de ela preencher os jeans pretos justos à perfeição.

Bem como Selena teria vestido.

Sim, o alerta de iAm continuava a incomodá-lo na cabeça: *Esta não é a sua companheira morta voltando para você.*

Com um xingamento, Trez deu a volta pelo porta-malas do sedã. Ao entrar, olhou para a fêmea. Deus, seu perfil era...

— Hum, pode fechar a porta? Este modelo em especial tem um mecanismo antirrolagem. Não conseguirei ir a parte alguma até você fechá-la... Além disso, convenhamos, que frio! Brrrr...

Trez corou e puxou a porta pela maçaneta. E depois tentou parecer relaxado quando ela deu a partida, diminuiu a velocidade do aquecedor e passou a marcha à ré. Com uma manobra perfeita, partiram, abrindo caminho ao redor da propriedade e rumo à avenida adiante, com quatro pistas.

— Você vai ter que me guiar.

Enquanto Therese falava, estava tão linda sob a luz alaranjada do painel — o nariz afilado, lábios cheios, maxilar firme, características que ele vinha tentando recriar em 3D com base em suas lembranças em 2D.

Ele falou sem ter a intenção. Sem querer.

— Senti saudades...

Sua voz cessou no mesmo instante em que ela lhe lançou um olhar assustado.

— Como? O que disse?

Merda, as palavras tinham mesmo saído de sua boca?

— Ah... hum, uau. Não estou sendo muito lógico, né? — Elaborou um sorriso de desculpas, que era absolutamente sincero. — Talvez eu precise mesmo de um médico.

Ao chegarem à saída do estacionamento, ela sorriu uma vez mais.

— Bem, a pergunta imediata é: quer usar o Google Maps? O sistema de navegação do carro? Ou sabe para onde estamos indo?

Trez se pegou encarando-a de novo, e quando a imagem dela ficou menos nítida, ele teve de enxugar os olhos, esperando desenhar um movimento rápido que ela não percebesse.

— Você está com dor mesmo — murmurou. — Precisa de uma ambulância?

E foi então que ela o tocou. Foi, mais uma vez, uma atitude simples e nada simples ao mesmo tempo: apenas apoiou a palma quente e suave no dorso da sua mão, aquela que estava apoiada na coxa — e, no processo, causou ao seu peito o equivalente a um ataque cardíaco.

— Eu deveria te dizer as direções — disse ele, rouco.

— Concordo. Direita ou esquerda?

Fechando os olhos, ele ordenou a si mesmo que se controlasse e desse ouvidos ao irmão. A fêmea ao seu lado, quem quer que fosse, não era a sua Selena. E era tremendamente injusto para com ela, e para o seu processo de luto, colocar-se na órbita de uma desconhecida só por conta de um acidente na aparência.

Ela tinha um leve sotaque de Detroit, pelo amor de Deus, algo que Selena evidentemente nunca tivera. E Selena nunca prendera o cabelo daquele jeito nem usou aquele tipo de roupas...

— Como é mesmo o seu nome? — a fêmea perguntou. — Quer que eu chame o seu irmão? Oi? Vai desmaiar... ou já desmaiou na minha frente de novo?

Quando ele falou, as palavras saíram com velocidade e pouco articuladas — assim como mexeu na maçaneta e saltou para fora do carro.

— Desculpe. Tenho que ir. Sair daqui. Desculpe. Desculpe mesmo...

Ao cambalear para longe da porta, que deixara aberta, conseguiu pisar numa faixa de gelo com o calcanhar...

E caiu de bunda no chão pela segunda vez na presença dela.

Mas, pelo menos, dessa vez ele permaneceu consciente.

Seu ego reclamou. *Vá com calma, idiota, vá com calma.* A fêmea saiu e deu a volta no carro, mais rápida do que um respiro e, ao escorregar e derrapar, acabou aterrissando bem em cima dele, e Trez quis gritar.

Ele não gritou.

Não mesmo. Quando ela caiu em cima dele... ele envolveu-a com os braços e a beijou.

Therese não antecipara isso. Não mesmo. Ao se desequilibrar e cair bem em cima do peito do cara, seu único pensamento era quanto tempo levaria para se colocar de pé de novo e correr até o restaurante para buscar o irmão dele.

Porque, ora essa, como um par de vampiros, eles não ligariam para a emergência. A última coisa de que necessitavam eram paramédicos humanos aparecendo ali para levá-lo a um hospital humano — onde ele daria entrada e, com a sorte que estavam tendo, acabariam em chamas quando a luz do sol entrasse pela janela e incidisse sobre o leito ajustável dele.

Só que a ideia de ir buscar o irmão não teve continuidade. Ao empurrar o peitoral dele para erguer a cabeça, tudo parou de repente. Seus olhos se encontraram, a respiração se suspendeu — e Trez, então, deslizou um braço pela sua cintura, uma mão na sua nuca... e a puxou para a boca dele.

Suavidade. Os lábios dele eram tão suaves... e tremiam ao encontro dos seus, como se pela insegurança a respeito das ações, ou talvez afetados por algo monumental. Contudo, o corpo dele não era nada frágil. Debaixo dela, ele era grande e forte, e ela sentia o poder emanando dele.

Foi só então, quando a língua surgiu e a lambeu, procurando entrar, que Therese interrompeu o contato.

Mas não foi muito longe. Não queria.

Deus... os olhos dele eram incríveis, e já não eram mais negros. Brilhavam num extraordinário tom de verde-peridoto, a luz que emanava deles era tão clara que obrigou-a a piscar.

— Sinto muito — ele sussurrou. — Eu deveria ter feito isso. — O macho franziu o cenho e sacudiu a cabeça. — Quero dizer, eu não deveria ter feito isso.

Therese vasculhou a expressão do Sombra, perdendo-se no desenrosco que acontecia em suas entranhas. Seu corpo adotou um estado hiperalerta e estranhamente frouxo ao mesmo tempo.

— Você tem um macho? — ele indagou com voz rouca.

— Não. — Ela se concentrou nos lábios dele. — Não, não tenho.

As pálpebras dele se fecharam, e o alívio que trespassou-lhe as feições foi uma surpresa.

— Graças a Deus.

Therese teve que sorrir.

— Você é um macho de valor, então. — Só que ela acabou franzindo o cenho. — Você está com alguém?

— Não, não estou...

O toque de uma buzina os assustou. Uma Mercedes encostara atrás deles, e o motorista deixara o veículo.

— Vocês estão bem? — ele preocupou-se.

— Tudo bem — seu macho disse. — Desculpe.

Hummm, ok, ele não era seu.

— Sim, estamos ótimos — ela ecoou. À procura de atestar o que parecia uma mentira, Therese agarrou o braço dele e o auxiliou a ficar de pé. — Estamos bem. Obrigada.

Ela ajudou o macho até a porta do passageiro e a entrar. Depois, apressou-se em contornar o carro, assumiu o volante e acelerou, pegando à direita ao sair do estacionamento, porque essa manobra seria mais fácil do que atravessar as pistas para se mover na direção oposta.

– Acho melhor mesmo eu ir embora – ele sugeriu ao olhar além do para-brisa.

– Para o médico, eu sei. Então, para onde vamos? Posso fazer o retorno.

– Olha só, vou ficar bem. Sempre fico. Pode, por favor, encostar?

Ela relanceou na direção dele e, bom Deus, Trez era pura tensão: as mãos apertando as coxas, a mandíbula travada. Fora ele quem começara o beijo, mas, evidentemente, sentia-se arrependido.

– Por favor, encoste – ele murmurou.

– Sim, claro. Mas não há onde... Não tem nada aqui.

O restaurante ficava no início de uma sequência de vinte ou trinta lojas, mas a escolha dela sobre ir à direita os levara na direção oposta: de fato, estavam entrando num trecho sem acostamento e repleto de árvores, munido de nada além de uma rampa com acesso à estrada, e, ao que parecia, terrenos baldios do outro lado da avenida.

Franzindo a testa, ela se inclinou sobre o volante. Mais adiante, havia algo no horizonte, uma elevação no cenário... gruas de construção, talvez? Ou... Ela não sabia bem o que era.

O que quer que fosse, o estacionamento se apresentou na curva seguinte e com abundância... Asfalto livre dos dois lados da pista, espaço suficiente para acomodar centenas e centenas de carros. Seria um centro de convenções? Mas ela não avistava nenhum hotel ou instalação grande. Apenas escuridão.

Quando acionou a seta, o macho se enrijeceu.

– Aqui não – avisou, rouco. – Ai, Deus... Em qualquer lugar, menos aqui.

– O que disse?

– Siga em frente.

Voltando a pisar no acelerador, ela passou pelo que se revelou um... Ah, um parque de diversões. Claro. O que ela havia confundido com gruas era, na verdade, montanhas-russas e elevações, tudo desligado no momento, porque era inverno e o empreendimento ficaria fechado durante o período.

Ela seguiu em frente, passando por uma sorveteria chamada Martha's, que tinha como placa um galo imenso. O estabelecimento também estava fechado por causa da estação, mas ela imaginou as filas formadas na dúzia de janelas, crianças correndo por ali com cones de sorvete derretendo pelos braços, pais relaxando ao mesmo tempo em que ficavam de olho nos pequenos.

A fantasia de verão era real para determinadas pessoas. Fora real para ela, por um tempo.

Tudo isso não existia mais.

– Aqui – ele disse, apontando para o galo. – Vire aqui.

– Hum... mais pra frente.

Ela não queria parar na sorveteria, assim como ele não queria parar no parque de diversões. Então talvez tivessem algo em comum. Um conjunto de estraga-prazeres.

A loja de suvenires era a próxima da fileira. Lá, havia muitas janelas e diversos pequenos objetos feitos de vidro, globos de neve, copos de *shot*, camisetas e capas para latas de cerveja perfiladas como soldados à espera da chamada rumo às linhas de frente da diversão familiar. Seu estacionamento era o filhote se comparado aos subsequentes, mas, como estava vazio, havia espaço mais que suficiente.

Depois que Therese parou a BMW, colocou a marcha em ponto morto e puxou o freio de mão e, vejam só, concordou com o macho sentado ao seu lado. À parte os cuidados com a saúde física, era hora de seguir cada um o seu caminho. No seu atual estado mental, ela era como um aspirador à procura de distração, uma confusão oca que só parecia intacta pelo lado externo. Viera a Caldwell à procura de um recomeço, uma nova definição de si mesma... Uma fuga de todos os acontecimentos precedentes, de todas as mentiras e decepções, de toda a falsidade.

Engraçado como descobrir coisas novas sobre a sua identidade faz você se mudar para mais de oitocentos quilômetros de distância da sua "família".

Mas o lado bom de estar por conta própria?

A menos que minta para si mesma, você sabe exatamente em que ponto está da vida.

O lado ruim, porém? Há a tendência de encher o vazio com outras coisas – e ela não precisava de um terapeuta para lhe alertar de que seria uma péssima ideia se meter nas confusões daquele macho, não importa quais fossem. Ele era muito sexy, estava em mau estado, e configurava demanda demais para ela lidar com todas as suas defesas em baixa.

– Consegue se desmaterializar até a sua casa? – ele perguntou.

– Sim, claro. Mas ainda estou preocupada com a sua cabeça.

Mesmo enquanto falava, ela já desatava o cinto de segurança e abria a porta. Ele imitou-a e os dois saíram.

O macho deu a volta junto dela, e eles se encontraram na frente do carro, bem diante dos faróis – quando se encararam, ela franziu o cenho, e um estranho sentimento se abateu sobre ela.

– Eu cuido disso – ele disse. – Estou me sentindo bem melhor.

Quando ela pousou o olhar em toda a altura dele, piscou... e tentou rememorar o assunto de que estavam falando. Ah, sim, da cabeça.

Bem, Trez parecia mais firme, e os vampiros de fato se curam rapidamente. Ele não falava arrastado, e aqueles olhos, verde-claros e reluzentes agora, pareciam do mesmo tamanho. Além disso, o trajeto para voltar ao restaurante de iAm não seria muito longo. Ela não dirigira nem dois quilômetros.

– Você vai estar segura? – ele preocupou-se. – Voltando para casa sozinha, quero dizer.

– Sim. – Ela elevou o queixo e forçou um sorriso. – Perfeitamente.

– Eu devia levá-la. Onde você...

Quando ela pensou no beijo, levantou a mão.

– Não, prefiro ir sozinha. É melhor assim.

Ele inclinou a cabeça.

– Com certeza.

– Então... – Ela estendeu a mão. – Foi estranho te conhecer.

Ela temperou as palavras com um sorriso sincero. Vinte e quatro horas em Caldwell e ela já estava provocando desmaios em machos, praticando habilidades em entrevistas de emprego e dirigindo carros esportivos. No frigir dos ovos, poderia ter sido bem pior.

– O prazer foi meu – ele replicou, distraído.

Pela forma como ele deixou a mão pendurada no ar, Therese teve a sensação de que ele queria abraçá-la. Ela, porém, não pretendia encostar de novo naquele corpo. Já estava na situação de ter que se esquecer daquele beijo. Não precisava de mais motivos para buscar uma amnésia.

– Bem, adeus. – Ela recuou um passo. – Hum... Tenha uma boa vida.

Dito isso, ela se desmaterializou. E enquanto viajava em fragmentos, maravilhou-se com o fato de alguém que mal conhecia causar um impacto tão excepcional.

Loucura.

Loucura mesmo.

Capítulo 22

E, no entanto, ele não a matou.

De alguma forma, apesar da inanição de Xcor, Layla o sentiu soltar seu pulso bem quando ela começava a sentir os efeitos da alimentação dele: sua pressão sanguínea começava a diminuir, a cabeça ficando levemente tonta.

Ela sabia que o recuo dele lhe era penoso. As presas dele estavam totalmente expostas, e ele lutava contra si mesmo, os músculos nas laterais do pescoço se retesavam contra a pele, os braços e as pernas agitados contra a terra derretida e lamacenta sob o corpo nu.

E ele estava total e completamente... ereto.

Quando ele estivera numa situação de vida ou morte, a nudez dele fora fácil de ignorar. Aliás, estavam bem longe de sair desse ponto, naturalmente, como V. diria. Mas naquela fração de segundo de alívio, ela ficou vitalmente ciente de quão masculino ele de fato era.

Xcor era *ríhgido*, de fato.

Mas não se ateria à excitação dele. De trás deles, luzes surgiram, e logo o som do ronco poderoso de um motor e de batidas em árvores. Layla deu um salto e ficou de pé, colocando-se entre Xcor e o que quer que...

A Range Rover atravessou a floresta como as investidas de um touro, parando pouco antes de abalroá-la. A porta do motorista se abriu e o coração de Layla subiu-lhe até a garganta.

No entanto, era apenas Vishous.

Bem, "apenas" sugeria que o Irmão seria uma presença benigna, e a hipótese não podia estar mais distante da verdade. Vishous parecia positivamente furioso, as sobrancelhas baixas, os cabelos pretos bagunçados como se tivesse passado a mão por eles inúmeras vezes; as tatuagens da têmpora e o cavanhaque o tornavam ainda mais sinistro.

– Terminaram? – o Irmão exigiu saber.

Recusou-se a olhar para ela, por isso ela falou ao assentir.

– Sim.

– Vou colocá-lo no...

– Não, eu faço isso.

– Você não é forte o bastante...

Ela se inclinou, forçou um braço por baixo das costas de Xcor e outro por baixo das pernas; a lama encharcou as mangas e grudou nos antebraços. Mas ela não se importou, e também ignorou o modo como ele se debatia contra ela, bem como os protestos confusos que escapavam da boca dele enquanto ela o suspendia do chão.

– Abra a porta – ordenou a V.

Depois do choque inicial, o Irmão atendeu ao comando, abrindo caminho para a passagem de Xcor. Foi difícil: os chinelos dela afundavam na neve, os galhos pareciam se agarrar a Xcor de propósito, e a lama escorria pela frente do roupão – e ela não teria conseguido caso ele não tivesse perdido tanto peso.

Mas, de acordo com o seu ponto de vista, Xcor era responsabilidade sua e somente sua.

Colocá-lo no banco de trás foi complicado, e ele a ajudou ao puxar a parte inferior do corpo, desabando de costas ao longo do assento. Ela queria entrar no carro, ao lado dele, mas mesmo definhando, ele ainda era muito alto e não havia espaço para ela. Layla despiu-se da veste, cobriu-o, ajeitando a peça o melhor que pôde antes de correr para a entrada do passageiro.

Somente de legging e uma blusa folgada, o frio a atingiu sem demora, e ela já tremia quando fechou a porta.

– Ponha o cinto – V. murmurou. – Isto não vai ser fácil.

Verdade, Layla pensou ao passar o cinto pelo peito.

Imaginou que o Irmão fosse conduzi-los com agilidade. O que não antecipou foi que ele pisaria fundo no acelerador e os faria passar a toda velocidade em meio às árvores. Os faróis iluminavam troncos e moitas pouco antes de eles passarem, e o SUV avançava aos trancos e barrancos num trajeto que ela torcia por chegar até alguma estrada.

Que poderia muito bem estar nos confins do mundo.

Girando o pescoço para trás, verificou o estado de Xcor e tentou interceptar seu olhar – o que foi difícil, visto que ela era sacudida para cima e para baixo, para um lado e para o outro, embora pelo menos Xcor estivesse em compasso com seus movimentos: o corpo sacolejando e se chocando contra o banco de trás. Ele fazia o que podia para se firmar: uma mão segurava o apoio para cabeça, um pé encostava-se na porta e todo o resto virava ovos mexidos numa frigideira.

Quando seus olhares enfim se encontraram, a pergunta "você está bem?" ficou implícita entre ambos... e foi respondida com um mútuo "não sei".

O fim do trajeto de partir os dentes chegou tão breve quanto começou, o Range Rover saltando para fora do limite das árvores, como se arrancasse arrancando um casaco pesado demais, os pneus guinchando no asfalto numa curva ampla para se endireitar na pista, que ela esperava ser a última. E, verdade fosse dita, quando aceleraram ainda mais, a situação ficou muito mais tranquila, mais civilizada.

O que só enfatizou o quanto respiravam com esforço.

Virando-se para trás de novo, ela tentou enxergar na escuridão, através da janela de trás, mas não havia muito o que avistar. Apenas entulho que arrastaram sob seu rastro – e, nesse meio-tempo, Xcor se largara sobre o banco: o corpo frouxo, a respiração dificultosa.

Mas estava vivo e articulou um sinal de joinha para ela. Quando ela recobrou a concentração no caminho à frente, só o que viu foi muito asfalto, uma linha branca em cada lateral e uma dupla amarela no meio. Ah, espere... Uma placa com um cervo saltitante, o desenho constituído pela figura do animal em preto, com seus galhos em meio a um losango da cor de um dente-de-leão.

Nenhuma palavra foi dita.

Não era necessário.

A princípio, ela não soube para qual sentido estavam direcionados – nem pretendia perguntar. Mas logo V. fez uma série de curvas que pareceu conduzi-los de volta à cidade. Provavelmente de volta à casa segura.

Tinha razão.

Uns vinte minutos mais tarde, ele parou em segurança na garagem da casa e todos esperaram em seus lugares enquanto as portas se fechavam.

Vishous foi o primeiro a sair, e Layla não ficou nem um segundo atrás para poder cuidar de Xcor. Abriu a porta junto à cabeça dele, pegou-o pelo braço e o ajudou a se arrumar, mantendo o roupão sujo como abrigo para a nudez. Quando ele ficou de pé, ela segurou as mangas e as amarrou ao redor da cintura, e girou o tecido branco de modo que apenas o quadril, a lateral da coxa e a parte inferior da perna aparecessem.

— Apoie-se em mim — ela ordenou ao se acomodar debaixo do amado e passar um braço pela sua cintura.

Vishous entrara na casa de imediato, mas deixara a porta aberta para eles, presa no gancho do piso.

— Vou levá-lo para baixo — ela disse. — Há duas suítes e uma sala de estar ali.

Xcor se apoiou nela, ainda mais quando subiram os três degraus para entrar na construção. Enquanto elaborava a logística, ela não fazia a mínima ideia de como desceriam até o porão.

— Onde estamos? — ele perguntou, rouco.

— Numa casa segura.

— Da Irmandade?

— Sim.

Vishous estava na cozinha, apoiado contra o balcão e acendendo um cigarro, e não lhes dispensou sequer um olhar quando passaram por ele. Contudo, ele mais uma vez facilitara as coisas, deixando a porta aberta e a luz acesa, para que descessem em segurança.

Puxa, que escadaria estreita.

Xcor resolveu o problema soltando-se dela e se apoiando no corrimão. Quando ele chegou ao fundo, foi direto para o sofá diante de uma TV de tela plana. Quando ele se largou ali, ela não entendeu bem quem bufou mais alto, ele ou o sofá.

Havia uma coberta vermelha e preta dobrada sobre as costas de uma poltrona da mobília e a Escolhida a apanhou, retirando o roupão sujo da parte de baixo do corpo dele, para substituí-lo por um tecido mais limpo.

Ela aproveitou o instante para respirar. E depois voltou à ação.

— Vou trazer comida.

Quando ele não discutiu e apenas se afundou ainda mais no sofá, ela ponderou se a viagem até ali não cumprira o que a Mãe Natureza fracassara, e V. se recusara a fazer. Mas não... ele estava respirando.

Layla subiu depressa e, ao chegar à cozinha, fechou a porta de acesso silenciosamente. Havia coisas que ela e Vishous precisavam debater – no entanto, ele não parecia disposto ao diálogo. Estava absorto por completo enquanto encarava a ponta acesa do cigarro, as sobrancelhas baixas, a expressão tão neutra que se assemelhava a apenas um retrato de si mesmo.

Ela se aproximou e pousou a mão no braço do Irmão.

– Vishous, obrig...

– Não toque em mim! – Ele se afastou. – Não ouse tocar em mim!

Os olhos reluziam com raiva enquanto ele batia as cinzas.

– Não confunda as coisas. Não estamos "nisso" juntos. Não formamos um grupo com Xcor. Não acredito na fantasia romântica que criou pra si. O que vou fazer é deixá-la aqui com um assassino e um telefone. Se estiver viva para atender o telefonema a respeito dos seus malditos filhos mais tarde, bem, você terá ganhado na loteria. Se ele resolver te matar e depois ligar pros amiguinhos para vir até aqui e se divertir com o seu cadáver? Desculpe, mas não sinto muito. De um jeito ou de outro, estou pouco me fodendo pra isso. Você o quer? Agora está com ele.

V. foi até a mesa e pegou o celular que havia deixado para trás.

Em seguida foi embora, passando pelas portas de correr e desaparecendo no ar.

Depois de um instante, Layla foi até lá e a trancou. Depois retornou e se pôs a verificar conteúdo dos armários, à procura de latas de sopa.

A primeira atitude de Trez quando voltou ao restaurante foi entrar no escritório de iAm e fuçar na bagunça da escrivaninha. Não precisou se esforçar muito para encontrar o que procurava. O currículo da fêmea estava no topo de uma pilha, e ele se ateve ao cabeçalho.

Ousaria fazê-lo?

Teve sua resposta quando devolveu o papel à pilha de contas e pedidos, e saiu sorrateiro pelos fundos do Sal's, tal qual um criminoso. Desmaterializando-se, ele prosseguiu para uma área não muito frequentada da cidade, rumo a uma pensão que lhe impôs vontade de gritar. A maldita construção tinha três andares, ocupava um quarteirão e tinha pelo menos uma dúzia de janelas tampadas com tábuas. A pintura devia ter sido nova nos anos 1970, mas desbotara para um tom de amarelo mijo, e o casal que saía pelas portas duplas de metal que bem poderiam ser confundidos com moradores de rua dadas as roupas sujas e os cabelos imundos.

Será que estava no endereço certo?

Merda. Estava, sim.

Ela não deveria ficar ali, um ninho de humanos imundos. Pelo amor de Deus, ela dormia acima da terra com apenas uma cortina para apartar-lhe do sol durante o dia?

O que ela tinha na cabeça?

Enquanto Trez atravessava a rua, preocupou-se com a possibilidade de a situação não ser fruto de uma escolha.

Quando chegou à entrada, espiou através dos vidros cobertos por malha de arame. Era difícil enxergar porque a maldita coisa não devia ter sido limpa na última década, ou duas... Mas, do outro lado, aparentemente havia um "saguão" com luzes no teto e um carpete que bem poderia passar por azulejo em razão da ausência de fios, e uma parede de caixas de correio na qual metade das portas estava quebrada, penduradas para fora como línguas de animais mortos.

Era o equivalente a um cólon num prédio... Úmido, sem janelas, com manchas marrons nas paredes.

– Precisa entrar?

Um macho humano que fedia a bebida e cigarros passou por ele, abriu a porta com um cartão e a manteve aberta.

Enquanto Trez cogitava se devia ou não entrar, passou um pensamento pela sua cabeça: de que seria muito melhor, tanto para ele quanto para Therese, se deixasse a obsessão de lado. Se a esquecesse.

Mas acabou entrando mesmo assim.

Havia uns dois viciados no canto extremo. Eles sacudiam a cabeça como se tivessem acabado de injetar alguma substância, e os olhos esbugalhados o perscrutaram com a distinta falta de entusiasmo dos viciados em heroína. Não existia mais nenhuma alegria para eles. Só se consegue isso no começo, durante a parte jovial do relacionamento com os opiáceos.

O elevador estava quebrado, uma indicação da indicação da fita amarela de atenção presa em diversas partes diante do painel, com uma placa escrita à mão, torta e afixada na parede como um Band-Aid. Ver aquilo o fez pensar no Otis, do programa *The Big Bang Theory* – e estava disposto a apostar que o garotão ali estava quebrado havia ainda mais tempo.

Só havia uma escada, e ela estava entulhada e propagava odor de urina. À medida que ele subia até o terceiro andar, os barulhos que ouvia ao longo do caminho não eram mais otimistas e alegres do que o resto do pardieiro em questão: gritos, música alta saindo de alto-falantes e batidas, como se alguém estivesse enfiando a cabeça na parede com insistência.

Jesus Cristo.

No andar de cima, ele olhou para a direita e para a esquerda. Evidentemente, não havia uma placa indicando às pessoas a direção para determinados apartamentos. Ah, sim... Claro. Bem na frente dele, no nível dos olhos, encontrava-se um espaço mais claro na parede rachada, de onde ela havia sido arrancada.

Porque algo assim podia ser reutilizado. Ou trocado por um prato de comida. Ou usado para repartir sua droga.

Ela morava no 309, o último à esquerda.

Maldição, odiou o número daquele apartamento. Não gostava de três nem de noves em sequência. Quatro-zero-dois era um bom número. Oito-zero-quatro. Dois-dois-quatro.

Era um cara divisível por dois. Não gostava de três, de cinco nem de nove.

O sete não era um problema, pensou ao parar diante da porta, porque dois juntos somavam catorze.

Treze era a ruína da sua existência.

– Tá procurando a garota?

Trez virou a cabeça. Logo em frente no corredor, um cara de camiseta regata e uma montanha de tatuagens estava parado na soleira da porta, como se fosse dono do lugar, um verdadeiro Rei dos Babacas. Tinha um bigode reto, bolsas debaixo dos olhos como sacolas de lona e um perfume – cortesia do crack que estivera fumando.

– É o cafetão dela ou algo assim? – O humano esticou o pescoço e depois coçou a jugular. – Qual é o preço dela? Ela é carne fresca...

Trez diminuiu a distância entre eles, agarrou o cara pelo rosto e forçou o merdinha para dentro do seu covil de destruição.

Quando Trez chutou a porta atrás deles, o babaca girava os braços para trás como se estivesse prestes a voar – e, olá, colega de quarto no sofá.

Trez usou a mão livre para sacar a arma e apontar para o cara do outro lado da sala.

— Dá o fora.

O drogado se limitou a erguer as palmas e dar de ombros, como se pessoas sendo enxovalhadas e Glocks sendo apontadas fossem parte da sua rotina – e ele não estava a fim de se meter nos assuntos alheios.

Trez empurrou o tarado contra a parede, mantendo a palma no rosto dele.

— Você nunca vai chegar perto dela. Se o fizer, vou pegar todas as suas drogas, jogá-las na privada e dar descarga bem na sua frente. Depois vou te sequestrar e te largar num hospital do centro, onde vão te manter contra a sua vontade enquanto o juiz decide pra qual instituição de reabilitação vai te mandar. Ouviu bem? Meta-se com ela e eu mando o seu traseiro sistema abaixo, e a próxima vez que você vai chegar perto da próxima dose será somente depois de noventa malditos dias.

Afinal, não se ameaça alguém como ele com uma pistola. Eles já estão mortos, pelo amor de Deus.

Não, você os tortura com a ideia da sobriedade forçada por terceiros.

E, não, Trez não sentia uma obrigação de ajudar aqueles ratos sem cauda. Matar-se com drogas era um direito dado por Deus a ambas as espécies, e ele não estava interessado em interferir no curso do vício de ninguém. No entanto, ficava mais do que satisfeito em usar qualquer fraqueza em benefício próprio.

Relanceou para o Cara do Sofá para se certificar de que o babaca também estivesse ouvindo.

— O apartamento dela é monitorado. Sei onde ela está a cada segundo do dia. – Sorriu de leve, mantendo as presas para si. – Se um de vocês chegar perto dela, vou saber.

Depois se concentrou no sujeito que segurava. Ele apertava suas feições com tanta força que o bigode idiota estava se misturando às sobrancelhas, como um Muppet cujo operador estivesse em meio a um espasmo.

Quando Trez finalmente o soltou, o rosto do bastardo era equiparável a uma máscara de Halloween, inchada e deformada, o bigode formando um ângulo como um par de óculos quebrados.

Trez voltou a encarar o do sofá.

— Pode crer, cara – o cara dali garantiu. – Pode deixar. Ela não é pro bico de ninguém.

Capítulo 23

Cedo ou tarde, quando se rouba para sobreviver, acaba-se roubando do sujeito errado. Xcor cometeu esse erro em seu vigésimo sexto ano, num trecho de floresta há muitas léguas do chalé em que vivera com a ama-seca, local que, mais tarde, após idas e vindas, ele mesmo o abandonara.

Era obra do destino, *ele supôs mais tarde.*

O que lhe chamou a atenção a princípio, conforme avançava sozinho pela noite, foi o aroma de cozido de carne. De fato, havia tempos se acostumara a procurar por alimentos, atendo-se às sombras com tanta competência e constância que começara a pensar em si como tal. Era melhor assim. Outros olhos sobre ele nunca significavam coisa boa.

Na realidade, antes da transição, ele acalentara esperanças de que este seu defeito magicamente se consertaria. De alguma maneira, a mudança repararia a fenda em seu lábio superior, como se sua gestação necessitasse de um último estirão de crescimento para torná-lo totalmente pronto. Era uma pena, mas não. Sua boca permaneceu como antes, curvada para cima. Arruinada.

Horrenda.

Portanto, sim, era mais sábio permanecer nas sombras, e enquanto se protegia atrás do tronco largo de um carvalho, observava o brilho da fogueira ao longe na floresta como uma possível refeição ou fonte de suprimentos.

Ao redor das chamas estalantes, viu pessoas — machos — e eles bebiam ao redor da tremeluzente luz alaranjada. E também havia cavalos, amarrados um pouco mais distantes.

A fogueira era ampla. Obviamente não se importavam em ser ou não avistados, o que sugeria que fossem guerreiros, e possivelmente estariam bem armados. Também eram de sua espécie. Ele sentia seus cheiros no meio da fumaça, do odor dos cavalos, do perfume da campina e de mulheres.

Enquanto planejava a abordagem, sentiu-se grato pela cobertura de nuvens que mantinha a lua ao longe e aumentava as sombras da noite. Desde que permanecesse longe do alcance da fonte de luz, era como se estivesse vestindo um manto de invisibilidade.

Ao aproximar-se, as chamas evocaram a memória acerca do chalé no qual habitara havia mais de duas décadas. Partira de lá depois que a ama-seca ali o deixara, encontrando o orfanato mencionado pelo lacaio. Mas fora incapaz de se manter afastado por muito tempo: pensamentos a respeito do possível regresso de seu pai o impeliram a procurar a estrutura novamente. No decorrer dos anos, partia de lá por certos períodos, especialmente durante os invernos, quando os lobos estavam famintos; no entanto, sempre regressava para lá.

Seu pai jamais aparecera.

E, então, a hora da sua transição chegara. No vilarejo, havia uma prostituta que regularmente servia aos machos vampiros, mas por causa de sua feiura, ele teve de abrir mão do chalé e de tudo que se encontrava dentro dele em troca da veia dela.

Quando partira de lá, na noite seguinte, com a detestável moita de framboesas e a floresta circunvizinha repleta de lobos, olhou uma derradeira vez por sobre o ombro. A ama-seca jamais regressara para ver como ele estava, mas ele não imaginara que a veria novamente. E já passara da hora de ele parar de fingir que o pai poderia procurá-lo.

Cedendo aquele abrigo para outra pessoa, Xcor de fato ficou à deriva no mundo.

Levou apenas uma coisa consigo: a coleira que estivera ao redor do seu pescoço até ele ter usado um machadinho para se livrar dela. Empenhara-se durante horas naquele couro, os então jovens braços sem a força necessária para obter eficiência. Mas a ama-seca deixara para trás apenas uma pequena quantidade de água, e bem pouca comida; portanto, foi imprescindível se soltar.

Por sorte, caçar e matar foram habilidades que surgiram naturalmente nele.

Assim como roubar.

Odiara fazê-lo, no início. Mas nunca levara mais do que o necessário, fosse comida, roupas ou elementos para se abrigar. E era incrível o que uma pessoa era capaz de sacrificar, em termos morais, quando a questão era a sobrevivência. Também era incrível como era possível tramar métodos de evitar o sol numa floresta de árvores, empostando-se à frente de animais selvagens... e de encontrar maneiras de pagar pela veia das prostitutas.

As florestas do Antigo País se tornaram um refúgio, um lar, e ele ficou com elas, permanecendo só. O que significava que ele se mantinha ao largo dos redutores que pairavam pelos pinheiros e pelas cavernas, e evitava o vampiro guerreiro que os caçava e travava lutas com eles, assassinando-os. Além disso, mantinha-se distante do campo de guerra.

Aquele não era lugar para ninguém. Nem mesmo ele, que tentava evitar a tudo, ouvira partes de relatos das depravações dali, e da crueldade do guerreiro que o administrava.

Voltando a se concentrar, fechou os olhos... e se desmaterializou até os galhos densos das árvores. E depois desapareceu até a seguinte, sempre longe do solo, como um macaco.

Quando se está sozinho, sem ninguém para ajudá-lo, existe adaptação, pois se está sempre de olhos abertos quanto ao perigo, e tanto vampiros quanto humanos tendiam a estar muito mais preocupados com o que acontecia no nível deles, em vez de com o que está acima deles.

Não muito mais adiante, ele observou o acampamento improvisado de um ponto de vantagem de até dez metros, e dez metros acima do solo. Os vampiros de fato eram guerreiros, bem armados e com ombros largos, mas estavam embriagados e passavam uma mulher adiante como se ela fosse uma caneca de cerveja partilhada. A mulher estava ali porque queria, gargalhando enquanto se disponibilizava a cada um deles, e Xcor tentou se imaginar enquanto participante da orgia.

Não.

Não se importava com sexo, pelo menos não com aquele tipo. De fato, permanecia virgem, pois as prostitutas sempre lhe exigiram mais do que ele podia pagar pelo que jazia entre as coxas delas – além disso, não estava muito interessado em campos já tão arados.

Com a vista direcionada para onde os cavalos estavam amarrados, concluiu que poderia invadir o local. Mas não pegaria os cavalos, pouco importando o valor deles, visto que não almejava ser responsável por outro ser vivo. Já tinha bastante dificuldade para se manter vivo e alimentado. De armas, no entanto, ele faria uso. Levava três adagas consigo, e uma pistola que era mantida no coldre. Ela era incômoda e também existia a inconveniência de mantê-la abastecida com balas. Sua mira também não era das mais exatas: ele lançava adagas com maior precisão. Ainda assim, parecia sensato levar ao menos uma arma de fogo consigo.

Talvez ele conseguiria surrupiar mais uma boa adaga, uma mais afiada do que a sua, já cega? Um pouco de carne? Um cantil de água?

Sim, desses itens ele se beneficiaria.

Xcor se desmaterializou no chão, agachando atrás de outro pinheiro. Os cavalos estavam presos no limiar da fogueira, e viraram as cabeças em reação; as selas estavam estocadas com artigos de primeira necessidade e outros pertences.

Moveu-se em completo silêncio junto ao chão, o material dos seus calçados do tipo mocassin lhe abafou as passadas e mascarou qualquer som.

Os cavalos viraram a orelha e o pescoço ao registrar sua presença; um deles relinchou, como numa pergunta. Xcor não estava preocupado. Era seu costume desaparecer na noite mesmo sob pressão e, além disso, os guerreiros estavam ocupados com outras tarefas. Xcor agiu rápido e com precisão ao vasculhar a sela do ruão que devia ter facilmente mais de dezesseis palmos de altura, levantando as abas pesadas de couro, investigando mochilas e sacos. Encontrou roupas, grãos, carne defumada. Pegou a carne, guardou-a sob seu manto, e se moveu para o cavalo seguinte. Não havia armas, mas encontrou uma vestimenta feminina com odor de sangue dentro de uma das sacolas de lona.

Imaginou se a fêmea teria sobrevivido ao ataque. Pensou que talvez não...

A briga junto à fogueira começou sem nenhum indício prévio; tudo estava bem até não estar mais, dois machos saltando na direção de um terceiro, agarrando pescoços, os corpos dançando em círculos enquanto tentavam vencer um ao outro. Em seguida, algo pegou fogo, uma porção do casaco de um em chamas vivas, cor de laranja e amarelo.

O guerreiro não pareceu se importar, tampouco seu oponente. No entanto, os cavalos se assustaram, e quando o animal que Xcor tentava roubar recuou, sua mão ficou presa numa das sacolas da sela, a torção e a pressão prendendo-o.

De forma que, quando o cavalo se virou de lado, ele também acabou virando.

Ficando em plena vista de todos eles.

A mudança no acampamento foi imediata: a mulher foi largada de lado; a discussão entre os camaradas, esquecida; o intruso, um alvo de todos. E mesmo assim, Xcor permaneceu preso ao cavalo sensível, dançando ao redor dos cascos pontiagudos, tentando libertar a mão presa.

Os guerreiros resolveram esse problema para ele.

Xcor foi erguido e isso bastou para mudar o ângulo do pulso. Seu braço subitamente voltou a ser seu e em boa hora. Foi golpeado no rosto por um punho do tamanho de uma rocha, mas, pelo menos, isso o conduziu em trajetória diferente da do cavalo agitado.

Infelizmente, acabou no caminho de outro dos guerreiros, e Xcor soube que teria de estabelecer sua proeminência logo ou acabaria sendo dominado. Contudo, havia pouca esperança de isso acontecer – tais machos eram um perigo em conflito – socos e chutes voavam rápido demais para ele se desviar ou retribuir e o ar foi expelido dos seus pulmões, uma vez após a outra.

De fato, já tivera experiência com punhos antes dessa vez. Mas contra humanos e vampiros civis. O que enfrentava agora era um inimigo completamente diferente.

Golpes continuaram a recair sobre sua cabeça e tronco, cada vez mais rápidos do que ele conseguia combater, com mais força do que conseguia suportar, enquanto ele era passado adiante, como a mulher havia sido, indo de um ao seguinte. Sangue jorrou do seu nariz e da boca, e sua vista ficou comprometida quando ele se virou, tentando proteger os órgãos vitais e o crânio.

– Larápio maldito!

– Bastardo!

Um golpe o atingiu de lado e ele acreditou que algo tivesse se rompido internamente. E foi nessa hora que os joelhos cederam debaixo dele e ele aterrissou sobre folhas e terra.

– Esfaqueiem ele!

– Ainda não! – alguém disse num rosnado.

Uma bota o acertou debaixo das costelas e ele saiu rolando até a fogueira. Ficou tão atordoado que permaneceu deitado no lugar em que parou de costas, incapaz de recobrar o juízo a fim de proteger o rosto e adotar uma posição defensiva.

Santa Virgem Escriba, acabaria morrendo. E provavelmente nas chamas que já começavam a chamuscar seu ombro, mão e quadril, através das roupas.

Um dos guerreiros, cuja barba espessa fedia a cabra morta, inclinou-se sobre ele e sorriu, revelando presas tremendas.

— Pensou que poderia roubar de nós? De nós?

Agarrou a frente do manto de Xcor e suspendeu-lhe o tronco do chão.

— De nós!

O guerreiro o estapeou com a mão aberta. A força foi tamanha que ele ponderou se tinha sido atingido por uma tábua de madeira.

— Você sabe o que fazemos com ladrões?

Os outros se agruparam ao redor num semicírculo, e Xcor se lembrou dos lobos da floresta, na época em que vivera com a ama-seca. Esses machos eram um bando de predadores mortais, uma força terrível pela qual foi capturado e usado como brinquedo. Uma rota rápida para o Fade.

— Sabe? — O guerreiro o sacudiu como se fosse uma boneca de pano e depois o largou com brutalidade. — Permita que eu lhe diga. Nós cortamos as mãos dos seus pulsos, e depois nós...

Xcor não ousava fitar o rosto pairando acima dele. Mas, por meio da visão periférica, ele identificou que uma acha estava meio dentro e meio fora das chamas da fogueira.

Esticou a mão naquela direção, segurou-a e esperou pelo momento certo, quando o macho relanceou para os compatriotas com jovialidade maligna.

Rápido como um raio, Xcor guinou a acha com força e atingiu o guerreiro na cabeça, derrubando-o sem sentidos de lado.

Um instante de surpresa se abateu sobre os presentes, e Xcor tinha consciência de que teria que agir com presteza. Segurando a arma, agarrou uma das adagas que estivera embainhada no tronco da sua vítima e logo se pôs de pé.

E dessa vez ele atacou.

Nenhum grito de guerra saiu da sua boca. Nenhum grunhido. Nenhum rosnado.

Não há lembranças precisas do que fez. Só o que sabia, só do que tinha ciência, era de que algo se libertava dentro de si. Não importava o que fosse, ele tivera pistas disso no passado, uma espécie de fonte de energia que ia além da raiva, era diferente do medo, e fortalecia seu corpo e sua mente. Conforme se apossava do seu interior, seus membros assumiram o comando da mente, funcionando independentemente dela, sabendo melhor do que a consciência onde atingir, o que fazer, como se mover. Seus sentidos também se dissociaram da mente, de modo a atingir um nível superior de precisão, quer fosse a audição para detectar algo que iria atingi-lo por trás, a visão para notar algo vindo pela esquerda, ou o olfato para informar que um agressor vinha pela direita.

Em meio ao evento, sua mente ficou completamente à parte –, mas ainda assim livre para extrapolar e, dessa forma, refinar a sua execução.

No entanto, ele ainda perderia. Havia oponentes demais, que eram habilidosos demais: quando os derrubava no chão, eles não permaneciam ali por muito tempo, e a equação de que perderia forças antes dos demais era fácil de calcular.

A solução para a disparidade surgiu de maneira tão inesperada quanto aquela acha.

A princípio, ele não entendeu o que surgiu em seu campo de visão. Mas logo viu que era uma espécie de imensa lâmina negra do lado oposto da fogueira... A maior arma que já vira, apoiada contra uma pedra.

Bem quando um dos machos saltou para cair sobre ele, Xcor disparou e projetou o corpo acima das chamas, a cambalhota poupando-o do calor, a aterrissagem tão coordenada quanto a decolagem havia sido.

Projetou-se em direção àquela imensa lâmina curva, agarrou o cabo ao qual ela estava presa e...

Era uma foice. Um instrumento comum usado nos campos, a lâmina afixada ao suporte de madeira por intermédio de amarras de couro tão firmes quanto ossos ao redor da medula. Havia pouco tempo para compreender seus atributos. No fim, percebeu que não precisava.

Segurando com firmeza a vara, ele... atacou cada um deles.

A princípio, eles riram e zombaram dele, mas, quando ele cortou o primeiro quase ao meio, a tática mudou. Pistolas foram sacadas, balas disparadas com muito barulho e pouco rigor, o chumbo voou ao redor dele. Em seguida, os guerreiros coordenaram um contragolpe, postando-se numa formação de ataque.

Não fez diferença. Um a um, ele matou a todos, arrancando braços, ou pernas, ou estripando-os, sangue jorrou na noite escura, cobrindo-os como as roupas o faziam.

Até haver apenas um guerreiro – que era, na verdade, o barbado que ele atingira na cabeça com a acha. Após notar que os irmãos ou estavam mortos ou à beira da morte, disparou a correr pela floresta, com todas as forças que lhe restavam.

Os mocassins de Xcor não produziram som algum enquanto ele perseguia o guerreiro machucado num passo tranquilo; ele e o macho ferido resvalaram em moitas e árvores enquanto o guerreiro tentava chegar aos cavalos. Xcor também estava ferido e sangrava, mas, por algum motivo, não sentia dor. Estava entorpecido e energizado.

Logo, tudo acabou.

O macho se deparou com uma rocha que não conseguia galgar nem contornar, em virtude da subida íngreme.

Xcor sabia que tinha que terminar o serviço.

E lamentou por isso.

– Leve o que quiser – o guerreiro arquejante anunciou ao cuspir para o lado. – Apenas leve tudo o que quiser. Tenho armas. Os cavalos lá atrás valem muito. Deixe-me em paz e eu o deixarei também.

Xcor desejou que as coisas pudessem terminar assim entre eles. Contudo, estava ciente de que, se deixasse o guerreiro viver, ele seria um macho marcado. A testemunha devia ser eliminada, para que o guerreiro não reunisse reforços e fosse atrás dele em retaliação por ter matado seus companheiros.

– Apenas leve...

– Perdoe-me pelo que devo fazer.

Dito isso, Xcor afundou nos calcanhares, saltou adiante e moveu a arma num arco, cortando fora o braço que o macho erguera em defesa e acertando o pescoço em cheio.

Pelo resto de suas noites, Xcor se lembraria da cena daquela cabeça virando um toco em pleno ar, o sangue se empoçando nas veias abertas da garganta, rubro como vinho.

Quando o vento aumentou, o corpo despencou como o objeto inanimado que se tornara e, de repente, a foice se tornou pesada demais para Xcor continuar a segurá-la. O equipamento rural que ele transformara em arma aterrissou aos seus pés, com a lâmina gotejante de sangue.

Xcor tentou puxar oxigênio para os pulmões ardentes, e quando olhou para o céu, sua coragem e seu propósito o desertaram, e lágrimas quentes se formaram nos cantos dos seus olhos.

Ah, como o cheiro do sangue derramado se misturava ao perfume da terra, da grama, do musgo e dos liquens...

Não entendeu o que o golpeou. Num instante ele contemplava a tristeza que provocara. Na sequência, estava deitado de costas...

... preso pelo mais aterrorizante vampiro que já vira na vida.

Imenso, tão grandes eram seus ombros, que Xcor já não via mais o céu. Seu rosto era inenarravelmente maligno, as feições se retorciam num sorriso desvirtuado que prometia sofrimento primeiro, depois a morte. E os olhos... sem alma, tomados por uma inteligência fria e por um ódio incandescente.

Tratava-se do lobo líder daquela alcateia, Xcor pensou. Semelhante àquele que aparecera na porta aberta do chalé havia tantos anos.

– Ora, ora, ora – disse uma voz grave como um trovão, afiada como milhares de adagas. – E pensar que chamam a mim de Bloodletter...[2]

Com um arquejo, Xcor se ergueu. Por uma fração de segundo, ele não soube onde estava e analisou à sua volta, em pânico.

As paredes da caverna já não estavam lá nem as prateleiras com jarros, a maca e seus carcereiros da Irmandade. No lugar disso tudo... uma enorme tela de TV que, no momento, estava escura como um buraco na galáxia.

Com uma sacudida da cabeça, tudo se explicou... A repentina mudança de ideia de Vishous, Layla retornando até eles na floresta, o glorioso presente da veia da Escolhida. Em seguida, o trajeto terrível em meio aos pinheiros, até a estrada escorregadia que os conduzira até esse bairro periférico e essa casa suburbana.

Layla encontrava-se no andar de cima. Ouvia o caminhar dela ali. E tinha a impressão de que Vishous já não estava na casa.

Tirando as pernas de cima das almofadas de couro, observou a trilha de sujeira que deixara na escada e no tapete cinza-claro até o local de sua queda. Havia agulhas de pinheiro e lama no sofá também... bem como no roupão branco de Layla, que estava pendurado nas costas de uma poltrona.

O tecido que a adornara estava arruinado, machado de sangue e de lama.

Uma espécie do tema "Xcor" na vida dela, não?

Ele cerrou os dentes, levantou-se e espiou pelo corredor. Havia duas portas abertas, e quando se esgueirou até elas, avaliou os dois banheiros das suítes. Escolheu o cômodo que não trazia a fragrância de Layla, e

---

2   Em tradução livre, Bloodletter pode ser considerado "aquele que faz sangrar". (N.T.)

usou a luz que vinha do corredor para passar ao longo da cama *king-size* e entrar no banheiro que...

Ah! Piso aquecido. Piso de mármore aquecido.

Após tanto sofrimento, primeiro do golpe na cabeça e dos derrames sofridos, em seguida aquelas vinte e quatro horas enregelantes na floresta, Xcor cambaleou ao sentir o calor que emanava ao longo das solas nuas dos seus pés.

Fechando os olhos, cambaleou na escuridão, todos os seus instintos gritando para que ele se deitasse no mármore e descansasse. Só que nessa hora ele pensou na sujeira que trouxera até aquela casa, em toda a lama e imundície.

Xcor se concentrou novamente, acendeu a lâmpada do banheiro – e de pronto reclamou da claridade, protegendo o rosto com o antebraço. Quando as retinas se reajustaram, teria preferido não se olhar no espelho acima da pia – mas isso era inevitável, por isso abaixou o braço.

– Santo Fade... – sussurrou.

O macho que o fitava de volta era quase irreconhecível. O rosto magro, pálido, barbado, as costelas e o estômago afundados, a pele solta que pendia abaixo do maxilar, dos peitorais, dos braços. O cabelo era uma confusão, e parecia haver sangue e terra em cada um dos seus poros, em toda a sua extensão corporal. Quando alguém está mais ou menos limpo, uma toalha de mão úmida esfregada sobre a pele com sabonete suficiente cumpre os pressupostos de higiene. No seu estado atual? Ele precisava de uma lavagem de carro. Talvez de uma mangueira industrial.

A ideia de Layla o ver assim o impeliu a se retrair e dar as costas ao seu reflexo na mesma hora, ligando o chuveiro dentro da divisória de vidro. A água quente logo surgiu, mas, antes de entrar debaixo dela, abriu portas e gavetas do gabinete. A escova e a pasta de dente que encontrou foram muito úteis, assim como o sabonete, o xampu e o condicionador.

Ele também pegou um barbeador e creme de barbear, levando tudo para o box.

O simples ato de escovar os dentes quase o fez chorar. Fazia tanto tempo que sua boca não ficava com hálito fresco. E depois o barbear... Livrar-se dos pelos das faces e do queixo fez com que sentisse gratidão pela empresa fabricante. Em seguida, o xampu. Aplicou-o duas vezes, e deixou o condicionador agir enquanto lavava a pele com o sabonete.

Não conseguia esfregar as costas inteiras, mas fez o melhor que pôde.

Quando enfim saiu do chuveiro, havia uma camada espessa de condensação no espelho. Uma bênção, claro, visto o quanto detestava o próprio reflexo. Enxugando-se, ficou se perguntando onde encontraria roupas – e, com efeito, encontrou-as no armário do quarto: calças de nylon pretas, compridas o bastante para suas pernas, com um cordão que garantia a permanência da peça em sua cintura e quadril, agora tão estreitos. Uma camiseta preta larga o bastante para os ossos dos seus ombros, mas frouxa no restante deles. Uma malha com dizeres escritos na frente.

Não encontrou sapatos, mas também, já era mais do que ele podia esperar.

Ao sair do quarto, imaginou que teria que subir.

O trajeto se revelou desnecessário. A Escolhida Layla estava sentada na poltrona estofada ao lado do sofá, com uma bandeja de sopa fumegante, um pratinho de bolachas de água e sal e um copo de chá gelado sobre uma mesinha baixa diante da TV.

Os olhos dela dispararam na direção dos seus, mas não permaneceram ali. Trafegaram ao longo do seu corpo como em sinal de surpresa por ele ter tido forças para se banhar e se trocar.

– Trouxe comida – ela anunciou com suavidade. – Deve estar faminto.

– Estou.

Mesmo assim, ele se viu incapaz de se mover. Pois, afinal, ele planejara dizer adeus a ela na cozinha.

Não poderia ficar ali com ela. Por mais que desejasse isso.

– Venha e se sente. – Ela indicou o local no qual ele estivera deitado antes. E, claro, ela já limpara toda a sujeira com uma esponja ou papel toalha, a lama que ele espalhara por ali.

– Tenho que ir.

Layla inclinou a cabeça e, ao movê-la, os cabelos loiros foram iluminados pela lâmpada do teto.

– Eu sei. Mas... antes que vá...

Em sua mente, ele ouviu a voz dela dizer: *Faça amor comigo*.

– Por favor, coma isto – ela sussurrou.

CAPÍTULO 24

Vishous estava num tremendo mau humor quando voltou à mansão da Irmandade, e o que mais queria era ir para o Buraco e abrir uma garrafa de Grey Goose. Ou seis. Talvez doze.

Mas, ao reassumir sua forma no pátio, e parar no vento frio diante da fonte drenada e coberta pela duração do inverno, soube que, por mais que desejasse fugir da situação na qual se metera voluntariamente, não havia como escapar da confusão instaurada.

Indo em frente, chegou aos degraus de pedra que conduziam à entrada principal da mansão e fitou as gárgulas empoleiradas no telhado. O que não daria para ser um daqueles filhos da puta inanimados, sem nada para fazer nem nada com que se preocupar, só tinham de continuar sentados ali e ter a cabeça ocasionalmente cagada por um pombo.

Na verdade, essa parte era foda.

Tanto fazia.

V. escancarou a porta, pisou no vestíbulo e enfiou a cara na câmera de segurança. Quando Fritz abriu a porta e o cumprimentou com toda a sua alegria costumeira, Vishous teve de se controlar ao máximo para não soltar os cachorros em cima do pobre mordomo *doggen*.

Direto para a escadaria. Três degraus de cada vez.

Em breve achou-se nas portas duplas fechadas do escritório de Wrath. Ouviu vozes vindas do lado oposto; na verdade, parecia uma discussão acalorada, mas, perdão, sem desculpas, o que tinha a relatar era de suma importância, mais do que praticamente qualquer coisa, salvo o Armagedom.

Bateu com força e não esperou por uma resposta.

cabeça de Wrath se ergueu rapidamente de onde ele estava, atrás da antiga escrivaninha que o pai usara, e por mais que os olhos cegos não ficassem visíveis, graças aos óculos escuros, V. sentiu-se observado.

– Está precisando de um exemplar do Emily Post enfiada goela abaixo? – o Rei repreendeu-o. – Você não pode entrar aqui sem ser convidado, babaca.³

Saxton, o advogado real e perito nas Leis Antigas, relanceou de onde estava, junto ao cotovelo de Wrath. Havia um monte de documentos espalhados diante dos dois, além de uma quantidade expressiva de textos antigos. Sax não disse nada, mas como o penteado do cara, normalmente perfeito, estava desalinhado, podia imaginar que os dois tentavam chegar a uma conclusão quanto à custódia dos filhos de Qhuinn e Layla.

Pois é, a Rainha estava sentada num dos sofás franceses delicados junto à lareira, com os braços cruzados sobre o peito e uma fenda tão profunda quanto uma ravina no meio da testa.

– Preciso de um minuto com você – V. disse a Wrath num tom baixo.

– Então vai poder voltar quando eu te chamar pra você fazer isso, caralho.

– Não dá para esperar.

Wrath se recostou no imenso trono entalhado que pertencera ao seu pai, e ao pai dele antes disso.

– Vai me falar do que se trata?

– Não posso. Lamento.

Houve um período de silêncio na elegante sala azul-clara, e depois Wrath pigarreou e olhou na direção de sua *shellan*.

– *Leelan*? Pode nos dar licença durante um minuto?

Ela se levantou.

– Não creio que haja muito mais a ser dito. Você dividirá a guarda de maneira igualitária, e Layla verá aqueles bebês hoje, ao anoitecer. Fico muito feliz quando você e eu estamos de acordo. Isso diminui muito a tensão.

Com tais palavras, ela saiu do escritório de cabeça erguida e com os ombros aprumados – enquanto isso, à sua escrivaninha, o Rei levava a cabeça às mãos, como se seu crânio latejasse.

– Não que eu discorde dela – murmurou quando as portas se fecharam num baque. – Só não quero mais essas pistolas do inferno sendo disparadas na porra da *minha casa*.

---

3   Emily Post é autora de um livro sobre etiqueta e boas maneiras. (N.T.)

A última palavra foi proferida com muito mais veemência. Mas
o Rei abaixou os braços e olhou na direção de V.

– Meu advogado pode ficar?

– Não, não pode.

– Maravilha. Mais um problema.

Saxton começou a recolher os papéis e livros, mas o Rei o deteve.

– Não. Você já vai voltar. Espere do lado de fora.

– Claro, meu senhor.

Saxton se curvou apesar de o Rei não conseguir enxergá-lo, mas o cara era assim mesmo, sempre cheio de classe, sempre adequado. E, ao passar por V., apesar da hora inapropriada da sua interrupção, ele se curvou novamente.

Um bom macho. Era provável que ainda fosse apaixonado por Blay, mas o que se podia fazer?

Com isso, V. relembrou a conversa com Layla na casa segura e as reminiscências que o assolaram na floresta. Porra, estava cansado de romance, de amor verdadeiro e de toda essa bobagem.

– E então? – Wrath demandou.

V. esperou até que as portas duplas se fechassem de novo.

– Sei onde Xcor está.

Layla estava sentada na poltrona acolchoada diante de Xcor enquanto ele tomava a sopa. Ele também comeu todas as bolachas de água e sal, e depois todas as pizzas de *pepperoni* que ela colocou no forno antes de transportar a primeira leva de comida para o porão.

Ele não falou, e sem conversas, ela se pegou enquanto o observava tão absorta que sentiu que deveria se desculpar.

Santa Virgem Escriba, ele emagrecera tanto, e mesmo morrendo de fome, usou os talheres com uma precisão refinada, e até cortou a pizza com garfo e faca. Também limpou os lábios com regularidade com o guardanapo de papel, mastigou com a boca fechada e não derrubou nada mesmo consumindo calorias com voracidade.

Quando, por fim, ele terminou, ela disse:

– Tenho sorvete de menta com lascas de chocolate. Um pote inteiro. Lá em cima... Você sabe, no congelador.

Pois é, onde mais estaria? Na estante de livros?

Ele só meneou a cabeça, dobrou o guardanapo e se recostou no sofá. Havia um volume considerável de alimentos em sua barriga, e ele expirou fundo, como se precisasse abrir espaço para tudo em seu tronco – e o oxigênio era uma commodity menos desejável do que pizza.

– Obrigado – ele agradeceu baixinho.

Quando seus olhos se encontraram, ela ficou muito ciente de que estavam sozinhos... e, por um momento, sustentou a fantasia de que aquela era a casa deles, que seus filhos estavam adormecidos no andar de cima e estavam prestes a aproveitar os instantes seguintes juntos.

– Preciso ir. – Ele se levantou e carregou a bandeja consigo. – Eu... eu tenho que ir embora.

Layla se pôs de pé e passou os braços ao redor do corpo.

– Tudo bem.

Ela se visualizou seguindo-o pelas escadas. E depois? Bem, talvez acabassem partilhando um abraço demorado e trocariam adeus, o que a mataria...

Xcor abaixou a bandeja.

Quando deu a volta na mesa e abriu os braços, ela correu em sua direção. Pressionada contra o corpo dele, segurou-o com tudo o que tinha. Detestou a sensação dos ossos dele, os feixes de músculos que haviam definhado, mas ao virar a cabeça e apoiar a orelha no meio do peito dele, as batidas do coração estavam fortes, ritmadas. Poderosas.

As mãos dele, tão grandes e gentis, afagaram suas costas, subindo e descendo.

– É mais seguro para você assim – ele disse ao encontro dos seus cabelos.

Ela se afastou e levantou o olhar para o amado.

– Beije-me. Uma vez, antes de ir embora.

Xcor fechou os olhos como se em representação do sofrimento. Mas, em seguida, acolheu o rosto dela entre as palmas e abaixou a boca até a dela... quase.

Com apenas a distância de um fio de cabelo entre eles, ele entoou no Antigo Idioma:

– *Meu coração é seu. Onde quer que eu vá, será com você, através da escuridão e na luz, em todas as minhas horas desperto e naquelas em que estiver adormecido. Sempre... com você.*

O beijo, quando aconteceu, assemelhou-se à neve caindo, silenciosa e suave, mas foi quente, muito quente. Enquanto ela se recostava nele, os braços do guerreiro a envolveram e os quadris se encontraram. Ele ficou instantaneamente excitado – ela sentia a ereção firme em seu abdômen, e o desejava havia tanto tempo que lágrimas surgiram.

Sonhos. Tantos sonhos ela tivera, situações imaginadas em que ele finalmente a procuraria, e a despiria, e a tomaria sob o corpo, o sexo dele se enterrando no seu. Existiram incontáveis fantasias, cada qual mais impossível do que a anterior – o casal fazendo amor na propriedade do complexo, nos banheiros, na parte de trás do carro, debaixo da árvore na colina.

Sua vida sexual fora inexistente no mundo real. Na sua imaginação, entretanto, vicejara.

Mas nada disso se tornaria realidade.

Xcor interrompeu o contato, apesar de ela saber que ele ia contra os instintos, que o obrigavam a marcá-la como sua. De fato, um aroma emanava dele, algo pungente que invadiu suas narinas, excitando-a na proporção da proximidade com a potência dele, do corpo, das mãos, da boca.

– Não posso possuir você – declarou, rouco. – Já provoquei danos demais até o momento.

– Esta pode ser a nossa única chance – ela se ouviu implorar. – Eu sei... Eu sei que você não voltará para mim.

Ele pareceu imaginavelmente triste ao menear a cabeça.

– Isso não pode acontecer entre nós.

– Quem disse?

Agindo mediante desespero, agarrou-o pela nuca e o abaixou até a sua boca – e depois o beijou com tudo o que tinha, a língua invadindo-lhe a boca quando ele cedeu, o corpo se arqueando ao encontro do dele, as coxas se afastando para que ele conseguisse se aproximar mais de seu centro.

– Layla – ele gemeu. – Santo Fade... Isto não está certo.

Ele tinha absoluta razão, claro. Não estaria nada certo se usassem o ábaco que regia o mundo todo. Mas ali, naquele instante, numa casa que de outro modo estava deserta, era...

De repente, ele a afastou de si. E bem quando ela estava prestes a protestar, ouviu passadas no andar de cima. Dois pares. Ambas muito, mas muito pesadas.

– Vishous – ela sussurrou.

A voz sem corpo do Irmão surgiu na escadaria.

– Pode crer. E eu vim com um amigo.

Layla se postou na frente de Xcor, mas ele não aceitou o posicionamento. Removeu o corpo dela para trás do seu, seu lado protetor recusando-se a deixar que ela o antecedesse.

O Irmão desceu primeiro pela escada, e empunhava duas pistolas – a princípio, ela não compreendeu quem o acompanhava, logo atrás. Mas só existia um par de pernas longas assim. Apenas um peito com aquela largura. Apenas um vampiro macho no planeta com cabelos negros que ultrapassavam o quadril.

O Rei chegara.

E quando Wrath deu o passo final no porão, ele plantou os dois coturnos e inspirou fundo, as narinas se inflaram. Santa Virgem Escriba, ele era um macho enorme, e aqueles óculos escuros agarrados ao crânio, que não revelavam nada dos seus olhos, fazia com que ele parecesse um assassino.

O que, supostamente, ele era.

– Ora, ora, ora, sinto cheiro de romance no ar – ele murmurou. – Mas que diabos...

CAPÍTULO 25

Enquanto Xcor encarava o antigo inimigo no rosto, não sentiu nenhuma animosidade em relação ao macho. Nenhuma raiva nem cobiça pela posição do Rei. Sequer agressividade direcionada.

— Então. — Wrath se pôs a falar numa voz adequada tanto ao aristocrata quanto ao guerreiro que era. — Da última vez em que botou os olhos em mim, acabei com uma bala na garganta.

Ao lado, o Irmão Vishous soltou uma imprecação e acendeu um cigarro. Era evidente que a visita não contava com o apoio do guerreiro, mas não era difícil imaginar que, se o Rei Cego tomava uma decisão a respeito de alguma coisa, ninguém o demoveria.

— Devo pedir desculpas? — Xcor perguntou. — O que é apropriado numa situação como esta?

— A sua cabeça numa lança — V. murmurou. — Ou as suas bolas no meu bolso.

Pelo modo como Wrath meneou a cabeça para o Irmão, era possível imaginar que ele estivesse revirando os olhos por trás daqueles óculos muito negros. E depois o Rei voltou a se concentrar.

— Não acredito que exista uma maneira de voltar atrás de uma tentativa de homicídio.

Xcor assentiu.

— Imagino que esteja certo. E onde isso nos leva, exatamente?

Wrath relanceou na direção de Layla.

— Eu pediria que nos deixasse, mas tenho a impressão de que você não o fará.

– Eu prefiro ficar – disse a Escolhida –, obrigada.

– Muito bem. – Os lábios de Wrath se afinaram num sinal de desaprovação, mas ele não a forçou. – Então, Xcor, líder do Bando de Bastardos, traidor, assassino, blá-blá-blá. Que tremendos títulos você tem a seu favor, a propósito... Você se importa se eu lhe perguntar quais são os seus planos?

– Prefiro pensar que isso depende de você, não?

– Vejam só, ele tem cérebro. – Wrath riu com frieza. – Na verdade, vamos aguardar quanto a isso. Vou lhe fazer algumas perguntas, se não se importa? Maravilha. Obrigado por ser tão compreensivo.

Xcor quase sorriu. O Rei era seu tipo de macho em tantas maneiras.

– Quais são as suas intenções no que se refere ao meu trono?

Enquanto Wrath falava, suas narinas inflaram, e Xcor deduziu que o Rei Cego tinha alguma maneira de detectar a verdade. Felizmente, não havia nenhum motivo para resguardá-la do macho.

– Não tenho nenhuma.

– Mesmo? E quanto aos seus meninos?

– Meu Bando de Bastardos me serviu de todos os modos. Iam onde eu ia, tanto literal quanto figurativamente. Sempre.

– Tempo passado. Eles o expulsaram?

– Acreditam que eu esteja morto.

– Pode encontrá-los para mim?

Xcor franziu o cenho.

– Agora sou eu quem pergunta: quais são as suas intenções?

Wrath sorriu de novo, revelando as presas.

– Eles não se livram só porque o plano para me matar foi uma das suas grandes ideias. Traição é como um resfriado. Você espirra nos seus amigos e passa a doença pra eles.

– Não sei onde estão. Essa é a verdade.

As narinas do Rei inflaram uma vez mais.

– Mas pode localizá-los para mim.

– Eles não estarão onde ficavam antes. Terão se mudado, talvez até voltado para o Antigo País.

– Está se esquivando da minha pergunta retórica. Consegue encontrá-los para mim?

Xcor relanceou para Layla, logo atrás. Ela o encarava com ardor; os olhos verdes estavam arregalados. Odiava desapontá-la, de verdade, mas jamais entregaria seus guerreiros. Nem mesmo por ela.

— Não, não os caçarei. Não trairei meus irmãos. Pode me matar, aqui, agora, se desejar. Pode me torturar atrás de informações que nunca surgirão, porque desconheço a localização deles. Pode me colocar sob o sol. Mas não o levarei até eles para que os condene à morte. Não são inocentes, é verdade. Todavia, não atacaram você nem seus guerreiros. Ou atacaram?

— Talvez eles não sejam bons no que fazem. Já tentaram me matar uma vez, lembra? — O Rei bateu no coração. — Ainda está batendo.

— Eles não representam um perigo para você. São poderosos, mas a ambição era minha. Por séculos viveram contentes no Antigo País, somente lutando e fodendo, e não tenho motivos para acreditar que essa condição não tenha sido retomada na minha ausência.

Ao se dar conta da sua franqueza, desviou os olhos para Layla, desejando não ter sido tão rude. No entanto, ela não parecia afetada.

Depois de um momento, Wrath ponderou:

— O que acha que vai acontecer depois desta noite?

— Como disse?

O Rei deu de ombros.

— Digamos que eu decida deixá-lo viver e o liberte... — Quando Layla arquejou, esse macho poderoso lhe lançou um olhar bravo. — Não se precipite, fêmea. Ainda temos uma grande distância a percorrer.

A Escolhida abaixou a cabeça em submissão. Mas seus olhos estavam inquietos, ardendo com um otimismo de que Xcor não partilhava.

— Então, digamos que eu o liberte — Wrath prosseguiu. — O que fará?

Ante o confronto, Xcor evitou o olhar da sua fêmea.

— De fato, sei que o Antigo País é mais favorável nessa época do ano. Muito mais do que Caldwell. Tenho uma propriedade lá, e uma fonte de renda pacífica. Eu gostaria de regressar para o local de onde vim.

Wrath o encarou demoradamente, e Xcor enfrentou aqueles óculos escuros mesmo que os olhos por trás das lentes não o enxergassem.

No silêncio, ninguém se moveu. Ele não tinha certeza se alguém respirava.

A tristeza que emanou de Layla era tangível. Mesmo assim, ela não discutiu.

Xcor pensou que ela entendia o quanto a situação era intratável.

– Já ouvi isso também – Wrath disse por fim. – A respeito do Antigo País. Lugar agradável. Ainda mais se tiver onde ficar e humanos que o deixam em paz.

Xcor inclinou a cabeça.

– Sim. É assim mesmo.

– Não estou perdoando nem esquecendo nenhuma maldita coisa aqui. – Wrath balançou a cabeça. – Essa merda não faz parte da minha natureza. Mas esta fêmea aqui – apontou para Layla – já passou por coisas demais graças a você. Não tenho que provar meu poder a ninguém, e não vou foder com a cabeça de Layla pelo resto das noites dela só pra ser um filho da puta vingativo. Tudo o que disse até aqui é a verdade que você conhece, e contanto que dê o fora de Caldwell, acho que ambos os lados podem viver com esse acordo.

Xcor assentiu.

– Sim, ambos os lados. – Pigarreou. – E se isso ajudar numa paz futura, eu lhe digo que me arrependo das minhas ações contra você. Sinto muito. Havia muita raiva dentro de mim, e seus efeitos são corrosivos. As coisas são... diferentes... agora.

Ele relanceou para a Escolhida e depois desviou o olhar rapidamente.

– Eu sou... – Xcor inspirou fundo. – Não sou mais o que costumava ser.

Wrath assentiu.

– O amor de uma boa fêmea etc. e tal. Isso não me é desconhecido.

– Então, terminamos por aqui? – Vishous proferiu como se basicamente desaprovasse toda a cena.

– Não – Wrath disse sem se desviar de Xcor. – Antes de encerrar esta merda, você vai fazer uma coisa para mim, aqui, agora.

O Rei apontou para o carpete à sua frente.

– De joelhos, bastardo.

Claro que Xcor teria que partir, Layla pensou ao tentar se recompor. Não poderia permanecer em Caldwell. Os outros Irmãos poderiam aceitar o perdão de Wrath aparentemente, mas coisas aconteciam no campo de batalha. Não havia modo de garantir que, no calor do conflito, um dos guerreiros do Rei não estaria fora do seu estado normal e numa posição incompatível com o acordo firmado. Especialmente Qhuinn.

E Tohr.

Só que ela não perderia tempo pensando a respeito. Quando o Rei apontou para o chão, diante dele, seu coração saltou até a garganta e ela olhou nervosa para Vishous.

Wrath dava todos os indícios de que se tratava de um encontro de mentes, um acordo do tipo "viva e deixe viver", simplesmente por meio dessa declaração. Mas Vishous já a ludibriara antes, armando uma cilada da qual recuara, mas à qual poderia muito bem ter se mantido fiel.

Será que uma adaga ou um sabre seria lançado diante da garganta de Xcor? Matando-o ali, bem onde estava?

— Com que finalidade? — Xcor perguntou ao Rei.

— Abaixe-se e descubra.

Xcor relanceou para Vishous. Voltou a se concentrar em Wrath. Mas ainda ficou onde estava.

Wrath sorriu de uma maneira repulsiva, como um assassino prestes a abater sua presa.

— E então? Tenha em mente: estou com todas as cartas.

— Curvei minha cabeça uma vez antes, e apenas diante de um. Isso quase me matou.

— Bem, se não o fizer agora, será a sua morte.

Diante de tais palavras, houve um som de metal contra metal, e com um choque de alarme, ela viu que Vishous desembainhava uma das adagas negras que estavam presas ao peito, com os cabos para baixo.

— Guarde isso — Wrath ladrou. — Acontecerá voluntariamente, ou não acontecerá de modo nenhum.

— Ele não merece...

Wrath expôs as presas para o Irmão e sibilou.

— Suba. Vá pra porra do andar de cima. Agora. E isso é uma ordem.

A fúria no rosto de Vishous era tamanha que parecia que as tatuagens à têmpora se moviam sobre a pele. Mas logo ele fez conforme lhe foi ordenado — o que fez Layla repensar exatamente qual a extensão do poder de Wrath sobre a Irmandade. No fim das contas, até mesmo o filho gerado pela Santa Virgem Escriba evidentemente acatava as ordens do Rei.

Ainda que a insatisfação de Vishous fosse óbvia. O som das suas botas subiu pelos degraus, como uma série de trovões, e quando ele chegou ao andar de cima, bateu a porta com tanta violência que ela sentiu os dentes se chocarem.

— Divertiu-se com o humor das tropas enquanto esteve no comando? — Wrath murmurou para Xcor.

— O tempo todo. Quanto mais forte o guerreiro...

— ... mais teimoso ele é.

— ... mais teimoso ele é.

Quando terminaram a frase usando as mesmas palavras, e no mesmo tom exausto, ela se surpreendeu. Todavia enfrentaram os mesmos desafios, ambos líderes de grupos de machos altamente carregados de emoções nas melhores circunstâncias... e extremamente perigosos nas piores.

Enquanto Vishous andava de um lado a outro acima das suas cabeças, as passadas eram um protesto não verbal que evidentemente pretendia ser transmitido para os indivíduos no porão, Xcor fechou os olhos por um instante demorado.

E então... lentamente se ajoelhou.

Por algum motivo, vê-lo ajoelhado fez com que lágrimas surgissem nos seus olhos. Mas, pensando bem, ver um macho orgulhoso se submeter, mesmo naquelas circunstâncias, era motivo para se emocionar.

Wrath, calado, estendeu a mão, aquela na qual o imenso diamante negro que indicava sua posição estava aninhado. No Antigo Idioma, o Rei proclamou:

— *Jure sua fidelidade a mim, nesta noite e para sempre, não colocando ninguém da face desta Terra acima de mim.*

A mão de Xcor tremia quando se projetou à frente. Segurando a palma de Wrath, ele beijou o anel e depois a apoiou sobre sua cabeça inclinada.

— *Para sempre, eu juro minha obediência a você e apenas a você, não servindo a mais ninguém.*

Ambos os machos inspiraram fundo. Então Wrath pousou a mão sobre a cabeça de Xcor, como se o estivesse abençoando. Erguendo a cabeça, o Rei procurou Layla com seus olhos cegos.

— Você deveria sentir orgulho do seu macho. Isto não é pouca coisa para um guerreiro.

Ela enxugou os olhos.

— Sim, eu sei.

Wrath virou a mão, oferecendo a palma para Xcor a fim de ajudá-lo a se reerguer. E Xcor... depois de um instante... a aceitou.

Quando os dois guerreiros estavam frente a frente, Wrath disse:

— Agora, faça com que cada um dos seus guerreiros repita isto, e estarão livres para voltar ao Antigo País. Mas precisarei dos votos de cada um deles, entendeu?

— E caso eles já tenham cruzado o oceano?

— Então você os trará de volta até mim. É assim que será. A Irmandade que me serve tem de acreditar nisso, e esse é o único meio de fazer com que parem de caçar os malditos.

Xcor esfregou o rosto.

— Sim. Muito bem, então.

— Fique aqui enquanto estiver à procura dos seus meninos. Este será o nosso ponto de encontro. Farei com que V. deixe um telefone para que entre em contato conosco. Presumindo que seus garotos ainda estejam deste lado do lago, você nos chamará quando estiverem prontos e faremos isto um a um. Qualquer desvio neste nosso acordo será interpretado como uma agressão e lidado de acordo. Entende?

— Sim.

— Estou disposto a ser leniente, mas não idiota. Eliminarei toda e qualquer ameaça contra mim, entende isto também?

— Sim.

— Ótimo. Terminamos por hoje. — Pesaroso, Wrath balançou a cabeça. — E você acha que tem problemas? Pelo menos você não tem que voltar pra casa com aquilo.

Quando o Rei apontou para o teto, Vishous pisou com mais força — como se soubesse que era o assunto em questão.

Bem quando Wrath estava se virando, Xcor disse:

— Meu senhor...

O Rei olhou por sobre o ombro.

— Sabe, até que gosto de ouvir isso.

– Acredito que sim. – Xcor pigarreou. – Com relação às ameaças contra a sua pessoa... Gostaria de alertá-lo a respeito de certo indivíduo contra o qual seria prudente estar atento.

Wrath ergueu uma sobrancelha por cima dos óculos.

– Diga quem.

Capítulo 26

O sacrifício também estava nos olhos de quem via.

Assim como a beleza, era pessoal, uma avaliação subjetiva, uma análise de custo e benefício sem uma resposta certa, somente uma bússola que girava ao redor do norte verdadeiro que variava de pessoa para pessoa.

Throe, filho gerado e depois esquecido de Throe, ajustou o belo casaco de caxemira ao redor do corpo delgado enquanto caminhava pela calçada desigual. O bairro, se é que alguém poderia se referir àqueles velhos apartamentos sem portaria e às horrendas lojinhas usando uma palavra tão acolhedora, estava mais para uma área delimitada do que qualquer um gostaria de chamar de moradia.

Mas, para ele, o sacrifício de ver tanta decrepitude e podridão valia o resultado.

O que *esperava* obter como resultado.

De maneira geral, não conseguia sequer acreditar que se lançara à busca atual. Parecia... inapropriado... para um cavalheiro do seu gabarito. Mas a vida seguira muitos caminhos que ele não teria previsto ou sequer escolhido por vontade própria, portanto estava um tanto acostumado a surpresas – embora fosse sua suposição, mesmo que sob prognóstico, este rumo ainda estava indefinido.

Mesmo para um aristocrata alistado pelo Bando de Bastardos, que se tornara um guerreiro, tentara derrubar a coroa, e depois fora libertado do grupo de foras da lei para se arranjar entre os ricos e bem-nascidos como ele... só para escapar por pouco de ser queimado vivo quando sua amante fora assassinada por manter um escravo de sangue no porão.

Uma loucura, de fato.

E o estranho destino surtira muitos efeitos nele. Houve uma época em que fora verdadeiramente regido pelos princípios tradicionais da lealdade e do decoro, quando se portara como um macho de valor perante a sociedade. Mas então tivera que confiar em Xcor para *ahvenge* uma desgraça que, em retrospecto, ele deveria ter cuidado sozinho. Uma vez dentro do círculo de guerreiros de Xcor, depois de ter superado todo tipo de tortura de um modo que surpreendera não apenas os bastardos, mas também a si próprio, ele começara a acreditar que só se pode confiar em si mesmo.

A ambição, antes desdenhada por ele como uma atitude dos novos ricos, criara raízes e culminara no golpe contra o Rei Cego, que quase dera certo. No entanto, Xcor perdera o desejo de seguir em frente.

E Throe descobrira que ele não havia perdido.

Wrath podia ter vencido por voto popular e castrado o Conselho da *glymera*, mas Throe ainda acreditava em seu íntimo que existia um governante muito melhor para a raça.

Ou seja, ele.

Portanto, insistiria sozinho, encontrando alavancas e fazendo uso delas para engendrar o resultado que desejava.

Ou no caso da diligência dessa noite? Criaria a alavanca, na verdade.

Parou e olhou ao redor. A promessa de muita neve pairava no ar, a noite estava úmida e fria ao mesmo tempo, as nuvens se agrupavam com tamanha densidade que o céu estava cada vez mais baixo, próximo do chão.

Os números numa rua como aquela eram raros e difíceis de determinar, visto que não se tratava de um setor de Caldwell onde as pessoas cuidavam de suas propriedades. Ali, era mais provável que alguém invadisse a casa do vizinho para roubar xícaras de açúcar e ferramentas. Portanto, havia poucas placas, e mesmo as de rua haviam sido tiradas das esquinas.

Mas seu destino devia estar ali em algum lugar...

Isso mesmo. Ali. Do outro lado da rua.

Throe estreitou os olhos. E depois os revirou.

Não conseguia acreditar que de fato havia uma placa iluminada piscante na qual estava escrito VIDENTE na janela. Bem ao lado de uma compulsória mão aberta e acesa. Na cor roxa.

À espera de um carro, teve de colocar os sapatos de camurça num banco de neve para passar pela sarjeta, e decidiu que sim, os sacrifícios que tivera de fazer foram desagradáveis, mas necessário, e tivera de suportá-los somente por um tempo. Por exemplo, não se conformava de viver à custa de fêmeas abastadas, como vinha fazendo desde que deixara o Bando de Bastardos. Mas, mesmo com o dinheiro que conseguira juntar nos últimos duzentos anos, seria incapaz de se sustentar no padrão que merecia. Não, isso demandava um capital na casa dos milhões de dólares, não na de centena de milhares.

Mas quanto aos sacrifícios. Por certo se transformara numa espécie de gigolô, fodendo fêmeas em troca de moradia, alimento e indumentária à altura do legado venerável da sua linhagem. Contudo, estava farto de pobreza depois dos anos sob o comando de Xcor.

Se nunca mais visse um sofá modular barato coberto por caixas vazias de pizza de novo, isso já seria cedo demais.

No pé em que estava agora, o sexo era um preço barato a pagar por tudo o que recebia em troca – e, além disso, tudo terá valido a pena assim que estiver no trono.

Chegando ao outro lado da rua, saltou sobre o monte de gelo e bateu os sapatos para se livrar da neve derretida.

– Uma vidente… – murmurou. – Uma vidente humana.

Aproximou-se da porta, que estava pintada de roxo, e quase deu meia-volta. Tudo começava a parecer uma brincadeira de mau gosto.

De que outra maneira sua presença poderia ser explicada ali…?

Os três machos humanos que dobraram a esquina anunciaram sua chegada de três maneiras diversas. Primeiro ele notou o cheiro do cigarro que o do meio fumava. Depois, houve a tosse do cara à esquerda. Mas foi o da direita quem selou o acordo.

O cara parou na mesma hora. E depois sorriu, revelando um incisivo de ouro.

– Tá perdido?

– Não, obrigado. – Throe voltou-se para a porta e girou a maçaneta. Estava trancada.

Os três homens se aproximaram e, Deus, eles nunca tinham ouvido falar de colônia pós-barba? Perfume? Na verdade, xampu parecia ser um conceito desconhecido para o trio.

Throe recuou um passo da soleira para poder olhar para as janelas acima. Estavam escuras.

Devia ter ligado antes para marcar um horário, concluiu. Tal como alguém faria com um barbeiro. Ou um contador...

– Quer saber o seu futuro?

As palavras foram proferidas bem próximo do seu ouvido, e quando Throe olhou nessa direção, descobriu que o trio se aproximara, formando uma espécie de colar ao seu redor.

– É pra isso que você tá aqui? – O indivíduo com o dente de ouro sorriu de novo. – É supersticioso ou o quê?

Os olhos de Throe os investigaram. O homem com o cigarro o apagara, apesar de tê-lo fumado apenas até a metade. O candidato a uma doença pulmonar crônica já não estava mais tossindo. E o outro, com o incisivo de catorze quilates, enfiara a mão dentro do casaco de couro.

Throe revirou os olhos de novo.

– Sigam em frente, cavalheiros. Não são páreo para mim.

O líder responsável por toda a conversa lançou a cabeça para trás e gargalhou.

– Cavalheiros? Você é a porra de um inglês? Ei, esse cara é inglês. Você conhece o Hugh Grant? Ou o cara que finge que é americano no *House*? Qual é mesmo o nome dele...? *Babaca.*

No "babaca", o cara mostrou o que parecia ser um belo canivete.

– Me passa a grana. Ou te corto todo.

Throe não conseguia acreditar. Seus sapatos de camurça prediletos estavam arruinados, ele estava sendo forçado a lidar com humanos, e estava parado diante de um prédio mais adequado ao consumo de crack do que para qualquer negócio legítimo.

Muito bem, era a última vez que aceitaria o conselho de uma namoradinha da *glymera* que estivesse embriagada. Sem a defesa um tanto ébria da fêmea em relação à autoproclamada vidente, ele estaria, naquele momento, do lado certo da cidade, sorvendo seu copo de xerez.

– Cavalheiros, vou repetir isso apenas uma vez. Não são páreo para mim. Sigam em frente.

O canivete foi empurrado na direção do seu rosto, tão próximo que seu nariz corria o risco de ser aparado.

– Me passa a porra da grana e a merda do...

Ah, humanos...

Throe arreganhou as presas, mostrou as mãos como se fossem garras... e rugiu para eles como se pretendesse arrancar-lhes as gargantas.

A retirada foi divertida de assistir, na verdade, e o alegrou um pouco: os três idiotas deram uma espiada na morte certa e decidiram que suas habilidades sociais dúbias eram desejadas em outro lugar. Na verdade, não poderiam ter executado uma retirada mais competente e completa, caso tivessem empregado as mentes conscientemente na ação.

Um, dois, três... Foram derrapando ao longo da esquina pela qual vieram.

Quando Throe encarou a porta uma vez mais, franziu o cenho.

Ela estava um centímetro aberta, como se alguém tivesse descido para destrancá-la.

Empurrando-a, não ficou nem um pouco surpreso ao avistar uma luz negra acima e um lance de escadas pintado na cor roxa logo adiante.

– Olá? – ele chamou.

Ouviu passos em movimento, cruzando a plataforma por entre os degraus acima da sua cabeça.

– Olá? – repetiu. Depois murmurou: – Será que esse mistério deliberado é de fato necessário...

Throe entrou, limpou os pés num capacho preto para tirar a neve dos sapatos. Depois seguiu no rastro de quem quer que tivesse ido à frente dele, subindo dois degraus de cada vez.

– E roxo de novo – resmungou baixinho ao virar na escada e seguir até a única porta do segundo andar.

Pelo menos sabia ter chegado ao seu destino. Havia o desenho de uma palma na porta, o contorno em preto dos dedos e das linhas da vida feito de qualquer modo, não de maneira adequada, ou mesmo desenhada por algum artista.

Céus, que ridículo. Por que aquela fêmea embriagada iria saber qualquer coisa a respeito de contatar Ômega? Usando um portal humano, ainda por cima.

Mesmo enquanto hesitava, ele sabia que iria em frente no encontro de provável beco sem saída. Seu problema, claro, era que procurava um modo de se fortalecer, sem encontrar nenhum. Não queria acreditar que a *glymera* era verdadeiramente a causa perdida que aparentava ser. Afinal, se fossem incapazes de lhe prover uma plataforma a partir da qual poderia

O ruído que ecoou pelo lugar foi alto o bastante para tinir nos seus ouvidos e fazê-lo saltar para fora da própria pele.

Girando sobre os calcanhares, ele chamou:

— Madame? Está tudo bem?

Quando não houve resposta, ele se viu sobrepujado por uma sensação indescritível de paranoia. Relanceou ao redor e pensou: *Saia. Agora. Saia deste lugar.*

Nada estava certo ali.

E naquele exato instante, a porta bateu e pareceu se trancar.

Throe se apressou até ela, agarrou a maçaneta e tentou girá-la de um lado e do outro. Ela não se moveu nem a madeira cedeu quando ele tentou arrancá-la dos batentes.

Throe ficou imobilizado, os pelos na nuca se eriçaram.

Mirando por cima do ombro, ele estava preparado para algo que não sabia o que era. Mas havia algo no quarto ali com ele... e não pertencia a esse mundo.

assumir o papel de Wrath, onde mais ele conseguiria suprimentos, tropas ou coisas dessa natureza?

Os humanos não eram de grande ajuda. E ele continuava a acreditar que era melhor que a espécie invasiva desconhecesse a existência dos vampiros. Eles já sujeitaram tudo o mais aos seus desejos e sobrevivência, inclui o planeta que os abrigava. Não, era preferível deixar a colmeia dos humanos de lado.

Portanto, o que lhe restava? A Irmandade estava fora de cogitação. O Bando de Bastardos já não era opção. E isso o deixava com apenas outro caminho a ser explorado.

Ômega. O Maligno. O terrível equilíbrio para a Virgem Escriba...

A porta se entreabriu com um rangido saído direto de uma mansão mal-assombrada.

Em meio a um pigarro, ele pensou: *Perdido por cem, perdido por mil*. Ou, no seu caso, perdido pela substituição do seu par de Ferragamo, que custava cerca de quinze mil dólares.

– Olá? – ele chamou.

Quando não houve resposta, ele se inclinou um pouco para dentro.

– Oi? Você está recebendo... – Qual seria o termo apropriado... Clientes? Loucos? Perdedores ingênuos? – Você poderia parar para conversar um pouco?

Ele encostou a mão na madeira e, de imediato, franziu o cenho, retraindo-a e sacudindo-a. Foi como se tivesse levado uma descarga elétrica através da palma.

– Olá? – repetiu.

Com uma imprecação, Throe avançou pelo interior escurecido – e se encolheu ante o cheiro. Patchouli. Deus, ele odiava patchouli.

Sim, lá estava o incenso sobre a mesa com pedras. Velas acesas nos cantos. Grandes extensões de pano em diferentes cores e desenhos pendurados no teto.

E, claro, havia um pequeno trono com uma mesa redonda diante dele e... uma bola de cristal.

Já era demais.

– Na verdade, acho que estou no lugar errado. – Virou-se. – Se me der licença...

A ESCOLHA | 233

Capítulo 27

Na boate shAdoWs, parado à beira da pista de dança, Trez supostamente observava a multidão diante de si. Na realidade, ele nada via. Não enxergava os fachos de laser roxos lançados sobre a nuvem de fumaça das máquinas. Por certo, também não dedicava atenção aos humanos que se amontoavam uns contra os outros como colheres empilhadas na gaveta de talheres.

A decisão de sair, quando lhe ocorreu, seguiu o padrão da noite: viera do nada e ele se sentiu impotente perante o comando.

Seguindo para o bar, encontrou Xhex com os braços cruzados e os olhos estreitados sobre um par de cabeças de bagre que exigiam mais uma rodada de drinques, apesar de estarem evidentemente acima do limite legal – e provavelmente drogados também.

– Bem na hora – ela murmurou acima do barulho da música e do sexo. – Sei o quanto gosta de me ver limpar o chão com humanos.

– Na verdade, tenho que ir. Talvez eu não volte hoje, tudo bem?

– Claro que sim. Há quanto tempo venho te dizendo pra tirar uma folga?

– Liga se precisar?

– Sempre.

De modo pouco usual, Trez apoiou a mão no ombro dela e lhe deu um aperto – e se o gesto a surpreendeu, Xhex escondeu muito bem. Depois, virando-se, ele...

A chefe de segurança o segurou pelo pulso, a fim de detê-lo.

– Quer que alguém vá com você?

— Como?

Os olhos cinza metálicos de Xhex vasculharam suas feições, e o foco deles o fez sentir-se como se ela habitasse sua alma. Malditos *symphatos*. Deixavam a intuição no chinelo, pelo menos no que se referia a adivinhar o humor das outras pessoas.

— Você está todo ferrado, Trez. Vamos, admita.

— O quê?

Em seguida, ele se viu segurado pelo braço e rumo aos fundos, onde era o vestiário das meninas e onde se recebia as encomendas.

— De verdade, eu estou bem.

Mesmo enquanto ele protestava, só faltou ela empurrá-lo pela porta dos fundos da boate, já com o celular na mão, enviando uma mensagem.

Trez levantou os braços ao fazer os cálculos.

— Não incomode iAm... Xhex, sério, você não precisa...

Seu irmão literalmente se desmaterializou até ali um segundo depois de Xhex ter abaixado o celular, usando seu dólmã e chapéu de *chef*, com um pano de pratos na mão.

— Ok, isto é ridículo. — Trez pigarreou antes para que a voz parecesse mais convincente. — Sou perfeitamente capaz de ir sozinho aonde eu preciso ir.

— E onde seria isso? — iAm exigiu saber. — Uma casa de aluguel do outro lado da cidade? Talvez no terceiro andar? Qual era mesmo o número do apartamento... e não me diga que não leu o maldito currículo.

— Vão me dizer de que diabos vocês estão falando, meninos? — Xhex olhava de um a outro. — E quem sabe me explicar por que um macho que andou meio morto de tanto sofrimento nos últimos meses de repente está emanando seu cheiro de vinculação?

— Não — Trez interveio. — Não sinto a menor necessidade de explicar nada.

Um relance rápido de alerta na direção do irmão e Trez se perguntou se teria que partir para a porrada ali mesmo. Mas iAm só sacudiu a cabeça.

— Longa história — o bom *chef* murmurou. — Venha, Trez, deixa eu te levar pra casa.

— Posso me desmaterializar.

— Mas será que vai mesmo, essa é a questão...

— Você não tem tempo pra isso — o irmão do chef disse quando o cara fez menção de ir até a BMW de Trez.

Que era do mesmo modelo e fabricação da do seu irmão. Conseguiram uma barganha ao comprar duas — quem quisesse poderia tentar processá-los por isso.

E, caramba, iAm tinha de algum jeito se lembrado de levar as malditas chaves. Como se tivesse planejado, talvez com Xhex.

Lembrete mental: tirar a maldita chave do cara. E, caso não conseguisse, comprar a porra de um carro novo.

— Venha — iAm chamou-o. — Vamos embora.

Quando os dois começaram a fitá-lo como se lhe tivesse crescido um chifre de unicórnio na testa, Trez considerou desmaterializar-se, deixando iAm sem ninguém para quem bancar o chofer, e Xhex sozinha, com suas teorias de saúde mental a respeito do seu "estado emocional", seja lá o que fosse. Mas algo no imo de sua mente por acaso concordava com eles. Por mais que ele detestasse admiti-lo. Portanto, como o bom idiota que era, deslocou-se para o lado do passageiro e até atou o cinto de segurança — ao passo que iAm não perdeu tempo ao colocá-los na Northway, seguindo para fora da cidade na velocidade máxima permitida.

— Você foi até o apartamento dela, não foi?

Mesmo com a cabeça começando a latejar, Trez sintonizou na SiriusXM. Kid Ink cantava "Nasty", e Trez fechou os olhos — pensou naquele beijo. Será que perdera a porra da cabeça? Sua *shellan* morrera havia três meses e ele estava beijando uma desconhecida?

Era isso que o estivera incomodando, o motivo de ele ter querido sair da boate. Ficar rodeado de todos aqueles humanos se beijando e transando nos banheiros privativos que ele construíra para especificamente esse propósito destacou o acontecimento passado com Therese num outdoor de Las Vegas — e a culpa que se alojara nas suas entranhas se assemelhava a uma intoxicação alimentar.

Estava totalmente nauseado e empanturrado, tonto e fraco.

iAm desligou o rádio.

— Foi ou não?

Virando a cabeça para o lado, Trez avaliou os carros da faixa de trânsito mais lento — pela qual ele e o irmão passavam como se os malditos estivessem estacionados no acostamento.

— Fui. Ela mora num pardieiro. Não é seguro. Você vai contratá-la, certo?

— Não, não vou contratá-la, cacete.

Trez mudou o foco do trânsito da meia-noite para os prédios de apartamentos aninhados nas laterais da rodovia enquanto a cidade demonstrava a transição de urbana para suburbana. Nas incontáveis janelas, ele viu pessoas indo de um cômodo para outro, ou sentados em sofás, ou lendo na cama.

Naquele instante, ele teria trocado de lugar com qualquer um deles, mesmo os humanos.

— Não a prive da oportunidade por minha causa. — Trez esfregou os olhos e piscou para se livrar dos pontos claros da visão. Maldição, o trânsito da noite sempre acabava com ele. — Não seria justo.

Deus, não conseguia acreditar que beijara a fêmea. Enquanto estivera com Therese, quando ela estivera junto ao seu corpo, fitando seus olhos, fora fácil se convencer de que era Selena reencarnada. Mas com o distanciamento e o tempo vinha a lógica: ela era apenas uma desconhecida que se parecia com a fêmea falecida. Merda. Colocara a boca na de outra fêmea.

Trez olhou para o irmão numa tentativa de parar de remoer suas ações.

— Estou falando sério, iAm. Se ela estiver qualificada, dê o emprego a ela. Ela precisa sair daquele lugar horrível em que está morando. E eu não vou incomodá-la. Não vou voltar lá.

— Bem, mas eu também não quero que deixe de ir ao restaurante por causa dela.

Trez voltou a se concentrar na estrada à frente, mas as luzes dos faróis vindo da direção contrária o deixaram tonto. Esfregando os olhos, sentiu o estômago se revirar.

— Ei, pode me fazer um favor?

iAm relanceou para ele.

— Claro, qualquer coisa. Do que precisa?

— Encoste.

— O que...

— Agora.

iAm virou o volante e avançou rumo ao acostamento, e antes que o carro ficasse imóvel, Trez abriu a porta — o que acionou o mecanismo de antirrolagem e garantiu que os pneus travassem de uma vez.

Bem como a fêmea dissera.

Inclinando-se o mais longe que conseguiu do carro, Trez vomitou o pouco que tinha no estômago, o que devia ser basicamente bile. Enquanto sentia ânsia e vomitava, e depois sentiu o surgimento de mais uma onda, ele praguejou contra os lampejos na sua visão, que se organizavam numa aura.

Enxaqueca. Maldita e idiota enxaqueca.

– Dor de cabeça? – iAm comentou quando um caminhão passou por eles.

Não era seguro ficar ali, Trez pensou quando o frio entrou no interior da BMW. Deviam ter pegado uma saída...

Respondeu à pergunta do irmão enquanto vomitava mais um pouco, e depois se largou no encosto do assento. Sem nenhum motivo aparente, abaixou o olhar para as calças brancas e percebeu as manchas causadas quando ele desmaiara, e depois, quando escorregara.

Era por isso que não usava branco.

– O que posso fazer? – iAm perguntou.

– Nada. – Fechou a porta. – Vamos em frente. Vou tentar segurar, mas podemos diminuir a temperatura?

Ele não se lembrou muito do trajeto até a mansão, pois passou o tempo monitorando a evolução da aura desde os pontos esparsos no centro da visão até que as asas se espalharam e voaram para a periferia. Mas o que notou a seguir foi que o irmão o ajudava a sair do carro, acompanhando-o como se ele fosse um inválido pelos degraus até a entrada da mansão. Assim que entraram, o vestíbulo com todas as suas colunas coloridas, o folheado a ouro, e as malditas arandelas de cristal bastaram para deixá-lo nauseado de novo.

– Acho que vou...

Fritz, o *doggen* mordomo, apresentou-lhe um saco para vômito no momento certo. Um saco para vômito. Um saco de vômito ao estilo hospitalar, verde-claro.

Enquanto Trez se dobrava ao meio e mantinha a abertura circular contra a boca, ele pensou em algumas coisas: 1) Quem diabos andava com sacos para vômito? 2) Que porra mais o macho carregava naquele terno de pinguim? e 3) Por que ele tinha que ser verde, como a bile?

Se a ideia era tomar uma providência para que as pessoas vomitassem dentro, por que tinham que fazer a maldita coisa da cor da sopa de ervilhas?

Um amarelo-ouro, quem sabe? Um branco limpo e simples.

Apesar que, considerando-se o estado das suas calças...

Quando Trez enfim se endireitou, a bigorna de sobreaviso sobre uma lateral da cabeça começou a latejar, e o padrão dos seus pensamentos começou a assumir a forma retorcida e estranha que acompanhava suas enxaquecas.

– Me ajuda a subir? – murmurou para ninguém em particular.

Não foi uma surpresa quando iAm se encarregou da tarefa, e o levou para o quarto novo em que estava hospedado desde que Rhage, Mary e Bitty tinham se mudado para as suítes do terceiro andar.

Atravessaram o corredor. Sentou-se na cama. Deitou de costas.

Como sempre, sair de cima dos pés lhe ofereceu apenas um alívio mínimo, um breve instante em que o estômago se assentava e a cabeça alcançava uma folga – e depois tudo recomeçava cem vezes pior.

Pelo menos iAm sabia com precisão do que ele precisava. Um depois do outro, seus sapatos foram removidos, mas o irmão sabia que ele precisava ficar de meias porque as extremidades perdiam a circulação e ficavam frias durante as enxaquecas. Em seguida, o cinto e as calças foram tirados, e a colcha acomodada à sua volta. A jaqueta permaneceu no lugar, assim como a camisa. Tirá-las do corpo requereria muito esforço e muitos movimentos, o que provavelmente provocaria mais ânsia.

Ou seja: exatamente o que evitar quando sua cabeça já está latejando.

Depois as cortinas foram fechadas, mesmo sem a aparição da lua à noite. A colocação do cesto de lixo bem ao lado da cabeceira da cama. E a inevitável depressão no colchão quando iAm se sentou ao seu lado.

Deus, fizeram-no tantas vezes.

– Prometa – Trez disse na escuridão das suas pálpebras abaixadas – que vai dar o emprego a ela. Juro que não vou correr atrás. Na verdade, não quero vê-la nunca mais.

Ele estaria propenso demais a fazer uma estupidez de novo...

Quando o sabor dela lhe retornou à língua, ele gemeu à medida que o coração se contraiu.

– Eu queria que você tomasse algum remédio para isso – iAm praguejou baixinho. – Odeio te ver sofrendo assim.

– Vai passar. Sempre passa. Contrate a fêmea, iAm. E eu não a incomodarei.

Trez esperou uma manifestação por parte do irmão, uma resposta ou discussão e, quando não ouviu nada, abriu os olhos – só para se retrair. Apesar de a única fonte de luz ser originária da porta quase fechada, que dava para o corredor, a merda já era forte demais para seus olhos hipersensíveis.

– Sei que não é a Selena – murmurou. – Pode confiar. Eu sei *muito bem* que não é a minha fêmea.

Diabos, as implicações do beijo eram exatamente o motivo de ele estar com a maldita enxaqueca. O arrependimento literalmente explodira sua cabeça a culpa como um evento vascular.

A doutora Jane deveria relatar sobre o seu caso nos periódicos médicos.

– Não a castigue por um erro que é só meu.

Pelo menos foi o que ele quis dizer. Não soube muito bem o que saiu da sua boca.

– Apenas descanse – iAm confortou-o. – Vou pedir a Manny que venha dar uma espiada em você.

– Não o incomode. – Ou algo assim. – Mas você pode fazer uma coisa por mim.

– O quê?

Trez forçou as pálpebras a se erguerem e levantou a cabeça, mesmo com o mundo girando ao seu redor.

– Chame Lassiter. Traga o anjo caído até aqui.

– Agora, se não se importar, trocarei umas palavras com a Escolhida no andar de cima.

Enquanto Wrath falava, Layla não se deixou enganar. Seu tom deixava muito claro que não estava pedindo a permissão de Xcor para falar com um dos seus súditos.

Se a voz do Rei soasse um pouco mais seca, teria depositado uma camada de poeira sobre a mobília.

Mas, na verdade, ela também desejava lhe falar em particular, e quando Wrath indicou as escadas, ela assentiu. Com uma rápida olhada para Xcor, apressou-se escada acima, abrindo a porta no topo e em preparação para enfrentar Vishous.

Não precisava ter se preocupado.

O Irmão se recusou a mirá-la de seu posto, junto à mesa. Simplesmente pegou a caneca que vinha usando como cinzeiro e saiu através das portas de correr.

O Rei subiu com mais lentidão, e ela se sentiu mal por não ter-lhe prestado auxílio. – Meu senhor – ela disse –, há uma mesa à direita, a cerca de três metros da...

– Tudo bem. – Wrath fechou a porta que ligava o cômodo ao porão. – Você vai querer se sentar. Vishous saiu? Sinto cheiro do ar fresco.

– Ah... – Layla engoliu com força. – Sim, ele está na varanda. Quer que... eu o chame?

– Não. Isto é entre eu e você.

– Sim, claro. – Ela fez uma reverência apesar de ele não poder contemplá-la. – E, sim, acho melhor eu me sentar.

– Boa pedida.

O Rei permaneceu exatamente onde estava, um pouco à frente da porta fechada – e por um instante, ela tentou imaginar como seria conduzir a vida sem nenhum tipo de orientação visual. Poderia haver um buraco diante de si, ou um amontoado de objetos espalhados pelo chão, ou... só os céus saberiam o que mais.

Todavia, quando ela avaliou a forma como ele sustentava o queixo, deduziu que ele seria capaz de enfrentar qualquer coisa. E como o invejava por isso.

– Então por que não se senta?

Como ele sabia?, ela se perguntou ao se adiantar e se acomodar em uma das quatro cadeiras.

– Pois não, meu senhor.

Wrath procedeu falando calmamente, com a voz tranquila, e despejou uma série de sentenças repletas de palavras que, em outras circunstâncias, ela teria compreendido sem demora.

Nesse caso, contudo, nada além de "seus filhos estão..." foi compreendido.

– ... dia sim, dia não, bem como as noites, num esquema de rotação. É justo e imparcial, e acredito que atenda aos interesses de todos. Fritz será o responsável por acompanhá-la a...

– Desculpe – ela interrompeu-o, quase engasgada. – Poderia... poderia repetir o que acabou de dizer?

O rosto do Rei pareceu se suavizar.

– Quero que fique com seus filhos a cada dia e noite. Está bem? Você e Qhuinn dividirão a custódia meio a meio, e serão os dois responsáveis por tomar todas as decisões de pais quanto ao bem-estar deles.

Layla piscou rapidamente, ciente de que todo o seu corpo tremia.

– Quer dizer que não serei afastada deles?

– Não, não será.

– Oh, meu senhor, muito obrigada. – Cobriu a boca com a palma. E falou ao redor da mão. – Eu não saberia viver sem eles.

– Sei disso. Eu entendo, acredite em mim. E o Santuário lhe garantirá segurança.

Layla se retraiu.

– Desculpe, o que disse?

– Será transportada até o Santuário e ficará com eles nos aposentos privativos da Virgem Escriba. Todos bem sabem que ela não os está mais usando. É o lugar mais seguro para vocês três porque sequer fica neste planeta. Phury e Cormia me garantiram que você será capaz de se transportar e voltar de lá facilmente, à maneira das Escolhidas, com seus filhos Tudo o que terá de fazer será segurá-los nos braços e poderá ir. – Wrath balançou a cabeça. – Qhuinn vai bater no teto quando eu lhe comunicar isto, mas não haverá como argumentar com relação ao bem-estar deles se vocês estiverem lá. E quando não estiverem com você... você terá a liberdade de ir aonde bem quiser, de estar com quem desejar, e pode usar este lugar como sua casa.

Houve uma pausa, na qual Layla corou.

Porque Wrath sabia muito bem o que ela faria e com quem faria. Pelo menos até Xcor partir para o Antigo País.

– Sim – ela admitiu lentamente. – Sim, sim, claro.

– Um aviso, porém: você terá que trazê-los para baixo quando for a vez de Qhuinn ficar com eles. Assim como ele terá que entregá-los a você quando for a sua noite. O esquema tem que ser honrado por ambos.

– Sem dúvida. Eles precisam do pai. Qhuinn é muito importante na vida deles. Não quero fazer nada para atrapalhar isso.

E Wrath tinha razão. Agora que ela fora essencialmente perdoada da acusação de traição, o principal argumento de Qhuinn para impedir seu contato com os filhos seria que ela não estaria na mansão da Irmandade junto a eles, e não existia nenhum outro lugar, nenhuma casa segura, nenhum abrigo, nenhuma estrutura, mesmo com todo o esquema de segurança providenciado por Vishous, que chegasse perto da segurança que a mansão oferecia.

A solução? Sair do planeta.

Afinal, houvera apenas um ataque ao Santuário, há uns vinte e cinco anos. E esse fora um golpe ensaiado por descontentes da *glymera* que já nem estavam mais vivos.

Ela, Lyric e Rhamp estariam bem e felizes ali, com todas as flores e gramados, as fontes de mármore e os templos. Haveria muito a explorar quando eles fossem maiores e estivessem se movimentando.

— É perfeito — ela disse. — Meu senhor, é perfeito.

— Voltarei para casa agora e falarei com Qhuinn. Eu o colocarei na ronda de amanhã. Vá até a mansão, então, e fique com as crianças.

Layla abaixou a cabeça.

— Isso... é muito tempo para eu esperar.

— É assim que vai ser. Qhuinn está muito instável e não quero que você esteja lá quando eu lhe contar a respeito do esquema de visitação ou quando for ver as crianças. Então é o tempo de que necessitamos. Mas farei com que Beth lhe mande mais fotos.

— Fotos?

— É, não as tem recebido no seu celular?

— Não o trouxe comigo... Ela tem tirado fotografias?

— Todas elas têm. Formaram um grupo do qual você faz parte... Foi o que ouvi dizer. As fêmeas querem se assegurar de que você não se sentirá perdendo alguma coisa.

— Elas são tão... — Layla inspirou fundo. — É muito generoso da parte delas.

— Elas sabem pelo que você está passando. Ou têm um mínimo de noção, pois estão horrorizadas pra caramba.

Layla levantou as mãos até o rosto. Como se a posição pudesse, de alguma forma, ajudá-la a se recompor.

— Venha cá.

Quando o Rei gesticulou, sugerindo-lhe a aproximação, ela saltou da cadeira e correu até ele. Abraçar Wrath era o mesmo que passar os braços ao redor de um piano de cauda, tudo duro e grande demais para ser abarcado.

Mas o Rei também a abraçou, dando-lhe tapinhas nas costas.

– Faça-me um favor, sim?

Ela fungou e olhou para cima, para a projeção do queixo dele.

– Qualquer coisa.

– Cuidado com Xcor. Mesmo que ele não a mate fisicamente, ele pode acabar arruinando você até o fim da vida.

Layla só conseguiu sacudir a cabeça.

– Ele já o fez, meu senhor. Temo que o estrago já tenha sido feito.

Capítulo 28

Enquanto Throe vasculhava o escritório ou quarto, ou seja lá qual fosse o nome do cômodo. Os objetos ali presentes estavam envoltos em tecidos e eram iluminados pelas velas da vidente; ele não ouvia nada além das batidas do seu próprio coração. Parecia estar sozinho, mas todos os seus instintos lhe sugeriam o contrário. Enfiando a mão no casaco, espalmou o cano de sua pistola e pensou no trio de humanos que assustara na rua.

Bem que desejou não estar enfrentando nada mais exótico do que três malandros e um canivete.

Ele virou a cabeça, procurou a fonte do barulho, um gatilho para seus instintos de alerta, um...

Santo Fade, o que era aquilo?

Nada se movia naquele espaço... Nada mesmo.

Por algum truque... ele desconhecia a causa... as chamas das velas estavam absolutamente imóveis, como se fossem uma fotografia: a cera não derretia, nenhuma brisa soprava as labaredas douradas de fogo, nenhum fio de fumaça se erguia no ar.

Com uma sensação de absoluto terror, levantou o braço, puxou a manga do casaco e consultou o relógio Audemars Piguet.

Os ponteiros, que estiveram funcionando muito bem até chegar àquele local, já não davam a volta na circunferência.

Throe se pôs a caminhar — só para provar a si mesmo que conseguia —, marchou até a janela, puxou uma cortina e fitou a rua abaixo. Não havia circulação de carros. Mas também não havia nenhum em vista...

No prédio da outra calçada, havia um par de humanos sentados em poltronas, assistindo à TV, e um deles levava uma lata de cerveja à boca.

Eles permaneciam imóveis.

Assim como o comercial da KFC na TV.

– Santa Virgem Escriba... – Fechou os olhos e rolou contra a parede. – Mas que loucura é esta?

Relembrou as palavras da fêmea que o mandara até ali. Uma vidente no centro da cidade. Uma bruxa. Uma bruxa humana com portais para o outro lado.

A conversa havia começado ao redor da mesa de jantar cercada por fêmeas da alta sociedade, todas reclamando dos seus "problemas" e as soluções para situações terríveis, como pisos pintados claros demais, escuros demais, inconsistentes demais, e bolsas Birkin gastas nos cantos e ah... o que mais? Amantes pouco atenciosos e *hellrens* que não entendiam a importância moral da nova coleção de outono da Chanel.

A certa altura, uma das fêmeas mencionou vidência e leitura de tarô, e como ela havia sido auxiliada pela mulher desse lugar. Como fora estranha a precisão da bruxa humana. E como a fêmea deixara de ir até ali porque "algo não parecia certo".

Quem haveria de saber que isso fora uma interpretação correta?

Provavelmente a única na vida da fêmea.

Preparando-se para algum tipo de ataque, Throe aguardou a aparição de algum fantasma se materializando num canto escuro, ou um morcego voando sobre sua cabeça, ou um zumbi arrastando a perna. E que fosse um desses últimos, pois assim sua arma seria de alguma serventia.

Quando não aconteceu nada, ele começou a se sentir tolo. Pelo menos até encarar as velas do outro lado.

– Você me libertará – ele disse para o ar. – E eu seguirei o meu caminho, sem mais atrapalhar o seu.

Ele não fazia ideia de com quem estava falando. E quando não houve resposta, ele se motivou, caminhando até a mesa redonda. Aproximou-se dela, resistiu ao impulso de bisbilhotar na bola de cristal e deu uma espiada por sobre o ombro...

O som de algo se arrastando, como unhas raspando madeira, atraiu seu olhar para a esquerda.

Havia algo no chão.

Foi cauteloso em sua aproximação, e manteve a arma no alto – e só quando se aproximou o bastante do objeto reconheceu-lhe os contornos.

Um livro. Havia um livro no chão. O volume parecia muito antigo, com a capa de couro gasta e páginas grossas com as pontas viradas.

Ajoelhando-se, franziu a testa. Uma mancha de combustão permeava o objeto, como se sua presença contivesse calor suficiente para queimar as fibras da madeira debaixo do seu peso.

Seria esse o som que ouvira?, perguntou-se. Sua chegada a tal plano de existência fora anunciada pelo baque alto?

Estendendo a mão, tocou no desenho da capa...

Com um sibilo, retraiu-a e, repetindo a ação com a porta ao entrar, sacudiu a palma, procurando se livrar da estanha sensação de formigamento...

A capa se abriu sozinha e Throe se assustou, o que o levou a aterrissar sobre o traseiro.

Quando uma nuvem de poeira emanou do pergaminho das páginas, ele estreitou os olhos. O padrão da tinta estava na horizontal e repleto de caracteres, mas num idioma que ele não compreendia.

Inclinou-se para a frente... só para arquejar.

Fossem quais fossem as palavras ali escritas, estavam se transmutando, os riscos e traços da tinta se revolvendo sobre si mesmos... e o texto assumiu a forma do Antigo Idioma.

Sim, era sua língua materna.

E as passagens pareceram ser a cerca de...

Throe elevou o olhar. Investigou à sua volta. Depois, agindo num impulso que subitamente lhe pareceu tão incontrolável quanto a própria sobrevivência, ele fechou o tomo e o apanhou.

A sensação de formigamento já não era mais desagradável. De fato, o volume parecia vivo em suas mãos e aprovava o responsável por ampará-lo, como um gato que se enrosca e ronrona em meio aos braços do tutor.

E foi então que tudo aconteceu.

De uma só vez, uma sirene soou ao longe e, quando ele se inclinou perto da janela, as chamas das velas nos cantos do quarto começaram a se mover de novo, em virtude de uma corrente de ar.

A porta pela qual entrara emitiu um rangido.

O que estivera trancado... agora estava aberto.

Throe segurou o livro junto ao peito e disparou para a saída, correndo como se sua vida dependesse da fuga. E não parou até estar uma vez mais na rua, junto à neve derretida e ao frio. Por um momento, o medo o perseguiu como um predador, mas não durou muito.

Mantido à tona pelo livro junto ao coração, ele descobriu que sorria quando se desmaterializou daquele bairro.

CAPÍTULO 29

Após a partida do Rei, Layla voltou ao porão da casa, e não se surpreendeu em encontrar Xcor de pé, andando de um lado a outro enquanto aguardava seu retorno.

— Então, eles se foram? — ele perguntou.

— Sim. Foram embora.

— Existe algum sistema de segurança aqui? Armas na casa?

— O controle do sistema de segurança fica na cozinha, e V. me ensinou a acioná-lo.

— E você fez isso?

Não que estivesse sendo indiscutivelmente exigente, mas ele parecia tão intenso, como se a única coisa que os separasse de... lobos, ou algo assim... fosse a capacidade dele de trancá-los aqui e de juntar armamentos para o caso de um ataque.

— Não.

Xcor sorriu como se em esforço para não parecer desagradável, mas seus olhos não transmitiam nenhum relaxamento.

— Como se ativa o alarme?

— Hum... Eu vou te mostrar.

A Escolhida nutria a sensação de que ele não ficaria satisfeito até entender como tudo operava. E estava certa. Ele insistiu em ele mesmo apertar as teclas de comando.

Em seguida, óbvio, foi a vez de verificar todas as portas e janelas.

Layla o seguiu conforme ele ia adiante, uma a uma, passando por todos os quartos e banheiros, inspecionando as trancas das janelas e as linguetas dos caixilhos, para impedi-las de abrir mais do que um ou dois centímetros. Logo depois, foi a vez das travas das portas. E ele até verificou as portas da garagem, apesar de insistir na sua permanência dentro da casa porque estava frio.

Voltando a entrar na cozinha, ele assentiu ao acionar de vez o alarme.
– Esta casa está bem protegida.
– Vishous cuida dessas coisas.
– E ele faz um bom trabalho.

Xcor atravessou a cozinha até perto do fogão e começou a abrir as gavetas.
– Isto vai ter que servir.

Uma a uma, ele perfilou as facas que conseguiu encontrar: um cutelo, uma faca de serra, duas para descascar e uma de trinchar. Colocando-as sobre um pano de prato, enrolou-as e depois estendeu a outra mão para ela.
– Vamos para baixo.

Layla se aproximou dele e estremeceu quando as palmas se encostaram. Quando os dois desceram, o corpo dela relaxou.

Ao chegarem ao último degrau, ele parou e a fitou.

Ela lhe concedeu um instante para falar. Quando não o fez, ela sussurrou:
– Sim, por favor.

Ele fechou os olhos e oscilou. Depois baixou a cabeça.
– Tem certeza?
– Mais do que tudo na vida.

Ele levantou as pálpebras.
– Serei gentil com você.

Estava na ponta da língua dela pedir-lhe que não se contivesse: na verdade, a última coisa que ela queria era que ele se refreasse, porque aquela bem podia ser a única vez em que estariam juntos.

Mas, em seguida, sua mente parou de funcionar.

Porque Xcor a atraía para junto de seu corpo. Com a mão livre, a que não segurava tantas facas, afagou-lhe o rosto e resvalou o lábio inferior com o polegar.

Em seguida, só percebeu os lábios dele nos seus, tocando, pressionando, acariciando.

O beijo foi suave como um respiro, e isso foi frustrante. Ela queria mais – e enquanto se esforçava para consegui-lo, ele recuou abruptamente, em busca de controle. Quando, por fim, ele interrompeu o contato, passou a palma pelos cabelos dela.

– Posso entrar no seu quarto, fêmea?

Os olhos dele eram tão bonitos, e brilhavam, quentes, um profundo azul-marinho, quase negro pela luxúria que sentia por ela. E, para Layla, o rosto dele era belo, todo forte, masculino e poderoso, o defeito do lábio superior passava despercebido e não lhe desviava a atenção. Na verdade, era o conjunto que a atraía: o poder e a vulnerabilidade, a natureza selvagem e o esforço educado, o guerreiro interior e o protetor que surgiam por causa dela.

– Sim – sussurrou.

– Eu a carregaria, mas não estou forte ainda.

Segurou-a pela mão e, juntos, entraram no cômodo no qual ela tentara dormir durante o dia. Mas, na verdade, apesar da falta de descanso, ela se sentia vitalmente desperta, quase dolorosamente consciente de tudo.

Xcor acendeu o abajur com um comando mental e fechou a porta. Depois a conduziu até a cama, inclinando-se para depositar o fardo das facas debaixo do colchão de molas.

Quando se sentaram, ela se sentiu corar.

Ele sorriu.

– A sua timidez é a minha perdição, fêmea. Olhe para as minhas mãos.

Quando as estendeu para ela, o leve tremor não combinava com as veias grossas que percorriam os antebraços até os pulsos.

– Sonhei com tocar em você – ele murmurou. – Por tantas vezes eu...

– Então, me toque agora.

Quando ele pareceu congelar, foi ela quem o agarrou pelos ombros e aproximou a boca dele da sua – e, ah, Santa Virgem Escriba, quando ela não refreou nada, ele também não o fez. O sabor de Xcor era de sexo e de desespero, e não demorou até que as mãos dele se tornassem mais bruscas e o seu grunhido permeasse o quarto tranquilo e parcamente iluminado. De fato, ele já não se sentia cauteloso ao montar sobre ela, o corpo empurrando o seu rumo ao colchão, o joelho se inserindo entre as pernas dela, forçando-as para que se abrissem...

Ele se conteve no mesmo instante, e se retraiu.

– Layla... Meu amor... Estou prestes a...

– Me possua. Depressa, ah... apenas me possua... Já esperei tanto tempo.

Xcor revelou as presas e sibilou, os olhos cintilando com um propósito próximo do profano, mas que, no estado em que ela se encontrava, ia com precisão ao encontro de suas necessidades.

– Me deixe ver você, preciso ver o seu corpo – ele gemeu ao passar a mão pela cintura dela.

Layla se arqueou quando ele pegou o último dos botões da sua camisa e começou a puxá-lo para cima do estômago até seus...

Xcor arquejou quando os seios ficaram expostos.

– Ah, que fêmea mais doce...

Com ele imóvel ante a visão dos mamilos durinhos, ela terminou o trabalho, puxando o tecido que lhe cobria o tronco por cima da cabeça, largando-o sem se importar onde a peça cairia. Quando ela voltou a se acomodar nos travesseiros, Xcor se sentou sobre os joelhos, montado no quadril dela, com as pernas dobradas.

As mãos dele tremiam de verdade agora que lhe dedilhava a clavícula e descia pelo vale entre os seios.

– Você é ainda mais maravilhosa do que nos meus devaneios.

Quando os olhos agitados e reverentes dele passearam por sua pele nua, Layla entendeu que se sentir bela não tinha nada a ver com a verdadeira aparência. Era um estado mental – e nada impelia uma fêmea a esse ponto mais rápido do que o parceiro desejado empenhado em admirá-la, como Xcor o fazia então.

– Obrigada – sussurrou.

– Sou eu quem deveria agradecer a dádiva que é o seu corpo.

Pairando acima dela, Xcor pareceu enorme, apesar de ter perdido peso: os ombros eram mesmo largos, e os braços ainda pesados dentro do agasalho. E quando ele se abaixou para beijá-la na lateral do pescoço, a costura de seu traje foi repuxada, e um sutil rasgo foi inserido em alguma parte.

Com o coração acelerado e o calor se espalhando pelas veias, Layla se inclinou novamente enquanto ele movia os lábios de um lado a outro, encostando-lhe a pele. Nesse meio-tempo, as mãos, aquelas mãos incríveis, ampararam as laterais dos seios – e logo ele se ateve aos mamilos, beijando-os, sugando primeiro um para sua boca, depois o outro.

Em resposta, o corpo dela cedeu debaixo dele, a ponto de ela pensar que já não tinha mais ossos. A primeira onda de urgência começou a ceder um pouco quando ela se viu envolta em sensações.

Enquanto ele venerava os seios, ela teve um pensamento fugidio de que, de certo modo, fechara um círculo. Treinada como *ehros*, como uma Escolhida cujo único propósito era o de dar prazer ao Primale para gerar seus filhos, ela chegara à maturidade e estivera disponível para servir numa época em que, na realidade, não havia ninguém para servir: o antigo Primale tivera um fim trágico, e o novo ainda não havia sido apontado. E, com isso, ela esperou... até Phury ser elevado ao posto. Ele, entretanto, só assumira uma companheira, e não se deitaria com ninguém mais. E, então, ela esperou mais ainda, a vida seguindo um caminho diferente quando Phury as libertara, ela e as irmãs, do Santuário, permitindo que as Escolhidas descessem à Terra com uma autonomia sem precedentes.

Contudo, não houve amor para ela. Tampouco sexo.

Apenas uma breve fascinação por Qhuinn até ela perceber que não passava de ficção comparada ao que o macho partilhava com seu verdadeiro companheiro, Blay.

E, no entanto, os dois machos não estiveram juntos, parecendo fadados a levar vidas afastadas. Portanto, quando ela entrara no cio, pedira que Qhuinn a aliviasse em seu período fértil, não por amor, mas porque ele, na época, estivera tão perdido quanto ela: durante as horas terríveis de seu sofrimento, deitaram-se juntos com o propósito da concepção, que acabara acontecendo.

Ela pouco se lembrava do ato em si, tampouco desejava se lembrar dele.

Ainda mais agora, no pé em que estava a sua situação com Qhuinn.

Além disso, apesar de ter dado à luz, ela era praticamente virgem, desconhecendo o toque amoroso, a carícia afetuosa... de um parceiro sexual que amava reciprocamente.

— Estou tão feliz que seja você — ela confessou ao vê-lo circundar o mamilo com a língua.

Os olhos de Xcor se ergueram para ela, e quando se escureceram com autodepreciação, ela desejou poder poupá-lo do sentimento.

— Não. — Ela pousou as pontas dos dedos nos lábios dele, silenciando-o quando ele foi falar. — Essa é uma decisão minha, não cabe a você julgar. E, por favor... não pare.

Xcor meneou a cabeça. Mas depois ele levou a mão para a cintura da legging dela, os lábios descendo quando ele enganchou o dedo no elástico.

— Tem certeza? — ele perguntou, rouco. — Não haverá volta depois que eu retirar isto.

— Não pare. Nunca.

Ele mordeu o lábio inferior com as presas.

— Minha fêmea...

Em seguida, ele puxou a *legging* junto à calcinha para baixo, deixando-a nua para seu olhar ardente.

Ah, seus olhos estavam em todos os lugares, passaram pela extensão das pernas, no sexo sem pelos, no baixo-ventre... de volta aos seios.

O cheiro da vinculação era tão intenso que era só o que ela conseguia sentir.

Xcor se mostrou cauteloso ao se estender sobre ela, descendo o peso do corpo lentamente, bem cuidadoso nos seus movimentos. E a sensação do volume duro por trás da calça de ginástica fez com que ela girasse o quadril e esfregasse seu centro nele.

Quando ele a beijou de novo, a língua invadiu-lhe a boca para se encontrar com a dela, e ela o arranhou nas costas. Não aguentava esperar um minuto mais, o sexo pedia pelo dele, o corpo se retesava por estarem tão próximos, mas ainda não unido ao dele.

— Agora — implorou. — Por favor...

Uma das mãos desapareceu entre eles, e ela gritou quando ele deslizou a palma pela lateral interna da sua coxa. Em seguida, ele a tocava no ponto mais íntimo do seu calor.

Estava tão pronta para ele, e mesmo assim o alívio que a assolou foi tanto inesperado quanto uma surpresa, o prazer ricocheteando dentro dela, fazendo-a flanar da cama enquanto ainda permanecia deitada.

Ele a ajudou a surfar nas ondas da sensação, e depois a parte inferior do corpo dele se elevou. Alguns movimentos ali embaixo, no quadril dele, e Layla ficou excitada em sentir o toque das peles, conhecendo a sensação do sexo de Xcor sem nenhum impedimento.

Quando ele se inclinou de novo sobre ela, ainda estava vestido.

No entanto, o sexo fora libertado. E os olhos dela se fecharam quando a cabeça macia dele se esfregou contra ela.

— Estou tentando ir devagar — ele revelou entre dentes cerrados.

— Você não precisa agir assim.

Dito isso, ela abaixou as mãos, encontrou a extensão rija e a conduziu ao lugar certo. Enterrando os calcanhares na colcha, moveu-se para cima...

Ele deslizou para dentro dela e o encaixe foi perfeito. Ali se formou um lar, e a galáxia inteira ao mesmo tempo; ela se sentiu desarmada, e lágrimas surgiram — porque a Escolhida sabia que ele estava igualmente afetado: Xcor chegou ao orgasmo no mesmo instante em que a penetrou, o corpo de guerreiro começando a se esvaziar dentro do seu. E, no entanto, ele se retraiu, a cabeça se inclinando para trás, o alarme marcando seu rosto enquanto o corpo continuava a se esvaziar.

— Eu te machuquei? — ele disse, horrorizado.

— O quê?

— Você está chorando!

— O que... Ah, não, não, não... — Ela segurou o rosto dele e o beijou. — Não... Não é de dor. Nunca isso.

Beijou-o novamente, e tentou voltar ao ritmo iniciado pelos corpos deles.

Mas ele não aceitou nada disso.

— Por que está chorando? — exigiu saber, contendo-se longe dela.

Layla enxugou os olhos sem paciência.

— Porque... eu nunca pensei que poderia tê-lo assim. Não pensei que... que isto aconteceria entre nós, e estou tão grata... Demorou tanto esta espera, este querer...

Xcor se apoiou nos cotovelos.

— O mesmo aconteceu comigo — ele sussurrou. — No decorrer da vida, aprendi que os sonhos não se realizam. Apenas os pesadelos nos encontram na vida real. Eu não tinha esperanças que isto fosse acontecer.

Quando uma luz atormentada invadiu o olhar dele, ela ponderou quais horrores ele suportara em sua dura existência. Os horrores que lhe foram impostos. O lábio arruinado não deve ter sido um defeito fácil de suportar.

Em busca de terminar o que havia começado tão bem, Layla se forçou a abandonar os pensamentos tristes e se concentrou novamente, aproximando-se da barra do agasalho dele.

Mas quando procurou puxá-la para cima, ele a impediu, movendo a cabeça.

– Não vai se juntar a mim? – ela perguntou.

Mudo, ele meneou a cabeça, e antes que ela pudesse fazer qualquer pergunta, Xcor começou a beijá-la de novo, os lábios movendo-se sobre os dela, a ereção afagando-a para cima e para baixo. As sensações voltaram a tomar conta dela de novo, consumindo-a em meio a calor e surpresa, e ela se entregou à perdição do momento.

Aquele era um lugar no qual poderia ficar para sempre.

No entanto, sabia que não deveria nutrir esse desejo.

O destino lhes providenciara aquele breve descanso, um período efêmero antes do regresso de Xcor para o seu local de origem – e por mais que ela quisesse sentir gratidão por isso, no fundo do coração, ansiava por mais.

Deduziu que o amor era como a própria vida.

Não importa o quanto você é abençoada, quando o fim chega, nunca parece o bastante.

CAPÍTULO 30

Quando V. chegou de volta à mansão com o Rei, ele estava absolutamente puto com tudo e com todos. E isso incluía a si mesmo.

Mas, quando o par se materializou lado a lado, junto à fonte, Vishous estava bem ciente de que seu papel de guarda-costas só terminaria quando o Poderoso Chefão ali tivesse ultrapassado a porta de entrada e se encontrasse no átrio da mansão. Então, e somente então, ele estaria livre para abandonar o barco e beber até cair.

Com um pouco de sorte, as duas garrafas de Grey Goose que Fritz levara até lá ainda estariam onde foram deixadas, ou seja, debaixo do balcão da pia do Buraco.

Depois de uma noite como essa, ele não precisaria de gelo.

Nem de copo.

— Parabéns — Wrath disse.

V. segurou o braço, cuja espessura era quase da sua própria coxa, e começou a andar.

— Pelo quê?

— Você tem mais uma oportunidade para ser racional esta noite.

— Sou sempre racional.

— Na sua cabeça, tenho certeza de que isso é verdade.

— Degrau — V. murmurou quando chegaram à escada de pedras. — E agora, o que vamos fazer? É melhor que seja algo bom, a propósito. Tenho um encontro com uma garrafa de vodca.

Quando o Rei chegou à escada, mas permaneceu calado, V. quis revelar as presas e sibilar. Em vez disso, exigiu:

– Conte.

Ao chegarem à porta externa no vestíbulo, o Rei parou e mirou na sua direção.

– Estou pronto para falar com Qhuinn. A sua oportunidade é de levar um tiro porque irá comigo dar a notícia a ele.

– Não se trata de uma oportunidade de ser racional. Isso se chama tornar-se um alvo.

– Dá na mesma. Tanto faz.

– Juro que sempre ganho na loteria com você. – V. escancarou a porta até o vestíbulo. – Toda maldita noite, não é mesmo?

Wrath mostrou a cara para a câmera de segurança, encontrando a lente com a mão.

– Você é um tremendo filho da puta sortudo, isso é bem verdade.

Fritz abriu a porta, e a luz do glorioso átrio bastou para fazer com que V. piscasse até as retinas se acostumarem.

– Meu senhor! – o *doggen* exclamou. – Senhor! Ah, que bom que chegaram em casa antes da tempestade! Posso lhes trazer alguma bebida?

O sorriso de Fritz era como o de um *basset hound*, todo enrugado e cheio de entusiasmo, e o mordomo tinha a mesma falta de noção de tempo como um cão, pois sua alegria ante o par era como se não os visse há cinco anos, e não apenas uma hora.

– Que tal coletes à prova de balas? – V. sussurrou.

– Sim, mas é claro. Prefere o Point Blank Alpha Elites ou esta é mais uma ocasião de detonação de bombas, necessitando dos coletes táticos Paraclete?

Como se a escolha se assemelhasse a decidir entre gravata branca com fraque, ou um smoking normal.

V. pensou a contragosto que era impossível desgostar do cara.

– Era uma piada, meu chapa. – Vishous enfiou um cigarro entre os lábios e falou ao redor dele enquanto pegava o isqueiro. – Pelo menos espero que sim.

– Qualquer coisa para os dois! E, oh, meu senhor, tomei a liberdade de permitir que George saísse para se aliviar há uns quinze minutos.

– Obrigado, Fritz. Você...

— E o alimentei também. Dei-lhe lombo das sobras de ontem à noite, mas aqueci e servi com cenouras frescas, purê de abóbora e vagem. Tudo orgânico, claro.

— Você ama aquele cachorro, não ama?

O *doggen* se curvou com tanta veemência que era um milagre que as sobrancelhas grisalhas e cerradas não fizessem as funções de limpeza no piso de mosaico.

— Amo, sim. Com certeza.

— Bom macho. Você é um bom macho.

Wrath deu a entender que gostaria de dar um tapa no ombro do mordomo, ou talvez lhe oferecer a palma erguida para um cumprimento, mas não foi em frente. Mesmo sendo o Rei, havia coisas que não podiam ser feitas, como manter contato com um servo da velha guarda, como Fritz.

O pobre coitado seria capaz de explodir de vergonha.

Em vez disso, Wrath continuou, como se fosse dono do lugar, e V. o acompanhou.

— Um metro — V. disse quando na hora certa.

O Rei Cego subiu no último degrau da grande escadaria, com a coordenação de um dançarino de sapateado, acertando o alvo à perfeição, e também soube quando chegou ao topo. Primeira parada: o escritório, onde abriu as portas duplas e foi atacado por George, que evidentemente achava que nunca mais veria seu dono.

— Venha, garoto, de volta ao trabalho. Conduza.

George se apressou até a mesa e voltou com a guia, a qual Wrath ajustou com tanta agilidade que era possível jurar que o cara enxergava o que estava fazendo. E depois, cão e dono se reuniram, indo na direção do corredor das estátuas.

Com V. na retaguarda, sem dúvida parecendo o vilão de um filme da Disney.

Inferno, nem ele queria estar perto de tamanho mau humor. Mas, claro, aonde você vai, ele o acompanha e pronto.

Quando chegaram ao quarto em que estavam as crianças, Wrath bateu uma vez e abriu a porta. Na luz difusa da lua e das estrelas, foi fácil localizar Qhuinn deitado na cama, com os dois bebês aninhados nos braços, adormecidos.

Mas o irmão não dormia.

– Oi – ele disse com suavidade.

– Hora de conversarmos – o Rei anunciou enquanto George estacionava ao seu lado.

– Importa-se se formos para o corredor?

– Não.

Qhuinn assentiu e se levantou. Depois olhou para um e para outro dos bebês adormecidos... como quem estava indeciso sobre quem levar para o berço primeiro.

– V., pode me dar uma mão?

Por um instante, Vishous não compreendeu com quem o cara estava falando, apesar de o seu nome ter sido mencionado. Mas então a cabeça de Wrath se voltou na sua direção, como se ele também estivesse esperando uma resposta.

Ok, por que ele não podia estar simplesmente bebendo nessa hora? Ainda assim, carregar uma daquelas máquinas de fazer cocô até o berço devia ser melhor do que se desviar de balas.

Certo?

V. relanceou para o par de viciados em leite. Ok, talvez a proporção entre gu-gu-gá-gá *versus* uma Glock fosse meio a meio.

– V.? – Qhuinn o chamou.

– Sim. Claro. – *Eu adorariiiiia segurar o seu DNA. E quem sabe, depois, podemos nos alternar em escovar os cabelos um do outro?* – O que preciso fazer?

As sobrancelhas de Qhuinn se ergueram quando V. se aproximou da cama.

– Você pega Rhamp no colo e o leva até ali.

A cabeça. Era preciso amparar a cabeça...

– Você precisa amparar a cabeça – Qhuinn completou em seguida.

Virou? V. disse para si mesmo. Tudo ficaria bem.

Só que, então, V. percebeu que estava segurando um cigarro aceso.

– Me passa o seu cigarro – Wrath anunciou num tom entediado. – Mas que diabos, V... Você não pode ficar com isso perto de uma criança.

Enquanto Qhuinn se levantava com Lyric no colo, V. entregava o cigarro como se ele fosse sua última batida de coração. Em seguida, estendia a mão boa, assim como a que estava envolvida pelo couro preto, na direção do filho do irmão. Cara... a não ser por situações de emergência médica, parecia errado ele pegar algo mais precioso do que um saco de ração de cachorro com sua mão amaldiçoada, mas ele sabia, mentalmente, que nada de ruim aconteceria com o garoto.

Inferno, sua fonte de calor não transformaria Rhamp numa versão infantil de enroladinho de salsicha nem nada assim. Não mesmo, certo?

Porra...

Pequeno. Quente. Forte.

Era essa a sensação. E foi completamente bizarro perceber... que estava segurando um bebê fora de um ambiente clínico pela primeira vez. Não que os tivesse evitado; simplesmente nunca se interessara por aqueles bastardinhos fedorentos e lamurientos...

Nem um pouco...

Sem aviso, Rhamp abriu os olhos bem quando V. o estava acomodando no berço ao lado da irmã.

V. se retraiu. Ok, uau, aqueles olhos eram intensos pra cacete, muito diretos e um tanto hostis – como se o garoto soubesse que sua transferência estava muuuuito acima das atribuições de trabalho de Vishous e nada que deveria ser sancionado por qualquer pai de respeito.

– Relaxa, meu chapa – V. murmurou ao ver o que o Papai fazia ali no berço do lado para depois imitá-lo, ajeitando a manta como Qhuinn estava fazendo. – Tá tudo tranquilo. Você está bem, certo?

Qhuinn olhou na sua direção.

– Ele é um guerreiro, pode crer. Já dá pra saber.

V. apoiou o peso nos calcanhares, cruzou os braços e continuou fitando o pequeno fardo de vampiro. E vejam só, o filho da mãe o encarava de volta.

Vishous começou a sorrir. Não conseguiu evitar. Era preciso admirar esse tipo de força – e evidentemente ela era genética. Que outra explicação haveria para que algo com pouco mais de um mês de vida se mostrasse pronto para enfrentar um macho, criado e muito bem armado e ainda parecer bravo pra cacete?

– Meu chapa – V. disse ao mostrar a palma. – Bate aqui.

Rhamp não sabia ainda o significado disso, mas agarrou o que estava diante do rosto dele, e, cara, como apertou.

V. pôs-se a rir desde o fundo da garganta.

— Cara, vou te deixar lutar comigo quando tiver crescido. E logo você já vai estar bem grandinho pra segurar uma adaga... Vou fazer uma pra você. Eu mesmo vou forjar. E você vai ser que nem seu pai, um tremendo guerreiro. Igualzinho a ele...

Enquanto Vishous parecia encontrar um parceiro para o crime em Rhamp, Qhuinn se viu encarando o irmão. Por muitos motivos.

Primeiro, o fato de V. estar parecendo se enfeitiçar por Rhamp era... Bem, era mais provável alguém ficar de frente a Deus do que um cara como V. ficar cheio de "ahs" e "ohs" por conta de uma criança. Segundo, Rhamp estava começando a parecer mais amigável, a primeira reação hostil se atenuava, o corpo começava a relaxar, a expressão e aqueles olhos meio míopes de bebês assumiam uma expressão mais acolhedora.

Como quando um tigre encontra outro na natureza e o par resolve passar o tempo juntos em vez de brigarem pelo domínio.

Mas o principal motivo pelo qual Qhuinn não conseguia desviar o olhar?

Virando a cabeça, olhou para o canto oposto. Para aqueles buracos no teto.

E você vai ser que nem seu pai.
Igualzinho a ele.

Retraindo-se, Qhuinn esfregou as têmporas.

— Pronto?

Wrath e George se viraram.

— Porta.

Quando eles saíram, Qhuinn se perguntou se V. ficaria para trás para ficar com as crianças. Quem sabe para ler um pouco de *Adivinha o quanto eu te amo?*. Ou quem sabe passar o tempo com *Pedro, o Pinguim*?

Esse tipo de coisa.

Mas Vishous os acompanhou, de modo que os três e o golden retriever cor de creme do Rei ficaram no corredor.

Pouco antes que qualquer um conseguisse verbalizar uma reação, Zsadist saiu de seu quarto, no fim do corredor. O irmão deu uma olhada para eles, balançou a cabeça e voltou apressado para a própria suíte.

Pois é, todos sabiam qual era o assunto.

— Então, é assim que as coisas vão ser – Wrath comunicou sem preâmbulos. – Meio a meio. Layla vai levá-los para o Santuário quando for a vez dela. Começa amanhã ao cair do sol, quando você sair para trabalhar. Isto não está sujeito a negociações nem está sendo exposto para a sua consideração. Este é um decreto real e espero que você se comporte como um macho e não como um paciente de uma instituição mental a esse repeito.

Qhuinn levantou as palmas para a cabeça, como se dando umas batidinhas e o cérebro fosse funcionar. Ou algo semelhante a isso.

— No Santuário? – perguntou.

— Ela pode viajar para lá como as Escolhidas fazem e eles também podem. – Wrath devolveu o cigarro para V. – A Virgem Escriba não está mais usando seus aposentos, então eles podem dormir lá.

— Acabei de levar mais uns passarinhos para lá – V. ponderou ao tragar. – Aposto como as crianças vão gostar. Aqueles putinhos cantarolantes são coloridos e até que agradáveis. Sabe, existem ganhos sensoriais como resultado de...

O irmão se retraiu e depois pareceu aborrecido quando tanto Qhuinn quanto o Rei o encararam como se ele tivesse tirado a roupa de couro, substituindo-a por um vestido cor-de-rosa e chinelos felpudos.

— Que foi? Só tô dizendo... – V. revirou os olhos. – Não tô nem aí. Sério.

— Voltando às visitas – Wrath prosseguiu. – Imagino que a sua maior preocupação para Layla tirá-los daqui seja a segurança, e não existe um lugar melhor para ela estar com eles... já que não pode ficar aqui.

Qhuinn cruzou os braços e encarou o carpete. Depois andou de um lado para o outro, passando diante das estátuas de mármore conhecidas pelos humanos como gregas e romanas. As formas masculinas eram poderosas e posicionadas de diversas maneiras, com mãos vazias segurando lanças que se perderam no decorrer dos séculos – e os instrumentos de combate não eram as únicas coisas faltantes. Algumas tinham membros quebrados nos cotovelos ou joelhos, um ou outro acidente tirando algo que seria necessário para sua completude. Um até tivera sua cabeça arrancada.

Naturalmente pensou naquela sua parte essencial, que ele mesmo perdera recentemente.

Seu Blay.

E agora... os filhos?

Quando Qhuinn se virou e voltou lentamente, V. apagou o cigarro na sola do coturno e enfiou-o meio fumado dentro do bolso das calças. Depois, sorrateiramente deslizou a mão desnuda até o cabo da sua 40 mm presa ao coldre debaixo do braço.

Bem pensado, Qhuinn ponderou, porque ele estava ficando bravo. Na verdade, só a hipótese de a Escolhida levar seus filhos para qualquer lugar despertava sua fúria para vibrar na base do crânio.

Só que então ouviu a voz de V. na sua cabeça:

E você vai ser que nem seu pai.

Enquanto as palavras ecoavam e ricocheteavam no espaço vazio do seu crânio, ele se viu preso entre sua essência... e o comportamento esperado dele.

No fim, a lembrança dos buracos das balas fez um lado da balança pender.

Olhando para Vishous, disse, rouco:

– Pode deixar a arma onde ela está.

– Está virando uma nova página? – V. perguntou sem abaixar a mão. – E em tão pouco tempo também. Quer dizer que, ou você está exausto ou está esperando uma oportunidade melhor.

Qhuinn focou o olhar na porta fechada da suíte dos filhos, enxergando através dos painéis do quarto atrás dela. Visualizou momentos felizes, como aquela noite e os berços com seus laços, e as pequenas letras cursivas, R na cabeceira de Rhamp, e L, na de Lyric.

– Nenhuma das alternativas. – Ele se ouviu dizer. Apesar de se sentir cansado a ponto de parecer um zumbi.

– Portanto, aceite os meus termos – Wrath prosseguiu.

– Não quero mais ver Layla. – Qhuinn meneou a cabeça. – Nunca mais. Ela e eu estamos acabados. E quero conversar pessoalmente com a *directrix*, Amalya. Quero ter certeza absoluta de que eles podem ir e voltar bem. E também, se Layla tentar mantê-los lá...

– Ela não fará isso.

– Como pode saber? – Qhuinn questionou com amargura.

– Ela me disse que é importante que você os veja.

– E acreditou nela?

Wrath tocou na lateral do nariz.

– Acha que eu não saberia se ela estivesse mentindo? E vê se me dá um tempo. Ela não é a fonte de todo o mal do mundo.

– Esse seria Ômega – V. informou com secura. – Para o caso de ter se esquecido.

– Então, está decidido. – Qhuinn não se deu ao trabalho de mostrar seu desagrado quanto ao assunto da Escolhida. – Tenho que assinar alguma coisa?

O Rei meneou a cabeça.

– Não, a menos que faça questão. Todos sabemos como será.

– Tá. Acho que sabemos.

Depois que Wrath, George e V. partiram, Qhuinn permaneceu onde estava, fitando as estátuas. Estava quase decidido a bater na porta de Z. para avisar que a barra estava limpa, mas, no fim, acabou só entrando de novo no quarto.

A partir de uma olhada rápida para o relógio, ele soube que dentro de uma hora seria a hora da mamadeira. Fritz e os *doggens* levavam a sério a tarefa de trazer o leite com muito orgulho nos horários certos e na temperatura exata. Alimentar dois ao mesmo tempo seria um desafio, mas ele daria um jeito.

Deus... Blay adorava a hora da mamadeira. Amava as fraldas, mesmo as que eram de chorar. Qhuinn voltou para perto dos berços e pensou em Layla levando-os para algum lugar. Literalmente, não conseguia imaginar isso – e cada osso do corpo, cada instinto paterno seu, gritou para que a loucura parasse. Não ligava que ela lhes tivesse dado à luz. Estava pouco se fodendo para o que o Rei dissera. E discordava completamente do consenso geral de que a traidora em vestes brancas tinha algum direito de estar no mesmo código postal que seus filhos.

Muito menos de levá-los consigo.

Baixando o olhar para Lyric, ele franziu o cenho. Havia tanto de Layla naquela garotinha, desde o formato do rosto até as mãos...

As mãos eram verdadeiramente assustadoras. Uma cópia reduzida em papel carbono.

Enquanto suas emoções ardiam, ele lhe deu as costas. E se concentrou em Rhamp.

Capítulo 31

Conforme a aurora se aproximava, pelo menos de acordo com o relógio digital sobre o criado-mudo, Xcor sentiu um resíduo de dor atravessar seu corpo.

E pensar onde estivera meras vinte e quatro horas antes.

Se um anjo tivesse aparecido para lhe contar que, no mero ciclo de um dia e uma noite, ele ultrapassara as portas da morte para se deitar ao lado do seu amor numa casa segura pertencente à Irmandade? Ele teria dito que tal destino seria impossível.

Ainda que a informação lhe tivesse sido confidenciada pela própria Virgem Escriba.

Relanceou para Layla. Sua fêmea havia desmaiado sobre seu peito, estava largada como o melhor dos cobertores que alguém poderia ter. E parte do que ele mais amava sobre esse momento, além do fato de estar completamente saciado sexualmente, assim como ela?

Ela dormia em sono profundo. A Escolhida Layla estava em perfeito repouso; o corpo, relaxado e lânguido; a respiração, tranquila; até mesmo as pálpebras estavam fechadas como se havia tempos ela não descansasse de maneira adequada.

De fato, a qualidade do sono dela o afetava por diversos motivos – o mais importante era que ela não poderia estar assim tão em paz caso não tivesse e confiança de que ele cuidaria dela. Mantendo-a a salvo. Protegida contra toda e qualquer ameaça.

Como macho vinculado, a segurança de sua fêmea era seu maior objetivo, a confiança dela em Xcor, seu maior orgulho, o bem-estar dela colocado acima de todos e de qualquer coisa.

Servi-la seria o maior e o melhor feito da sua vida, e era com grande tristeza que ele reconhecia que aquela era uma tarefa que ele não poderia desfrutar por muito tempo.

Wrath estava certo em obter o juramento do Bando de Bastardos acerca do anel de diamante negro antes de serem todos eles exilados, mediante decreto, para o Antigo País. Os guerreiros de Xcor eram por princípio um grupo de ladrões e renegados – e se ele, Xcor, ordenasse que passassem a lealdade deles para o Rei Cego? Eles o fariam e manteriam sua palavra, embora não por terem jurado a Wrath, mas em virtude da lealdade que sentiam em relação a Xcor.

Apenas por ele dariam suas vidas.

A Irmandade, entretanto, não aceitaria nada disso. Não, eles só seriam persuadidos por um juramento feito ao soberano deles – e, mesmo então, a paz intermediada seria tênue.

Portanto, o Bando de Bastardos tinha que deixar o Novo Mundo.

Mas como os encontraria? Caldwell era uma cidade grande se você quisesse cruzar o caminho de alguém que não se importava em ser localizado. Tentar descobrir o paradeiro de um grupo de machos que definiam suas noites e seus dias de modo a permanecerem escondidos?

Quase impossível. Isso se já não tivessem atravessado o oceano.

Com um suspiro leve, Layla se moveu ao seu encontro, reposicionando a cabeça no seu braço. Procurando acalentá-la ainda mais, esfregou-lhe as costas com a palma lentamente.

Ele sabia que deveria fechar os olhos e seguir seu exemplo, mas não havia a mínima possibilidade de essa última coisa acontecer. Felizmente, ele estava acostumado a funcionar privado de sono.

Deitado no escuro com seu amor, Xcor se maravilhou outra vez com o quanto ela o havia transformado. E, então, retornou para o passado.

Era difícil imaginar o que teria acontecido caso não tivesse roubado aquele grupo de guerreiros naquela floresta específica exatamente naquela noite. Ainda mais complicado não lamentar essa única decisão que acabou por levar a tantas outras coisas.

Porque um mal o encontrara...

Bloodletter.

Santa Virgem Escriba, *Xcor pensou ao encarar o tremendo vampiro macho que apareceu na floresta, vindo do nada, lançando-o para o chão. De* fato, apesar de Xcor ter buscado roubar, acabou tendo que matar... um esquadrão de machos de Bloodletter.

Morreria por isso.

— Não tem nada a dizer? — o grande guerreiro impôs-se ao pairar acima de Xcor. — Nenhum pedido de desculpas pelo que tirou de mim?

No vento agora frio, Bloodletter passou por cima de Xcor e foi apanhar pelos cabelos a cabeça decepada, deixando-a pendurada com o sangue escorrendo pelo pescoço.

— Você faz ideia de quanto tempo é necessário para treinar um destes? — O tom era mais de martírio do que de qualquer outra coisa. — Anos. Você, em apenas uma noite, em apenas uma luta, me privou de um vasto investimento da porra do meu tempo e energia.

Dito isso, ele lançou o crânio para o lado, e Xcor estremeceu quando a cabeça quicou pelo gramado.

— Você — Bloodletter apontou para ele — me compensará por isso.

— Não.

Por um instante, Bloodletter pareceu surpreso. Mas depois sorriu com todos os dentes. — O que disse?

— Não haverá nenhuma compensação. — Xcor se levantou. — Nenhuma.

Bloodletter lançou a cabeça para trás e gargalhou, o som trafegando pela noite e espantando uma coruja logo acima e um cervo mais ao longe.

— É louco, então? É a insanidade que lhe dá tanta força?

Xcor lentamente se inclinou para o lado e recuperou a foice. As palmas suavam e estavam escorregadias no cabo, mas ele segurou a arma com todas as forças de que dispunha.

— Sei quem você é — Xcor disse com suavidade.

— Sabe. Diga, então. — Mais um sorriso horrendo e ávido por sangue, enquanto o vento açoitava os cabelos longos trançados. — Eu gosto de ouvir elogios vindos da boca dos outros, e antes que eu os mate e foda seus corpos. Diga, é isso o que ouviu a meu respeito? — Bloodletter deu um passo à frente. — É? É isso que tanto o aterroriza? Posso lhe prometer, você não sentirá nada. A menos que eu decida querê-lo enquanto ainda respira. Nesse caso... Bem, nesse caso, conhecerá a dor de ser possuído, isso eu também lhe prometo.

Era como se Xcor estivesse em confronto com o mais genuíno mal, um demônio em carne e osso, colocado sobre a face da Terra para atormentar e torturar almas que, de outro modo, seriam puras.

A ESCOLHA | 269

— Você e seus machos também são ladrões. — Xcor olhou para cada centímetro daquele corpo, desde as mãos curvadas até a mudança do peso de um pé a outro. — São estupradores de fêmeas e governam a si mesmos, sem servirem ao verdadeiro e único Rei.

— Acha que Wrath virá ao seu resgate agora? Mesmo? — Bloodletter fez de conta que olhava ao redor na floresta. — Acredita que seu benevolente regente vai aparecer aqui e interceder por você, salvando-o de mim? A sua lealdade é louvável, imagino, mas não o protegerá disto.

O som de metal contra metal foi como um grito na noite, a lâmina que Bloodletter desembainhou quase tão comprida quanto a foice.

— Ainda jura lealdade, será? — Bloodletter disse de modo arrastado. — Tem ciência, eu me pergunto, de que ninguém sabe onde está o Rei? Que depois que os pais dele foram assassinados, ele desapareceu? Então, não, eu não acredito que você será salvo por ele. — Um rugido se elevou. — Nem por ninguém mais.

— Eu mesmo me salvarei.

Naquele momento, as nuvens perderam a luta contra os ventos, a cobertura pesada sendo afastada e fornecendo um espaço pelo qual a lua brilhou, iluminando o céu como se fosse o dia que Xcor não via desde a sua transição.

Bloodletter se retraiu. Depois inclinou a cabeça num ângulo.

Houve um longo instante de silêncio, durante o qual nada se moveu, a não ser pelos pinheiros e pelas moitas.

E, então, Bloodletter, voltou a embainhar a adaga.

Xcor não abaixou a sua arma. Não sabia o que estava acontecendo, mas estava muito ciente de que não se devia confiar no inimigo — e ele se colocara contra aquele temido guerreiro apenas por autodefesa.

— Venha comigo, então.

A princípio, Xcor não compreendeu as palavras. E mesmo quando as compreendeu, ficou em dúvida. Balançou a cabeça.

— Irei para o meu túmulo antes de acompanhá-lo para qualquer lugar. O que é a mesma coisa, no final.

— Não, você virá comigo. Eu lhe ensinarei os caminhos da guerra e você servirá ao meu lado.

— Por que eu faria isso...

— É o seu destino.

— Você não me conhece.

— *Sei exatamente quem você é.* — *Bloodletter apontou para a cabeça decapitada.* — *E isso torna tudo muito mais compreensível.*

Xcor franziu o cenho, uma aceleração que não era causada pelo medo ante o que estava prestes a ouvir.

— *Que mentiras você diz?*

— *O seu rosto é o que o denunciou. Pensei que você fosse um boato, uma fofoca. Mas não, não com sua mão de adaga e esse lábio. Você vem comigo e eu o treinarei e o colocarei a trabalho contra a Sociedade Redutora...*

— *Sou... um ladrão qualquer. Não um guerreiro.*

— *Não conheço nenhum ladrão que poderia fazer o que você acabou de fazer. E você também sabe disso. Negue se quiser, mas você nasceu para isto, perdeu-se no mundo e agora foi encontrado.*

Xcor meneou a cabeça.

— *Não irei com você, não... Não, eu não irei.*

— *Você é meu filho.*

Com isso, Xcor abaixou a foice. Lágrimas surgiram nos seus olhos, e ele piscou para afastá-las, determinado a não demonstrar nenhuma fraqueza.

— *Você virá comigo* — *Bloodletter repetiu.* — *E eu lhe ensinarei os caminhos adequados na guerra. Eu o forjarei como o aço temperado pelo fogo, e você não me desapontará.*

— *Conhece minha* mahmen? — *Xcor perguntou com voz fraca.* — *Sabe onde ela está?*

— *Ela não o quer. Nunca quis.*

Isso era verdade, Xcor pensou. Era o que sua ama-seca lhe dissera.

— *Portanto, você virá comigo agora e eu pavimentarei o caminho do seu destino. Você me sucederá... se o treinamento não o matar.*

Xcor voltou ao presente ao abrir os olhos que nem sabia que havia fechado. Bloodletter estivera certo em certos assuntos, errado em outros.

O treinamento no campo de guerra fora muito pior do que Xcor nem sequer poderia ter imaginado, os guerreiros de lá lutavam entre si pelos suprimentos e água escassos e também quando eram incitados à briga quer por diversão, quer só pelo combate. Fora uma existência brutal, noite após noite, semana após semana, um mês após o outro... no decorrer de cinco anos... tudo acontecendo exatamente como Bloodletter prometera.

Xcor fora forjado como um aço vivo, despido de emoções e de compaixão, como se elas nunca tivessem existido nele, crueldade em cima de crueldade o cobriram até sua natureza ser suprimida por completo em razão de tudo o que ele vira primeiro, e fizera depois.

Sadismo podia ser incutido numa pessoa. Ele era a prova viva disso.

Também era viral, pois ele fizera com Throe o que Bloodletter fizera com ele, sujeitando o antigo aristocrata a uma infinidade de indignidades, desafios e insultos. O resultado também fora semelhante: Throe superara os testes, mas também fora amargurado por eles.

Foi assim que tudo aconteceu. Ainda que, à diferença de Xcor, Throe parecia não ter sido mediado por qualquer força abençoada; sua ambição ainda era incontrolável.

Ou pelo menos assim o fora antes do sequestro de Xcor – e não havia provas que sugerissem uma mudança nas ambições e propensões do macho mediante a passagem do tempo.

Motivo pelo qual Xcor resolvera alertar Wrath a respeito do macho.

Xcor acariciou o ombro de Layla e se maravilhou com o efeito que ela surtia nele, a habilidade dela em atravessar sua armadura de agressão e hostilidade, alcançando o verdadeiro macho que havia por baixo da casca.

Aquele com quem há tempos havia perdido contato.

Ela era o seu recomeço, o mecanismo de revés que o transportou de volta ao que fora antes de o seu destino cruzar o caminho de Bloodletter.

Uma imagem do terrível guerreiro lhe veio à mente com tal clareza que lhe deu a impressão de o ter visto na noite anterior, tudo, desde as sobrancelhas grossas até os olhos penetrantes, a protuberância do queixo e a grossura do pescoço, a circunferência e a amplitude do corpo imenso. Fora um mesomorfo entre os imensos, uma força da natureza que envergonharia tanto as tempestades furiosas do verão quanto as nevascas explosivas e gélidas do inverno.

E também fora um mentiroso.

Quem quer que fosse o pai de Xcor, não fora ele. A própria filha de Bloodletter lhe dissera isso.

Xcor meneou a cabeça de um lado a outro sobre o travesseiro macio para clarear os pensamentos.

Por tanto tempo, ele quisera saber quem foram seus pais, uma realidade que ele supunha plausível para a maioria dos órfãos no mundo: mesmo indesejado por eles, mesmo sem estabelecer qualquer relacionamento com eles, ele ainda assim tivera o desejo de conhecer suas identidades.

Era algo difícil de explicar, mas sempre sentira estar sujeito a tal ausência de gravidade conforme se movia pelo mundo, o corpo possuindo uma leveza essencial que, em retrospecto, o predispusera a cair na ideologia da destruição de Bloodletter, no caos e na morte.

Quando não se tem uma bússola própria, a de qualquer um serve.

E, no seu caso, o mais maligno e aviltante que se poderia imaginar foi quem o ludibriara e abraçara. Deus, como tinha arrependimentos.

Bloodletter falara de treinamento para a guerra, mas ficara bem claro que ele servira apenas à própria sede de sangue e não à defesa da espécie – e mesmo assim, Xcor o seguira: assim que teve uma amostra do que era o orgulho paterno, por mais pervertido que fosse a sua manifestação, a aprovação se tornara uma droga que lhe era necessária, um antídoto contra o vazio instaurado dentro dele.

Só que o paternalismo não passara de um sonho, no fim das contas. Uma mentira revelada por uma verdade inesperada.

Com a perda do macho, Xcor sentiu como se tivesse sido abandonado uma terceira vez: a primeira ao nascimento; a segunda quando a fêmea que fora sua ama-seca... ou algo mais para ele... partira. E depois a terceira foi quando a falsidade de Bloodletter, indubitavelmente criada para garantir que Xcor o seguiria até o campo de guerra, foi revelada, a notícia entregue por uma fonte incontestável.

A irmã de sangue de V., Payne, matara o verdadeiro pai deles, Bloodletter.

Matando a mentira também.

Xcor pensou que estava tudo bem. Ao encontrar seu amor? Toda a sua busca cessou. Ele estivera perseguindo uma família ilusória porque nunca fora bem-vindo ali. Estava farto de buscar fontes externas para encher sua cisterna interior. Não assumiria mais nenhum sistema de valor que não fosse o seu.

E sobre encerrar a procura por algo que não existia? Ele descobrira que o destino que procurava sempre estivera dentro dele, e a sensação... era boa.

Era bom sentir-se inteiro.

Era bom oferecer-se sem reservas nem hesitações para uma fêmea de valor que o amava com todas as forças.

Xcor franziu o cenho. Mas como deixaria Layla? O destino era o que era, contudo, por mais que ele tivesse melhorado, por melhor que fossem seus caminhos agora... Ele não poderia apagar o passado ou as consequências que tinha que pagar por suas escolhas. Nada faria isso.

Na verdade, ele nunca estaria à altura da Escolhida. Mesmo se o grande Rei Cego não tivesse ordenado sua deportação, ele teria ido mesmo assim.

Eles só precisavam fazer valer o pouco tempo de que dispunham.

Para durar a vida inteira.

Capítulo 32

Enquanto a noite caía em Caldwell no dia seguinte, Blay tentou sair para a varanda de trás para fumar seu primeiro cigarro após ter acordado. O cenário estava perfeito. Tinha sua caneca YETI cheia de café da Dunkin' Donuts, feito pela *mahmen*, que encomendara o pó pela Internet, e o maço de Dunhill – que precisava racionar porque só tinha mais seis cigarros – e vestia sua parca Patagonia, que tinha mais plumas de ganso do que todos os travesseiros da casa juntos.

Isso mesmo, era um bom plano. Cafeína e nicotina eram essenciais numa missão que envolvia não conseguir dormir por mais de quinze minutos diretos durante o dia e não querer arrancar a cabeça de todos ao seu redor.

O problema? Quando ele tentou abrir a porta da varanda, teve que empurrá-la com o ombro, com toda a sua força. Em seguida foi atingido no rosto por golpes de neve.

Retraindo-se, imprecou e voltou a fechar a porta.

– Puta merda, o tempo está um...

O ruído que veio da cozinha foi alto e envolvia alguma panela de aço inoxidável ou talvez uma assadeira, a julgar pelo som de pratos de uma orquestra.

– Mãe? – ele a chamou.

Deixando de lado a arrancada química, disparou para a cozinha...

... e encontrou a mãe no chão de ladrilhos diante do fogão, o tornozelo virado num ângulo estranho, o pãozinho de noz-pecã que estivera colocando no forno também caído no chão, a assadeira na qual ele estivera acomodando cerca de um metro distante dela.

Blay largou o café e o maço de cigarros na bancada e se apressou para se ajoelhar ao lado dela.

— *Mahmen*? Bateu a cabeça? O que aconteceu?

Lyric se sentou, fazendo uma careta, apoiando o corpo nos cotovelos.

— Eu só queria colocar isto no forno antes de o seu pai descer para a Primeira Refeição.

— Você bateu a cabeça ou não? — Ao afastar os cabelos dela, rezou para não encontrar sangue. — Quantos dedos você está vendo?

Ela empurrou a mão dele da frente.

— Blay, eu estou bem. Pelo amor de Deus, não bati a cabeça.

Ele se sentou. A fêmea vestia seus costumeiros jeans de mãe e uma blusa de gola rolê que a fazia parecer um cruzamento de Mamãe Noel e a senhora Taylor, personagem de *Home Improvement*. E ela parecia estar bem, seus olhos o acompanhavam, a coloração estava boa, o comportamento derivado da vergonha e não do trauma.

— Blay, eu só escorreguei no tapetinho. Estou bem.

— Que bom, porque assim posso brigar com você. Onde diabos está a sua bota? Por que ela não está no seu pé?

De repente, a mãe fingiu tontura, batendo os cílios e levantando as mãos adiante como se não estivesse enxergando.

— São dez dedos? Ou doze?

Quando ele a encarou, ela fez uma careta encabulada.

— Aquela bota atrapalha tanto... e a cozinha é apertada. Eu ia colocá-la de novo assim que tivesse feito os ovos.

— Você escorregou ou o tornozelo cedeu?

Quando ela não respondeu, Blay deduziu que devia ter sido a última opção, e foi para perto do pé. No instante em que tentou tocar no chinelo dela, ela sibilou e empalideceu.

— Está tudo bem — disse com voz contraída.

Ele se concentrou nos lábios apertados dela e no modo como as mãos tremiam.

— Acho que torceu o tornozelo de novo. Talvez tenha fraturado alguma coisa, não sei...

— Vou ficar bem.

– Sabe, essas são as minhas três palavras menos favoritas. Qhuinn sempre as diz quando... – Ele se interrompeu e ignorou de propósito a maneira como a mãe o fitava. – Consegue se desmaterializar? Porque tenho certeza de que a doutora Jane precisa dar uma olhada nisso aí. Não, Manny. Ele é o cara dos ossos.

– Ah, não precisa. – Por que não deixamos o pai decidir? – Quando ela piscou, ele continuou sugestivamente: – Ou você poderia ser sensata e ir comigo sem reclamar.

A expressão de Lyric foi de aborrecimento, mas ele sabia que a convencera. Desde os ataques, o pai vinha se portando de modo superprotetor com a companheira. Ele parecia ficar histérico com as coisas mais ridículas – cortes de papel, cutículas levantadas, dedos do pé batidos – o que significou que, quando Lyric escorregou nos degraus da frente da casa ao apanhar o jornal, algumas noites atrás, o pobre quase perdera a cabeça.

E o machucado em questão estava pior que o primeiro.

– Consegue se desmaterializar? – Blay perguntou.

– Acha mesmo que é necessário?

– Você mesma pode responder à pergunta. Quer tentar se levantar?

A mãe encarou o pé.

– Como eu queria ter colocado a maldita bota...

– Concordo.

Ela franziu o cenho.

– Como faço para chegar à clínica do centro de treinamento? Mesmo que eu consiga me desmaterializar, não conheço a localização exata.

– Podemos chegar até perto dela e pedir que fossem nos buscar. – Blay se levantou e olhou para o teto. Ouvia os passos do pai no andar de cima, movendo-se de um lado a outro enquanto se vestia. – Acha que é melhor ou pior se formos sem que ele saiba?

– Podemos mandar uma mensagem para ele, avisando que vamos dar uma saidinha e já voltamos. Diga a ele que... que eu fui fazer compras.

A mãe odiava mentir, mas odiava preocupar seu *hellren* ainda mais. E Blay tinha que apoiá-la nesse caso. Seu pai teria um treco com o que aconteceu ali.

— Vamos embora. — Blay pegou o celular e começou a mandar uma mensagem para Jane. — Você sabe aquela quitanda na Rota 9? A que fica num celeiro?

Só que, enquanto falava, tentou abrir a porta da varanda e se perguntou que diabos estivera pensando. Sua mãe precisava se desmaterializar até um lugar seco e aquecido com o tornozelo naquele estado. O celeiro não era aquecido e provavelmente estava fechado. Era melhor do que a maldita floresta, mas, convenhamos...

No que estivera pensando?

Abaixou o telefone com o texto escrito pela metade e fitou a *mahmen*. Ela fechara os olhos e voltara a deitar a cabeça no chão; e a mão estava sobre o abdômen, contraída.

A outra estava encostada no chão, tremendo e batendo as unhas como se em um sapateado.

— Você não vai conseguir se desmaterializar — ele disse mecanicamente. — De jeito nenhum.

— Claro que consigo.

Mas a negação dela não o convenceu.

E nessa hora seu pai apareceu na cozinha, a gravata meio arrumada ao redor do pescoço, os cabelos ainda úmidos do banho e penteados num estilo que o boneco Ken adoraria, cada mecha perfeitamente ajeitada e com um aspecto congelado de tão imóvel.

— ... videoconferência com os meus clientes e... Lyric! Ai, meu Deus, Lyric!

Enquanto o pai corria para perto da mãe, Blay olhou para a porta que dava para a garagem. Os pais começaram a discutir, mas ele os interrompeu:

— Pai, me faça feliz e me diga que seu carro tem tração nas quatro rodas.

De volta à mansão da Irmandade, Qhuinn estava fazendo algo inconcebível: arrumando uma mochila preta com mamadeiras, leite em pó e água filtrada. Fraldas. Lenços umedecidos. Pomada para assaduras. Chocalhos e chupetas.

Claro, abastecer a mochila não era o problema. Normalmente, sua bagagem girava em torno de Smith & Wesson, Glocks ou Berettas, o tipo de coisa que vinha acompanhada de balas e visões noturnas, não por Pampers e Evenflo.

O outro motivo de a situação ser estranha, é ele estar arrumando a mala dos filhos para que eles saíssem da casa. Sem ele.

Eram tão pequenos. E ele não os queria de jeito nenhum perto daquela fêmea.

Recusava-se a se referir a Layla como *mahmen* deles, mesmo que apenas mentalmente.

Mas a situação era essa. Subira ao Santuário com Amalya, a *directrix* das Escolhidas, e ela o acompanhara pelo cenário bucólico, mostrando-lhe as piscinas refletoras e os templos, os dormitórios e os aposentos particulares da Virgem Escriba.

Onde Layla ficaria com os bebês.

Seria impossível discutir a respeito do arranjo. O lugar era ainda mais seguro do que a mansão, pelo amor de Deus, e Amalya lhe garantira que as crianças seriam capazes de entrar e sair sem problemas.

E quando a pressionou, ela garantira que traria os bebês de volta pessoalmente, se Layla causasse algum problema.

Uma batida suave à porta do quarto desviou a atenção de Qhuinn da mochila.

– Oi.

Beth entrou e parecia muito mais calma. Pensando bem, ela conseguira fazer prevalecer a sua vontade.

– Parece que deixou tudo pronto.

Ele baixou o olhar para o que havia separado.

– É.

– Tudo vai ficar bem, Qhuinn. Estou orgulhosa de você...

– Sem querer ofender, mas você vai ficar com o seu filho vinte e quatro horas por dia porque a pessoa com quem a teve não é um mentiroso nem um traidor. Portanto, vai ter que me desculpar se a sua versão de "tudo bem" e a minha forem ligeiramente diferentes. – Ele se afastou do pé da cama. – Não tenho permissão para ter o meu "tudo bem", que seria ter meus filhos neste quarto enquanto eu saio para lutar. O meu "tudo bem" não é estar no campo de batalha, defendendo a raça, com minha mente preocupada se Layla vai ou não devolvê-los quando é sua obrigação fazer isso. E o meu "tudo bem" evidentemente não envolveria aquela fêmea ter qualquer tipo de contato com eles de novo. Não preciso que sinta orgulho de mim e não faço questão da sua preocupação dissimulada. Só o que preciso de você é que fique com eles enquanto eu saio da porra desta casa.

Beth cruzou os braços e lentamente balançou a cabeça.

— O que aconteceu com você?

As palavras foram proferidas tão baixo que ficou claro que a pergunta era direcionada apenas para si própria.

— De verdade? Você está me perguntando isso mesmo?

Qhuinn lhe deu as costas e caminhou até os berços. Relanceou para Lyric e depois se concentrou em Rhamp, voltando a colocar a chupeta na boca dele.

— Seja corajoso, meu menino. — Qhuinn afagou a mecha de cabelos escuros. — Eu te vejo em vinte e quatro horas. Vai ser fácil, não vai?

Errado.

Era tão difícil sair dali. Seu peito estava em fogo com uma dor que ia fundo no seu DNA... Ainda mais quando seus olhos passaram por Lyric uma vez mais. Queria ir até perto dela, mas simplesmente não conseguia olhá-la na face.

Não poderia vê-la agora.

E quando andou na direção de Beth, manteve os olhos para a frente. Não confiava em si para abrir a boca nem para apenas dar um tchau. Sem dúvida despejaria alguma coisa na Rainha, e isso não ajudaria a ninguém.

Apanhando as armas e a jaqueta de couro de uma cadeira, saiu do quarto e fechou a porta silenciosamente atrás de si. Não sabia exatamente quando Layla apareceria — depois do pôr do sol, claro, mas isso já acontecera havia algum tempo. Ela devia estar para chegar a qualquer minuto...

— Pronto para a reunião?

Olhou por sobre o ombro. Z. estava saindo da sua suíte, e o irmão estava armado e pronto para o combate, com todo tipo de metal pendurado no corpo, os olhos amarelos semicerrados e astutos.

A cicatriz no rosto, a que descia pela face e distorcia o lábio superior, fez com que Qhuinn se recordasse do rosto fodido de Xcor.

— Temos uma reunião? — Qhuinn perguntou ao pescar o celular do bolso.

Ele estivera verificando o aparelho com o único propósito de ver se Blay telefonara ou lhe mandara mensagem. Uma foto. Um maldito emoji.

Nada. E ele não prestara atenção a nada mais.

Ora, ora. Mensagem no grupo convocando a Irmandade para o escritório de Wrath. Exatamente naquela hora.

– Acho que temos – murmurou ao guardar o aparelho e seguir Z.

Não houve conversa entre eles a caminho do escritório, e por Qhuinn tudo bem. Depois, quando entrou no escritório para a reunião, manteve a cabeça baixa e seguiu para o canto mais afastado da lareira. A última coisa de que precisava era reviver a merda colossal que a noite anterior havia sido. Todos souberam sobre os fatos, e na verdade compartilharam seus pensamentos com ele enquanto estivera trancado na Tumba.

Nenhum motivo para o culparem pela tremenda diversão.

Ainda assim, o ímpeto de descarregar uma arma dentro da casa ainda desencadearia muitos comentários. Sempre haveria motivos para o fato ser trazido à tona. Ou talvez existisse uma porta número três, algo que, com sorte, não estaria relacionado a ele.

Wrath estava sentado atrás da escrivaninha ornamental, no trono que fora do pai dele por tantos anos. E Vishous estava do seu lado direito, com um de seus cigarros aceso na mão enluvada, os olhos gélidos em tráfego ao longo do grupo reunido. Butch estava no sofá com Rhage, aquela peça delicada de mobiliário francês parecendo muito acima da sua capacidade de resistência a peso. Z. assumira seu posto ao lado de Phury, junto à estante de livros. E Rehv estava ali.

Quando John Matthew entrou, o cara olhou ao redor e, ao ver Qhuinn, aproximou-se dele. Não sinalizou nada, apenas se recostou na parede e enfiou as mãos dentro dos bolsos das calças de couro.

Qhuinn relanceou para o amigo.

– Eu e você estamos juntos na ronda de hoje.

John assentiu e tirou as mãos dos bolsos.

Acho que não vamos a parte alguma.

– Não vão me deixar ir a campo?

Não, por causa da nevasca. Recorde de neve. Inédito nesta época do ano.

Qhuinn deixou a cabeça pender para trás, de modo que batesse no gesso da parede. Que maldita sorte a sua. Não haveria modo de ele ficar dentro da casa enquanto os filhos estivessem com aquela fêmea, sem que

Blay estivesse conversando com ele, e seus irmãos ainda estivessem putos da vida pelo fato de Xcor ter fugido da Tumba.

Puta merda, ele pensou. Não estava numa prisão. Não teria que...

Wrath falou de seu posto no trono.

– Então, vamos acabar logo com isto.

Qhuinn cruzou os braços e se preparou para mais uma rodada em que seria abordado o quanto ele era um bosta.

– Sabemos onde Xcor está – o Rei anunciou. – E ele trará os Bastardos até mim.

No mesmo instante, a sala explodiu com discursos e xingamentos, os irmãos batendo os coturnos no piso, todos de pé – e Qhuinn também pareceu surpreso até a alma. O macho estava sob custódia novamente? Alguém por certo teria lhe dito algo...

Lembrou-se da confusão que fizera na Tumba e concluiu... não, a Irmandade estava basicamente de saco cheio dele e de Xcor no momento.

– Ele é meu! – Tohr exclamou acima da balbúrdia. – Sou eu quem vai matá-lo!

Isso era tremendamente discutível; mas Qhuinn manteve o questionamento para si. Achado não é roubado, e coisa e tal.

Se chegasse ao filho da puta primeiro, era ele quem acabaria com o maldito e ao inferno com...

– Não, não vai – Wrath ladrou. – Ninguém vai matá-lo.

Conforme as palavras do Rei foram absorvidas, todos se calaram, e V. foi para trás de Tohr como se estivesse se preparando para contê-lo pelo pescoço.

Espere... O quê?, Qhuinn pensou.

– Vocês entenderam – o Rei ordenou. – Ninguém vai matá-lo.

Em seguida, como se para veicular suas ordens junto aos maiores interessados, Wrath olhou primeiro para Tohr... E depois diretamente para Qhuinn.

Capítulo 33

Na casa segura da Irmandade, Xcor estava no chuveiro, com o rosto voltado para o jato de água, o corpo recuperando as forças minuto a minuto. Assim que a noite caíra, deixara Layla adormecida na cama que partilharam e subira até a cozinha, onde encontrara diversas fontes de calorias e se pusera a consumi-las. Não lhe pareceu importante que os sabores não combinassem: bebeu suco de laranja com sorvete de menta e lascas de chocolate, *chilli* direto da lata sem se dar ao trabalho de esquentar, um filão de pão com uma barra de manteiga, ambos inteiros, e fatias de queijo e frios, além das duas pizzas que estavam no congelador.

Que ele tivera que assar, pois não conseguiria comê-las congeladas.

Teria que reabastecer a despensa, apesar de não saber como fazê-lo. Nunca manipulara o dinheiro do grupo e, portanto não tinha acesso a nenhuma conta bancária nem a recursos financeiros. E já não era mais ladrão.

Throe sempre controlara os fundos. Dentre os integrantes do grupo, era ele quem poderia se apresentar melhor quando o contato com os humanos se fazia necessário...

Xcor sentiu a presença de Layla no momento em que ela abriu a porta do banheiro e, quando mudou de posição para admirá-la, quase caiu de joelhos. Ela estava gloriosamente nua: as coxas, os seios de bicos rosados e o quadril adorável, as pernas longilíneas e o sexo perfeito, exposto para ele, e apenas para ele, ver.

Seu pau ficou duro de imediato.

Mas Xcor o escondeu dela. Apesar de terem feito amor no decorrer do dia, ele encostou nela a extensão na barriga e a manteve ali com as duas mãos.

Ela caminhou, quieta, pelo piso de mármore e abriu a porta para se juntar a ele.

Os olhos dela se desviaram para as palmas dele.

– Por que não se mostra para mim?

De fato, ele mantivera as roupas a noite inteira, abaixando as calças enquanto a penetrava, reajustando-as sobre o quadril quando, depois, aninhava-a contra si.

– Xcor? – ela sussurrou enquanto o vapor a envolveu, e a pele começou a reluzir com a umidade. – Por que não quer que eu o veja?

Meneando a cabeça, ele preferiu não falar. Era simplesmente difícil demais pôr em palavras o quanto era difícil expor sua nudez para Layla. Ela nunca pareceu se importar com seu defeito, nunca pareceu notá-lo, tampouco julgá-lo inferior por causa disso – ainda assim, as roupas eram uma máscara que ele preferia usar na presença dela. Fora diferente quando quisera repeli-la, quando procurou desafiá-la com a sua feiura na esperança de que ela lhe desse as costas e parasse de torturar a ambos. Mas agora...

Fora rejeitado a vida toda. Nada daquilo teria a menor importância, contudo, caso ela se afastasse também...

Layla se ajoelhou com a graciosidade do luar recaindo dos céus. E seu primeiro instinto foi o de ajudá-la a se erguer, pois não apreciava a ideia de ela ficar no piso desconfortável. No entanto, quando ele se inclinou na direção de sua amada, Layla o deteve.

Inclinou-se na direção das palmas ele.

Esticou a língua...

... e lentamente lambeu o dedo médio da mão direita dele.

A língua dela estava escorregadia em virtude da água, suave e macia como o veludo. Ele se recostou contra a parede do chuveiro.

Os olhos de Layla subiram pelo corpo dele enquanto repetia o movimento – e depois lhe sugou o dedo para dentro da boca. Retorcendo a língua, mais quente agora, como o interior dela.

– Layla... – implorou.

Um a um, ela lhe sugou os dedos, soltando a contenção sobre o pênis, deixando-o tão fraco que as mãos se afastaram, não por tê-la comandado a agir assim, mas porque lhe faltavam forças para os braços desempenharem qualquer outra atividade.

Livre do escudo, o pau se projetou para longe do quadril, a água do chuveiro fazendo com que o mastro orgulhoso reluzisse. Céus, ele desejava o que pretendia fazer, ansiava pela sensação dos lábios na glande, na extensão toda, queria a sucção e...

– Caralho – ele gemeu quando ela o capturou.

Ela não inseriu tudo o que ele tinha a oferecer. Concentrou-se na ponta, provocando-o, recuando, abocanhando um pouco mais – e bem quando ele achava que perderia a cabeça, ela esticou a língua e rodeou a ponta, lenta, ah, tão lentamente. E durante todo o tempo, os olhos verdes o fitaram, a água caindo por cima dela, escorrendo pelos mamilos, desaparecendo entre as pernas afastadas.

Xcor teve que se segurar em alguma coisa para continuar de pé; as palmas derraparam no vidro, mas encontraram algum tipo de apoio na parede de mármore.

– Ah, Deus, Layla... – Fechou os olhos. – É demais...

Mas ela não parou. Enfim o sugou por inteiro, engolindo-o por completo apesar de ele provavelmente estar em sua garganta.

Ele teve que olhar. E no segundo em que viu os lábios dela se esticarem ao redor da sua espessura, começou a gozar.

– Eu... ah, cacete...

Mesmo quando ele tentou se afastar, para o caso de ela não saber o que estava acontecendo, ela não permitiu. Encontrou um ritmo na sucção, aceitou o orgasmo dele em sua boca, as mãos subiram pelas coxas para amparar as bolas.

Xcor acabou de bunda no chão. Literalmente.

Os músculos das coxas cederam, e ele só conseguiu se impedir de cair num amontoado, esmagando-a ao despencar. E ainda assim, ela continuou a lhe dar prazer, reposicionando-se com ele, suscitando-lhe a mais um orgasmo depois do primeiro, as pernas afastadas para acomodá-la, as mãos indo para os cabelos molhados dela, a cabeça e o pescoço se apertando no canto do box.

Quando finalmente terminou, ela se levantou e lambeu os lábios. Nesse ínterim, ele apenas conseguiu respirar e encará-la, com o crânio pendendo no alto da coluna, os braços largados de lado, o chuveiro despejando uma chuva quente como se ele fosse uma rocha em meio à floresta.

– Quero fazer o mesmo com você – ele confessou com voz gutural.

Ela se sentou sobre os calcanhares e sorriu.

– Quer?

Ele assentiu. Como um parvo.

– Você me parece um pouco cansado, guerreiro – murmurou. – Eu te deixei cansado?

Xcor estava prestes a negar quando ela se inclinou para trás, acomodou os ombros na parede oposta e imitou-lhe a pose. Quando ela cerrou as pálpebras, ergueu os joelhos... e os afastou, proporcionando-lhe uma vista e tanto.

– O que você faria comigo? – ela perguntou, sensual. – Você me beijaria aqui?

Ela arrastou a mão elegante para a lateral do pescoço. Ele assentiu, quase imóvel, e ela sorriu.

– Aqui?

De lá, as pontas dos dedos moveram-se até a clavícula, e ele assentiu de novo.

– E quanto a... aqui?

Quando ela resvalou os mamilos, ele cerrou os molares com tanta força que sentiu um estalo.

– Bem aqui, guerreiro? Você me beijaria aqui?

Ela atiçou o próprio mamilo, beliscando-o de modo que acabou sibilando, e depois o esfregou, como que para atenuar a sensação. E, então, a outra mão desceu pelo abdômen.

– Que tal... aqui? – ela sussurrou enquanto afagou a entrada de sua vagina.

Um grunhido escapou dele, e Xcor disse num rompante:

– Isso. Exatamente aí.

– O que você faria com a sua boca? – A ponta de um dedo circundou o sexo por fora. – Ah, não... você usaria a língua, certo, guerreiro? A língua...

Ela arquejou ao se masturbar, os olhos fixos nele quando inclinou a cabeça para trás, as sensações evidentemente levando a melhor sobre ela.

– Você deveria colocar sua língua aqui...

Xcor se projetou sobre ela, movendo-se tão rapidamente que nem estava ciente da decisão de atacá-la. E foi bruto: afastou as mãos dela do caminho para selar a boca no sexo dela, tomando o que mais queria, aquilo com que ela o provocara.

No momento, era ela quem abria os braços, em busca de manter alguma forma de equilíbrio. Mas ele não aceitaria nada disso. Deitou-a no chão de azulejos, espalmou as mãos nas coxas dela, abrindo-a para inserir a língua, consumindo-a.

Ela gozou com tudo contra o rosto dele, as mãos se enterrando nos cabelos molhados dele, puxando até provocar dor. Não que ele desse a mínima. O importante era entrar nela, fazer com que ela chamasse seu nome, marcá-la com seus lábios e língua.

Isso não bastava.

Mesmo enquanto o clímax a assolava e ela se arqueava para longe dos azulejos, os ombros se projetando para trás, os seios empinando, a água na pele dela fazendo com que as carnes brilhassem sob a luz fraca, ele não tinha o bastante.

Xcor montou nela e empurrou o pau com força, os dedos cravando na bacia dela, prendendo-a enquanto começava a bombear. Então, os seios dela se moveram para esse e para aquele lado, os dentes inferiores se chocaram contra os superiores e os braços se debateram. Mas os olhos da Escolhida eram como fogo quando o animal dentro dele subjugou o animal dentro dela.

Ele se afastou no último segundo, elevando-se sobre ela, os ombros bloqueando o jato de água. Agarrando a ereção, foi ainda mais brutal consigo do que fora com ela, puxando o sexo para gozar uma vez mais.

De modo a cobri-la com seu sêmen.

Era a marca de um macho vinculado, uma prática estabelecida a fim de que qualquer outro macho na presença dela estivesse absolutamente ciente de que era melhor tomar cuidado caso se aproximasse dela.

Ela pertencia a outro.

Não como uma propriedade. Mas como algo infinitamente mais precioso para que outros tentassem se aproveitar.

Enquanto Xcor terminava de fazer o que queria com ela, a água do chuveiro começou a esfriar – não que Layla se importasse. Tinha seu guerreiro entre as pernas, e ele desempenhava o que era esperado de um macho quando esse clamava uma fêmea, um instinto antigo nascido na espécie para garantir sua sobrevivência. Era selvagem e era belo, era primitivo e, ainda assim, muito bem recebido no mundo moderno.

Pelo menos no seu mundo moderno.

Quando, por fim, ele desabou por cima de sua fêmea, ela envolveu os ombros largos escorregadios e fechou os olhos com um sorriso estampado na face.

— Sou pesado demais — ele murmurou junto ao seu pescoço.

Antes que pudesse detê-lo, dizendo que não se importava com a dor em seu cóccix ou da suspeita de que teria hematomas num futuro próximo, ele a suspendeu e se levantou, segurando-a nos braços como se ela fosse de vidro.

Do lado externo do chuveiro, ele pegou uma toalha macia e a enrolou nela. Depois pegou uma segunda e enxugou-lhe o rosto antes de se empostar atrás dela. Com apertos suaves, deslizou a toalha pela extensão dos cabelos, enrolando as pontas para retirar boa parte da água.

Durante todo o tempo, ela o observou pelo espelho, memorizando detalhes da expressão dele, do corpo, dos cabelos ainda molhados, de toda a força controlada. O rosto era-lhe especialmente querido: os planos e os ângulos impetuosos se suavizaram, e ela teve a impressão de que não seria aprazível a Xcor a sua visão acerca da vulnerabilidade dele. — Estará segura esta noite? — ele disse numa voz baixa. — Quando for para aquela casa? E depois, para o Santuário?

— Sim. Prometo. Eles não irão me machucar.

— E ninguém mais vai subir até lá, certo? Ninguém pode chegar até você?

— Ninguém, além das Escolhidas, tem acesso. Não sei bem como funciona, mas sempre foi assim. Somente minhas irmãs e o Primale têm permissão para ir e vir à vontade.

— Bom. Isso é muito bom.

— Para onde você vai?

Enquanto aguardava a resposta dele, seu coração batia mais forte porque ela odiou a ideia de ele estar em Caldwell, sozinho — e também porque odiava a passagem da noite. Assim que ele encontrasse seus companheiros, iria embora para longe dela.

Quando Xcor não respondeu, o silêncio entre eles se tornou palpável.

– Então, vou ficar lá durante o dia também. – Ela disse isso apesar de já ter lhe contado seus planos. – Mas, amanhã, ao anoitecer, voltarei para cá.

– E estarei aqui para recebê-la.

Quando ela exalou, aliviada, Xcor deixou a toalha de lado e apanhou a escova. Começando pelas pontas, continuou a cuidar dos cabelos dela, desfazendo os nós com cautela.

– Vou sentir sua falta – ela sussurrou para a cabeça inclinada de seu amado. Parecia totalmente incongruente que um macho tão endurecido pela guerra cuidasse dela assim, com uma escova pequena demais para as suas mãos, os ombros tão largos atrás dela, o rosto enrijecido estampando uma expressão tão gentil.

– Serão apenas uma noite e um dia. – Ele passou para o alto da cabeça dela e parecia enfeitiçado pelo modo como as cerdas negras se emaranhavam aos fios dourados. – Voltaremos para cá antes de nos dar conta.

Layla assentiu apenas porque pressentiu que seu equilíbrio emocional era de vital importância para ele – e queria fingir que estava bem para o bem dele. Mas as vinte e quatro horas de separação não eram o conteúdo de sua mente. Aquilo que duraria pelo resto dos seus dias estava ali.

Fechando os olhos, tentou não pensar a respeito. Seu coração acabara de receber alento. Não havia motivos para retornar à tristeza.

– Eu te amo – ela disse.

Xcor parou, os olhos disparando rumo aos dela no reflexo do espelho.

– O quê?

Ela se virou para ficar de frente para ele. Santa Virgem Escriba, jamais se cansaria daquele rosto, do cheiro, do corpo.

Elevando-se nas pontas dos dedos, passou os braços em torno do pescoço dele, e quando os seios se encontraram com o peitoral, ela sentiu um calor ora conhecido se formando entre as coxas.

– Eu te amo – ela repetiu.

As pálpebras dela abaixaram e ele pareceu oscilar.

Mas, em seguida, ele soltou as mãos dela e abaixou-lhe os braços.

– Shhh... – Beijou-a uma vez, e depois de novo. – Eu tenho que ir, e você também.

CAPÍTULO 34

Tohr disse a si mesmo, enquanto permanecia de pé no escritório de Wrath e ouvia a todos os insultos contra Xcor, que manteria a calma. Simplesmente revelaria no rosto toda variação de expressão do tipo "tudo bem, chefe", e assentiria nas horas certas, e talvez até daria de ombros, uma ou duas vezes.

Como se Wrath deixar um criminoso livre depois de ter beijado o maldito anel real não significasse absolutamente porra nenhuma. Como se isso acontecesse a toda hora. Sem problemas.

Ah, sim, claro, e trazer o Bando de Bastardos para fazer a mesma coisa era uma ideia perfeitamente sensata. Sim, um a um, pois isso realmente minimizaria os riscos.

Porque Xcor e seus garotos seriam incapazes de pensar num ataque coordenado.

Na-na-ni-na-não. Por que fariam algo assim?

– ... todos, e quero dizer *todos mesmo* – Wrath voltou a cabeça na direção de Tohr de novo e depois girou aqueles óculos escuros ao redor até Qhuinn –, estejam a bordo nisto. Depois dos juramentos, partirão para o Antigo País e não teremos mais nenhum assunto a tratar com eles.

Na verdade, Tohr pensou, talvez devesse simplesmente morder o cano de uma pistola agora mesmo. Muito mais eficiente do que esperar seu cérebro explodir com uma solução que tinha estampada sobre toda a sua extensão: IDEIA IDIOOOOTA.

Quando Wrath se calou, instaurou-se um silêncio demorado no escritório – o que significava certa quantidade de pessoas ainda convictas das próprias ideias –, e Tohr relanceou para Qhuinn. Os olhos do irmão estavam concentrados no chão como se estivesse avaliando a integridade física dos cadarços dos seus coturnos.

Tohr voltou a olhar na direção de Wrath. O Rei estava sério pra cacete em relação a esse plano idiota, com o maxilar travado e toda uma postura de "nem pense nisso".

Por mais que o resto dos irmãos não gostasse da determinação, acatariam aquela merda, não por serem fracos, mas porque sabiam que Wrath não cederia – e eles levavam muito a sério sua função de guarda-costas.

Portanto, fariam o melhor para manter aquele macho vivo.

Mesmo quando fosse a uma casa segura à espera de que o Bando de Bastardos se prostrasse sobre um joelho, como um monte de noivos humanos.

A questão era que juramentos feitos por machos sem honra não passavam de um tremendo desperdício de sílabas.

– Bom – Wrath murmurou. – Estou contente por todos me apoiarem na decisão. Um punhado de irmãos tossiu, e alguns pés se remexeram. Vishous acendeu outro cigarro, e Butch pegou aquele imenso Jesus que sempre trazia consigo, esfregando o símbolo de fé entre o indicador e polegar. Como se estivesse rezando mentalmente.

Cara esperto.

Em seguida, como se tudo estivesse bem, Wrath passou a tratar de assuntos rotineiros: falou sobre a divisão dos turnos, quando o próximo pedido de armas seria feito, e como o programa de treinamento vinha prosseguindo.

– Agora, em relação a esta nevasca. – Wrath meneou a cabeça. – A coisa está feia lá fora. Vou suspender esta noite. Dia de brincar na neve, babacas.

Houve murmúrio e concordância, e logo foram dispensados.

Tohr queria ser o primeiro a sair do escritório, a raiva esganava-o, mas ele se conteve, ficando no meio do grupo, avançando do jeito que sempre fazia. Não conversou porque não confiava em si mesmo para deixar que a boca falasse, apesar das tentativas em aparentar que estava pouco se lixando com os planos alheios.

Torneio de bilhar. Pôquer. Bebida. Sundae bar MYO.

Este último mencionado por Rhage.

Tohr esperou... até finalmente estar de frente com o que esperava.

Qhuinn saiu do escritório por último e parecia um lutador profissional à procura de um ringue. Ao caminhar, Tohr se colocou no caminho do cara de forma que os ombros se chocaram.

Quando Qhuinn encarou-o, Tohr encarou os olhos díspares com firmeza. E depois, num tom suave, disse:

— Garagem. Dez minutos.

Qhuinn pareceu surpreso, as sobrancelhas se erguendo. Mas ele se recuperou rápido.

O assentimento do irmão foi quase imperceptível.

Depois do encontro, seguiram para direções opostas.

No fim do corredor de tamanha alegria ocorrida no escritório, Trez despertou em seu quarto e sabia que não deveria se mover rapidamente, tampouco se alegrar com o fato de o estômago enfim parecer navegar mares tranquilos. O verdadeiro teste viria quando tentasse se sentar, e depois de ter passado umas boas doze horas deitado de costas, sentindo-se atropelado por um caminhão, não estava com muita pressa de provocar a sorte, por isso tentou ficar na vertical.

Mas não poderia permanecer assim para sempre.

Enquanto erguia lentamente o tronco do colchão, procurou não se concentrar demais em cada recôndito do seu corpo e cabeça. Lendo folhas de chá em relação a como a situação prosseguiria dali...

— Mas que porra!

Trez se retraiu tão rapidamente que bateu o crânio na cabeceira e de pronto teve um *flashback* de como havia sido o dia anterior.

Havia alguém sentado ali no quarto, na cadeira mais distante...

— Tá de zoeira? — Exalou um xingamento e esfregou a cabeça. — Fala sério! Que brincadeira é essa?

Do lado oposto, uma espécie de espantalho malfeito, vestindo calças jeans, camiseta do Nirvana, camisa de flanela daquele anjo e um par de Nikes que fora preenchido sabe lá Deus com o quê. A cabeça do "Lassiter" era feita a partir de uma sacola de batatas constituída em nylon, e os cabelos loiros e pretos eram uma coleção de meias sociais de cano alto – provavelmente de Butch – e panos de limpeza Swiffer, mantidos no lugar por alfinetes.

Ao redor do pescoço? Uma placa escrita à mão com os dizeres: O CHEFE ESTEVE AQUI.

– Filho da puta.

Passando as pernas para a lateral da cama, Trez deu um tempo para o coração retomar um ritmo abaixo de duzentas batidas por minuto. A boa notícia era que a enxaqueca parecia estar bem longe no seu espelho retrovisor, a bigorna que estivera pendurada do lado direito da cabeça desaparecera e seu estômago roncava de fome.

Depois de banhar-se, barbear-se e vestir roupas limpas, ele estava pronto para cumprir sua obrigação, ou seja, ir para a shAdoWs e avaliar como estavam as coisas.

Em vez disso, pegou o celular e ligou para o irmão. iAm atendeu ao primeiro toque.

– Como está se sentindo? – o cara perguntou.

– Estou vivo.

– Isso é bom.

– E então?

– Então o quê? – Quando Trez não preencheu as lacunas, iAm começou a murmurar palavras começadas com F. – Trez, sério, deixa isso de lado, ok?

– Não vai rolar. Pode, por favor, contratar aquela fêmea?

Houve um período longo de silêncio – o qual Trez interpretou como uma tentativa de iAm ao se apegar à esperança de que o irmão daria voz à razão. Mas Trez não estava nem aí. Esperaria sem se preocupar e acabaria recebendo o que queria, e Therese teria o seu emprego no Sal's.

– Tá bom – iAm disse, bravo. – Dou o emprego a ela. Tá feliz agora?

Não, nem perto disso.

– Aham. Obrigado, cara. Você está fazendo a coisa certa.

– Será? Não sei bem se permitir o seu contato com essa fêmea vai acabar ajudando a qualquer um de nós.

Trez fechou os olhos e se lembrou da sensação dos lábios de Therese, do sabor dela, da fragrância trafegando pelo ar frio até seu nariz... sua alma.

Uma pontada de náusea tirou tudo isso da sua mente.

– Vai ficar tudo bem. Não vou incomodá-la.

– Aham. Tá.

Depois que Trez desligou, lançou um olhar bravo para a efígie do anjo ali no canto.

— Lassiter — chamou em voz alta. — Apareça, sei que está em algum lugar por aqui.

Esperou, já imaginando que o anjo passaria pela porta. Saltaria para fora do closet. Deslizaria por debaixo da cama. O cara estava sempre por perto, quer você quisesse ou não.

Mas ele deveria ter desconfiado. Dez minutos e absolutamente nenhum anjo depois, pareceu-lhe justo que da única vez em que queria ver o cara, o maldito fingisse ser um fantasma.

Vestindo uma jaqueta limpa, Trez saiu do quarto e pegou o celular de novo ao seguir para a escadaria. Enviou uma mensagem de texto para Xhex enquanto descia e se surpreendeu quando ouviu o toque de resposta em seguida. Normalmente, ela estaria verificando as bebidas do estoque no...

Ah. Entendido. Nevasca. Boate fechada, ninguém indo a parte alguma da cidade.

Ao chegar ao átrio, atravessou o desenho da árvore em flor do mosaico e foi direto para a sala de bilhar — onde uns três quartos da Irmandade estava reunida ao redor de tacos de sinuca, com bebidas em mãos.

Butch se aproximou dele, o antigo policial humano elegante como de costume.

— Vai se juntar a nós? Quer uma bebida?

Antes que pudesse responder, Xhex apareceu de trás do bar.

— Pois é, resolvi fechar a boate. Os seguranças estavam me ligando, dizendo que não conseguiam atravessar a cidade, os *barmen* também. Nenhuma das meninas. A única coisa que apareceu foi a entrega de bebida, e o DJ, apesar de esse já estar lá porque estava bêbado demais na noite passada e acabou indo dormir nos fundos.

Trez agradeceu, mas negou a oferta de Butch e se voltou para Xhex.

— Acho que nunca fechamos numa quinta-feira.

— As primeiras vezes acontecem quando menos se espera.

— A neve está tão ruim assim?

— Veja por si só.

Quando ela apontou para uma das oito janelas de pé-direito inteiro da sala, Trez usou isso como desculpa para se distanciar da conversa e dar início à sua saída à francesa da casa, e da mansão como um todo. Não que não amasse os Irmãos. Era que, a essa altura do seu estado traumático pós-enxaqueca, toda a conversa e as risadas, as batidas das bolas de bilhar, J. Cole e Kendrick Lamar, tudo isso estava acima dos seus limites.

Escolhendo a janela que estava mais próxima do arco de entrada da sala, afastou a cortina e olhou para o pátio – ou o pouco que conseguia enxergar dele. A neve caía tão forte que ele mal enxergava um metro além da mansão e, evidentemente, estivera nevando assim havia algum tempo. Sob as luzes de segurança, parecia que um toldo branco fora lançado sobre toda a parte, os contornos do telhado do Buraco, os grandes pinheiros da montanha, os carros estacionados do outro lado da fonte cobertos por uns trinta centímetros do fenômeno climático que vinha dos céus...

A princípio, a figura não fora notada, as vestes e o capuz brancos indistinguíveis do cenário imaculado. Mas ele logo reconheceu uma fenda no padrão dos flocos de neve, a cascata rodopiante em movimento em torno da silhueta.

Que o encarava.

No jorro frio, todo o sangue desapareceu da sua cabeça.

– Selena? – ele sussurrou. – É...

– Estamos na época errada do ano para este tipo de tempestade – Xhex murmurou ao seu lado.

Trez se sobressaltou tanto que quase chegou ao teto. E, na mesma hora, olhou de novo através da vidraça.

A figura havia sumido.

– Trez?

Nesse instante, a campainha tocou. Trez se virou e disparou para fora da sala de bilhar, chegando à porta pesada, escancarando-a...

A Escolhida Layla recuou, o capuz branco que colocara na cabeça escorregando para trás dos cabelos loiros, flocos de neve caindo das vestes brancas até os pés.

– Tenho permissão para estar aqui – ela disse ao levantar as palmas como se ele estivesse lhe apontando uma pistola. – Tenho permissão. Pergunte ao Rei.

Trez relaxou dentro da própria pele e fechou os olhos por um segundo.

– Não, sim, não... Claro. Entre.

Ao dar passagem, ele não sabia por que ela estava tão na defensiva – ou por que estivera fora numa noite como aquela. Mas não se deteve no assunto.

Estava distraído um tantinho demais tentando se entender com a visão sob a nevasca... a forma como imediatamente presumira que se tratasse de sua Selena, que ela tivesse ido vê-lo, ressurgindo dos mortos.

O que era loucura. Uma loucura total.

Não sei bem se permitir o seu contato com essa fêmea vai acabar ajudando a qualquer um de nós.

– Ah, cala a boca... – murmurou.

– O que disse? – a Escolhida Layla perguntou.

– Merda, desculpa. – Esfregou o rosto. – Só estou falando sozinho.

É, porque isso não significava que ele estava louco nem nada assim. Nada mesmo. Pode crer.

Pelo amor de Deus, ele precisava dar um jeito em si mesmo antes que acabasse enlouquecendo de vez.

Capítulo 35

Quando Layla entrou na mansão e perscrutou ao longo do átrio, maravilhou-se com a rapidez com a qual a construção que outrora fora seu lar agora lhe parecia algo tão desconhecido: depois de todo o tempo passado na propriedade da Irmandade, conhecia todos os cômodos e andares, as pessoas e seus ritmos, tão bem quanto conhecia os do Santuário. Agora, contudo, quando Trez lhe deu entrada e ela contemplou o átrio resplandecente com suas colunas multicoloridas, a lareira estrepitante e as arandelas de cristal, parecia que entrava num museu ou num palácio que nunca visitara antes.

Pensando bem, lar implica um lugar no qual se é bem-vindo. E ela já não o era ali.

— Ei! Você chegou!

Enquanto Beth saía da sala de jantar e lhe dava um abraço acolhedor, Layla ficou muito feliz ao ver um rosto sorridente.

— Você viu as fotos que mandei? — a Rainha perguntou.

— Eu não estava com o meu celular, mas mal posso esperar para vê-las.

O que Layla queria mesmo dizer é que mal podia esperar para ver os filhos. Não ligava para fotos, queria a coisa de verdade e *já* – só que não desejava ser rude, e certamente não seguiria até o segundo andar sem ser convidada. Só Deus sabia onde Qhuinn poderia estar...

Seguindo a deixa, como se o universo estivesse determinado a colocá-los no mesmo espaço, Qhuinn apareceu no alto da escadaria. E Santa Virgem Escriba, ele estava vestido para a guerra, o corpo envolto em couro negro, as armas presas ao peito e ao quadril, o corpo delgado um estudo de agressividade.

No mesmo instante, ele a encarou, os olhos estreitados como se avaliasse um alvo. Logo desceu os degraus acarpetados em vermelho como se estivesse numa missão.

Beth de pronto enrijeceu, e Layla recuou um passo, para o caso de ele atacar, as costas já batendo na madeira entalhada da porta de acesso. Mas em vez de correr até ela, Qhuinn continuou a entrar na sala de refeições, com aqueles seus coturnos surrando o piso.

Mesmo depois de ele ter partido, foi como se houvesse um rastro de fogo nas suas passadas, a fúria pairando como um cheiro muito ruim.

Isso não seria bom para os bebês, Layla pensou ao levar a mão trêmula junto aos cabelos. Os dois teriam de fazer algo a respeito da ruptura do relacionamento, mas ela temia e tinha a sensação de que, apesar de gostar de imaginá-lo mais suave, ele jamais faria isso.

– Venha – Beth chamou-a em tom baixo. – Vamos subir.

Layla assentiu e seguiu a Rainha. O fato de estar sendo acompanhada até o segundo andar não lhe passou despercebido, mas, a cada degrau que subia, seu coração acelerava de antecipação, pois estava prestes a ver Rhamp e Lyric. No entanto, também pesou de tristeza. Quando um sentimento de alienação a acompanhou, ela refletiu que outra época de sua vida que terminara quase antes de ter começado: não percebera que, mesmo em meio à culpa e à ansiedade em relação a Xcor, fora feliz com seus filhos ali, assim como tivera expectativas de criá-los com Nalla, L.W. e Bitty.

E então tudo isso não existia mais.

Mas lembrou-se: o que lhe restava para se apegar era o fato de que, ao menos, poderia ver seus filhos. Essa não tinha sido uma conclusão certa antes da decisão de Wrath.

Quando chegaram ao topo, Layla perdeu o ritmo ao notar as portas fechadas do escritório de Wrath, e teve que se recompor a fim de prosseguir para o corredor das estátuas. No meio do caminho, hesitou novamente, mas, dessa vez, foi para que Beth abrisse a porta do quarto que Layla tomara como seu. Nessa fração de segundo, ela percebeu que no chão havia um tecido dobrado com manchas de tinta junto a algumas latas, um balde de gesso, além de brochas e pincéis. Seu estômago se contraiu ao deduzir o motivo de os utensílios estarem ali.

Os buracos de bala na parede.

Mas logo a porta estava livre e ela correu para junto dos berços.

– Meus amores! Meus amores! – Com os olhos rasos de lágrimas, ela não sabia em quem se concentrar primeiro, a cabeça se virando de um lado a outro. – *Mahmen* está aqui!

Uma parte paranoica sua estava preocupada que talvez eles já tivessem se esquecido dela. Ou que talvez estivessem bravos, mesmo tão pequenos, acreditando que ela os abandonara deliberadamente, coisa que, sem sombra de dúvida, ela não fizera. No entanto, não teve com que se preocupar. Ante o som da sua voz, os dois pares de olhos se abriram e os bracinhos começaram a girar. Inclinando-se para baixo, segurou os cabelos e deixou que seu peso cascateasse ao redor de Lyric primeiro, depois em volta de Rhamp.

Enquanto os pequenos balbuciaram incoerências e reagiram ao seu cheiro e à sua voz, ela sentiu uma alegria atravessá-la, o peito se inflando de amor, todas as preocupações brevemente cedendo lugar à felicidade que não podia ser ofuscada por nada no mundo.

– Eles estão bem felizes em ver a *mahmen* deles.

Layla fitou por sobre o ombro rumo à voz.

– Cormia!

Estava de fato muito feliz em ver a outra Escolhida, e as duas se abraçaram com força. Quando se afastaram, Beth informou:

– Temos tudo pronto no Santuário.

Cormia assentiu.

– Acabei de voltar de lá, pois fui levar suprimentos para os aposentos privativos, acredito que encontrará tudo de que precisará. Fiquei pensando se não gostaria que eu a ajudasse a levá-los para lá, assim não terá que se preocupar em fazer duas viagens?

– Ah, seria maravilhoso. Obrigada. – Layla cedeu ao impulso de alisar as vestes brancas, sua dependência de gentileza das outras fêmeas a emocionava. – Eu... hum, estou muito grata pela sua ajuda. Talvez queira levar Rhamp?

– Com certeza!

Enquanto Cormia pegava o bebê, Layla apanhava Lyric e segurava o calor vital da menina junto ao coração.

– Vamos?

Pouco antes de se desmaterializar com a outra Escolhida, relanceou para o canto do quarto... para os buracos de bala tão próximos ao teto. Podia apostar que eles teriam sumido quando ela voltasse, dali a vinte e quatro horas.

Entretanto, eles não seriam esquecidos.

Fechando os olhos, tentou se lembrar da última vez em que fora ao Santuário. Ah, sim, verdade.

Fora um mês atrás... Quando descobrira quem era o pai de Xcor.

Eeeee ela também estava com o cheiro dele.

Enquanto marchava através da sala de jantar, Qhuinn estava furioso, mas nem um pouco surpreso: Wrath dera passe livre a Xcor, e Layla estivera no mundo exterior por uns vinte minutos; então, claro que o casal se encontrara. Deviam ter transado o dia inteiro.

Nesse meio-tempo, os filhos dela estavam sem a mãe.

— Espero que tenha se divertido, meu bem — murmurou ao disparar adiante.

A porta para a garagem estava nos fundos da casa, do lado oposto do quartinho de casacos, e ele teve que se desviar dos *doggens* ao longo da cozinha para chegar até lá. Estava na metade do caminho quando, ora vejam, Tohr desceu pela escada dos funcionários.

Nenhum deles fez contato visual. Simplesmente seguiram em frente, formando fila ao entrar no quartinho repleto de casacos sobressalentes, botas de neve, chapéus e luvas. Do outro lado, Tohr abriu a porta para a garagem sem calefação que ficava depois do cômodo, e os fechou ali.

O ar estava frio, seco e tinha um vago odor de fertilizante e gasolina. Quando as luzes sensíveis a movimento se acenderam, um estacionamento perfeitamente limpo, de piso de concreto, surgiu, junto a depositórios de semente para passarinhos e sal em pedra perfilados, cortadores de grama estacionados em fila, mangueiras, pás penduradas. Mais no alto, vigas feitas de madeira antiga, tão resistentes quanto a montanha na qual a casa fora construída e, do lado oposto, dezesseis caixões estavam empilhados um ao lado do outro, como se não passassem de baús de mudança da U-Haul.

O fato de Tohr ter andado até lá e parado junto a eles pareceu adequado.

Quando o irmão falou, sua voz saiu baixa, mas profunda, como se surgisse do Inferno.

– Não tenho a mínima intenção de deixar isso de lado.

Não havia motivo para definir *isso*, certo?

Qhuinn balançou a cabeça lentamente.

– Nem eu.

– Não sei quando foi que Wrath se transformou num maldito *millenial*. – Tohr começou a andar de um lado para o outro. – Mas talvez ele devesse descer daquele trono e começar a trocar Snapchats sobre como todos precisam perdoar e seguir em frente. Botar uma maldita carinha de coelho na foto dele e fazer meditação guiada para a unidade. Isto é *loucura*.

O irmão parou e pôs a mão sobre um dos caixões, o maxilar cerrando com força, formando uma cova na bochecha.

Tohr meneou a cabeça.

– Às vezes temos que tomar conta do Rei, mesmo quando ele não quer que você faça isso.

– Verdade.

– Às vezes, as pendências têm de ser resolvidas por mãos diferentes.

– Concordo cem por cento, porra.

Os olhos azul-marinho de Tohr fitaram o guerreiro.

– O campo de batalha é um lugar muito perigoso.

Qhuinn flexionou as mãos, fechando os punhos.

– As pessoas se machucam o tempo todo.

– *Redutores*. Humanos. Eles conseguem provocar muitos danos, mesmo em guerreiros muito experientes.

Enquanto Qhuinn assentia, reconheciam que, por mais que se aproximassem por perspectivas completamente diferentes, certamente estavam chegando ao mesmo maldito lugar. Xcor morreria lá fora, enquanto supostamente estivesse à procura de seus rapazes. Quer pela bala de Qhuinn ou de Tohr, o maldito morreria.

– Então é uma corrida? – Qhuinn interveio. – Do tipo, o primeiro que pegar o babaca recebe o prêmio de matá-lo?

– Não. Trabalharemos juntos e isso vai ficar entre nós. Quem quer que o apanhe, o apresentará como uma refeição a ser partilhada.

Enquanto Tohr mostrava a palma, Qhuinn a segurou sem hesitação.

– Fechado.

O outro irmão assentiu quando cessaram o cumprimento.

– Vamos, então – disse Tohr. – Ele estará procurando pelos lutadores apesar do tempo ruim porque vai querer juntar as tropas o quanto antes. Nós o encontraremos em campo em lugar algum esta noite.

Com um plano determinado, os dois seguiram para o quartinho dos casacos a fim de se vestir com parcas brancas. Depois, saíram da mansão pela porta lateral que dava para o jardim de trás. Ou tentaram. No segundo em que abriram a porta, os dois foram estapeados por granizo e neve que fariam mortais comuns procurar o calor das lareiras e do chocolate quente. Mas o conforto que se fodesse.

Cuidariam da situação, e a solução seria um segredo deles.

Ninguém tinha que saber porra nenhuma a esse respeito.

Capítulo 36

Xcor esperou até sentir que Layla havia se desmaterializado completamente para longe do rancho, e depois se envolveu numa missão na pequena casinha, rapidamente vasculhando todos os armários e gavetas e possíveis esconderijos nos quartos. Sua suposição era a de que os Irmãos se hospedavam ali e mantinham armas onde dormiam – mas, no fim, não encontrou nada.

Frustrante.

Todavia, encontrou roupas adequadas para sair. Havia um armário de casacos no caminho para a porta da garagem e, dentro dele, uma parca e calças para neve grandes o bastante para o seu tamanho, bem como luvas de esqui e um gorro. Infelizmente, todas as peças eram pretas e, na neve, fariam com que ele se sobressaísse – mas como a cavalo dado não se olham os dentes...

Havia, contudo, algo que compensava a ausência de camuflagem.

Depois de se vestir, seguiu para a garagem, indo até o Range Rover no qual retiraram da floresta na noite anterior. O SUV parecia ter passado por um banho de sal, pois havia grandes marcas até embaixo, nas laterais e no para-choque frontal e no capô. Nenhuma chave, e ele não se surpreendeu com isso. Vishous a teria levado consigo.

O veículo, entretanto, estava destrancado, e o item que esperava encontrar estava no compartimento traseiro: da caixa de emergências, ele tirou três sinalizadores e os enfiou na parca, mantendo-os seguros ali dentro ao subir o zíper do casaco acolchoado.

Em seguida, voltou a entrar, ligou o sistema de segurança e rapidamente partiu pela porta deslizante da cozinha. Não esperava que Layla voltasse no meio da noite, mas, nesse caso, ele queria que ela ficasse numa casa minimamente protegida. Além disso, não tinha como trancar a casa após sua saída, imaginando que pretendia voltar a entrar e passar o dia ali.

O que ele ainda não sabia se seria o caso.

Na varanda, o tempo maquinou um grande ataque contra ele, a neve caindo em faixas pesadas que vinham com os ventos fortes, como se fosse uma tempestade dentro de uma tempestade. A visibilidade era fraca, e ele apostaria que poucos humanos se aventurariam a sair. Isso poderia conspirar a seu favor.

Fechando os olhos, desmaterializou-se...

... e retomou sua forma num bairro uns vinte e poucos quilômetros a sudoeste.

Ao assumir a forma corpórea uma vez mais, encontrou-se numa rua sem saída na qual havia casas coloniais de dois andares, casas mais caras do que a segura onde ficara, mas muito distantes ainda do patamar das mansões. Em todo o contorno, havia muitas luzes acesas: nas salas de estar, nos quartos, em garagens de canto ou em árvores, mas com a neve pesada que caía, as iluminações eram isoladas, e não se conseguia avançar muito mais.

Apoiando-se no vento, ele percorreu o restante do caminho, as botas pesadas revolvendo a neve fofa em seu caminho, a audição aumentando e diminuindo a depender da direção dos ventos. A propriedade específica que procurava ficava bem nos fundos e, como as outras, também tinha luzes acesas dentro. Batendo as botas na entrada, espiou através da vidraça enquanto um humano magro, de uns quinze ou dezesseis anos, entrou na sala sem dizer nada para a mulher de meia-idade que estava sentada diante da lareira falando ao celular.

Xcor foi para o caminho de entrada, que não era mais caminho nenhum, porque a neve caía com tanto vigor que ninguém tentaria limpá-lo até o término da tempestade. Quando chegou à porta da frente, na qual estava afixada uma guirlanda, estendeu a mão e experimentou girar a maçaneta de latão.

Estava destrancada, portanto ele simplesmente abriu e entrou.

Tudo se moveu em câmera lenta na sala de estar. O jovem olhou por sobre o ombro, depois deu um salto de susto. A outra fêmea ficou de pé, e qualquer que fosse a bebida quente que estava sorvendo, ela saiu voando.

Xcor fechou a porta enquanto o filho foi se proteger atrás da mãe.

Covarde.

Todavia, sentiu uma pontada de emoção indesejada quando a mãe empurrou o rapaz ainda mais para trás dele, mesmo ele sendo mais alto do que ela, e potencialmente mais forte.

– O q-q-ue v-você quer? – ela perguntou.

Quando uma mecha de cabelos loiros recaiu sobre o rosto da mãe, ela a soprou para longe dos olhos; as mãos estavam ocupadas com a tentativa de manter o filho em relativa proteção.

– Tenho... – A voz dela guinchou. – Minha bolsa está na bancada da cozinha. Leve o que quiser... Tenho joias, no andar de cima. Mas, por favor... não nos machuque.

Xcor observou o rosto corado e o corpo trêmulo dela de uma perspectiva que lhe pareceu bem distante. Depois olhou em torno. A mobília fora trocada desde que ele e seus bastardos ficaram sob aquele teto, o sofá modular havia sumido junto com as eternas caixas de pizza vazias e as sacolas de lona, armas e munição, botas e adagas.

– Não vim atrás do seu dinheiro – Xcor disse em voz baixa.

Ela fechou os olhos brevemente, o rosto de súbito ficou pálido.

– Tampouco vim por sua causa. – Xcor ergueu a palma porque sabia que ambos se concentrariam nela. – Não sou profanador de fêmeas e de jovens.

Enquanto os olhos dos humanos se concentravam na palma erguida, o guerreiro entrou nos seus cérebros e congelou tudo ali dentro, de modo que eles apenas respiravam e piscavam. Nesse intervalo, no chão, o celular derrubado pela mãe ainda estava conectado, e uma voz em pânico exigia uma resposta.

Seria um bom palpite afirmar que o diálogo com um vampiro não acalmaria o medo de ninguém.

Deixando a humana agitada de lado, Xcor bateu as botas no capacho para limpar boa parte da neve delas, depois galgou as escadas, dois degraus de cada vez. No topo, foi direto para a suíte principal, que fora elegantemente decorada nas cores azul e branca.

Nenhum resquício dos horríveis babados e rendas. E também haviam sumido os botões de rosa que tomavam conta do banheiro cor-de-rosa.

Por mais ofensivo que as lembranças lhe soassem, ele não perdeu tempo apreciando a melhora na decoração. Prosseguiu diretamente para o armário alto e estreito ao lado do box, onde toalhas teriam sido guardadas caso ele tivesse alguma na época em que ali morara.

Mas era evidente que agora as prateleiras estavam repletas de toalhas brancas felpudas bem dobradas.

Ajoelhando-se, ele tirou os materiais de limpeza da prateleira inferior e expôs o piso de azulejos que, ainda bem, a proprietária da casa não alterara. O painel que ele criara anteriormente era de trinta por trinta centímetros no fundo da partição, e ele teve que retirar as luvas para soltá-la com as pontas dos dedos. Depois esticou o braço e enfiou a mão no esconderijo.

O par de semiautomáticas estava exatamente onde as deixara.

E também a caixa de munição.

Xcor recolocou a tampa do compartimento secreto só porque facilitaria o trabalho de lavagem mental que teria de fazer nos dois indivíduos no andar de baixo.

Saindo do banheiro, passou pela cama e parou na soleira. Ao olhar para trás, relembrou-se da época em que ele e seus machos passaram um tempo naquela casa.

E se surpreendeu com a vontade que sentiu de voltar a vê-los.

A descida foi rápida, e logo estava de volta ao andar térreo, junto da mãe e do filho. Ainda estavam parados juntos, a fêmea protegendo seu ente querido, procurando defendê-lo com o mesmo corpo a partir do qual lhe dera à luz.

Ele entrou em suas mentes uma vez mais.

— Vocês ouviram um barulho. Foram para fora a fim de verificar o que era. Não era nada. Quando voltaram, suas botas deixaram o capacho molhado. Noite estranha. Provavelmente foi o vento. Que bom que não foi nada.

Xcor se desmaterializou para fora, e parou um instante para observá-los enquanto despertavam, ambos fitando-se ante sua incapacidade de entender por que estavam de mãos dadas. Em seguida, a mãe levou a mão à têmpora e esfregou-a como se a cabeça doesse, e o rapaz perscrutou ao redor e estalou o pescoço.

Ambos miraram a porta.

Quando a fêmea se inclinou para apanhar o celular do chão, Xcor se pôs a caminho do destino seguinte.

O Santuário era de fato um lugar sagrado de paz e tranquilidade, e enquanto Layla estava sentada na fonte da Virgem Escriba com os dois bebês, inspirou fundo. Os três estavam envoltos numa coberta branca fofa, e a temperatura estava perfeita, o ar gentil e acolhedor como um banho quente. Acima, o céu de nuvens brancas estava claro, mas não ofuscante, e o mármore branco do pátio era iluminado de dentro para fora.

Lyric e Rhamp fizeram a viagem sem problemas, e Cormia, como se pressentisse que Layla desejava ficar a sós com as crias, partiu logo após os gêmeos terem sido acomodados ali, junto à água clara e à arvore em flor que agora estava repleta de novos passarinhos.

Acomodando os pés debaixo do corpo, balançou uma tulipa amarela diante de um, depois do outro... e depois de volta ao primeiro.

– Não é linda? Tulipa... Esta é uma linda tulipa.

De fato, as pétalas eram como a grama verde e a água azul: resplandecentes e misteriosas como joias em sua coloração. Devia ser em razão da luz incidente ali, que não irradiava de nenhum lugar e não recaía sobre nenhum ângulo específico – ou talvez existisse alguma fonte de magia sagrada em vigência ali.

Era engraçado. Ela podia afirmar que seus pequenos estavam se fortalecendo com a energia que emanava do Santuário, as faces estavam mais rosadas e com um brilho mais intenso e os movimentos, por sua vez, pareciam mais coordenados.

Sim, com certeza tinham o seu sangue dentro de si. Mesmo Rhamp, tão parecido com Qhuinn que até chegava a ser estranho, também era evidentemente seu filho. Membros das Escolhidas sempre se sentiam melhor quando vinham até ali para se recarregar.

Então, talvez tudo aquilo fosse algo bom...

Uma estranha sensação de estar sendo observada fez com que Layla se virasse. Mas não havia ninguém na colunata, e ninguém no arco aberto – os aposentos privativos da Virgem Escriba. De fato, não havia ninguém em parte alguma.

Lembrou-se de quando as coisas eram tão diferentes, quando as Escolhidas nasciam e criavam a geração seguinte de Escolhidas e Irmãos ali e serviam à Virgem Escriba, aderindo ao seu programa de adoração, descanso e celebrações. Existira alegria e felicidade, propósito e realização – ainda que sacrifícios tivessem sido necessários.

E nenhuma cor. Em parte alguma.

Layla estendeu a mão e acariciou a bochecha macia de Lyric. Por mais que reverenciasse a Virgem Escriba e as tradições que tanto valorizara e respeitara, estava feliz porque a filha não seria forçada a desempenhar um papel do qual não poderia escapar, exclusivamente a serviço de outros.

Sim, por mais que sentisse saudades dos tempos antigos e dos costumes de outrora, e por mais triste que estivesse ao se deparar com um lugar tão maravilhoso transformado, deserto e sem vida, não se arrependia de nada.

Ela era de uma geração que conhecia tanto a servidão quanto a liberdade, e essa última não era desprovida das suas dificuldades e tragédias. Mas pelo menos agora ela tinha a sensação de que era um indivíduo, que tinha desejos próprios que independiam das decisões alheias. E também tinha dois filhos que teriam liberdade para escolher quem queriam ser e que rumo dar às suas vidas.

Seria sempre melhor seguir um caminho tortuoso escolhido por conta própria do que uma trilha suave, porém determinada por outrem.

A primeira escolha era mais árdua, todavia muito mais vital. A segunda era como morte em vida... a não ser pelo fato de que não se tem consciência sobre a morte porque se está em coma.

Capítulo 37

Enquanto Vishous pisava duro no corredor subterrâneo, distanciando-se do centro de treinamento, aproximou-se da porta que dava para a mansão... e seguiu adiante. O Buraco, um nome muito adequado para o abrigo de carruagens em que ele e Butch ficavam com suas *shellans*, estava ainda uns duzentos metros mais à frente, e sua entrada subterrânea era exatamente como a que dava para a casa grande, com todos os tipos de senhas e travas de segurança que impediam o livre trânsito de pessoas que não deveriam entrar nem sair.

Depois de inserir a sequência numérica no teclado, a trava se soltou e, então, lar doce lar.

A disposição não era grande coisa, apenas uma sala de estar diante de uma cozinha embutida na lateral, e um corredor curto que desembocava em dois quartos adjacentes. Ele e Jane ficavam no primeiro; Butch e Marissa, e o guarda-roupa do policial ficavam no segundo – embora não houvesse espaço suficiente para tantas malditas roupas. No corredor abarrotado, havia cabideiros repletos de ternos e camisas. E uma fila de calçados sobre as tábuas do assoalho que, na opinião de V., eram sempre o mesmo sapato, somente em couro diferente e com diferentes fivelas.

O filho da puta se excitava com seus calçados. Mas, pensando bem, o quanto se pode fazer com um sapato masculino?

Enquanto V. fechava a porta atrás de si, demorou-se junto ao cabideiro repleto de Canali e Tom Ford. Tudo estava silencioso: Marissa estava no Lugar Seguro, Butch jogava sinuca na mansão, e Jane...

Com uma imprecação, V. seguiu para a cozinha. As garrafas de Grey Goose estavam exatamente onde ele gostava que ficassem: debaixo da bancada da cozinha, ao lado da gaveta profunda onde Butch guardava seus Fritos, os Goldfish de parmesão e os Milanos.

Esses eram os únicos lanches que o cara comia.

Engraçado, V. não percebera antes, mas Butch era um cara constante: gostava daquilo que gostava e não se interessava por novidades.

O filho da mãe provavelmente desmaiaria se você lhe oferecesse um pedaço de *bagel*. E nem pense em biscoitos multigrãos ou torrada crocante Melba.

O tira era da velha guarda, e mesmo que V. jamais o admitisse, o aspecto em questão era parte do motivo de amar seu melhor amigo. Quando se tem mais de duzentos anos, você acaba aprendendo que, quanto mais a coisas mudam, mais elas permanecem as mesmas. Portanto, sim, você pode perder um tempão e desperdiçar suas papilas gustativas, mas isso seria muito ineficiente: existia uma quantidade máxima de felicidade advinda de um pacote de bolachas ou de salgadinhos. Vadear em meio a um monte de porcarias que não dão em nada, só para simplesmente voltar àquilo de que já gostava antes, era um artifício demasiado humano.

Caralho, dava pra ver isso em toda a cultura deles, desde a "moda", que não passava de uma reação de quinze minutos de fama em um carrossel de feiura movendo-se de uma estação a outra, até o entretenimento que abarcava uma montanha do mesmo, e a tecnologia com sua obsolescência planejada e a inovação desnecessária.

Que culminava com a Apple dizendo que era "corajoso" abolir os fios dos fones de ouvido. Num maldito celular.

Pois é, merecedor de um Coração Púrpura, garotos. A Medalha Presidencial da Liberdade. Talvez acabassem se imprimindo num selo, assim que comprassem o governo americano.[4]

---

4   Coração Púrpura é uma condecoração militar dos Estados Unidos, outorgada em nome do Presidente a todos os integrantes das Forças Armadas que sejam feridos ou mortos durante o serviço militar, desde 5 de abril de 1917. A Medalha Presidencial da Liberdade é uma condecoração concedida pelo presidente dos Estados Unidos e é, junto da equivalente Medalha de Ouro do Congresso – concedida por um ato do Congresso dos Estados Unidos –, a maior condecoração civil do país norte-americano. (N.T.)

Abrindo o armário, V. pegou um copo, encheu-o de gelo... e depois encheu de vodca até a borda.

Querem coragem?, ele pensou. *Que tal abolirem a si mesmos, humanos? Esse é um bom plano.*

Não que ele estivesse amargo nem nada assim.

Nem um pouco.

Foi para a sua mesa e se sentou diante da fileira de PCs, relaxando em seu palácio e, um a um, foi ligando todos os computadores.

Fazia um bom tempo desde que tivera uma noite de folga para si, e enquanto verificava as câmeras de segurança e os monitores nas diversas partes do terreno da Irmandade, lembrou-se do motivo.

A última coisa que desejava fazer era ficar ali, sentado, mexendo nos seus Lenovo com sua Goose, totalmente sozinho enquanto todos os outros cuidavam dos seus afazeres.

Mas sua mente ainda estava perturbada com toda a situação de Xcor. Estava exausto também, mas não queria dormir. Precisava se alimentar – e não estava nada interessado em tomar uma veia. Tinha que comer – e não estava com fome. Queria se embebedar – e isso não parecia estar acontecendo rápido o bastante.

Encostando-se na poltrona, concentrou-se na tarefa de inserir álcool na corrente sanguínea, sorvendo grandes goladas que arderam na garganta e retorceram seu estômago.

À medida que começava a apresentar progressos no seu objetivo, ele pensou em Jane lá na clínica nesse momento. Quando a procurara foi só para encontrá-la mergulhada até os joelhos numa crise, Assail aos berros no quarto, Manny perguntando-lhe alguma coisa, Ehlena por perto com uma dúvida num pedido de medicamentos.

V. ficou a distância e admirou o propósito da companheira. O comprometimento. A paixão.

Deus, pobre Assail.

Seus gritos eram de outro mundo, um lembrete de que não se pode brincar com o vício. Claro, você começa no caminho expresso das substâncias químicas só para poder tocar a vida. Mas, em seguida, você se vê num quarto acolchoado, literalmente amarrado, porque você tentou arrancar o próprio rosto a unhadas.

A propósito, me passem a vodca.

V. estendeu o braço ao longo da mesa, apanhou a garrafa e voltou a encher o copo. O gelo começava a baixar no copo, mas depois desta dose, ele estaria pouco se fodendo se a merda estivesse em temperatura ambiente.

Pelo menos Assail tinha a sua Jane para cuidar dele, e ela estava se esforçando ao máximo para lhe oferecer o melhor tratamento de reabilitação durante a síndrome de abstinência. A questão era se a psicose um dia o abandonaria. Fazia um mês desde que o macho inalara pó branco pela última vez, então ele podia estar simplesmente um terreno devoluto em decorrência de tantas drogas. Às vezes isso acontecia com vampiros e cocaína.

Claro, o antigo traficante provavelmente não devia ter sabido disso quando começou a consumir a droga em excesso. Mas existiam muitas vezes na vida em que se está dançando com o diabo e não se tem a mínima ideia de quão demoníaco seu parceiro é. E você só descobre quando é tarde demais.

Era assim que o destino agia. As maldições também.

Enquanto V. ingeria mais do seu torpor engarrafado, descobriu-se pensando no chocolate quente de novo, aquele que servira a Jane bem lá no começo. Ou melhor, no primeiro dos finais deles.

Ele sempre imaginara que o último fim aconteceria quando ele morresse. Mas, sentado sozinho ali na casa, tentando se lembrar da última vez em que haviam passado algumas horas significativas juntos... isso o fez parar para pensar.

O revide era uma lástima. Quando ele e seus irmãos estavam no campo de batalha, lutando pela raça, eles não pensavam nas companheiras e nas fêmeas que sustentavam o forte em casa. Simplesmente tentavam cumprir seus deveres e permanecer vivos.

O mesmo acontecia lá na clínica. Jane não estava pensando nele agora. Ela estava trabalhando com Manny para salvar o que restava do cérebro de Assail. E ajudava o irmão de Qhuinn, Luchas, a recuperar a mobilidade e a saúde mental depois do terrível abuso sofrido nas mãos da Sociedade Redutora. Todas as noites, ela cuidava de todos os tipos de ferimento, desde os crônicos até os agudos, desde um simples Band-Aid até algo que ameaçava a vida, com concentração incansável e devoção aos seus pacientes.

Portanto, não é nada fora do seu entendimento.

E também não é que não a amasse. Merda, ela era inteligente. Era corajosa. Provavelmente era... a única fêmea já encontrada por ele e que ele considerasse uma igual – e não, isso não era uma declaração misógina. Ele também achava que muitos machos não eram seus iguais.

Que é o que acontece quando você é filho de uma divindade, ele supôs.

Definitivamente não conseguia se imaginar com outra pessoa que não Jane. O problema era que estava devotado à guerra. Ela era devotada ao trabalho dela. E, no começo, quando tudo era novo e recente, e o ímpeto de estarem juntos era uma coceira que precisava ser aliviada ou que os enlouqueceria, eles criavam tempo para estarem juntos.

Agora?

Nem tanto.

Mas tudo bem, pensou ao se acomodar à frente e voltar a se concentrar nos monitores. Nenhum deles iria a parte alguma.

Era só que... estava começando a se preocupar que isso também fosse verdade no relacionamento deles.

Uma súbita imagem de Layla se colocando diante de Xcor para protegê-lo com tudo o que tinha surgiu em sua mente e não queria se desvanecer. Jesus, naquele momento, ela teria levado uma bala no lugar do puto. Um movimento estúpido, sem dúvida, e um que ela teria lamentado no instante em que pensasse nos filhos... Mas, naquela fração de segundo, sua motivação foi o amor.

E Xcor, em resposta, falara sério ao implorar pelo afastamento da fêmea antes de sua morte. O bastardo estivera tremendamente seguro disso... e perdidamente apaixonado.

V. franziu o cenho ao perceber que o filho da puta e ele próprio tinham algo em comum, certo? Ambos tinham passado pelo campo de guerra de Bloodletter.

Era praticamente certeza que tivessem perdido a virgindade da mesma maneira.

Portanto, talvez devessem providenciar tatuagens de melhores amigos ou alguma merda do tipo.

– Puta que o pariu...

Mais Grey Goose... até precisar de um segundo refil. E se forçou a sair da própria cabeça e se concentrar nas imagens das telas diante de si, todas contemplando ambientes internos e externos, quer fossem da Casa de Audiências, daquela casinha segura em que Layla e Xcor estavam ralando e rolando, das outras três casas que eles possuíam em Caldie, do restaurante Sal's, ou da mansão e do terreno em torno.

Somente a mansão mostrava sinais de vida. Os outros lugares estavam fechados por conta da "Nevegeddon", que era como os repórteres estavam chamando a nevasca.

Enquanto observava os irmãos jogarem e rirem, notou que a grande maioria deles estava com suas *shellans* ao seu lado. As fêmeas da casa tinham suas existências separadas e independentes, mas numa noite como essa – quando os machos não estavam a serviço da guerra –, elas priorizavam passar o tempo com seus amados.

– Pois é, e eu estou aqui com a minha Goose – murmurou ao tomar mais um gole. – Não é tão ruim assim...

Infelizmente, sua mente permanecia teimosa e inaceitavelmente ébria. E isso significava que ele estava afetado demais, suas emoções ganhando um volume desproporcional de transmissão.

O que equivalia a dizer que estavam simplesmente sendo percebidas pelo seu radar.

Ele odiava sentimentos, lembram-se?

Em busca de entreter sua massa cinzenta com algo, com qualquer coisa, ligou a Internet e resolveu monitorar certas publicações humanas. Isso sempre o fazia rir. As merdas com que aqueles babacas se preocupavam eram simplesmente inacreditáveis – e depois eles acabavam inevitavelmente gritando uns com os outros através dos seus computadores.

A verdade era suavizada. A histeria nem um pouco.

Depois de passar pela CNN.com, pela Fox News e pela TMZ.com, ele acabou entrando no YouTube para assistir a vídeos de McKamey Manor, que era definitivamente um dos seus passatempos prediletos e que, no fim, acabou por alegrá-lo um pouco. E foi depois de cerca de meia hora que uma notificação apareceu no fim da tela, indicando a chegada de um e-mail.

Franzindo o cenho, entrou no Outlook para dar uma espiada.

Ora, ora, ora... O bom e velho Damn Stoker postou algo novo.

V. sorriu e engoliu outra bela dose de Goose ao entrar no blog que vinha seguindo no último mês. Era novo no cenário paranormal, escrito por um cara que parecia um cruzamento de repórter investigativo e adorador de presas.

Isto é, um humano determinado a provar a existência dos vampiros.

Era tão divertido ver como eles viravam e torciam os fins das suas falsidades lexicais, repetindo todo tipo de mentira e bobagem que os humanos vinham usando para criar mitos sobre o que na verdade existia em seu meio.

Bons tempos, bons velhos tempos.

Pense em vídeos de YouTube. Devia existir uma centena de milhares de filmagens, de sons de mordidas, de solilóquios alegando mostrar verdadeiros vampiros vampirizando com seus equipamentos vampirescos. Dirigindo carros vampiros...

Muito bem, era possível que o álcool estivesse começando a surtir efeito.

Mas Damn Stoker era diferente, e era por isso que V. acompanhava o filho da puta e suas divagações não tão divagadoras assim.

O cara, na verdade, tinha conteúdo.

De alguma forma, o cara conseguira um vídeo do embate acontecido na Escola para Garotas de Brownswick, aquele em que a Sociedade Redutora e a Irmandade se encontraram e dançaram sob o luar, por assim dizer. Era a típica filmagem sacudida de algum viciado, mas havia o bastante para sugerir que algo grande e sobrenatural pudesse ter acontecido no campus abandonado.

Felizmente, Ômega realizara um excelente trabalho de limpeza depois da luta, e o que fora filmado era passível de ser considerado algo concebido em ambiente digital. Sangue de *redutores* no chão, afinal, podia muito bem passar por óleo automotivo velho.

Que bom que o vídeo não era olfativo, ou teria deixado as pessoas enjoadas.

E, claro, o fato de não haver nada na propriedade era um grande motivo para desacreditar a filmagem, e aquele depósito que a besta de Rhage estivera comendo acabara por ruir de todo modo, bem como muitas das outras instalações.

Ainda assim, o cara escondido por trás do apelido não tão inteligente assim estava no radar de V. Ele postara vários outros links de outros conteúdos no YouTube, a maioria um monte de blá-blá-blá a respeito de outros humanos que juraram de pés juntos terem tido contato com "vampiros de verdade" e muitas outras filmagens noturnas de má qualidade com cenas de lutas e de figuras entrando e saindo de lugares com capas compridas. Mas, de novo, foi a coisa da escola para moças que chamou sua atenção – e também o fato de a gramática do cara ser boa, de ele não se exceder no uso das maiúsculas nem fazer isto !!!!!!!!!!!! ao final das orações, sem mencionar o profissionalismo de modo geral.

E nada daquilo era algo de que a raça precisasse.

Humanos ridículos com incisivos falsos e bengalas coroadas por crânios? Tudo bem. Podiam dar a V. um milhão desses. Um tipo sagaz, mais Scully do que Mulder, que parecia capaz de sistematicamente passar o pente fino na Internet, separando as bobagens e isolando as poucas instâncias em que algo de fato acontecera?

Isso já não era tão bom para uma espécie que queria continuar se escondendo à plena vista.

– Mais um vídeo... – V. murmurou ao dar uma passada de olhos na postagem. – O que temos hoje, Damn? Época errada para o Halloween.

V. avançou a parte em que passava o contexto sobre o suposto assunto do link, e foi direto ao que interessava.

A princípio, não entendeu o que estava vendo... Ah, sim, uma filmagem de segurança em branco e preto de um estacionamento à noite. Carro entrando e fazendo a volta... Estacionando, mas sem desligar as luzes e o motor, a julgar pela nuvem de condensação saindo do cano de escapamento.

V. sorveu mais um gole e tateou o tampo da mesa à procura de um cigarro. Sem sorte. Precisava...

– Ah... Olha só. Como vai, senhor Latimer...

Quando as duas portas se abriram, ele reconheceu o macho que saiu do lado do passageiro. Era Trez. E ora, ora, ora... Uma fêmea saiu de trás do volante, uma morena com roupas civis. Impossível ver o rosto dela, pois olhava para baixo, preocupada em não escorregar no gelo, mas o corpo era bonito.

Talvez o pobre FDP estivesse afogando as mágoas do jeito antigo.

Trez deu a volta no carro e a encontrou na frente. Os dois conversaram por um minuto...

– *Merda.*

V. sacudiu a cabeça, depois apertou o nariz na parte entre os olhos. Depois apertou a pausa, voltou um pouco para trás e voltou a assistir.

A fêmea simplesmente desapareceu, desmaterializando-se em pleno ar. Depois Trez se colocou atrás do volante e saiu de lá como se nada tivesse acontecido.

V. rolou a tela para cima e leu o que aquele Damn havia escrito: lojinha de suvenires local após Storytown – que, se a memória não lhe faltava, tinha localização a apenas um quilômetro do Sal's. A filmagem era de propriedade da loja, claro, mas o dono a encaminhara para Damn com permissão para publicação. Nenhuma autoridade foi contatada, e havia uma declaração do proprietário, em citação completa, como se fosse um artigo num jornal: "Nada foi alterado na filmagem."

Vishous assistiu ao vídeo umas duas ou três vezes mais, e disse a si mesmo que podia relaxar. O que diabos alguém faria com aquilo? Ir até a CBS local e colocar no ar uma revelação comprometedora? Aquilo não chegava a provar nada – a não ser o fato de que sexo era um analgésico de curta duração no que se refere ao processo do luto.

Ninguém acreditaria que o vídeo não fora editado.

Tudo bem.

Mas Damn estava começando a se tornar um pé no saco: duas vezes em um só mês, algum humano postou vídeos de fatos reais das merdas que andavam acontecendo?

Às vezes, as teorias da conspiração acertavam.

E quando isso acontecia muitas vezes seguidas, elas tinham que ser contidas, certo?

Capítulo 38

A localização seguinte na qual Xcor se materializou não estava habitada. De fato, o pequeno chalé e a casa maior de fazenda, mais além, compunham uma propriedade bem afastada de Caldwell, e ao reassumir sua forma nos ventos fortes, não se surpreendeu por nenhuma luz estar ligada, não haver nenhuma lareira acesa, nenhuma silhueta nas janelas da construção.

Ao avançar, ele passou pelo chalé e entrou na linha divisória das árvores, que abençoadamente lhe deram um pouco de abrigo contra o vento inclemente. Adquirira ambas as casas e o terreno, e investira nas construções para Layla e para ele. De fato, nutrira certas fantasias – às quais que ele jamais dera voz, tampouco reconhecera sequer para si próprio – de que os dois poderiam se acomodar no pequeno chalé, com todo o seu charme e conforto, enquanto os machos morariam na fazenda mais distante.

De fato, ela o visitara ali algumas vezes, na época em que estivera grávida e tão resplandecentemente bela, quando ele considerara quase impossível não expressar coisas que não lhe cabiam sentir, quanto menos discorrer a respeito. E fora então que ela o desafiara, justamente sobre a evolução dos seus sentimentos, dando-lhe uma descrição acurada da fragilidade que ele sentia em relação a ela.

A essa altura, mandara-a embora. Dissera coisas cruéis que não quisera dizer porque fora o único modo de fazer com que ela saísse da casa, deixando-o em paz. Fora um ótimo guerreiro nesse dia. Na verdade, fora um covarde diante dela. Mas ele fora incapaz de ver qualquer futuro para o casal, e começara a se preocupar com a segurança dela por estar grávida... e mais do que isso tudo, ele ficara aterrorizado pelo modo como ela o interpretara tão bem.

Aterrorizado com o poder que ela exerce sobre ele.

E com isso, ela se fora. E logo em seguida, ele fora capturado.

Agora, eles tinham esse pequeno olho de furacão, um diminuto instante de paz que logo terminaria assim que ele encontrasse aquilo por que procurava.

A casa da fazenda estava fechada a tábuas no primeiro andar, todas as vidraças tampadas com tábuas presas com pregos que seus bastardos alegremente martelaram no lugar. No entanto, a porta da frente estava destrancada, e quando ele a empurrou para dentro, o rangido foi tão audível que abafou até o gemido incessante dos ventos de fora.

Deixaram as dobradiças deliberadamente sem lubrificação; aquele era o sistema de alarme mais barato que existia.

Seus olhos se ajustaram à escuridão. Os quartos não tinham nada dentro deles a não ser assoalho de tábuas e teias de aranha, mas, na verdade, seus guerreiros nunca se importaram muito com as armadilhas da civilização. Após terem sobrevivido ao campo de guerra de Bloodletter, só era preciso um teto sobre suas cabeças. A ausência de uma adaga junto ao pescoço era suficiente.

Pegando um dos sinalizadores de dentro da jaqueta, ele tirou a ponta e o acendeu, a luz sibilante vermelha iluminando um círculo amplo ao seu redor.

Xcor desceu as escadas, as passadas ecoando pela casa vazia e gélida. Conforme ele avançava, segurou o sinalizador à frente, inspecionando todas as paredes, batentes e o piso todo.

Foram necessárias três viagens, três circuitos da sala de estar, escritório e sala de jantar até a cozinha e o banheiro dos anos 1940, antes de encontrar.

Sentiu um ímpeto de sorrir um pouco quando se agachou, no canto oposto da sala de estar.

O que acabou por chamar sua atenção foi um arranhado nas tábuas, algo que facilmente seria desconsiderado, e que, de fato, ele quase deixara passar. Mas, após um exame mais detalhado, ele evidentemente apontava para a junção à direita das paredes, onde havia um punhado de galhos, folhas e poeira.

Um amontoado de sujeira sem nenhum significado – como se alguém tivesse pegado uma vassoura e tentado limpar um pouco, só para depois perder o interesse até encontrar uma pá.

Aproximando o sinalizador num ângulo no chão, empurrou a sujeira para um lado e observou a mensagem deixada para ele.

– Bom macho – murmurou ao ver as marcações entalhadas na madeira.

Para alguém que não saberia interpretar, aquilo não passava de uma série aleatória de cortes e golpes. Para ele... era um mapa de Caldwell, que fora montado a partir de uma bússola previamente combinada que não se baseava no norte verdadeiro, mas num conjunto de símbolos irreconhecível por alguém de fora do Bando de Bastardos.

Xcor jamais aprendera a ler. Não fora uma habilidade necessária para ele no Antigo País, tampouco na guerra, e ele muitas vezes se considerava inferior por essa incapacidade. Mas ele era insuperável para orientar-se, e também tinha memória fotográfica, algo que desenvolvera com a necessidade de poder se lembrar do máximo de detalhes das coisas que lhe eram mostradas ou descritas.

Não se deu ao trabalho de procurar armas. Ele mesmo nunca deixara nenhuma ali, e eles teriam levado tudo o que tinham consigo.

Partiu pela porta que rangia, apagou o sinalizador enfiando a ponta acesa na neve, depois fechou os olhos e se desmaterializou...

... voltando à sua forma num túnel de vento.

Os ventos eram tão brutais que foi preciso afastar-se deles, e mesmo de costas, estava difícil de suportar. Mas é isso o que acontece quando se sobe mais de cem andares acima da rua no centro de Caldwell, no topo do prédio da Companhia de Seguros de Caldwell.

Movendo-se velozmente, abrigou-se atrás de uma das máquinas do sistema de aquecimento e refrigeração central que tinha o tamanho de uma ambulância, e, de lá, ele conseguiu se orientar, tendo que partir do Leste para ele poder interpretar as marcações adequadamente.

Só que um problema logo se evidenciou. Com tanta neve caindo, ele não conseguia divisar o padrão de ruas bem o bastante para encontrar o local: ainda que houvesse alguns marcos iluminados da cidade para lhe dar uma ideia da planta, ele não conseguiria precisar nada dali de cima.

Sua única chance seria descer à rua e seguir dali. A boa notícia? Seus guerreiros ficariam abrigados numa noite como esta.

Assim como os humanos, até mesmo assassinos não se aventurariam numa confusão como aquela. E seus bastardos nunca gostaram muito do frio.

Se ainda estavam em Caldwell, ele os encontraria esta noite.

Capítulo 39

– O que há nesse livro?

A voz feminina que se aproximou de Throe pelo ombro era petulante como a de uma criança, mesmo tendo saído dos lábios maliciosos da vampira de trinta e seis anos, com seios naturais tamanho grande, um abdômen tão reto que poderia ser usado como prato numa refeição, e um par de pernas longas o bastante para envolver duas vezes sua cintura.

Costumeiramente, ele teria apreciado a interrupção vinda de alguém como ela.

– Throe! Eu não serei ignorada!

Não esta noite.

Ao se endireitar diante do tomo antigo que levara para casa do consultório daquela vidente, suas costas estalaram, e ficou aborrecido ao perceber que o pescoço estava tão duro que não conseguiu olhar por cima do ombro. Precisou virar o tronco inteiro para fazer contato visual.

– Estou estudando – ouviu-se dizer.

Estranho, pensou. Era como se não tivesse um pensamento consciente ao proferir aquelas palavras específicas.

No entanto, estavam corretas. De fato estivera estudando as mensagens no pergaminho o dia todo e... já era noite? Parecia-lhe que havia acabado de se sentar.

– Perdoe-me. – Pigarreou. – Mas que horas são?

– Nove horas! Você me prometeu que sairíamos.

Sim, lembrava-se disso. Fizera isso para tirá-la das costas e mandá-la para a cama de seu *hellren* ao amanhecer a fim de ter um pouco de privacidade com o livro.

Ou O Livro, como começara a pensar nele.

E ela evidentemente confiara na sua palavra, pois seu vestido era tanto revelador quanto caro. Roberto Cavalli, a julgar pela estampa de pele de animal. E ela tinha joias de ouro Bulgari suficientes para que a polícia dos anos 1980 abrisse um inquérito.

— Então? — ela exigiu. — Quando vai se vestir?

Throe olhou para o próprio corpo, com um distanciamento enraizado ao fitar as calças, a camisa e os sapatos.

— Estou vestido.

— São as mesmas roupas de ontem à noite!

— Verdade.

Throe sacudiu a cabeça e olhou ao redor. O quarto de hóspedes ele reconhecia, e isso era um alívio. Sim, era ali que vinha se hospedando desde o incêndio que destruíra a mansão do *hellren* de sua antiga amante. Um mês que havia passado nessa suíte mogno e azul-marinho, com a cama de dossel, os quadros de caça, a cômoda alta de gavetas e a escrivaninha.

Mudara-se para lá e de pronto assumira um relacionamento sexual com essa fêmea subestimada sexualmente, de modo semelhante ao que acontecera com a amante anterior: esta, assim como aquela, estava casada com um macho muito mais velho, incapacitado de servi-la na cama — com isso, Throe, como um "cavalheiro de boa linhagem", fora acolhido ao lar, estimado e protegido sem data para partir.

Evidentemente, eles não sabiam dos boatos de como ele acabara se associando ao Bando de Bastardos. Ou sabiam e tinham um padrão baixo. De todo modo, havia um acordo tácito de que, enquanto ele cuidasse da *shellan*, poderia contar com um quarto, com refeições e um guarda--roupa à altura, e nesse caso — o que não acontecera no anterior — ele tinha suspeitas de que o companheiro dela sabia do acordo e o aprovava.

Talvez o macho mais velho estivesse ciente das escapadas, e temia que o deixasse para sempre.

Na *glymera*, isso seria um embaraço que ninguém gostaria de levar até o túmulo.

— Não está se sentindo bem? — ela perguntou, franzindo o cenho.

Ele se virou lentamente. Estava sentado à escrivaninha, uma peça acomodada entre as duas janelas grandes cobertas por vidro, com bolhas e cortinas elegantes. A mansão era grande e espaçosa, repleta de antiguidades e de mobília muito, mas muito mais distinta do que a atual proprietária. E há quem poderia suspeitar que ela preferisse morar no Commodore, numa cobertura com vista para o rio, repleta de sofás grandes em couro branco e reproduções de Mapplethorpe.

Ela gostava de sexo. E era boa...

— Throe, sério. Qual é o problema?

O que ela lhe perguntara antes? Ah... sim. E ele virara naquela direção para se mirar no reflexo dos espelhos das portas superiores da escrivaninha.

Apesar de o espelho ter manchas e riscos, havia ainda superfície espelhada suficiente para ver que ele tinha a mesma aparência de antes de ir até o consultório da vidente. Ainda os mesmos cabelos loiros espessos, e o maxilar quadrado clássico, e os cílios longos que costumavam fazer sucesso entre as fêmeas.

No entanto, ele não se sentia o mesmo.

Algo mudara.

Enquanto uma onda de ansiedade o atravessava, ele apoiou a palma no livro aberto e, instantaneamente, se acalmou, certo como se o tomo fosse uma droga. Como fumaça vermelha, talvez. Ou quem sabe um bom Porto.

O que estiveram mesmo discutindo...?

— Não importa, estou saindo sem você. — Ela fez uma pirueta em sinal de desaprovação, os saltos agulha imprecando ao passarem sobre o carpete enquanto ela recuava para a saída. — Se vai ser tão básico assim, eu não vou...

Throe piscou e esfregou os olhos. Relanceando ao redor, levantou-se, depois voltou a se sentar ao sentir câimbras nos músculos das pernas. Na segunda tentativa, conseguiu permanecer de pé e andar, apesar de essa última ação ter acontecido mediante passos um pouco duros à medida que ele avançava sobre o tapete oriental em direção à porta que a amante acabara de atravessar.

Abrindo-a, ainda não elaborara muito bem o que dizer, mas não faria sentido alimentar a discussão. Ele necessitava muito dela no momento, aquele teto sobre a sua cabeça e o sustento em sua barriga eram necessários para garantir a liberdade de perseguir suas verdadeiras ambições.

Segurando a maçaneta ornamentada da suíte, inclinou-se para o corredor, olhando para a direita e para a esquerda. Não havia sinal dela, então ele desceu quatro portas e bateu com suavidade. Quando não houve resposta, verificou novamente para ter certeza de que não haveria ninguém por perto e depois entrou no quarto creme e pêssego.

Muitas luzes estavam acesas. Alguns vestidos largados sobre a cama. A essência do perfume pairava no ar.

— Corra? — ele a chamou. — Corra, minha querida, vim me desculpar.

Aproximou-se do imenso banheiro branco e creme. Na bancada à frente da cadeira em que se penteava e maquilava, diversos produtos Chanel — tubos, potes e pincéis. Mas nada de Corra.

Throe não tocou em nada e retornou ao quarto. Bem quando fechava a porta, seus olhos passaram pelo relógio acima da cômoda — e ficou imóvel. Dez horas. Na verdade, um pouco depois das dez.

Throe franziu o cenho e se aproximou da peça Ormolu. Mas a curta distância não alterou o fato de que aqueles ponteiros proclamavam que eram mais de dez.

No entanto, Corra lhe dissera que eram nove. Certo?

Throe relanceou para O Livro.

Nos recessos da mente, notou a estranheza de, apesar de tê-lo lido por tantas horas — Céus, não se passaram quase vinte e quatro? —, mesmo assim ele não avançara da primeira página aberta.

Throe sentiu um formigamento de vertigem caçoar de sua mente com a impressão de que o mundo girava a olhos vistos.

Cambaleando até a escrivaninha, sentou-se na cadeira dura novamente, com os joelhos unidos, a cabeça baixa e a visão fixa no tomo aberto.

Interessante, não percebera a emissão de um comando consciente ao corpo para que ele retomasse aquela posição ali...

Espere, o que mesmo ele...

Por que estivera...

Pensamentos entraram e saíram da sua mente, movendo-se como nuvens no céu desabitado; nada permaneceu com ele, tampouco encontrou uma fricção. Chegou a pensar que estava se esvaziando, que partes suas estavam sendo drenadas, mas tinha dificuldades para determinar exatamente o que o abandonara e para onde isso fora.

Por um momento, o medo o atingiu e ele desviou o olhar d'O Livro.

Esfregando os olhos com tanta força que provocou lágrimas, percebeu que não fazia a mínima ideia do que lera. Todas as horas passadas diante do livro aberto... e ele não sabia nada do que estava impresso nas páginas.

Precisava fechar a capa e queimar aquela coisa.

Sim, era isso o que precisava fazer. Manteria os olhos desviados, sem prestar atenção às páginas, e fecharia a capa com força. Depois disso, apanharia o volume maligno e o carregaria para baixo. Havia uma lareira constantemente acesa na livraria e ele...

Os olhos de Throe retornaram para o pergaminho e para a tinta, um par de cães convocado pelo seu mestre, em posição de sentido.

E se concentrou nos símbolos, no texto.

Abriu a boca. Fechou-a. Tentou se lembrar do motivo de ter ido procurar a vidente, para início de conversa.

Enquanto seu medo aumentava, ele tentou se forçar na concentração rumo à liberdade – e, de fato, lembrou-se dos sonhos que tinha de tempos em tempos, no qual estava acordado, mas preso num corpo inerte, com uma sensação de pânico que o levava a querer despertar.

Mover um pé ou uma mão normalmente afastava alguém do precipício, e ele sentia que agora, se conseguisse ser assertivo, poderia se salvar de um perigo do qual jamais conseguiria escapar.

Por que fora até a vidente...? Qual fora o fator motivador...? O que estivera procurando...

E a resposta surgiu.

Numa voz que não soava como a sua, ele disse em tom alto:

– Preciso de um exército. Preciso de um exército para derrotar o Rei.

Algo semelhante a um raio atravessou o ar, e sim, uma corrente elétrica o perpassou, trazendo-lhe claridade e propósito que afastou toda a confusão prévia.

– Quero derrotar o Rei e dominar tanto a minha raça quanto a dos humanos. Desejo ser o senhor e o mestre de tudo na Terra e dos seus habitantes.

De repente, as páginas começaram a se virar e um cheiro de pó entrou em suas narinas, ameaçando-o a espirrar.

Quando a arremetida ensandecida para sabe-se lá o que cessou, ele se inclinou, certo de que havia uma mão atrás do seu pescoço, empurrando seu tronco nessa direção.

De súbito... as palavras fizeram sentido.

E Throe começou a sorrir.

Capítulo 40

Qhuinn se moveu pela neve que caía como parte da intempérie, sua fúria rivalizando com os ventos uivantes, a roupa branca camuflando-o nas correntes que se formavam nos becos do centro da cidade. Ao seu lado, Tohr lhe assemelhava, um predador camuflado no ambiente, que já não parecia mais urbano, mas ártico.

Rajadas de flocos de neve espessos como fumaça de bombas rodopiavam ao redor dele e desacelerava o avanço em mais um quarteirão desprovido de pedestres e de carros em movimento. Estava tão frio que a neve era leve e fofa, mas o volume era tremendo, centímetros e mais centímetros se avolumando e crescendo no chão. E ainda assim a coisa continuava a cair do céu.

Rogou para ver um Bastardo, qualquer Bastardo.

Mas especialmente aquele que procuravam.

Esta era a melhor oportunidade para apanhar Xcor num ambiente solitário onde poderiam montar um cenário de assassinato que sugerisse uma emboscada de um inimigo... aí, poderiam cuidar de tudo como deviam. E o filho da puta definitivamente estava ali, à procura dos seus garotos, a despeito da tempestade.

Enquanto Qhuinn avançava com dificuldade, os músculos das coxas queimavam e os dentes da frente tiritavam de frio, e o calor que seu corpo gerava fez com que ele desejasse descer o zíper da parca branca. Nos recessos da mente, ele sabia que estava insistindo nesse plano traidor não só em busca de uma vingança merecida em relação ao Bastardo, mas também porque fugia de tudo que acontecia em casa: Blay afastado, Layla com as crianças, Wrath e ele desentendidos.

Permanecer no frio a noite inteira era preferível a ficar preso em casa – ainda mais quando tinha o dia inteiro adiante para ficar fechado debaixo daquele teto. Merda, acabaria louco com tanta...

Mais adiante, em meio à vista repleta da neve, uma figura de preto, do tamanho de um vampiro guerreiro, revelou-se e depois sumiu quando uma rajada soprou pelo cruzamento uns vinte metros além deles.

Seja lá o que fosse, era grande, e não deveria estar ali.

E parou assim que os notou, o vento que soprara pelas suas costas sem dúvida levando seu cheiro e o de Tohr na direção dele.

No momento, como se as coisas tivessem sido preordenadas, os ventos mudaram de direção... e trouxeram o cheiro da figura, identificando-a.

– Xcor – Qhuinn sussurrou ao enfiar a mão dentro da camada espessa à prova de água e vento e empunhar o cabo da sua 40 mm.

– Bem na hora. – Tohr, do mesmo modo, sacara sua pistola. – Melhor impossível. Terminando antes mesmo de ter começado.

Xcor lhes deu tempo para a aproximação, e Qhuinn estava certo de que ele sabia suas identidades.

Perto... Ao alcance das balas...

O coração de Qhuinn começou a bater forte, uma excitação borbulhando suas emoções, mas não sua cabeça nem o corpo. O braço permaneceu firme e junto ao corpo.

Mais perto...

Bem quando levantou o braço, seu celular tocou junto ao peito, a vibração chamando sua atenção, mas sem desviá-la.

Ele e Tohr puxaram os gatilhos ao mesmo tempo – bem quando Xcor, que não era nada bobo, jogou-se no chão.

Com a tempestade furiosa, foi uma situação do tipo "ovo ou galinha", difícil de determinar quem veio primeiro: o abaixamento ou o impacto com a bala.

Com o celular ainda tocando, Qhuinn e Tohr dispararam a correr, ambos atirando alternadamente para onde o Bastardo estivera de pé e depois caído ou aterrissado enquanto eles avançavam através da neve densa.

– Filho da puta – Qhuinn ladrou quando chegaram até a localização do alvo.

O puto desaparecera. E não havia cheiro de sangue.

Deixaram mesmo de acertá-lo?

Ele e Tohr olharam ao redor, depois o irmão disse:

– Telhado.

Os dois desapareceram do beco, ressurgindo no alto de um prédio de dez andares, bem de frente para o lugar que dera espaço ao tiroteio. Nada. A visibilidade era tão fraca que não conseguiam enxergar a rua abaixo, e não sentiam o cheiro de Xcor em lugar nenhum.

Com o vento rugindo forte nos ouvidos apesar de ele ter ajustado o gorro até bem embaixo, e seus olhos se enchendo de água por conta do frio, Qhuinn sentiu uma frustração invadindo-o até a medula.

– Ele não pode ter ido longe! – gritou acima do barulho.

– Vamos nos espalhar. Eu vou...

– Filho da mãe. – Qhuinn sentiu o celular vibrar pela segunda vez. – Mas quem diabos está me ligando?!

Abaixou o zíper da parca e enfiou a mão dentro dela. Tirando o maldito aparelho, ele...

Aceitou a chamada de pronto.

– Blay? Blay...?

Ele não conseguia ouvir nada e apontou para o beco abaixo. Quando Tohr assentiu, Qhuinn tentou se concentrar – e um segundo mais tarde, desmaterializou-se para sua localização anterior.

Cobrindo com a outra mão o ouvido livre, ele disse:

– Blay?

A voz do seu companheiro estava baixa na ligação cheia de estática.

– ... ajuda.

– O quê?

– ... na Northway. Saída...

– Espere, o quê?

– ... vinte e seis...

– Blay?

E então uma palavra foi ouvida sem a menor dúvida:

– Acidente.

– Estou indo! – Qhuinn olhou para Tohr. – Agora mesmo!

Ele queria manter a conexão aberta, mas havia o risco de a neve fazer com que o celular parasse de funcionar e ele poderia precisar do aparelho.

Tohr disse:

– Vamos nos dividir. Eu vou pelo norte...

– Não, não, Blay está em apuros. Tenho que ir!

Houve uma fração de segundo durante a qual se encararam. Para Qhuinn, contudo, não houve a menor dúvida. Amor versus vingança.

E ele escolheria o amor.

Merda, sentia-se péssimo por Blay ter se envolvido num acidente... mas, pelo menos, o macho o procurara num momento importante, e claro, cacete, ele iria para onde estava o seu coração. Mesmo que Xcor estivesse sangrando no peito e precisasse de apenas uma última bala para ir para o Fade? Qhuinn estava fora.

Tohr, no entanto, era outra história.

Xcor observava os dois Irmãos do seu ponto de vantagem, no teto do lado oposto à posição de Qhuinn e Tohr; mesmo com aquelas parcas brancas, as rajadas de neve se desviavam ao redor dos seus corpos, delineando-os.

Algumas vezes no decorrer da sua vida, Xcor podia ter jurado que alguma espécie de força exterior estivera determinada a mantê-lo vivo.

Essa noite fora mais um exemplo.

As duas armas foram apontadas para ele e descarregadas ao mesmo tempo, como se os Irmãos dividissem um cérebro – ou pelo menos um par de dedos prontos para atirar. E mesmo assim, de algum modo, ele nem precisou do colete à prova de balas que vestira por baixo da parca preta, ainda no rancho.

Ele atribuiu a culpa ao vento.

Ou lhe deu crédito, o que parecia mais adequado.

Mesmo trajando a roupa ideal para um alvo, e estar a uma distância inferior a cinquenta metros, a balas atingiram algum outro lugar.

E ele não desperdiçou um segundo sequer para se desmaterializar.

Graças ao Fade, ele tendia a ficar mais concentrado em vez de se desconcentrar quando em perigo, e também deduzira certo ao pensar que o movimento seguinte dos adversários seria o de proceder para o prédio mais baixo atrás de onde eles tentaram abatê-lo. No entanto, sua vantagem não perduraria. Eles se dividiriam a fim de dar cabo do assunto.

E aquela tentativa de homicídio podia significar duas coisas: ou o par se rebelara contra o Rei... ou Wrath mentira sobre suas verdadeiras intenções e toda a Irmandade estava atrás dele.

O macho lhe parecera sincero, mas poderia garantir?

E quem discutiria com aquelas 40 mm...

Quando Tohr e Qhuinn se desmaterializaram, Xcor se agachou e também sumiu, seguindo a teoria de que um alvo móvel é mais difícil de acertar.

Retomou a sua forma três quarteirões a oeste, junto a um conjunto habitacional. E ao se materializar novamente, triangulou sua localização no mapa daquela tábua no piso da casa de fazenda. Estava perto, muito perto, da localização ali ilustrada.

E não existia lugar melhor para ficar do que junto aos seus guerreiros, já que estava sendo caçado.

Movendo-se de telhado em telhado, lembrou-se do seu tempo nas copas das árvores, bem antes de Bloodletter tê-lo abordado na floresta. De fato, talvez tivesse que se apoiar nas suas habilidades de ladrão uma vez mais, dependendo de como as coisas ocorreriam dali para a frente.

Tinha pouca munição e nenhum dinheiro – e isso era um problema que exigia solução. Mas estava colocando o carro na frente dos bois.

Pensando assim, foi para um beco tão estreito e escuro como o interior do seu crânio. O vento não conseguia entrar na fenda criada pelos prédios de tijolos, e a neve formara grandes bancos nas duas extremidades, deixando um vácuo no meio. Ficou num dos lados, agachado e se esgueirando ao longo dos espaços formados pelas soleiras, e uma ou outra ocasional lata de lixo.

Identificou que estava no local correto ao ver três marcas fundas de facadas na parte superior direita da moldura da porta – e quando virou a maçaneta velha, não esperou que ela fosse girar. Mas girou.

Relanceando para a direita e para a esquerda, depois para cima, enfiou os ombros pela abertura e entrou.

Quando se fechou ali dentro, não disse nada. Seu cheiro anunciaria a presença – assim como os cheiros que o receberam lhe disseram que seus machos estiveram ali bem recentemente. Numa questão de horas.

Era ali que vinham ficando.

Com as janelas cobertas por tábuas e a porta fechada, resolveu se arriscar e acender o segundo sinalizador. Quando a luz avermelhada explodiu na ponta, ele moveu o bastão ao redor lentamente.

Era a cozinha de um restaurante abandonado, com todo tipo de utensílios e panelas velhas, engradados e baldes de plástico cobertos por uma camada grossa de poeira. Havia vestígios de os machos terem ficado ali, todavia, lugares vazios junto às paredes onde os imensos corpos se esticaram para descansar.

As caixas de pizza da Domino's o fizeram sorrir. Eles sempre gostaram daquela pizzaria.

Depois de investigar toda a cozinha, e depois de seguir para a frente do restaurante, encontrando-o similarmente selado, desordenado e vazio, voltou a transitar pela porta de entrada.

Voltando para a tempestade.

Capítulo 41

Fora um bom plano. E como com todos os bons planos que acabam se tornando ruins, tudo começara bem: Blay assumira o volante do novo sedã Volvo do pai, com o pai indo ao seu lado na frente e a mãe no banco de trás com as costas apoiadas na porta e o pé ruim sobre o banco. Sim, claro, divertiram-se um pouco para saírem do caminho de carros da casa, mas, quando chegaram à estrada principal e depois entraram na Northway, nenhum problema.

Bem, evidentemente, a via estava fechada, porém, tratava-se de Nova York e as pessoas estavam pouco se fodendo para isso, portanto elas criaram duas faixas paralelas bem no meio das duas pistas que levariam para o Norte. Tudo o que você precisava fazer era manter um ritmo constante enquanto o para-brisa à sua frente se transformava naquilo que Han Solo via toda vez que a *Millenium Falcon* avançava em hipervelocidade.

Portanto, no fim das contas, foi um bom começo. Ouviram o bom e velho Garrison Keillor, cantaram junto à sua versão de "Tell Me Why" e quase conseguiram se esquecer de que estavam entrando na parte das saídas longas, dentre as quais não havia retorno em quinze, vinte ou até mesmo trinta quilômetros em cada trecho.

A guinada para o pior aconteceu sem preâmbulos nem um aviso de cortesia sobre talvez precisarem ligar para Houston, em decorrência de problemas. Avançavam a modestos 50 km/hora, mantendo-se nas faixas, percorrendo um declive... quando o Volvo acertou um trecho de gelo que não entrou em acordo com os pneus, com o controle de tração, e tampouco com a tração das quatro rodas.

Num minuto estavam muito bem; no seguinte, em câmera lenta, fizeram uma pirueta e... aterrissaram numa vala.

Numa maldita vala de verdade.

De ré.

A boa notícia, Blay supôs, era que ele conseguira desacelerar o processo de modo que os *airbags* não foram acionados na sua cara e na do seu pai. A ruim? A "vala" estava mais para uma ravina capaz de engolir o carro sueco inteiro.

A primeira coisa que Blay fez foi ver como a mãe estava, pois ela não havia colocado o cinto.

— Como estamos aí atrás?

Ele tentou parecer relaxado, mas não respirou direito até a mãe levantar os polegares.

— Bem, isso foi excitante. E eu estou ótima.

Enquanto o pai e a mãe começaram a conversar, nervosos, ele olhou para cima, bem para cima, para onde ficava a estrada. Depois, desligou o motor. Eram grandes as chances de o cano de escapamento estar entupido pela neve, e caso o aquecedor continuasse ligado, acabariam mortos antes de serem incinerados pelo sol da manhã.

— Alguma possibilidade de conseguir se desmaterializar? – perguntou à sua *mahmen*.

— Sim, claro. Sem problemas.

Após dez minutos empenhada em fechar os olhos e se concentrar, ficou claro que aquela era uma causa perdida. E nem era preciso dizer que ele ou o pai sairiam do carro sem ela.

E foi *assim* que ele acabou ligando para Qhuinn.

Bem, a decisão demorou um tempo para ser tomada.

E com o macho vindo para ajudá-los sem demora, Blay continuou sentado, com as mãos apertando o volante apesar de não estarem indo a parte alguma, e se perguntando se não deveria ter ligado para John Matthew em vez disso.

Ou quem sabe, para a maldita Fada Açucarada do Quebra-Nozes.

— Vai ficar tudo bem – a mãe disse, do banco de trás. – Qhuinn logo estará aqui.

Enquanto Blay relanceava pelo espelho retrovisor, notou que ela subira o zíper da parca.

– É.

Maldição, devia ter pedido que Jane fosse até a casa dos pais. Mas estivera pensando em Assail e em qualquer outro que pudesse estar ferido. Pareceu-lhe egoísmo tirar qualquer um dos médicos, ou Ehlena, da clínica.

Além disso, Manny, enquanto humano, não possuía meios de se desmaterializar.

Não, fora melhor mesmo chamar Qhuinn. Ainda mais porque estava tentando tranquilizar os pais sobre ter passado uma, ou melhor, duas noites em casa – sem mencionar os gêmeos. Sabia muito bem que não estava conseguindo enganá-los, mas ainda não estava pronto para tocar no assunto: *Ah, a propósito, sabem aquelas crianças que vocês tanto adoram? Pois é, mãe, inclusive aquela que tem o seu nome? Então, eles não vão mais ser...*

No meio da tempestade de neve, um fantasma apareceu. Um fantasma enorme de gorro.

– Ah, aí está ele – notou a mãe, do banco de trás.

O alívio dela era o tipo de sentimento que Blay não poderia compartilhar. Só que, sim, estava contente porque o companheiro estava ali. Fala sério, aquela era a sua *mahmen*. Precisava levá-la para a mansão – e ele sabia que nem uma nevasca impediria Qhuinn de ir buscá-los.

Sim, aparentemente, a linha divisória não fora delimitada pela força dos ventos e da neve que cegava,

Não, fraldas eram a divisória.

– Fiquem aqui – Blay anunciou ao tentar abrir a porta.

Tivera a intenção de emergir triunfante, de igual para igual – embora temporariamente superado pelo fracasso dos seus malditos radiais Bridgestone. Mas a maldita porta estava emperrada.

Acabou se desmaterializando por uma abertura de dois centímetros na janela.

Maldição, que frio, pensou ao ser estapeado no rosto pelo vento.

– Ela está machucada! – Blay gritou contra o vento.

Qhuinn apenas o encarou, aqueles olhos diminuindo a distância que os separava, inquisidores, suplicantes. Mas logo o cara voltou à realidade.

– Por causa do acidente?

– Não, antes disso! Ela escorregou e machucou o tornozelo de novo. Estava sem a bota. Eu estava tentando levá-los ao centro de treinamento.

– Deveria ter me ligado antes... Eu teria...

No meio da tempestade, outra figura surgiu. Tohr. E quando Qhuinn notou sua presença, pareceu surpreso. Depois aliviado.

– Ela consegue se desmaterializar? – Qhuinn gritou ao se concentrar novamente.

– Não! E não vamos deixá-la!

Qhuinn assentiu.

– Preciso ir pegar o Hummer!

Gritavam para se fazer ouvir, as mãos ao redor da boca, os corpos lutando contra o vento – e Blay pensou que era estranho, mas aquilo era bem semelhante a quando tentaram se comunicar a respeito dos eventos em relação a Layla e as crianças. Uma tempestade os envolvera, abalando a ambos, criando uma nevasca emocional que tornou o cenário ao redor deles impenetrável – e o tempo ruim ainda tinha que passar.

Na verdade, ele temia que jamais fosse passar.

– Vou ficar com eles! – Blay disse.

Tohr se pronunciou.

– Vou para casa para buscar cobertas! E depois volto para ajudar a montar guarda!

Blay teve que virar a cabeça para tirar a neve dos olhos.

– Obrigado!

Quando sentiu a mão de Qhuinn no seu ombro, sobressaltou-se, mas não recuou.

– Já volto, ok? – informou o Irmão. – Não se preocupe com nada.

Por uma fração de segundo, Blay apenas fitou os olhos díspares. Algo fez com que, ao vê-los, tão preocupados e intensos, a dor no meio do seu peito se renovasse como no instante em que fora criada.

Mas não foi só isso o que sentiu.

Seu corpo ainda desejava o cara. Seu corpo ainda estava pronto... para mais de Qhuinn. Maldição.

Sem nem mais uma palavra, Qhuinn sumiu, assim como Tohr.

Blay permaneceu na nevasca por mais uma ou duas batidas de coração, depois se virou e olhou para cima, na direção da estrada. Conseguiram quebrar o *guard rail*.

Antes de voltar para o carro, deu a volta para a frente, abaixou-se e apanhou seu canivete. Estava sem luvas, por isso trabalhou rápido, limpando a neve e retirando os dois parafusos que prendiam a placa para tirá-la. Depois enfrentou o vento e foi para a parte traseira. Repetiu a operação com a placa de trás e colocou as duas no bolso da jaqueta.

Desmaterializando-se para dentro do carro, sorriu para os pais.

– Eles já vão voltar. Não vai ser um problema.

Sua *mahmen* assentiu e sorriu.

– Eles são simplesmente os melhores.

– Aham. – Apontou para o porta-luvas. – Pai, importa-se em...

– Já fiz.

O homem lhe deu o documento e a papelada do seguro, ambos falsificados por V., e Blay também os guardou dentro da parca. O número do chassi fora apagado assim que compraram o carro, tendo em mente situações como essa – quando se é um vampiro no mundo dos humanos, e o seu carro se acidenta, muitas vezes é melhor apenas abandoná-lo, porque a dor de cabeça não valia a pena recuperá-lo.

E do jeito que andavam as coisas, demoraria bem uns dois dias até que alguém conseguisse chegar perto daquele sedã, por isso era melhor mesmo apenas se esquecerem dele.

Ao olhar para fora da janela lateral, Blay começou a sentir uma ansiedade crescente que não tinha nada a ver com o pé da mãe nem com a nevasca.

Não posso voltar para trás, pensou. *Apenas seguir em frente.*

– Vou sentir falta deste carro – a mãe murmurou. – Eu estava me acostumando a ele.

– Compraremos outro, querida – o pai disse. – E você vai poder escolher.

Uma pena que não se pode ir até a concessionária mais próxima dos relacionamentos para comprar uma nova versão do que quer tenha se acidentado, uma que talvez tenha melhorias tecnológicas e suspensão melhor da parte do seu parceiro.

Mas a vida não funcionava assim.

Capítulo 42

Atrás do volante do Hummer, Qhuinn sentiu que demorou um mês para ele voltar até onde o Volvo se suicidou, na lateral daquela estrada. Concluiu, contudo, ao se aproximar da quilometragem que tanto aguardava aparecer, que de qualquer maneira deveria ser grato por poder ir até lá. Seu segundo SUV era durão assim mesmo, com pneus semelhantes a garras fortificadas com correntes King Kong, a base larga e a capacidade de cobrir grandes distâncias eram todo o necessário numa noite como essa.

Mesmo quando se está resgatando o amor da sua vida e os pais dele do meio de uma nevasca.

Ainda que, com toda a robustez do seu veículo, a visibilidade estivesse uma merda e ele tivesse que trocar do farol alto para o baixo assim que ganhou velocidade na Northway: com sua vista aguçada, a iluminação ainda era suficiente e resolvia a questão com o brilho excessivo que as malditas Xenon criavam ao atingir os flocos de neve.

Ao passar pela quilometragem marcada, saiu da pista do meio e foi para o acostamento. Estreitando os olhos, apesar de a medida não melhorar sua acuidade visual, tentou identificar exatamente onde eles saíram da estrada, na pista oposta.

Seguira alguns metros antes de resolver jogar tudo para o alto.

Virando o volante para a esquerda, cruzou a pista no sentido contrário ao fluxo de carros – inexistente pelo menos naquele instante – e seguiu para o Norte na outra pista. Ligando a luz refletora adjacente, usou a manivela para direcionar o facho poderoso de luz para a lateral.

Encontrou o Volvo trezentos e cinquenta metros mais adiante, e algo ao ver aquele utilitário saído da estrada sob tal ângulo, metros abaixo do guard rail, fez com que ele sentisse ânsia. Em vez de seguir o caminho do vômito, porém, ele freou, deixou a marcha em ponto morto e abriu a porta.

O Volvo perdera tração na base de uma descida; o para-choque frontal entrou com tudo na neve de uma maneira que a porta do motorista não podia ser aberta. Blay e a família saíram pelo outro lado, porém; ele e o pai primeiro, para ajudar a mãe a sair de trás. Lyric fazia caretas de dor enquanto a ajudavam a sair, mas não reclamava. Ela estava tentando sorrir.

– Olá, Qhuinn – ela gritou na estrada quando ele desceu ao encontro deles.

Foi só o que ela conseguiu dizer. A movimentação evidentemente estava acabando com ela, e Qhuinn desejou poder ajudar.

Nesse meio-tempo, Tohr também ficou de lado, com a coberta e a garrafa térmica que trouxera nas mãos. Qhuinn ficara surpreso ao ver o irmão aparecer ali, e cara, como foi bom saber que o colega estava segurando as pontas enquanto ele trazia o Hummer.

– Eu a levo – o pai de Blay anunciou, como qualquer macho vinculado o faria.

E em deferência a ele, todos recuaram enquanto ele segurava a companheira nos braços. Blay logo se postou atrás do pai, empurrando-os para cima da vala até o Hummer enquanto Tohr perscrutava a escuridão à procura de um possível inimigo e Qhuinn corria à frente para virar o carro e abrir a porta de trás.

Deus, permita que nenhum humano apareça. Especialmente se for algum carro de polícia de Caldwell, ou estadual.

Mais um instante em que tudo pareceu demorar demais até Lyric estar segura no banco de trás, e Qhuinn pôde respirar fundo de alívio.

Mas ainda restava chegarem inteiros à mansão.

Enquanto Blay se acomodava ao seu lado, no banco do passageiro, e o pai dele se ajeitava atrás com Lyric, Tohr se aproximou.

Qhuinn abaixou o vidro.

– Obrigado... Muito obrigado mesmo.

O irmão lhe entregou a coberta e a garrafa térmica.

– É chocolate quente. Fritz aparentemente o tem pronto para noites como esta.

– Vai voltar para o centro?

Tohr desviou o olhar para a neve que caía.

– Vamos juntos, concordamos com isso.

Qhuinn estendeu a palma.

– Amém, irmão.

Depois que apertaram as mãos, Tohr recuou.

– Eu os seguirei até em casa.

– Não precisa. Mas fico feliz que faça isso.

Tohr assentiu uma vez e deu um soco de leve no capô do carro.

– Boa viagem.

Qhuinn levantou o vidro e acelerou – devagar. O Hummer estava equipado para enfrentar todo tipo de terreno, dos mais lamacentos até a pior das neves, mas ele não se arriscaria com sua carga preciosa – e também havia o fato de a mãe de Blay sibilar toda vez que o SUV dava um solavanco em cima de um monte maior de neve.

Quando recomeçaram a viagem, a mãe e o pai de Blay ficaram conversando baixinho no banco de trás, em meio à reciprocidade de palavras de conforto e murmúrios acolhedores e íntimos.

Basicamente o oposto do que estava acontecendo na frente do veículo.

Qhuinn relanceou para Blay. O macho olhava fixo adiante, o rosto estava impassível.

– Bem, vou levá-los direto para o centro de treinamento – Qhuinn informou.

O que, claro, era uma declaração completamente idiota. Ou será que ele pretendia levá-los pela chaminé, como se fosse o Papai Noel?

– Ótimo. – Blay pigarreou e depois desceu o zíper da parca. – Quer dizer que a Irmandade estava em campo hoje?

– O quê?

– Wrath os mandou a campo mesmo com esta nevasca? – Quando Qhuinn pareceu continuar, confuso, Blay continuou: – Você e Tohr estavam falando sobre estarem em campo?

– Ah, isso. Não. Todos foram dispensados.

– Então o que vocês estavam fazendo no centro?

– Ah, nada.

Blay voltou a se concentrar no para-brisa.

– Assuntos particulares da Irmandade, hum. Bem, sinto cheiro de pólvora em você.

Quando o Hummer chegou ao centro de treinamento, parando diante das portas reforçadas na base da garagem, Blay foi o primeiro a sair do carro. O trajeto até o complexo fora marcado por uma série de embaraçosas paradas e retomadas conversacionais entre ele e Qhuinn, até se confrontarem com um impasse: seria melhor o completo silêncio ou os pigarros? E, nesse ínterim, na parte de trás, os pais ouviam tudo, mesmo enquanto fingiam estar conversando entre eles.

Nada como expor o pior do seu relacionamento na frente da mamãe e do papai.

Isso era quase tão divertido quanto um tornozelo fraturado.

Bem quando Blay abria a porta ao lado da mãe, o doutor Manello apareceu com uma maca. O macho humano sorriu com jovialidade, mas também avaliou a situação com olhos de águia, como qualquer cirurgião diante de um paciente.

– Como estamos, pessoal? – o cara perguntou enquanto Lyric se esforçava para sair do banco do Hummer. – Fico feliz que tenham chegado inteiros.

A *mahmen* de Blay inclinou a cabeça e sorriu para o médico enquanto se apoiava no seu *hellren*.

– Ah, fui uma boba.

– Não colocou a bota.

– Não, não coloquei. – Revirou os olhos. – Eu estava tentando preparar a Primeira Refeição. E deu nisto.

O doutor Manello cumprimentou o pai de Blay com um aperto de mãos e depois segurou o ombro de Lyric.

– Bem, não se preocupem. Vou cuidar bem de você.

Por algum motivo, aquela simples declaração aliada à absoluta confiança que o cara carregava como se fosse sua aura, fez com que Blay desviasse o olhar e piscasse rápido.

– Você está bem? – Qhuinn perguntou, baixo.

Blay se controlou e ignorou o comentário enquanto a mãe era cuidadosamente colocada na maca e o doutor Manello fazia um exame rápido como se não conseguisse se conter.

– Quando você vai voltar para casa? – Qhuinn sussurrou.

Quando Blay não respondeu, o macho pressionou:

– Por favor... volte.

Blay se aproximou da maca.

– *Mahmen*, precisa das cobertas? Não? Ok, vou abrir a porta para vocês.

Com determinação, manteve a porta aberta e ficou de lado enquanto todos formavam uma fila e entravam no centro de treinamento. Depois de se certificar de fechar bem a porta atrás de si, juntou-se à marcha pelo corredor de concreto, passando pelas salas de aula e pelo refeitório que a nova turma de *trainees* usava.

Como tudo o mais em Caldwell, as aulas foram suspensas, não havia nenhum aluno por perto, todos permanecendo em suas casas.

Melhor assim, pois os gritos... Santa Virgem não mais Escriba, que gritos.

– O que é isso? – a mãe de Blay perguntou. – Alguém está morrendo?

O doutor Manello meneou a cabeça. Embora o sistema de saúde dos vampiros não seguisse nenhuma Lei de Portabilidade e de Responsabilidade de Seguros de Saúde, o médico nunca falava dos seus pacientes, mesmo quando a informação fosse de um Irmão para outro Irmão – e Blay sempre admirara isso no homem. Na doutora Jane também. Inferno, na mansão, a tendência era saberem tudo sobre todos. Quando tudo estava bem? Tudo bem. Mas e quando não estava?

A plateia amorosa e preocupada da mansão podia ser um tanto demais.

– Então, quando poderei ver os bebês? – O pai de Blay relanceou sobre o ombro na direção de Qhuinn. – Faz umas dez noites que não seguro meus netos nos braços. Isso é tempo demais. E sei que a *grandmahmen* deles poderia se beneficiar de um pouco de alegria, concorda, meu amor?

Enquanto Blay refreava um xingamento, fez questão de não olhar na direção de Qhuinn. Pelo menos sabia que poderia confiar no cara para ele se safar de...

– Com certeza. Mas podemos esperar até amanhã à noite? Porque eu adoraria levá-los até a casa de vocês para uma primeira visita.

Como é que é?, Blay pensou. *Tá de brincadeira comigo?*

Quando lançou um olhar fuzilante para o macho, a mãe de Blay encheu o silêncio com um arquejo de felicidade.

Virando-se na maca, ergueu o olhar para Qhuinn.

– Mesmo?

O Irmão ignorou propositadamente Blay enquanto todos entravam na sala de exames.

– Mesmo. Sei que queriam que fôssemos até lá e acho que agora seria o ideal.

Inacreditável. I-na-cre-di-ta-vel-o-ca-ce-te.

Mas tinha que dar créditos ao cara pela boa jogada. Lyric tinha vontade de cuidar dos bebês, bem como cozinhar e tirar fotos deles na sua casa já havia algum tempo, apesar de nunca ter comunicado nada abertamente porque não queria ser insistente. Sua campanha fora muito mais sutil, nada além de comentários aqui a acolá a respeito de possíveis dias com eles, quando eles estivessem muito, muito mais crescidos, e sobre as visitas durante os festivais, quando eles estivessem muito, muito mais crescidos, e sobre noites de filmes quando eles estivessem muito, muito mais crescidos.

O desejo, no entanto, sempre marcara presença na voz dela.

Quando a mãe de Blay estendeu o braço e apertou a mão de Qhuinn, Assail escolheu esse instante para gritar de novo – que era, sabem, exatamente o que Blay estava fazendo em sua cabeça.

– Ok, vamos ver o que temos aqui.

Enquanto o doutor Manello explicava, Blay ficou se perguntando a que diabos o médico se referia, quando se lembrou que, sim, de fato estavam na sala de exames. Depois de terem saído da estrada. No meio da pior nevasca noturna de dezembro de toda a história.

Puta que o pariu, o que mais queria era acertar a cabeça de Qhuinn com algum objeto. Um armário repleto de equipamentos médicos, ou quem sabe, aquela mesa logo ali.

– Vamos precisar de um raio X. E depois teremos que...

Enquanto o médico falava, o pai de Blay estava todo sério e concentrado, e Blay também queria estar assim. Em vez disso, esperou até que Qhuinn o fitasse.

E então movimentou os lábios: *Corredor, agora.*

Mensagem entregue, Blay se voltou para os pais:

— Só vamos sair um segundinho e já voltamos.

Odiou o modo como a mãe o fitou com aprovação, como se à espera de o que estava errado, seja lá o que fosse, ser resolvido a tempo de a família formar um retrato perfeito de Norman Rockwell na noite seguinte.

Seria um presente que ela não receberia nesse Natal.

No segundo em que Qhuinn se juntou a ele no corredor, Blay se esticou e fechou a porta. E depois de verificar se não havia mais ninguém no corredor, ligou o aparador de grama.

— Tá de zoeira comigo, cacete! — disse num jorro. — Você *não* vai lá amanhã.

Qhuinn só deu de ombros.

— Seus pais querem ver...

— Pois é, aqueles dois bebês que você deixou bem claro que não são meus. Então, não, você não vai levar o seu filho e a sua filha para a casa dos meus pais, só para ter uma desculpa para me ver. Não vou permitir.

— Blay, você está levando isso tudo longe demais...

— Disse o babaca que quis botar uma bala na cabeça da mãe dos filhos dele. Enquanto ela estava diante dos berços. — Ergueu as mãos para o alto. — Qhuinn, você não pode ser assim tão egocêntrico.

O macho se inclinou para a frente.

— Não sei quantas vezes preciso dizer que sinto muito.

— Nem eu, mas desculpas não vão consertar a situação.

Houve um instante de silêncio, então Qhuinn relaxou a postura com uma expressão remota em avanço sobre suas feições.

— Então é isso. Está jogando todo o nosso relacionamento para o alto por causa de um comentário.

— Não foi um comentário. Foi uma revelação.

Uma que praticamente o matara sem precisar sair do lugar. Infernos teria tido melhores chances de sobrevivência se Qhuinn tivesse atirado nele.

Qhuinn cruzou os braços diante do peito, de um modo que fez os bíceps ficarem tão protuberantes que forçavam as mangas da parca.

— Você se lembra... — O macho pigarreou. — Você se lembra lá atrás, há um milhão de anos, quando vinha para a minha casa depois que meu pai... você sabe, depois que o meu pai acabava comigo?

Blay baixou o olhar para o piso de concreto.

– Qual das vezes? Foram tantas.

– Verdade. Mas você sempre esteve lá por mim. Você entrava escondido, jogávamos Playstation e eu esfriava a cabeça. Você foi a minha salvação. O único motivo pelo qual estou vivo hoje. E pelo qual as crianças existem.

Blay começou a balançar a cabeça.

– Não faça isso. Não use o passado para causar culpa em mim.

– Você sempre me disse que o meu pai estava errado por me odiar. Disse que não entendia por que ele...

– Olha só, paguei meus pecados com você – Blay estrepitou. – Ok? Já paguei todos os meus pecados. Fui seu saco de pancada, seu Band-Aid, seu cobertorzinho de segurança. E quer saber por quê? Não porque você era especial. Era porque você era um vadio que eu não podia ter, e considerei que a sua promiscuidade indicava que eu não era o bastante – e isso me incentivou a me provar pra você uma vez depois da outra. Mas não vou mais agir assim. Você me afastou durante todo aquele tempo, enquanto fodia outras pessoas, mas eu vou deixar isso passar porque eu não tinha coragem de chegar junto de você e te dizer como eu me sentia na época. Mas quando você me afastou naquele quarto? Você sabia muito bem o quanto eu te amava. Não vou conseguir me recuperar disso...

– O que eu *ia* dizer – Qhuinn ladrou – era que você sempre me disse o quanto lamentava por ele não conseguir me perdoar por algo que eu não podia mudar...

– Isso mesmo, o seu DNA não é culpa sua. Que diabos isso tem a ver com qualquer coisa entre a gente? Está querendo dizer que não é responsável pelo que sai da sua boca? – Blay meneou a cabeça e começou a andar. – Ou melhor, que não é culpa sua que você me tirou da vida das crianças?

– Eu me convidei para ir para a casa dos seus pais amanhã à noite, lembra? Está claro que não estou te tirando das vidas deles. – Qhuinn ergueu o queixo. – O que quero dizer é que não entendo como alguém que defende a importância do perdão está se recusando a aceitar o meu pedido de desculpas.

Sem pensar a respeito, Blay enfiou a mão no casaco e pegou o maço de Dunhill. Quando acendeu um, murmurou:

– Sim, voltei a fumar. Não, isso não tem nada a ver com você. E quando eu estava falando do seu pai, era a respeito da cor dos seus olhos, pelo amor de Deus. Eu não estava pedindo que se afastasse do que pensava ser seus filhos. Aquilo era a minha vida, Qhuinn. Aquelas crianças... eram o meu futuro, o que restaria de mim depois que eu morresse e não estivesse mais aqui. Elas seriam... – Quando a voz dele se partiu de emoção, Blay deu um trago. – Elas levariam adiante as tradições dos meus pais. Seriam marcos, a felicidade e uma completude que nem você consegue me dar. Isso não é *nada* comparado a um acidente genético que resultou em você ter um olho azul e o outro verde.

– Tanto faz, Blay – Qhuinn disse, sombrio, ao caminhar em círculos. – Este defeito foi a minha vida inteira, e você sabe disso. O meu defeito na casa dos meus pais foi toda a minha porra de existência. Eu fui afastado de tudo...

– Então tudo bem, sei como se sente.

Quando se encararam, Qhuinn balançou a cabeça.

– Você é tão ruim quanto o meu pai, sabia? É mesmo.

Blay apontou o cigarro aceso na direção do cara.

– Vai se foder. Por isso. Sério.

Qhuinn o encarou através do ar tenso por um momento. Depois disse:

– O que está acontecendo aqui? Isto é, sério que você quer terminar? Está querendo voltar para o Saxton ou talvez transar com outro? Quer fazer do jeito que eu fazia? É por isso que você está agindo assim?

– O que eu estou fazendo... Espera aí, como se eu estivesse me aproveitando disso para ter uma saída? Acha mesmo que esta é uma chance para eu tomar uma decisão? Acha de verdade que eu estou jogando aqui? – Ele balançou a cabeça tantas vezes em descrença que chegou a ficar tonto. – E não. Não quero ser como você. Você e eu não somos iguais e nunca seremos.

– E é por isso que a gente dá certo. – De repente, a voz de Qhuinn ficou aguda. – Você é o meu lar, Blay. Sempre foi. Mesmo com Lyric e Rhamp na minha vida, fico perdido sem você... Sim, claro, fico puto no meio de uma conversa como esta, mas ainda sou macho o bastante pra admitir que não sou nada se você não estiver comigo. – Pigarreou. – E para a sua informação, vou brigar por você, por nós, por isso vou te perguntar de novo. O que vai ser preciso? Sangue? Porque o que eu precisar fazer para te ter de volta, eu vou fazer.

Quando Assail soltou mais um grito, Blay fechou os olhos, com uma exaustão pesando sobre si como uma mortalha.

– Sim, claro, tanto faz – murmurou. – Sangue. Vai ser preciso sangue. Agora, se me dá licença, vou ver como a minha mãe está.

– Amanhã à noite vou com as crianças para a casa dos seus pais.

– Não estarei lá.

– Essa é uma decisão sua. E vou respeitá-la. Mas eu falei sério. Não importa o que for preciso, vou te provar que te amo e que preciso de você e que te quero, e que aquelas crianças são suas.

Com isso, o Irmão se virou e se afastou pelo corredor de concreto, com a cabeça erguida, os ombros aprumados, os passos ritmados...

– Filho?

Blay se assustou e se virou de frente para o pai.

– Como ela está? Já fizeram o raio X?

– Ela está chamando por você. O doutor Manello disse que talvez tenham que operar.

Merda.

– Sim, claro. – Passou o braço ao redor dos ombros do pai. – Venha, vamos decidir o que precisa ser...

– Você e Qhuinn estão bem?

– Maravilha. Estamos ótimos – ele respondeu ao empurrar a porta da sala de exames. – Não tem com o que se preocupar. Vamos nos concentrar na mãe, está bem?

Capítulo 43

Throe havia muito ouvira que era possível construir uma bomba com materiais comuns encontrados numa casa. Que era possível alguém produzir um explosivo potente com pouco mais do que alguns produtos encontrados na cozinha.

Contudo, embora isso pudesse ser verdadeiro, à medida que descia pela escadaria principal da mansão do *hellren* da sua amante, quase se sentiu desapontado com a natureza onipresente do item que procurava. Todavia, com seu livro debaixo do braço e um objetivo claro em mente, disse a si mesmo que sua fé seria recompensada; sua resolução, suprida; seu objetivo, alcançado.

Mesmo que fosse um tanto anticlimático.

Mas, em retrospecto, ao menos estava focado.

A confusão anterior fora muito estranha, pensou ao chegar ao átrio do térreo, onde o fogo da lareira crepitava oferecendo luz e calor, o candelabro de cristal acima reluzindo como se diamantes de verdade estivessem pendurados no teto. Parou ali, observou a sala de estar mais além e aprovou os sofás de seda e os candelabros, os tecidos arrumados ao redor das janelas altas, as cores fortes escolhidas por alguém com muito bom gosto e fundos infinitos.

Do lado oposto do vasto espaço aberto, como ditava a tradição, o escritório do macho principal da casa vislumbrava poder e distinção: os painéis de madeira e os livros com capa de couro, a escrivaninha ampla com mata-borrão de couro e cadeira combinando, as janelas de vitral, emprestando ao ambiente a impressão da mais alta aristocracia, de modo que uma saudade aqueceu o meio do seu peito. Fazia muito anos desde que vivera dessa maneira, com tantas cabanas nesse intervalo. Além disso, houve vulgaridade e grosseria, morte e sangue, sexo do tipo mais básico.

Não fora a vida que outrora buscara para si e, de fato, por mais que tivesse se sentido ligado ao Bando de Bastardos e ao líder deles, agora acreditava que seu período com eles não passara de um pesadelo, uma tempestade predestinada que passara pelo seu destino a caminho de instaurar o caos na existência de alguma outra pobre alma.

Ali era o seu lugar.

Na realidade, de todos os lugares em que estivera em Nova York, a mansão era a que mais se adequava a ele. Não era a maior dentre as das amigas de sua fêmea, mas era a mais bem decorada, num estilo que ele próprio teria escolhido para a sua morada...

A que logo escolheria para a sua morada, corrigiu-se, quando ele passasse a controlar a raça...

— Você não vai durar com ela.

Throe girou sobre os calcanhares. O *hellren* da casa, um vampiro idoso de uns oitocentos anos de vida, surgiu claudicando do toalete junto à biblioteca, o som da descarga acionada anunciando sua presença mais do que o sotaque remanescente da voz enfraquecida.

— Perdão. O que disse? — Throe murmurou, apesar de ter ouvido muito bem.

— Ela não ficará com você mais do que ficou com os outros. Você voltará para as ruas antes do Ano-Novo.

Throe sorriu, ainda mais ao notar a bengala de que o macho necessitava a fim de se locomover. Por um instante, entreteve a ideia de que o instrumento poderia escorregar debaixo daquela mão artrítica, e o macho se desequilibraria, despencando no piso de mármore.

— Acredito que subestime meus atrativos, meu velho. — Throe mudou a posição d'O Livro, aproximando-o do peito. Engraçado, ele pareceu formigar junto ao seu coração. — Mas isso não é um tópico educado sujeito a discussões, não é mesmo?

Cabelos grisalhos, sobrancelhas fartas e desarrumadas, tufos de pelos se projetando para fora das orelhas, as indignidades da idade, Throe pensou. E a inevitável disfunção erétil. Afinal, Viagra ajudava até certo ponto. Mesmo que o membro pudesse enrijecer graças aos farmacêuticos, se o restante do corpo fosse tão atraente quanto a carcaça de um cervo, o que mais uma fêmea jovem poderia fazer além de assumir um amante mais palatável?

— Ela saiu, sabe disso, não? — o macho comentou com voz trêmula.

Por que não existia o equivalente a uma bengala para a fala, Throe ponderou distraidamente. Um pequeno alto-falante para ampliar a voz? Talvez com um botão para acrescentar um tom mais grave ao volume.

— Sim, ela saiu — Throe entoou com um sorriso. — Pedi que ela saísse e encontrasse outra fêmea para que ela e eu pudéssemos nos divertir com um brinquedinho. Já fizemos isso antes... e ela voltará, me trazendo o que pedi.

Quando o macho gaguejou como se estivesse absolutamente chocado, Throe se projetou para a frente e sussurrou as palavras seguintes, como se ele e o *hellren* partilhassem de um segredo.

— Creio que descobrirá que isso acontecerá com bastante frequência daqui em diante. Perceberá, meu caro senhor, que não sou como os demais que a entretiveram no passado. Digo a ela o que fazer, e ela obedece. O que acaba por nos diferenciar, eu e você, não é mesmo?

O ancião recobrou a compostura e sacudiu a bengala.

— Veremos. Ela já fez isso antes. Sou eu quem provê o sustento dela, então ela não consegue viver sem mim. Você, como um andarilho, embusteiro, um aristocrata decaído, certamente não consegue fazê-lo.

Throe ponderou que talvez tivesse interpretado mal a natureza apática desse macho em particular. No entanto, não importava.

O jovem vampiro inclinou a cabeça.

— Acredite no que quiser. Isso nunca muda a realidade, não é? Boa noite.

Ao seguir para a despensa do mordomo, o *hellren* disse com um pouco mais de volume:

— Usando a porta dos criados, estou vendo. Muito apropriado. Você costumava ser um membro da *glymera*, mas isso já não é uma realidade, não é desde que sua família o baniu das propriedades e da linha sucessória. Uma pena. A menos que veja a questão segundo o ponto de vista deles. Desgraças devem ser extirpadas, caso contrário, elas ameaçam a integridade.

Throe parou. E lentamente se virou.

Estreitando os olhos, sentiu uma raiva familiar se revolver nas entranhas, uma víbora prestes a dar o bote.

– Cuidado, velho. Eu lhe direi isto uma vez e nunca mais: não sou como os outros.

– Você é um gigolô. Troca seu corpo por alimento e abrigo como uma prostituta qualquer. Um terno fino não altera o fedor das carnes que jazem por baixo dele.

Vagamente, Throe se apercebeu que O Livro se aquecia junto ao seu esterno. E ele sentiu a tentação de ceder à ira como nunca antes.

Mas, então, ele se lembrou do motivo que o levara a descer para o térreo. E do que faria em seu quarto assim que juntasse tudo de que necessitava.

E voltou a sorrir.

– Você tem sorte por eu precisar de você.

– Melhor se lembrar disso. E ela também.

– Nos lembraremos, eu prometo. Ainda mais quando sua *shellan* vier até mim.

Throe seguiu adiante, deixando o *hellren* a sós para fazer o que quer que costumasse fazer às noites – o que deveria ser uma festa. Devido aos seus problemas de mobilidade, ele passava a maioria das noites na biblioteca dos fundos, que dava para um solário, acomodado como uma estátua cuja base fora quebrada.

Portanto, quando chegasse a hora... seria fácil localizá-lo.

Encontrar a despensa com suas múltiplas prateleiras e suas filas de caixas e latas fora simples o bastante. Encontrar exatamente o que precisava, entretanto, requeria mais tempo e concentração. E ao avaliar as compras para o consumo da casa, ficou um pouco desarmado.

Mas algo lhe dizia que não fosse procurar a ajuda dos criados.

O Livro lhe disse, concluiu mais tarde. Sim, O Livro se comunicava com ele sem palavras, ao estilo de um animal com quem se tem grande familiaridade, que "fala" por intermédio dos movimentos do focinho e dos olhos, detalhes intangíveis para todos, salvos os dois em questão.

Abrindo o tomo sobre a tábua de corte, Throe sorriu quando as páginas se viraram sozinhas até as passagens corretas. Em seguida, ele começou a juntar o que estava listado.

De fato, o cozido não seria agradável.

Tônico preparado com casca de angostura. Vinagre tinto. Gengibre. Alcaçuz. Rúcula. Açafrão. Sementes de gergelim.

E também precisava de cera de velas pretas. E... óleo de motor? De carro?

Por um instante, irritou-se com o esforço que seria empregado para reunir os itens, uma evocação aos seus antigos hábitos de ser sempre servido. Só que, nesse instante, O Livro remexeu as páginas, como que em desaprovação.

– Muito bem – ele o segurou. – Seguirei em frente.

De uma pilha junto à entrada, pegou uma cesta, como se estivesse mesmo num supermercado, e começou a apanhar das prateleiras o que lhe fora indicado.

Ah, e uma panela de cobre. Imaginou que encontraria uma na cozinha.

Sim, seria um cozido e tanto. Todavia, não se assemelhava a algo que pudesse produzir um exército, e talvez não funcionasse...

O Livro folheou as páginas, como um cão ofendido.

Throe lhe sorriu de volta.

– Não seja tão melindroso. Tenho minha fé e minha fé me tem.

Modo estranho de expor a situação, mas o refrão se alojou em seu cérebro e saiu da sua boca num murmúrio.

– Tenho minha fé, minha fé me tem, eu-tenho-minha-fé, minha-fé-me-tem, minhafémetemminhafémetem...

CAPÍTULO 44

Zypher os levou de volta ao lugar no qual vinham se abrigando muito antes de a aurora surgir. A nevasca estava tão intensa e estava durando tanto que não só seus planos de viagem para o Antigo País foram interrompidos – junto aos de tantos humanos –, mas a cidade de Caldwell e suas redondezas se tornaram cidades fantasmas cobertas de neve, sem carros pelas ruas intransitáveis nem pedestres nas calçadas impraticáveis.

Na noite anterior tentaram localizar Xcor, pelo que imaginaram que seria a última vez. Mas quando ficaram presos na Costa Leste, com o voo atrasado sobrevoando o Atlântico, aventuraram-se uma vez mais no que certamente seria a derradeira procura do líder do grupo.

E, assim como antes, não descobriram nada. Quer por conta do mau tempo, quer...

Ah, a quem tentava enganar?, Zypher pensou ao fazer a curva na esquina do beco que se tornara familiar. Xcor havia desaparecido de vez, muito provavelmente em sua cova. Precisavam de fato desistir disso, ainda mais porque agora, além de frustrados, estavam congelando. Melhor descansarem, pois ao cair da noite do dia seguinte, começariam a batalha de encontrar uma luta diferente, ou quem sabe, um caminho diverso para regressarem para casa.

Uma coisa pela qual ansiava? Retomar as acomodações do castelo.

O restaurante abandonado em que vinham ficando era melhor do que muitos dos lugares que serviram como alojamento no decorrer dos séculos, mas não se comparava aos amontoados de pedras bem aquecidas lá no Antigo País. Contudo, tiravam vantagem na medida do possível do local em que haviam fixado residência, aproveitando-se da porta do prédio adjacente como rota alternativa de fuga e monitorando os demais negócios abandonados para o caso de os humanos resolverem retornar ao bairro decadente.

Sim, ficaria contente em partir, mesmo lamentando o indivíduo a quem deixariam para trás.

Zypher chegou primeiro à porta, e, seguindo o protocolo, postou-se de lado e protegeu seus companheiros guerreiros enquanto eles abriam a porta e se perfilavam para entrar – não que houvesse algo que exigisse proteção.

Pensou que seria bom se houvesse tempestades como aquela com mais frequência, de modo a afastar os humanos das ruas.

Syn foi o último a entrar pela porta, e depois Zypher verificou uma vez mais o beco enterrado em neve e os prédios vazios do lado oposto. Em seguida, ele também desapareceu no interior, que não estava mais aquecido, mas que tinha muito menos brisas geladas do que o ambiente lá fora.

Era um alívio a neve não obscurecer sua vista e abafar sua audição.

O som do grupo batendo os pés para se livrar da neve e sacudindo chapéus e luvas fez com que se lembrasse do estouro de um rebanho acompanhado pelo som de pássaros. Não que tivesse algum dia visto algo semelhante, mas imaginou como seria...

– Há algo errado aqui dentro.

– Alguém esteve aqui.

Conforme a presença do intruso foi percebida por todos, adotaram uma posição de defesa, agachando-se e sacando as armas. Mas não havia ninguém...

– Cheiro de pólvora? – um deles disse.

– Talvez um sinalizador...

Nesse instante, a porta se abriu atrás deles...

E o cheiro que entrou com o frio deteve tudo. Aquele cheiro... e o tamanho do macho que preenchia o vão entre os batentes... e a aura de poder que o acompanhava...

A porta foi fechada lentamente. E ainda assim ninguém se moveu.

A voz, que Zypher já desistira de ouvir novamente, disse com clareza:

– Nenhuma saudação ao seu líder? Fiquei afastado tanto tempo assim?
Zypher deu um passo à frente na escuridão. E mais um.
Depois, com a mão trêmula, enfiou-a no casaco e pegou uma lanterna.
Era Xcor. Uma versão mais magra e envelhecida de Xcor, mas era o guerreiro, sem dúvida.
Zypher estendeu a mão e tocou no ombro largo. Depois, sim, tocou-o no rosto.
– Está vivo – sussurrou.
– Sim – Xcor sussurrou de volta. – Por pouco. Mas estou.
Não soube quem deu o primeiro passo, se foi ele ou seu líder. Mas braços se envolveram e os peitos se encontraram, o presente se realinhando ao passado que sempre incluiu o macho que miraculosamente se encontrava diante dele.
– Meu irmão, pensei que esta noite jamais viria. – Zypher fechou os olhos. – Eu havia perdido as esperanças.
– Eu também – Xcor admitiu, rouco. – Eu também.
Quando Zypher recuou, Balthazar se aproximou, bem como os outros.
Um a um, abraços foram trocados, tapas fortes dados nos ombros. Se lágrimas se formaram nos olhos, não foram derramadas, mas nenhuma voz se mostrou capaz de falar – mesmo Syn pareceu comovido, o pior de todos afetado como os demais.
A missão de localizar Xcor acabara se tornando uma resolução tácita de que, se ao menos descobrissem o que acontecera, ou quem sabe se conseguissem localizar seus restos mortais para dispor deles adequadamente, talvez pudessem viver em paz com o ocorrido. Mas havia tempos perderam a esperança de a reunião ser o seu destino, o regresso vital a uma dádiva à qual não ousavam aspirar.
– Foi a Irmandade? – Balthazar demandou. – Eles levaram você?
– Sim.
No mesmo instante, rosnados permearam o ar frio e parado como se uma alcateia de lobos tivesse sido atiçada, numa promessa de sofrimento em troca do mal causado a um deles.
– Não – Xcor disse. – É mais complicado.

Xcor estivera se escondendo do outro lado da rua, observando a entrada do restaurante abandonado, à espera de identificar se algum dos machos do Bando de Bastardos viria ao espaço vazio antes do amanhecer. Preferiu passar a noite assim em vez de ficar no interior escuro, visto que Qhuinn e Tohr, e possivelmente outros, estavam à sua caça. Temia ficar encurralado e acabar assassinado.

Por isso, agachara-se dentro de um prédio sem portaria que oferecia visibilidade e vidraças através das quais conseguiria se desmaterializar caso ouvisse um mínimo assobio do vento que não lhe agradasse. E conforme o tempo passava, seus pensamentos com frequência se desviavam para Layla, o que lhe foi benéfico, visto que as imagens do corpo nu da Escolhida aqueceram o seu, mantendo-o alerta apesar da exaustão incomum. Com a aproximação iminente da aurora, ele não tinha um plano certo sobre como agir após o amanhecer; a única certeza era a de que não retornaria para a casa segura.

Pelo menos, com o surgimento do sol, ele não teria que se preocupar com os Irmãos indo atrás dele.

Os problemas relacionados à luz solar também os afetavam.

Só que, em seguida, seus machos chegaram, materializando-se na nevasca como aparições em aterrissagem num cemitério, os corpanzis surgindo no meio da neve que caía, um a um. Ficou tão feliz em vê-los que abriu a boca para chamá-los do seu poleiro junto à janela. Anos de treinamento na guerra, contudo, silenciaram-no antes que ele emitisse uma sílaba sequer de saudação.

Foi preciso muito autocontrole para esperar um tempo, só para ter certeza de que não haviam sido seguidos.

E, ao entrar no covil deles, não teve certeza se seria bem recebido, preocupou-se que a cadeia de poder um dia por ele criada e reforçada com brutalidade tivesse causado um motim irreversível.

Em vez disso, fora recebido como um irmão, cuja morte presumida fora lamentada e sentida.

Ah, como desejou que pudessem permanecer um pouco mais em meio ao clima de camaradagem do reencontro emotivo. Mas dispunha de pouco tempo, e quanto mais se demorasse com o Bando, menos eles estariam seguros.

— Quer dizer que fugiu da Irmandade... — alguém declarou com orgulho. — Quantos deles você matou?

Pensou em Qhuinn tentando abrir os portões na entrada da caverna.

— Não matei ninguém. E não estou livre.

– O que isso significa? – Zypher perguntou.

Na luz certeira da lanterna do macho, Xcor cruzou os braços e fitou cada um dos seus bastardos nos olhos.

– Fiz um juramento para o Rei Cego. Jurei fidelidade ao trono dele.

Ele já esperava o silêncio que veio após o seu pronunciamento.

– Foi coagido, então? – Zypher inquiriu. – A troco da sua liberdade, garantiu lealdade a Wrath?

– Não, eu a dei de livre e espontânea vontade.

Balthazar meneou a cabeça.

– A Escolhida, então.

– Não, o Rei, então. – Xcor falou lenta e claramente, confiando nos longos anos de sobrevivência no campo de batalha juntos para dar às suas palavras o peso de sua total convicção. – Jurei minha lealdade a Wrath, filho de Wrath, por vontade própria, a despeito da Escolhida Layla, e não em troca de me desculpar por minhas ações passadas.

– Você se sujeitou a ele? – Zypher perguntou.

– Sim, e digo a todos vocês, o Rei quer o mesmo juramento de vocês.

– Essa é uma ordem sua? – Zypher questionou.

– Não. – Xcor uma vez mais os fitou nos olhos. – Ele quer isso em troca da exoneração da pena de morte contra vocês. Ele perdoará cada um de vocês por suas traições, e lhes garantirá um regresso seguro para o Antigo País se forem até ele e lhe jurarem fidelidade.

– Mas você não está nos ordenando a fazer isso?

– Lutarei lado a lado com cada um de vocês até a noite da minha morte. Mas jamais os forçarei a abaixar as cabeças diante de um líder. Respeito vocês demais para isso e, além do mais, suspeito que Wrath saberia disso. Apesar da cegueira... ele enxerga as coisas com muita nitidez.

Houve murmúrios entre o grupo. Em seguida, uma voz grave inquiriu:

– O que fizeram com você...

Era Syn, e não foi uma pergunta.

– Me mantiveram livre.

– Um traidor em meio a eles – o bastardo disse ao dar um passo adiante. – Um traidor do Rei deles e ainda assim o mantiveram vivo?

– Eu me feri no campo de batalha. Eles me levaram e me mantiveram vivo.

Zypher meneou a cabeça.

A ESCOLHA | 359

— Wrath, assim como você, não é conhecido por sua fraqueza. Isso não faz sentido.

— É a verdade. — Xcor virou as palmas na direção dos céus, erguendo-as. — Digo apenas o que aconteceu. Fui ferido, eles me levaram, e garantiram que eu sobrevivesse. — Para que pudessem torturá-lo, fato. Mas queria paz entre a Irmandade e os Bastardos, então editaria essa informação. — Fugi e agora procurei vocês.

— Isso não faz sentido — Syn ecoou numa voz baixa e maligna. — Você fugiu, mas então como fez seu juramento a Wrath? Foi mantido prisioneiro por uma facção da Irmandade, sem que o Rei soubesse?

— Os detalhes não importam.

— Ao inferno que não. E não dá pra entender esse juramento. Não é da sua natureza se submeter por aí.

Xcor sorriu com frieza.

— Não acho que já ouvi você falar tão longamente assim antes, Syn.

— Se existe um motivo para conversarmos, é agora. E volto a repetir, não faz sentido algum e não compreendo por que abaixou a cabeça.

— Evolução do meu pensamento.

— Ou do seu pau.

Antes que Xcor pudesse pensar duas vezes, grudou no rosto de Syn, apesar de o outro guerreiro superá-lo atualmente em peso.

Expondo as presas, Xcor disse:

— Não me subestime. Estou propenso ao igualitarismo, mas até certo ponto.

Os dois se encararam, olho no olho, peito contra peito, por algum tempo, e os demais recuaram para o caso de uma briga se desencadear.

— Por conta de uma fêmea, então — Syn disse arrastado.

— Por conta do amor da minha vida. E trate de se lembrar disso, bastardo.

Enquanto Xcor falava, a fragrância da sua vinculação emanou, e isso chamou a atenção do outro macho. As sobrancelhas de Syn se ergueram, e ele se retraiu, sutil, mas perceptivelmente para alguém que o conhecia até a medula — que era o caso de Xcor.

Depois de um instante, a inclinação de cabeça de Syn foi leve, mas incontestável.

— Perdão.

– Tudo bem. E ela não tem nada a ver com isto. – O grupo respirou coletivamente em alívio quando a agressividade se dissipou, mas Xcor não lhes deu tempo para relaxar. – Como já disse, em troca do juramento de vocês, Wrath os exonerará de qualquer punição, mas terão que retornar para o Antigo País. Assim como eu.

Zypher riu.

– Na verdade, eram os nossos planos. Estávamos prestes a partir, mas com esta nevasca... Fomos impedidos, como se este reencontro tivesse sido programado pela Virgem Escriba.

– Um acontecimento conveniente, sem dúvida.

O grupo se calou, e Xcor lhes deu tempo para avaliá-lo e pensar nos relatos. Mas não poderia se demorar mais com eles.

Já fora alvejado uma vez nessa noite. Não queria atrair os Irmãos até ali.

– Portanto, é isto o que temos na mesa de negociações – disse ele. – Vou deixá-los para que reflitam. Se escolherem não fazer isso, são grandes as chances de retornarem para a mãe terra, e permanecerem em segurança por algum tempo. Mas essa é uma existência da qual já estou farto. Nunca deixarão de olhar por sobre os ombros, e, não se enganem, Wrath um dia os procurará. Pode demorar um tempo, visto que existem outras prioridades. No fim, contudo, a vingança dele será encontrar vocês. Ele é um macho a favor da paz, mas não da castração.

– Espere – Balthazar interveio. – Se você está com o Rei, por que não é seguro para nós estarmos ao seu lado? Presumo que seja esse o motivo da partida.

Xcor hesitou e depois concluiu que era direito deles conhecer parte das informações.

– Há membros da Irmandade que não estão aceitando o meu juramento.

– O pai do filho da Escolhida, imagino – um dos guerreiros arriscou.

Xcor deixou a dúvida pairar no ar, pois ao mesmo tempo era uma conclusão lógica e não dizia respeito a eles. Jamais negara que a Escolhida estivesse grávida, mas tampouco comentara a esse respeito – e certamente não discutiria sua vida particular com ninguém, nem agora nem nunca.

Xcor voltou para a saída.

– Vou deixá-los por enquanto. Vocês têm muito em que pensar. Eu vou encontrar vocês daqui a vinte e quatro horas, no nosso ponto de encontro. Vocês poderão me dar suas respostas, então.

Ele suspeitava que todos já sabiam qual seria a resposta. Mas precisava de tempo para garantir que, caso os levasse à presença de Wrath, seus machos estariam seguros.

— Aonde irá agora? — Zypher perguntou.

— Encontro vocês às quatro da manhã, amanhã. — Xcor se virou. E antes de abrir a porta, olhou por cima do ombro. — Nunca pensei que voltaria a vê-los.

O fato de sua voz se partir não era uma variável passível de mudança. E também era evidência de quanto *ele* havia mudado.

Não era como se ele fosse um macho novo, pensou ao se preparar para enfrentar o frio e a neve outra vez.

Não, seria melhor afirmar que voltara a ser o indivíduo de antes, sendo a transformação um retorno para o macho de que a ambição e a crueldade haviam eclipsado. E descobriu que esse retorno era tão bem-vindo quanto a visão dos guerreiros, a única família que ele já conhecera, que o aceitaram quando todos os outros, os do seu sangue e os desconhecidos, rejeitaram-no.

Conforme a neve açoitava seu rosto e o vento cortava as roupas que pegara emprestado, rezou para conquistar a paz verdadeira com o Rei que tentara destronar, de modo a fazer com que seus soldados ficassem a salvo.

Já que não poderia ficar com a fêmea que tinha seu coração e sua alma? Pelo menos poderia cuidar dos guerreiros que o serviram tão bem por tanto tempo.

Isso ele teria que compensar.

Capítulo 45

No fim da tarde do dia seguinte, Layla despertou e de pronto estendeu o braço para os filhos, mas não havia necessidade para se preocupar. Rhamp e Lyric estavam bem ao seu lado, na cama elevada dos aposentos privativos da Virgem Escriba, com os preciosos cílios repousados, a respiração profunda e a expressão de concentração, evidências dos esforços que faziam para crescer sãos e fortes.

Quando ela rolou de costas, teve a sensação de que a noite estava chegando lá embaixo, na Terra. Era sempre assim, uma transmutação das mudanças de lá, da luz para a escuridão, de estação em estação, reverberando no Santuário.

Movendo-se com cautela a fim de não perturbar os bebês, levantou-se e parou um instante para observar seus rostinhos. Fora um período adorável esse interlúdio particular, cada momento saboreado, cada toque e cada sorriso, cada afago e cada carinho, detalhes com os quais encheu seu coração.

Como os deixaria?

Seria muito difícil, uma ferida aberta que vinha cicatrizando durante horas pacatas e cruéis.

Para se poupar das lágrimas, virou-se e afastou-se ao longo do piso de mármore. Pensar que dormira no espaço pessoal da Virgem Escriba com os filhos era quase bizarro demais de compreender, mas tampouco teria imaginado uma noite em que a mãe da raça não existisse mais e que houvesse alternância de visita entre ela e Qhuinn.

No entanto, as mudanças aconteciam quando deviam e, por vezes, só o que nos resta fazer é aceitar e agir conforme pudermos.

Além disso, os aposentos foram muito confortáveis; a cama, macia; o piso de mármore branco, bem como as paredes e os armários, tranquilizadores; a...

Layla franziu o cenho. Do lado oposto, uma das portas dos armários estava entreaberta. Estranho. A extensão de portas de mármore com puxadores quase invisíveis estivera completamente fechada quando ela entrara ali para descansar.

Mediante a aproximação, sentiu-se nervosa sem nenhum motivo aparente. Seria improvável que a Virgem Escriba estivesse se escondendo ali ou algo assim.

Enganchando o dedo no puxador, ela abriu a porta, sem saber o que esperava ver...

— Ah... oras.

Uma *legging* com estampa de zebra. Uma jaqueta de couro preta. Botas grandes como a sua cabeça, um boá de plumas rosa, calças jeans, camisetas básicas brancas e pretas...

— Tentei não te acordar.

Layla girou ante a voz masculina e cobriu a boca com a mão para não acordar os bebês. Quando viu quem era, contudo, abaixou o braço e franziu a testa em sinal de preocupação... e do mais absoluto choque.

Não, não podia ser...

Lassiter, o Anjo Caído, sorriu e se aproximou dela, os longos cabelos loiros e negros balançando até o quadril, os piercings e as correntes douradas fazendo-o brilhar.

Ou talvez ele brilhasse por algum outro motivo.

Layla pigarreou enquanto as implicações se avolumavam umas sobre as outras.

— Você está... ela está... ou fez... o que...

— Sei que está balbuciando assim porque está tão animada... — ele disse — ... que acabou sem palavras.

Layla sacudiu a cabeça para em seguida assentir, visando não ofendê-lo.

— É só que... quero dizer... *você*?

— Isso mesmo, eu. A Virgem Escriba me escolheu. A mim, eu, euzinho. — Ele fez alarde ao dar pulinhos como uma menina de seis anos, de chupeta e calçados próprios para sapateado. Só para, em seguida, deixar a bobagem de lado e ficar muito sério, fitando-a nos olhos com uma expressão inflexível. – Não contei a ninguém ainda, nem você pode contar. Só imaginei que, como está ficando aqui com os bebês, acabaria descobrindo cedo ou tarde porque estou me mudando para cá.

Ela olhou para a cama em alarme, mas ele levantou as palmas.

– Ah, não, não ficarei aqui enquanto você estiver. Sei que quer a sua privacidade e respeito isso. Também quero ajudá-la. Você passou por maus bocados, não é?

A compaixão e a compreensão de Lassiter foram tão inesperadas que ela se emocionou.

– Oh, Santa Virgem Escriba, estou tão... – Deteve-se ao perceber que essa expressão já não se aplicava mais. – Hum...

– Pois é, não sou virgem e odeio escrever. Portanto, vai ter que dizer outra coisa. Eu estava pensando em algo do tipo Grande e Sublime Pooh-Bah,[5] mas creio que os humanos já fizeram isso, malditos.

– Ah... – Ela hesitou, pois estava tão surpresa que não conseguia pensar em nada para dizer. – Bem, tenho certeza de que pensará em outra solução.

Mas só os deuses sabiam o que poderia ser.

– E quanto aos aposentos – ela disse –, não quero atrapalhar. Mudarei nossos pertences para o dormitório...

– Não, não, eu não durmo aqui. Só pendurei algumas roupas para ver qual era a sensação, só isso. Esta promoção também requer alguns ajustes da minha parte... Sabe, tentar descobrir que poderes eu tenho. – Inclinou-se para perto de modo conspiratório. – Isto é, com o que consigo me safar. Ei! Sabia que eu sei fazer nevar?

– O quê?

– Neve. – Imitou algo caindo com as pontas dos dedos. – Sei fazer uma porrada de neve. E sabe o que vai ser ainda mais divertido? Observar os cientistas humanos tentarem descobrir porque aquela nevasca aconteceu. Vão começar a falar de mudança no clima do planeta, mas eu tinha que ajudar o seu garoto.

– Xcor? Desculpe... Não estou entendendo.

---

5   Pooh-Bah é uma das personagens da ópera cômica "Mikado", de Arthur Sullivan e libreto de W.S. Gilbert. (N.T.)

— Longa história. Bem, voltando ao assunto como você está? E as crianças? — ele perguntou como se nada estivesse acontecendo.

— Perdoe-me, hum... ah...

— Vamos tentar "Vossa Excelência".

Layla piscou.

— Tudo bem. Perdoe-me, Vossa Excelência, mas como ajudou Xcor?

— Eu precisava manter os guerreiros dele por estas bandas. Portanto, olha o *veeeento do norte*!

— Quer dizer que ele os localizou!

— Sabe, no fim o destino é grande demais para alguém como eu. — Deu de ombros. — Quem saberia que é preciso tanto esforço para dar às pessoas uma oportunidade de elas exercitarem o livro arbítrio? É como se o mundo fosse um tabuleiro de xadrez para cada uma das pessoas das quais estou encarregado. Portanto, estou jogando umas cem mil partidas ao mesmo tempo.

— Uaaau.

— Pois é, está vendo? Graças a Deus pelo Transtorno de Déficit de Atenção com Hiperatividade! — Deu um amplo sorriso, e depois franziu o cenho. — Na verdade, acho que agora podemos dizer "graças a mim".

Layla teve que sorrir.

— Decerto você será uma mudança e tanto, Vossa Excelência.

Lassiter revirou os ombros.

— Não, isso soou estranho. Vamos tentar "Eminência". Tenho que usar algo com o qual me sinta à vontade.

— Muito bem, Vossa Eminência.

Ele estalou o pescoço.

— Não. Também não vai ser isso. Teremos que trabalhar mais nesse título... Ah! — O Anjo Caído, hum, o chefe de tudo... hum... deu um pulo como se tivesse sido cutucado na lateral do corpo. — Ok, tenho que ir. Cuide-se, está bem? E você sabe o que fazer depois.

— Eu sei?

— Sabe, sim. Você tem uma carta para jogar... Uma peça para mover, na verdade. Você sabe o que é. E lembre-se... — Levou o indicador aos lábios — ... psiu. O meu trabalho é o nosso segredinho até segunda ordem.

— Ah, sim, claro.

— Tchauzinho!

Dito isso, Lassiter desapareceu, uma cascata de luzes tremeluzentes caindo até o chão, e bem nessa hora Cormia apareceu na porta dos aposentos privativos.

– Como estão todos? – a fêmea perguntou.

Ah, então ele foi embora para não ser visto, Layla concluiu.

Voltando ao presente, Layla se recompôs.

– Ah... foi tudo bem. Muito bem mesmo, obrigada.

A outra Escolhida avançou até perto dos bebês.

– Olá, crianças. Estão acordando? Oi, oi, tudo bem?

Sub-repticiamente, Layla foi até o armário para fechá-lo de modo que a estampa de zebra não aparecesse – e depois tentou sorrir, como se não soubesse o que sabia nem tivesse ouvido o que ouvira.

– Eles se comportaram muito bem. Claro que segui a rotina informada. Deixe-me apenas juntar o lixo e poderemos descer.

Ela foi até a sacola em que juntara as fraldas usadas e passou a alça pelo ombro. Depois se aproximou da cama.

– Tenho certeza de que Qhuinn estará animado em vê-los. Sei que eu estava quando... Bem, estou contente que tenha vindo me ajudar com o transporte de novo. Obrigada.

Os olhos de Cormia estavam entristecidos, mas a voz saiu firme e deliberadamente jovial.

– Mas claro! Qual deles prefere segurar agora?

– Rhamp, fui eu quem carreguei Lyric aqui para cima. – Mudando a bolsa de lugar para deixá-la às costas, dirigiu-se ao filho. – Tenho que dividir meu tempo. O que é justo é justo, afinal.

Relanceou para Cormia enquanto esta apanhava Lyric. Não havia como evitar. Não que não confiasse na Escolhida com a tarefa... mas era uma coisa de *mahmen*.

Uma coisa de mãe, como Beth teria dito.

– Alguma coisa excitante aconteceu? – Cormia perguntou ao segurar Lyric nos braços. – Novidades?

– Não – Layla murmurou. – Nenhuma.

– Consegui o emprego, consegui o em-pre-go!!

Therese continuou a falar consigo pelo reflexo do espelho enquanto passava um pouco de maquilagem nos olhos e alisava os cabelos. Pretendia prendê-los de modo que não caíssem no rosto, mas se não acalmasse um pouco os fios antes, ela ficava com a sensação de ter um tutu de bailarina no alto da cabeça.

Engraçado, ela sempre presumira que todas aquelas ondas fossem herança da mãe.

No fim, não era nada disso.

Puxando o fio da tomada, deu mais uma espiada para ver se não havia exagerado na base e no blush. Depois, assentiu para si mesma.

– Prontinho.

Bem quando estava para apagar a luz, uma barata passou correndo na frente da banheira manchada, e ela teve que se conter para não pisoteá-la – ainda por cima, estava descalça. Isso teria sido bem nojento.

– Mal posso esperar para sair deste pulgueiro.

Entrando na sala/quarto/cozinha, que soava muito melhor do que a triste realidade de tudo aquilo, apanhou o casaco, o celular, a bolsa e, num impulso, um cachecol. Junto à porta, parou um instante para abaixar a cabeça e enviar uma oração de proteção à Virgem Escriba.

Mas não por causa do emprego novo ou do trajeto até lá. Era para descer as escadas e passar pela entrada do prédio, chegando à rua sã e salva.

Lamentável pensar que se está mais segura nas ruas escuras de uma parte ruim da cidade do que no seu próprio prédio.

Mas, pelo menos, tinha seu plano já detalhado: na semana e meia desde que se mudara para ali com sua mala, a mochila e setecentos dólares em espécie, criara um procedimento para sair de casa. Primeiro passo? Orelha na porta.

Fechando os olhos, concentrou-se no que acontecia no corredor. Nada muito diferente da rotina. Os mesmos gritos e a mesma música alta demais, alguns tapas abafados.

– Maravilha! Agora etapa número dois.

Ela soltou a corrente, retirou a barra que corria verticalmente e destrancou a porta. Depois saiu e trancou tudo rapidinho. Não sabia se corria mais perigo andando pelo corredor ou sendo forçada a voltar para o quarto. Claro que, como fêmea vampira, era mais forte do que a maioria dos machos humanos. Mas o que mais a preocupava era se um deles a abordasse com uma arma de fogo. Provavelmente saberia lidar com uma faca ou navalha de qualquer tipo, mas uma bala era...

Mas. Que. Droga.

Como se estivesse esperando sua saída, o esquisito do outro lado do corredor saiu na mesma hora que ela. Comparado a ela, o indivíduo parecia muito mais relaxado ao sair, sem pressa alguma. Primeiro porque devia estar muito doidão; segundo, ela tinha a impressão, mesmo com o mínimo de interação estabelecida entre ambos, que ele meio que era o encarregado do lugar.

O que estava garantido era que ele sempre a encarava como se ela fosse uma refeição a ser consumida.

Nojento.

Preparando-se para o tipo de cantada barata que ele lançaria, ela...

– Ai, cacete! – ele murmurou ao vê-la.

E logo se virou e começou a se debater com a maçaneta da porta, como se quisesse voltar para o apartamento.

Therese olhou para uma ponta e para a outra do corredor. Não havia mais ninguém por perto. Talvez estivesse sofrendo alguma alucinação paranoica, ou algo assim? Tanto fazia, não tinha a mínima intenção de ir perguntar se ele estava se sentindo bem ou reclamar do fato de que, de repente, ele parecia disposto a evitá-la.

Apressando-se, ela seguiu rumo à escada, descendo os degraus às pressas. Sabia que provavelmente deveria se desmaterializar, mas todas as janelas no prédio inteiro eram cobertas por uma grade aramada de aço e nenhuma delas se abria. Embora fosse quase certo que o concreto, os tijolos ou o diabo que fosse o material constituinte das paredes não estaria fortalecido com nenhum aditivo, ela não podia correr esse risco. Ouvira histórias de terror do que acontecia quando os vampiros calculavam mal e tentavam se desmaterializar por paredes.

E, como estava sozinha no mundo, era mais um risco que não podia se dar ao luxo de testar.

Therese estava na metade das escadas, prestes a fazer uma curva, quando dois homens que vinham subindo chegaram ao patamar junto a ela.

Reconhecendo-os da entrada, abaixou os olhos e enfiou as mãos no casaco para aproximar mais a bolsa do corpo.

Os dois deram um salto e se chocaram, antes de grudarem na parede de modo a liberar a passagem de Therese.

Quando algo semelhante aconteceu enquanto saía pela entrada da frente, outro humano que ela vira vagabundeando ao redor do prédio saiu rapidamente do seu caminho, ela concluiu que devia estar com alguma doença transmissível que somente a outra espécie reconhecia?

Mas, pensando bem... Caramba, será que descobriram que ela era uma vampira? Não tinha a mínima noção do que poderia ter feito para se revelar, mas por que outro motivo esses caras a tratavam como se ela estivesse com uma dinamite nas mãos?

Claro que deviam estar todos drogados, mas uma psicose coletiva envolvendo mulheres de cabelos escuros era altamente improvável.

Ainda assim, por que discutir com o que a mantinha segura? A menos, é claro, que se tratasse da descoberta de sua espécie, e se fosse o caso, estaria em sérios apuros. Mas, mesmo assim, que tipo de credibilidade aquelas pessoas teriam? Viciados em drogas frequentemente sofrem alucinações, correto?

Do lado de fora, ela fez uma pausa.

Uau. Neve. Por toda parte... neve. Devia haver pelo menos um metro ao redor do prédio, e o vento que a manteve acordada durante o dia empurrou os flocos, formando montes.

Ao sair, não se surpreendeu ao notar que o caminho até a calçada, por mais ridículo que fosse, não havia sido liberado. O que a incomodou foi que suas botas Merrell, a prova d'água e confortáveis, só chegavam até os tornozelos. *Meias molhadas seriam moda esta noite*, concluiu.

Quando chegou à calçada, descobriu que o concreto também não fora limpo, evidentemente. Perscrutando para a direita e para a esquerda, debateu consigo se não deveria simplesmente mandar tudo para os ares e se desmaterializar em plena vista, mas não. O sol já se fora, mas estava mais ou menos escuro ainda, e o brilho da cidade se refletia e era amplificado pela camada branca.

Acabariam por notá-la, por isso, precisaria encontrar um local mais escondido.

Descendo dois quarteirões, aninhou-se dentro do casaco, desgostando bastante da queimação de frio nas orelhas. Pelo menos o pescoço estava aquecido e as mãos estavam protegidas dentro dos bolsos do casaco. Virou à esquerda, entrou num beco bem mais escuro do que a rua de trás, fechou os olhos e...

... se desmaterializou até os fundos do restaurante Sal's.

Ao retomar sua forma, percebeu alguns carros entrando e se aproximando da entrada de serviço. Humanos, um homem e duas mulheres, saíram dos carros, sem dizer muita coisa em detrimento da pressa rumo à porta dos funcionários, como se estivessem atrasados ou com frio. Talvez ambos.

Therese seguiu seus exemplos, segurando a porta aberta antes que ela voltasse a se fechar, depois batendo as botas para tirar a neve no capacho de borracha logo na entrada.

– Oi.

Quando ela levantou o olhar, foi para encarar um macho humano extremamente atraente. Ele tinha cabelos loiros escuros, olhos azuis como o de uma caneta marca texto, e um maxilar quadrado perfeito.

– Você é a recém-contratada? – ele perguntou.

– Sou, sim.

Uma mão bem grande foi estendida na sua direção.

– Sou Emile.

– Therese. Tres.

– E você tem um sotaque. Como eu. Bem, não é francês, como o meu.

Ela sorriu.

– Não, não sou da França.

Não houve um esquete do Saturday Night Live *que começava bem assim?*, pensou. Talvez ela fosse uma vampira e ele, um alienígena.

– Venha, vamos para a saleta dos funcionários? – Ele indicou o caminho à frente. – *Oui?*

Ela assentiu e o seguiu, tirando o cachecol e desabotoando o casaco.

– Já trabalhei como garçonete antes. Mas ainda estou nervosa.

– Enzo, o gerente da frente do salão? Fez entrevista com ele? Ele é muito camarada. Muito bom. Ele lhe dará uma chance.

– Recebi uma cópia do cardápio. Passei o dia decorando ele.

Ao entrarem na cozinha, havia uma antessala com armários onde os funcionários podiam guardar seus pertences, e ela passou os olhos pelas pessoas que estavam por ali conversando. Os homens e as mulheres pareciam estar com vinte e poucos anos, evidentemente se esforçando para começar a vida e se tornar independentes da família – o que era exatamente o que ela estava tentando fazer. Uns dois olharam para ela, mas a maioria só estava se preparando para o início do jantar.

O encarregado do funcionamento da frente da casa, Enzo Angelini, apareceu e se dirigiu a ela, bem como aos demais.

– Que bom, você está aqui. Atenção todos, esta é Therese. Therese, você aprenderá o nome de todos com o tempo. Venha comigo para assinar a documentação, e já separei seu smoking.

Havia algo de reconfortante em seguir uma rotina e procedimentos. Depois que saíra de casa, tudo estivera livre, sem limitações, mas também leve demais com uma sensação meio de "cair na estrada sem lenço nem documento".

Seria algo bom.

A única coisa não muito boa que vinha acontecendo? Ela parecia incapaz de se livrar dos pensamentos envolvendo aquele macho de duas noites atrás. Imagens dele eram como uma ressaca sem a ingestão de álcool, a cabeça latejava, o estômago se contorcia quando ela se lembrava do beijo.

Ele parecera determinado a deixá-la em paz.

E isso ainda parecia um bom plano.

Entretanto, parecia estranho sentir a falta de alguém que não conhecia, alguém que lhe era um completo desconhecido. Mas seu coração doía um pouco ante o pensamento de nunca voltar a vê-lo.

Nada disso importava, contudo. Deviam ser os hormônios. Ou, quem sabe, a tristeza por tudo o que acontecera desde sua partida do Michigan em contaminação às outras áreas da sua vida.

Isso, devia ser isso mesmo.

Por que como seria possível lamentar a ausência de alguém com quem você não passou mais do que vinte minutos?

Capítulo 46

Assim que entrou no quarto dos gêmeos, Qhuinn estava preparado para ficar sozinho com eles, preparando-os para irem à casa dos pais de Blay... mas Cormia estava junto aos berços, acomodando-os. A boa notícia? Pelo menos Layla não estava por perto, ainda que sentisse o cheiro dela pairando no ar – e esse insulto só piorou ao se aproximar dos berços e sentir o mesmo cheiro nas crianças.

Ignorando a *shellan* de Phury, ele imediatamente marchou para o banheiro, colocou as duas banheiras dentro das cubas fundas da pia, e deixou a água quente correr.

Quando ele saiu, Cormia encarou-o de um modo direto que ele não apreciou.

– Gostaria que eu o ajudasse com os banhos? – perguntou.

Como se ele fosse incapaz de fazer isso.

– Obrigado, mas não.

A Escolhida hesitou, ainda parada entre os dois berços.

– Veja bem, sei que agora está bem difícil.

Na verdade, não sabe, não, ele pensou.

– Mas – a fêmea continuou – Layla adorou estar com eles, e você pode ver que eles estão muito bem.

Pelo menos seus filhos ainda estavam respirando. Isso era verdade.

– Eu acredito mesmo que você...

Qhuinn levantou a mão.

— Obrigado por sua ajuda e preocupação. Verdade, você foi ótima. Não sei expressar o quanto sou grato.

Com gentileza, porém firmemente, ele a segurou pelo cotovelo e a acompanhou até a porta.

— Sério mesmo, simplesmente maravilhosa.

Assim que ela pisou no corredor das estátuas, ele fechou e trancou a porta — e logo se envolveu com os banhos, garantindo a água na temperatura perfeita, lavando primeiro Rhamp, porque era muito mais fácil lidar com o filho, por tantos motivos, e depois lavou, ensaboou e enxaguou Lyric.

Quando o par estava de volta aos berços, ambos coradinhos e quentinhos, ele pensou que ainda teria de vesti-los para a excitante saída da casa.

Aproximou-se do armário, onde duas cômodas foram colocadas lado a lado. E ao abrir as gavetas, maravilhou-se com todas as roupinhas pequenas, os macacõezinhos e as camisetas pequeninas, as "calças" e as "saias". Por um segundo, imaginou quanto tempo demorariam para lavar tantas peças, dobrá-las, e assegurar-se de que estivessem no lugar correto, tudo rosa de um lado, e marrom e azul do outro.

Layla gostava de arrumar Lyric com as roupinhas mais bonitas e delicadas.

Por isso, ele vestiu a filha num par de jeans e uma camisa polo do irmão. Depois arrumou Rhamp no menor conjunto de terno e gravata que já vira, a não ser os do boneco Ken.

Consultou as horas, pensando se deveria tomar um banho também, mas, caramba, como o tempo voara. Tivera a intenção de chegar à casa dos pais de Blay bem antes da Primeira Refeição. Mas naquele ritmo? Teria sorte de levá-los até lá antes que pudessem dirigir eles mesmos. E pensou nisso antes de calçar as minúsculas botinhas e vestir os diminutos casacos — e a merda de ir para a frente e para trás até conseguir colocar os dois nos malditos bebês-conforto.

Quando finalmente colocou os dois recém-trocados, completamente agasalhados e protegidos contra o frio — e amarrado ambos nos bebês--conforto, como se corressem o perigo de começar a dançar *break* dentro dos ninhos acolchoados. De verdade, olhou para a cama e ponderou se não seria uma boa ideia tirar uma soneca.

Mas, caramba, seu trabalho era lutar contra *redutores*. Que tentavam matá-lo.

Não era que sua base de comparação fosse um maldito trabalho burocrático atrás de uma mesa.

– Ok – disse para os dois rostinhos que o encaravam. – Prontos? Vamos em frent...

Nesse mesmo instante, um fedor – híbrido de bomba de mau cheiro, lagartixa morta e de algum tipo de fruta podre – subiu e o atingiu com tudo nas narinas.

Jesus H. Cristo. Era o tipo de coisa que o faria lacrimejar, devido à qual seu nariz ameaçava arrumar as malas, deixando-o com apenas par de buracos negros no meio do rosto.

– Tá de brincadeira...!

Por uma fração de segundo, imaginou se não poderia ir embora daquele jeito mesmo. Afinal, poderia abrir as janelas do Hummer, aumentar a calefação, e com um tanque de oxigênio auxiliar talvez conseguisse atravessar a cidade.

Inclinando-se para baixo, ficou evidente que Rhamp armara a bomba quente. E Qhuinn teve de admitir: ao desatar o cinto e pegar o garoto, ele meio que respeitava o esforço, de macho para macho.

Pois é, nada de cocozinho de menina para o seu garoto. O menino descarregava merda como se devia.

Hum... literalmente.

Pois é.

De volta ao trocador. Uma vez mais, o botão e o zíper da miniatura de calças que provocava câimbras nas mãos grandes de Qhuinn. E depois...

– Uau... Ufa! – Qhuinn murmurou ao ter de virar a cabeça para inspirar um pouco de ar fresco.

Quem haveria de dizer que era possível enxergar Deus sem sair do planeta?

E a limpeza requereria uma escavadeira e uma roupa especial contra materiais tóxicos.

Nesse intervalo, Rhamp só ficou ali, deitado, observando o pai enquanto seus punhos pequenos giravam como se ele quisesse um tapinha de palmas no ar como forma de cumprimento.

Dada a falta de foco e concentração, era possível chegar a tal conclusão, e por mais que os vampiros amadurecessem muito mais rapidamente nos primeiros estágios de vida, era evidente que o olfato deles não se ajustava até muito mais tarde. De outro modo, o filho não estaria sorrindo.

Enquanto Qhuinn abria as abas da fralda, precisou sacudir a cabeça.

— Você é um verdadeiro cagão, sabia?

Uma batida à porta lhe deu a desculpa para virar a cabeça para esse lado e inspirar profundamente.

— Oi!

Saxton, o advogado do Rei e primo de Qhuinn, inseriu a cabeleira loira e perfeita para dentro do quarto.

— Estou com aqueles documentos que você...

O retraimento dele teria sido cômico se Qhuinn não estivesse até os cotovelos lambuzado em cocô de bebê.

O advogado até tossiu. Ou talvez fosse o som da repressão de uma ânsia de vômito.

— Santíssima Virgem Escriba, o que você anda dando para eles comerem?

— Leite em pó Enfamil.

— E isso é legal?

— Na maior parte, sim. Apesar de, dependendo do trato digestivo no qual o leite é processado, ter óbvias aplicações militares.

— De fato. — O macho meneou a cabeça como se estivesse tentando organizar as ideias sem inspirar o fedor. — Como eu dizia, tenho aqui o que me solicitou.

— Maravilha. Obrigado. Pode colocar no bebê-conforto de Rhamp? Não, pensando bem, na mochila de fraldas. Como pode ver, estou com as mãos ocupadas agora.

— Sim, e creio que ninguém na casa apreciaria se sua atenção fosse desviada. Pensando bem, talvez toda a Costa Leste.

Enquanto Qhuinn fechava a fralda suja debaixo do bumbum do filho e começava a puxar os lenços umedecidos como se fosse construir um paraquedas a partir deles, ficou se perguntando o que faria com aquela Pampers. Talvez a queimaria no quintal dos fundos?

A chama provavelmente seria verde. Seguindo essa teoria, o certo então seria apagar as luzes e ver se ela brilharia no escuro.

— Qhuinn.

— Fala, cara.

Quando o macho não se pronunciou mais, Qhuinn relanceou por cima do ombro para o advogado meticulosamente bem-vestido.

– O que foi?

– Tem certeza? Disso?

– Sim, tenho absoluta certeza de que esta fralda precisa ser trocada. E obrigado, você foi de muita ajuda. Mesmo. De verdade.

Serviria como adeus. Sentia-se imensamente grato, mas estava programado para encerrar a conversa e afastar qualquer pessoa de perto dele.

E olha que deu certo.

Saxton não se demorou muito mais depois disso, e logo Qhuinn voltou a prender o filho no bebê-conforto, lançou a mochila ao ombro e pegou o outro transportador de bebês.

Na mesma hora, apoiou-os no chão. Abriu a porta que Saxton fechara ao sair. E tentou de novo aquela coisa de carregá-los para fora do quarto.

Porque seria meio difícil virar a bendita maçaneta se as mãos estivessem ocupadas.

Ao avançar ao longo do corredor das estátuas, sentiu uma exaustão permanente e levantou algumas hipóteses acerca das causas. Não dormira o dia inteiro, a mente se consumindo com pensamentos de Blay, raiva em relação a Layla, e ansiedade a respeito do bem-estar de Rhamp e de Lyric. Além da história de Xcor. Sem falar na Olimpíada infantil de preparar as crianças para aquela saída.

Infernos, talvez fosse um estado depressivo antecipado só de pensar em prender aqueles malditos bebês-conforto nas bases que estavam presas na parte de trás do Hummer. Fizera um teste ao anoitecer e quase perdera a cabeça tentando decifrar o encaixe daquelas merdas de plástico alinhadas no trecho em que deveriam se firmar – e isso sem ter Rhamp e Lyric acomodados dentro das cadeirinhas.

Por que os idiotas humanos que criavam aquelas coisas não as construíam de modo a encaixar as duas partes como os problemas de Sherlock Holmes? Era de se imaginar que se os ratos sem cauda conseguiram enfiar um filho da puta com roupas de astronauta na superfície da Lua, também deveriam ser capazes de impedir a briga dos pais com os assentos para carro.

Simples assim.

Quando chegou à escadaria principal, deixou que a mente continuasse a vagar, dando permissão ao cérebro para reclamar sobre qualquer equipamento e acessório infantil.

Era melhor do que ficar se preocupando se Blay estaria ou não na casa dos pais. Se eles superariam essa crise. Ou não.

Muito melhor.

Quando Layla retomou sua forma, na varanda de trás do rancho, acabou acionando os detectores de movimento, que a iluminaram. Mas não foi um problema. Nenhum humano a teria visto chegar de lugar nenhum porque ela apareceu nas sombras junto à cerca.

Seguindo para as portas deslizantes, esmagou a camada de neve, e a tristeza por deixar os filhos para trás, misturada à preocupação de que Qhuinn talvez fizesse alguma loucura, como sequestrá-los, tinha sido substituída pela ansiedade de não saber se Xcor estaria ou não esperando por ela. Sua mente estivera tão distraída que quase não conseguira se desmaterializar, e ela não estava sentindo a presença dele ali na propriedade.

Inseriu a senha no teclado junto à porta, ouviu a abertura da trava, depois a abriu.

O calor a recebeu, assim como o silêncio.

Ela deixara a luz acesa acima do fogão e outra na sala de estar perto da porta. Tudo parecia como estivera – não, espere, o lixo fora retirado.

– Xcor?

Fechou a porta de correr. Inspirou fundo.

Um desapontamento pungente atingiu seu esterno quando não recebeu nenhuma resposta e não sentiu o cheiro dele. Curiosa a respeito de quem teria esvaziado as latas de lixo, ela andou até a geladeira. Ela fora completamente reestocada... e estava disposta a apostar que o quarto debaixo também havia sido arrumado.

Estava claro que uma equipe de *doggens* estivera ali para limpar e arrumar tudo depois que Xcor saíra, na outra noite. Além disso, o macho evidentemente não passara o dia debaixo daquele teto.

Sentando-se junto à mesa redonda, apoiou as palmas no tampo lustrado e esticou os dedos, afastando-os. Depois os fechou. E voltou a abri-los.

Ela deduzira que ele estaria ali quando de seu retorno. Não fora esse o plano? Talvez tivesse sido apenas do seu lado. Não se lembrava.

Ah, Deus, e se ele tivesse sido morto na noite ou no dia anterior? Mas não, isso era apenas a paranoia falando mais alto... certo? Ou será que... que ele encontrara os seus guerreiros? Teriam jurado fidelidade a Wrath e já partido, sem que Xcor se despedisse?

Ao prestar atenção ao silêncio na casa, a tranquilidade só era interrompida pelo assobio suave do ar quente saindo pelas ventoinhas da calefação e pelo ruído ocasional de gelo caindo dentro do freezer, e do seu coração batendo forte tanto por tristeza quanto por medo.

E então, enquanto o tempo passava, ela se pegou pensando que, assim como aquela casa, sua vida era deserta demais. Sem os filhos para tomar conta e sem a companhia de Xcor, o que ela tinha?

Considerando-se que ele logo estaria de partida – se já não fora – e também por serem mínimas as possibilidades de ela voltar a morar na mansão, percebeu que era hora de encontrar algo para si, algo que não fosse ligado à maternidade ou ao matrimônio. Quando estivera exercendo as funções de Escolhida, tivera muito com que ocupar a mente e o tempo, com tantas tarefas diferentes a executar. Aqui, no mundo exterior, contudo? Na era pós Virgem Escriba?

Com a liberdade vinha a obrigação da autodescoberta, concluiu.

Afinal, como se pode exercitar suas escolhas há se tem a mínima ideia sobre a identidade? Rótulos de nada adiantariam, títulos como "*mahmen*" ou "*shellan*" não a ajudariam. Era preciso mergulhar dentro de si e descobrir como preencher as horas com atividades significativas para si mesma, enquanto pessoa, enquanto indivíduo.

Uma pena que o que deveria ser encarado como uma aventura, uma exploração, uma elucidação, ela via como sendo um fardo.

Quando o estômago emitiu um ronco, ela relanceou para a porta da geladeira. Havia todo tipo de comida ali, mas pouco a interessava a ponto de fazê-la se levantar e se aproximar de lá, muito menos pegar panelas e tigelas. *Delivery*? Já ouvira falar nisso, mas não tinha dinheiro, nem cartão de crédito, e nenhum interesse em se misturar a humanos...

Toc, toc, toc...

Layla deu um salto e se virou na direção da porta de correr. E então sorriu. Um sorriso grande.

Um sorriso imenso.

Saltando da cadeira, destrancou a porta de vidro e levantou a cabeça até encontrar o rosto que estivera na sua mente nas últimas vinte e quatro horas.

– Você voltou – ela suspirou enquanto Xcor entrou, fechando-os dentro da casa.

Os olhos dele se concentraram na boca dela.

– Aonde mais eu iria?

Layla se viu tentada a fazê-lo jurar que não partiria para o Antigo País sem se despedir adequadamente, mas agora que ele estava na sua frente, ela não queria estragar nem um segundo do tempo dele juntos com pensamentos da separação que se avizinhava.

Levantando-se nas pontas dos pés, ela se inclinou para a frente até se desequilibrar, certa de que ele a seguraria – e foi o que ele fez, com braços sólidos e fortes para ampará-la.

– Diga – ele disse depois de beijá-la –, seus filhos estão bem? E você, como está?

Por um instante, ela fechou os olhos. A ideia da preocupação com os filhos de outro macho, que o detestava, era uma coisa tão generosa e gentil de se fazer.

– Layla? – Ele se afastou um pouco. – Está tudo bem?

Ela piscou rapidamente.

– Sim, sim, sim. Está tudo bem. Tivemos uma noite e um dia maravilhosos. É tão lindo vê-los. Uma verdadeira bênção.

Por um momento, ela entreteve a fantasia de ele conhecer Lyric e Rhamp, de ele segurando-os e conhecendo-os. Mas isso jamais aconteceria, e não só porque Xcor estava retornando para o Antigo País.

– E você? – ela perguntou. – Você está bem?

– Agora sim.

Os lábios dele encontraram os seus, os braços voltaram a envolvê-la, e ele a suspendeu, sustentando-a ao encontro do corpo. Fundindo as bocas, ele se moveu até a parede onde a prendeu com os pés pendurados e longe do chão.

Com um grunhido, ela passou as pernas ao redor da cintura dele, pendeu a cabeça para um lado... e o beijou com ardor. Toda a sua preocupação, toda inquietação e ansiedade a respeito dele, dos filhos, de Qhuinn...

tudo isso saiu pela janela quando o sabor e a fragrância dele passaram a ser as únicas influências que ela percebia.

Cedo demais, Xcor se afastou, os olhos ardentes percorrendo-lhe os cabelos, os ombros. Ele a via nua, ela pensou enquanto sentia o calor do seu olhar. Ele estava se lembrando exatamente de como ela ficava sem nada, apenas com a pele nua e a paixão para envolvê-la.

– Quando foi que você comeu pela última vez? – ele perguntou.

Ok, talvez ele estivesse pensando em outras coisas.

– Não sei. – Ela deslizou as mãos dos ombros para a nuca dele. – Beije-me de novo... Ah, beije-me...

– Vamos alimentá-la agora.

Dito isso, ele a acomodou numa cadeira como se ela não pesasse mais do que uma boneca. E bem quando ela estava prestes a observar que havia tempo mais que suficiente para tratarem de assuntos calóricos depois de fazerem amor, ele desceu o zíper da parca que estivera vestindo.

Que era um movimento na direção correta para o que ela tinha em ment...

– Isso é um colete a prova de balas? – ela questionou.

Ele baixou o olhar para o peito.

– Sim.

Ela fechou os olhos por um instante, e não só de alívio por ele ter vestido a peça. Era também porque desejou que a guerra não existisse. Que ninguém da equipe dele tivesse tentado atirar em Wrath. Que não houvesse motivos para ele se preocupar com pistolas e facas ou com qualquer outro tipo de arma vindo na direção dele.

– O que gostaria de comer? – ele perguntou ao deixar a parca de lado e começar a abrir os fechos do colete. – Tenha em mente, não sou um grande *chef*. No entanto, bem que eu gostaria de lhe oferecer muita sofisticação.

Princeps ou pobre, *chef* ou não, ela pensou, isso pouco importava.

Ainda mais se ele continuasse despindo...

– Espere, você se machucou? – ela perguntou ao se levantar.

– O quê?

– Você está ferido.

Quando ele despiu o colete, ela apontou para o sangue seco na lateral do tronco dele. E antes que ele minimizasse a situação, ela se aproximou e puxou a camiseta, arquejando ante o ferimento.

– Você foi atingido. – Afinal, o que mais poderia ter provocado aquela listra? Não uma adaga, com certeza. – O que aconteceu?

Ele deu de ombros.

– Não senti nada.

Ela afastou as mãos dele quando Xcor tentou se esconder.

– Lá pra baixo. Banheiro, agora. Venha.

Quando ele não pareceu inclinado a obedecer a ordem, ela segurou a mão dele e o arrastou consigo, forçando-o a descer até o porão e entrar no banheiro que dividiam. No banheiro, ela ligou a água quente da pia, pegou sabonete e uma toalhinha e depois começou a tirar a camiseta dele.

– Layla...

– Xcor – ela murmurou, imitando o tom entediado dele. – E, sim, sei muito bem que nem adianta eu lhe pedir que vá até Havers nem me deixará chamar a doutora Jane. Portanto, em troca da minha compreensão e natureza sensível, você me deixará limpar esse ferimento.

– Já está curado.

– Será? – Ela molhou a toalhinha e a ensaboou. – É por isso que ela voltou a sangrar agora que tirou o colete? Agora tire essa camiseta ou vou pegar as tesouras.

Xcor começou a reclamar, mas, pelo menos, obedeceu-a – e depois sibilou quando ela esfregou com suavidade a faixa de pele inflamada ao redor do ferimento. Quando ela conseguiu avaliar melhor a situação, concluiu que uma bala deve ter passado de raspão, acertando-lhe o tronco numa parte desprotegida pelo colete, talvez por ele ter estado pulando ou correndo no momento. O colete voltara a se ajustar, selando o ferimento, prendendo-o até ter sido retirado.

Pelo menos essa foi a sua conclusão inexperiente.

– Então, o que aconteceu? – ela perguntou quando enxaguou o pano para tirar o sabonete. – E então?

Quando ela levantou o olhar de sua atividade, teve a visão desimpedida do maxilar forte de Xcor, do modo como os molares estavam cerrados. Do mesmo modo, ele cruzara os braços diante do peito, num retrato perfeito de desaprovação.

— Encontrou seus machos? — ela insistiu.

— Não — respondeu de modo breve. — Não os encontrei.

Bem, pelo menos não fora um deles, bravos por ele ter jurado fidelidade a Wrath.

— Foram *redutores*?

Depois de um longo momento, quando ela começou a imaginar se teria que arrancar uma explicação à fórceps, ele assentiu com relutância.

Layla fechou os olhos.

— Odeio esta guerra. De verdade.

Santa Virg... Hum, Santo-Definitivamente-Não-Virgem-Lassiter, ela odiava pensar no que teria acontecido lá naquela nevasca se ele tivesse sido atingido em alguma outra parte, como na cabeça...

— Eu estou bem — ele disse com suavidade.

Concentrando-se nele, a Escolhida viu que Xcor baixara os braços e que a fitava com carinho.

— Não chore, meu amor.

— Estou chorando? — sussurrou.

— Está. — Com cuidado, ele resvalou suas faces com os polegares. — Nunca chore por mim.

Ele a endireitou e a aproximou do corpo.

— Além disso, estou bastante bem. Veja como estou aqui e agora.

Dito isso, ele a beijou longamente, os lábios provocando e tomando posse, a língua lambendo e acariciando a sua; em pouco tempo, ela se derreteu, todos os pensamentos de cuidar da ferida dele se esvaíram. O que, indubitavelmente, fora seu plano; no entanto, ela não teve como não ceder.

— Você é um enorme provocador — ela disse ao encontro da boca dele.

— O que quer dizer?

Sacudindo a cabeça, ela se encostou ainda mais nele, e depois expeliu uma imprecação quando ele recuou e saiu do seu alcance.

— Comida — anunciou. — Agora.

Quando ela começou a protestar, ele ergueu uma sobrancelha. — Deixei que cuidasse de mim. Sou eu quem vai cuidar de você agora.

Com isso, ele apanhou a mão dela e a conduziu de volta à escada. Quando passaram pela cama, ela murmurou:

— Você percebe que existe uma cama aqui. Beeeeem aqui.

— E ela estará a nossa espera assim que terminarmos de alimentá-la, minha fêmea.

Capítulo 47

Quando parou o Hummer na entrada para carros da casa dos pais de Blay, Qhuinn verificou as janelas da casa. Várias delas estavam iluminadas, e ele logo procurou uma específica, com um grande corpo se movendo, um lindamente proporcional.

A porta da frente se abriu e, como já esperado, a *mahmen* do macho em questão saiu por ela apoiada em muletas e com gesso na perna, com aspecto disposto a chegar até o carro apesar da neve e do gelo escorregadio.

Em pânico, Qhuinn segurou a maçaneta, preparado para se desmaterializar diante dela e detê-la, mas logo o pai de Blay saiu e lhe disse algo.

Por um instante, Qhuinn apenas observou as expressões deles enquanto discutiam, o carinho e o amor que sentiam um pelo outro transformando o conflito numa negociação entre partes sensatas.

Algo em que poderia se esforçar, pensou.

— Prontas, crianças? — ele perguntou ao relancear pelo espelho retrovisor. — Hora de ver seus *granhmen*.

Desligando o motor e saindo, acenou para a varanda.

— Boa noite!

— Estou tão feliz! — Lyric exclamou, ao longe.

— Ela andou cozinhando — o pai de Blay informou, meneando a cabeça. — Ficou cozinhando apesar das ordens médicas dizerem que não deveria apoiar o pé e de esses dois só tomarem leite.

— Mas tenho Qhuinn para alimentar! — Lyric estava decididamente radiante com tanto entusiasmo, prestes a saltar para fora da própria pele.

— Além disso, a casa ficará com um aroma gostoso para os bebês. Eles vão adorar o cheiro de canela e de temperos no ar.

Ou talvez não, Qhuinn pensou ao dar a volta para retirar Rhamp primeiro. Era bem provável que o farejador do filho estivesse enguiçado.

Depois de se debater com o assento, soltou o bebê-conforto e depois abriu caminho para si e para o filho até o caminho que conduzia à casa.

— Quer um bebê? — ele perguntou ao pai de Blay.

— Ah, você não sabe o quanto — o macho respondeu ao aceitar a oferta.

Quando Qhuinn estava prestes a se virar, viu como olhavam para o bebê e quase chorou de emoção. Aqueles dois vampiros mais velhos estavam enfeitiçados de amor, os olhos brilhavam cintilantes, e os rostos estavam corados.

A imagem o fez lembrar do que Blay dissera a respeito de torturá-los com crianças que não eram netos deles.

Bem, isso ele consertara.

Tentando não dar na cara, apoiou-se num lado e olhou para a entrada da casa. Nada do Blay. E nenhum Blay vinha descendo as escadas, tampouco. Nem vinha dos fundos da casa. E Qhuinn estava ansioso demais para tentar pressentir a presença do amado.

Hum... Como traduzir aquilo em palavras?

— Blay está aqui?

Quando sua boca se abriu e as sílabas saíram, os pais do macho ficaram congelados no lugar.

O pai de Blay franziu o cenho e depois fitou Lyric, a maior dentre elas.

— Ele está na varanda dos fundos. Onde mais poderia estar?

Lyric, por sua vez, sabia o que estava acontecendo.

— Por que não vai até ele? — Depois olhou para seu *hellren*. — Querido, vá tirar Lyric de dentro daquele imenso pesadelo de emissão de gás carbônico, sim?

Conforme o pai de Blay se punha em ação, Qhuinn sentiu vontade de abraçar a fêmea. E foi o que fez — e o fato de ela aceitar seu abraço tão prontamente lhe deu esperanças.

— Vá lá — ela sussurrou ao seu ouvido. — Vocês dois deem um jeito nisso. Nós cuidamos das crianças.

Quando Qhuinn se endireitou, parte das suas emoções deve ter sido revelada na sua expressão, porque ela levantou a mão e acariciou seu rosto.

— Eu te amo, mesmo que sua escolha para carros me aterrorize. Isso consome o quê, um quilômetro por litro? Na estrada?

O pai de Blay deu sua opinião ao retornar com Lyric:

— Foi ele quem nos levou em segurança ao centro de treinamento ontem à noite. O seu Prius? Aquela coisa não teria chegado nem na estrada.

Como se soubesse já ter dito o suficiente, Rocke piscou para Qhuinn, sorrindo amorosamente para sua *shellan*, e dirigiu-se com agilidade para dentro da casa com os dois bebês-conforto, como se perseguido por uma edição enrolada da revista *Mother Jones*.[6]

— Levem o tempo que precisarem, vocês dois — disse a mãe de Blay. — Vou ler alguns artigos sobre as mudanças climáticas para os bebês. Quem sabe fazer com que assistam ao vídeo *Inovando a Zero,* de Bill Gates!

Qhuinn a ajudou a entrar na casa, mesmo quando ela resistiu à mão apoiada em seu cotovelo, e ela tinha muita razão: o aroma de canela e de outros temperos estava espetacular, e o calor da lareira da sala de estar íntima estava simplesmente perfeito naquela noite fria, e tudo parecia resplandecer de tanto amor.

Preparando-se, passou pela cozinha e foi para a varanda de trás. Antes de abri-la, deu uma espiada para ver se a camisa estava bem abotoada e se o casaco de lã estava... sei lá, adequadamente não sei o quê. E ainda procurou alguma mancha de pomada contra assaduras, para o caso de haver alguma perdida.

Na sequência...

Através da vidraça na parte superior da porta, ele viu Blay parado sob o frio, vestindo apenas um suéter, fitando o cenário coberto de neve até o laguinho congelado. Quando o macho tragou o cigarro, a ponta alaranjada brilhou mais forte, e depois uma nuvem de fumaça flutuou acima da cabeça ruiva dele.

Ele estava magnífico em sua postura reservada, os ombros aprumados para trás, os olhos estreitados num ponto mais distante, os pés plantados na varanda que, não fosse por ele, estaria deserta.

---

6   Mother Jones é uma revista independente, sem fins lucrativos, conhecida por suas reportagens investigativas. (N.T.)

Algo disse que Qhuinn deveria avisar antes de sair ao encontro de Blay.

Quando o fez, Blay não se virou. Apenas deu de ombros, de leve.

Para a fome não há pão duro, Qhuinn pensou ao abrir a porta e sair para a noite invernal.

E Deus bem sabia que ele estava faminto.

— Mais torrada?

Quando Xcor lhe direcionou a pergunta, do outro lado da mesa, Layla meneou a cabeça, limpou a boca com um guardanapo de papel e se recostou na cadeira.

— Sabe, estou bem satisfeita, obrigada. — Tradução: já comi duas torradas, dois ovos e tomei uma xícara de Earl Grey. Podemos descer agora para fazer amor?

— Vou apenas preparar mais uma torrada para você. Que tal mais chá?

Enquanto ele se levantava da mesa, ela entendeu, talvez pela postura dos ombros ou pela desaprovação no seu rosto, que de alguma forma ele sabia que ela mentira sobre estar satisfeita — e Xcor não tinha a mínima intenção de se desviar do seu objetivo de alimentá-la adequadamente.

— Sim, por favor.

Seu tom estava mais para "ao inferno com isso" do que para "muito obrigada por me servir mais chá", mas era tal o efeito da frustração sexual numa fêmea.

— Que tal se levarmos para baixo? — ela sugeriu, pensando que assim estariam mais próximos da cama onde desenvolveriam muitas práticas deliciosas. — Na verdade, já vou na frente.

Perto da torradeira, Xcor pôs mais duas fatias de pão de forma branco e abaixou a alavanca.

— Eu levarei tudo. Desça e relaxe; deixe sua caneca aqui.

Seguindo para a porta que dava para o porão, ela parou e relanceou por cima do ombro. A cozinha branca e cinza era pequena, e Xcor praticamente a apequenava mais como se ele fosse um cão pastor alemão dentro de uma casa de bonecas. Era tão incongruente que tamanho guerreiro se inclinasse sobre a torradeira para acompanhar os pormenores o processo de torrefação.

Não claro demais, muito menos dourado em excesso.

E depois viria o processo de espalhar a manteiga. Ele encarava o processo de espalhar a manteiga sobre a superfície crocante com a mesma seriedade e atenção que um cirurgião cardíaco dedicaria a abrir um coração.

Era exatamente esse o tratamento que ela sempre desejara receber do macho objeto de seu amor – e isso não dependia de ser Primeira ou Última Refeição, dia ou noite do lado de fora, inverno ou verão. A preocupação e o foco de Xcor simplesmente demonstravam o quanto ela era importante. E que ele se importava com ela.

Que ele a *enxergava*.

Depois de uma vida inteira sendo uma dentre tantos para uma divindade, era uma dádiva rara ser a única para alguém mortal.

Mas, maldição, por que não podiam estar fazendo sexo nesse momento?

No porão, diminuiu a intensidade das luzes e ligou a TV, esperando achar um daqueles filmes românticos que Beth e Marissa gostavam de assistir na programação a cabo. Notícias. Notícias. Propaganda. Mais propaganda...

Por que ele está demorando tanto?, ela pensou ao olhar na direção da escada.

Propaganda... Propaganda...

Ah, este era bom. *Enquanto você dormia.*

Mas onde estava Xcor?

Por fim, depois do que pareceu cem anos, ela o ouviu descendo.

– Acionei o sistema de segurança – ele disse.

Ela abaixou o volume enquanto Sandra Bullock tentava empurrar uma árvore de Natal para dentro do seu apartamento pela janela aberta, e depois tentou ajeitar a si e às vestes junto a um dos lados do sofá. As roupas eram frustrantes. Quando os *doggens* limparam a casa, trouxeram diversos dos seus uniformes de Escolhida, por não saberem que ela já não os usava mais. Uma pena que não fossem lingerie. Com tantas dobras de pano devorando os contornos do seu corpo, ela não se sentia nenhuma beldade.

Embora seu macho parecesse preferi-la nua.

Quando não a abarrotava de comida, quer dizer...

– Puxa – disse ela ao notar a bandeja que ele trouxera.

Xcor podia muito bem ter trazido a cozinha até o porão. Tostara o restante do pão, fizera mais ovos mexidos, e preparara mais um bule de chá. Também incluíra creme, mesmo que ela não tivesse consumido isso antes, e o pote de mel, do qual , esse sim, ela consumira.

– Bem, isto... é adorável – ela comentou ao vê-lo apoiar a bandeja na mesinha baixa.

Sentando-se ao lado dela, ele pegou uma fatia de torrada e começou o processo de passar a manteiga.

– Posso fazer isso – ela murmurou.

– Eu gostaria de servi-la.

Então, abaixe as calças, ela pensou ao fitar as coxas enormes que forçavam as costuras das calças de nylon pretas que ele vestia. E também havia a questão de como as mangas da camiseta se esticavam para abarcar a circunferência dos bíceps. E como a sombra da barba por fazer escurecia seu maxilar.

Cravando as unhas nos joelhos, ela olhou para a boca dele.

– Xcor.

– Hum? – ele perguntou ao mover matematicamente uma camada uniforme de manteiga com a espátula na superfície da torrada.

– Já chega de comida.

– Estou quase terminando aqui.

E eu estou completamente acabada, ela pensou.

Sentando-se à frente, Layla tentou se distrair servindo-se de chá, mas era uma causa perdida. Notou, porém, como a lapela das vestes se afrouxou.

Tire isso. Vá em frente.

Levando as mãos até o laço na cintura, soltou o nó e afastou as duas metades, expondo o tecido transparente que era a roupa de baixo característica das Escolhidas. Ok, isso também teria que sumir. E, vejam só, quando ela desabotoou as pérolas pequeninas dos ilhoses, elas deslizaram com uma facilidade que sugeria sua determinação em ajudá-la no propósito lascivo.

Aproveitando a deixa delas, Layla escorregou para fora do restante do ninho que a cobria.

E mesmo assim, ele só olhava para a maldita torrada.

Quando ele se sentou um pouco para trás, admirando sua obra-prima, ela pensou que, embora o papo de macho vinculado alimentar sua fêmea tivesse lá suas vantagens evolucionárias, a situação era ridícula.

O que ele faria em seguida? Pegaria uma régua para ver se tinha uma altura igual em todas as pontas?

– Sabe o que seria bom nessa torrada? – ele disse ao pegar a espátula de novo.

Sim, claro, porque havia um milímetro sem manteiga.

– O quê?

– Mel – ele murmurou. – Acho que ficaria muito bom mesmo.

Layla deu uma espiada no pote de mel.

– Acho que tem razão. – Esticando-se à frente, ela pegou o pote e arqueou as costas. – Mel fica gostoso em muitas coisas.

Girando o pegador de mel, ela puxou o objeto e o sustentou acima do seio, e o mel se espalhou e caiu, o mamilo envolto em toda a doçura. O contato fez com mordesse o lábio, e depois mais daquele líquido cor de âmbar reluziu sobre sua pele, um riacho provocante descendo até o abdômen.

– Xcor...?

– Sim?

Quando ele olhou para ela, precisou olhar de novo – e largou a torrada na mesma hora. O que era um alívio porque, caramba, se não conseguisse vencer uma competição pela atenção dele contra os carboidratos, ela estaria em sérios apuros.

Os olhos azul-marinho ficaram ardentes de imediato, e muito, muito centrados no modo como o mel escorria, provocantemente atingindo o seio, gota a gota, para depois vagar num caminho descendido...

– Fiquei pensando... – ela disse numa voz rouca – ... se mel fica mais doce em mim?

Dito isso, ela dobrou um joelho e mostrou sua entrada para ele.

Seu macho afastou a bandeja com notável rapidez, tal como se o prato sobre ela tivesse falado algo muito ruim a respeito de seus guerreiros.

O grunhido que emanou dele foi tudo o que ela desejou, assim como a visão das pontas dos caninos emergindo apressadas. E logo ele se estendeu sobre ela, a força descomunal pouco contida enquanto a língua se esticava logo abaixo do mamilo... para interceptar uma gota.

Com um gemido, os lábios escorregadios e quentes capturaram e sugaram, lamberam e beijaram. A cabeça de Layla pendeu para trás, mas ela a virou de lado a fim de poder enxergar seu macho enorme. As sensações eram tão eróticas que ela sentiu a aproximação de um orgasmo, mas não queria que aquilo acabasse rápido. Antes impaciente para estar com ele, ela passou a querer saborear cada segundo que tinham juntos.

– Xcor... olhe para mim.

Quando ele abriu os olhos, ela suspendeu o pegador até a boca e deixou que os resquícios do mel aterrissassem em sua língua. E depois sugou a ponta saliente, tirando-a para fora da boca... e girando nos lábios, sugando depois...

– Você vai acabar comigo, fêmea – Xcor praguejou.

Com um movimento preciso, ele tirou o pegador da mão dela e o colocou de novo no pote, bem quando o corpo dela se tornou aquilo que despejara sobre ele, seus ossos se derretendo, os músculos relaxados. E quando as pernas se afastaram ainda mais, ele se apossou da sua boca, os lábios grudando com a viscosidade, a ereção pressionando-a no seu centro através da calça.

Mas a conjuntura não durou muito tempo.

Com mãos bruscas, ele libertou o sexo e logo a penetrou, golpeando-a enquanto a beijava, os corpos encontrando um ritmo tão intenso que o sofá se chocou repetidamente contra a parede.

Mais rápido, mais forte, mais duro, até que eles não conseguiram mais unir as bocas. Esticando os braços, ela apoiou as mãos nos ombros largos, cujos músculos pareciam ondas do oceano em tormenta...

O prazer a atingiu como um raio, mas também a completou – em seguida, ele também chegou ao ápice, despejando-se dentro dela.

E Xcor não parou.

Nem desacelerou.

Capítulo 48

O coração de Blay sapateou quando a porta da varanda se abriu atrás de si, e o cheiro do único amor da sua vida se antecipou ao macho que se aproximou da grade.

Uma vantagem a respeito do ato de fumar é que isso lhe dá algo para fazer com as mãos. Uma desvantagem a respeito de fumar é quando você resolve que precisa bater as cinzas para ter o que fazer com elas: se estiver tremendo, isso vai dar na cara.

— Oi.

Blay deu uma tossidela.

— Ei.

— Estou feliz que esteja aqui. — Pausa. — Não achei que estaria.

Por um momento, Blay só quis gritar: *Nem eu, filho da mãe!* Mas lhe pareceu melhor omiti-lo se desejava parecer forte, estar forte... permanecer forte.

Deus, por que Qhuinn tinha que cheirar tão bem?

— Trouxe Rhamp — Qhuinn murmurou.

— Era essa a ideia. — Mas franziu o cenho. — Onde está Lyric...

— Ah, ela também está aqui.

Quando uma brisa suave soprou do sul, Blay pensou numa bailarina rodopiando de maneira controlada de encontro ao cenário branco azulado da neve. Não havia mais folhas soltas para rodopiarem ela, pois tudo estava escondido pela cobertura branca, mas, nos limites da propriedade, árvores perenes curvadas sob o peso que caíra sobre elas se aliviavam quando torvelinhos de neve se desvencilhavam de sua extensão.

Mediante a visão periférica, através das janelas atrás de Qhuinn, ele conseguia ver os pais se movimentando na luz amarelada e acolhedora da cozinha. Sua *mahmen* insistia em cozinhar por seis horas seguidas, a excitação e a felicidade revigorando-a depois do apuro da noite e do dia anteriores. Tamanha era a alegria de Lyric que era difícil se lembrar de que fora anestesiada para consertar o osso. Havia pontos debaixo do gesso. E ela teria de voltar dali a duas noites para que o doutor Manello acompanhasse o progresso.

Pelo menos Fritz conseguira trazê-los até ali no furgão de vidros com insulfilm, apesar de ser dia quando Lyric recebera alta da clínica. Os pais queriam muito voltar para casa depois de toda aquela provação, e Blay por certo não tinha como argumentar contra isso...

— Eu te trouxe uma coisa — Qhuinn disse.

Quando o macho enfiou a mão no casaco, Blay meneou a cabeça e apagou o cigarro no cinzeiro.

— Vamos entrar? Estou com frio.

Não esperou a concordância do outro, e não estava interessado no que ele tinha trazido.

Em recuo rumo à casa, foi atingido por todo tipo de cheiro que o lembrava da família, e isso quase o impeliu a vomitar. Ainda mais quando Qhuinn o seguiu até a cozinha, e a presença do macho não perdeu intensidade apesar de não estar no campo de visão de Blay.

Talvez tenha até se amplificado.

— Como posso ajudar? — Blay perguntou ao sorrir para a mãe.

A Lyric mais velha estava sentada num banco diante do fogão, fritando bacon e ovos, e preparando torradas.

— Você pode dizer olá para seus filhos... — Ela inclinou a cabeça para o lado, por cima do ombro. — E arrumar a mesa.

Engolindo a pontada de dor em seu peito, como se alguém o tivesse chutado no esterno, Blay deixou o maço de Dunhill ao lado do telefone fixo da casa e foi lavar as mãos — e tentou se preparar para ver as crianças.

Não, pensou ao enxugá-las. Ainda não conseguiria se aproximar dos bebês-conforto. Primeiro precisava se controlar de algum modo ou acabaria tendo um acesso.

Ocupou-se com a gaveta onde estavam os talheres. Ocupou-se em pegar os guardanapos brancos e vermelhos. Ocupou-se pegando quatro pratos.

Na ilha que ocupava o centro da cozinha, Qhuinn e seu pai conversavam a respeito da guerra, da política dos humanos, das finais do futebol americano universitário e do início da temporada de basquete.

Os olhos de Qhuinn permaneceram o tempo todo sobre Blay.

E o macho era esperto. Sabia que, caso dissesse qualquer coisa a Blay a respeito de ver as crianças, que haviam adormecido nos bebês-conforto sobre a mesa, a manobra não daria certo.

Maldição, Blay pensou, por fim. Não poderia continuar evitando as crianças.

Preparando-se, formou uma pilha de pratos, talheres e guardanapos, e se aproximou deles.

Tentou não olhar. E fracassou.

No instante em que seus olhos se desviaram para os bebês, seu escudo desapareceu: tantos sermões sobre ficar distante, alguém distanciado deles para não se machucar de novo... saíram voando pela janela.

Como que sentindo sua presença, os dois despertaram, olharam para ele, e no mesmo instante começaram a girar pernas e braços, os rostinhos de anjo se animando, e sons suaves saíram das boquinhas. Era óbvio que o reconheciam.

Talvez até sentissem saudades.

Lentamente abaixando o objeto em suas mãos – que poderia ser um utensílio usado para comer, ou um forno, ou uma pá de neve, ou uma televisão... –, ele se inclinou para baixo.

Abriu a boca para falar, mas nada saiu. Sua garganta estava fechada.

Portanto, teria que se fiar no toque para estabelecer comunicação. Tudo bem. Eles também não sabiam falar.

Primeiro se aproximou de Lyric, afagou-lhe o rosto, deu uma coçadinha no pescoço macio. E pôde jurar que ela riu.

– Como está a minha menina? – sussurrou com voz embargada.

Mas logo percebeu o uso do pronome – e contraiu os olhos. Não *são meus filhos*, corrigiu-se. *Estes* não *são meus filhos*.

Sim, claro, Qhuinn retornara ao trem familiar. Mas quanto tempo duraria? Quando ele seria provocado de novo por qualquer atitude de

Layla que o faria descarrilar-se? A medida inteligente a se tomar era saltar fora de vez, curar a ferida para que aquele sofrimento nunca mais acontecesse – sem olhar para trás.

Dito isso, concentrou-se em Rhamp. Um rapazinho bem durão. Blay acreditava com veemência que a divisão de papeis por gênero era uma completa asneira, e se Lyric quisesse ser uma guerreira da pesada, como Payne ou Xhex, ele estaria totalmente de acordo. Do mesmo modo, caso Rhamp decidisse ser advogado ou médico em vez de ir para o campo de batalha, isso também seria bom. Mas cara, eram evidentemente tão diferentes – embora fosse essencial não adotar esse único critério como definição. Ele acreditava piamente na importância da liberdade das crianças para...

Merda. Estava fazendo aquilo de novo. Esquecia-se dos limites.

O som de facas e garfos em atrito atraiu sua atenção. Qhuinn assumira a tarefa de organizar a mesa, e ajeitava pratos e talheres com a cabeça baixa, sério.

Blay pigarreou.

– Eu faço isso.

– Tá tudo bem. Pode deixar.

Nesse instante, Rhamp emitiu uma bomba de fedor forte o suficiente para provocar lágrimas nos olhos de um macho adulto.

– Uau...

– Pois é – Qhuinn concordou. – Devia ter sentido o cheiro dele pouco antes de virmos para cá. Foi por isso que me atrasei. Pode me fazer um favor e dar uma espiada? Talvez tenhamos sorte e sejam apenas gases.

Blay cerrou os molares. Estava na ponta da língua dizer ao cara que fizesse isso ele mesmo, mas seria desnecessariamente rude. Além disso, em seu coração, ele queria segurar o bebê, e seus pais estavam logo ali, observando enquanto fingiam não estar.

Quando tudo pareceu congelar no lugar, ele sentiu como se sua vida inteira e o seu conceito de família tivessem se resumido àquele momento – e era estranho como a vida chega desse jeito. Você segue em frente, cria relações e as rompe, avançando e recua, navega nos mares das suas emoções e das emoções dos outros, mas, em grande parte, envolve-se demais numa dança de um pra lá, dois pra cá de escolhas e decisões que são mais um trajeto do que um destino, mais aleatório do que dirigido.

À exceção de que, de repente, a abertura da câmera avança rápido demais e você é atingido por um tapa existencial, e é forçado a perscrutar tudo e dizer: ok, quer dizer que estou *aqui*.

Só porque um moleque se cagou todo nas calças e você teria que lidar com isso.

Qhuinn se aproximou e acomodou um conjunto de pratos com guardanapos e talheres diante dele. Numa voz baixa que somente ele poderia ouvir, disse:

— Sinto sua falta. Eles sentem a sua falta.

— Sou um tio — Blay se ouviu dizer. — Ok? Só um tio.

Com mãos trêmulas, soltou o cinto de segurança e pegou Rhamp. Levantou o bumbum do bebê no alto e aproximou o nariz, inspirando fundo.

— Estamos bem, Houston — disse, rouco. Repito, era uma nuvem de gases. O campo de força não foi rompido.

Transferindo o filho de Qhuinn para a curva do braço, Blay se sentou e começou a mexer os dedos diante dos olhinhos dele.

— Quem está com fome? — a mãe perguntou, alegre. Como se ela tivesse decidido que tudo ficaria bem porque ele estava segurando o bebê.

— Olhe só esses reflexos — o pai observou quando as mãos de Rhamp se moviam de um lado a outro, agarrando com impressionante destreza. — Qhuinn, esse é o seu filhote, não é, não?

— É — Blay concordou. — Ele é.

Layla perdeu a conta de quantas vezes fizeram amor. Duas vezes no sofá. Depois no chuveiro. Três outras na cama?

Deitada ao lado do seu macho, acariciando-lhe o ombro largo, sentindo-o respirar em sua nuca, ela sorriu na escuridão. Insaciabilidade era um pró quando se tem um amante na vida.

E Xcor era um macho muito, mas muito insaciável.

As partes internas das suas coxas doíam. Seu centro formigava em virtude de toda aquela fricção. E o cheiro dele a cobria, por dentro e por fora.

Ela não mudaria nada.

Bem, talvez apenas uma coisa...

— O que a aflige? — ele perguntou ao levantar a cabeça.

— O que disse?

— O que aconteceu?

Ela não deveria se surpreender por ele ser capaz de interpretar seus humores, mesmo meio que adormecido no escuro. Ele estava estranhamente sintonizado a ela, e não apenas na conotação sexual.

— Layla? — ele insistiu.

— Só não quero que você vá — sussurrou. — Não suporto a ideia de...

Quando a voz dela se perdeu, a cabeça do guerreiro voltou a repousar na posição anterior, e ele a beijou na lateral do pescoço. Quando não ouviu nenhuma palavra, ela não ficou surpresa. Que palavras podiam ser ditas? Ela tinha os filhos, e por mais que amasse Xcor, não os levaria para o Antigo País. Eles precisavam do pai.

E Qhuinn tampouco o permitiria.

— Não pense nisso, minha fêmea.

Ele estava tão certo. Teria o resto da vida para sentir saudades dele. Por que começar no momento em que ele ainda estava ali, ao seu lado?

— Sei tão pouco a seu respeito — ela murmurou. — Como você cresceu? Por onde viajou? Como veio parar aqui?

— Não há nada para contar.

— Ou será que você não quer que eu saiba?

O silêncio dele respondeu a sua pergunta. Mas não era incapaz de imaginar a partir do que lera a respeito dele no Santuário. Na verdade, a tristeza que sentia pelo que lhe fizeram era uma dor que a atingia na alma — ainda mais quando pensava em Rhamp. A ideia de que um pai decidisse rejeitar um bebê inocente apenas porque ele tinha um defeito que sequer fora autoimposto?

Não suportava pensar nisso; no entanto, não conseguia deixar de pensar.

— Não temos muito mais tempo — disse com suavidade, apesar da recente promessa de não ficar remoendo a separação iminente. — Assim que você encontrar seus machos, você os levará até Wrath e eles prometerão lealdade... e depois você irá embora. Preciso viver uma vida nestas noites que nós temos.

— Você seguirá em frente.

— E você também — ela rebateu. — Só que não estaremos juntos. Então, por favor, me deixe entrar. Enquanto temos este tempo juntos... Não me poupe de nada, o bom e o ruim, de modo que eu o conheça por inteiro.

– Se não quer perder tempo, não vamos conversar.
Só que, quando ele tentou beijá-la, ela o manteve afastado.
– Não temo o seu passado.
A voz dele se abaixou.
– Mas deveria.
– Você nunca me feriu.
– Isso não é verdade e você sabe disso.

Enquanto ela se lembrava de como ele a mandara embora, ela se sentou, acendeu as luzes e virou os pés para fora dos lençóis. Mas não saiu.

Ela queria tocar nele, percorrer-lhe a coluna com a mão, acalentá-lo quando ele apoiou a cabeça nas mãos. Mas sabia que não deveria.

– Sinto seus arrependimentos – ela sussurrou.

Xcor permaneceu calado por um instante, depois disse:

– Uma pessoa pode ser levada a situações que... – Abruptamente, meneou a cabeça. – Não, eu fiz o que fiz. Ninguém nunca me forçou a nada. Segui um macho maligno e me comportei mal, e não me eximo de nenhuma responsabilidade.

– Conte-me – ela insistiu.

– Não.

– Eu vou te amar de qualquer jeito.

Xcor se aprumou, depois lentamente se virou para ela. O rosto estava marcado por sombras, mas nenhuma comparável às dos seus olhos.

– Você não sabe o que está dizendo.

– Eu te amo. – Apoiou a mão no braço dele e sustentou seu olhar, desafiando-o a negar o que ela sentia. – Você ouviu? *Eu te amo*.

Ele sacudiu a cabeça e desviou o olhar.

– Você não me conhece.

– Então me ajude a conhecê-lo.

– E correr o risco de você me expulsar? Você diz que quer passar o tempo que temos juntos. Garanto que isso não acontecerá quando me conhecer melhor.

– Eu jamais o mandaria embora.

– Minha *mahmen* fez isso. Por que seria diferente com você? – Meneou a cabeça de novo. – Talvez ela soubesse os caminhos que eu trilharia. Talvez... não tenha sido por causa do lábio.

Layla sabia muito bem que teria que avançar com cuidado.

— Sua mãe o abandonou?

— Fui dado a uma ama-seca... alguém... até ela também me abandonar.

— E o seu pai? — ela perguntou com cuidado. Apesar de saber parte dessa história.

— Pensei que fosse Bloodletter. Aquele macho me disse que era meu pai, mas, mais tarde, descobri que esse não era o caso.

— Você nunca... tentou descobrir quem seu pai era?

Xcor flexionou as mãos e depois as cerrou com força.

— Passei a acreditar que a Biologia é um indicador menor de uma família do que a livre escolha. Os meus machos, meus soldados, me escolheram. Decidiram me seguir. Eles são a minha família. Dois indivíduos que se juntaram para minha concepção e nascimento, mas que depois me abandonaram quando eu era incapaz de sobreviver sozinho? Não preciso saber sua identidade nem seu paradeiro.

Um medo absoluto atravessou o coração de Layla quando o imaginou primeiro como um recém-nascido, depois como um menino incapaz de se defender e, por fim, um pré-trans passando pela transformação sem auxílio algum.

— Como conseguiu sobreviver? — sussurrou.

— Fiz o que foi preciso. E lutei. Sempre fui bom de briga. Esse é o único legado dado por meus pais que foi de alguma serventia.

— Como foi a sua transição... Como conseguiu superar a mudança? — Era uma pergunta franca, e que não estava incluída no volume transcrito.

— Dei o chalé em que morava à prostituta que me serviu. Tive que pagar, ou ela não teria me permitido tomar da sua veia. Pareceu-me um acordo justo: minha vida em troca de um abrigo. Imaginei que poderia encontrar outro lugar para ficar, e foi o que fiz.

Layla se sentou e ajeitou os lençóis sob o queixo.

— Eu não conseguiria fazer isso com uma criança. Simplesmente não conseguiria.

— E é por isso que você é uma fêmea de valor. — Ele deu de ombros. — Além disso, fui uma concepção fracassada. Tenho certeza de que ambos teriam preferido minha morte no ventre ou no parto —, mesmo que isso matasse minha *mahmen*. Melhor ter um filho morto do que dar a vida a alguém como eu.

– Isso é errado.

– Isso é a vida, e você bem sabe disso.

Xcor relanceou para ela, com uma expressão dura.

– Você está determinada a arrancar tudo isso de mim, não está?

– Você não tem que se esconder de mim.

– Quer saber, então, como perdi a virgindade? – ele estrepitou. – Quer?

Ela fechou os olhos de leve.

– Sim.

– Ah, mas espere. Talvez eu deva ser mais específico. Quer saber quando trepei com uma fêmea pela primeira vez, ou quando fiz sexo pela primeira vez? Porque não são a mesma coisa. A primeira me custou dez vezes a taxa que uma prostituta cobrava no Antigo País, e a primeira coisa que ela fez depois foi correr para o rio para se lavar de mim. Fiquei até imaginando se ela acabaria se afogando, de tão rápido que correu para a água.

Layla piscou para conter as lágrimas.

– E... e o outro?

O rosto dele se obscureceu de raiva.

– Fui fodido por um soldado. Diante de todo o campo de guerra. Porque perdi uma luta. Sangrei por horas depois disso.

Fechando os olhos, ela se viu orando baixinho.

– Ainda me quer? – ele a provocou.

– Sim. – Abriu os olhos e olhou para ele. – Você não está maculado aos meus olhos. Tampouco é menos macho por isso.

O sorriso no rosto dele a assustou, de tão frio e distante.

– A propósito, fiz isso com outros. Quando os venci.

A tristeza dela foi tão profunda e permanente que não havia lágrimas para expressar.

Layla sabia exatamente o que ele estava fazendo. Ele a estava afastando de novo, desafiando-a a partir de modo a não dizer que ele fosse embora. Já fizera isso antes, e o que mais se poderia esperar de um macho que fora repelido a vida inteira?

– Ainda quer isto? Ainda acha que ama isto? – Quando ela não respondeu, ele indicou o próprio rosto e corpo como se pertencessem a outra pessoa. – E, então, fêmea, o que me diz?

Capítulo 49

Vishous saiu da mansão da Irmandade sem contar para ninguém aonde estava indo. Não que estivesse escondendo alguma coisa; era só que Butch estava em campo com Rhage, John Matthew e Tohr, e Wrath estava na Casa de Audiências com Phury e Z., e blá-blá-blá.

Ah, e Jane estava na clínica.

E tudo bem com isso.

Portanto, não tinha ninguém para contar e ninguém preocupado com seu paradeiro. Ainda assim, tudo bem.

A nevasca da noite anterior deixara um problema de limpeza em seu rastro, e quando V. se desmaterializou nos limites da zona urbana de Caldwell, viu um pouco de tudo que era esperado: algum progresso na retirada da neve, mas ainda assim uma montanha da coisa branca cobrindo carros estacionados e prédios de apartamentos, as ruas principais restritas a duas faixas, os becos impenetráveis, as calçadas intransitáveis.

O endereço em que recobrou a forma física era uma casa vitoriana de três andares convertida em três apartamentos. Luzes estavam acesas em todos os andares, e os humanos ali dentro estavam relaxando, em descanso do trabalho.

Ou... no caso do apartamento em que estava interessado, usando drogas.

Ao mudar de posição ao subir para o telhado do prédio oposto, acendeu um cigarro e observou. E esperou. O indivíduo a quem esperava não estava em casa ainda, e ele sabia disso porque pesquisara a respeito do bom e velho Damn Stoker.

E descobriu que "ele" era ela. Uma tal senhorita Jo Early, que por acaso trabalhava no *Caldwell Courier Journal*.

O fato de ela ser uma fêmea o impressionara, na verdade. Presumira que a nitidez da voz e a apresentação direta, não emocional, dos fatos narrados no blogue significassem que um macho estivera por trás daquilo, mas, espere um instante... sua *shellan* era inteligente, não?

Jane era durona, e pensava com mais discernimento do que ele.

Como, por exemplo, ele tinha certeza que Jane não estava pirando a respeito do relacionamento deles. Não, ela estava trabalhando naquele emprego dela de salvar vidas. Era ele quem estava empenhado na merda de Doutor Phil...[7]

Ok, que tal não pensar que tudo gira ao nosso redor, para variar?

Enquanto fumava e tentava desviar a mente do seu relacionamento amoroso, sua massa cinzenta de fato acabou se direcionando para outro lado. Pena que não configurava uma grande melhora. Considerando-se que desejava um pouco de paz.

Enquanto estivera sentado diante da sua mesa, verificando vídeos de YouTube, páginas do Facebook e contas de Instagram em busca de vampiros vistos por humanos, sentiu-se tentado por um antigo endereço de e-mail seu, que abandonara assim que a doutora Jane entrara na sua vida.

Bem, na verdade, parou de usá-lo logo depois que conheceu Butch.

O nome, que era um pseudônimo, e sua conta de Gmail associada era a que ele registrava em *websites* onde submissos imploravam por dominadores, tanto dentro quanto fora da espécie.

Sempre existiram voluntários para ele à época. Fêmeas e machos, homens e mulheres, todos à procura de determinado tipo de experiência – e V. estabelecera uma rotina com eles. Primeiro, encontrava-os em clubes e boates, ou mediante indicações para fazer uma primeira avaliação, escolhendo os mais atraentes – os que ele acreditava que fariam um bom espetáculo. Depois, levava-os para a sua cobertura no Commodore e brincava com eles até ficar entendiado. Após terminar, mandava-os embora.

---

[7] Phil McGraw, conhecido por Dr. Phil, é um psicólogo dos Estados Unidos que se tornou conhecido do grande público ao participar nos programas de Oprah Winfrey como consultor de comportamento e relações humanas. (N.T.)

Alguns poucos ele viu mais de uma vez. A imensa maioria foi composta de encontros únicos.

Só existiram três mais frequentes.

Na época, tudo foi planejado para gastar energia, para acalmar seu lado sombrio, diminuir o *dimmer* dos seus anseios.

Ele resolveu entrar naquela sua conta.

Lá pelo meio-dia.

Logo depois de receber uma mensagem de texto de Jane para lhe contar que ocorrera tudo bem com a cirurgia da mãe de Blay, mas como ela queria ir para casa, a médica teria de permanecer na clínica para tentar convencer a fêmea a não ir embora. O recado breve chegou umas duas horas depois de ela dizer que tinha acabado na sala de cirurgia e que estava a caminho do Buraco – só restava certificar-se de que Lyric despertaria bem da anestesia. Duas horas antes disso, houve a mensagem de texto a respeito de Assail.

Encontrou quase duzentos e-mails na caixa de entrada.

E ele leu cada um deles. Alguns eram curtos, nada além de dados pessoais breves com alguma foto anexada. Outros eram mais extensos, um verdadeiro fluxo de consciência do que queriam que lhes fizessem. Também encontrou dois parágrafos em que lhe suplicavam para reconsiderar, à procura da reconexão e da retomada do relacionamento. Frases introdutórias com números de telefone. Discursos inflamados de que ele não poderia simplesmente esquecê-los, não, não podia, e que eles não aceitariam: eles o encontrariam e o fariam perceber como eram os certos para ele...

Foi uma espécie de escavação arqueológica nas relíquias da cidade que outrora ele mesmo construíra, na qual morara e da qual era o governante.

Lá embaixo, na rua coberta de neve, um Honda parou diante do prédio. Quem quer que estivesse lá dentro conversou por um minuto ou dois, e depois a porta do passageiro se abriu e uma ruiva humana magra saiu de lá.

– Nos falamos amanhã, está bem? – ela disse para dentro do carro. – Ok. Pode deixar, estou cuidando disso e vou postar no *website* do CCJ amanhã logo cedo. Dick pode ir se ferrar.

Com um aceno final, ela fechou a porta e contornou a frente do carro. Afastando os braços para se equilibrar, saltou por cima de um monte de neve e pisou numa trilha de pegadas deixadas por muitas outras pessoas, depois subiu os degraus do prédio e verificou a caixa de correio ao lado das portas duplas.

Alguns instantes mais tarde, ele a viu entrar na sala da frente, no segundo andar, e conversar com os caras que alternavam o *bong* enquanto permaneciam sentados no sofá diante da TV.

Ela parecia irritada, V. pensou, quando levou uma mão ao quadril e sacudia com a outra o que parecia ser uma pilha de contas a pagar.

Em seguida, ela marchou para o quarto frontal e fechou a porta.

Vishous desviou o olhar quando ela começou a se despir, mas não precisou se dar ao trabalho. No fim, ela apenas tirou o casaco e terminou de tirar o resto no banheiro cuja janela era fosca.

Ela acabou indo parar diante do computador, diante de um pedaço de merda da Apple, para acessar a internet.

Enquanto acendia outro cigarro, V. ficou se debatendo se deveria simplesmente botar uma bala na cabeça dela, mas concluiu que só estava de mau humor. A não ser pelos vídeos e pelos *posts* publicados, uma investigação sobre o passado dela não levantou nenhuma suspeita. Ela era filha adotiva de um casal abastado. Num trabalho corriqueiro para o CCJ postado na internet. Antes disso, trabalhara como recepcionista de uma imobiliária. Tinha um currículo acadêmico bastante impressionante, mas, assim como muitos outros jovens, ela não fizera nada com isso.

A menos que se considere usar a gramática adequadamente ao discorrer sobre vampiros.

Portanto, só o que ele precisava fazer era apagar a memória dela para poder voltar para o Buraco.

Em meio a tragadas, soltou a fumaça e observou-a subir no ar praticamente estático.

Ao longe, ouviu uma sirene.

Uma ambulância. Sim, definitivamente era de uma ambulância.

Mais acima, no céu azul-marinho aveludado, apenas a luz das estrelas mais fortes porque as luzes da cidade interferiam, mas os aviões apareciam a intervalos frequentes, em suas rotas padrões pelas faixas de trânsito invisíveis até o aeroporto de Caldwell.

Como se talvez Deus estivesse usando um marca-texto para circundar a cidade e aplicar uma verificação de inspeção.

Depois de um tempo observando a fêmea, perguntou-se de novo porque não terminava logo o que viera fazer. Invadindo o site dela e assumindo o controle dele, para depois apagar os conteúdos no YouTube, ele poderia fazer tudo isso em casa.

Isto é, precisava fazer.

Afinal, a internet era uma espécie de placa de petri de um laboratório de Ciências. Se você deseja incentivar determinada cultura, basta criar as condições certas e deixar que o tempo aja: conversas suficientes a respeito de vampiros, amparadas por filmagens, e cedo ou tarde aquilo se espalha, porque os humanos amam merdas assustadoras, ainda mais quando acreditam que se trata de algo sensual.

Tédio.

Do mesmo modo, se você deseja dar um fim à história? Apenas desapareça com ela e, em pouco tempo, toda a balbúrdia humana é substituída por outro assunto.

A habilidade dos humanos acerca da distração, sem contar a sua mortalidade facilmente destruída, era a melhor característica deles.

Porque, claro, no que se referia a vampiros, quem diabos precisaria que a Ellen entrevistasse Ômega a respeito das suas tradições prediletas nos feriados natalinos, ou um livro humorístico *post-mortem* de Lash chegando à lista dos mais vendidos do *The New York Times*, certo?

Ou pior, brincadeiras à parte, que os filhos da mãe começassem uma caçada à sua raça?

Os ratos sem cauda não se entendiam entre si. E se, de repente, descobrissem que coexistem com outra espécie do jeito que os vampiros faziam, misturados a eles?

Seria possível apagar a partícula "co" ao lado da palavra "existir" dos dicionários.

Portanto, sim, teria de apagar aquela confusãozinha na internet, bem como "conversar" com a senhorita Jo Early: e se o amor que ela tinha por vampiros fosse algo antigo na história dela, esse tipo de conhecimento não seria reversível, mas, de todo modo, ele poderia mexer um pouco na massa cinzenta dela e fazer com que deixasse de lado seu blogue.

Isso mesmo, ele pensou. Era hora de dar uma de fantasma no quarto dela, descobrir o que havia dentro do crânio de Jo Early, e depois retornar à sua limpeza virtual no âmbito da internet.

Pois é.

Agorinha mesmo.

E V. ficou bem onde estava, batendo cinzas no teto branco de neve, passando o peso do corpo de um lado a outro toda vez que uma perna se cansava, espreguiçando as costas de vez em quando.

O motivo para ele não sair dali não tinha nada a ver com a mulher.

Não, ele ficou ali pelo mesmo motivo que saíra de casa.

Quando se está pensando em trair a companheira, isso não cai muito bem na sua consciência. E tampouco é algo que você gostaria de fazer na casa que partilha com ela.

Capítulo 50

Enquanto Xcor aguardava Layla dispensá-lo, seu sangue corria rápido nas veias e a cabeça estava permeada de recordações. Nunca falara com ninguém a respeito das dores que lhe foram infligidas ou sobre o que ele fizera no campo de guerra. Primeiro porque ninguém nunca perguntou. Seus guerreiros ou fizeram aquilo ou sofreram aquilo, e não se tratava de um tópico adequado para uma conversa no grupo, uma passagem digna de rememorar porque trazia doces lembranças. E, à parte dos guerreiros, Xcor nunca se deparara com alguém que desejasse conhecê-lo.

— E então — ele exigiu —, o que me diz, fêmea?

Não era uma pergunta. Porque ele sabia qual seria a resposta...

Layla o encarou nos olhos e, ao falar, sua voz estava absolutamente controlada.

— Eu digo que a sobrevivência pode, por vezes, ser trágica e horrível. E se você espera que eu sinta qualquer coisa além de tristeza e pesar por você, então terá que esperar bastante.

Foi Xcor quem desviou os olhos. No silêncio que se prolongou entre ambos, ele não entendia seus sentimentos.

No entanto, parecia que suas mãos, enquanto as fitava de uma vasta distância, tremiam.

— Nunca pensou no que aconteceu com seus pais? — ela perguntou. — Nunca quis descobrir se tinha irmãos ou irmãs?

Pelo menos foi o que ele entendeu das palavras dela. Sua mente não estava processando muito bem as informações.

– Desculpe... o que disse?

O colchão se moveu quando ela mudou de posição e foi se sentar ao lado dele, com os pés pendurados enquanto os dele chegavam ao chão porque tinha pernas bem mais compridas. Depois de um momento, ele sentiu um peso sobre seus ombros. Uma coberta. Ela o envolvera com uma coberta antes dobrada ao pé da cama.

E que tinha o cheiro dela.

E que também era quente, como ela.

– Xcor?

Quando ele não respondeu, ela virou o rosto dele para si. Enquanto o fitava, o guerreiro sentiu vontade de fechar os olhos. Ela era adorável demais para ele e seu passado. Ela era sinônimo de tudo o que era bom, e ele já lhe custara tanto: seu lar, sua paz junto aos filhos, seu...

– O amor é um encontro de almas – ela concluiu quando pousou uma mão no meio do seu peito. – O nosso amor é entre a minha alma e a sua. Nada vai mudar isso: nem o seu passado nem o nosso presente... ou quaisquer futuros que tenhamos afastados um do outro. Pelo menos não da minha parte.

Ele inspirou fundo.

– Quero acreditar em você.

– Não sou eu quem tem de acreditar ou desacreditar. É uma lei do universo. Debata o quanto quiser... ou simplesmente aceite a bênção que ele é.

– Mas e se ela tiver razão?

– Quem? Se quem tiver razão?

Xcor desviou o olhar, concentrando-se nos pés descalços.

– Minha ama-seca sempre me disse que eu era amaldiçoado. Que eu era mau. Quando ela me... – Ele se deteve aí, sem querer mencionar as surras. – Ela me dizia que eu era nojento. Que o meu rosto só mostrava a podridão no meu interior. Que a verdadeira supuração estava dentro de mim.

Layla meneou a cabeça.

– Então ela se referia a si própria. Ela revelava a verdade dela. Dizer tais coisas a uma criança inocente? Perverter-lhe a mente, aterrorizando-a assim? Se existe alguma outra definição de podridão e maldade, eu não sei qual seria.

– Você vê bem demais em mim.

– Mas foi assim que você se mostrou para mim. Você sempre foi bom comigo.

A mão de Layla envolveu a dele, que agarrava o joelho, e quando ela lhe apertou, ele teve dificuldades para compreender sua lealdade e generosidade. De fato, ela jamais compreenderia a extensão das suas atrocidades, e talvez fosse melhor assim. Isso a pouparia de se sentir mal por ter se equivocado a respeito dele.

– Preciso lhe contar algo.

Quando ele ouviu a tensão na voz dela, relanceou na sua direção.

– O quê?

Agora sim ela lhe diria para ir embora.

– Eu tenho que lhe pedir desculpas. – Soltando a mão dele, entrelaçou as suas e pareceu encontrar dificuldade para encontrar as palavras certas. – Fiz algo que talvez não deveria ter feito, e que definitivamente deveria ter lhe contado antes. Minha consciência está me matando.

– O que foi?

Quando a agitação dela pareceu crescer, foi fácil e um alívio mudar o tópico da conversa e se concentrar no objeto de seu incômodo.

– Layla, nada do que você fizer poderá me aborrecer.

Ela disparou a falar, conectando as sílabas com notável velocidade, mas ainda assim com clareza.

– Lá em cima, no Santuário, onde as Escolhidas moravam, existe uma grande biblioteca das vidas. E, naqueles livros, naqueles volumes, são mantidos os detalhes dos machos e das fêmeas; as passagens foram transcritas por escribas sagradas que testemunharam os eventos, observando-os em cubas reveladoras, tanto as coisas boas quanto as ruins, tudo o que se sucedera na Terra. É uma crônica completa da raça, das batalhas e das celebrações, dos festivais e das penúrias, das tristezas e das alegrias... das mortes e dos nascimentos.

Quando ela fez uma pausa, ele se deu conta de que seu coração batia mais forte.

– Continue.

Layla inspirou fundo.

– Eu queria saber mais. Sobre você.

– Você leu o meu registro.

— Sim.

Xcor deixou de lado a coberta com a qual ela o envolvera e começou a andar de um lado a outro.

— Por que se deu ao trabalho de me perguntar sobre o meu passado, então? Por que me forçar a dizer...

— Nem tudo está lá.

— Você acabou de dizer que está.

— Não os sentimentos. Nem os seus pensamentos. E eu não sabia que... — Ela pigarreou. — Eu sabia que você havia ido ao campo de guerra, mas as coisas exatas que lá aconteceram não foram registradas.

Ele parou e se virou para ela. Layla estava abençoadamente nua, o corpo espetacular exposto para os seus olhos no calor do quarto, com somente os cabelos longos para cobri-lo. Ela estava nervosa, mas não parecia ter medo, e, uma vez mais, Xcor se perguntou como alguém como ela poderia se relacionar com um macho como ele.

O que havia de errado com ela?, perguntou-se.

— Então, o que leu a meu respeito? — exigiu saber.

— Sei quem é o seu pai...

— Pare. — Quando ele ergueu a palma, suor brotou no buço e na testa. — Você precisa parar agora.

— Sinto muito — ela disse ao pegar a coberta e envolver o corpo com ela. — Eu deveria ter te contado. Eu...

— Não estou bravo.

— Não?

Ele sacudiu a cabeça com sinceridade.

— Não.

Depois de um instante, ele foi até as calças emprestadas e as vestiu. E repetiu a ação com a camiseta que estivera em seu corpo quando fora atingido. Moveu a bainha, inspecionou o furo no tecido por onde a bala passara raspando, e depois verificou a pele. Completamente cicatrizada.

Como resultado do sangue da Escolhida Layla.

— Sei o que vai perguntar — ele disse, meio distante.

— Bem, o que deseja saber?

Os pés descalços recomeçaram a andar, levando-o até uma extremidade do quarto e depois retornando.

— Sabe, eu tinha essa fantasia... quando era apenas um menino. Bem, tive muitas. Costumava pensar nelas quando a ama-seca me acorrentava do lado de fora do chalé à noite...

— Acorrentava? — Layla repetiu baixo.

— ... para passar o tempo. Uma das minhas prediletas era a respeito da identidade do meu pai. Eu visualizava um guerreiro destemido num garanhão imponente, e que numa noite qualquer surgiria do meio da floresta e me colocaria em sua sela. Nos meus devaneios, ele era forte e tinha orgulho de mim, e éramos parecidos, queríamos apenas honrar e fazer o bem para a espécie. Bons guerreiros, lado a lado.

Ele sentia os olhos da Escolhida cravados nele, e não gostou disso. Já se sentia bastante vulnerável. Mas assim como se deve arrancar uma bala alojada nas carnes, ele teria de terminar a tarefa.

— Aquilo me fazia ir em frente. De modo que, mesmo quando fiquei em diversos orfanatos, nunca consegui permanecer neles, porque me preocupava que talvez ele fosse até o chalé e não me encontrasse lá. Mais tarde, quando meu caminho cruzou com os de Bloodletter, e ele me contou aquela mentira para que eu me juntasse a ele? Quando ele me disse que era meu pai? Eu estava tão desesperado que me transformei para me encaixar no mundo daquele macho maligno e cometi um dos piores erros da minha vida. — Balançou a cabeça. — E quando descobri a mentira? Eu me senti traído, mas também foi um regresso ao lugar em que estive enquanto criança. Vivi com a rejeição dos meus pais a vida inteira. Tiveram um ou dois séculos para repensar seus atos e tentar me encontrar, mas escolheram não fazer isso. Descobrir agora os nomes deles ou o que aconteceu com eles, ou onde vivem agora? Isso não mudará nada, nem para mim nem para eles.

Os lindos olhos de Layla reluziam com lágrimas reprimidas, e ele entendeu que ela tentava ser forte por causa dele.

E desejou uma vez mais não colocá-la nessa posição.

— Não estou bravo com você — ele disse ao se aproximar e se ajoelhar diante dela. — Jamais ficaria.

Ele apoiou as mãos nas coxas dela e forçou um sorriso. Queria tranquilizá-la, apaziguar sua consciência e sua mente, mas as próprias emoções estavam confusas. De fato, conversar com ela abrira uma caixa de Pandora em relação ao passado, e todo tipo de imagem surgiu em sua mente — lembranças da infância. E depois do campo de guerra, e mais adiante, com seus guerreiros, abalroando-o tal qual invasores diante de um portão, ameaçando tomar conta de tudo o que ele era.

Era por isso que o passado devia permanecer enterrado, ele concluiu, *e as verdades não reveladas deveriam continuar assim.* Trazê-las à tona não resolvia nada e apenas criava uma tempestade de areia que levaria muito tempo para se assentar.

A boa notícia? Dissera aos seus machos que os encontraria às quatro da manhã, e isso lhe daria uma boa desculpa para pôr fim à conversa. E daí que passava pouco das duas? Ele precisaria de um tempo a sós para se recompor.

— Preciso ir.

— Para procurar seus guerreiros.

— Sim.

Ela pareceu inspirar fundo como se em à procura de fortalecimento.

— Voltará a vestir o colete à prova de balas? Para o caso de se deparar com mais assassinos?

Quando Xcor voltou a se levantar, fez um gesto de dispensa com a mão, para tranquilizá-la.

— Sim, mas não se preocupe. Eles são quase inexistentes agora. Nem me lembro da última vez em que vi um.

A Primeira Refeição com os pais de Blay foi, pelo menos à primeira vista, a cena perfeita de um desjejum: um casal apaixonado, duas belas crianças e um casal de avós numa cozinha que parecia saída de uma revista para mulheres dos tempos antigos.

A realidade, todavia, não estava nada perto da perfeição.

Quando Qhuinn se recostou na cadeira, apoiou a caneca de café no abdômen. O que não foi uma boa ideia, considerando-se tudo o que havia ali embaixo. Para deixar Lyric feliz e fazer jus a todo o trabalho duro dela, ele comera quatro ovos, seis fatias de torrada, tomara três xícaras de café e suco de laranja. E, ah, comera três doces congelados feitos de menta e chocolate.

Que foram consumidos à semelhança daquele episódio de Monty Python. Sim, era inteiramente possível que acabasse explodindo em toda a linda cozinha, nos armários de bordo, no assoalho de madeira e sobre todas as panelas de cobre decorativas acima da ilha central, como a personagem do esquete cômico naquele restaurante.

— Mais torrada? – Lyric perguntou com um sorriso.

Quando ela estendeu o prato diante dele, um botão de ânsia foi acionado e ele quase devolveu toda a comida deliciosa que ela preparara em cima das sobras.

— Acho que vou fazer uma pausa antes de repetir.

Pela oitava vez?

— Você comeu bem, filho – o pai de Blay comentou quando ele também se recostou. – Faz tempo desde a última boa refeição? O que Fritz tem servido para vocês? Couve e tofu?

— Ah, vocês sabem... – Na verdade, foi meio difícil comer desde que o meu companheiro praticamente saiu de casa. – Andei ocupado, sabem.

— Você trabalha demais – Lyric comentou ao reposicionar a criança que compartilhava seu nome. – Não é? O seu papai trabalha demais.

A pequena Lyric emitiu um gorgolejo na hora certa, como se objetivo da criança fosse derreter a avó.

— Ela se parece tanto com Layla. – Lyric relanceou para seu *hellren*. – Não acha? Ela vai ser uma belezura quando crescer.

Rocke assentiu e saudou tanto Blay quanto Qhuinn com sua caneca de café.

— Que bom que vocês sabem usar uma arma.

Blay falou:

— Ela vai ter aulas de autodefesa. Assim poderá se proteger sozinha e...

Quando ele parou abruptamente e olhou para fora da janela, Qhuinn murmurou:

— Isso mesmo. E você vai ensiná-la. Não é, Blay?

Quando o macho não respondeu, Lyric olhou para Qhuinn.

— Estou monopolizando sua filha, não estou? Você não a segurou sequer uma vez a noite toda.

A fêmea fez menção de passar a criança, e quando Qhuinn viu as feições que eram a cópia das da *mahmen* dela, retraiu-se – e se recuperou prontamente.

— Não, estou bem assim. Mas obrigado.

Inclinou-se propositalmente na direção de Rhamp, que estava nos braços do pai de Blay.

— E também vamos te ensinar a lutar. Certo, garotão?

— Você vai mesmo colocá-lo na guerra? — Lyric disse. — Quero dizer, quem sabe ele não encontra outro lugar no mundo...

— Ele é filho de um Irmão — Blay a interrompeu ao se levantar. — Então será o que seu pai é.

O macho apanhou seu prato e o da mãe, e seguiu para a pia.

— Ah, Qhuinn, pegue-a — a fêmea disse.

Qhuinn balançou a cabeça.

— Você se importa em colocá-la no bebê-conforto? Vou ajudar a recolher os pratos.

— E você — o pai de Blay murmurou para a mãe dele, precisa tirar esse pé do chão. Pra cama. Já.

— Preciso limpar isto.

— Não — Blay disse com firmeza. — Você cozinha, eu limpo, lembra?

— Dê ouvidos ao seu filho, Lyric.

Quando outra das discussões respeitosas e tranquilas do casal começou, Qhuinn procurou desesperadamente prender o olhar de Blay enquanto tiravam pratos, canecas e jarros.

Blay não estava de acordo. Na verdade, o cara parecia furioso com alguma coisa — embora escondesse bem enquanto seus pais se preparavam para acomodar Lyric na cama.

Quando a mãe de Blay abraçou Qhuinn, ele mais do que retribuiu o gesto.

— Eu volto logo.

— Melhor mesmo. E traga meus netinhos, por favor.

O pai de Blay a tomou nos braços.

— Já desço para ajudar, rapazes.

— Ou — Lyric disse — você pode assistir a um pouco de televisão com sua companheira.

— Esta bagunça precisa...

— Eles já são crescidos. Saberão cuidar de tudo. Venha, há um programa sobre destruição em massa que eu gostaria muito de assistir com você.

— Era isso mesmo o que eu queria — o pai de Blay comentou, com um afeto sarcástico.

Quando o casal começou a subir as escadas, Qhuinn poderia jurar que Lyric lhe lançara um aceno que dizia: "Pode deixar, leve o tempo de que precisar..."

– Quer me explicar o que porra está acontecendo aqui?

Qhuinn se retraiu e parou a caminho da mesa na qual pegaria os guardanapos.

– Como?

Blay se recostou na pia e cruzou os braços.

– Você não olhou para ela a noite inteira. Não tocou nela. Que diabos está acontecendo?

Balançando a cabeça, Qhuinn disse:

– Desculpe, mas não estou entendendo...

Blay apontou os dedos para os bebês conforto.

– Lyric.

– Não sei o que você está dizendo.

– Até parece.

Quando Blay o encarou, Qhuinn sentiu a exaustão retornar dobrada.

– Olha só, eu não...

– Sei que não sou pai dela, mas...

– Ah, Deus, isso de novo não. – Ele pendeu a cabeça para trás e fitou o teto. – Por favor, de novo não...

– ... não vou ficar aqui parado e deixar que você a ignore só porque ela se parece com Layla e você não suporta a Escolhida. Não vou aceitar isso, Qhuinn. Não é justo com a sua filha.

Estava na ponta da língua de Qhuinn alegar que ele não entendia, mas não. Não seguiria esse caminho.

Blay apontou o dedo na direção dela.

– Ela é uma boa bebê e, contanto que você não meta os pés pelas mãos nos próximos vinte e poucos anos, será uma fêmea espetacular. Não me importo por não estar na certidão de nascimento deles, e o fato de não ter direito nenhum sobre eles...

– Sem ofensa, mas já chega. Isso não cola mais.

Quando Blay estreitou os olhos e pareceu prestes a explodir, Qhuinn enfiou a mão dentro da bolsa de fraldas e pôs uns papéis sobre a bancada de granito.

Deslizando-os na direção do cara, disse:

— Já cuidei do assunto.

— Do quê?

Exalando alto, Qhuinn se arrastou até a mesa e largou o peso do corpo numa cadeira. Remexendo num guardanapo amassado, assentiu na direção dos documentos.

— Apenas leia.

Blay estava no clima para discutir, mas algo deve ter surtido efeito, ou foi a expressão de Qhuinn.

— Por quê? – o cara quis saber.

— Você vai ver.

Quando o outro macho pegou os papéis e os desdobrou, Qhuinn acompanhou cada nuance do lindo rosto familiar: as torções na testa, a contração – e posterior relaxamento – da boca e do maxilar, o mais absoluto choque e descrença, que foram substituídos por raiva.

— O que você fez? – Blay perguntou quando, por fim, elevou o olhar.

— Acho que é autoexplicativo.

Enquanto Blay relia o documento, Qhuinn fitou os dois bebês-conforto, os seres ali dentro, e os dois pares de olhos que começavam a se fechar.

— Não posso deixar que faça isso – Blay disse ao final.

— Tarde demais. Tem um selo real no pé dos documentos.

Blay se aproximou da mesa e pareceu despencar na cadeira antes usada pela mãe.

— Isto é...

— Você tem os meus direitos parentais. Agora você é legalmente o pai deles.

— Qhuinn, você não tem que fazer isso.

— O inferno que não. Estou fazendo valer a minha palavra. – Apontou para a papelada. – Declarei-me incompetente e incapaz como pai... E, olha só, quando a gente descarrega uma arma de fogo no quarto dos seus filhos, é fácil comprovar isso. E Saxton fez uma pesquisa legal. Nós levamos o caso para Wrath e ele aprovou.

Não de pronto, na verdade. Mas, no fim da noite, o que o Rei poderia fazer? Ainda mais quando Qhuinn explicara seus motivos.

— Não consigo acreditar... – Blay balançou a cabeça. – O que Layla tem a dizer a respeito?

– Nada. Isso não tem nada a ver com ela.

– Ela é a *mahmen* deles.

– E agora você é o pai deles. Conte a ela se quiser, ou não. Pouco me importa. – Quando Blay franziu o cenho, Qhuinn largou o guardanapo e se sentou à frente da cadeira. – Olha só, serei sempre o pai deles. O meu sangue está nas veias deles. Nada nem ninguém poderá mudar isso. Não estou negando o fato de que os gerei nem a realidade de que sempre estarei nas vidas deles. O que estou fazendo é legalizando a sua situação. Quando perdi a merda da minha cabeça naquele quarto? Foi pura emoção. – Apontou para os documentos de novo. – Isto é a realidade.

Blay só ficou olhando para os papéis.

– De verdade. Não consigo acreditar que você fez isso.

Qhuinn se levantou e começou a prender as crianças, Rhamp primeiro. Quando se virou para Lyric, tentou ser rápido. Tentou não olhar para o rosto dela.

Quando uma emoção estranha o atravessou, tentou se livrar dela.

– Tenho que deixar que Layla os leve amanhã ao anoitecer. Eu devo ir a campo, e você também. Já olhei a escala. Então, a menos que queira mudá-la, eu te vejo na mansão amanhã à noite, antes de sairmos.

Parou antes de pegar os bebês-conforto.

– A menos que queria ir comigo agora.

Quando Blay meneou a cabeça, ele não se surpreendeu.

– Ok, espero te ver amanhã. Venha mais cedo se quiser passar um tempo com seus filhos antes que ela vá buscá-los.

Ele sabia que não deveria sugerir que Blay talvez quisesse vê-lo.

Levantando os gêmeos, Qhuinn girou sobre os calcanhares e seguiu para a porta. Quando estava no corredor, desejou que Blay de repente tivesse uma revelação e viesse correndo para a porta da frente.

Quando isso não aconteceu, ele a abriu e saiu.

Capítulo 51

Os atrasos eram inaceitáveis. Incomensuráveis. Inadmissíveis.

Enquanto se desenroscava dos braços da amante, Throe estava a ponto de gritar. No início, fora incapaz de encontrar todos os ingredientes para o feitiço, ou o que quer de fosse, na despensa da cozinha na noite anterior. Isso significou que ele teve que sair – no Bentley no *hellren* da casa, a propósito – e ir até a cidade para encontrar alcaçuz, açafrão e velas pretas.

Tentar localizar as velas em Caldwell às duas da manhã o enlouquecera.

Entrara em três supermercados 24 horas, mas nenhum deles as tinha. E tentara uma farmácia. Duas, na verdade. Nada. E depois, quando voltara para casa, a senhorita Fazendo Birra Com Seus Louboutin estava tendo uma crise de histeria.

Ele quase a deixara falando sozinha. Mas a aurora estivera próxima e, ademais, ele ainda precisava das malditas velas e do óleo de motor.

Depois de vê-la transformar uma DR numa pequena expressão artística que durou cerca de duas horas, pelo menos, tivera de transar com ela três ou quatro vezes. Em seguida, vieram o acesso de choro e os malditos arrependimentos e recriminações. E as subsequentes declarações de amor nas quais ele não acreditava nem por um segundo.

Quando ele conseguiu se livrar dela a fim de encontrar um *doggen* para lhe dar instruções, já passara das quatro da tarde.

O *doggen* só voltara depois das seis, e a Primeira Refeição foi interminavelmente longa – e agora, depois de mais uma rodada de sexo, ele estava livre. Ela estava apagada e permaneceria assim porque ele lhe dera sorrateiramente sete comprimidos de calmante, retirados do montante que ela mantinha no gabinete do banheiro.

As pílulas ficavam indetectáveis no *espresso* que ela bebeu na refeição chamada pelos humanos de desjejum.

Ficou de pé e se movimentou silenciosamente pelo quarto pouco iluminado, encontrou o roupão de seda, cobriu-se e se apressou até a porta. No corredor, suas passadas eram leves devido à antecipação que ele sentia com mais frequência ao abordar uma nova amante.

E, de fato, quando por fim voltou à própria suíte, correu para a cama, jogou o travesseiro para o lado e aproximou O Livro do coração.

Quando o sentiu se aquecer, ele sorriu.

– Sim, faz tempo demais. E como faz. Mas aqui estamos nós. Vamos trabalhar agora.

Pareceu-lhe apropriado deixar as luzes apagadas, pois sentia que estava fazendo alguma coisa em segredo, algo sagrado – ou talvez essas fossem palavras erradas.

Não se importava muito em encontrar as certas: bem nos recessos da mente, ele sabia que se tratava de algo maligno. E, de fato, quando se sentou num dos cantos do quarto e depositou O Livro no tapete, ele lhe pareceu nefasto, cheio de sombras.

No entanto, não se demorou na reflexão. Iria se concentrar apenas no seu objetivo.

– Tenho minha fé e a minha fé me tem – ele murmurou quando O Livro se abriu sozinho e as páginas começaram a virar. – Tenho minha fé e minha fé me tem...

Quando o livro encontrou a parte indicada, as páginas começaram a brilhar como se sentissem que seus olhos necessitavam de assistência.

– Quanta gentileza sua – ele disse ao acariciar a lombada.

No pergaminho, os símbolos do Antigo Idioma apareceram e ele deu uma rápida revisada na tarefa que tinha à frente. Certo, os ingredientes. Precisaria de...

O som de um objeto se movendo surgiu de baixo da cama. E também dentro do armário.

Os itens que pegara na despensa e no supermercado, na cozinha e na garagem migraram sozinhos ao longo do tapete oriental, uma mixórdia de pacotinhos de temperos, a garrafa de vinagre tinto, a garrafa de Coca-Cola de plástico na qual colocara o óleo do Jaguar *vintage* estacionado na garagem, e todos os demais ingredientes se movendo, saltitando e pulando até junto dele. As velas pretas foram as últimas e, na metade do caminho, elas se soltaram da caixa e rolaram adiante como se fossem troncos, evidentemente preferindo a liberdade em detrimento da encarceração.

Todos eles formaram um círculo ao seu redor, como se fossem estudantes ansiosos, prontos para serem chamados.

– Ora, que conveniente...

Um barulho metálico se chocando suscitou sua atenção. Algo provocava aquele barulho numa gaveta da cômoda, um *rá-tá-tá* agudo como uma espécie de batida à porta.

Intrigado, Throe se levantou e foi até lá. Quando ele abriu a gaveta certa, viu uma das suas adagas, da sua vida pregressa, que implorava para sair.

– Você também.

Ao segurar o cabo e senti-lo junto à palma, ele pensou nos seus colegas guerreiros. Pensou em Xcor.

A tristeza imediata foi uma surpresa, mas não um sentimento desconhecido. Quando a princípio orquestrara o plano para destronar Wrath, surpreendera-se com a audácia e quase se convenceu de que seria loucura. Mas, em seguida, aproximou-se da *glymera* e ali encontrou apoio, comprometimento e recursos para lutar contra as "melhorias" que o Rei Cego vinha colocando em prática.

Sendo que nenhuma delas beneficiaria a aristocracia.

Ao escalar a onda de alienação e descontentamento, e depois a manipulando ainda mais para inflamar a *glymera*, acabara por se viciar na sensação do poder. De fato, fora algo digno de deleite antes ainda, antes que tudo desmoronasse com a tragédia da sua irmã e com ele indo parar junto de Xcor e do Bando de Bastardos. No Antigo País, antes do seu destino junto àquele grupo de guerreiros perigosos, ele fora um macho de posição social admirada e de valor, não era servo de ninguém – e percebia só depois que sua animosidade contra Wrath vinha do desejo de retorno ao status precedente.

Imaginou que almejar o trono havia sido uma correção de curso um tanto excessiva. Mas ninguém pode ser acusado de ser ambicioso, não é?

Voltando a se concentrar n'O Livro, Throe leu as instruções. Duas vezes. E logo pegou a panela de cobre e fez uma pasta com os temperos, o vinagre e o óleo automotivo. O cheiro era desagradável, porém necessário. Quando isso foi feito, ele pegou uma das velas e a cobriu com a pasta, garantindo que tudo, exceto o pavio, estivesse coberto. Em seguida, apanhou o que restava da pasta, virou a panela para baixo e fez uma pilha no fundo. Equilibrando a vela no monte que criara, terminou enrolando o tapete para transferir a estranha escultura diretamente para o piso, fazendo uma pequena trilha da pasta de cima para baixo na extensão da escultura e uns vinte centímetros afastada da panela.

Deu uma rápida verificada no resultadoo para se certificar de que tudo estava correto até então.

O sangue era necessário em seguida, e ele o providenciou por intermédio de um corte na palma da mão, aberto com a adaga. A dor foi leve e o cheiro de sangue permeou suas narinas. Segurando a ferida acima da vela, permitiu que o sangue escorresse sem, no entanto, molhar o pavio. Mais sangue era necessário na mancha sobre o assoalho.

Lambendo a palma para selar a ferida, segurou um isqueiro e abriu a tampa para logo acendê-lo. E acendeu a vela.

A chama se sustentou linda em sua simplicidade, a luz amarela translúcida formando o desenho de uma lágrima no alto do pavio.

Hipnotizante.

Throe a observou por um instante, e acompanhou nela a dança sinuosa dos movimentos de uma fêmea erótica.

Uma voz entrou em sua cabeça, de onde ele não sabia: *Estou esperando por você, meu amor.*

Estremecido, esfregou os olhos e sentiu o medo se renovar. Mas não havia volta, e tampouco ele desejava abandonar o ritual, ou o que quer que aquilo fosse. Retornaria a quem e ao que fora, e comandaria a raça com um exército que o seguiria e obedeceria somente a ele.

Inclinando-se para baixo, apoiou a palma na trilha de pasta.

– Tenho minha fé e minha fé me tem...

Com um golpe decisivo, cravou a ponta da adaga no dorso da mão, perfurando pele, cortando até o osso, enterrando a ponta no assoalho.

Arfando em razão da dor, ele piscou e olhou para a adaga. Olhou para a chama. Olhou para...

Nada de especial acontecera. Nenhuma maldita coisa.

Esperou um pouco mais, e depois começou a praguejar. Que babaquice era aquela?

– Você me prometeu – ele estrepitou contra O Livro. – Você me disse que isto...

Throe deixou a frase pairando no ar quando algo chamou sua atenção.

Estivera procurando no lugar errado. Não era na vela nem na chama nem na palma, tampouco na adaga onde encontrou sua criação.

Não, estava na sombra do cabo e do corpo da adaga criada pela luz da vela. Dos contornos da sombra escura lançada sobre o assoalho, algo borbulhava, tomando forma... Emergindo.

Throe se esqueceu do mau cheiro e da dor enquanto observava a entidade surgir diante dele, os contornos fluidos como água, o corpo disforme, sem rosto e transparente ao se elevar da sombra lançada, crescendo mais e mais...

Na verdade, *era* uma sombra.

E parecia estar olhando para ele, à espera de instrução.

Parou de crescer em tamanho quando chegou às dimensões de um macho adulto, e oscilou de um lado a outro, bem ao estilo da dança da chama, como se estivesse presa ao chão... presa bem no ponto em que a adaga atravessara as carnes de Throe.

Com uma careta de dor, Throe arrancou a adaga e puxou a mão.

Em reação, a entidade flutuou para longe do chão, como um balão preso a um fio invisível.

Caindo de bunda, ele continuou sentado, apenas observando. Depois segurou a adaga ensanguentada pela ponta e... lançou-a de modo que a arma atingisse a sombra com a ponta.

Houve um sibilo e um chiado, mas a adaga aterrissou no chão atrás da sombra como se tivesse atravessado apenas o ar.

Pigarreando, Throe ordenou.

– Apanhe a adaga.

A sombra se virou e a adaga foi apanhada do chão, sendo sustentada por uma ramificação da sombra que devia ser uma espécie de braço. E a entidade apenas aguardou, como se estivesse esperando mais uma ordem.

– Esfaqueie o travesseiro.

Quando Throe apontou para a cama, a coisa se moveu à velocidade da luz, tão veloz que seus olhos mal conseguiram acompanhá-la, seu corpo se alongando e depois estalando como um elástico.

E golpeou precisamente o travesseiro apontado por Throe, apesar de existirem oito apoiados contra a cabeceira.

Em seguida, a entidade simplesmente aguardou ao lado da cama, fazendo aquela coisa de balão oscilando a partir da base.

– Venha cá – Throe sussurrou.

A obediência era mágica. O poder, inegável. As possibilidades...

– Um exército – Throe disse com um sorriso que fez suas presas latejarem. – Sim, um exército desses me servirá muito bem.

CAPÍTULO 52

De pé na sala dos funcionários no restaurante Sal's, Therese estava cansada, mas satisfeita ao fim da noite. Por volta de uma da manhã, com suas mesas arrumadas, sua parte nas gorjetas e um smoking extra para levar para casa, ela estava feliz com o andamento das coisas. Errara em três pedidos, mas não muito: uma entrada estivera errada, um rosbife foi servido ao ponto em vez de no ponto para mal passado e ela confundiu um *semifreddo* com um *tiramisù*.

Atendera oito mesas de quatro pessoas, uma de seis e três casais. O que resultou numa boa soma em gorjetas. Se a situação continuasse assim, ela sairia do prédio no qual morava até a metade de janeiro. Só o que precisava fazer era poupar o dinheiro do mês de depósito e o primeiro mês de aluguel para conseguir uma moradia um pouco mais decente. Depois disso, era só se mudar – sem ter que pagar uma transportadora, pois não tinha tantas coisas assim.

– Feito.

Quando Emile se aproximou, ela sorriu.

– Feito. E ainda estou de pé.

– Você se saiu bem. – Ele retribuiu o sorriso. – O pessoal vai sair agora. Quer se juntar a nós?

– Ah, obrigada, mas estou exausta. Quem sabe na próxima?

Ele tirou seus pertences do armário: um casaco de flanela e um cachecol simples, mas de boa qualidade.

– Encontro marcado... Quero dizer, não um encontro. Ah, você entendeu.

Ela assentiu, aliviada.

– Entendi. Perfeito.

– Até amanhã, então, Therese.

Emile proferiu o nome dela ao estilo francês, e naquele idioma, a pronúncia pareceu exótica e elegante. E ela precisou de um minuto para notar a cor dos olhos dele. Muito azuis.

– Pronto, E.?

A humana que falou com ele, posicionada na soleira da porta devia estar perto dos trinta e tinha uma irritação na voz, no olhar, no corpo. Liza? Ou Lisa? Algo assim. Tinha cabelos escuros com luzes mais claras nas pontas, olhos escuros com invejáveis cílios naturais, e pernas que faziam os jeans que ela vestia agora, depois de ter tirado o uniforme, parecerem uma obra de arte.

Não demonstrara muito interesse em Therese, mas estava na cara por quem se interessava.

– Então?

Emile assentiu.

– Pronto. Tchau, Therese.

Lisa/Liza/Não Importa Quem apenas deu as costas.

– Tchau, Emile.

Quando Therese fechou seu armário, dobrou o smoking extra sobre o braço. Ainda vestia aquele qual trabalhara e guardara as roupas em que viera dentro da mochila porque estava simplesmente cansada demais para se trocar. Só o que precisava fazer era ir para a cama e fechar os olhos, porque uma coisa ela sabia sobre o trabalho de garçonete: o turno seguinte chegaria rápido demais, antes que seus pés parassem de latejar se não descansasse.

Tinha que admirar aqueles humanos que saíram para se divertir.

Virando-se, ela...

Parou onde estava.

– Você... – ela sussurrou ao levantar o olhar, bem para o alto, até chegar ao rosto que estivera constantemente em sua mente desde a noite anterior.

Trez, o Sombra, o irmão do dono do restaurante... Uma fantasia devastadoramente atraente em carne e osso com quem vinha se preocupando preenchia a soleira de um modo que nenhum outro humano conseguiria, os ombros largos ocupando quase todo o espaço vazio, a altura impressionante fazendo com que a cabeça quase atingisse o batente. Vestia um terno cinza-escuro que ressaltava a cor de sua pele, e uma camisa social branca que parecia ter um brilho azulado, assim como a neve sob a luz do luar.

O rosto dele era mais bonito do que se lembrava.

E isso a fez imaginar se o lábio inferior dele era ainda mais macio do que ela se recordava.

— Tentei ficar afastado — ele disse num tom baixo. — Consegui por mais de vinte horas.

Ela lentamente abaixou a mochila para o banco.

— Bem... Olá.

Trez mudou de posição e enfiou as mãos nos bolsos.

— Comeu alguma coisa?

— Não. Quero dizer... Eu experimentei os pratos no início da noite, mas... fora isso, não.

— Quer comer alguma coisa rapidinho comigo?

— Quero.

O fato de não ter sequer hesitado provavelmente fez com que parecesse desesperada. Mas não se importou. Quando se está ignorando de propósito o que é bom para você, não há muito espaço para introspecção.

— Venha. — Ele indicou por cima do ombro. — Trouxe o meu carro.

Quando atravessaram a cozinha, ela manteve a cabeça abaixada. Tinha a sensação de que o irmão dele, proprietário do Sal's, não aprovaria aquilo... e o cara estava cozinhando mais adiante, na frente do fogão. Mas, pensando bem, com olhos erguidos ou abaixados, não havia como passarem despercebidos.

Quando chegaram à porta dos funcionários, atrás, Trez a manteve aberta para ela passar, e não se surpreendeu nem um pouco por haver uma BMW idêntica estacionada junto à saída — apenas a cor era diferente. Também não se surpreendeu quando ele deu a volta e a ajudou a entrar do lado do passageiro.

Quando ele entrou, o interior do carro lhe pareceu muito menor, e ela não se importou porque, Deus, aquele corpo... e puxa, ele também era cheiroso, talvez fosse a colônia que usava ou quem sabe, poderia ser apenas ele mesmo, atiçando-a.

— Onde gostaria de ir? — ele perguntou ao dar partida e colocar na marcha à ré.

Sirius/Xm tocava na rádio The Heat, e ela sorriu.

— Temos o mesmo gosto musical.

— Temos? — ele disse ao levar o carro à parte do estacionamento reservada aos clientes do restaurante.

— Temos. Ah, e eu adoro Kent Jones.

— Eu também. — Ele parou na saída da avenida que pegaram na noite anterior. — Olha só, conheço uma lanchonete que fica aberta a noite inteira. Não é nada muito luxuoso, mas...

— Não sou uma fêmea ligada em luxos. O básico está ótimo para mim.

— Você não é básica.

Engraçado como uma afirmação do tipo, vinda de um macho que estava vestido daquele jeito, com aquela aparência, que manobrava um carro tão luxuoso como aquele, parecia lhe dar a coroa de Miss Estados Unidos, o Prêmio Nobel da Paz e as chaves do Palácio de Buckingham ao mesmo tempo.

Ok, talvez isso tudo parecesse exagero, mas seu peito subitamente estava cantarolando e a cabeça estava tonta como se ela tivesse tomado uma taça de champanhe.

— Como foi seu primeiro dia no trabalho? — ele perguntou como se quisesse preencher o silêncio.

Pigarreando, Therese começou a responder superficialmente, mencionando os três erros cometidos, mas era tão fácil conversar com ele que logo ela se aprofundou.

— Estava preocupada em não ser boa o bastante. Preciso muito desse trabalho, e os outros dois que eu tinha em vista não pagavam tão bem.

— Precisa de um adiantamento ou algo assim? Posso te emprestar...

— Não. — A resposta foi brusca. — Mas obrigada. Vim ao mundo sozinha e é assim que vou lidar com meus problemas.

Quando a cabeça dele se virou para ela com agilidade, ela moderou o tom:

— Quero dizer, não quero ser um fardo para ninguém.

Ah, quanta asneira. A verdade era que ela não se permitiria mais ficar vulnerável com outra pessoa por nenhum motivo. Mas isso faria com que parecesse defensiva demais e ficava estranho naquele contexto.

— E o jogo de Syracuse? – ela mudou de assunto. – Estávamos olhando nossos telefones toda hora na cozinha enquanto aguardávamos os pratos.

— Ah, meu Deus, eu também fiquei grudado no meu. Aquela zona de defesa é *insana*...

E ele gosta de basquete universitário, ela pensou. Aquele macho era, sério, um unicórnio.

A lanchonete, no fim das contas, era incrível. A parte anterior fora convertida num vagão de trem, e a posterior era onde estavam as mesas. A atmosfera era muito nova-iorquina, com as garçonetes que pareciam ter saído de episódios de *Seinfeld*, todas com uniformes alegres, atendendo-o como se você tivesse invadido a casa delas e defecado no sofá da sala.

Fantástico.

— Então, a especialidade daqui são as tortas, o café e as batatas assadas – Trez disse quando se acomodaram nos fundos, bem do lado de uma placa de saída. – E fritas. O hambúrguer deles também é ótimo. Ah, o *chilli* é demais também.

Quando ele abriu o cardápio, os olhos vaguearam um pouco.

— Esqueci, o Reuben deles também é demais. E o rosbife.

Therese amparou o cardápio junto ao corpo e apenas sorriu.

— Por acaso você pulou a Primeira Refeição?

Os olhos dele voltaram para os dela.

— O quê? Ah, é que fui eu quem abriu hoje.

— Você tem um restaurante?

— Não, uma boate. Bem, duas.

Inclinando a cabeça para o lado, ela assentiu.

— Sabe, consigo imaginar. Você parece polido e sofisticado.

A garçonete abalroou a mesa deles, trazendo dois copos de água que quase despejou em cima dos clientes.

— O que vai ser.

Trez apontou para ela.

— Therese?

— O Reuben. Definitivamente o Reuben. Não preciso nem olhar o cardápio.

— Batatas fritas ou chips – a pergunta foi feita de má vontade.

— Fritas, por favor. Obrigada.

A garçonete olhou para Trez.

— E você.

Nenhuma das frases da mulher eram perguntas. Estava mais para o estilo de um ladrão encostando o cano da pistola na sua nuca ao pedir a sua carteira.

Trez deixou o cardápio de lado.

— Cheeseburger. Americano. Ao ponto. Fritas. Duas tortas de maçã. Duas Cocas e um refil antes da sobremesa. A conta, por favor, em dinheiro, não preciso de troco.

A garçonete voltou os olhos na direção dele. Depois assentiu como se estivesse dando um peteleco na cabeça dele com os nós dos dedos.

— É assim que se faz.

Quando a mulher se afastou, Therese riu.

— Evidentemente você sabe agradar as fêmeas.

— Pelo menos as humanas que estão servindo quase às duas da manhã e têm mais umas quatro horas antes de poderem ir descansar em casa.

Conversaram até a mulher voltar com as Cocas, sem perder tempo em deixá-los sozinhos de novo.

— Sim, sempre fui fã de basquete. Spartans para sempre. Grande fã de Izzo. — Therese sorveu um gole do refrigerante e se recostou com um gemido. Geladinho, tão doce e cheio de gás. — Esta deve ser a melhor Coca que eu já tomei.

— Noite longa, deve estar com sede. — Ele sorriu. — A perspectiva é tudo na vida.

Verdade. E também havia o fato de aquele macho incrível estar sentado na frente dela.

— Como é que você não está com ninguém... — ela deixou escapar.

Quando os olhos dele saltaram, ela pensou: *Ai, que droga.* Dissera mesmo em voz alta?

De repente, os olhos escuros se desviaram para outro lugar, vagueando ao redor do interior cheio de mesas e cadeiras desocupadas. Só havia outros dois casais na lanchonete, ambos no balcão mais adiante, e Therese tinha quase certeza de que se eles não estivessem tão perto, ele teria se levantado para andar de um lado a outro.

— Desculpe — ela murmurou. — Isso não é da minha conta.

– Hum... Não, tá tudo bem. Acho que podemos dizer que o amor não deu certo pra mim.

– Não consigo imaginar um motivo para uma fêmea deixar alguém como você. – Fazendo uma careta, ela fechou os olhos e meneou a cabeça. – Ok. Vou parar de falar agora. Fico metendo os pés pelas mãos.

Quando ele se recostou, um sorriso retornou por um segundo.

– Acho a sua franqueza animadora, sabia?

– Olha só, tenho uma ideia. Gosto de ser proativa, então, que tal se a gente justificar tudo isso por conta da minha exaustão? Tipo assim, tudo o que sair da minha boca será desculpado antecipadamente. Acho que nós dois nos sentiremos melhor quando tudo isso tiver terminado.

– Você não tem por que sentir vergonha.

– Espere e verá. A comida nem chegou ainda.

– Gosto de honestidade.

– Mesmo? Bem, então vai se dar bem comigo. Meus pais sempre disseram que...

Quando ela deixou a frase incompleta, ele murmurou:

– O quê?

Therese deu de ombros.

– Ah, você sabe, que eu não tenho filtro.

– Eles estão em Michigan?

– Não.

– Morreram? – ele perguntou com um vinco na testa.

Como responder a isso?

– Sim – ela disse. – Minha *mahmen* e meu pai estão mortos.

– Puxa, sinto muito. – Ele pareceu tão sincero, os lábios se afinando e as sobrancelhas abaixando. – Deve ser muito difícil.

– É por isso que vim para Caldwell.

– Um recomeço? – Quando ela assentiu, ele fez menção de estender a mão para segurar a dela, mas logo se conteve. – É difícil seguir em frente quando você é quem fica para trás.

– Vamos falar de coisas alegres? – Ela estalou o pescoço e sorriu com determinação. – Sabe, qualquer assunto exceto família e amores passados deve funcionar.

Ele retribuiu o sorriso.

– Isso nos deixa muitas possibilidades.

– Não é?

– Olha só, me faz um favor?

– Claro.

– Vai me deixar encontrar um lugar pra você morar que não seja aquele prédio em que está agora? – Ele levantou as mãos. – Eu sei, eu sei, não é da minha conta, mas é uma parte bem esquisita da cidade, e não estou sugerindo que você não sabe tomar conta de si. Está na cara que você é inteligente, um indivíduo perfeitamente capaz de tocar a própria vida. Mas... fala sério. Lá é perigoso.

– Você é um amor.

– Não sei bem se é assim que a maioria das pessoas me descreveria.

– Ok. Então o que elas diriam?

Sim, ela estava tentando mudar de assunto, mas não por estar assustada com a oferta. Mais por estar um tanto inclinada a aceitá-la.

– Belo pivô.

– O que disse?

– Foi uma maneira bem inteligente de me dizer para tratar dos meus assuntos.

Nesse momento, a garçonete se aproximou com os pedidos. *Puxa vida*, Therese pensou ao dar uma espiada no seu Reuben. Não se lembrava da última vez em que vira fatias de pão tão grossas. E devia haver meio boi enfiado naqueles dois colchões de pão.

– Esta é a coisa mais linda que já vi na vida – ela disse.

– Eu avisei – Trez concordou.

A garçonete apenas grunhiu, mas Therese deduziu que deviam ter sorte por ela não ter despejado os pratos de batata frita em suas cabeças.

– Me conta uma coisa – Trez continuou quando a mulher se afastou –, você é o tipo de garota que gosta de catchup?

– Sou sim, sou sim.

Ele abriu a tampa do Heinz e entregou a garrafinha para ela. Quando ela terminou de se servir, ele cobriu o próprio cheeseburger com o molho.

– Então, voltando à minha oferta pra te ajudar.

Therese apanhou metade do sanduíche com cuidado.

– Não sei, não. Lá pela metade de janeiro eu devo sair de lá, desde que consiga manter o emprego no Sal's. Não vai demorar muito.

– Olha só, tenho alguns amigos que têm um monte de propriedades na cidade. Membros da espécie, entende. As casas estão localizadas em bons bairros e são monitorados por... Bem, por equipamentos de ponta. Têm sistema de segurança e o bônus de não haver viciados em heroína no saguão de entrada.

– Mas quanto isso irá me custar? – Ela balançou a cabeça. – Não tenho o depósito ainda e não vou conseguir bancar...

Ele sacudiu a mão.

– Não se preocupe com isso.

– Desculpe, mas eu tenho que me preocupar. Eu estou cuidando de mim, lembra?

Dito isso, Therese abriu bem a boca e deu uma mordida. Hum, aquilo era o paraíso. E o pão de centeio era tão macio quanto um pão de forma, mas com a picância do primo russo.

Ela gemeu e Trez assentiu.

– Bom mesmo, não é? Fico feliz que tenha gostado.

Enquanto ele comia o cheeseburger, ela ficou impressionada com os bons modos dele à mesa. Nada atrapalhado nem apressado, e muito uso de guardanapos. E ele também conseguiu não derrubar nada na jaqueta, o que era muito impressionante.

– Isso é seda? – ela perguntou ao apontar para o tronco dele.

– O terno ou a camisa?

– Hum... os dois?

– São.

– Bem, são bonitos. – *E o que tem debaixo da camisa é ainda mais bonito...*

Abruptamente, ele abaixou as pálpebras.

– Não sei bem como responder a isso.

Therese abaixou o sanduíche e se recostou no banco.

– Ai, meu Deus.

– Tudo bem. – Os olhos se direcionaram para a boca dela. – Não esquenta.

Abaixando a parte que restava da metade do seu Reuben, ela limpou as mãos no guardanapo.

– Sabe de uma coisa? É melhor eu ir embora.

– Não diga bobagens.

— Pelo visto, é só o que eu tenho dito hoje.

— Olha só – ele murmurou. – Você pode me compensar. Fique na casa de um dos meus amigos para que eu não me sinta culpado se alguma coisa ruim acontecer com você.

— Por que você se sentiria culpado? Não sou problema seu.

— Qualquer macho... qualquer pessoa... que não tome atitude quando alguém precisa de ajuda está errado.

— Mas e o depósito e o aluguel do primeiro e último meses...

— Vamos programar um esquema pra você. Para os pagamentos. – Deu de ombros. – Olha só, somos só membros da mesma espécie cuidando uns dos outros. Temos que nos apoiar neste mundo. Se juntarmos os humanos e os *redutores*, eles nos superam em número.

A garçonete retornou trazendo mais refrigerante e colocou dois pratos com fatias enormes de torta de maçã. À moda da casa. Depois pegou a ultrapassada caderneta de anotar pedidos e arrancou uma folha, como se a coitada tivesse insultado sua mãe.

E bateu na mesa com ela.

— A torta é por conta da casa. – Ela indicou o smoking de Therese. – Trabalha no Sal's?

As sobrancelhas de Therese se ergueram.

— Sim, trabalho.

— Cortesia entre profissionais. Boa noite.

A mulher marchou para longe como se estivesse numa campanha para fechar a cozinha.

— Uau – Therese disse. – Legal da parte dela.

— Não tenho nenhum problema com alguém que é meio mal-educado enquanto está trabalhando duro para se sustentar honestamente.

— Nem eu. E eu teria agradecido caso ela...

— Mas você estava preocupada que ela encostasse uma arma na sua cabeça? Boa ideia.

Os dois se calaram enquanto Therese pensava em ter de voltar para o buraco onde estava morando.

— Quando eu poderia me mudar? – inferiu num rompante.

Trez a encarou por cima da mesa e sorriu.

— Vamos dar alguns telefonemas e descobrir, que tal?

Ela abaixou os olhos.

– Obrigada. – E logo voltou a fitá-lo. – Mas eu mesma vou pagar tudo. E não quero nenhum desconto. Isto vai ser tratado como se fosse com qualquer outro locatário, ok? Eu prefiro continuar onde estou e correr o risco de ser assaltada a...

Trez mostrou as palmas.

– Entendido. Completamente. Você só vai se mudar para um lugar onde não terá que se preocupar se vai ou não ser apunhalada só para provar a sua independência.

– Isso mesmo. – Ela esticou a mão e apanhou a conta. – Dito isso, eu vou pagar esta conta e você vai me deixar fazer isso, com graciosidade.

Quando ele abriu a boca, ela dissimulou levando a mão ao coração.

– Ah, não tem de quê. Mesmo, será um prazer para mim e uma ótima maneira de recompensar a sua gentileza. E só para constar, eu amo machos seguros o suficiente que permitem que as fêmeas sejam seus iguais. É muito sexy.

Ele fechou a boca. Inclinou-se para trás e para a frente.

– Uau – ele disse por fim.

– O que foi?

Trez pigarreou e endireitou o colarinho aberto da camisa. Que já estava perfeitamente ajustada.

– Este *cheeseburger* está perfeito. Verdade... e as fritas também.

Therese começou a sorrir.

– Espere até chegar à torta. Acho que nós dois vamos adorar.

Capítulo 53

Às quatro da manhã, conforme combinado, Xcor transferiu sua forma corpórea para o topo do prédio da Companhia de Seguros de Caldwell. Ao retomar a forma nas rajadas de vento que atravessavam o espaço vazio no alto da cidade, ele inspirou fundo.

E quando olhou por cima do ombro, um a um, seus machos apareceram: Zypher, Balthazar, Syphon e Syn. Quando todos se postaram diante do líder, ele sentiu um instante de orgulho, pois os reunira por excelência, escolhendo a dedo os que considerava os melhores no acampamento de guerra. Aquele grupo de guerreiros o seguira em incontáveis batalhas, e juntos venceram muito assassinos; o total dessas mortes era algo impossível de contar...

De repente, a imagem de todos os jarros na caverna da Irmandade surgiu em sua mente. Na verdade, se os dois grupos tivessem conseguido trabalhar juntos? Talvez a guerra já tivesse terminado àquela altura.

Zypher deu um passo à frente, evidentemente preparado a fazer algum tipo de declaração em nome do grupo.

— O que tiver a dizer — Xcor disse ao vento —, eu aceito e...

O grande guerreiro se ajoelhou e levantou o olhar silenciosamente para Xcor.

Enquanto o vento uivava e os cabelos de ambos eram açoitados de um lado a outro junto às roupas invernais, Xcor descobriu que piscava rapidamente.

Em seguida, enfiou a mão no casaco e apanhou uma faca que pegara na cozinha da casa segura e guardara nas dobras da parca preta emprestada.

Curvando a mão ao redor da lâmina de fio duplo, ele apertou com força...
e quando deslizou a arma da mão, o sangue fluiu.

Xcor estendeu a mão ferida para seu soldado, e Zypher abaixou a boca e bebeu o que ali se empoçava. Depois limpou a boca com o dorso do braço e se ergueu. Inclinou a cabeça e retrocedeu.

Um a um, os outros machos repetiram o ato de fidelidade, uma cerimônia que realizaram tantos anos atrás, ainda na floresta do Antigo País. Syn foi o último a se prontificar, assim como o fizera na primeira vez – e quando sorveu sua porção e se ergueu novamente, ele tirou algo das costas.

Quando Xcor viu o que era, ficou momentaneamente atordoado. Mas deslizou a língua sobre a ferida da palma para selá-la... e depois estendeu a mão para aceitar o que lhe era oferecido.

Era a sua foice. A que o protegera dos machos de Bloodletter na floresta. A que tomara para si e que usara como sendo sua por séculos. A que era tão parte do seu corpo quanto suas pernas e seus braços.

— Onde a encontraram? – sussurrou ao aceitar o cabo.

Era como voltar para casa.

Zypher olhou para os outros e respondeu:

— Na Escola para Moças de Brownswick. Foi a única coisa sua que encontramos.

Xcor passou seu peso para trás e girou a grande lâmina num arco. Era um antigo hábito alegremente renovado, e com o modo com que ela se movia sob seu comando... era prova de que a água não era a única coisa que podia existir em diferentes estados.

Uma lâmina nas mãos certas tanto podia ser sólida quanto líquida.

Só que, então, ele parou.

— Não usarei isto contra a Irmandade. Entendem a minha posição?

Zypher relanceou para o grupo. E no vento forte e gélido, ele disse:

— Estamos preparados para seguir você. E se você segue Wrath, então estamos preparados para seguir Wrath também.

— Ele espera que vocês lhe jurem lealdade. Por suas vidas, de modo a permanecerem vivos.

— Nós seguimos você. Se você seguir Wrath, estamos preparados para seguir Wrath.

Xcor olhou para Balthazar.

– O que me diz?

– O mesmo – respondeu o macho.

– E você? – Xcor perguntou ao seguinte. Quando houve um aceno, ele perguntou ao outro.

Não era esse acordo que o Rei Cego desejava.

– Se isto custar suas vidas – Xcor entoou –, se acabarem caçados por isto, o que me dizem?

– Somos guerreiros – Zypher se pronunciou. – Vivemos e morremos pela adaga, e já somos caçados. Nada será diferente para nós, salvo a integridade dos nossos permanentes e duradouros serviços ao nosso único senhor verdadeiro. Estamos em paz com o nosso posicionamento nesta questão. Em relação à outra, não estamos.

Evidentemente debateram o assunto por algum tempo... e chegaram a uma conclusão unânime e determinada, não a sujeitando a alterações, tampouco a negociações.

Xcor sentiu o coração inflar e seguiu o instinto de inclinar a cabeça.

– Apresentarei esta situação ao Rei e veremos o que ele tem a dizer.

– E depois iremos para casa – Zypher completou. Como se isso também fosse inalterável.

– Sim – Xcor disse para o vento. – Iremos para casa.

Layla saiu da casa através da porta de correr, rumo ao frio e se encolhendo no casaco que pegara no armário. Ao fechar os olhos para se desmaterializar, seu coração batia forte e ela sentia uma raiva muito próxima de um sacrilégio.

Quando voltou à sua forma, foi numa península que se projetava no Rio Hudson, uns 25 quilômetros ao longo do curso do rio onde ficara umas boas duas horas andando de um lado a outro. O chalé de caçador que era seu destino configurava uma pequena construção, tão modesta e resistente quanto um sapato velho bem consertado, situado de frente para a cidade. Mais adiante na península, uma mansão de vidro elegante e de tamanho considerável jazia como um museu de exibição da riqueza, seu brilho alcançando todas as cercanias como o esplendor do sol que fortifica o sistema solar.

Mas aquela outra construção não lhe era importante.

O destino bem sabia que ela já tinha muito com que se preocupar.

Ao marchar sobre a neve na direção da porta dos fundos do chalé, suas pegadas foram as primeiras a perturbar a cobertura imaculada. Mas havia um indivíduo dentro da estrutura, e ele lhe abriu a porta antes que ela batesse.

O corpo imenso do Irmão Tohrment ficou delineado pela luz atrás dele.

— Ei! Que surpresa! Desculpe eu ter demorado a responder, eu...

— Qual de vocês é o responsável? — ela estrepitou. — Quem de vocês atirou nele?

Quando o Irmão parou de falar, ela não lhe deu oportunidade para responder. Passou por ele para entrar no calor dali de dentro e de pronto começou a andar de um lado a outro ao redor do espaço parcamente decorado.

Manteve os olhos nele quando ele os fechou ali dentro, recostando-se na porta em seguida.

— E então? — ela exigiu. — E não venha me dizer que não sei o que estou falando. Ele disse que foi um *redutor*... e depois me disse que não via um desde que um monte de monstros o sequestrou...

— *Monstros*? — Tohr rebateu. — Está nos chamando de monstros? Depois que aquele merdinha botou uma bala no seu Rei?

Layla parou diante dele e apontou o dedo em sua direção, pontuando as palavras com o indicador.

— Aquele "merdinha" deixou a oportunidade de entregar o seu rabo. Portanto, pense bem como se refere a ele.

Tohr projetou o quadril à frente.

— Não o transforme num herói, Layla. Isso não a ajudou antes, e certo como o inferno não melhorará as coisas pra você agora.

— Para a sua informação, eu não o ouvi negar que tenha sido você. Qhuinn estava com você ou decidiu ir atrás dele sozinho? E antes que me diga para que eu seja uma fêmea boazinha e cuide da minha vida, eu estava lá quando Xcor se apoiou em um joelho e beijou o anel do Rei. Eu assisti à cena quando ele fez o juramento, e sei muito bem que Wrath contou isso a todos vocês de modo que ele ficasse seguro. Mas você não prestou atenção, não é? Você se acha mais importante do que isto...

— Isso não é da sua conta, Layla.

— O caramba que não é. Eu o amo...

Tohr lançou as mãos para o alto.

— Tá, tá, tá, você se apaixonou por um assassino, um ladrão, um traidor, e de repente toda essa sujeira é zerada, todos esses detalhezinhos simplesmente desaparecem em pleno ar porque você está apaixonada! Ok, bom saber, então vou simplesmente apagar o fato de Wrath quase ter *morrido* na minha frente porque você quer chupar o pau de um mach...

Ela o esbofeteou com tanta força que sentiu a dor do impacto subindo pelo braço. E não sentiu absolutamente nenhum remorso em seguida.

— Devo lembrá-lo da minha posição — ela estrepitou. — Quer você goste ou não, sou uma Escolhida e *não* permitirei que me desrespeite. Conquistei esse direito pelos anos de serviço e não aceito ser tratada com menos do que isso.

Tohr nem pareceu perceber que ela o estapeara. Só se inclinou de novo para a frente e expôs as presas.

— E devo lembrar a *você* que é meu trabalho proteger o Rei. A sua vida amorosa não me interessa minimamente numa noite boa. Quando ela entra em conflito com a minha tarefa de manter vivo um macho de valor como Wrath? Eu passo por cima de você e das suas preciosas ilusões mais rápido do que uma hemorragia arterial daria conta do problema.

— Você — ela apontou o indicador de novo — é quem será um assassino se o matar, assim como Qhuinn.

Ela esperou uma negação acerca do envolvimento de Qhuinn. Não foi uma surpresa quando ele não o fez.

Tohr só deu de ombros.

— Tenho uma ordem executiva que me aponta como aquele que o levará para o túmulo.

— Que foi evidentemente revogada. — Ela meneou a cabeça e levou as mãos ao quadril. — Não sei o qual é o seu problema, mas está na cara que não tem nada a ver com Xcor...

— Ao diabo que não tem!

— Bobagem! Wrath já superou isso. Foi Wrath quem quase morreu. Você é quem está se apegando ao passado, e é por isso que o motivo por trás disto deve ser outro. Se fosse mesmo Xcor e o que ele fez com Wrath, isso teria se resolvido para você, assim como se resolveu para ele.

Tohr expôs as presas.

— Ouça bem o que eu tenho a dizer, porque só vou dizer uma única vez. Você pode ser uma Escolhida, e pode flanar nas suas vestes brancas e sua atitude sagrada o quanto quiser, mas você *não* faz parte desta guerra. Nunca fez e nunca fará. Portanto, volte para casa e sente-se num banquinho, comendo seu queijinho ou sei lá o quê, porque *nada* do que me disser vai mudar a minha opinião ou alterar o meu curso de ação. Você não é tão importante assim para mim, fêmea, e mais do que isso: este seu papel, através do qual você exige respeito, não é assim tão significativo no que se refere à sobrevivência da raça.

Uma fúria de alta octanagem percorreu as veias dela.

— Seu misógino fanfarrão. Uau. Será que Autumn tem noção do quanto você sabe ser condescendente? Ou você esconde isso dela só para que ela consiga dormir ao seu lado durante o dia?

— Chame do que quiser. Rotule como achar melhor. Mas entre eu e você, só um de nós sabe do que está falando.

Layla piscou uma vez. Depois duas. E então uma terceira vez.

Ela tinha alguma noção de que o caminho que tomaria não seria o melhor. Mas foi ele quem mencionou a palavra "pau" naquele espetáculo.

— Sei como era a sua primeira *shellan*. — Quando o sangue fugiu do rosto dele, ela seguiu em frente. — Enquanto me coloca numa caixinha por conta do meu par de ovários, você talvez queira considerar, nem que seja por apenas um instante, como Wellsie teria reagido ao saber que você disse o que disse a uma fêmea. Tenho quase certeza de que ela não ficaria impressionada.

Quando as palavras foram absorvidas, o Irmão pareceu inchar diante dos olhos dela, o corpo crescendo em tamanho, em força e em volume até se tornar um monstro letal.

Os punhos de Tohr se cerraram, o rosto de transformou numa máscara da mais absoluta violência. Numa voz que tremia, ele disse:

— Você precisa ir embora. Precisa ir embora agora. Nunca bati numa fêmea antes, e não vou começar esta noite.

— Não tenho medo de você. Não tenho medo de nada. — Ergueu o queixo. — No que se refere a proteger as vidas dos meus filhos e do macho que amo, eu ponho minha vida no caminho dos destinos deles, e se você me surrar até a morte por causa disso, eu me erguerei dos mortos e o amaldiçoarei até que fique louco. Não há nada que possa fazer para mim que me fará recuar. *Nada*.

Por um instante, o Irmão pareceu tão atordoado que não conseguiu falar. E ela imaginou qual seria o motivo. Pois lá estava ela, enfrentando a mais temida espécie de macho que a raça tinha a oferecer, um assassino treinado e armado e que devia ter uns cem quilos, no mínimo, a mais do que ela... e ela não estava nem tremendo.

Sim, ela pensou. *Aquela que sempre se sentira um pouco perdida encontrara seu lugar e sua voz.*

No fim, as duas coisas eram de um leão.

Tohr meneou a cabeça.

— Você está louca. De verdade... Pirou de vez, sabia? Está disposta a sacrificar seus filhos, sua família escolhida, o seu lar, o seu relacionamento com Qhuinn e Blay, o seu Rei... todos que sempre estiveram ao seu lado... tudo isso por um macho que cometeu um crime de guerra, o qual deve ter sido uma das coisas menos ofensivas que ele já fez nesta vida. Muito bem, então, quer saber o que Wellsie diria sobre isto? Eu te digo. Ela diria que você é uma traidora, uma enganadora, e que jamais deveria voltar a ver aqueles bebês de novo porque a primeira coisa que se faz com as crianças é protegê-las de todo e qualquer mal.

Ok. Estava farta de discutir sobre coisas hipotéticas.

— Estou te avisando agora, Tohrment, você precisa se perguntar o que de fato está fazendo aqui. — Layla meneou a cabeça. — Por que está se rebelando. Quer falar de traição? Tenho quase certeza de que Wrath voltou para a mansão e disse à Irmandade o que estava fazendo com Xcor e com o Bando de Bastardos, e o que ele esperava conseguir com isso. E você não está seguindo as ordens, certo? Isso o torna um traidor também? Acho que sim. Talvez, então, eu e você tenhamos que comprar umas pulseirinhas de melhores amigos ou algo assim.

— Vai se foder, Layla. Espero que aproveite a vida com aquele seu cretino. Sério, porque depois deste espetáculo todo, só posso deduzir que você pretende ir ao Antigo País com ele. Isso se ele viver tempo suficiente para fazer essa viagem. Pois é, uma fêmea como você só podia mesmo abandonar os filhos e ir embora com o amante. Sabe do que mais? Sem dúvida, será a única vez na minha vida em que vou considerar o abandono de menores uma excelente ideia.

— Fique longe de Xcor.

– Você não está em posição de me dar ordens, fêmea. – Ele gargalhou. – Jesus Cristo. Custo a acreditar que tudo isso se refira a um tipo como aquele. Afinal, quem diabos é aquele merdinha dos infern...

– Ele é a porra do seu *irmão* – ela estrepitou. – Isso é o que ele é.

Capítulo 54

Existem momentos na vida em que você poderia estar envolvido num acidente de carro sem estar atrás do volante. Ou mesmo numa estrada. Ou em qualquer espécie de veículo automotivo.

Enquanto as palavras de Layla lhe saíam da boca e entravam no cérebro de Tohr para então serem processadas, ele sentiu como se estivesse girando descontrolado, e sim, houve o choque do impacto quando ele percebeu que ela dissera aquilo de fato. Isso mesmo, ela simplesmente quis dizer aquilo... E sim... ela ainda o encarava.

Ele é a porra do seu irmão.

— Você está mentindo — ele se ouviu dizer.

— Não estou. Está escrito na biblioteca do Santuário. Vá lá e leia.

— Eu já li o meu livro. Não existe menção alguma de um irmão...

— Está no volume do seu pai. Xcor é filho legítimo do Irmão da Adaga Negra Hharm. Assim como você.

Tohr cambaleou até o sofá diante da lareira e despencou sobre as almofadas.

— Não.

— Como já disse, vá lá e leia com seus próprios olhos. E depois processe o fato de que não só você está indo contra as ordens diretas de Wrath, mas também estará matando o seu parente mais próximo.

Ele não soube quanto tempo permaneceu sentado ali. Estava ocupado demais repassando sua antiga vida, antes de ter vindo para o Novo Mundo, procurando qualquer pista, qualquer indício... ou... qualquer coisa.

— Como eu não soube disso? — Ele meneou a cabeça. — Como algo assim foi mantido em segredo?

— Xcor foi rejeitado pela *mahmen* dele no parto ainda. O pai, o *seu* pai, fez o mesmo.

— Por causa do lábio.

— Sim. Pelo que eu soube, ele viveu com uma ama-seca que odiava olhar para ele e que o tratou abominavelmente até abandoná-lo. — Houve uma pausa. — Ele me disse que ficava acorrentado do lado de fora de onde morava. Como se fosse um cachorro.

Tohr fechou os olhos.

E como se Layla tivesse percebido a mudança em seu humor, a voz dela ficou menos aguda, menos raivosa.

— Ele não sabe a seu respeito. Até onde sei, ninguém sabe.

Tohr desviou rapidamente os olhos para ela.

— Está escondendo isto dele?

— Não, ele sabe que eu tenho uma informação. Mas disse que não quer saber. Que isso não mudará o passado e não terá impacto algum no seu futuro.

— Isto... não muda o que ele fez.

— Não, mas espero que mude o que você vai fazer.

Tohr se calou. E enquanto olhava para o vazio, foi difícil categorizar as emoções em lotes como choque, tristeza, raiva, lamento. Infernos, será que choque era uma emoção? Merda, ele nem entendia por que sentia alguma coisa. Não tivera uma relação pai/filho estreita com Hharm, então por que descobrir que seu pai tivera outro filho faria alguma diferença? E quanto a Xcor? Não havia nenhuma conexão com ele.

A não ser a proclamação de que ele o mataria.

Mas sobre a qual Layla tinha razão, fora rescindida.

Erguendo a cabeça, concentrou-se na Escolhida. Layla o encarava próximo à porta, o rosto composto como num retrato, apesar de os olhos estarem um pouco brilhantes demais por conta da discussão anterior entre eles.

Da quase luta corpo a corpo.

— Eu sinto muito — ele disse meio que distante. — Pelo que acabou de acontecer entre eu e você.

Ela balançou a cabeça.

— Não vou me desculpar por quem eu amo. Na verdade, sinto-me grata por este ser o meu destino. Se eu tivesse me apaixonado por outro, eu não teria sido forçada a ser forte assim, e não há nada de errado neste mundo em descobrir a sua verdadeira força interior.

Que assim seja, Tohr pensou.

— Faça o certo, Tohr — ela disse. — Ouviu bem? Acerte esta situação e garanta que Xcor não seja ferido.

— Não posso controlar o mundo inteiro.

— Não, mas pode se controlar. Essa é uma lição que estou aprendendo.

Layla retornou para a casa segura logo em seguida. Ao passar pela porta de correr, fechou-a e aguçou os ouvidos. Xcor ainda não retornara, e isso era bom. Não queria que ele soubesse da sua dedução sobre quem atirara nele, nem que ela confrontara um Irmão em seu favor.

Sem falar na revelação da identidade do pai dele.

Santa Virgem... Hum, Sexual ao Excesso Lassiter... Como queria que Tohr ficasse de boca fechada. Mas ela fez o que tinha de ser feito a fim de garantir um cessar fogo da parte do Irmão.

Um macho que conhecia a dor de perder a *shellan* e o filho ainda não nascido não mataria um irmão de sangue. Simplesmente não faria isso.

Descendo até o porão, foi até o banheiro pensando em tomar uma chuveirada. Mas parou ao ver-se no reflexo do espelho acima da pia. Ainda trajava as vestes das Escolhidas que vestira após a saída de Xcor, as dobras brancas tão familiares quanto seus cabelos, quanto o próprio corpo.

Pegando a ponta da faixa, puxou-a e afastou as duas metades, tirando o peso de sobre os ombros e braços.

Ao segurar o tecido à frente, pensou nos muitos anos em que vestiu o uniforme. Mesmo depois de Phury tê-las libertado todas, ela ainda usara mais as vestes do que roupas normais. Eram convenientes, confortáveis, e acalentavam como uma mantinha ou um bichinho de pelúcia a uma criança.

Também eram um símbolo.

Não só do passado da raça, mas de si mesma.

Layla dobrou a roupa com cuidado, respeitosa. Depois a colocou na bancada de mármore e recuou um passo.

Em seu coração, soube que jamais voltaria a vestir aquilo. Haveria outras peças de roupa que a lembrariam dessas vestes: vestidos longos, casacos compridos, até mesmo uma coberta sobre os ombros, que se arrastasse até os pés.

Mas ela já não era mais uma Escolhida, e não só porque a própria Virgem Escriba já não existia mais.

A questão era que, quando se serve a outra pessoa, quando você desempenha um papel determinado por outro... você não consegue mais voltar a essa posição depois de descobrir sua verdadeira identidade.

Ela era uma *mahmen*. Era uma amante. Era uma fêmea orgulhosa, uma fêmea forte que sabia a diferença entre o certo e o errado, família e desconhecidos, bem e mal. Sobrevivera a dois partos e acabara de enfrentar um Irmão, e seria capaz de enfrentar o Rei, caso necessário. Era falível, capaz de se confundir e poderia até se atrapalhar de tempos em tempos.

Mas sobreviveria. Ela era forte assim.

Enfrentando seu olhar através do espelho, olhou para um rosto que parecia enxergar pela primeira vez. Passara todos aqueles anos no Santuário, à espera da chamada para desempenhar seu papel como *ehros*, sua existência então totalmente imposta e ainda assim infundada, visto que não havia Primale algum para ser satisfeito. E depois caiu na Terra, tropeçando e avançando, quando ela e suas irmãs foram libertadas, seguindo nas pontas dos pés no território desconhecido da vida moderna. Aconteceu o cio desesperado com Qhuinn, e depois a ansiedade enquanto os filhos cresciam dentro dela – período em que sua vida foi fendida em duas por causa de Xcor. Depois disso? O parto que quase a matara e então a agonia da desintegração da sua unidade familiar... e a iminente perda de Xcor.

Ainda assim, estava viva, estava ali. Olhando-se no espelho.

E pela primeira vez na vida, respeitava aquilo que via.

Curvando-se diante do reflexo, disse com suavidade:

– Prazer em conhecê-la.

Capítulo 55

Tchauzinho.

Quando Vishous apagou mais um vídeo no YouTube, concluiu que era tão fácil quanto atirar em peixes dentro de um barril. E caso fosse mais fácil invadir as contas, só faltava pegar um saco de pipoca e um pacote de Milk Duds de graça pelos seus esforços. Mais um. E... outro.

De certa forma, tinha que agradecer a Jo Early, também conhecida como Damn Stoker, pela eficiência daquilo tudo. A seção dos links dela era uma reunião de tesouros de conteúdo com múltiplos destinos postados por uma boa dúzia de pessoas. Então, após terminar de varrer o universo do YouTube, ele iria para o Insta e para o Face.

A caixinha de areia de Zuckerberg seria um pouco mais difícil de *hackear*, pois, como os dois outros, havia contas múltiplas na plataforma, mas encontraria todas elas.

Mais um. E outro...

Caraca, aquele usuário, o *vamp9120*, era um cara de bastante volume. Muito conteúdo ligado a ele.

Devia ter ficado mais alerta quanto a esse assunto. Mas, pensando bem, estivera aproveitando a vida em vez de sublimar seus problemas com esportes e a internet.

Quando Bruno Mars apareceu pelo satélite, ele mudou de estação para a Shade-45. Não que ele não considerasse "24K" mágico, mas a batida de boate não constava em sua *playlist* noturna. "All There" de Jeezy/Bankroll Fresh. Perfeito pra cacete. E enquanto a música saltava para fora dos alto-falantes, ele tomou mais um gole da sua Grey Goose com gelo e pensou se não era hora de tirar uns minutos de folga para bolar o tabaco turco de mais alguns dos seus cigarros. Depois disso, pegaria mais uma garrafa da meia dúzia que solicitara para Fritz. E depois voltaria para cá para...

— Mas que porra...? — ladrou.

Inclinando-se na direção da tela, franziu o cenho ao ver a imagem que estava passando ali.

— Espera aí, eu me lembro disso.

Pois é, estava falando sozinho. É isso o que você faz quando o seu colega de quarto, que estava fora da escala, assim como você, transava com a fêmea dele no fim do corredor — e você é um coitado sentado numa cadeira de escritório na frente da casa.

Rebobinando o vídeo, V. assistiu de novo enquanto a ação se desenrolava. A filmagem foi gravada a partir de um ponto mais alto num dos prédios do centro da cidade, como se o babaca com o celular estivesse olhando para fora do terceiro, talvez quarto andar. O centro da imagem era um beco abaixo — e uma figura que avançava em movimento.

Na direção de uma saraivada de balas.

A figura era Tohrment. As balas vinham de um assassino agachado no canto oposto. E a cena era absolutamente suicida.

V. não estivera presente para testemunhar em primeira mão a estupidez da coisa, mas claro que ouvira a respeito de múltiplos guerreiros. Foi na época em que Tohr estivera enlouquecendo, determinado a mostrar a todos o quanto era intenso o seu desejo de morrer. Sim, ele estava retribuindo as balas do *redutor*, a pistola estava erguida e o chumbo saía do cano... Mas estava sem colete, nada para cobri-lo e uns doze órgãos vitais diferentes e vulneráveis.

Puta que o pariu, se ele queria tanto ser atingido, o único outro modo de garantir que isso aconteceria seria ele mesmo puxar o gatilho na sua direção.

Ainda assim, ele sobreviveu...

— Espera aí... O que é isso?

De repente, Vishous esfregou os olhos. Aproximou-se ainda mais do monitor. Ficou se perguntando se o vídeo não era uma edição.

Ajustando o contraste da tela, voltou o vídeo. E uma vez mais.

Alguém estava atirando do prédio do outro lado. Era isso... Havia outra figura no alto de um prédio e ele... sim, ele estava inclinado sobre o beiral atirando no assassino que tentava matar Tohr.

Não havia sido um irmão, isso era certeza. V. saberia distinguir seus guerreiros no meio de uma neblina e meio quilômetro de distância, e seria fácil isolá-los nessa filmagem, apesar de a imagem estar granulada. Sem falar que não havia a menor possibilidade de qualquer um deles estar em qualquer outra parte que não no chão ao lado do irmão.

Portanto, quem diabos era aquele ali? Não era um humano. De jeito nenhum um dos ratos sem cauda teria se metido numa situação assim naquela parte da cidade. Não havia nenhum cachorro naquela luta, então por que arriscariam ser presos? Mais provavelmente telefonariam para a polícia e se esconderiam...

Quando seu celular tocou, V. se sobressaltou – e, merda, não conseguia se lembrar da última vez em que isso aconteceu. Ainda mais por conta de um telefonema.

Mas considerando-se sua ocupação...

Observou quando a mão se esticou para pegar o aparelho. Deixara-o voltado para a mesa, e virar a tela exigiu certa coragem.

Quando viu quem era, prontamente voltou a trabalhar.

– Meu senhor.

Wrath foi direto ao ponto, o que era um motivo a mais para gostar do cara.

– Preciso de você. Agora.

– Entendido. Onde você está?

– Estarei no átrio em cinco minutos.

– Me diga que não iremos a Disney World e eu estarei lá.

– Não, não está na hora de tirar férias.

– Ótimo.

Quando V. desligou, fez menção de apagar o vídeo e desligar tudo, mas um ímpeto lhe disse para salvar a merda, então foi o que ele fez. Afinal, não havia problemas de espaço no seu *hard-drive*.

Maldição, estava aliviado pra cacete por ter algo para fazer.

Assim como no início da noite, não disse a ninguém que estava saindo, mas desta vez foi porque Butch e Marissa estavam ocupados um com o outro. Acabou mandando uma mensagem para o seu melhor amigo... e depois pensou em mandar outra para Jane.

Entretanto, no fim, só guardou o celular, pegou as armas e saiu.

Xcor estava desligando o telefone fixo da casa e começava a tirar a parca emprestada quando Layla subiu do porão.

No instante em que viu a tensão no rosto dela, arrependeu-se.

– Desculpe – disse. – Sei que estou atrasado.

Ela pareceu surpresa, e depois simplesmente meneou a cabeça ao se aproximar do amado.

– Estou feliz por sua volta. Estava preocupada.

Quando ela ergueu os olhos, Xcor odiou a tristeza que viu neles, ainda mais por saber qual era a causa – e não pela primeira vez desde que partira antes, desprezou a si mesmo e a posição em que a colocara.

– Venha cá – ele sussurrou ao atraí-la para junto de si.

Aninhando-a em seu peito, junto ao coração, apoiou o queixo no alto da cabeça dela. E teria ficado contente em ficar assim para sempre, mas havia coisas que precisava lhe contar.

– Meu amor – disse ele –, Wrath está...

Nessa mesma hora, a porta de correr se abriu e uma lufada de vento frio invadiu a pequena cozinha. O Rei Cego foi o primeiro a passar por ela, e Vishous o seguiu de perto.

– Você telefonou. – Wrath disse secamente. – Olá, Escolhida.

– Me chame de Layla, por favor. – Quando ela disse isso, todos a fitaram.

– O quê? – o Rei perguntou.

– Sou apenas Layla, por favor, meu senhor.

O Rei deu de ombros.

– Como preferir. Então, Xcor, tem uma resposta para mim?

– Sim – Xcor olhou para Vishous, que observava cada movimento seu com aqueles olhos diamantinos. – E temo que não gostará dela.

– Eles disseram não, hum. Pena. – Agora o Rei olhou para o Irmão. – Acho que isso quer dizer que vamos para a guerra.

A sentença foi enunciada com tranquilidade, como se não resultasse em nenhuma consequência, e Xcor teve de respeitar a atitude. Guerreiros lutavam. Era para isso que foram criados e treinados. Se a Irmandade acreditava que um conflito com um grupo de cinco soldados tinha alguma importância, eles precisavam aposentar suas adagas.

– Não – Xcor interveio –, eles não disseram não. Mas não prestarão juramento de fidelidade a você.

Vishous se pronunciou, a voz saindo baixa e agressiva.

– Que porra isso quer dizer?

Xcor se dirigiu a Wrath.

– Eles juraram fidelidade a mim. Eu jurei a você. Eles o seguirão, mas apenas porque é aí que depositei a minha fidelidade. Eles não serão liderados por ninguém além de mim. É assim que vai ser.

– Não é bom o bastante – o Irmão Vishous estrepitou. – Nem perto disso, babaca.

Xcor tirou a luva e mostrou a palma.

– Foi um juramento de sangue. E aqueles machos morrerão por você, Wrath. Seguindo as minhas ordens.

– Isso é verdade – Vishous ladrou. – Quando nós os matarm...

– *Basta* – Wrath o interrompeu.

Houve um silêncio tenso, e Xcor conseguia sentir a angústia de Layla ao seu lado. No entanto, não tentaria solicitar sua saída. Ela não se afastaria dele assim como seus soldados não o fariam.

Parado diante do Rei, Xcor enfrentou o olhar direto dele, mesmo ciente que o macho era cego. De fato, não havia nada a esconder, nenhuma disputa em curso, nenhum subterfúgio nem segundas intenções na manga. E isto estava bem assim, pouco importando o resultado dessa noite ou de qualquer outra. Não temia a morte; Bloodletter assim o ensinara. Também descobrira o que era o amor, e ela estava bem ao seu lado. Portanto, estava preparado para ir adiante com determinação tranquila, concordando com um destino que estava fora do seu controle.

A paz era isso, então, pensou ao retirar a outra luva. Quando estendeu a mão para segurar a de Layla, pareceu-lhe adequado que não fosse a sua mão da adaga.

– Acredita nisso – Wrath inquiriu. – Com toda franqueza.

– Sim. Estive numa guerra com esses meus guerreiros. Eles me seguiram através do oceano...

– E estão preparados para segui-lo de volta para lá? – Vishous murmurou. – Em sacos mortuários?

– Sim, estão. – Xcor olhou para o Irmão. – Mas eles não estão em guerra com você se eu não estiver.

Wrath cruzou os braços diante do peito, e Xcor teve que respeitar o tamanho e a musculatura daquele macho. Ele era enorme e letal, ainda que possuísse um cérebro civilizado.

Xcor acreditou que ele entenderia o sentido da proposta.

E, por certo, um momento depois o Rei assentiu uma vez.

– Que seja – Wrath disse repetindo o aceno. – Isso é bom o bastante para mim...

– Tá de brincadeira, porra!

A mão do Rei se projetou tão rapidamente que os olhos mal conseguiram acompanhar o movimento e, de alguma forma, mesmo sem a visão, ele conseguiu acertar a trajetória, agarrando o pescoço enorme do seu guerreiro. Nem olhou para Vishous, permanecendo atento a Xcor.

Em reação, Vishous não se defendeu, mesmo tendo que se esforçar para respirar, com o queixo coberto pelo cavanhaque caindo.

– Você não adora quando as pessoas conhecem os seus lugares...? – Wrath disse para Xcor com secura. – Quando eles entendem que existem momentos em que precisam ficar de bico fechado?

Xcor teve que sorrir. Wrath e ele eram bem parecidos em alguns pontos, não eram?

– Sim, meu senhor – ele murmurou.

Wrath abaixou a mão.

– Como eu dizia, isso basta para mim. Mas, como pode ver, meus rapazes precisarão de uma prova maior desse arranjo. – O Rei tocou a lateral do nariz. – Eu sinto o seu cheiro. Sei que acredita nisso, e, deixando de lado nossos conflitos passados, não creio que você seja um idiota do cacete, e tampouco acredito, nem por um instante, que você colocaria aqueles seus machos num caminho perigoso.

– Ele fez isso uma vez – Vishous interrompeu com escárnio. – Foi assim que Throe acabou conosco.

– Mas parece que ele se livrou do certo.

Xcor assentiu.

– Exato. Motivo pelo qual o alertei a respeito dele.

Wrath inclinou a cabeça.

— Muito grato por isso. E lidaremos com ele depois que concluirmos nosso acordo com o seu pessoal.

— Você não vai ter nenhum problema com isso, vai? — Vishous perguntou a Xcor.

— Não. — Ele deu de ombros. — Aquele macho seguiu seu próprio caminho, que é incompatível com o seu, e, portanto com o meu. Como escolherem resolver a questão, isso é decisão sua.

— Está acertado, então. — Wrath sorriu, revelando as presas impressionantes. — Mas, como eu dizia, os meus rapazes vão precisar de provas. Portanto, teremos uma boa e velha cerimônia de juramento com testemunhas.

— Pensei que faria isso um a um — Vishous disse baixo, ao mesmo tempo em que se afastava do alcance das garras do Rei.

— O Bando de Bastardos não nos atacará. — Wrath meneou a cabeça. — Isso não vai acontecer. Ele tem as rédeas deles, sinto esse poder nele. Um macho como ele não fica impassível sem um bom motivo, não é verdade, Xcor?

— Exato. Eles não levantarão suas armas contra qualquer um dos Irmãos. Eu os reunirei amanhã à meia-noite e os levarei até onde você quiser. Não pode ser antes do que isso, porém, pois não tenho como localizá-los até essa hora. Estamos sem comunicação visando a segurança deles, para o caso... — relanceou para Vishous — ... de algo sair errado. Você compreende.

Wrath deu uma risada de leve.

— Sim, entendo. Então, está acertado...

— E quanto à sua segurança, Xcor? — Layla disse com raiva. — Como *você* ficará seguro?

Wrath deu conta dessa resposta, falando com suavidade:

— Ele ficará bem, não precisa se preoc...

Layla se virou para Xcor.

— Por que não conta a ele como foi atacado ontem à noite? E por quem.

Quando sua fêmea interrompeu o monarca, Xcor não mudou de expressão deliberadamente.

— Eu já lhe disse, meu amor, foi um *redutor*...

– Não, não foi. – Os olhos dela se viraram para Wrath. – Atiraram nele ontem à noite.

– Não – Xcor rebateu ao mesmo tempo em que apertava a mão dela, tentando silenciá-la. – Não foi nada além de um assassino.

Do lado oposto da cozinha organizada, as sobrancelhas de Wrath se abaixaram por trás dos óculos escuros, um frio permeando o ar. E, então, ele disse:

– Vou lhe perguntar isso uma vez, portanto é melhor ser honesto, cacete. Algum dos meus machos apontou uma arma para você desde que você jurou lealdade a mim?

Xcor enfrentou o olhar de Wrath e projetou confiança.

– Não, não atiraram.

A essa altura, ele agarrava a mão de Layla com tanta força que ele tinha certeza de que devia estar machucando-a, por isso afrouxou a pegada. Mas rezou para que ela ficasse calada.

As narinas de Wrath inflaram. E depois ele inclinou a cabeça uma vez.

– Que assim seja. Meia-noite, amanhã. Vocês nos encontrarão no centro, na Décima Quinta com a Market. Há um depósito abandonado ali. Não há como errar.

– Chegaremos lá meia-noite e quinze. Eu os encontrarei à meia-noite e, em seguida, iremos até você.

Wrath se aproximou e levantou a mão da adaga.

– Você e seus machos têm a minha palavra. Desde que eles não ofereçam nenhum ameaça aos meus rapazes, ninguém sairá machucado.

Xcor segurou o que lhe era oferecido e apertou.

– *Até amanhã* – ele disse ao Rei no Antigo Idioma.

– *Até amanhã* – Wrath repetiu.

Quando Wrath e Vishous saíram, passando pelas portas corrediças, a Xcor só restava ter esperanças de que a promessa que o Rei lhe dera pudesse ser mantida.

– Eles vão te matar – Layla disse numa voz morta. – Você não sobreviverá a esse encontro.

Xcor olhou para ela. Odiou o medo no rosto pálido dela, o tremor em seu corpo. Na quietude da casa segura, quis mentir-lhe. Queria saber como ela descobrira a verdade. Queria... ficar com ela para sempre.

Mas o destino já havia decidido essa última parte.

Estendendo a mão da paz, não a da guerra, afagou-lhe o rosto macio. Esfregou o lábio inferior com o polegar. Acariciou a veia vital que percorria a lateral do pescoço dela.

– Ele não pode garantir a sua segurança. – Com uma imprecação desesperada, ela virou o rosto contra a palma dele e beijou a pele calejada. – Não no que se refere a Tohrment e a Qhuinn. E você bem sabe disso.

– Como? – O ar escapou por entre os lábios dele. – Como soube?

– Isso importa?

Não, ele imaginava que não importava.

– Por que não disse alguma coisa? – ela suplicou. – Por que não contou a Wrath?

– Porque, no fim das contas, não é relevante. Segurança em época de conflito é uma ilusão que só pode ser solicitada, nunca prometida. Tanto ele quanto eu sabemos disso. Se um deles decidir resolver um problema inexistente de modo independente, ninguém conseguirá impedir. Livre arbítrio é uma liberdade universal, assim como a gravidade.

– Mas não é justo. E não é certo.

– E é por isso que eu tenho que me proteger e não esperar que ninguém, nem o poderoso Rei Cego, faça isso por mim.

– Xcor, você precisa...

– Shhh... – disse ao apoiar o indicador nos lábios dela. – Chega de falar da guerra. Existem coisas melhores que podemos fazer com o nosso tempo.

Quando a trouxe para junto de si, ele rolou a pelve, dando provas da sua excitação, apesar de ela, sem dúvida, já sentir o cheiro no ar.

– Deixe-me entrar em você – ele pediu ao beijá-la. – Preciso de você agora.

Ela não respondeu de imediato, e ele lhe deu o tempo necessário para diferenciar a esperança da realidade, o preceito do fato. Ela era uma fêmea inteligente, pouco versada na arte da guerra, mas também não era ingênua.

Ao fim da noite seguinte, ela saberia que, quer ele vivesse ou morresse, o futuro deles não seria compartilhado. Se ele sobrevivesse, partiria para o Antigo País e ela permaneceria em Caldwell. Caso ele morresse? Bem, isso estaria resolvido de vez, provavelmente no *Dhunhd*.

– Eu te amo – ela sussurrou quando finalmente inclinou a cabeça para trás para receber mais um beijo. – Sempre.

Xcor afagou-lhe os cabelos loiros para trás.

– Você é mais do que eu mereço e tudo o que eu sempre quis.

Com essas palavras, ele selou as bocas e tentou se esquecer de que seu tempo juntos estava acabando. No entanto, era muito difícil.

E sabia que o mesmo acontecia com ela.

CAPÍTULO 56

Quando Vishous e Wrath regressaram ao pátio da mansão da Irmandade, V. estava sacudindo a cabeça. Ah, isso seria muito divertido. Bem parecido a uma estripação enquanto ainda se está vivo.

O Rei girou sobre os calcanhares e estava tão furioso que fumaça saía por suas orelhas.

— Diga àquele *filho da puta* para ir até o meu escritório.

— Quer todos ou só...

— Tohrment. Vá buscar aquele babaca agora e leve-o até mim! Que *porra* ele estava pensando?

Wrath deu as costas e seguiu para a escada de pedras que levava até a entrada da mansão, evidentemente tão puto que até se esquecera de que não conseguia enxergar. Bem, por um segundo, V. se viu tentado a deixar o senhor Personalidade aprender do modo mais difícil que ainda estava cego.

Mas acabou desistindo, adiantando-se e pegando o braço do Rei.

— Cala a boca — ele disse antes que Wrath pudesse se afastar. — Quer um ferimento na cabeça para completar essa merda?

Foi o mesmo que tentar fazer amizade com gelo seco. O humor do Rei estava tão ruim que a atmosfera ao redor dele ficou ainda mais ártica. Mas, pelo menos, V. conseguiu conduzir o cara até a porta e a entrada da mansão. Mas sabia que seria melhor soltá-lo depois disso.

Soltando o bíceps grosso, pegou o celular e ligou para o número de Tohr enquanto Wrath atravessava o mosaico da macieira em flor com passos duros, fiando-se na memória e contando as passadas até chegar ao primeiro degrau...

Um toque soou. E não só no ouvido de V.

O som vinha do segundo andar.

Vishous abaixou o aparelho enquanto Wrath galgava os degraus, dois de cada vez.

– Bem na hora – V. murmurou ao se apressar para alcançá-lo.

E, dito e feito: Tohrment estava sentado numa das cadeiras do lado de fora do escritório de Wrath, como se tivesse previsto o futuro e soubesse da punição por ter atirado em Xcor. Evidentemente, o cara não estava se sentindo muito bem com a situação, embora fosse difícil precisar se o motivo de se sentir mal era por ter desobedecido uma ordem direta do rei ou porque seria recriminado em seguida. Em todo caso, a cabeça do irmão estava pensa; os ombros, curvados; o corpo, contido de modo pouco usual.

– Não preciso nem atender ao telefone, irmão – o cara disse ao virar o celular. – Estou bem aqui.

Wrath revelou as presas e sibilou:

– Entre. Não vamos discutir esta merda em público.

Quando Tohr se pôs de pé e obedeceu a ordem, V. não pediu permissão para se juntar aos dois. Entrou direto atrás de Wrath, fechou as portas e se recostou nelas, segurando as maçanetas.

Wrath não desperdiçou nem um segundo.

– Você está fora.

Tohr sacudiu a cabeça.

– O quê?

– Você está fora da Irmandade. Fora. Estou te expulsando, valendo a partir de agora.

Poooorra. Não foi bem assim que V. visualizou a situação.

Porque, vejam só, Tohr era a cola que unia a Irmandade. A não ser pelo período de afastamento após o assassinato de Wellsie, ele era o firme, o estável, a força tranquilizadora que mantinha os caras sob controle.

– Você, vê se cala a boca.

V. precisou de um minuto para perceber que Wrath se dirigia a ele. Não teve tempo para responder, porque Tohr assumiu o controle do microfone.

— Ele está certo, V. Eu desobedeci a uma ordem direta. Atirei em Xcor na noite passada quando o vi na cidade. É preciso haver consequências.

Wrath pareceu um pouco surpreso com a pronta aceitação.

Tohr só deu de ombros.

— Foi a coisa errada a fazer. Foi algo em conflito direto com a sua posição e com o que almeja conseguir. Imagino que ser um traidor seja um traço da família.

— O quê? — V. perguntou de pronto.

O irmão dispensou a pergunta com um gesto.

— Não importa. Autumn e eu partiremos amanhã. A menos que queira que partamos agora.

Wrath franziu o cenho. Depois foi até a escrivaninha e, desviando-se de sofás, encontrou o trono.

Ao se acomodar no assento do pai, pareceu absolutamente exausto, e, como era de se esperar, arrancou os óculos e esfregou os olhos.

— Por quê? — ele perguntou. — Que porra é essa contra Xcor? Por que não consegue deixar isso de lado?

— Farei isso agora. É só o que importa. Não tenho... mais nenhum interesse em matá-lo.

— O que mudou?

Tohr só meneou a cabeça.

— Nada de mais. Considerando-se tudo.

Algo tiniu nos recessos da mente de V., mas ele não conseguiu determinar o que era, e isso era irritante pra cacete. Mas estava cansado, e não só porque seu corpo estava exaurido pela privação de sono.

Wrath se sentou mais à frente.

— Preste atenção. A guerra está enfraquecendo, estamos muito próximos de acabar com ela. Não quero a distração de vocês. Não quero que vocês, cabeças-duras, persigam um bando de cinco babacas só porque eles tinham aspirações políticas que incluíam a minha cabeça numa bandeja. Xcor sabe onde vivemos. E não fez merda nenhuma a esse repeito. Ficou com Layla nas últimas quarenta e oito horas e eu sinto a ligação entre eles. Ele também está comprometido com esta paz negociada e em sair de Caldwell de uma vez por todas. Não existe mais nenhum conflito e não é só porque eu estou dizendo isso.

— Eu sei. — Tohr se aproximou da lareira e ficou olhando para as chamas. — Eu... Hum... Minha Wellsie teria completado duzentos e vinte e seis anos há três noites. O meu filho que ela carregava no ventre estaria com dois e meio. Acho que isso me afetou.

— Porra — o Rei inspirou. — Eu tinha esquecido.

O irmão deu de ombros.

— Isso não me isenta das minhas ações. O que fiz não está nem à minha altura nem à sua. Mas vou lhe dizer uma coisa... — Ele pigarreou. — Já faz um tempo que venho querendo vingança, e eu a encontrei num marco inadequado. O verdadeiro alvo da minha raiva é o destino, e isso não é nada que eu possa esfaquear nem alvejar. É só que... em algumas noites... isso é mais difícil de aceitar do que em outras.

Wrath se recostou no trono e deixou a cabeça rolar contra o encosto alto de madeira entalhada. Depois de um momento, apontou para a porta.

— Deixem-me. Vocês dois. Meu crânio está prestes a explodir e não quero receber a conta da lavanderia por causa das suas malditas camisas.

Tohr se curvou.

— Como preferir, meu senhor. Autumn e eu partiremos...

— Sem querer ofender — Wrath murmurou –, mas dá pra calar a boca? Só me deixa em paz. Eu te vejo no começo da noite de amanhã. E vê se traz o resto dos irmãos com você. Vai. *Tchau.*

Do lado de fora do escritório do Rei, Tohr parou quando V. fechou as portas e o encarou.

— Para sua informação — o macho disse –, Xcor negou.

Tohr franziu o cenho.

— Como que é?

V. acendeu um cigarro e exalou a fumaça como se ela fosse uma imprecação.

— Eu estava lá quando Wrath perguntou quem atirou nele, e ele se recusou a te entregar. Ele sabe que foi você?

— Sabe.

— Quem mais estava com você? — Quando Tohr não respondeu de imediato, o irmão se inclinou na sua direção e apontou com o cigarro. — Eu sabia. Diga a Qhuinn para parar de bobeira, ou eu o farei. Não tenho nenhuma simpatia por Xcor, estou pouco me fodendo para ele e para o Bando de Bastardos. Mate-os, deixe-os viver, não estou nem aí. Mas Wrath tem razão. Lutamos há mil anos para conseguir meter a Profecia do *Dhestroyer* no cu de Ômega, e a hora está chegando. Nenhuma distração, entendido? Chega de nhe-nhe-nhém.

– Não tenho como controlar Qhuinn. Ninguém consegue. Todos nós vimos isso umas duas noites atrás, não foi?

– O filho da mãe. Ele tem que aprender a se controlar.

Enquanto V. olhava para o corredor como se tivesse a intenção de ir atrás do cara, Tohr se colocou no caminho dele.

– Eu falo com ele. Posso estar fora da Irmandade, mas o seu jeito de falar deixa muito a desejar.

– Não sou tão ruim assim.

– Comparado a uma serra elétrica, isso até pode ser verdade. Mas não precisamos de mais cabeças quentes descontroladas por enquanto. Todo mundo pode acabar indo pelos ares.

V. usou a ponta do cigarro para apontar.

– Dá um jeito nessa merda, Tohr. Ou eu dou.

– Você é a segunda pessoa que me diz isso esta noite.

– Então, bota a mão na massa.

Dito isso, V. saiu e desceu pela escadaria como se tivesse uma missão – que envolveria esganar alguém que o aborreceu.

Quando Tohr teve a certeza de que não havia ninguém por perto, desceu o corredor das estátuas e foi em frente, passando pelas figuras humanas em poses de guerra. Diante da terceira porta, bateu baixinho, e quando ouviu uma resposta, olhou para os dois lados de novo.

Esgueirando-se para o quarto de Qhuinn – ou melhor, aquele em que Layla ficara –, fechou a porta rapidamente e quase a trancou.

Qhuinn estava próximo aos berços, fazendo alguma coisa com a mamadeira.

– Ei – ele disse sem olhar.

– Precisamos conversar.

– Precisamos? – O irmão o fitou. – Você o matou?

– Não, mas acabei de ser expulso da Irmandade.

Qhuinn se endireitou e se virou.

– Como que é?

– Wrath tem o direito de fazer isso.

– Espera aí, quer dizer que Xcor foi correndo até o Rei que nem um covarde e...

– Ele mentiu. Por você e por mim. Xcor se recusou a nos entregar. Recusou-se a contar a Wrath o que nós fizemos.

– Ora, ora, se ele é um herói da porra. – Qhuinn franziu o cenho. – Mas se ele não abriu o bico, quem fez isso?

– Layla descobriu. Ela me procurou. Viu que ele havia sido alvejado e não acreditou quando ele disse que foram assassinos. Não neguei.

– Ah, bem, o protótipo da Escolhida. – Qhuinn voltou a se concentrar nos filhos. – Que fiel que ela é, não? Sempre apoiando o homem dela. Uma pena que esse tipo de lealdade não seja direcionado a nós.

Tohr meneou a cabeça.

– Não faça isso, Qhuinn. Eu posso estar fora, mas você vai estar lá amanhã.

– Amanhã à noite? O que vai acontecer?

– A Irmandade e o Bando de Bastardos vão se encontrar. Vai ficar sabendo sobre isso logo depois do anoitecer, amanhã. Wrath vai convocar os irmãos e levá-los para o encontro com eles para testemunhar o juramento de fidelidade de Xcor.

– Que diabos eu tenho a ver com isso? – O irmão levou a mamadeira para o banheiro e voltou enxugando as mãos numa toalha. – Os garotos de Xcor querem zoar com o bastardo, isso não é da minha conta.

Tohr meneou a cabeça e sentiu como se estivesse entrando em sintonia com o crânio quase explodido de Wrath: em trinta minutos, quase atacou uma fêmea pela primeira vez na vida, descobriu a existência de um irmão desconhecido e foi expulso da Irmandade.

Era coisa demais para assimilar, coisa demais para processar.

Só o que ele queria era encontrar Autumn e conversar com ela, dizendo o quanto lamentava... mas, graças à sua péssima decisão, eles teriam que encontrar outro lugar para morar.

Jesus, essa era mesmo a sua vida?

– Não faça isso – ele se ouviu dizer. – Por favor, eu desisti disso. Você também precisa.

— Eu não tenho que fazer merda nenhuma. — O irmão apontou para os berços. — A não ser cuidar destes dois e tentar convencer Blay a voltar para casa e ficar comigo e com eles. Não devo nada a ninguém.

— Inclusive Wrath? E a Irmandade?

Quando Qhuinn se calou, Tohr apontou para o canto onde estiveram os buracos das balas, a incontestável prova do temperamento de Qhuinn já coberta e repintada.

— Todos perderam a cabeça por aqui recentemente. E é isso o que acontece quando as emoções correm à solta, a lógica sai voando pela janela, e o estresse governa a noite. Você tem razão: tem que cuidar dessas crianças. Portanto, faça isso sem acabar se matando. Se atirar em Xcor antes, durante ou depois daquele encontro, pessoas morrerão. Talvez a maioria seja de Bastardos, talvez você até consiga abater Xcor, mas coletes à prova de balas só protegem o coração, e se quer cuidar dessas crianças, faça isso voltando para casa ao amanhecer. Porque eu te garanto que nós também perderemos alguns do nosso lado, e uma dessas perdas pode muito bem ser você.

Qhuinn se virou para os berços, e lhe pareceu impróprio, inadequado, bem ruim mesmo, terem aquele tipo de conversa perto de seres tão inocentes.

— Não estamos falando de um punhado de civis — Tohr observou. — Não vai encontrar os Bastardos numa sala de estar amanhã à noite, para trocar alguns documentos. Vou repetir: pessoas morrerão se você tomar o assunto em suas mãos. E se isso acontecer, e irá acontecer, você vai ter que fitar os olhos dos seus filhos quando eles estiverem mais velhos com essas mortes na sua consciência. Você transformará o pai deles num assassino, e vai colocar Wrath numa posição horrível, mais uma vez, desde que vocês dois sobrevivam. Pense nisso. Pergunte-se se a vingança vale esse preço.

Tohr se virou para sair, mas logo parou.

— Quase fui pai no passado. Esse era um emprego que eu queria muito ter, que tive esperanças de ter. Eu faria quase qualquer coisa para estar no seu lugar, perto dessas crianças. Sacrifício é algo relativo... e você tem muito a perder por conta de um macho que, no fim das contas, não significa muita coisa na sua vida. Não banque um babaca agora, meu irmão, não faça isso.

Capítulo 57

– Bem, acredito que isso resolva a situação, certo?

Enquanto Throe pairava acima da cama ensanguentada, olhou para seu balão, que era como passara a pensar na sombra, e sorriu.

– Você é muito eficiente, não?

A coisa oscilou um pouco a partir de seu ponto de fixação, acima do tapete, como se em sinal de satisfação com o elogio. Ou talvez não. Mas o que isso importava? A sombra não negara seu pedido e matara o companheiro de sua amante, e fora muito eficiente na tarefa: a entidade prontamente pegara a adaga entregue por Throe, seguira-o pelo corredor como um cão atrás de seu mestre; depois Throe abrira a porta e apontara para o velho, que estava acomodado contra a cabeceira da cama, e a morte acontecera mais rápido do que uma batida de coração.

Que era algo que aquele *hellren* já não tinha mais.

– O que você fez?!

Um grito soou atrás dele. Throe virou de frente nos seus chinelos de veludo.

– Ah, olá, minha querida. Levantou cedo.

Antes que sua amante pudesse responder, Throe avançou e a prendeu pelo pescoço. Quando começou a apertar, os olhos dela esbugalharam e sua boca talentosa se escancarou num grito mudo.

Arrastando-a para dentro do quarto, chutou a porta para fechá-la enquanto ela agarrava sua mão com as unhas e arfava como um peixe fora d'água.

A entidade se aproximou de lado como se estivesse perguntando algo, e Throe sorriu para ela de novo.

– Ah, quanta gentileza sua. Mas deixe que eu cuide disso.

Segurando-a pelo rosto, ele deu um puxão rápido e partiu-lhe o pescoço. Depois, para evitar qualquer barulho, conduziu-a gentilmente até os tapetes sobre o chão.

Pairando acima dela, percebeu que ela vestia aquele *baby doll* de que ele tanto gostava, aquele com corpete de renda e saiazinha larga que chegava até abaixo da calcinha.

– Uma pena, de verdade. Ela era bem divertida.

Throe se aprumou dentro do roupão de seda. Acabara perdendo um dos chinelos, mas solucionou o problema simplesmente passando por cima do corpo da fêmea que já esfriava e enfiou de novo o pé no devido lugar.

– Muito bem, está ótimo. – Olhou ao redor da suíte muito bem decorada. – Sabe, acho que vou me mudar para cá. Assim que nos livrarmos desse colchão.

Só que nessa hora lembrou-se dos *doggens*. A casa devia ter pelo menos uns catorze.

Precisariam de algum tempo para eliminar todos, e isso parecia um desperdício. Bons criados eram difíceis de se encontrar.

E também havia as questões financeiras e de segurança com as quais precisaria lidar. Felizmente, já vinha trabalhando no roubo de identidade há algumas semanas, tendo invadido o computador do *hellren* no andar de baixo, inserindo rastreadores, conseguindo pouco a pouco o acesso às contas, dados e autorizações.

Por um instante, considerou a ideia de dar à criadagem a opção de ficar. Mas, em seguida, olhou para a bagunça sobre o colchão. Se sua sombra amiga podia matar assim?

Tinha o palpite de que ela poderia operar um aspirador de pó.

No entanto, necessitaria de mais delas. Throe consultara O Livro para ver se existia algum tipo de reprodução por meio da qual multiplicaria a sombra, mas ao que tudo levava a crer, se Throe desejava um exército, teria de criar os integrantes um a um. Do jeito mais difícil.

Muito inconveniente. E sua mão ainda estava se recuperando do ferimento autoinfligido com a adaga.

Precisaria de mais ingredientes. E tempo. E...

Ah, mas parecia muito severo, deveras improdutivo, desesperar-se por nada. Tinha dinheiro. Tinha um lar do qual gostava. E dispunha de uma arma melhor do que qualquer pistola, adaga ou punho.

– O meu destino – ele murmurou para o cômodo silencioso – está ao meu alcance.

Throe levantou as palmas – e quase as esfregou –, mas se conteve. Ninguém gostaria de se transformar na caricatura de um vilão. Não era adequado.

– Venha – disse ao seu balão. – Preciso me trocar e você me ajudará. E depois teremos que sair.

Testar seu brinquedinho contra um *redutor* seria importante e não havia motivos para esperar. A coisa se saíra muito bem até então, mas contra um velhote quase incapacitado. Se iria enfrentar os Irmãos e os lutadores de Ômega, até mesmo o Bando de Bastardos, teria que atingir o seu maior desempenho.

Ah, como detestava esses atrasos. Um bom estrategista, contudo, reconhecia a necessidade de executar as tarefas segundo uma ordem.

Como numa partida de xadrez, um movimento depois do outro.

– Venha – disse num tom entediado para a sombra. – Primeiro, temos de limpar a casa. E preciso insistir para que o faça com certo comedimento desta vez. Não quero que estrague as obras de arte nem os estofados. Além disso, toda a bagunça que fizer, você mesmo terá de limpar depois.

Dito isso, os dois saíram juntos em direção às escadas e aos *doggens* que empenhados em suas tarefas no andar de baixo.

As cartas de demissão a serem entregues doeriam bastante.

Capítulo 58

Quando o sol se pôs e a escuridão recaiu sobre Caldwell, Layla se espreguiçou na cama que ela e Xcor usaram tão gloriosamente durante o dia. Atrás de si, o guerreiro estava aninhado em suas costas como se fosse sua pele, o corpo procurando o da fêmea mesmo durante o sono.

– Não pense nisso, meu amor – ele murmurou.

Virando-se no abraço dele, ela acariciou seus cabelos. Seu rosto. Seus ombros.

– Como é que você sempre sabe?

Ele não respondeu, apenas a beijou no pescoço.

– Me diga uma coisa.

– O quê?

– Se eu fosse outro macho, se meu rosto fosse diferente, se o curso da minha vida tivesse sido outro, você...

– Eu o quê?

Demorou um pouco para ele lhe perguntar.

– Você teria se vinculado a mim adequadamente? E teria morado comigo sob o mesmo teto... e teria meus filhos, educando-os comigo? Se eu fosse um fazendeiro ou um sapateiro, um treinador de cavalos ou um açougueiro, você teria ficado ao meu lado e seria minha *shellan*?

Layla tocou o lábio superior dele.

– Eu já sou sua *shellan* agora.

Quando ele exalou, fechou os olhos.

— Eu queria que tudo fosse diferente. Eu queria que naquela noite, há tanto tempo, eu tivesse escolhido outro acampamento, outra floresta na qual entrar.

— Eu não. Porque, caso você não tivesse ido até lá, onde quer que isso tenha sido, nós nunca teríamos nos conhecido.

— Talvez fosse melhor assim.

— Não — ela disse com firmeza. — Tudo é como deveria ser.

A não ser pela parte em que ele teria de deixá-la.

— Talvez no futuro — ela sussurrou –, quando Lyric e Rhamp estiverem grandes, cuidando de suas vidas, eu possa ir me encontrar com você? Depois das transições deles e...

— Eles sempre precisarão da *mahmen* deles. E a sua vida sempre será aqui, no Novo Mundo.

Mesmo enquanto queria debater o assunto com ele, ela sabia que ele estava certo. Décadas se passariam até que seus filhos fossem independentes de verdade, e quem haveria de saber em que pé estaria a guerra àquela altura? Se Rhamp seguisse os passos do pai e se tornasse um Irmão, Layla não sossegaria enquanto ele estivesse no campo de batalha, mesmo estando em Caldwell. Do outro lado do oceano? Sequer conseguia imaginar.

E se Lyric também quisesse lutar? Havia fêmeas no programa do centro de treinamento. Lyric podia muito bem resolver empunhar uma adaga.

Teria, assim, dois filhos na guerra.

— Há mérito em não lutar contra o que não pode ser alterado — ele disse ao beijar a clavícula dela. — Esqueça. Deixe-me partir quando a hora chegar.

— Mas talvez exista outra solução. — Ainda que não conseguisse pensar qual seria ela. — E se...

— Qhuinn jamais me aceitará perto das crianças. Mesmo que a Irmandade e o seu Rei aceitem a mim e aos meus machos, o pai do seu filho e da sua filha jamais desejará que eu os veja, e se eu não estiver na sua vida, a situação entre vocês dois poderá melhorar. Pelo menos é isso o que espero e o motivo das minhas orações: que um dia ele a aceite de volta à sua vida.

Mas isso jamais aconteceria, ela pensou. A fúria de Qhuinn desconhecia limites. Certas coisas, como tinta num pergaminho, eram indeléveis.

— Faça amor comigo? — ela sussurrou.

Com uma já conhecida descarga de energia, Xcor se moveu para cima dela, os corpos tão à vontade a essa altura que o sexo dele entrou no dela sem necessitar de nenhum ajuste, apenas deslizou para seu interior.

Quando ele começou a penetrá-la repetidamente, ela pensou no sexo partilhado durante as horas do dia. Seu treinamento como *ehros* surgira à tona de maneiras que o chocaram, excitaram e surpreenderam – e ele não reclamou. Mas isso não significava se tratar de um momento de felicidade. Para ambos, as horas foram pontuadas por desespero, uma pressa nos toques, nos beijos, nas penetrações, como alguém que come apressado, pois seu prato lhe será tirado da frente.

No entanto, quando enfim Xcor encontrou seu ritmo, e ela o acompanhou, a relação foi diferente. Não se tratava de sexo apenas.

Aquilo era o mais próximo que duas almas podiam se unir, as partes dos corpos um aspecto secundário em relação à união dos corações.

Pouco antes de chegar ao clímax, ela lhe sussurrou ao ouvido:

– Você ficará seguro lá esta noite?

Quando ele não respondeu, ela ficou sem saber se foi pelo início do orgasmo dele... ou porque ele sabia que não poderia lhe prometer isso, e não queria mentir para ela.

No Buraco, Vishous estava reclinado na sua cadeira e encarava a imagem no monitor. A combinação dos pixels, os escuros e os claros, os cinza, os verdes e os azuis pleitearam bem umas oito horas para as devidas etapas de isolação e processamento, até ele chegar ao ponto de ver o que estava vendo.

Enquanto olhava para o rosto do atirador misterioso, o que salvara a vida de Tohr naquele beco havia algum tempo, só o que ele conseguia fazer era balançar a cabeça.

– Estranho pra cacete.

As feições estavam bastante claras a partir de então mas aquele lábio distorcido de Xcor foi o maior indicador. Sem tal característica, ele teria de se esforçar para descobrir quem era, visto que todos os guerreiros de cabelos escuros, sobrancelhas grossas e maxilares firmes eram todos parecidos, como um punhado de moedas iguais numa gaveta de meias.

Basicamente indistinguíveis.

Mas não, acrescente aquele lábio e você descobre um traidor. Que, no fim, já não era tão traidor assim...

– Oi.

Quando V. ouviu uma voz conhecida, levantou a cabeça. Jane estava parada diante dele, o jaleco todo amarrotado, os Crocs manchados de sangue, os cabelos todos espetados como se em busca de uma fuga de seu cérebro. Ela parecia exausta, acabada, completamente exaurida.

Ele abriu a boca para lhe dizer algo, mas seu telefone tocou.

– Pode atender – ela disse, bocejando. – Eu espero.

V. silenciou o telefone e não ouviu nada além do próprio coração batendo.

– Não é importante.

Jane foi para o sofá de couro e despencou sobre a almofada mais distante.

– Não sei o que fazer com Assail. Ele está num surto psicótico. Nunca vi nada semelhante, e nunca mais quero ver. – Esfregou o rosto. – Não consigo ajudá-lo. Não consigo trazê-lo para o lado de cá. Procurei Havers uma centena de vezes, li cada um dos casos dele, falei com a equipe dele e com ele. Manny consultou pessoas no mundo humano. Só chegamos a becos sem saída e isso está acabando comigo.

Ela fitava o vazio enquanto falava, os olhos agitados como se estivesse repassando conversas mentalmente, sempre à procura de uma nova abordagem, uma resposta que talvez tivesse deixado passar.

Esfregou as têmporas que, sem dúvida, deviam estar latejando.

– Nem sei te dizer como está sendo difícil. Observar o sofrimento dele e ser incapaz de fazer alguma coisa a respeito.

Quando o celular de V. voltou a tocar, ele quase lançou o aparelho na parede ao colocá-lo no mudo.

– Tem certeza de que não quer atender? – Jane perguntou. – Parece urgente.

– O que posso fazer para te ajudar? – ele perguntou.

– Nada. Só preciso dormir. Não consigo me lembrar da última vez em que descansei. – Olhou para ele. – Parece que mesmo fantasmas precisam recarregar as energias.

Mesmo enquanto proferia essas palavras, sua forma corpórea começava a se dissipar, a cor dos olhos e da pele, mesmo as roupas que cobriam o corpo imortal, sumiam.

Desaparecendo bem diante dos olhos dele.

Ela disse mais algumas coisas, e ele também, nada muito importante, tudo muito logístico, como a que horas ele sairia, ou quando voltaria.

Mas logo ela se pôs de pé de novo e se aproximou dele. Quando Vishous ergueu o olhar da sua posição na cadeira, viu os lábios dela se movendo e comandou que os seus sorrissem em resposta, mesmo não tendo a mínima ideia do que saíra da boca dela.

– E então? – ela instigou.

– O quê?

– Você está bem? Parece distraído.

– Muita coisa acontecendo. Você sabe, com a guerra.

– É, eu ouvi. Payne e Manny estavam conversando a respeito.

– Melhor você ir para a cama antes que desmaie.

– Você tem toda a razão.

Mas, em vez de se afastar, ela estendeu o braço e, com a mão fantasmagórica, acariciou seus cabelos. E, quando Jane o fez, ele pensou que havia um motivo para ele não gostar que as pessoas o tocassem.

E isso era verdade em níveis além do literal.

– Eu te amo – ela disse. – Sinto muito que não estejamos passando muito tempo juntos.

– Não importa.

– Acho que importa, sim.

Vishous estendeu a mão enluvada e afastou a dela. Forçando outro sorriso, disse:

– Você tem trabalho a fazer. E eu tenho o meu.

– Verdade, não vamos a parte alguma.

Ele sabia que as palavras foram pronunciadas com uma intenção tranquilizadora, como quem infere que o relacionamento deles é sólido, e quando assentiu, V. também estava ciente de que ela interpretaria sua afirmação do mesmo modo.

Quando ela serpenteou pelo corredor rumo ao quarto deles, contudo, ele sabia que havia concordado com a afirmação num sentido totalmente diverso.

E isso deveria deixá-lo triste.

Mas ele não sentiu nada.

CAPÍTULO 59

Quando alguém começou a bater na porta de Qhuinn, ele não estava com vontade de levantar para ver quem era. Ainda faltava meia hora para a reunião no escritório de Wrath, na qual muito provavelmente teria o traseiro arrancado – e talvez fosse expulso da Irmandade, como Tohr – e, a não ser por ter conseguido tomar banho e se trocado, estava tão fora do seu normal que não conseguiria fazer mais nada.

Como, por exemplo, tentar manter uma conversa civilizada. Ou fazer qualquer outra coisa além de respirar.

A batida ficou mais alta.

Quando levantou a cabeça e arreganhou as presas, abrindo a boca para mandar a pessoa ir se...

Mas, em vez disso, pôs-se de pé.

E se apressou a escancarar a porta como se escoteiras tivessem vindo trazer sua encomenda de biscoitos.

Blay estava no corredor tão apetitoso que aquilo devia ser ilegal, o corpo coberto por couro e armas – que, por acaso, era o estilo preferido do cara para Qhuinn. Exceto pela versão completamente nua.

– Importa-se se eu entrar? – ele perguntou.

– Sim. Quero dizer, merda, não. Sim, por favor, entre.

Caraca, seria bom se conseguisse ser mais sutil.

Blay fechou a porta e aqueles lindos olhos se dirigiram para os berços.

– Quer vê-los? – Qhuinn ofereceu, abrindo caminho, mesmo não estando na frente dele.

– Sim, quero.

Blay foi até lá, e embora o rosto estivesse virado, Qhuinn sentiu o sorriso do cara quando ele cumprimentou um e depois o outro.

Mas quando ficou de frente, estava sério de novo.

Aqui vamos nós, Qhuinn pensou ao atravessar o quarto e se sentar na cama. A resposta para o resto da sua vida. E sabia, sem conhecer todos os detalhes, que doeria.

Blay enfiou a mão dentro da jaqueta.

– Não quero isto.

Quando ele mostrou os documentos providenciados por Saxton, Qhuinn sentiu o coração despencar. Não tinha muito a oferecer a não ser seus abençoados filhos. Se Lyric e Rhamp não fariam o macho mudar de ideia, nada o faria...

– Eu te amo – Blay disse. – E eu te perdoo.

Por uma fração de segundo, Qhuinn não conseguiu decifrar as sílabas. E depois, uma vez absorvidas, ele ficou sem saber se havia ouvido direito.

– Vou repetir. Eu te amo... e eu te perdoo.

Qhuinn deu um salto e atravessou a distância que os separava mais rápido do que um fósforo sendo aceso. Mas foi impedido antes que conseguisse beijar o cara.

– Espere – Blay prosseguiu. – Tenho mais uma coisa pra dizer.

– O que quer que seja, eu concordo. Qualquer coisa, tudo, eu topo.

– Que bom. Então você vai se entender com a Layla.

Qhuinn recuou um passo. E depois outro.

Blay bateu os documentos na palma da mão.

– Você me ouviu. Não preciso receber direitos parentais. Você não precisa armar isso... Embora eu agradeça a intenção e, francamente, isso de fato me convenceu de que estava falando sério. Mas você me disse que faria qualquer coisa, e estou presumindo que vai cumprir sua promessa. Você não vai conseguir se acertar comigo até que tenha se acertado com Layla.

– Não sei se consigo fazer isso, Blay. – Qhuinn levantou as palmas. – E não estou bancando o cretino aqui. Não mesmo. Eu só... me conheço. E depois que ela os expôs ao perigo daquele jeito, e mentiu para acobertar tudo? Não consigo voltar ao que era, nem mesmo por você.

— Acho que você precisa se concentrar mais em quem Xcor é do que no que ela fez.

— Eu sei quem ele é. Esse é o problema.

— Bem, acabei de conversar com Tohr, que me contou tudo...

Qhuinn levantou as mãos e andou ao redor.

— Ah, para com isso...

— E eu acho mesmo que você tem que rever seus conceitos.

— Não vou esquecer o que aconteceu, Blay. Não consigo.

— Ninguém está pedindo para você fazer isso.

Enquanto Qhuinn circundava o cômodo, concluiu que as conversas a respeito do Bastardo mais estavam parecendo um dia no filme *Feitiço do Tempo*. Sem o Bill Murray. Então, era uma droga.

— Olha só, não quero discutir com você — ele avisou ao parar e olhar para Blay de onde estava.

— Nem eu. E não vamos discutir esse assunto porque eu não vou falar mais nada. Acerte as coisas com a Layla, ou não vou voltar.

— Mas que inferno, Blay... Como consegue fazer com que a minha situação com você se refira a ela?

— Estou fazendo com que eu e você sejamos parte de uma família. Esses dois — ele apontou para os berços, e nós três. Somos uma família, mas só se ficarmos juntos. Sangue é importante até certo ponto, e depois de todas as merdas que os seus pais fizeram com você, você sabe muito bem disso. Se nós não conseguirmos... Se *você* não conseguir... perdoar, amar e seguir em frente, então você e eu não vamos durar, porque não vou ficar por perto fingindo que tudo bem você se ressentir com a sua filha só porque ela se parece com a *mahmen* dela. Nem vou ficar esperando o dia em que eu fizer alguma coisa que você não vai conseguir perdoar. Você me desafiou a te perdoar por sua atitude, e eu perdoei. Agora espero que você faça o mesmo em relação à Layla.

Blay voltou para a porta.

— Eu te amo de todo o meu coração, e quando você e a Layla tiveram esses bebês? Você me deu uma família completa. E eu quero a minha família de volta, o pacote todo... — e isso inclui a Layla.

— Blay, por favor...

— É a minha condição e não vou mudar de ideia. Te vejo no trabalho.

Quando Xcor se preparou para sair de casa, pouco antes da meia-noite, permitiu à sua *shellan* inspecionar as amarrações do colete à prova de balas. Ela foi muito detalhista a ponto de ele achar que, se ela pudesse se prender ao peito dele, era o que faria.

Capturando-lhe as mãos, beijou as pontas dos dedos, uma a uma.

– Sou um macho de sorte para ser tão bem cuidado assim.

Como odiava a preocupação dela. Faria qualquer coisa se pudesse substituí-la por alegria – ainda mais por temer que mais tristeza a aguardasse logo em seguida. Se sobrevivesse a essa noite, se a Irmandade cumprisse a promessa de Wrath, ainda assim eles não teriam mais um caminho para trilhar em comunhão.

– Sinto muito, mas não posso deixar que saia – ela disse num sorriso trêmulo. – Eu sinto... que não vou suportar vê-lo indo embora.

Quando a voz dela se partiu, ele fechou os olhos.

– Voltarei para casa muito em breve.

Beijou-a de modo que ela não pudesse mais falar, e quando ela retribuiu o abraço com paixão, ele tentou se lembrar de cada detalhe de como era senti-la ao seu encontro, do sabor dos lábios dela, e qual era a sensação de sentir o perfume dela.

Quando, por fim, recuou alguns centímetros, encarou os olhos verde-claros. Sua cor favorita, descobriu. Quem haveria de saber que ele tinha uma?

E, então, recuou e não olhou para trás. Não ousava.

Aproximando-se da porta corrediça, sentiu as lágrimas dela, mas, de novo, não parou. Não havia mais como deter nada daquilo.

A porta não emitiu nenhum som quando Xcor a abriu e saiu, e ele tomou o cuidado de não olhar para trás ao fechá-la atrás de si.

Avançando sob a iluminação das luzes da varanda, deu a volta no chalé. Havia um barracão velho ali, grande o bastante para abrigar um cortador de grama, e alto o bastante para pás, ancinhos e enxadas.

Ao empurrar a porta frágil, as dobradiças emitiram um rangido de protesto.

Estendendo a mão na escuridão, ele apanhou a foice e a ajustou às costas, prendendo-a com uma corda singela que atravessava seu peito. Não quisera levá-la para casa com Layla lá dentro. Pareceu-lhe simplesmente errado.

Com as facas e as pistolas já embainhadas, estava pronto para o que aparecesse, fosse um *redutor* ou um Irmão.

Ao fechar os olhos para se desmaterializar até o ponto de encontro com seus machos, rezou por duas coisas.

Uma: conseguir retornar ali para ver Layla uma última vez antes de partir.

Duas: que Wrath tivesse tanto controle quanto pensava ter sobre a Irmandade.

Interessante como os dois fatores estavam intimamente ligado.

CAPÍTULO 60

Sentando-se sozinho no quarto que partilhava com Autumn, Tohr segurava a adaga negra nas mãos. A lâmina fora tanto forjada como era mantida por Vishous; a arma era sempre mantida amolada, o cabo com encaixe perfeito à sua mão, e somente à sua mão.

Era inimaginável que nunca mais a empunharia.

Quando contou à sua *shellan* o acontecido, e o motivo, ela ficara triste. Era a primeira vez, ele percebeu, que a desapontara de fato – e considerando-se que ainda era apenas meio macho devido a tudo o que acontecera com Wellsie? Isso queria dizer muita coisa.

Pelo menos os dois tinham um lugar para ir. Xhex deixaria que ficassem em seu chalé de caça ao longo das próximas noites – o mesmo lugar em que ele e Layla tinham brigado a valer.

Ele estava tãããão feliz em voltar para lá.

Virando a adaga, deixou-a num ângulo determinado, de modo que o abajur aceso no criado-mudo iluminasse as pequenas incisões nas pontas afiadas. Tinha pensado em pedir a V. que desse uma polida no objeto – pois ele mesmo não tinha permissão para fazê-lo. O irmão se empenhava tanto em compor as armas que ficava maluco se qualquer um tentasse afiá-las, em vez dele.

Mas isso já não vinha ao caso...

Ok, mas que porra Simon e Garfunkel estavam fazendo na sua cabeça com o maldito trecho: *Olá, escuridão, minha velha amiga...*[8]

---

8   Excerto inicial da célebre canção "The Sound of Silence" (1964): "Hello, darkness, my old friend..." (N.T.)

– Mas que porra.

Difícil decidir o que era pior. Aquele maldito trecho dos anos 1960 ecoando na sua massa cinzenta, ou o fato de ter sido demitido do único trabalho que já tivera, que sempre quisera desempenhar, e no qual era bom.

Mas, convenhamos, não devia ser muito difícil cuidar de uma fritadeira? Ele tinha isso para contemplar no seu futuro.

E, nesse ínterim, sua linda fêmea estava no porão com Fritz tentando encontrar caixas para guardarem seus...

Uma batida na porta foi uma digressão bem-vinda. Naquele ritmo, ele logo teria que confiar no Prozac e nos M&Ms para lidar com a depressão que o acometia.

– Entre. – Talvez fosse um *doggen* com um carregamento de caixas de papelão. – Oi? Pode entrar.

Quando não teve resposta nenhuma, franziu o cenho e se levantou para atender a porta. Já vestira as calças de couro e calçara os coturnos quando se trocou porque era isso o que sempre fazia. Talvez agora devesse trocá-los por um punhado de suéteres e calças cáqui folgadas que formavam uma poça no traseiro e que só ficavam no lugar com o uso de suspensórios.

Pois é, porque isso era sensual pra...

Quando abriu a porta, suas palavras o abandonaram.

Wrath estava ali parado, parecendo o Rei que era, todo vestido de preto e com aqueles seus famigerados óculos escuros. Atrás dele, formando um semicírculo, a Irmandade, e Blay e John Matthew, como uma guerra prestes a acontecer, com todos aqueles machos armados prontos para lutar.

– Olá, meu velho amigo – Wrath disse ao estender a mão. – Quer vir a uma festa?

Tohr engoliu em seco.

– O que... hum... Como assim?

Wrath só deu de ombros.

– Saxton está me enchendo o saco com procedimentos e políticas de recursos humanos dos humanos. Pelo visto, hoje em dia, a gente tem que dar algum tipo de comunicado antes de mandar alguém passear. Você sabe, mandá-los a um treinamento, limpar as bundas deles por eles, esse tipo de coisa. Antes de demiti-las.

Rhage deu sua opinião:

– Convenhamos, você é o único que tem a cabeça mais no lugar.

– Que entra de cabeça inteira – alguém opinou. – Em vez de meia, como a maioria de nós.

– Um quarto de cabeça, no caso do Rhage...

Hollywood se virou e encarou V.

– Olha só, eu vou te fod...

– Com o quê? Com seu quarto de...

Wrath levou a mão ao rosto.

– Jesus, vocês conseguem dar um tempo? – Abaixando o braço, disse, exausto: – Então, só vamos deixar o seu traseiro na condicional, está bom assim? Maravilha. Ótimo poder tocar a bola pra frente.

O Rei o agarrou e o puxou para um abraço forte.

– Agora vamos dar conta dessa situação com Xcor de uma vez, ok? E Beth já foi falar com Autumn. Você não tem tempo para isso; temos que ir agora.

Atordoado, porém menos confuso a cada segundo, Tohr abaixou os olhos e deu uma enxugada bem masculina neles. Há muito, muito tempo atrás, ele fora escolhido para se juntar à Irmandade e nunca lhe ocorrera que, a não ser morto, estaria do lado de fora. Mas por certo merecera isso e muito mais por suas ações.

E, embora não pudesse colocar a situação no mesmo nível da perda da sua companheira e do seu filho? Isso o fez se lembrar de que o destino não era totalmente cruel.

Com voz rouca, ele disse:

– Ok, tudo bem. Vamos em frente.

Houve um grito geral de contentamento e muitos tapas nas costas. E claro que queria ir atrás da sua companheira para conversar com ela, mas o relógio antigo no átrio começou a bater.

Não havia mais tempo. Era meia-noite.

A Irmandade e o Bando de Bastardos iriam tentar encontrar a paz. E ele tinha que ir ver o irmão cara a cara.

Quando V. reassumiu sua forma diante do armazém abandonado, testou o ar com o nariz e permitiu que seus instintos agissem.

Nada.

A esquina da Décima Quinta com a Market era um bom cenário para aquele encontro histórico e potencialmente perigoso, porque o armazém ao estilo celeiro tinha janelas quebradas o suficiente naquela versão capitalista da estrutura clerestória, de modo de, se tivessem que fugir depois da entrada, seria fácil atingir qualquer uma das saídas.

Caminhando à frente, tinha Rhage à sua direita e Butch à esquerda, e se sentiu ótimo por possivelmente se dirigir a um conflito. Queria muito brigar com alguma coisa e deduziu que, se os Bastardos não se mostrassem um bando de idiotas, depois que terminassem com aquilo, ele e os seus irmãos poderiam ir atrás de alguns assassinos.

Ou, talvez, ele saísse dali sozinho para fazer alguma outra coisa.

O que quer que acabasse fazendo, não precisaria voltar para casa nas próximas seis horas, e pretendia fazer bom uso desse tempo.

Porra, será que acabaria mesmo por...

Tanto faz, pensou ao pôr um fim aos seus ataques epilépticos mentais. Uma coisa que nem quem não era gênio sabia era que se você entra distraído numa briga, não vai precisar se preocupar com mais nada, porque na manhã seguinte você vai estar morto.

O armazém era a gaiola deserta padrão de uns quatro mil metros quadrados, sem nada além do seu esqueleto meio apodrecido e um teto metálico que parecia um capacete para alguém com desejo de morrer. Havia algumas portas, e depois que o trio passou pela lateral que lhes fora designada, aguardou o sinal de permissão para entrar assim que Phury e Z. terminassem a inspeção interna.

Com as costas apoiadas na lateral escura e a arma empunhada, V. perscrutou a área. A visibilidade estava fantástica, sem nenhuma árvore para impedir a visão, nada além de prédio atrás de prédio abandonado, entulho e asfalto por quarteirões e quarteirões; o bairro era uma verdadeira terra de ninguém depois de ter sido uma região industrial que sustentara tal parte da cidade por tanto tempo...

Bem quando os celulares de todos tocaram anunciando que poderiam entrar, cinco figuras apareceram, uma a uma, no lote vazio do lado oposto da rua.

V. pegou o celular e enviou: *Chegaram. Vamos abordar.*

Não foi preciso dizer a Rhage e a Butch o que fazer, e era por isso que os amava. Os três se adiantaram ao mesmo tempo, atravessando a faixa de neve gelada antes de galgar o monte formado na beirada da calçada e chegar ao meio da rua. Como se o Bando de Bastardos tivesse recebido instruções de acordo com o mesmo manual, seus integrantes também avançaram em formação, os imensos corpos se movendo em sintonia, as armas empunhadas, mas não erguidas, e Xcor no centro.

Os dois grupos se encontraram no meio da rua.

Vishous se pronunciou primeiro:

– Boa noite, rapazes. Como estão?

Não sentiu nem ódio nem amor emanando dos demais guerreiros. Bem, exceto pelo cara da ponta: o da extremidade esquerda emanava uma vibração como se talvez buscasse agressividade, mas V. tinha a impressão de que essa era a sua costumeira disposição e não algo específico para a atual situação.

V. não abaixou as armas, mas tampouco exigiu o desarmamento, mesmo que a medida o deixasse alerta. O tal do "abaixem suas armas" aconteceria lá dentro.

– Estamos preparados para segui-los – Xcor informou com clareza.

– Ótimo. – V. os encarou nos olhos um a um. – É assim que vai acontecer, ok? Nós os acompanhamos até lá dentro. Vocês conhecem todos, e depois tomaremos alguns coquetéis enquanto os *hors d'ouvre* forem servidos. Depois veremos um espetáculo, e encerraremos a noite com uma rodada de compras na Saks e, quem sabe, uma sessão de pedicure conjunta. Está bem assim? Maravilha. Em frente, filhos da mãe.

Xcor não hesitou, e V. interpretou isso como sendo um bom sinal.

Os outros o seguiram de pronto.

Tal fato ele considerou um sinal ainda melhor. Se os meninos estavam dispostos a lhes dar as costas, havia confiança correndo à solta ali.

Pondo-se em fila atrás do Bando de Bastardos, V. os seguiu, retornando ao banco de neve baixo, atravessando o "gramado" de neve e gelo, e chegando à porta.

V. juntou os lábios e assobiou. Assim que o fez, uma porta de metal se abriu e John Matthew a manteve aberta.

Quer falar sobre tensão? O Bando de Bastardos, ao entrar no galpão cheio de correntes de vento, estava tão relaxado quanto prisioneiros a caminho da cadeira elétrica. Mas sustentaram suas posições ao investigar em torno, e ninguém começou a atirar quando continuaram em frente.

V. estava disposto a apostar que avaliavam as mesmas saídas do espaço aberto, assim como a Irmandade fazia. As mesmas portas. As mesmas vigas. As mesmas janelas quebradas.

– Parem aqui – ele lhes disse. E eles pararam.

Hora do espetáculo, V. pensou quando deu a volta e ficou em frente à fileira.

– Agora, cavalheiros, antes que tragamos o Rei, sinto informar que terão de se despir. – Apontou para o piso de concreto. – Todas as suas armas aqui. Comportem-se e nós as devolveremos. Se não se comportarem, faremos com que sangrem sobre elas.

Capítulo 61

O coração de Tohr batia forte quando ele se distanciou da posição que mantinha junto à parede do armazém. Deveria se postar junto à porta à esquerda, mas não conseguiu ficar parado. Seus pés o levaram inexoravelmente para a frente, os olhos estavam fixos em Xcor.

– Aonde você vai? – Blay sibilou atrás dele.

– Só um pouco mais perto. Fique aqui.

Um pouco mais perto o caralho. Ele atravessou toda a distância até onde o Bando de Bastardos estava perfilado no meio do armazém vazio.

V. estava se dirigindo a eles, e a voz do irmão ecoava até o teto.

– Bem aqui – ele repetiu ao apontar para os seus pés.

Nos recessos da mente, Tohr sabia que isso revelaria muito. Se os Bastardos titubeassem ao serem desarmados, ou durante a revista, seria seguro apostar que se tratava de uma emboscada de proporções troianas. Mas se eles...

Um a um, cada um dos guerreiros de Xcor acatou a ordem, largando pistolas e adagas no chão de concreto, chutando-as na direção de V. Até mesmo a imensa foice de Xcor saiu das suas costas e foi lançada para V.

– Quer ajudar a revistá-los? – V. perguntou. – Ou só veio até aqui para dar mais uma passada de protetor labial em mim?

Levou um momento até que ele percebesse que V. se dirigia a ele.

– Eu faço a revista.

Quando o irmão assentiu, Rhage e Butch encararam os Bastardos como se os machos tivessem granadas sem os pinos de segurança. Tohr foi direto até Xcor e o encarou nos olhos.

Deus, como não notara antes? Eram exatamente da mesma tonalidade que os seus.

— Tohr? — V. disse com aspereza. — O que está fazendo, meu chapa?

E o maxilar. Era do mesmo formato que o seu. Os cabelos negros. O lábio era uma distração que impelia a desconsiderar o restante, mas agora que olhava além dele?

Tohr sentiu uma mão pesada sobre o ombro. E a voz de V. soou alta e clara em seu ouvido.

— Eu preferiria que, se alguém tiver que fazer alguma cagada, que seja um deles. Que tal não ser um de nós?

Xcor retribuía seu olhar placidamente, sem medo nem agressividade. Era um macho resignado ao seu destino, destemido diante do que jazia à sua frente, e merecia ser respeitado por isso.

— Tohr. Está se lembrando daquele papo de condicional?

Tohr assentiu, meio distraído, mas sem prestar muita atenção. A questão era que, desde a morte de Wellsie com o seu filho ainda no ventre, ele se perguntava como seria olhar nos olhos de um parente consanguíneo. A perda dessa possibilidade fora mais uma coisa a lamentar.

Jamais imaginara que uma noite dessas acabaria se deparando com o olhar do irmão.

Xcor falou com suavidade:

— O que vai fazer?

Foi nessa hora que Tohr percebeu que não havia abaixado a arma. Mas antes que pudesse corrigir isso, V. disse:

— Para a sua informação, é bom você saber que, se está vivo hoje, é por causa dele.

Isso desviou a atenção de Tohr, que olhou para Vishous.

— O que disse?

— Encontrei um vídeo na internet, em que esse filho da mãe aí te defendeu contra um *redutor*. Um verdadeiro clássico. Fiquei olhando para aquela imagem durante horas hoje.

— Espera aí, como assim?

— Você se lembra da época em que tentava se transformar numa porta de tela enfrentando uma chuva de balas? Bons tempos. — V. revirou os olhos. — Olha só, tive uma ideia. Por que não o aceita como amigo no Facebook, e depois pode ficar esperando até o dia em que receberá uma postagem de lembrança com ele. Coisa de primeira qualidade. Digna de um cartão da Hallmark. Agora, ou você o desarma de vez ou volta para a sua posição, cacete.

Tohr sabia exatamente sobre qual loucura V. se referia, lembrando-se precisamente do momento em que ignorara a própria mortalidade e todas as leis da Física e se colocara na linha de fogo do inimigo.

Franzindo o cenho, perguntou a Xcor:

– É verdade?

Quando o Bastardo assentiu uma vez, Tohr exalou.

– Por quê?

– Não é importante agora – o Bastardo respondeu.

– Não, é sim. *Por quê?*

Xcor olhou para V. para tentar descobrir se o irmão iria ou não perder completamente a paciência com toda a situação.

Tarde demais pra isso, Tohr pensou. Ao diabo com tudo; talvez ele não voltasse a ter essa chance.

– Por quê? – exigiu saber. – Éramos inimigos.

Quando Xcor finalmente respondeu, sua voz saiu calma e com um sotaque forte.

– Você foi muito corajoso. Colocou-se na linha de fogo sem medo. A despeito dos nossos posicionamentos na época, não quis que um guerreiro com tamanha coragem morresse daquele modo. Num conflito honesto, tudo bem. Mas não daquele jeito, como um alvo imóvel. Por isso atirei no atirador.

Tohr piscou e pensou em tudo o que teria perdido se tivesse morrido naquela noite. Autumn. A oportunidade de fazer parte do acordo de paz. O futuro.

Pelo canto do olho, ele viu algo se mover...

Não, era apenas Lassiter. O anjo caído viera, e isso não era surpresa alguma. Ele era como o fofoqueiro do bairro, que está sempre olhando para os acontecimentos por cima da cerca.

Tohr voltou a se concentrar nos olhos azul-marinhos, tão parecidos com os seus. E então abaixou uma das suas armas e guardou a outra no coldre.

Estendendo a mão da adaga, ofereceu-lhe a palma.

Xcor olhou para ela.

Depois de um longo momento, o Bastardo aceitou o gesto... e os dois irmãos se deram as mãos pela primeira vez.

Apesar de apenas um deles saber disso.

Da sua perspectiva, na extremidade oposta do armazém, Qhuinn observou a cena se desenrolar: o Bando de Bastardos entrando na construção abandonada, parando no centro, ouvindo V. e desarmando-se ao seu comando. Tudo conforme planejado. Mas então Tohr se adiantou.

Enquanto o irmão avançava com seus coturnos pesados até o meio, todos os demais daquele maldito lugar prenderam a respiração, mas Qhuinn não. O irmão não seria idiota. Primeiro, porque essa não era a sua natureza, e segundo, ele tinha honra...

– Como é? – Qhuinn cuspiu quando V. falou sobre Xcor ter salvado a vida de Tohr.

Ora, ele mesmo testemunhara o espetáculo suicida, aquela insanidade. Era uma da histórias que a Irmandade sussurrava quando estavam bêbados ou eram três da tarde e não havia mais ninguém por perto, uma passagem de um catálogo do passado que tornava o custo do trauma da guerra algo muito real.

Mas que diabos? Como V. tinha isso filmado? Era uma imagem de um circuito interno de segurança? Algum humano assistindo a tudo nos arredores?

O que isso importava...

Quando uma figura se materializou bem ao seu lado, Qhuinn quase apertou o gatilho, mas a cabeleira loira e negra era inconfundível.

– Quer levar bala? – Qhuinn perguntou.

Numa voz de Darth Vader, o anjo rebateu:

– Suas armas não são nada para mim.

– Pelo amor de Deus...

Mas, de repente, o rosto de Lassiter ficou bem na frente do dele, e não havia nenhum indício de brincadeira nos estranhos olhos coloridos.

– Prepare-se.

– Pra quê?

Nesse instante, Wrath surgiu no centro do armazém, bem ao lado de Vishous. E era por isso que escolheram aquele espaço amplo. Considerando a cegueira de Wrath, não haveria nada em seu caminho, nada em que pudesse tropeçar, nada que o estorvasse nem que o enfraquecesse por depender da ajuda dos irmãos para se locomover.

Cara, Qhuinn pensou ao medir os corpos dos Bastardos. Não gostava nem um pouco de tê-los tão perto assim do Rei, mesmo desarmados.

– Quer dizer que isso vai mesmo acontecer... – Qhuinn meneou a cabeça ao ver os Bastardos e a Irmandade tão próximos assim. – Nunca pensei que veria esta noite, vou te dizer.

Quando Lassiter não respondeu, Qhuinn relanceou na direção dele. O anjo caído já tinha ido embora.

Qhuinn se concentrou e ouviu com atenção. O que não foi nada difícil, porque a voz de Wrath se projetava como um órgão de igreja.

– Compreendo que devem lealdade ao líder de vocês. Tudo bem. Mas ele jurou lealdade a mim; dessa forma, essa contingência obriga o seu grupo. Existe alguma discordância aqui?

Um a um, os Bastardos entoaram um não ressonante, e era óbvio pelo modo como as narinas de Wrath inflavam que o Rei estava testando a veracidade da declaração por intermédio do olfato.

– Bem – Wrath disse. Depois passou para o Antigo Idioma. – *Por meio disso, comando que a assembleia jure sua lealdade ao líder deles diante da presença do Rei ao qual ele mesmo se jurou. Prossigam agora com os joelhos dobrados, as cabeças pensas e o coração fiel.*

Sem conversa nem hesitação, um a um, o Bando de Bastardos se ajoelhou diante de Xcor, abaixando as cabeças e beijando-lhe os nós dos dedos da mão da adaga. E, durante todo o tempo, Wrath esteve ao lado deles, testando o ar, procurando, mas evidentemente não encontrando, nenhum subterfúgio.

Quando terminaram, Xcor se virou para Wrath.

O coração de Qhuinn batia forte enquanto olhava para o rosto do macho. Apesar da distância, ele tracejou-lhe as feições, os ombros, o corpo. Lembrou-se dos dois trocando socos, atacando-se na Tumba.

Pensou em Layla, grávida de Lyric e Rhamp.

E depois ouviu Blay lhe dizendo que deveria fazer as pazes com a Escolhida para que eles também pudessem ficar bem. Para que a família ficasse completa. Para que o passado fosse visto com a razão e não com a emoção.

Foi com a imagem dos filhos na cabeça que ele observou quando Xcor se abaixou sobre um joelho, diante de Wrath.

Wrath estendeu o diamante negro, o símbolo do trono, o anel que fora do pai, e do pai do pai antes disso.

O anel que talvez L.W. usaria um dia.

– *Incline a cabeça para mim* – Wrath comandou no Antigo Idioma. – *Jure os seus serviços a mim desta noite em diante. Que não haja mais conflitos entre nós.*

Qhuinn inspirou fundo.

E depois soltou o ar quando Xcor abaixou a cabeça, beijou a pedra e disse em alto e claro som:

– *Aos seus pés, empenho minha vida e meu sangue. Não haverá nenhum outro governante para mim e para os meus, nenhum conflito até que meu túmulo clame por minhas carnes mortais. Esta é a minha promessa solene.*

Qhuinn fechou os olhos e abaixou a cabeça.

Bem quando *redutores* invadiram todas as portas dali.

Capítulo 62

As portas do armazém se abriram numa rápida sucessão: *bam! bam! bam!*, e os assassinos invasores se moveram com presteza.

Aquele era o pior pesadelo de Vishous.

A primeira coisa que fez foi ir atrás de Wrath. Com um salto veloz, abalroou o Rei e o cobriu com o corpo.

Que teve o mesmo resultado de uma pessoa tentando manter um cavalo indomado no chão.

– Fica deitado, porra! – Vishous sibilou enquanto a luta começava a se desenrolar.

– Me dá uma arma! Me dá uma maldita arma!

Tiros. Xingamentos. Adagas empunhadas. Todos os Irmãos contra-atacaram e os Bastardos mergulharam para recuperar suas armas para ajudar.

– Não me faça te derrubar com uma pancada! – V. grunhiu ao passar os braços na parte superior do corpo de Wrath, tentando derrubá-lo com seu peso. – Puta que o pariu!

Seguindo a teoria de que não conseguimos manter um bom lutador no chão – mesmo que a vida do cretino filho da mãe dependa disso –, Wrath, na verdade, ficou de pé e levantou a ambos, apesar do fato de V. estar enroscado ao redor da cabeça e pescoço dele como um cachecol, com o tronco contra suas costas e as pernas chutando à frente.

Era uma espécie de pegada de bombeiro dos infernos e tão sacolejante quanto um Jeep despencando ladeira abaixo.

A boa notícia? Pelo visto estavam testando a veracidade dos malditos juramentos da noite – e a coisa estava dando certo. Os Bastardos estavam lutando lado a lado da Irmandade contra os assassinos e, cara, que tremendos FDP eles eram.

Mas V. não pretendia dar uma de Dana White naquele octógono improvisado. Ele tinha que manter aquele Rei idiota vivo.

– Cacete, dá pra...

– Perdoe-me, meu senhor.

Heim? Quando V. olhou para trás, viu Xcor se agachando perto deles.

– Mas aqui não é seguro para você. – Dito isso, o líder dos Bastardos deu uma de defensor de futebol americano para cima do Rei de todos os vampiros, apanhando as coxas de Wrath num abraço de urso e derrubando o cara no concreto. O que significou que V. o acompanhou na queda.

... aterrissando tão forte de cabeça que ouviu um baque e sentiu uma tontura aterrorizante irradiar pelo corpo.

Com um gemido de dor, V. sentiu os braços afrouxarem por vontade própria; mesmo quando ordenou que os músculos permanecessem contraídos, eles caíram inúteis no concreto.

O rosto de Xcor apareceu acima do seu.

– Muito ruim?

– Isto aqui é vingança por eu... – V. arfou em busca de ar – ... ter te acertado na cabeça naquela escola pra moças, não é?

Xcor sorriu de leve e depois abaixou a cabeça quando outra bala passou voando.

– Então foi você, amigo?

– É, fui eu.

– Você tem um belo gancho. – Xcor ficou sério. – Tenho que te tirar daqui.

– Wrath?

– Tohrment o levou. O Irmão Tohrment.

– Bom. – V. engoliu com esforço. – Olha só, estou quase desmaiando. Não mexa em mim. Posso ter fraturado as costas e não quero piorar qualquer dano à coluna que eu já possa ter.

Lutou contra a onda que começava a tomar conta dele, a visão indo e vindo.

– Diga a Jane... Sinto muito.

– É a sua companheira?

– Sim, as pessoas vão saber quem ela é. Só diga a ela... Sei lá. Que eu a amo, acho. Não sei.

Uma incrível onda de tristeza o levou à completa escuridão, os sons da luta, a dor, um pânico lento que surgiu com o pensamento: *Ai, cacete, agora eu me fodi*, recuando para o vácuo do nada.

No fim, não é que V. tenha perdido a vontade de lutar... mas abaixou a espada para permanecer vivo.

Quando uma nova onda de inimigos atravessou a porta, Qhuinn ficou sem munição pela quarta vez – e quando a semiautomática começou a estalar em vez de atirar, ele praguejou e se jogou de costas contra a parede do armazém.

Dispensando o magazine vazio, recolocou um cheio e mirou na porta que estava cobrindo, atingindo três assassinos apressados, um em seguida do outro, e os corpos fedidos se retorcendo foram formando uma pilha que obstruía a entrada dos de trás.

Mas logo ele ficou sem balas de novo, e se livrou da arma. A situação, de todo modo, estava ficando perigosa para a troca de tiros, pois a Irmandade lutava em toda parte ao lado dos Bastardos, a vastidão do armazém agora um problema, pois não havia lugar para proteção.

A lâmina da adaga veio do nada, e atingiu um lugar certeiro.

Seu ombro ruim. Bem fundo.

– Filho da puta...

Bem quando ele ia tentar avançar sobre o assassino que tentou, mas não conseguiu, acertar seu coração, um dos maiores e mais malvados vampiros que já viu na vida surgiu por baixo, vindo sabe-se lá de onde e atacou o assassino, empurrando-o para a parede. E então...

Puuuuxa vidaaaa...

Pegando a deixa de George Takei.

O Bastardo em questão arreganhou as presas e arrancou o rosto do assassino numa mordida. Literalmente, como se fosse Hannibal Lecter arrancando o nariz e uma face até chegar ao osso, revelando sangue e músculos negros.

Em seguida, o macho o largou de lado como se ele fosse o centro de uma maçã mordida.

Quando o Bastardo se voltou para Qhuinn, havia um fio negro escorrendo pelo queixo até o peito, e o cara sorria como se tivesse ganhado uma competição da Nathan's Famous.

— Precisa de ajuda para tirar essa adaga do ombro?

Pareceu ridículo que o cara estivesse perguntando algo tão surpreendentemente civilizado.

Qhuinn agarrou o cabo, cerrou os dentes e puxou a adaga, libertando o ombro. Enquanto a dor quase fez com que vomitasse, ele conseguiu dizer:

— Na verdade, pensei em te servir um bom Chianti.

— O quê?

— Cuidado!

Quando um assassino se aproximou do Bastardo por trás, Qhuinn se moveu, saltando e tirando a adaga da sua mão dominante, que agora estava presa a um maldito ombro machucado.

Felizmente, ele era ambidestro.

Qhuinn cravou a lâmina bem no globo ocular do agressor, depois girou o cabo com tanta força que o punhal se partiu, ficando bem aninhado em seu novo lar.

Ele e o assassino caíram no chão, bem quando o ombro de Qhuinn anunciou que chegara ao limite. Quando ele se virou para vomitar, acabou fazendo isso de frente para um imenso par de botas de combate.

O assassino foi tirado de cima dele como se fosse um catavento, o pedaço de merda morto-vivo pesando menos de um elástico. Em seguida, o Bastardo durão se agachou.

— Vou te tirar daqui – disse ele com um sotaque forte.

Qhuinn foi jogado por cima de um ombro do tamanho de uma casa, e lá se foram num trajeto cheio de solavancos sabe lá Deus para onde.

Quando ele e seu repentino melhor amigo começaram a se mover, ele deu uma boa olhada no que estava acontecendo do seu ponto de vista invertido. Irmãos, Bastardos, ajudando-se mutuamente, trabalhando juntos, combatendo um inimigo comum.

E lá estava Xcor, bem no meio de tudo...

Lágrimas surgiram nos olhos de Qhuinn quando ele percebeu que o guerreiro, o líder dos Bastardos, estava lado a lado simplesmente do único ruivo do recinto.

Os dois estavam com as costas coladas um no outro, movendo-se num círculo lento, trocando golpes e punhaladas com um enxame de *redutores*. Blay estava espetacular como sempre, e o Bastardo mais do que o acompanhava em desempenho.

– Vou desmaiar – Qhuinn anunciou para ninguém em particular.

E ao fazer exatamente isso, a imagem do amor da sua vida e o macho que considerava seu inimigo pairou, cruzando a barreira entre a realidade e os sonhos.

Capítulo 63

Layla andava de um lado a outro diante da fonte dos aposentos da Virgem Escriba – ou melhor, de *Lassiter* – quando subitamente não ficou mais sozinha, e não só por causa dos filhos que dormiam envolvidos em mantas macias junto à árvore cheia de passarinhos.

Quando o anjo caído, agora divindade encarregada, se materializou em pleno ar, seu primeiro pensamento foi o de que ele era portador de notícias terríveis.

No pouco tempo em que o conhecia, ele nunca esteve com a aparência tão ruim, a pele pálida, acinzentada, a aura diminuída de modo a parecer apenas uma sombra de si mesmo.

Layla se apressou até Lassiter e quase não conseguiu alcançá-lo quando ele caiu de joelhos sobre o piso de mármore branco.

– O que aconteceu? Está machucado?

Ele fora ao encontro da Irmandade com os Bastardos? Algo de errado acontecera lá...

– Lassiter – ela exclamou ao se ajoelhar ao lado dele. – *Lassiter*...

Ele não respondeu. Apoiou a cabeça nas mãos e se debruçou no mármore, como se tivesse perdido a consciência.

Ela olhou ao redor, imaginando o que poderia fazer. Talvez chamar Amalya...

Só que, quando o rolou de costas, surpreendeu-se ao ver lágrimas prateadas saindo dos seus olhos e caindo como diamantes na pedra abaixo dele.

– Não consigo fazer isto... Este trabalho... não é para mim...

– O que está acontecendo? – ela perguntou, aterrorizada. – O que você fez lá embaixo?

Em resposta, as palavras que saíram dele estavam amortecidas, tão indistintas que ela teve que se inclinar sobre ele para decifrá-las:

– A guerra tem que terminar. E só existe um modo de destruir Ômega. Isso foi previsto. A profecia tem que se concretizar, e isso só pode acontecer de uma maneira.

Quando os olhos dele se encontraram com os dela, o medo a gelou.

– O que você fez?

– Os *redutores* têm que ser eliminados. Eles têm que matar a todos eles e depois pegar Ômega. A guerra tem que terminar.

– O que você fez?!

– Eles são a minha família – o anjo caído se engasgou ao cobrir o rosto. – São a minha família...

Um pensamento horrível cruzou a mente dela, e ela disse:

– Me diga que você não...

– Os assassinos têm que ser eliminados. Cada um deles. Só depois disso eles podem ir atrás de Ômega...

Layla caiu sobre o traseiro e levou as mãos ao rosto. Os Irmãos e os Bastardos em um lugar. Um juramento de lealdade dado e aceito.

De modo que, caso a Sociedade Redutora aparecesse, os dois lados anteriormente opostos lutariam juntos contra um inimigo comum.

– Alguém deles morrerá? – perguntou ao anjo. – Quem vai morrer?

– Eu não sei – ele disse numa voz partida. – Não consigo prever...

– Por que você teve que fazer isso? – Mesmo ele já tendo explicado o motivo. – *Por quê?*

Quando os olhos começaram a se encher de lágrimas, ela pensou em descer para a Terra. Mas não poderia deixar os filhos.

– Por que agora?

Lassiter parou de balbuciar, os olhos se fixando no céu leitoso acima deles – a ponto de ela imaginar se ele conseguia enxergar o que se sucedia lá embaixo.

Deixando-o estar, ela engatinhou para onde Lyric e Rhamp dormiam o sono dos abençoados, completamente alheios ao que muito bem poderia estar mudando o curso das suas vidas para sempre.

Deitando-se com eles nas dobras do cobertor macio que havia colocado ali para que ficassem aquecidos, deixou as lágrimas correndo soltas.

Teria rezado.

Mas o salvador da raça não estava em condições de atender aos seus pedidos. Além disso, estava claro que ele já sabia o que ela teria suplicado – e partilhava os seus temores.

Também era óbvio que, de todas as dádivas que poderia distribuir, apesar dos poderes que tinha, garantir que nenhum Irmão ou Bastardo caísse em batalha não estava entre elas.

Capítulo 64

No fim, a batalha no armazém provou que as guerras, somando-se tudo, estavam sujeitas às mesmas regras no tocante a começos, meios e fins, assim como todo o resto no planeta.

O arauto do seu fim não foi o silêncio. Não, nada estava silencioso na caverna fria feita pelos humanos. Havia gemidos e arrastos pelo chão em demasia, o campo de batalha disseminado com corpos móveis e cadáveres, o ar carregado dos cheios da pólvora e do sangue.

– Acabou?

Quando Wrath falou, Tohr relaxou um pouco a pegada que tinha no Rei. Mas não muito. Ainda tinha os braços e as pernas ao redor do corpanzil do macho, os dois embolados num canto formado graças ao único espaço delineado no imenso interior vazio: as costas do Rei estavam na junção das paredes e Tohr era o escudo mortal que protegia os órgãos vitais dele, embora Wrath também estivesse usando um colete à prova de balas.

Mas, no fim, eles nem sempre cumpriam seu dever.

E a vida de Wrath não era um objeto passível de barganhas.

– Terminou? – Wrath exigiu saber. – Não ouço mais brigas.

A cabeça de Tohr se virou para o lado, e quando ele se endireitou um pouco, o pescoço estalou. Olhando ao redor, tentou identificar os corpos, mas não havia como entender alguma coisa em meio à carnificina. Havia uns vinte e cinco ou mais mortos no concreto frio, e havia sangue tanto rubro quanto negro em toda parte.

Ele temia verdadeiramente que a Irmandade tivesse sofrido perdas...

Do meio do grupo de corpos, uma figura solitária se ergueu.

Estava coberta de sangue e se locomovia com dificuldade. E tinha uma arma na mão. Mas havia fumaça demais no lugar para discernir se aquele era um assassino, um Irmão ou um Bastardo.

– Cacete – Tohr exalou.

Ele não queria ter que se levantar para lutar e deixar Wrath desprotegido, porque o cara era simplesmente um idiota e estava puto da vida com a emboscada e poderia muito bem tentar se armar de novo e...

O assobio que ecoou foi como uma bênção.

E Tohr respondeu com outro assobio.

Vishous se virou no meio do campo de batalha e começou a claudicar na sua direção; os passos estavam desiguais e um braço estava dobrado num ângulo horrendo. Mas ele era mais durão do que tudo isso e estava determinado a chegar ao seu Rei...

Não era Vishous.

Quando a figura se aproximou mais, Tohr percebeu... era Xcor. Era Xcor quem se aproximava.

Quando o Bastardo se aproximou o suficiente, ficou evidente que estava bastante ferido, e a coisa vermelha vazando pelos ferimentos parecia acometer quase todas as partes do seu corpo.

– Precisamos retirar o Rei – o Bastardo sussurrou numa voz rouca. – Eu cubro a retaguarda.

– Espere – Tohr disse quando segurou o braço do macho. – Você está ferido.

– E você é o escudo do nosso Rei. É perigoso demais deixá-lo desprotegido. Se eu morrer, não fará diferença. Se ele morrer, toda a esperança da raça morrerá também, e Ômega vencerá.

Tohr encarou os olhos do irmão de sangue.

– Se conseguir sair, temos ajuda. Quatro quarteirões a oeste. Receberam ordens de não se aproximarem, a menos que alguém os chamasse. Não queríamos sacrificar os médicos.

Xcor assentiu.

– Voltarei.

E numa demonstração de desejo e força, o macho desapareceu no ar. Apesar de estar brutalmente ferido.

— A gente vai ter que comprar um relógio de ouro ou algo assim para o filho da mãe — Wrath murmurou.

— Não é isso que se recebe na aposentadoria?

— Acha que ele vai voltar a lutar depois desta merda toda?

Tohr esperou. E esperou. E esperou. E tentou conter o pânico de pensar que pessoas a quem amava poderiam estar mortas ou moribundas ao seu redor e ele não podia cuidar de ninguém.

Disse a si mesmo que contanto que não ouvisse nenhuma bala voando nem nada assim, Xcor talvez tivesse conseguido chegar...

O som começou baixo, um rugido ao longe. E logo foi crescendo, crescendo e crescendo mais... tão alto até que o estrondo estivesse próximo o bastante para sacudir as paredes finas do armazém...

A Mercedes S600 preta explodiu para dentro uns seis metros de onde Tohr e Wrath estavam amontoados, o entulho voou por toda parte, placas metálicas se chocando na cabeça e nos ombros de Tohr.

Xcor saltou para fora do banco de trás, Fritz abaixou o vidro do motorista, revelando o rosto enrugado tomado de preocupação.

— Meus senhores, entrem. A polícia humana logo chegará.

Tohr tentou se levantar, mas sentiu câimbras e os joelhos cederam.

Foi Xcor quem agarrou o Rei e quase o jogou no banco de trás do carro.

— Estou ficando de saco cheio de ser jogado de um lado pro outro assim! — Wrath estrepitou.

Tohr foi o segundo na lista de Xcor; o Bastardo o segurava com força surpreendente e quase o lançou como um dardo.

Mas Tohr não aceitaria isso. Sabia muito bem o que aconteceria em seguida.

Agarrando o braço do Bastardo, arrastou o macho para dentro com eles e berrou:

— Pisa fundo, Fritz!

O *doggen* com seu pé de piloto da NASCAR afundou o acelerador, virou o volante e com os pneus cantando manobrou de modo que a porta de trás se fechou sozinha. E logo saíram atravessando outro painel, dando uma de *Velozes e Furiosos* enquanto a Mercedes se projetava para fora do armazém, atingindo a neve do lado de fora.

Os olhos de Xcor se arregalaram de surpresa enquanto eles sacolejavam no banco de trás.

– Não precisava me salvar.

Tohr pensou na situação por um instante. E depois se resolveu. Ao diabo com tudo. Quem poderia saber quantos mortos havia lá atrás e sequer se Xcor conseguiria sobreviver ou se morreria, a julgar pelos seus ferimentos? Se Fritz conseguiria tirá-los do centro da cidade em segurança?

– Eu não deixaria o meu irmão para trás.

A princípio, Xcor resolveu reinterpretar as palavras ditas a ele. Por certo, devia haver algum problema de tradução ali, apesar de que o que ele dissera ter parecido algo em inglês.

– Desculpe... O que disse?

Wrath também se inclinou para a frente, de modo que Tohr, ensanduichado entre eles, foi o único que permaneceu com as costas encostadas no banco.

– Isso mesmo – o Rei disse enquanto o motor roncava mais alto. – O que foi que você disse?

O Irmão olhou direto nos olhos de Xcor.

– Sou filho de Hharm. E você também é. Somos irmãos de sangue.

O coração de Xcor começou a bater tão forte que sua cabeça latejou. Em seguida percebeu seu olhar recaindo sobre as feições de Tohr por vontade própria.

– Os olhos – o Irmão disse. – Perceberá isso nos olhos. E não, eu também não o conheci de verdade. Suponho que não fosse um bom macho.

– Hharm? – Wrath murmurou. – Não, ele não era. E é só isso que vou dizer a respeito.

Xcor engoliu através da garganta contraída.

– Você... é meu irmão?

No entanto, uma confirmação seria mesmo necessária? Tohrment tinha razão... aqueles olhos... eram do mesmo formato e da mesma cor dos seus.

– Sou – Tohr afirmou emocionado. – Sou seu parente consanguíneo.

Todo tipo de coisa passou pela mente de Xcor, *flashes* de imagens, ecos de tristeza, lembranças de solidão. No fim, quando a Mercedes chegou à velocidade de cruzeiro e eles estavam na autoestrada, só conseguiu abaixar o olhar e ficar calado.

Quando se recebe algo secretamente desejado e completamente inesperado, quando uma repentina revelação parece remendar um buraco na vida de alguém, a única resposta é o choque, muito semelhante ao que acontece quando se é ferido.

Ou talvez fosse só isso mesmo. Estava gravemente ferido e perdia a consciência.

Ficaram calados pelo resto do trajeto para onde quer que estivessem indo, e Xcor passou o tempo observando o manto de neve enquanto ele se esvaía em sangue sobre si mesmo, sobre o banco... sobre o irmão.

Um tempo depois, uma vida depois ao que lhe pareceu, começaram a parar e ir, parar e ir, parar e ir. No fim, pararam de vez. Wrath abriu a porta de pronto, como se o Rei soubesse que estavam em local seguro, e Tohr seguiu o monarca.

Xcor foi abrir a porta ao seu lado...

A mão não parou na maçaneta. Nem na segunda tentativa.

Tohr a abriu por ele e se inclinou no interior do carro.

– Vamos tratar de você. Venha.

Quando o Irmão, e o irmão, estendeu a mão, Xcor comandou o corpo a se mover. Mas este se rebelou. Ele parecia ter...

Uma onda de tontura fez com que perdesse o controle do estômago, mas ele sacudiu a cabeça para clareá-la e exigiu que seus músculos o obedecessem. Dessa vez, o corpo o atendeu. Seu corpo surrado, apunhalado e alvejado conseguiu se levantar do banco de trás e se mover à frente.

Um passo.

Quando ele despencou, braços fortes o seguraram, impedindo-o de bater no piso de concreto do que parecia ser uma garagem.

Tohrment sustentou seu corpo com facilidade.

– Tô contigo. – Essa foi a segurança que ele lhe passou.

Com uma série de movimentos pouco graciosos, Xcor se segurou aos ombros fortes do macho e se suspendeu um pouco. Deparando-se com o olhar de Tohrment, disse:

– Meu irmão.

– Isso – o macho disse rouco, uma camada de lágrimas fazendo com que os olhos azuis se tornassem um par de safiras. – Sou o seu irmão.

Foi difícil saber quem abraçou quem, mas, de repente, estavam os dois abraçados, sustentando-se, guerreiro contra guerreiro.

Xcor pensara em muitos resultados para aquela noite, muitas contingências e probabilidades que ele, como qualquer outro bom líder, teria avaliado e reavaliado.

Encontrar um pedaço da sua família jamais passou pelo seu radar.

E por mais que o pai não tivesse aparecido na forma de um guerreiro corajoso montado num cavalo para resgatá-lo... seu irmão de sangue por certo cumpriu essa função muitíssimo bem.

Capítulo 65

Quando Cormia apareceu no pátio, Layla se levantou no mesmo instante.

– Me diga tudo.

Lassiter partira havia tempos, desaparecendo numa chuva de partículas douradas, deixando-a sozinha com o seu pavor.

A Escolhida estava agitada.

– Você precisa descer agora. Precisam de sangue e eu já doei tudo o que posso. Eu ficarei com os pequenos.

As duas se abraçaram e Layla se foi, viajando entre os dois reinos apressada, retomando sua forma no lado de fora da mansão, pois ela não teria como passar pela estrutura de aço.

Não notou o frio ao correr escada acima e puxar a pesada porta externa da entrada e mostrar o rosto para o circuito de segurança… E, enquanto esperava, queria gritar.

Foi Beth quem abriu.

– Ah, Graças a Deus – a Rainha exclamou dando-lhe um abraço forte. – Vá, corra para o centro de treinamento. É lá que todos estão.

Layla começou a correr e depois perguntou por sobre o ombro:

– Alguém morreu?

– Ainda não. Mas… Ah, vá, vá agora. Tenho que esperar por Wrath e voltar a acompanhá-lo para baixo.

Layla passou pelo túnel subterrâneo e chegou ao centro de treinamento em tempo recorde, mas assim que chegou ao corredor, parou de repente.

O cheiro de sangue era intenso, portanto havia uma grande quantidade de machos com diversos graus de ferimento ali.

E não eram apenas Irmãos. Na verdade... pareceu ver todos os guerreiros de Xcor ombro a ombro com a Irmandade, com Ehlena, a enfermeira, e todas as outras Escolhidas, cuidando deles.

Enquanto Manny e a doutora Jane sem dúvida se ocupavam com cirurgias.

– Estou aqui – disse a ninguém e a todos.

Em sua cabeça, estava gritando com todos eles, exigindo saber o que acontecera com Xcor, pois não o via e não o sentia, e isso a aterrorizava.

Mesmo assim, aproximou-se do primeiro ferido com que se deparou e arregaçou a manga, expondo o pulso.

Reconheceu o macho. Era um dos de Xcor.

Zypher meneou a cabeça.

– Estou honrado, sagrada Escolhida. Mas não posso tomar sua veia.

– Mas você deve – ela sussurrou.

– Não posso. Você é a fêmea do meu líder. Morrerei antes de conhecer o sabor do seu sangue.

Uma das suas irmãs se aproximou.

– Eu o alimentarei. Vá até Rhage.

E foi o que Layla fez, oferecendo sua veia. Quando o Irmão sorveu o que necessitava e agradeceu, ela foi para o macho seguinte na fila.

Mas ele era um Bastardo, e ele também meneou a cabeça e a rejeitou.

– Não posso receber seu sangue. Você é a fêmea do meu líder.

E foi assim por toda a fila, até que acabou se concentrando apenas na Irmandade, sem nem tentar os outros.

Tantos ferimentos, alguns tão profundos que ela via uma anatomia que a aterrorizava. E durante todo o tempo, preocupou-se com Xcor, entrou em pânico com o que Lassiter fizera e rezou para que ninguém morresse.

Estava prestes a se aproximar de Phury, que precisava de mais uma dose de tão graves que eram seus ferimentos, quando sentiu uma pegada no cotovelo.

Ao erguer o olhar, deparou-se com o rosto sério de Tohr.

– Xcor precisa de você. Agora.

Layla se levantou tão rápido que ficou tonta, e Tohr a ajudou a caminhar pelo corredor.

— Você ficaria orgulhosa dele — Tohr lhe disse ao se aproximarem de uma porta fechada que parecia uma sala de operações. — Foi incrivelmente valente e foi ele quem tirou Wrath de lá.

— Foi ele?

— Sim. E ele sabe. Sobre mim e ele. Eu contei porque... Por que não depois de uma noite horrível como esta?

Tohr abriu a porta e Layla arquejou. Xcor estava na mesa operatória, com o abdômen aberto, os intestinos aparecendo — no entanto, estava consciente.

Virou a cabeça na sua direção e tentou sorrir.

— Meu amor.

A voz dele estava tão fraca... Ah, sua coloração estava péssima. E mesmo assim ele tentou se erguer.

O tom de Manny foi firme.

— Ok, isto não está dando certo pra mim. Não enquanto estou suturando seu intestino.

— Não olhe — Xcor ordenou a ela. — Não olhe para o meu corpo.

Num vívido *flashback*, ela se lembrou de que ele não queria ter tirado as roupas perto dela.

Layla se apressou para junto dele e encostou-lhe o pulso na boca.

— Beba. Tome o meu sangue.

— Já fizemos isso antes — ele fez uma careta e tossiu –, uma vez antes enquanto eu estava morrendo. Não fizemos?

— Duas vezes. E nas duas vezes estava mais frio — ela disse entre lágrimas. — Oh, Deus. Não morra. Não esta noite. Nunca.

— Você é a coisa mais linda que eu já vi. — Os olhos dele estavam enfraquecendo, a luz deles sumia. — Partilhei meu corpo com outros, mas fui virgem com você, pois minha alma nunca pertenceu a ninguém antes. Só você... Só você me tem...

Uma máquina começou a apitar.

— Alguém pegue o maldito desfibrilador!

Tohr se aproximou na mesma hora, formando um punho com as duas mãos, e disse:

— Respire por ele! Respire por ele!

Mesmo que seu coração estivesse batendo descontrolado e ela sentisse que não suportaria nada daquilo, Layla selou os lábios de Xcor com os seus e soprou ar para dentro dos pulmões dele. E Tohr começou a massagear o coração.

— Respire! Agora!

Ela se inclinou de novo e exalou todo o ar de que dispunha.

E mesmo assim o alarme continuava disparado...

— De novo! — Manny gritou enquanto as mãos enluvadas e ensanguentadas trabalhavam rápido com a linha e a agulha.

Capítulo 66

Quando Qhuinn recobrou a consciência, por um minuto pensou estar retornando ao começo do pesadelo, para aquela fantasia em que Blay estava sentado na cadeira ali no quarto da clínica.

– Ah, graças a Deus.

– O quê? – Qhuinn murmurou.

Blay deu um salto e se apressou apesar de ter um braço numa tipoia e estar mancando como se alguém tivesse derrubado uma caixa de ferramentas no seu pé.

Qhuinn estava para perguntar se o macho estava bem quando aqueles lindos lábios pousaram nos seus e aquela magnífica fragrância da vinculação chegou ao seu nariz... Ah, aquilo era melhor do que qualquer fantasia.

– Ai!

Quando Qhuinn soltou o grito, o braço voltou para a cama e uma dor, quente e profunda como o oceano, trespassou o lado direito inteiro.

Blay recuou e sorriu.

– Veja por este lado. Finalmente consertou o ombro. Quando costuraram o ferimento, acabaram dando uma olhada na sua bursite.

Assim que conseguiu, Qhuinn retribuiu o sorriso.

– Dois por um.

– Pague um, leve dois.

Mas nessa hora ele ficou sério.

– Perdemos alguém?

— Nenhum dos nossos, mas todos teremos que nos curar. Isto foi quase um massacre.

— E quanto a eles. Os Bastardos.

Blay desviou o olhar.

— Xcor não está nada bem. E se tem algo a dizer a respeito disso, é melhor não dizer. Foi ele quem tirou Tohr e Wrath de lá. E Layla está no corredor alimentando o pessoal, pra sua informação, e também não quero nenhum comentário a esse respeito. Isto é uma emergência.

Qhuinn fechou os olhos.

— Estou tão feliz por você estar bem — Blay sussurrou. — Eu teria morrido junto com você se isso não tivesse acontecido.

Levantando as pálpebras, Qhuinn disse:

— Sinto muito.

— Pelo quê?

— Não sei. — Apontou com a cabeça para o maquinário à cabeceira. — Isso está injetando morfina?

— Sim.

— Então acho que não estou dizendo coisa com coisa.

— Ok. Pode falar toda besteira que quiser.

Blay se sentou com cuidado na beirada da cama, e quando Qhuinn sentiu a mão ser segurada, apertou de volta.

Ficaram assim só olhando um para o outro por um bom tempo. Sim, olhos marejaram e gargantas se contraíram... Mas os corações estavam inteiros.

— Nunca mais quero ficar sem você — Qhuinn disse. — Nada vale isso.

O sorriso de Blay era genuinamente precioso.

— Não tenho como discordar.

O macho se inclinou para baixo e eles resvalaram os lábios. Duas vezes.

— Hummm. Sabe o que não aguento esperar?

— Fazer xixi sem a sonda?

— Sexo de reconciliação. — Qhuinn abaixou as pálpebras. — Eu quero você aqui mesmo, pra falar a verdade.

O rubor que atingiu o rosto de Blay foi uma provocação criminosa — já que ele estava atrelado a um dispensador de ópio.

– Então descanse – o macho disse numa fala arrastada. – E absorva todos os fluidos que puder. Vai precisar deles.

Vishous abriu os olhos e, por um instante, ficou imaginando onde estaria. O teto branco não dava muitos indícios, e...

O rosto de Jane, logo à frente do seu, foi uma surpresa que fez com que ele se encostasse no travesseiro.

– Oi – ela disse com voz trêmula. – Você voltou.

– Para onde eu fui... – Maldição, a garganta doía. Será que o tinham entubado? – O que aconteceu?

E, ao mesmo tempo em que perguntava isso, aquela horrível cena do armazém voltou à sua mente... Ele caindo e batendo a cabeça, e depois paralisado no chão enquanto balas voavam por todos os lados. Considerando-se a distribuição de dores pelo seu corpo, ele deduziu algumas coisas: primeiro, não estava paralisado de fato; segundo, fora alvejado em múltiplos lugares, tendo sido, sem dúvida, pego no meio do fogo cruzado; e em terceiro lugar...

– Quase te perdi – Jane disse, aqueles olhos verde-abacate estavam brilhantes de lágrimas. – Fiquei neste quarto nas duas últimas horas rezando para que você recobrasse a consciência.

– Duas horas?

Ela assentiu.

– Assim que saí da operação, eu vim para cá... – Ela franziu o cenho. – O que foi? Está com dor? Precisa de mais morfina?

– Por que...

Quando ela esfregou debaixo dos seus olhos, ele percebeu que estivera chorando – e no instante em que isso foi registrado, calou as emoções, obrigando-as à submissão. Nada de chorar. Não mesmo. Não faria isso.

– Olha só, deixa eu chamar a Ehlena.

Jane atravessou o quarto e chegou à porta mais rápido do que o coração dele batia – o que, na verdade, não queria dizer muita coisa. E quando a ouviu pedindo mais medicamentos para ele, e depois começar a responder às perguntas de outras pessoas, todas as dores dele desapareceram.

A não ser por uma no meio do peito.

E era exatamente essa que não reagiria a nenhuma droga.

Ele a viu se inclinar mais para fora ainda e assentir para alguém, e depois sair de vez. Bem quando a porta se fechava, ela olhou por cima do ombro, e seus olhos estavam carregados de preocupação.

– Eu já volto.

Não, ele pensou, *acho que você não vai voltar.*

Dito e feito, cinco minutos mais tarde, Ehlena foi entrando com um frasco e uma agulha para o acesso intravenoso.

– Oi – ela disse com um sorriso acolhedor. – Jane está dando uma olhada nuns curativos. Ela não queria que você tivesse que esperar por ela.

– Tá tudo bem, não preciso disso.

– Ela disse que você estava com dor.

Com um grunhido, V. se sentou e passou as pernas para o lado da maca. Quando ele começou a puxar o acesso, Ehlena se retraiu.

– O que está fazendo?

– Me dando alta. Mas não se preocupe, isso não vai contra as ordens médicas e nada disso, porque a esta altura eu já estou bem treinado. E eu gostaria de um pouco de privacidade, se não se importa. A menos que queria assistir enquanto retiro a sonda?

– Que tal eu ir chamar a Jane?

Quando a fêmea começou a se dirigir para a porta, ele disse:

– Existem pacientes demais para vocês cuidarem, portanto presumo que podem estar precisando deste leito. E meus sinais vitais estão estáveis, eu já estou me curando, ou seja, alguma Escolhida deve ter me alimentado. Acho que você deveria se preocupar em cuidar dos que estão mais precisando do que perder tempo me impedindo de ir embora – ou preocupando Jane quando ela tem pacientes mais críticos.

Bem nessa hora, Manny passou a cabeça pela porta.

– Ei! Olha só você quase na vertical. Olha só, Ehlena, preciso de você. Agora.

V. lançou um olhar do tipo "eu te disse" para a fêmea. E depois deduziu pela imprecação e pelo desaparecimento dela que ela não discutiria com a sua incontestável lógica.

Tirar a sonda foi uma droga. Seu pau não vinha sendo muito usado ultimamente, e não gostou muito do desrespeito quando por fim foi tocado de novo.

Saindo do leito para ficar de pé, juntou as metades da roupa hospitalar na parte de trás e saiu do quarto.

Todos os Bastardos estavam no corredor, e todos estavam machucados. Não viu nenhum dos seus irmãos, mas sentia os cheiros deles na fragrância que pairava dos seus sangues, e deduziu que haviam subido para a mansão para se recuperarem.

Ou pelo menos aqueles que não estavam deitados na clínica.

Jane não estava em nenhum lugar dali.

Quando começou a andar, assentiu para os Bastardos, apertando as mãos que lhe eram estendidas e chocando as juntas dos dedos, pois a batalha que enfrentaram juntos os uniu mais do que qualquer juramento formal de lealdade e joelhos dobrados fariam.

Engraçado, ele se maravilhou, que é assim que se forja o aço. Você pega ferro, aplica um calor intenso, e tira todas as impurezas. O que resta é força bruta e indissolúvel.

Como quando dois grupos de guerreiros eliminam conflitos desnecessários e se ladeiam para formar uma unidade contra um inimigo comum e são capazes de conseguir muito mais do que jamais fariam separadamente.

Seguindo em frente, pensou ter ouvido a voz de Jane atrás dele. E ouviu. Ela falava com Manny, trocando informações.

V. pensou por um instante que ela notaria que ele estava se afastando pelo corredor e que viria atrás dele. Mas ela não fez isso.

E de novo, ele pensou ao claudicar para dentro do escritório e seguir para o túnel sozinho, isso não o surpreendeu.

Capítulo 67

— Acorde, meu amor.
Quando uma voz grave entrou no ouvido dela, os olhos de Layla se abriram de uma vez e ela se ergueu na cadeira – o que fez com que fosse parar cara a cara com Xcor.
— Você está vivo! – ela exclamou. Só que então ela viu todos os tubos e cabos que foram desconectados e agora pendiam dele. – Que diabos você está fazendo fora da cama...?
— Shhh – ele disse. – Venha.
— O quê?
— Estamos indo embora.
— Mas por...
Ele assentiu e se levantou. Estava coberto com curativos, ainda na camisola hospitalar, pálido como um fantasma, mas o olhar dele lhe disse que não ouviria nada do que ela tinha a dizer.
Estavam mesmo de saída.
— Para onde vamos? – ela perguntou ao ficar de pé.
— Para a casa segura. Há um carro à nossa espera.
— Mas não seria melhor ficarmos aqui, onde estão os médicos...
— Só quero ficar sozinho com você. Você é tudo de que preciso.
Quando ele a encarou, uma sensação de amor se espalhou pelo corpo dela.
— Não acredito que você esteja vivo.
— Tudo por sua causa. Por tantos motivos.

Um rápido *flashback* dela e de Tohr fazendo manobras de ressuscitação deixou-a sem fala. Mas não tirou sua capacidade de se ajustar debaixo do seu macho e ajudá-lo até a porta.

O corredor estava vazio, com apenas um *doggen* limpando as manchas de sangue do chão, prova dos ferimentos.

– Para onde foram os seus soldados? – ela perguntou quando começaram a ir na direção da garagem. – Por quanto tempo eu dormi?

– Horas, meu amor. E todos foram tratados e liberados. O amanhecer chega em trinta minutos.

– Eles vão ficar bem?

– Sim. Todos eles e todos os Irmãos também. A equipe médica daqui é incrível.

– Ah, graças a La... – Ela se deteve. – Graças aos céus. Ao destino. A tudo.

Foi então que ela notou uma figura parada no fim do corredor junto à saída, e quando eles se aproximaram, ela percebeu que era Tohr.

Quando finalmente pararam diante do Irmão, os dois machos só ficaram olhando um para o outro. E foi então que as semelhanças entre eles se tornaram verdadeiramente evidentes para ela. Mesma altura, mesmo porte físico, mesmo maxilar... e aqueles olhos.

– Obrigado por salvar a minha vida naquele beco – Tohr disse rouco.

– E obrigado por salvar a minha naquela mesa cirúrgica – Xcor entoou.

Os dois sorriram um pouco; depois ficaram sérios.

Foi então que um frio a percorreu por dentro – um que foi intensificando quando Xcor se soltou dela e se inclinou na direção do Irmão.

Enquanto os machos se abraçavam, ela percebeu com horror que... era aquilo. Esse seria o último dia juntos para ela e Xcor. Era por isso que ele estava tão determinado a sair da clínica, e o motivo pelo qual Tohr os estava ajudando.

E também porque o Irmão olhou para ela com tanta compaixão quando os dois machos se afastaram.

Tohr abriu a porta da saída e esperou de lado, para que passassem.

Ninguém disse nada enquanto ela e Xcor seguiam para a Mercedes. Mesmo o mordomo parecia sóbrio quando deu a volta no carro para abrir-lhes a porta.

Layla abaixou a cabeça e deslizou pelo banco, depois Xcor a acompanhou e Fritz fechou a porta.

Xcor abaixou o vidro escuro ao seu lado e levantou a mão da adaga quando o carro começou a se movimentar – e Tohr retribuiu o gesto quando eles se afastaram, esses adeus tão permanente quanto a tinta nos volumes sagrados do Santuário.

Não tem que ser assim, ela gritava na cabeça. *Podemos fazer isto dar certo. De alguma forma, podemos...*

Mas ela sabia que lutava uma batalha perdida há algumas noites, quando Xcor fizera seu juramento perante Wrath e concordaram que ele e seu grupo deveriam retornar para o Antigo País.

Olhando para as mãos no colo, porque não ousava olhar para o rosto dele, ela sussurrou:

– Fiquei sabendo da sua bravura.

– Não é verdade.

– Foi o que Tohr disse.

– Ele está sendo generoso. Mas vou lhe dizer uma coisa: meus machos lutaram com muita honra e, sem eles, a Irmandade teria perdido. Disso eu tenho certeza.

Ela assentiu e percebeu que mordia o lábio.

– Meu amor – ele sussurrou. – Não esconda os seus olhos de mim.

– Se eu olhar para você, eu desmoronarei.

– Então, permita que eu seja forte quando você sentir que não consegue. Venha cá.

A despeito dos ferimentos, ele a puxou para o colo e passou os braços ao redor dela. E a beijou na clavícula. E na garganta... e nos lábios.

O calor já conhecido surgiu de novo, e quando ele a suspendeu sobre o quadril, ela afastou as coxas e o cavalgou, e ficou contente por haver uma divisória no carro que lhes dava privacidade.

Mudando de posição meio desajeitadamente, tirou uma das pernas da legging e afastou a calcinha enquanto ele puxava a bainha da roupa hospitalar.

– Tomarei cuidado – ela disse quando ele fez uma careta de dor.

– Não sentirei nada a não ser você.

Xcor segurou a ereção com a mão enquanto ela deslizava lentamente ao redor dela.

– Meu amor – ele sussurrou ao deixar a cabeça pender para trás e fechar os olhos. – Ah, você me completa.

Com uma suavidade ansiosa, as mãos dele deslizaram por debaixo da blusa dela e ele afagou os seios, e ela se assentou num ritmo sobre ele, passando os braços ao redor do encosto da cabeça, encostando os lábios nos dele.

Quando as paradas e partidas nos portões de segurança começaram, um orgasmo agridoce atravessou o corpo dela... Levando consigo o seu coração.

Foi como se o fim entre eles tivesse vindo, assim como foi o começo.

Capítulo 68

Na noite seguinte, enquanto subia do porão da casa, Layla sentiu como se estivesse envelhecendo cem anos a cada degrau que subia.

Xcor já estava diante do fogão, preparando ovos, bacon e, mais uma vez, torrando outra embalagem inteira de pães de forma.

Ele a fitou. E o modo como os olhos a percorreram, dos cabelos ainda úmidos e agasalho que vestira com os jeans encontrados na cômoda, ela entendeu que ele estava memorizando cada detalhe seu.

– Eu queria estar vestindo uma roupa de gala – ela disse rouca.

– Por quê? – ele perguntou. – Você está linda agora.

Ele ajustou a bainha do blusão no qual se lia SUNY CALDWELL.

– Meio desarrumada, na verdade.

Xcor lentamente balançou a cabeça.

– Não reparo nas suas roupas, nunca faço isso, e um vestido elegante não mudaria isso. Não vejo cabelos molhados, sinto as mechas entre meus dedos. Não vejo faces pálidas, saboreio seus lábios na minha mente. Você atiça meus sentidos todos de uma só vez, minha fêmea. Você é muito mais do que cada uma das coisas que a formam.

Ela piscou para afastar as lágrimas e foi até o armário. Tentando não se descontrolar, disse:

– Vamos precisar de facas, além de garfos e pratos?

No fim, nada disso foi necessário.

Depois que ele terminou de preparar a comida, acomodaram-se à mesa, e a comida permaneceu intocada, esfriando e perdendo o seu aroma. E ela soube que estavam mesmo ficando sem tempo quando ele começou a verificar continuamente o relógio da parede.

E chegaram ao fim.

– Tenho que ir – ele disse rouco.

Quando seus olhos se depararam, ele estendeu o braço por cima da mesa e tomou sua mão. Seu olhar estava brilhante, pois ele também estava emocionado, os olhos azul-marinho brilhavam de tristeza e de amor.

– Quero que se lembre de uma coisa – ele sussurrou.

Layla fungou e tentou ser tão forte quanto ele.

– Do quê?

No Antigo Idioma ele disse:

– *Onde quer que eu vá, você nunca estará longe de mim. Onde quer que eu durma, você estará ao meu lado. O que quer que eu coma, eu partilharei com você, e quando eu sonhar, estaremos juntos novamente. Meu amor, você nunca estará afastada de mim, e eu não ficarei com mais ninguém. Até a noite da minha morte.*

Estava na ponta da língua dela dizer que isso seria impossível.

Mas como se soubesse o que ela estava pensando – como sempre – ele apenas meneou a cabeça.

– Como eu poderia ficar com outra que não fosse você?

Layla se ergueu nas pernas trêmulas, e quando se aproximou, ele afastou os joelhos de modo que ela pudesse se postar entre eles.

Quando se inclinou para beijá-lo pela última vez, suas lágrimas caíram no rosto dele.

– Eu amo voc...

Ela não conseguiu terminar a última palavra, pois a garganta se fechou.

As mãos de Xcor subiram pelo corpo dela até chegarem ao rosto.

– Valeu a pena.

– O quê? – Ela forçou as palavras a saírem.

– Tudo o que aconteceu antes deste momento no qual sou amado por você. Embora tenhamos que nos separar, posso dizer que o que sinto por você faz com tudo tenha valido a pena.

E então, o beijo final... e ele partiu.

CAPÍTULO 69

Uma hora mais tarde, Layla foi à mansão da Irmandade. Sentia-se leve demais, como se seu interior tivesse sido esvaziado dos seus órgãos vitais – e ela deduziu que isso devia ser verdade. Não havia muito mais dela agora.

Engraçado ter se encontrado e se perdido em tão pouco tempo.

Contudo, enquanto galgava os degraus de pedra da entrada da mansão e se aproximava da imensa porta externa do vestíbulo, ela sabia que isso era apenas seu luto falando mais alto.

Ou, pelo menos, ela esperava que fosse.

Se isto era como seriam todas as noites da sua vida dali em diante? Ela estaria num mundo de sofrimento. Literalmente.

Empurrando a porta, mostrou o rosto para o monitor e esperou que alguém atendesse à campainha. Tecnicamente, aquela era a noite de Qhuinn com as crianças, mas ele ainda estava na cama do hospital, por isso Beth lhe telefonara lá pelas cinco da tarde dizendo que ela poderia ficar com os filhos, se assim o desejasse.

Como se ela fosse dizer não.

De acordo com o que lhe disseram, Rhamp e Lyric foram trazidos do santuário por Cormia algumas horas atrás, portanto eles estavam no andar de cima – ou seja, tiveram esperanças de que Qhuinn já tivesse se recuperado. Mas, aparentemente, isso não aconteceu.

Não perguntou quais eram os ferimentos dele. Não era muito da sua conta, e isso a entristeceu. Mas o que poderia fazer?

– Ah, boa noite, Escolhida.

Quando a voz alegre de Fritz a acolheu, ela percebeu que não tinha visto a porta se abrir.

– Olá, Fritz. Como vai?

– Muito bem. Muito contente por todos estarem bem.

– Sim – concordou atordoada. – Eu também.

– Existe algo que eu possa fazer por você?

Bem, você pode fazer com que o avião em que o amor da minha vida está dê meia volta agora mesmo, trazendo-o de volta para mim. Faça com que ele fique comigo. Dê um jeito para que...

Ela pigarreou.

– Não, obrigada. Vou apenas subir para pegar as crianças.

O mordomo se curvou bem baixo, e depois Layla caminhou lentamente em direção à grande escadaria. Ao pousar o pé no primeiro degrau, lembrou-se do trajeto do porão até o andar térreo daquela casinha charmosa – e ficou se perguntando se sua vida seria sempre assim.

Emocionando-se a ponto de ter lágrimas nos olhos toda vez que fosse subir um lance de escadas.

No entanto, conseguiu seguir em frente.

No fim das contas, é isso o que precisamos fazer, mesmo com o coração partido. Céus, ela não fazia ideia do que faria consigo mesmo nas noites em que não teria Lyric e Rhamp, mas teria que encontrar algo. Ficar à toa provavelmente a afundaria em tristeza pela ausência de Xcor...

Parou na metade do caminho quando um macho surgiu no alto da escada.

Levantando as mãos defensivamente, disse a Blay:

– Tenho permissão para levá-los. Beth me disse isso. Não estou aqui sem permissão.

Pareceu-lhe uma eternidade desde que vira aquele macho, e odiou a necessária distância entre elas. Mas de que outro modo poderiam agir? Ah, Deus, e se ele não lhe entregasse as crianças? E se Qhuinn tivesse ficado sabendo que ela estava recebendo uma noite extra e ordenara de seu leito no hospital que ela não recebesse esse privilégio?

Esta noite, dentre todas as noites, ela precisava de um lembrete visceral do que a faria seguir adiante...

Antes que Blay pudesse dizer qualquer coisa, a campainha tocou de novo, anunciando a chegada de mais alguém na mansão. Mas Layla não deu atenção. E por que o faria? Já não morava mais ali...

Mas se virou.

E piscou ante o impossível.

Qhuinn passava pelo vestíbulo... com Xcor ao seu lado.

Layla piscou de novo e esfregou os olhos, o cérebro incapaz de compreender o que estava vendo. Por certo Qhuinn, dentre todas as pessoas, não poderia... não estaria...

Espere, por que seu macho não estava num avião?

Xcor ergueu o olhar para ela e deu um passo à frente... e depois mais um. Não se concentrou em nada a não ser nela, toda a grandiosidade e as cores do átrio parecendo desimportantes para ele.

Ao diabo os comos e os porquês, Layla pensou ao se mover num impulso, disparando escada abaixo, imaginando que, se aquilo fosse fruto da sua imaginação, seria bom descobrir de uma vez.

E se caísse de cara no piso de mosaico?

Não sofreria mais do que já estava sofrendo.

– Meu amor – Xcor disse ao apanhá-la e suspendê-la do chão.

Quando ela começou a chorar, absolutamente confusa, e com uma alegria experimental, ela olhou por cima do ombro dele.

Qhuinn encarava os dois. E depois desviou os olhos azul e verde para onde Blay estava, no alto das escadas – e começou a sorrir.

Layla se afastou dos braços de Xcor. Aproximando-se do pai dos seus filhos, teve que pigarrear e enxugar o rosto.

– Qhuinn...

– Eu sinto muito – ele disse rouco. – Sinto muito... Muito mesmo.

Só o que ela conseguiu fazer foi fitá-lo, atordoada.

Com mais um rápido olhar para Blay, Qhuinn inspirou fundo.

– Olha só, você fez o melhor que pôde, e isso foi difícil para todos. Sinto muito por ter reagido como reagi, foi errado da minha parte. Mas eu... Eu amo nossos filhos, e a ideia de que poderiam ter corrido perigo? Isso me aterrorizou de um modo que me enlouqueceu. Sei que o seu perdão não pode ser dado de imediato...

Layla se jogou sobre ele e passou os braços ao redor do pai dos seus filhos, e o abraçou com tanta força que nem conseguia respirar, suspeitando que nem ele estava conseguindo.

– Eu também sinto muito... Deus, Qhuinn, me desculpe...

Lágrimas desordenadas de desculpas eram as do melhor tipo, ainda mais quando eram aceitas de coração aberto por ambas as partes.

Quando, por fim, se afastaram, ela se aninhou debaixo do braço de Xcor, e Qhuinn estendeu a mão para o outro macho.

– Como já lhe disse no carro, vindo para cá – ele disse –, não que você precise, nem queira, mas vocês dois têm a minha bênção. Cem por cento.

Xcor sorriu e apertou a mão estendida.

– Pelo seu apoio, sinto-me mais que honrado esta noite do que em todas as outras.

– Maravilha. De verdade. – Qhuinn se inclinou na direção de Layla. – No fim das contas, o cara não é tão ruim assim. Quem poderia imaginar?

Enquanto ela ria, Qhuinn deu um tapa no ombro do macho.

– Então, vamos lá, hora de você conhecer as crianças. E ver onde vocês vão ficar.

O mundo todo girou ao redor de Layla de novo quando ela olhou de Qhuinn para Xcor.

– Espere, o que... Como assim?

– Se vocês dois estarão apropriadamente vinculados – o Irmão ergueu o indicador –, e já vou dizendo que sou um cara antiquado, portanto quero que a mãe dos meus filhos esteja apropriadamente vinculada, ele vai ter que morar aqui.

Nesse instante, a campainha tocou de novo, e Fritz, que estava enxugando os olhos com um lenço branco, voltou correndo para atender a porta.

O mordomo deixou Tohr entrar – o que não era nenhuma surpresa – e depois todos os Bastardos foram entrando no átrio. Cada um deles.

Ela olhou de Xcor para Qhuinn em estado de choque.

– Eles também vêm para cá?

– É uma espécie de pacote – Qhuinn explicou com um sorriso. – Além do mais, fiquei sabendo que são péssimos no bilhar, o que é um bônus. Peguem suas tranqueiras, rapazes. Este é Fritz. Vocês aprenderão a amá-lo, ainda mais depois que ele passar as suas meias.

Layla estava absolutamente atordoada quando os guerreiros começaram a trazer todo tipo de bolsas e sacolas para dentro. Em seguida, foi acompanhada escada acima por dois dos três machos mais importantes da sua vida.

Blay, o terceiro, sorriu e lhe deu um forte abraço. Depois, o trio passou pelo escritório de Wrath em direção ao corredor das estátuas.

O que fez com que ela perguntasse:

— E Wrath está de acordo com isto?

Qhuinn assentiu enquanto Blay respondia:

— Mais guerreiros é sempre melhor. E Deus bem sabe que temos espaço. Além do mais, Fritz ficará extasiado: mais gente para quem cozinhar, mais limpeza a fazer...

— E, caramba, como aqueles machos são bons no campo de batalha. — Qhuinn relanceou para ela. — A noite passada? Teria sido uma tragédia nos registros da história sem o seu macho.

Xcor não reagiu ante o elogio. Bem, a menos que se contasse o rubor que cobriu suas faces.

— Bem, o mesmo pode ser dito dos Irmãos.

Quando chegaram à suíte onde os bebês estavam, Qhuinn foi quem se adiantou e abriu a porta.

Blay foi o primeiro a entrar e depois Xcor hesitou... antes de colocar um pé indeciso além da porta. E depois o outro. Como se tivesse medo de algum monstro debaixo da cama.

Layla olhou para Qhuinn. E depois segurou sua mão.

— Obrigada. Por isto.

Qhuinn se curvou tão baixo que chegou a ficar paralelo com o chão. Quando voltou a se endireitar, depositou um beijo na testa dela e murmurou:

— Obrigada você, pelos nossos filhos.

Layla deu um aperto no braço dele e depois entrou.

Xcor parou no meio do quarto e olhava na direção dos berços, como se estivesse aterrorizado.

— Está tudo bem — ela disse, incentivando-o a ir em frente. — Eles não vão morder.

Ela o levou até Rhamp primeiro, e quando Xcor olhou para baixo, maravilhado, para a pequena criança, recebeu uma carranca em resposta.

Xcor riu de pronto.

– Céus, temos um guerreiro aqui.

Qhuinn e Blay se aproximaram abraçados, e Qhuinn disse:

– É mesmo, não? É isso o que eu também acho. Ele é durão. Não é, Rhamp? E emite lixo tóxico. Você vai descobrir isso mais tarde.

As sobrancelhas de Xcor se levantaram.

– Lixo tóxico...?

– Modo de falar. Mas você vai sentir o cheiro. Faz com que cresçam pelos no peito, e olha que vampiros nem têm isso.

– E esta é Lyric – Layla disse.

Xcor estava com uma expressão divertida no rosto quando olhou para o outro berço – e então tudo mudou.

Seus olhos marejavam e, desta vez, as lágrimas caíram. Relanceando para Layla, disse:

– Ela se parece... exatamente com você.

Enquanto Xcor tentava se recompor, Blay e Qhuinn se aproximaram por trás dele.

– Ela não é linda? – Qhuinn disse rouco. – Igual à nossa Layla.

Layla olhou para os três grandes guerreiros inclinados sobre a pequenina fêmea... E se sentiu tomada por uma sensação de amor e completude. Fora uma jornada longa e difícil, em que tudo poderia ter se perdido muitas vezes. E, no entanto, lá estavam eles, como uma família de sangue... e por escolha.

Nesse momento, ela percebeu que Lassiter estava à soleira do quarto.

Levando o indicador aos lábios, ele fez um silencioso "psiu". Depois piscou para ela e desapareceu em silêncio.

Ela sorriu quando as centelhas iluminadas surgiram no rastro dele.

– Este anjo pode estar mais preparado pro trabalho do que imagina...

– O que foi? – Xcor perguntou.

– Nada, nada – ela disse ao se inclinar para beijá-lo.

Ou talvez fosse tudo. Quem poderia dizer?

– Quer segurá-la? – Qhuinn perguntou.

Xcor se retraiu como se alguém tivesse lhe perguntado se gostaria de segurar um atiçador de lareira quente. Depois se recobrou, balançando a cabeça ao enxugar as lágrimas do rosto de um modo bem masculino, como se estivesse querendo tirar uma mancha de caneta permanente.

— Acho que ainda não estou pronto para isso. Ela perece tão... tão delicada.

— Mas ela é forte. E também tem o sangue da *mahmen* dela nas veias. — Qhuinn olhou para Blay. — E ela tem bons pais. Os dois têm. Estamos nisto juntos, pessoal, três pais e uma mãe, dois filhos. Bam!

A voz de Xcor se abaixou.

— Pai? — Ele riu com suavidade. — Passei de família nenhuma a uma companheira, um irmão e agora...

Qhuinn assentiu.

— Um filho e uma filha. Contanto que seja o *hellren* de Layla, você também será pai deles.

O sorriso de Xcor foi transformador, tão amplo que esticou o rosto dele de uma maneira que ela nunca vira antes.

— Um filho e uma filha.

— Isso mesmo — Layla sussurrou alegre.

Mas, no mesmo instante, aquela expressão desapareceu do rosto dele, os lábios se afinaram e as sobrancelhas desceram sobre os olhos como se ele estivesse pronto para atacar.

— Ela *nunca* vai namorar. Não me importo quem ele possa ser...

— Isso mesmo! — Qhuinn levantou a palma para um cumprimento. — E exatamente *isso* que eu estou falando!

— Não, não, esperem um instante. — Blay interveio quando eles chocaram as mãos. — Ela tem todo o direito de levar a vida que escolher.

— Isso mesmo — Layla concordou. — Isso de "dois pesos, duas medidas" é ridículo. Ela terá permissão para...

Quando a discussão começou, ela e Blay se apoiaram, e Qhuinn e Xcor ficaram ombro a ombro, com os braços imensos cruzados diante dos peitos.

— Sou bom com uma arma — Xcor disse como se aquilo encerrasse o assunto.

— E eu fico com a pá — Qhuinn completou. — Jamais encontrarão o corpo.

Os dois chocaram as juntas dos dedos e pareciam tão sérios que Layla teve que revirar os olhos. Mas logo sorriu.

– Sabem de uma coisa? – ela disse para os três. – Acho mesmo... que isto vai dar certo. Vamos, juntos, resolver tudo isso, porque é isso o que as famílias fazem.

Quando se colocou nas pontas dos pés para beijar seu macho, ela disse:

– O amor consegue consertar qualquer coisa... mesmo quando sua filha começar a namorar.

– Isso não vai acontecer – Xcor rebateu. – Nunca.

– Cara – Qhuinn disse, apoiando-o –, eu sabia que gostava que você...

– Ah, pelo amor de Deus... – Layla murmurou quando o debate foi retomado, e Blay começou a rir enquanto Qhuinn e Xcor continuavam a se entender.

Mas, no fim, ela acabou tendo razão.

Tudo deu muito certo como deveria dar, e o amor triunfou sobre todos os desafios. E anos mais tarde, muito mais tarde... Lyric namorou alguém.

Só que isso é outra história, para ser contada noutro dia.